吾血吾土

My Blood, My Soil

范穩 著

吾血吾土
My Blood, My Soil
/目錄/

卷宗一
一九五〇：第一次交代——以迎春花之名

卷宗二
一九五七：第二次交代——以魯班之名

卷宗三

一九六七：第三次交代——以遠征軍之名

吾血吾土
My Blood, My Soil
目錄

一九五〇

：第一次交代——以迎春花之名

01 迎春劇藝社

「那麼，你現在如實地向組織說清楚，一九四九年以前，你在幹什麼？」

窗外鑼鼓喧天，像炸到陣地前一個單元的炮火，天翻地覆，急促歡快；看不見的紅旗在人頭攢湧的會場招展，也在接受問話的趙迅腦海裏血紅一片。

那是紅色掩映的會場，是紅旗遍地的新中國。爲了這一天的到來，趙迅也曾經像等待揭開新娘的紅蓋頭一樣既激動又忐忑，既想忘情地擁抱它又擔心被冷漠地拒絕。

「我出生在民國十五年的九月十八日，五年後的同一天，『九一八』事變……」

「趙迅同志，我必須提醒你，現在不是民國了，是新的時代，新的紀年。」雲南省文學藝術家聯合會籌備處的領導李曠田說，他的語氣威嚴中透著些許和藹，嚴肅的面孔又讓人感到某種親切。

這是一間陳設簡潔的辦公室，一張辦公桌、幾張椅子和兩排檔案櫃。辦公桌上鋪著土黃色的麻布，桌上一個茶杯，一個煙缸，一疊資料。

桌後的那個中年人穿著沒有任何標示的黃布軍裝，微微泛白，但整潔俐落，合體瀟灑。風紀扣一絲不苟，四個兜蓋平平整整，這是那個年代勝利者的普遍著裝，硝煙在他們身上還沒有褪盡，但他們就穿著這身土布衣裳入主江山。

趙迅雙手握在腹部——手心裏全是汗！挺直了腰畢恭畢敬地說：「對對，對不起。是新社會了，李先生，不，李主席。」人家李曠田可是抗戰時期的大作家啊！更是當年國立西南聯合大學文藝青年學生們崇拜的偶像啊！可誰會料到他會是共產黨員！那時他無論穿一身淺灰色的西裝，還是一襲沾滿粉筆灰的青布長衫，甚或腳下的布鞋開了口，褲子的膝蓋處打著補丁，當他匆匆走進教室時，帶進門來的不是一陣風，而是一股股文瀾之氣，就像繆斯來到聯大的課堂。

李曠田笑了：「不要叫我主席，省文聯還在籌備，還要經過民主選舉，組織批准，我這個主席才算數。」

在李曠田身後的牆上，掛著像神一樣降臨人間的毛主席和史達林的畫像，讓這間四壁空空的辦公室光彩四溢，奪人魂魄。畫像上的毛澤東自信、和藹，溫潤的目光彷彿把宇宙萬物收羅殆盡，有君臨天下、安撫四方之氣概。一個曠世新領袖已然成爲苦難中國的救星。正如他在一九四五年秋天發表的那首詩作中寫的那樣——「惜秦皇漢武，略輸文采；唐宗宋祖，稍遜風騷。」

聞一多先生當年在昆明曾對前去拜訪他的趙迅感歎道：「毛先生的詞，氣度不輸太白，辭章已蓋（李）後主矣。」一個詩人做了領袖，萬民幸甚！趙迅走了下神，自己都被嚇了一跳。趕緊把有些紛亂的思緒拉回來，專注地往李曠田那方看，但他又不能不望到與毛主席畫像並排的史達林，略微上揚的鬍鬚和讓人陌生的格魯吉亞人的眼神，隱約體現出此君的驕傲、霸氣，趙迅甚至還看出了些許的嘲諷。彷彿在一個溫和的巨人身旁，還站著一個令人捉摸不透的人。

「聽口音你是雲南人，哪裏的啊？」李曠田又問。

「龍陵。在滇西。」

「龍陵？」李曠田沉吟了片刻，「在聯大時我有個學生好像就是龍陵人，那時聯大的雲南籍學生不多。」

趙迅的心臟此刻跳得比外面的鑼鼓都要響了，他生怕擁有一雙慧眼的李曠田看到那狂跳亂響的心。「那……那李主席、李……李、李老師，認識……這個、這個人嗎？」

他已經不知道該怎樣稱呼面前這個讓他敬畏的領導了，他更不知道的是，當自己全身的血往腦部湧的時候，臉紅沒有？想來臉上大面積的疤痕應該把他當時的難堪遮掩一些。這是一個只有小半邊臉和一隻正常耳朵輪廓、嘴也略歪的「凱西莫多」（注：雨果《巴黎聖母院》中的醜聾人》），一般人都不忍盯住這張臉看上十秒鐘。就像你不會盯著人家衣衫上的補丁看一樣。

好在李曠田還在自己的思緒裏，他彷彿在對著過去說話。「他是我們聯大地下黨的週邊組織『冬青社』的一個成員，我好像見過幾次的。哎呀，十多年過去了，印象不深了，挺樸實厚道的一個人。唉，雲南人都這樣，話不多，但人實在，不像聯大那些其他省籍的學生那麼活躍。大概三九年前後吧，他就離開聯大轉考黃埔軍校去了，據說後來戰死了。」

李曠田陷入沉思，趙迅暗自長長地噓了一口氣。就在一小時以前，趙迅剛去參加了一個公審公判大會。在會場入口，一個學生模樣的年輕人用一桿碩大紅旗的旗桿底部毫不客氣地戳了他一下。「閃開閃開，別擋道。」趙迅當時差點就冒出來一句：學生哥，別那麼橫，「丘九」誰沒當過？（注：形容學生懂得道理，但造反起來又不講道理的用詞）老子們上街遊行的時候……但看到學生哥的後面跟著一群抬著毛澤東畫像的年輕人，還有他們身上都透著的一九四九年以後那種積極上進的勁兒，心裏頓時就泄了氣。

社會在一九四九這個時間有序流淌的長河中陡然前進到一個拐點，或者跌倒在一處瀑布前，轟天巨浪騰空而起，浪花四濺。舊秩序分崩離析，土崩瓦解，而新秩序既威風八面，挾雷帶電，又春風拂面，如陽春三月的田野，令人應接不暇。像趙迅這樣被社會潮流裹挾而前的人，不能不隨時多個小心了。

「不說這些，還是說說你吧。我看過你的一些檔案，但資料不全。趙迅同志，如果你真想加入革命文藝隊伍的話，就得把自己的過去跟組織說清楚。」李曠田邊說邊拍著桌子上的一宗案卷，威嚴不知不覺地又回到了他的臉上。

「抗戰勝利後，我在玉溪的一所小學教書，兩年前，也就是一九四八年，我才來到昆明搞話劇，同時給報紙寫一些文章。」

「一九四九年三月廿七日，你用『小書蟲』的筆名，在《雲南日報》『大地』副刊上發表了散文《迎春花》，內容健康，文筆優美，以花喻物，呼喚革命的春天，有進步思想。國民黨特務還恐嚇過你。」李曠田打開宗卷，拿出一份過去時代的報紙。

「是。」趙迅又吐了一口氣，他們什麼都知道。

「那你都搞過一些什麼話劇呢？還做導演？」

「《雷雨》、《阿Q正傳》、《原野》、《黑字二十八》、《野玫瑰》、《阿佤恩仇記》等等的吧。觀眾喜歡什麼我們就演什麼。」說到話劇，自信回到趙迅的臉上來了。

「《黑字二十八》和《阿Q正傳》是聯大師生在昆明上演的劇碼，你們怎麼會演？」李曠田與其說是驚訝，不如說是有了興趣。

「啊？這個……這個我們的劇團有好些流亡的藝術家，他們都是抗戰勝利後滯留在昆明的，有北平的，有上海的，還有聯大和杭州藝專留下來的學生。」

「你在哪裏上的學？」

「我……我、我自學的時候多。我在家鄉保山上過高中，我……我沒有上正規的大學，高中畢業時，日本人侵佔了龍陵，我就出來逃難了，到過很多地方。在當小學教員時，沒有多少事情做，我就讀魯迅，巴金，老舍，沈從文，也讀斯坦尼斯拉夫斯基的戲劇理論，我還讀過李老師你的書呢。《銀狐》這本散文集就教會了我寫散文。」

「嘿嘿，三十年代的老東西了，不值一提的。」李曠田臉上現出當別人提到自己作品時，所有作家都有的那種暗自得意的謙遜。

「我喜好文藝，尤其是進步的革命文藝。解放前我就讀過毛主席的《新民主主義論》、《論聯合政府》、《論人民民主專政》等文章。我……我在那時就想，要是我們的國家像毛主席文章中說的那樣，反帝反封建，反獨裁樹民主，組建代表人民大眾的聯合政府……」

「嗯。那個時代的知識青年，大多是嚮往革命的，都是要民主爭自由的。這是潮流，是人心所向啊。可是你如何當導演的呢？」

「我能當導演，是……你看我這張臉，能上舞台嗎？」趙迅彷彿是很羞愧地低下了頭，還下意識地用手捂住了向下歪斜的嘴。

李曠田有些同情地問：「是燒傷嗎？」

「嗯，小時候一場大火燒的，長大後就不成個人樣了。」趙迅又抬起了頭，用自信的口氣說：「但我這個醜八怪偏偏又喜歡戲劇，不甘寂寞。我那時在南屏大戲院旁邊開了一家米線店，有點錢，社會經驗也比那些只會在台上演戲的人豐富。還有就是，我知道如何跟國民黨的審查官員周旋。」

「那你上的是社會大學，跟高爾基一樣。」李曠田讚賞地說，「作家也不都是靠大學培養的嘛，巴金就不是，沈從文也不是。嘿嘿，你倒真是一個有才華的青年啊！」

「謝謝李老師誇獎了。其實我還有很多不足的地方。」

「雲南夥子，不要謙虛了。」李曠田的目光中透著將遇良才的慈愛，「我們的文聯一組建起來，各種藝術門類都要相繼成立。作家協會，美術家協會，戲劇家協會，音樂家協會等等，黨都要把這些作家藝術家團結起來，組織起來，讓他們不再受窮，不再爲了藝術去賣米線。喏，就像你當年爲了搞話劇開米線店一樣。你們將是人民的藝術家，只專心爲人民服務，爲新中國的社會主義事業服務。政府還發給你們薪水，你們是自由的，無憂無慮的，只爲人民的藝術而存在的。這樣好不好啊？」

「那真是太好太好了。李老師，你你……你說『你們』，你，認可我、我也是人民的藝術家了嗎？」趙迅此刻就像一個考場上面試的學生。

「當然，依你的才華和表現，嚮往革命的進步思想，你當然算是人民的藝術家。黨和政府需要你們這樣的人，還要組織你們到工廠、農村、部隊去深入生活，請你們寫出反映新社會的藝術作品。嗯，你看報紙了嗎？巴金同志上個月才率領一個作家藝術家代表團去了朝鮮戰場。多難得的機會啊！一個作家能有幾次參加保家衛國戰爭的機會？這是我們新生共和國的歷史，是抵抗外侮的宏闊史詩！」李曠田越說越激動，像一個詩人那樣揮起了拳頭，「咚」地一下砸在桌子上。馬上，他的情緒又低落了下去，「可惜啊，我不能去。」

趙迅靜靜地望著他，腦海裏幻化出那些戰爭場面，彷彿自己已經是一個一本採訪本、一支筆、或者一台照相機的戰地記者或「人民的藝術家」了。

但是李曠田很快就恢復了過來，「不過，社會主義新中國到處都熱火朝天，豐富多彩。聽聽外面的鑼鼓，看看那些鬥志昂揚的人民，我們的藝術家到哪裏找不到新的生活、新的感受？還怕寫不出新的作品？因此我們要趕快組織起來，行動起來。」

讓趙迅感到有些親切的是，李曠田推開了椅子，把一隻腳搭在了桌子上，還抽出一支煙來問趙迅要不要。趙迅忙擺手說自己不會。李曠田把煙叼在嘴上，「你可以去找你在昆明話劇界的那些朋友們，希望他們都加入我們的文聯。我看得出來，你有很好的組織工作能力，又有一定的才華，好好幹吧，你這朵小小的迎春花，文藝的春天真的來了。我知道的，抗戰勝利後，西南聯大北上復員，昆明的話劇事業就萎靡不振了。沒想到你們還在堅持，真不容易啊。戲劇家協會成立起來後，我看你可以幹個副秘書長。」

趙迅真的有如沐春風之感了，他從椅子上激動地站了起來。「李老師，李老師，你……你對我真是有知遇之恩啊，學生不知何以為報了！」

「不要感謝我，你要感謝毛主席，感謝共產黨。你也不要在我面前自謙為學生，當導演，你還是我的老師呢。」李曠田吐出一口煙，「不過呢，對你的政治審查還是必要的。你還要詳盡認真地把一九四九年前做過些什麼，到過哪些地方，有沒有參加過什麼組織、證明人是誰，發表了些什麼文章，都要寫清楚。不能對組織隱瞞。你要知道，革命隊伍是純潔的，每一個參加革命工作的人，都要像水晶石一樣純潔。」

窗外再次響起一陣陣密集的鑼鼓，還有口號聲斷斷續續傳來。趙迅心有餘悸地想：有雜質的人，又被清除一批了。

歲月有時是折疊的，有時又是被重新組合的。難的是這歲月中的人，當他們恰巧處在這折疊處和組合處時，就會像趙迅的那張臉，被痛苦地改變，並且面目全非。

趙迅推著自己那輛美國產的萊凌牌自行車從省文聯籌備辦公室出來，內心既狂喜又忐忑，他想扯開嗓子大喊一聲，又禁不住想往人少的地方躲藏起來。剛才幾個穿列寧裝、舉著小旗子的女人從他身邊走過時，用怪異的眼光看他一眼，又回頭再看一眼。

趙迅一下明白了自己的可疑所在。他還穿著美軍的翻領飛行皮夾克，騎的是美國自行車。這兩樣東西都是抗戰後在昆明的舊貨市場淘來的。美軍飛虎隊撤走時，不要說一輛自行車一件飛行夾克，就是一把手槍、一輛吉普車你都可以在護國路旁邊的黑市上買到，曾經還有個傢伙問趙迅要不要美軍的軍用電台哩。

當時趙迅動了一下念頭，想買來作爲收藏品，幸好價格沒有談攏。今天的公判大會上就槍斃了一個暗藏電台的國民黨特務（倒吸一口冷氣）。這些舊時代的時髦玩意兒，在這個嶄新的時代顯得如此格格不入，君不見街上長衫馬褂少了，旗袍更是幾乎絕了跡。改天換地，當然也要換一換人們的衣著打扮，而你還大搖大擺地穿著美帝國主義的皮夾克！真是一個出門赴宴時總穿不出得體衣服的蠢婦。趙迅自己罵一句。

這是一個讓破衣爛衫的人們揚眉吐氣的時代，趙迅想起自己穿著補丁衣服求學的羞澀青春，又不能不由衷讚美眼下這個時尚風氣轉變了的社會。

他在翠湖邊的一家不起眼的小店吃了碗米線，冬天的翠湖除了堤岸邊的楊柳還顯得落後外，其餘花草植物依舊紅肥綠瘦，一如既往地積極表現、提前進步到春天。只是如今不見那些無論四季變換，都在這如翡翠遺落鬧市的湖濱讀書的西南聯大學子，手挽手的戀人，唱京劇的老票友，以及槳聲燈影處的優雅寧靜，或者紙醉金迷。雕欄玉砌應猶在，只是朱顏改。那就趕快改變吧，所有的人我都不再認識，也都不要認識我；所有的舊日時光我都要儘快忘記，忘記的越乾淨越好。新社會新機遇，不僅要讓我再換一張臉重新做人，還要洗心革面、脫胎換骨。我要好好表現，證明給他們看，我要爭取去做一個人民的藝術家。

前兩天剛來了一股寒流，昆明冬天常見的太陽不見了。稍縱即逝的寒流，總讓這座常年被陽光溫暖著的高原城市微微顫慄。一群喧鬧的人在湖心島上學北方的秧歌，紅衣綠褲，紅色的綢子，給有些肅殺的冬天帶來一點不真實的暖意。這是眼下最時髦的藝術，大街小巷都有北方秧歌的鑼鼓聲和飛舞的紅綢。

趙迅記得還在一九四八年前後，這種並不複雜優雅、但處處透著某種叛逆和活力的舞蹈已經在昆明的大學校園裏悄然興起，學生們還流行唱陝北的歌曲——「對面個溝裏流河水，橫山裏下來些遊擊隊，一面面的個紅旗硷畔上插，你把咱們的遊擊隊引回咱家；滾滾的個米湯熱騰騰的個饃，招待咱們的遊擊隊好吃喝。」還有「山那邊喲有個好地方呀，金黃的穀穗兒堆滿倉，你要吃飯得耕種，沒人爲你做牛羊」等高亢嘹亮、野性十足的歌兒。校園裏的特務們把唱這些歌曲的學生都寫進「黑名單」，但是他們又不敢以唱「淫穢歌曲」的名義捕人。人們已經被當時那腐敗的獨裁政治壓抑很久了，民心所向，已昭然若揭。

上周趙迅的迎春劇藝社應昆明軍區文化部的邀請，爲即將奔赴朝鮮戰場的士兵們慰問演出，他們帶去了話劇《雷雨》，但演出效果從士兵們稀稀落落的掌聲中便可感受出來，而軍區文工團的一齣《解放區的天是明朗的天》的秧歌舞蹈，把那些北方來的士兵舞動得情緒激昂，喊叫聲震天。飾演周樸園的老韓在後台嘀咕道，我們是秀才演戲給當兵的看了。趙迅立馬制止了他的牢騷。不要亂說，看來以後我們也可以在舞台上增加扭秧歌的場景。老韓大叫，我的趙大導演，《雷雨》裏哪一場可以扭秧歌？把個賣米線起家的大導演噎得無言以對。

沒有關係，趙迅此刻想。你要做人民的藝術家，凡是人民群眾喜歡的，你都要去滿足。相聲、快板、街頭劇、大合唱，山東快書、陝北秧歌，這些都是革命的文藝工作者需要儘快熟悉的藝術形式。李曠田同志如是說。在新時代激情飽滿、才華橫溢的大導演趙迅不僅可以在《雷雨》裏導出扭秧歌的場景，《阿Q正傳》裏同樣可以扭秧歌。只要人民喜歡，就是共產黨喜歡。共產黨馬上就要發給你們薪水了。

當趙迅把這個事關肚子溫飽的消息告訴他的劇藝社的朋友們時，比給他們加薪水更讓他們歡呼雀躍，連思想一直比較落後的老韓眼眶裏都有了淚花。他的妻子兒女都到了香港，這些日子一直在暗中打聽怎麼可以去香港。「這可是國民黨也沒有魄力做到的事情。周公吐哺，天下歸心。」老韓亮了一嗓子。那些容易激動的女演員，揮著拳頭喊道：「革命幹部，革命幹部，我們也是革命幹部了。」趙迅糾正道：「叫革命文藝工作者。當幹部嘛，我們這些人還有差距，還要繼續改造思想的。」他像領導一樣的發話：

「省文聯籌備組組長李曠田同志——也就是將來的省文聯主席，這是水到渠成的事情，沒有比他更適合當文聯主席的了。李主席指出，你們這些舊時代的知識份子，大部分是好的，是同情革命的，是和人民站在一起的。今後只要是一切有利於社會主義新中國建設事業的文藝，黨都會給你們充分的創作自由、表演自由。黨會把我們組織起來，行動起來，到人民群眾中去，甚至到抗美援朝第一線去，為工人、農民、士兵演出，寫他們喜歡的戲，演他們為國家民眾的犧牲。」

好激動的老韓一拍大腿，「我就不走了，去信叫家人回來。讓他們看看，我老韓也是個對新中國有用的人。」

「愛情戲就不用演了嗎？」

說這話的是劇社的當家小生劉國棟，他是抗戰時期流亡到雲南的杭州藝專高材生，山東人，天生的舞台胚子，往哪兒一站都是一副英氣逼人的模樣。抗戰勝利後因爲追求昆明市長的千金留了下來。一九四九年底盧漢將軍在昆明起義，他的老岳父帶著家眷連同他的妻子隨余程萬的部隊跑到了緬甸，他當時爲什麼沒有走一直是個謎，有人說他要繼續留在昆明演戲，有人說他其實是捨不得自己的情婦——一個富商的三姨太。這是一個爲愛情而演戲、而活著的人。

「愛情戲？」趙迅反問道：「這個火熱的時代，你可別心中光想到愛啊情的，一旦參加了革命工作，哪裏還有時間談愛情？」

「娃娃總要生的吧，不管是哪一家的革命。」劉國棟笑嘻嘻地說。

眾人哄笑起來，趙迅提高了聲音說：「各位，各位，要想當革命的文藝工作者，我們不能再這樣自由散漫了。而且，李曠田同志還要求我們每一個人都要塡一份表格，寫清楚自己參加革命工作的理由，還有在舊社會所從事的職業，證明人，有沒有參加過什麼社團組織。曠田同志說了，革命隊伍是純潔的，每一個革命文藝工作者都要像水晶石一樣透明。」

「那要看到我的內褲了。」

劇社裏只有從來都沒個正經的阿Q才會說這樣的話。這個傢伙在舞台上把阿Q演得就像他自己，或者說在生活中他就是阿Q。小市民的痞氣、怯弱、自卑、貪婪、安於現狀、貪圖享樂，與小城名人的自負、傲慢、虛榮、油滑、不知有漢、何論魏晉等諸種性格糅雜於一身。他就是城市版的阿Q，因此大家平常都叫他阿Q，幾乎忘記了他的名字。

趙迅瞪了他一眼，話到嘴邊又咽下去了。阿Q的內褲想來應是最見不得陽光的東西。

可是，誰的又不是？

人們都說當演員的人總是分不清楚台上台下，人生如戲，戲如人生。是人生更輝煌，還是舞台更燦爛？是戲劇人物更催人淚下，還是人生命運更坎坷磨難？這是一個永遠也說不清道不明的命題。每一個人都有自己的舞台，不管他願不願意，他都是社會現實中的一個角色，或英雄，或小丑，或正派，或反派，或其他的連自己都難以界定的角色。誰都想演一齣正劇，積極的，健康的，向上的，皆大歡喜大團圓的，王子和灰姑娘最後生活在了一起。但誰也都知道，生活遠不是那麼簡單。生活就像《雷雨》中的那些人物關係和人物命運，充滿陰謀、謊言、欺騙、僞善、情欲、亂倫、恃強凌弱、被大時代所左右，以及剪不斷理還亂的個人悲情。

趙迅在自己短暫的導演生涯中更偏愛悲劇，不是因爲悲劇總有票房，而是由於人們在劇場淌下眼淚之後，發現自己還活著，身邊爹娘還健在，妻子兒女環伺。那天趙迅在街上看鎮壓反革命的遊街示眾，一長串的大卡車，幾乎每輛車上那些五花大綁、背上插一塊長長木牌的反革命中都有他認識的人。有的是舊時代的權貴，有的和他打過交道，有的曾經訓斥過他、欺壓過他（比如有個傢伙是稅務稽查員，來他的米線店從來不付賬，有一回甚至還帶來他家七大姑八大爺的一幫人，蹲在米線店狂吃。只是一碗米線啊，你們吃吧，吃進去容易，吐出來難啊，現在共產黨請你吃一顆槍子兒）。

趙迅那天是長長出了口惡氣的。而最讓趙迅解氣的是，一九四六年在昆明暗殺聞一多先生的兩個兇手，現在也被人民政府抓獲並且立即正法。當年這些人多麼猖狂啊，暗殺、綁架、秘密處決、打打殺殺，就像聞一多先生在《最後的演講》中說的，「用製造恐怖來掩飾自己的恐怖。」但有一個人物趙迅就搞不明白了，這個人在車上高呼口號，竟然喊的是「毛澤東主席萬歲！朱德總司令萬歲！史達林元帥萬歲！」那一分鐘趙迅以爲是國民黨在殺地下黨呢。剛才每經過一輛卡車，圍觀的群眾都在紛紛叫好、拍手稱快。此刻聽到這口號聲，竟然都戚戚然不作聲了。悲劇。不知道根源的悲劇。把世間最美好的東西毀滅給你看的悲劇。命運中無以解套的悲劇。弒父娶母的悲劇比起這一幕，輕飄多了，遠遠超出一個導演的想像力。趙迅那時只感到人頭攢湧的街道兩邊忽然爆發了一場雞瘟，他自己則一身雞皮疙瘩，頭髮都豎起來了。而人們之所以接受眼前的悲劇，還不僅僅因爲它與己無關，過去時代還有比這更大更慘的悲劇，至於未來會如何，暫且不去想它，自己還活著就好。特殊環境之下，一個好時代與壞時代的區別僅在於，前者上演喜劇，後者上演鬧劇。至於悲劇，大約哪個時代都不能倖免。

趙迅是毀過容的人，從大半張臉被燒壞那一天起，他就知道自己一生都得當悲劇的主角了。一個沒有正常臉面的人，他活在這個世界上，要麼行屍走肉，要麼忍受著猶如黑暗深淵中的屈辱和羞愧。可現在趙迅爲自己深感慶幸，不是由於他就要成爲革命的文藝工作者了，也不是因爲他沒有被綁在卡車上押赴刑場，而是因爲他容顏已改，成了一個誰也不認識的人。這個中國的「凱西莫多」並非無「臉」見人，而是人不見其往昔真面目了。

幾年前，當趙迅隻身來到昆明創建迎春劇藝社時，沒有人相信這個不知從何處冒出來的「凱西莫多」。那時昆明一幫熱愛話劇的藝人以老韓爲主心骨，在日漸萎靡的話劇舞台東一榔頭西一棒子，是個十足的草台班子，常常窘迫得連場租費都付不起。老韓抗戰時期曾經在上海和重慶的話劇團體裏待過，是到處流亡的「下江人」，還和田漢、老舍這些大師共過事。他在昆明一所中學教音樂，異想天開地把《阿Q正傳》改編成歌劇上演。昆明人能接受話劇也不過十來年時間，那還應歸功於西南聯大的學生劇團。他們剛開始在昆明上演話劇時，被稱爲「文明戲」或「新戲」。女學生露著胳膊在舞台上出場時，下面還會傳來噓聲和辱罵聲。老韓把昆明的舞台藝術大膽向前推進了一步，但觀眾卻不買賬，連本埠報紙都評論說，「洋人歌劇唱腔堪比騾馬嘶鳴，遠不如雲南花燈（**注：雲南地方戲曲之一種**）委婉流暢，更遑論國粹之京劇也。」

老韓看到這樣的評價，氣得吐了血。更讓老韓吐血不止的是借債人的催逼。那時搞話劇的人都要依附在一些商人身上，他們或入股某齣劇碼，或拉來投資，或高利放貸。就像世上沒有免費的午餐一樣，也沒有白演的話劇。

在老韓走投無路之際，趙迅像個救世主一般出現在昆明的話劇舞台。他還清了劇團的債務，重新改組了劇組人員，給新劇團起名迎春劇藝社。他說：「我們雖然身在春城，但我們話劇人的春天還沒有真正到來，我們要用自己的演出去迎接它。」最爲重要的是，他發掘出了璀璨奪目的話劇明星舒菲菲，在此之前，她只是舞台上的一個花瓶，連國語都帶有濃郁的昆明腔，常引得劇場裏的外省人竊笑。老韓曾經爲此焦頭爛額，無計可施。是趙迅一個字一個詞地教會她，什麼是前鼻音，什麼是後鼻音，這裏該用捲舌音，那裏該用前舌音，就像一個上語言課的教書先生。

平心而論，彷彿從天外來的怪人趙迅能夠讓一幫話劇人服眾，不單是因爲他慷慨地替劇社還清了債務，並出資支撐劇團繼續演下去，更因爲他的執著和才華，以及成熟男人的神秘魅力。他開一家不大的米線店，對每一齣劇碼的投入卻好像揮金如土的富翁；他雖然面目全非，但身材挺拔，器宇軒昂（**如果不看那張臉的話**），既孔武有力，身手矯健，又溫和儒雅，出口成章。他不圖名利，讓老韓當社長，自己做一個幕後的導演。「斯坦尼斯拉夫斯基告訴我們，」那是他在排練場的口頭禪。每當他這麼一提斯氏的大名，全場肅然，趙導演也彷彿斯氏魂靈附體。

——「直覺，直覺！這是阿Q去摸小尼姑光頭的感受嗎？他是一個怯弱的二流子，第一次要流氓的膽小鬼。」

——「情感，情感，你的情感在哪裏？想想四鳳吧，這個地位卑下的女人如何去愛。」

——「斯坦尼斯拉夫斯基說，沒有小角色，只有小演員。成爲你所飾演的形象吧，你們都會成爲大演員！」

他在台上台下跳來跳去，糾正演員朗誦台詞的輕重，闡述演員台步每一步蘊含的意義，告訴演員即便是倒一杯茶，也要體現出斯坦尼斯拉夫斯基所說的「內心現實主義」。

他每天在排練場上聲嘶竭力地喊叫，他讓天生麗質的舒菲菲一步一步完成了從「模仿形象」到「成爲形象」的明星之路，她永遠是《雷雨》裏的四鳳，《原野》中的金子，《野玫瑰》裏的女特工夏豔華，抗戰劇《祖國》裏癡迷情欲的少婦佩玉。他把她塑造成昆明話劇界的大明星，官場上的交際花，社會上芸芸眾生爭說的名流，報紙八卦新聞裏不可或缺的主角。無論是在台上還是台下，她都光彩照人，風姿綽約，韻味十足，像南國豔麗陽光下開放得恰到好處的一株美人蕉，燦爛豐滿，娉娉婷婷。她本來就是那種走到哪兒都能把生活當舞台的職業藝人，哪怕到菜市場買把小白菜，儘管沒有了舞台的追光，但有比那更耀眼的眾人的目光。

舒菲菲是其藝名，原名舒淑雅，她有一個妹妹叫舒淑文，是一名正在學小提琴的高中生，準備考藝專。每到星期天就跟在她的話劇明星姐姐身後，來劇藝社看趙迅他們排戲。一天，在回去的黃包車上，妹妹對姐姐說：「他在追求你了。」舒菲菲問：「你說誰？劉國棟？」舒淑文說：「『凱西莫多』啊。」舒菲菲當時嚇了一跳，卻有些手足無措了，「小姑娘家的，啥都不懂，盡亂說。」

舒菲菲當時身後的追求者至少有一打，有英俊的軍官，銀行的襄理，政府裏位高權重的官員，富家公子，航空公司的飛行員，每天都能收到鮮花，每個週末都有宴請，連雲南省前最高軍政長官，省主席龍雲的三公子都下帖來請她去龍公館跳舞。當妹妹說趙迅在追求她時，舒菲菲忽然發現這些人是那樣沒有文化，那樣膚淺庸俗。可如果說趙迅在追求舒菲菲，那就真應了一句老話了——癩蛤蟆想吃天鵝肉。

但天鵝那麼美，癩蛤蟆當然也有想的權力。問題的關鍵是這是一隻有思想的癩蛤蟆，有男人魅力的癩蛤蟆，還是才華橫溢的癩蛤蟆。天鵝愛美，更愛藝術。在舞台上的悲歡離合、浪漫愛情一步步推向高潮時，人間的愛情也愈演愈濃了。

有一天，在姐妹倆的閨房裏，舒菲菲一邊讀著趙迅的情詩，一邊淚灑詩箋，喃喃自語：

「究竟是愛一個人的那張臉，還是愛一個人高貴的靈魂？」

高中生妹妹純情浪漫，一本正經地對姐姐說：「當然是靈魂了。黑暗中只有高貴的靈魂在閃光。」

那時的確是一個黑暗的時期，兵荒馬亂，物價飛漲，工人罷工、商賈罷市，學生上街爭民主反內戰，軍警肆意彈壓無辜。唯有像趙迅這樣的人，還在一邊開米線店一邊辦劇藝社，甚至還拿出一根金條來，依照大上海的刊物模式，創辦了一家《桃花潭水》的話劇評論刊物，十六開本，彩印封面，不惜成本送到香港去印刷，期期都是舒菲菲的大幅玉照。「我要讓你成爲話劇界的阮玲玉。」雖然前五期刊物出版後，總共只賣了不到三百本，但趙迅並不氣餒，再拿出一根金條，以支付不斷飛漲的印工費和紙張費。「你有一顆金子般的心。」舒菲菲端詳自己的彩色玉照時，曾經不無感慨地說。

急速發展的時局很快摧毀了這樁不現實的戀情。舒家是昆明的大戶人家，舒菲菲的父親舒唯麒曾經在滇越鐵路上幫法國人做事，抗戰時滇越鐵路中斷，舒唯麒便在一家法國洋行做高級幫辦，一九四九年底炮火聲在昆明周邊炸響時，舒唯麒隨洋行的法國老闆一起撤離去越南，他四個如花似玉的女兒中，唯有最小的舒淑文不願意走，理由是要留下來照顧年邁的奶奶。在慌亂而倉促的逃難中，人們如林子裏被炮火驚嚇的鳥兒。據說舒菲菲給趙迅下了最後通牒：要麼中斷這拖了幾年的苦戀，要麼隨我的家人走。桃花潭水縱然深有三千尺，趙迅的離別贈言卻是那樣絕情絕義：

「一個沒有國家的人，怎麼演話劇？」

解放軍進了城，舒府「此地空餘黃鶴樓」，讓趙迅始料未及的是，在他正忙著各種勞軍慰問演出，忙著學說相聲快板，忙著去廣播電台錄音，忙著排演一齣迎接解放軍進城的新劇碼時，一個年輕單薄的身影在一個雨夜守在他租住的樓房木梯前，懷裏還抱著個提琴盒。趙迅一眼就看出了舒淑文眼瞳裏爲愛苦候多年的熾熱目光。在房間昏暗的燈光下，在滄桑巨變的迷惘中，在殘燈孤影、蕭蕭暗雨的悽惶心境裏，趙迅一生都不會忘記這撲面而來的愛情，就像又迎來了一次解放。在你苦苦追求等待之時，拯救之手溫暖地伸了過來。但你又受之有愧，彷彿不敢面對聖母瑪利亞的聖容。

「這不可以的，我要等你的姐姐歸來。」

「你希望國民黨再回來嗎？」

「絕不。我們剛剛迎來了解放。」

「你永遠也等不到。」

「那我就認命。」

「趙哥哥，你以爲我留下來是爲了我奶奶嗎？」

「做我的妹妹吧，我大你整整一輪哩。」

兄妹做了不到三個月，便做成了夫妻。這大約是所有在亂世江湖中的結拜兄妹很圓滿的一個歸宿。趙迅不得不既愧疚又悲哀地承認：要忘掉一段愛情的傷痛，只能用另一場愛情來塡補。不是他對逝去的愛缺乏堅守，而是新的愛撲面而來、勢不可擋，就像這場巨大的社會變革。人何其渺小，何其脆弱。

更何況舒淑文的奶奶去世了，她讓趙迅索性搬到舒府空蕩蕩的四合院裏。這一對新人的婚禮沒有迎親的花轎，沒有去教堂（舒家全家都是天主教徒）接受神父的祝福，沒有交換結婚戒指，沒有高朋滿桌的婚宴，更沒有登報誌喜，鼓瑟吹笙。「新社會了，新事新辦，外國神父已經被人民政府驅逐了，封建禮數也被革了命了。軍管會那兒蓋個章，媳婦就娶回家門了。」趙迅對前來道賀的朋友們說。劉國棟、阿Q們彈冠相慶，樂不可支。革命了，解放了，今後什麼媒妁之言、父母之命、門第之患，甚至指腹爲婚這些舊時代的封建玩意兒都該打倒了。結婚就像過家家，高興了就住在一起，不高興了就扁擔開花，各回各家，人民政府還支持。這才叫掙脫了封建牢籠的自由，這才叫真正自由的戀愛和婚姻。趙迅不尋常的愛情在那時已然成爲仍然保守的昆明社會的一大談資。

很多年以後，當趙迅深陷人間最黑暗的地獄時，他會無數次地想起自己的新婚之夜。趙迅捧著嬌小的新娘的臉，淑文，我還陌生的愛人，我趙迅何德何能，可以得到你的愛情？你憑什麼就把自己的終身大事，託付於我這連臉都不完整的人？你瞭解我多少？而新娘的回答是那樣出乎他的意料，就像話劇舞台上的一段抒情道白：我的郎君，我還不是很瞭解你，這不重要；你沒有一張完整的臉，也不重要，我就是你的另一張臉。重要的是，如果你和我姐姐成親的那一天，我要麼削髮爲尼，終身不嫁；要麼苦苦等候，獨守閨房。直到有一天，陽光燦爛，天空碧藍，桃花夭夭，梨花盛開。你騎一匹白馬，經過桃林，摘花一朵，再經過梨園，又摘花一朵。桃花梨花，相映成趣。你苦難的人生，由此美滿。

所幸新政權摧枯拉朽般摧毀了舊制度，人面桃花俱往矣，梨花坦坦蕩蕩熱辣辣地盛開，笑盡了春風。多年前曾經有個算命先生對趙迅說，他有九條命，一生中有兩次戀愛，兩次婚姻，但他愛上的人都不會成爲他的妻子，而能做他妻子的，卻是這個世界上最愛他的人。趙迅深爲感謝時代變了，讓他避免了討二房的豔福或者尷尬。如果說舒菲菲是一本內容豐沛的彩印雜誌，令人眼花繚亂、愛不釋手，舒淑文就是一本單薄的無字書，書中的每一頁都要用艱難的日子一天又一天地塡寫。新娘舒淑文就是穿上旗袍，身材也不會像她姐姐那樣凹凸有致、風情萬端。她是那樣纖細弱小，青澀單純，彷彿一陣風都會把她從趙迅的手中刮跑，直到她懷孕四個月了，趙迅才從妻子的身上看出了一個女人的韻味。

這樣的女子需要在歲月中慢慢打開，慢慢品味，這樣的女子不僅是趙迅的另外一張臉，還是他腦袋背後的另一雙眼睛。她總能看到趙迅沒有看到的危險。當趙迅興致勃勃地告訴她，自己即將成爲革命的文藝工作者時，這個嬌小的女人一針見血地指出：

「你不合適。不要去。」

「爲什麼？我們已經集體塡好表格交上去了。」

「昨天我看見高建雄被押在汽車上拉走槍斃了。」舒淑文憂心忡忡地說。

趙迅沉默了。高建雄是趙迅過去的朋友，抗戰時就在《中央日報》幹編輯和記者，後來是《中央日報》雲南版的採編部主任。雲南籍將領李彌一九四四年是滇西抗日戰場上的名將，但在內戰中卻成爲解放軍的敗軍之將，狼狽地從淮海戰場上隻身逃出來後，被蔣介石任命爲中央軍駐雲南的第八軍軍長。李彌上任伊始便到處拉人，高建雄就是在這種情況下去做他的中校新聞官，同時仍在

《中央日報》供職。一九四九年春節過後不久，他穿一身挺括的校官服來見趙迅，問趙迅願不願意也一起投軍，李彌軍長少說也得給他一個少校幹幹。趙迅當時就像畢業班學生看新生般鄙夷地說，我不參加內戰。人民政府的佈告說高建雄在滇南戰役中「真頑抗、假起義」。趙迅兩口子結婚時，高建雄還送來一輛橡皮輪的嬰兒車，說是從緬甸搞來的英國貨，他那時和起義部隊正在東郊接受改編。他還說了段輕鬆的笑話，說國共內戰就像小孩子家玩官兵強盜的遊戲，今天你官兵我強盜，明天你強盜我官兵。爭鬥廝打一番後，大家各自回家找媽媽。我睡一覺醒來，滿大街都是紅旗，好像人們隨時都準備好迎接新政權。上頭說，仗打成這個樣子，我們起義吧。然後解放軍就過來了，還說，蔣軍官兵兄弟，你們辛苦了。你們看看，我現在又是解放軍了。

趙迅那時不是沒有推想，要是自己去了李彌的軍隊，現在是像高建雄這樣呢，還是已經亡命異國他鄉，或者已成硝煙飄拂下的孤魂野鬼？那真是一個混亂的時期，一些人逃亡了，一些人失蹤了，一些人浮出水面，更多的外地人湧了進來。昆明街頭的一個補鍋匠，過去經常在趙迅的米線店外面轉悠，還幫趙迅的店子補過鍋，技藝嫻熟，謙卑熱情，讓客戶常常高興得多賞給他幾文。解放軍進城後這人忽然穿起了土黃色的軍裝，紮起武裝帶，成了威風八面的市軍管會副主任，原來人家是地下黨的重要人物呢。趙迅有一天在大街上碰見一個二十多年前的小學同學，還是同族的堂兄弟，但是他卻不敢相認，而對方似乎也有意避讓。大家都知道，社會正在重新洗牌，誰也不清楚人這個渺小的動物，在上一副牌裏是什麼角色。就像高建雄天真地認爲自己既然已經放下了武器，換一身軍裝，他就是個解放軍，人生便可以重新出牌。但他沒有想到的是，規則不一樣了。

趙迅相信，以自己的聰明，任何規則他都可以很快的學會並適應。棋有棋規，牌有牌理，你遵循它們，不一定都是輸；你吃透它們，贏家就是你。可是就眼下的情況來看，要麼新的遊戲規則還沒有建立起來，要麼這種規則太陌生，一時難以適應。因此趙迅不得不暗自贊同妻子的話。像他這種過去時代裏的風雲人物，大小也算是昆明文藝圈裏的名人，和國民政府的政界軍界多多少少都有些瓜葛，朋友總有幾個的吧。這些人跑的跑了，戰死的戰死了，該抓的也都抓起來了。天知道有沒有人會交代出什麼和趙迅有關的事情出來。儘管趙迅堅信自己是痛恨舊制度、嚮往新社會的，可你怎麼能讓他們相信？

「趙哥，我們的寶寶就要出世了，你可不能出什麼事。」結婚以後，舒淑文還一直叫他趙哥。有時親熱起來，就多加一個「哥」，還拖得老長老長，讓趙迅溫暖得骨頭都發酥。

「不會有事的，文妹，」他也一直稱她爲妹，在新婚之夜，他曾經信誓旦旦地說，就是我們白頭偕老了，我都要呼你爲文妹。「省文聯的領導很信任我的，還要我做戲劇家協會的副秘書長哩。」

「那就更不能去了，趙哥！」舒淑文急得大叫起來，「難道你忘記了自己是什麼人了嗎？」

趙迅張大了眼睛，一臉的疤痕都抽動起來。「我是什麼人？」他好像是問自己，又像是問別人。

02 思想彙報

一九四八年冬天的昆明，陽光依舊溫暖到蝕人骨頭，空氣中瀰漫著頹廢末日之氣。在抗戰最艱難時期也是大後方的昆明，眼下依然是一副「商女不知亡國恨」懶洋洋的豔俗模樣。

東北戰場上的炮聲已經平息下來了，按官方報紙的說法，幾十萬國軍已經「順利轉進」。但是連兵團司令、剿總司令、中將軍長、少將師長都俘的俘、死的死，逃的逃，他們的部隊又能「轉進」到哪裏去呢？

負責堅守長春的六〇軍大多是雲南的子弟兵，他們曾經有血戰台兒莊的光榮，又有抗戰勝利後出國到越南去受降接防的榮耀，然後又稀裏糊塗地被調派到東北戰場打內戰。昆明一些六〇軍的軍官太太已經穿起了喪服，哀嚎之聲不時從大街小巷傳來。

《中央日報》上不斷報導的國軍「順利轉進」的消息對後方的人們來說，無異於報喪。林彪的百萬虎狼之師即將入關，國軍從東北「轉進」到華北，又從華北「轉進」到中原——徐蚌會戰已經打響了，連不懂軍事一身雞屎臭的老倌都知道國軍還將繼續「轉進」，「轉進」到長江以南，「轉進」到大海的邊上。

現在人們拿到報紙的感受和四年前可謂天壤之別，那時國軍的遠征軍在美軍「飛虎隊」的援助下，在滇西大舉進攻，把不可一世的日本人打得丟盔卸甲，一直將他們趕出國門。在那難得的揚眉吐氣的歲月，人們一天不在報紙上看到打勝仗的消息心裏就不舒服；現在是天天都看到國軍在「轉進」，天天眉頭都舒展不下來。喪事彷彿不是一家在辦，或者一座城市在辦，而是一個國家都在哀痛沮喪之中。以至於街頭報攤上剛拿到報紙看了一眼標題的人，會長長歎一口氣：

「莫非這共匪比當年的日本鬼子打仗還厲害？還越剿越多？」

「他們是匪嘛。」一個蹲在報攤邊的屋簷下烤太陽的老倌說，「你不曉得『匪』字是個半邊框，封了三方還有一方，老天本來就要給他們留一條生路的。自古以來，有官就有匪麼。」

「老人家，自古還漢賊不兩立。共匪來了有你的好？」那個買報的人說。

暮氣沉沉的老倌懷裏抱著胳膊粗的水煙筒，瞥了那人一眼，「哪個來了我都在這裏烤太陽。」昆明是高原城市，冬天太陽火辣，像個大火爐高高地懸在頭頂上，抵半件棉襖。因此人們把曬太陽說成烤太陽。

他把一望無牙的嘴湊上去，呼嚕呼嚕地吸上幾口，煙從嘴裏吐出來，把老爹的頭罩住，還有些餘煙從煙筒口緩緩飄出，像剛打了一炮的迫擊炮炮口。這時他身後有個老太太從昏暗的屋子走出來，「死老倌，太陽走了，還不趕緊。」老爹這才慢慢挪起身子，他身後的老太太搬起老爹屁股下的小凳子，送到陽光下。老爹便再舒適地坐下，蒼老的目光望著變化萬端的街景，好像大街上那些往來熙攘的穿軍裝的、穿長衫馬褂的、穿旗袍的、穿中山裝的、穿學生裝的、或者衣不蔽體的人們並不存在；東北戰場、徐蚌會戰也不存在，有老太太幫他挪凳子「轉進」，他就可以舒適地烤自己的太陽。

世道輪替，看來只是時間問題，就像日升月落。昆明的普通人似乎就像那個喜好烤太陽過日子的老倌那樣，哪個黨來了，他都照烤自己的太陽。送水的牛車搖搖晃晃地走在青石板鋪就的小街上，彷彿走了一個世紀，並且還將再走一個世紀。大街上讓人稍感有些生氣的倒是那些拉黃包車的車夫，他們兩腳翻飛，穿梭於大街小巷，在人多的地方，車夫會高喊一聲：「招呼，糞抹著！」行人以為挑糞桶的鄉下人來了，忙避之不及。轉眼看到黃包車風一樣地從身邊馳過，嘴癢的會不輕不重地回罵一句：「小狗日的，奔死。」要是看到車上坐的是一個穿豔俗旗袍的女士，開叉的地方露出玻璃絲襪包裹著的渾圓小腿，難免也會來一句：「小爛屎，吊膀子日屁股也不消這份急。」

那天有一個愛耍嘴皮子的小混混剛這樣脫口罵出來，轉眼黃包車停下來，從旗袍女士身邊走下一個身穿藏青色挺括中山裝、戴禮帽、手持文明杖，長得很結實的漢子，眼光刀鋒一樣地逼過去。「你嚷些哪樣？」漢子兩步就搶到那人身前。那多嘴的路人知道遇到了個厲害角色，轉身想跑，卻被人家一把拽住衣襟，好像還沒有怎麼使力就將他提溜了起來，然後輕鬆地就給蹾在地上。這種人其實不用掂量就知道是吸鴉片的。

街對面正有一個穿布鞋紮綁腿的員警，拿一根打狗棍，看戲似地站成一根木樁樣。中山裝男人對他招招手，員警趕忙就跑過來了。「送他去這個地方。」中山裝男人從口袋裏掏出一個綠皮本子來，在員警面前晃了晃。員警一看，忙又是點頭又是敬禮，還不忘朝腳下那貨踹一腳。這傢伙知道今天是惹到歪人了，竟衝中山裝男人磕起頭來，「長官長官，我是爛屎。我是爛屎。咯要得嘛？」

中山裝男人轉身就走了，連鄙夷的目光都懶得施捨。那自認是爛屎的傢伙還不明就理，問員警：「你要送我去哪裏嘛？」員警笑瞇瞇地說：「恭喜你啊！你要去穿二尺半了，省得成天在街頭惹是生非的。」

身後傳來呼天搶地的喊叫聲，中山裝男人好像早就聽膩了，他頭也沒回，上了黃包車。車上那穿旗袍的女子嗔怪道：「什麼人啊，犯得著錢特派員費那個神？」

「我一不小心又幹上了老本行，爲黨國的前線送了一個煙鬼。」叫錢特派員的一本正經地說。

旗袍女人撇了撇嘴：「這種人還能打仗？」

「嘿嘿，他即便不能爲黨國打仗，至少也可以在軍隊裏戒掉煙癮嘛。」

「難怪你們打不了勝仗。」女人嘀咕道。

錢特派員望著身邊滿臉濃厚脂粉的女人，認真地說：「勝仗？你們這些演戲的都不多排演些鼓舞國民士氣的戲，前線的士兵哪有信心打勝仗？」

女人嘴角起了一絲嘲諷，「哎呀，原來東北戰場是我們這些戲子打輸的啊。」

錢特派員咬緊了牙幫，儘量往女人那張粉臉湊近，「儘管你是一個女人，是個搞藝術的，但我還是要告訴你，戰爭是大家的，就像黨國是我們大家的一樣，不分你們我們。」

女人的優勢在於她們可以依仗自己那張漂亮臉蛋，說一些不給人面子的話。「那可不一定，」旗袍女子往一邊挪了挪身子，「我們餓肚子的時候，黨國可沒跟我們站在一起。」

「你們肚子餓時，難道就沒有想想，自己是否跟黨國站在一起？舒菲菲同志。」

女人乾脆撒起嬌來了，「討厭。誰跟你們是同志？別到處拉墊背的。」

「不是墊背不墊背的問題啊小姐，覆巢之下，你們還想演戲？還想搞藝術？」

雲南省黨通局特派員錢基瑞是迎春劇藝社專門請來審看新排演的劇碼《阿Q正傳》的，儘管趙迅和他很熟，他稱趙迅爲「迅兄」，也經常應邀參加昆明話劇界和文學界的「雅聚」。自他來到昆明後，他比市黨部宣傳部那些只會對文藝界打官腔的傢伙好說話多了，而且，他看上去更善解人意，更像一個專業人士。不過，官員就是官員，你得隨時把他們抬到令其舒服的位置。舒菲菲在《阿Q正傳》裏沒有擔任主要角色，趙迅就讓她親自上門去請。那時一齣話劇能在市面上順利上演，得經過三關：場地關、資金關、審查關。許多劇碼前兩關順利解決了，卻在審查上折了跟斗。不過，在和官場周旋方面，一個話劇導演手上總有很多牌可打。

錢基瑞見到趙迅就拱手作揖道：「迅兄，又要發財啦？」

趙迅忙說：「發財不敢當，還需錢特派員多多提攜。」

「聽說上一齣《野玫瑰》你們可賺了一根金條。」

趙迅笑笑，「剛剛把劇社借的高利貸償還清了而已。你啥時候見到過演話劇的成了富翁？特派員，這邊請。」

他們來到導演間，趙迅說演員們在化妝間準備了，馬上就可以爲特派員專演一幕供審看，然後畢恭畢敬地呈上自己花了三個月才改出來的劇本，錢特派員翻了翻，沉吟半晌才說：「怎麼又是魯迅？」

趙迅的心一下提到嗓子眼，「我……我們喜歡魯迅啊。」

「迅兄啊，作爲一個搞文藝的人，僅是你們喜歡是不夠的。」錢特派員像一個長者似的說，然後他話鋒一轉，「你們說，魯迅本來姓什麼？」

趙迅回答說：「姓周。」

錢特派員嘲諷道：「我看他姓共，共產黨的共。」然後他一本正經地說，「我們知道，他一直在領共匪的薪水，死了都在領。因爲共匪至今還在享受他的紅利。你們這些演戲的、寫文章的，還處處把他奉爲祖師爺。他可是喝了日本人的東洋墨水才跟政府過不去的呢。」

趙迅把身子往前挺了出去，「特派員說這話可有憑有據？」

趙迅身旁的舒菲菲忙一把拉住他，「特派員說笑呢。魯迅本來也只是一個筆名嘛。他有一天一高興了就讓自己姓魯；再一天又一高興了，就讓自己姓共，就像錢特派員說的那樣。謝天謝地，他老人家沒有活到那一天。說不準哪一天他高興或者不高興了，他還會讓自己姓黨國哩。人家是大作家嘛，想讓自己姓哪樣就姓哪樣。是不是嘛，特派員？我們管他姓哪樣名字，我們只是演他的小說改編的戲而已嘛。」舒菲菲說到最後聲音都開始哆聲哆氣起來了，連趙迅聽了起雞皮疙瘩。

但錢特派員可不吃這一套，他依然公事公辦地說：「在當今戡亂時期，國家生死存亡之際，上演《阿Q正傳》這樣的劇碼，合適嗎？這對振奮民心有多大好處呢？難道我們指望阿Q這樣的人上前線嗎？難道你們認為阿Q的『精神勝利法』，能起到鼓舞前線將士士氣的作用嗎？士兵都像阿Q那樣，打了敗仗還說是兒子戰勝了老子，這……這個，前方將士，何以殺敵？後方民眾，又何以教化？」

趙迅不無嘲弄地問：「國軍不是一直在打勝仗嗎？」

「你……」錢基瑞一拍桌子上的劇本，本想斥責趙迅胡說，但既然人家是胡說，真相就不言自明。不過手中擁有權力的人，不僅可以胡說，更可以胡來，這一點錢特派員再清楚不過。「沒錯，國軍一直在節節勝利，不斷轉進。這種時候，我們就更需要鼓舞士氣民心的愛國文藝，而不是阿Q這種頹廢的、墮落的、愚昧的小偷、流氓、社會渣子。日本人才喜歡我們中國人都這樣呢，當年他們敢藐視我們國軍，就是知道國軍中的阿Q很多；共匪也喜歡我們都是阿Q，這樣他們就可以堂而皇之地把蘇俄赤匪的思想引進來，沐猴而冠，登堂入室，以改造國民惰性之虛名，行竊國赤化之實質。」

特派員越說越慷慨激昂，以至於唾沫星子都飛到那個惹來大麻煩的阿Q身上了。他在趙迅的劇本裏躲躲閃閃，落荒而逃。他彷彿在問要把他再度推向舞台的趙迅：難道又不准革命了麼？秀才娘子的寧式床也不准去抬了麼？呸呸，這幫兒子們！我手執鋼鞭將你打……

趙迅努力讓自己平靜下來，「錢特派員看來也讀了魯迅不少的書啊。」

「那當然，上大學時誰不讀魯迅？」錢特派員自詡道，「那個時候，能買到的魯迅作品，我都有。」

「那時你在魯迅作品中讀到了『共產黨』三個字了？」趙迅問。

「迅兄，你我都明白，凡藝術，都是有立場傾向的。說實話，你們排演的這些戲，兄弟我上西南聯大時，我們學生劇團都演過。演話劇的目的是什麼？在抗戰時期，是教育民眾、反對投降，救亡圖存。在現在呢，則是要凝聚民心、鼓舞士氣，戡亂建國。我上次不是給你們看過政府頒發的《文藝創作獎勵條例》嗎？政府大筆的扶持獎金擺在那裏，你們為什麼不去拿，非要自己去賣米線？」

趙迅沒好氣地說：「我們拿不到。」

「別耍你那藝術家的脾氣啦，迅兄。兄弟我上大學時，嘴裏天天喊的也是『為藝術而藝術』，到了社會上，才知道小鍋是鐵打的，藝術家也要吃飯。藝術家更要為國家民族服務。看看我們的社會，風氣多麼頹廢，士氣多麼渙散。前方將士在浴血奮戰，後方歌舞昇平都不說，還拆士氣的台。『漢家煙塵在東北，漢將辭家破殘賊』，這才是我們需要的愛國熱情！黨國生死存亡之際，難道你們就不想擔負點責任嗎？」

趙迅沒想到錢特派員竟把唐朝邊塞詩人高適的詩句也搬出來了，這他可不含糊，便冷冷地說：「『戰士軍前半死生，美人帳下猶歌舞』，難道你們就沒有責任嗎？」

錢基瑞有些驚訝地望著趙迅，彷彿面對一盤被將死了的棋局。「唉，迅兄，時局如此，你我都不要書生氣了。還是談談你的阿Q如何改吧。」

「改？」趙迅瞪大了眼睛。「你連劇本都沒有看完，就要我修改？」

「你以為我不知道阿Q是什麼樣的人物嗎？我在西南聯大讀四年書是瞎混的？實話告訴你吧，當今局勢下，你的《阿Q正傳》要如期上演，必須要在裏面增加一些諸如發揚中華民族精神，激勵民族意識的東西。阿Q即便是個愚昧的、落後的人物，你也要在劇中為民眾指明奮鬥途徑和人生希望。老兄，政府的《文藝創作獎勵條例》早給你們指了條陽光道：『暗示人生修養，提倡服務精神』。否則，你拿不到市黨部的『准演證』的。」

劇碼都排演出來了，場地也租好了，廣告也打出去了，本埠報紙甚至已經提前做了預告，還煽情地說昆明人除了在抗戰時期看過西南聯大劇團上演的《阿Q正傳》外，已有四年沒有見到阿Q這個「老朋友」了。寫這篇報導的正是趙迅的朋友高建雄，他是迎春劇藝社的熱心戲迷。

那就改吧。當天晚上在請錢基瑞去翠湖邊的「翠雲軒」晚宴後，舒菲菲等幾個女演員陪特派員去金碧舞廳跳舞，趙迅回到家趁著酒意鋪開稿子為阿Q重新設計命運。

第二天排練時，阿Q不是稀裏糊塗地被革命了，而是成為一個有追求、有覺悟的農民，即便他被推上斷頭台，在畫那個圈時，他也大義凜然地喊出「你們就是砍了我的頭，我們也是一個主義，一個政黨，一個領袖」這樣很高調的口號來。以至於台上的阿Q火氣沖天地問：

「趙導，我演的這是他媽的阿Q嗎？」

趙迅在下面也怒氣沖沖地吼道：「你管他是阿Q還是阿O，好好說你的台詞！」

阿Q哭喪著臉說：「可是……可我找不到感覺呀。那個斯……哪樣撕雞吃的大師告訴過你沒有，阿Q說這些話時是哪種感覺？」

「沒心沒肺。明白了嗎？」趙迅冷冷地說。

准演證如願拿到了，迎春劇藝社打出的海報上標明「新編《阿Q正傳》」，趙迅不知道這個「新編」會被多少人罵為「胡編」。臨上演前的那幾天，他感到自己就像一個即將被公眾揭穿騙術的騙子。「沒有比我更背時的導演了。魯迅先生在天之靈都在嘲諷我了！」在劇社裏，他逢人就說，像祥林嫂。

還有比被魯迅先生嘲諷更背時的命運哩。首演第一天，觀眾呼啦啦地來了三百多人，把個不大的劇場擠得爆棚了。要是在以往，趙迅和劇社的同仁們會像士兵聽到了衝鋒號。但是今天，他們聽到的是退兵鼓。

開演前半小時，市黨部宣傳部和黨通局的幾個穿中山裝、戴黑禮帽的人來後台找到了趙迅，向他宣佈說，根據「國家總動員法」和《管理收復區報紙、通訊社、雜誌、電影、廣播暫行管理辦法》，市黨部決定在此戡亂時期，不適宜上演《阿Q正傳》，著令立即停演，解散觀眾，且不得說明理由。

沒有任何辯解的餘地，特務們的車就停在劇場外面，甚至還來了一隊憲兵。趙迅就是頭上頂著一泡屎，也得站在大幕前去向觀眾解釋。在快要崩潰的一瞬間他想通了——這總比褻瀆魯迅先生的作品好。

那真比站在槍林彈雨前還要艱難，還更需要勇氣。趙迅一手拿著「准演證」，一手拿著那些人給他的「禁演令」，用低沉、悲憤、哽咽的口氣向觀眾們宣佈：

「《阿Q正傳》是魯迅先生寫的一齣悲劇，但今天，比阿Q更悲劇的是我和我的劇社，以及熱心的你們。我剛剛接到指令說，國家正在非常時期，此劇不能上演了。我只有懇請各位有秩序地退場，我們將在門口設立退票點。我們縱有十萬個抱歉，也不能得到你們的原諒。但是啊……」

劇場內靜默了幾秒鐘後，忽然噓聲四起，香蕉皮、橘子皮、零食、包子、饅頭、糕點、甚至皮鞋都扔上來了。趙迅像根沒有感覺的木頭那樣站在那裏一動不動，承受著這前所未有的屈辱和打擊。

03 思想改造

「這就是我們在國民黨反動政府時期『話劇開天窗』的經歷。我們雖然看上去在台前很風光，但卻是在戴著鐐銬跳舞啊。一個連阿Q都害怕的政府，一個一點藝術創作自由都沒有的政府，它怎能不垮台呢？」

趙迅對李曠田說。他和他的劇藝社的朋友們，已經在一所中學裏的學習班待了一個月了。除了演話劇的，還有舊時代搞寫作的、唱花燈的、唱滇劇和京劇的、作曲的、畫畫的、寫書法的，他們都是即將成立的省文聯要團結招募的對象。

大家過著準軍事化集體生活，週末才可以回家與家人團聚。開初時人們興致頗高，伙食很好，學習的內容很新穎，大食堂裏一人端一大碗吃飯很熱鬧。早上六點半聽著軍號起床，七點出操跑步，七點半早餐，八點上課。一直到下午五點，課程都排得滿滿的，時事、政治、軍事、抗美援朝、馬列主義理論、聯共（布）黨史、中國革命史等。還有討論、彙報、自我剖析、思想總結，常常晚上都在開會學習。新名詞、新思想、新理論、新作風，源源不斷地灌輸給這些舊時代的藝人們。

思想改造運動不僅要重新塑造人的靈魂，還要改變人的作風。連一向自由散漫慣了的阿Q，每天早上軍號剛一響起，便一咕嚕爬起來了，穿衣洗漱比哪個都快。因為他在剛進來的頭一周就三次遲到，被請來操練他們的解放軍教官一頓好訓，罰他圍操場跑十圈。那威嚴的教官大喊一聲：「跑步——走！」可阿Ｑ就是阿Ｑ，他索性攏著手蹲在地上了，還用滿不在乎的眼光撇了教官一眼。這教官是個班長，人高馬大，脾氣火爆，是個久經戰火的東北老兵，他當時氣得解開了皮帶。趙迅一看要出事，忙跑步過去，一把拽起阿Ｑ，說憨狗日的阿Ｑ，還不快跑。然後他帶著阿Ｑ一起跑。一邊還喊著嘹亮的「一二一」。還是李曠田出來解了大家的圍，詼諧地說共產黨要把阿Ｑ改造好，光靠跑步是不夠的。可憐的阿Ｑ才沒有嘴裏跑出白沫子來。

今天是趙迅個人的自我剖析，俗稱叫「洗澡」。這樣的「洗澡」每週都有，或大會上，或小組裏。現在趙迅是面對組織，除了李曠田外，還有兩個趙迅不認識的人。他們表情嚴肅，坐在李曠田的兩邊，看上去像是從北方來的南下幹部。他們一個姓黃，一個姓劉，不知道是什麼職務，在學習班裏，人們一律用「同志」相稱謂。

「很好，趙迅同志的揭發有助於我們瞭解國統區的文藝黑暗和對藝術家的迫害。過去只知道他們經常強迫進步報紙『開天窗』，原來他們連進步話劇也敢『開天窗』。」李曠田同志總結道，「你可以把這一段經歷寫成一篇資料，用在學習班裏供大家交流。昨天詩人亦夫同志在舊社會發表了一首詩還蹲了三年監牢呢。」

「你有沒有組織你們劇藝社的演員們和國民黨反動派作鬥爭？」黃同志問。

「鬥爭？」趙迅認真地想了想，「沒有。國民黨反動勢力太強大了，黨通局的那些人都有特務背景，屬於中統『ＣＣ系』的，我們經常被他們盯梢，尤其在《阿Ｑ正傳》禁演後，他們監控了我們三個月。每天回家身後都有『尾巴』。」

「這就是你們鬥爭性不夠強的表現。」黃同志指出，「反動派強迫你們在《阿Ｑ正傳》裏加進他們的反動思想，你就不加鑒別地接受了。這說明什麼問題呢？說明你靈魂深處還是怕他們。因此對你們這些舊社會過來的文藝工作者的思想改造是非常有必要的。看看我們延安時期魯藝出來的文藝家，哪個不是站在反帝反封建、反國民黨獨裁專制的第一線？」

趙迅連連點頭稱是，心裏想哪個喜歡獨裁專制呢？我要是上了魯藝……

黃同志又說：「你們的自我剖析不能光講自己怎麼受到國民黨反動政府的迫害，還要分析出自己爲什麼沒有反抗。都做順民，只講藝術，不講政治，革命怎麼能成功？」

「是，是是。爲什麼沒有反抗呢？只想委曲求全，能演話劇就成。這是我們舊社會藝人的通病，我們思想覺悟不高，接受新民主主義的思想不夠。我很羞愧，我真的很羞愧啊！爲藝術而藝術是過時的……是資產階級的藝術觀。」

李曠田這時用肯定的口吻說：「趙迅同志作爲學習班的副班長，在思想改造方面是積極要求進步的，這個我們大家都看得到。連張班長都說趙迅同志出操最積極，最守紀律，無論是佇列還是內務都起到了表率作用。阿Q就是在他的以身作則下變得越來越好了嘛。」

趙迅暗自出了一身冷汗。那個操練他們的解放軍班長，有一天當眾表揚趙迅，說他站似一根樁，行如一陣風，腰杆裏始終有一根扁擔，有軍人作風。在食堂吃飯時張班長還問，趙同志當過兵？趙迅連忙否認道，沒有沒有。我要當過解放軍就好了。張班長又說，別看我這大老粗沒有文化，但誰有沒有軍人作派，一個轉身都可看出來。趙迅那一刻差點沒有被一口飯噎住，半天才緩過氣兒說，我們在舞台上的訓練，其實也跟解放軍一樣的苦。從小壓腿下腰走台步，那是童子功呢。

趙迅的「洗澡」比較順利地過了關，生活開始向他展示陽光燦爛的一面。軍區政治部文化部的一位姓馮的部長，有一天來到學習班作報告，馮部長三十年代時就是國統區的一名知名作家，後來又嚮往革命投奔了魯藝，還在魯藝戲劇文學系當過副主任。他的報告深入淺出、既有政治性又高瞻遠矚地指出了革命文藝發展的方向，讓學員們不得不佩服得五體投地。趙迅沒有想到的是，報告結束後馮部長單獨將他留了下來，問他在學習班結束後，願不願意參加解放軍，到軍區文化部工作。馮部長說，我看了你們演的《雷雨》，還在廣播裏聽過你說的相聲、快板，多才多藝嘛小鬼。把趙迅當時感動的，說自己做夢都想穿一身解放軍的軍裝了。

可是到了第二天，李曠田又把趙迅找去，說新組建的文聯裏作家協會是最重要的，問趙迅是否願意去作協工作，至於職務嘛，還是先當個副秘書長。趙迅如沐春風，再次激動得眼淚都要掉出來了，忙說，感謝組織信任，感謝曠田同志栽培。可是，可是軍區文化部的馮部長想讓我去他那兒效命呢。李曠田同志馬上指出他得意忘形時的失態，什麼「效命」、「栽培」，都是幹革命工作，國民黨才說「效命」「效忠」啥的。馮部長那邊我會去協商的，我們文聯是新組建的單位，亟需人才，部隊應該支持我們地方的工作。你不能走。

人才啊我是共產黨的人才。天生我材必有用，趙迅你要好好幹啊！趙迅做夢都在念叨。

週六一回到家裏，趙迅一把將大著肚子迎上來的舒淑文抱住，「我洗過澡了！」

舒淑文誤會趙迅了，略帶嬌羞地說：「看你猴急的，人家肚子裏有孩子呢。」

趙迅仍然得意洋洋，「『洗澡』過了，人逢喜事精神爽啊！」

舒淑文溫柔地點了一下趙迅的額頭：「才一星期呢，就那麼慌啊？」

趙迅反應過來了，哈哈大笑。一把將妻子横抱起來，小心放在屋裏的躺椅上。「文妹，你不知道『洗澡』是學習班裏的新名詞，指我們這些舊社會的藝人清洗乾淨自己思想上的資產階級污垢，改造好思想，跟上時代前進的步伐，成爲一個全新的、乾淨的革命文藝工作者。這個……這個，嗯，不是你要的那個意思呢。」

兩人笑作一團，在躺椅上小心謹慎地親熱了一番。趙迅把頭伏在妻子的肚子上，問：「他在裏面有意見了呢。」

舒淑文說：「動得可厲害了，肯定是個小調皮鬼。」

趙迅說：「你要多多地吃，給我養個大胖兒子。對了，他將來會是一個作家的兒子。淑文，我要到作協幹副秘書長了。」

舒淑文沒有顯得特別地高興，「這麼說，你洗乾淨自己了？」

趙迅愣了一下，「當然洗乾淨了。這是李曠田同志親自告訴我的，還說作協工作任務重，我是個人才，軍區文化部的馮部長來要我他們都不放呢。」

晚上，兩人躺在床上，對未來滿是跌跌撞撞的憧憬。米線店不要再開了，廚師王師傅和四個夥計都給他們一筆錢，讓他們自謀出路；舒淑文的奶奶留給她的一根金條也捐給國家買飛機打美國鬼子去，學習班裏好多藝人都捐了，咱們可不能落後。以後領政府的工資了，要像個國家幹部，還頂著個小工商業者的帽子，將妨礙副秘書長的進步。家中的傭人孫媽也辭退算了，現在勞動人民翻身作了主人，大家都平等了，家裏還雇傭人就是剝削了。

舊時代的一切東西都要在家庭裏「洗洗澡」，從穿的到用的，從花銷到做派，都要適應新時代的風尚。趙迅的美軍飛行夾克、凡尼丁毛料西裝西褲，陰丹布長衫，南洋風情的花襯衣，甚至禮帽、鴨舌帽都送給王師傅吧；舒淑文的旗袍、百褶裙、玻璃絲襪、香港訂做的高跟鞋、水獺皮大衣，還有那些金銀首飾、翡翠手鐲、玉佩掛件，送給傭人孫媽也不合適，那就都藏在箱子底吧。

以後天天穿列寧裝。過去舒家的老照片、舊書、雜誌、老岳父寫過的那些吟風弄月的古體詩（還自費結集出版過一本《詠梅集》），家中還堆了近百冊，還有和法國老闆往來的信函（厚厚一大疊），在鐵路上工作時的日誌，都趕快燒了吧。尤其需要趕緊處理的是家中的那些耶穌像，聖母像，十字架，《聖經》，這些都是帝國主義的東西，共產黨是無神論者，不會喜歡他們的。舒淑文期期艾艾地問，還有你給我姐姐寫的那些情詩，我一直保存著呢。要不要燒？趙迅毫不猶豫地說，燒。都是些小資產階級情調的東西。他看到妻子眉頭皺了一下，好像真被那燒情詩的火燒著了，便信誓旦旦地說，我現在心中只有你，我早和過去一刀兩斷了。舒淑文歎了口氣，我是為我姐姐惋惜呢，畢竟那是一段很真摯的情感。趙迅趕緊說，再不要提你的姐姐了，我在學習班裏為你的家庭背書，差點過不了關，還是老韓他們幫我作證明，說你是個有進步思想的學生，為了迎接新中國才留下來的。

舒淑文最後問：「趙哥哥，你的那些勳章呢，燒不燒？」

趙迅就像被燙著了手一般鬆開了摟著妻子的手臂，臉上的疤痕急促地抖動起來，他翻身坐起來，像個苦苦冥思的哲人，又像個負債累累的商人，卻被一枚過去時代的勳章壓得喘不過氣來。

「勳章，你燒不化的。把它們埋在那盆梅花下吧。」

在舒家的傳世家業中，這盆據說是明朝時期就種下的梅花極為珍貴，堪稱舒府的鎮宅之寶。它栽在一個長寬各一丈二、深達兩丈的大石缸裏，至少傳了七輩人以上。昆明本就是一春城，素無寒冬，梅花這種喜寒花卉在昆明也就更為珍貴了。過去舒家每年都會在梅花開放時，請高人韻士、至愛親朋來家裏賞梅，舒淑文的父親舒唯麒的許多古體詩都是贊詠這盆「明梅」的。不過在抗戰時期「明梅」不再開花，幾百年的枯藤只發少許綠葉。舒唯麒曾經以梅詠志：「家國有難藤無言，河山光復梅先知。」神奇的是抗戰勝利的當年，也就是一九四五年的冬天，明朝的梅花傲然綻放，團團血紅色的花朵妝點古藤，無意賣俏爭春，唯報家國中興。那年前來賞梅的朋友特別多，連報館都派來記者採訪，說是那枯藤上綻放的都是抗日將士的鮮血，河山光復在望，「明梅」報喜送春。到國共內戰起時，「明梅」再度「無言」了。舒唯麒逃離自己的家園時，曾對舒淑文說：好好照看好我們的「明梅」，就像照看你的奶奶一樣。

週一，學習班情形突變。先是劉國棟東窗事發，這個情場高手自進學習班以來，思想就不放在認真改造上，他和班裏一個唱花燈的女演員從第一週起就眉來眼去，第二週就在週末暗度陳倉。終於在昨天在一家旅社被人捉了姦，捉姦者正是一直與他同居的富商姨太太以及發動起來了的街道群眾。劉國棟至死都不明白，這點事情，何至於興師動眾。新社會了嘛，砸碎了封建牢籠，戀愛自由，誰和誰睡覺革命管得了嗎？

在學習班的「洗澡會」上，劉國棟此言一出，就引起「群毆」式的批鬥。首先站出來慷慨激昂發言的是楊小昆，他說劉國棟就是一個狗改不了吃屎的嫖客，在舊社會吃喝嫖賭樣樣都來。他曾經抽過大煙，還是國民黨反動市長的女婿，又和反動資本家的姨太太長期姘居亂搞，這樣一個五毒俱全的人物，共產黨好心好意地改造他，請他來學習班「洗澡」，可他不好好跟黨「洗澡」，卻和小爛屌在一起洗澡，搞女人搞到學習班來了。你以爲這裏是幹什麼吃的？黨苦口婆心地教育我們，改造舊社會遺留在我們腦子裏的壞思想、舊作風，給我們上課講國際國內形勢，讓我們樹立革命文藝思想。可他呢，和小爛屌濫吃濫嫖，把這裏當成妓館了！

楊小昆批判得唾沫橫飛、口誅手指。那是昆明街頭潑婦罵街的慣常動作，手高高地抬起來，手腕卻彎下去，食指高過對方的鼻子，有的還附帶翹起的蘭花指，形成居高臨下之態，卻隔得遠遠的，大約隨時要提防被對方打一拳。連與會的李曠田也聽不下去了，揮手制止他：同志們發言要注意文明禮貌。

這個迎春劇藝社的劇務，當年來投奔老韓時，老韓問他讀過些什麼書，他說七俠五義啥的都讀過，老韓又讓他念一段台詞，聽得在一邊的劉國棟毫不客氣地評價說，比結巴順暢一點。老韓再問他知道田漢曹禺麼，知道巴金老舍麼。他撓了半天頭說，種田的老漢他倒認識幾個，老舍？老子就是捨命來演戲的嘛。老韓當時氣得想踢他，說你演個屁的戲。你可曉得什麼是表演？他回答說誰不認得表演？戲台上的人演的是假的，戲台下的人看著是真的。老韓當時要打發他走人，但這個傢伙哀求說餓肚子已經好幾天了，在劇社裏不求別的，給碗飯吃就行。

據楊小昆自己說他們家前清時還是很闊的，家裏三進三院，傭人都有七八個，只是在民國時家道中落了。趙迅來接手劇藝社時，楊小昆已成了不可或缺的人物，跑場地、和高利貸者打交道、擺平社會上地痞流氓的騷擾，還真少不了這樣的人。

在劇社裏，他既被人看不起，又離他不得。有人曾經看見他在服裝間抱著舒菲菲換下的旗袍戲服手淫。舒菲菲曾跟趙迅抱怨說，只要一看見楊小昆色瞇瞇的眼神，就會常常忘記了台詞。以至於每當有重大演出時，趙迅總是把楊小昆使得遠遠的。當初大家報名參加學習班時，他也來跟趙迅要一張表填。阿Q當時就說，這是共產黨為搞藝術的人辦的學習班，你來湊什麼熱鬧。楊小昆的回答頗為理直氣壯，共產黨是為勞動人民翻身求解放的政黨，我是道地飯都吃不飽的勞動人民，你阿Q都去得，我為哪樣去不得？

第二天劉國棟就被人叫走了，從此人們再沒有他的消息。

學習班風聲鶴唳，天天晚上開會學習、揭發「洗澡」到十二點。人們不再在吃飯時和晚上散步時開玩笑說閒話，男同志和女同志們更是「授受不親」，話都不敢多說兩句。上面宣佈說本週末不放假了，去煉鋼廠義務勞動兩天。趙迅心裏暗自叫苦，原說星期天陪舒淑文去醫院檢查呢。那時他還不知道，生活從此將不一樣了。

這天晚飯後老韓約趙迅出去散步，他們當然不能走出中學校的大門，只能圍著操場一圈又一圈地轉，晚七點還要繼續「洗澡」呢。

「老弟，沒想到會這樣。」老韓愁眉苦臉地說。

「怎麼了，老韓？還在想國棟的事？算了吧，他這樣的人，就是花前鬼的命。」

「是我的命要背時了啊老趙！」老韓急得聲音大了起來。

趙迅忙示意他小聲點，兩人緊張地往四周張望，暮色蒼茫中有人在打球，有人在散步。但趙迅憑直覺感到有人在盯他們的稍，在試圖聽到他們的談話。

下午老韓被叫到校務辦公室「洗澡」，跟他談話的老黃同志和一個他不認識的人。那人向他出示了一份國民政府時期的黃色封皮的檔案，也就是人們稱的「敵僞檔案」，裏面有一份表格，上面清楚地寫著韓三勤自願加入三民主義青年團的申請，而另一份檔案裏，則是國民黨昆明市黨部任命韓三勤爲三青團宣傳股長的委任狀。

「我當時都尿褲子了，那人是省公安廳的人。」老韓哭喪著臉說。

趙迅倒吸一口涼氣，渾身都冰涼了。「學習班『洗澡』時，你爲什麼不交代？」

「我怎麼說得清？」老韓聲音又大了起來，「那時還不是爲了方便拿到『准演證』。人家給我情面我不領，我還想不想搞我的話劇？我們是演戲的人，人家是坐江山的人，誰坐那個位置上都要拉攏我們不是？」

趙迅當然清楚，曾經風光一時的三青團，在一九四八年國民黨搞黨團合併時，很多三青團員自動加入了國民黨，也有不少的人因爲厭惡內戰和國民黨的獨裁統治，從此遠離了這個組織。他和老韓交往這些年，從來沒有見過他往國民黨市黨部的門多看一眼。老韓向來是個很清高的人，當年跟市黨部宣傳部和黨通局的人打交道，他都把趙迅支到前面，還說我看見這些官僚就煩。老韓可能以爲，不跟國民黨沾邊，這事就過去了。可現在趙迅愈發感到，像他們這種人，過不去的坎會越來越多了。

「那他們……要你怎麼說？」

「重新自我檢查麼，再洗一次澡。今晚……怕是就要開始了。天老爺啊，我怎麼洗得清自己？」

趙迅鬼使神差地說：「老韓，該說的就說，不該說的，暫時不說。」

「唉！」老韓眼裏都是淚了。「趙老弟，我有件事得託付你。我老伴兒和孩子，他們回到家時，如果我不在，你得幫我照應照應。」

趙迅大吃一驚：「他們離開香港啦？」

「上週剛離開。唉，早一星期讓我洗這個澡，我就讓他們……」

這時有個人影遠遠跑來，是楊小昆。趙迅連忙示意老韓不要再說話。楊小昆很做作地和他們打招呼，說自己飯後運動運動，然後晃晃悠悠地跑開。老韓嘀咕了一句：「小人一個。我當初真是個東郭先生呀。」

趙迅鄙夷地說：「不用理他。我也是東郭先生，真不該讓他來參加這個學習班，高抬他了。曠田同志上午還找我去問這人底細，讓我以後提醒他注意說話方式。真給我們迎春劇藝社丟臉。」

「你要小心這頭白眼狼，老弟。今天黃同志問了很多我們劇社的問題，好些大家私下說的話，他們都掌握了。尤其是阿Q和劉國棟的牢騷。誰會是告密者呢？」

「哦？」趙迅又吸了一口涼氣，努力想自己在劇社裏說過些什麼不合適的話沒有。

「老弟，有一句話，我不知當講不當講？」

「說吧老韓，我們多年的患難兄弟了，你家的事就是我的事。嫂子他們那邊你放心，再說還不一定把你怎樣呢。」

「不是我的事，是你的。」老韓定定地看著趙迅，「老弟，我也算是個久走江湖的人，從你來到劇社，我就把你當兄弟看，我也知道你是一個不簡單的人。」

趙迅笑笑，「兄長過獎了。我不過在你那兒討到碗飯吃，找到自己想幹的事情。」

老韓用憂傷的口吻說：「你還跟我裝糊塗啊。你難道不曉得現在越不簡單的人背景越複雜。憑你的縣城小學教師的資歷，就可以把我的劇社搞得那麼紅火？斯坦尼斯拉夫斯基是誰都認識的？你才華橫溢、鋒芒畢露，在這個時候可得小心。你可不能出什麼岔子啊！我要有什麼三長兩短，我……我韓三勤，就托孤與你了。」

晚風襲來，吹不掉老韓簌簌下落的眼淚，也吹不走趙迅內心的煩惱與恐懼。操場外有一條鐵路，一輛貨運火車轟隆隆開來，趙迅他們看不到火車，但聽得見那尖銳粗獷的鳴叫，感受得到那車輪震撼著腳下的土地，彷彿從他們欲說還休、五味俱陳的心中碾壓而過。

到週四，學習班外面忽然停下一輛吉普車，下來兩個公安幹部，宣讀了對國民黨三青團骨幹分子韓三勤的逮捕令。老韓被帶到教室門口時，回頭用絕望的眼光望著趙迅，沒有說一句話，但趙迅什麼都明白了。

那時學習班上正在給阿Q「洗澡」，本來從這個傢伙身上搓下來的「污穢」已經夠令人膽戰心驚的了，老韓一被帶走，教室瞬間變成一個大冰庫，人人呼出的寒氣都清晰可見。班上的幾個積極分子，在埋頭整理他們手中的「炮彈」，楊小昆躍躍欲試，正在默數筆記本上羅列的關於阿Q的罪狀，似乎馬上就要傾瀉到那個倒楣鬼的頭上了。

阿Q忽然乾嚎一聲，像在戲台上進入了角色一樣，幾步走到講台一側，「噗通」一下給大家跪下了，然後「啪啪」抽自己兩個嘴巴，在大家的詫異中開始了一場驚世駭俗的自我表白。那真是需要極大的耐心才可以聽得下去的一場思想剖析。

他說自己從小有爹無娘，沒娘的孩子有多苦啊！隔壁張七媽的奶水他吃過，張七媽的奶子大奶水多，奶急時泚出來三尺多遠，她家小胖子和我加在一起都吃不完。拉牛車的簡老漢有天還跟張七媽說，兩個娃兒都吃飽了，你讓我也吃一口，結果被張七媽滿院子追著打。

（教室裏有輕微的笑聲，被會議主持人呵斥了下去，同時提醒阿Q憶苦不能光說吃奶的事情）。阿Q連忙說對對對，我們家那時窮啊，七歲時我都還是光屁股，去上國民小學了才第一回認得啥子是布。我還穿過高奶奶納的鞋，唐家二媳婦做的衣服，猴子他爹老倌不要的棉襖，還和黃老財家的狗搶過飯吃。我在昆明的小巷子裏長大，從小就受到國民黨反動派的剝削和欺壓，他們說我像孫猴子一樣是石頭裏蹦出來的，玩官兵捉強盜的遊戲時總是讓我扮強盜，他們扮官兵。那時我總感到屈辱，共產黨來了，我才終於揚眉吐氣起來。因爲官兵就是國民黨反動派，強盜就是造反的共產黨，我就當然跟共產黨一夥的了。現在要是還能跟兒時的夥伴玩官兵捉強盜的遊戲，我還當強盜，和國民黨官兵作鬥爭。

（主持人再次打斷他說，不要講兒時的遊戲了，談談你自己在舊社會的表現和對新社會的認識。）

舊社會？舊社會我表現的像勞動人民一樣好，到處受人欺負，在學校老師同學都看不起我，嫌我窮唄。可是我會演戲，特別會演受苦的窮人，斯尼……坦尼……斯雞吃的那個大師說的現實主義啥的，我都不需要去想去感受。我的現實可比台上的那些角色苦。學校書讀完後找不到正經事情做，到處打流跑灘混飯吃（說到此處眼淚鼻涕一起下來了）。後來碰到老韓，哦，韓三勤約我去他的劇社幹，我在劇社演小角色，跑龍套，幹最累的活計，只求有一碗飯吃。那些當紅的女演員從來都不正眼瞧我們一眼……（哽咽得說不下去了）。

嗯，這個這個，楊小昆同志也是這樣。他就跟我說過舒菲菲一向都討厭他。是不是楊小昆？你別不高興，在劇藝社你是和我一起受苦的底層職員，是勞動人民。舒菲菲追隨她的資產階級洋人主子去了，我們不追隨，我們追隨共產黨，說明我們是一夥的。劉國棟、韓三勤、趙迅他們是一夥的。劉國棟進了學習班牢騷特別多啊。他說共產黨的幹部真是土包子，穿著大棉褲跳舞，卻要求學習班去伴舞的女演員穿旗袍，看上去就像土老財摟著姨太太。當年國軍軍官……哦，不對，該死（抽自己一個嘴巴）！當年國民黨的反動軍官去舞廳都是穿『羅斯福尼』的美式軍禮服，褲子縫筆挺得割手，頭髮上沾不了蒼蠅。看看，看看他們那時多麼反動啊！他們倒是洋派了，可還不是打不贏穿大棉褲的解放軍。女演員還不是喜歡人家的大棉褲，對不對？

（有學員更正道，阿Q你不要亂說亂講，人家不是喜歡大棉褲，是喜歡解放軍。）對對對，是喜歡解放軍。我還要揭發！在學習班裏，有天我還聽見韓三勤跟趙迅說反動話，說這是個什麼學習班，光學政治，一點業務也不學。我們又不是搞政治的。當初真不該來，我們自己演自己的戲，活個自由自在。趙迅說現在不一樣了，你不搞政治，政治反過來要搞你，因此你學點政治也是有用的。趙迅這個人表面很豪爽，很正直，其實特別陰，鬼心眼多。他讓我演阿Q，要我在台上喊三民主義萬歲，說「一個國家，一個政黨，一個領袖」的狗屁台詞。趙導演，我當時就向你指出這不是阿Q說的話。對不對？斯……媽的，撕雞吃的大師也沒有讓阿Q這樣說。可是你還是逼著要讓我阿Q說。我阿Q是個多麼熱愛共產黨的人，怎麼能說那樣的話呢？

阿Q真的就是阿Q。在趙迅的印象中，他從來沒有如此俐落地說這麼長的表白。在趙迅排演《阿Q正傳》之前，他一直在迎春劇藝社各種劇碼中跑龍套。學習班對他的教育看來真比斯坦尼斯拉夫斯基體系更管用。趙迅想起有一次阿Q對他說，趙導演，你成天找那些個記者採訪舒菲菲，你都說我把阿Q演活了，是專演阿Q的大師，拜託你也找幾個記者來採訪採訪阿Q大師吧。我要出名。

阿Q開了學習班思想改造靠自搧耳光、揭發他人、一把眼淚一把鼻涕過關的先河。所有準備砸向他的炮彈都啞火了，連積極分子楊小昆都被巧妙地拉攏，成了迎春劇藝社的勞動人民代表。趙迅想，這憨狗日的，看來我還得重新「洗一次澡」了。

趙迅想的太樂觀了，要是他能預先看到自己將要面對的危機，再洗多少次澡他都願意。週六出完早操，大家啃了兩個饅頭一碗稀飯準備去煉鋼廠義務勞動。有人來通知趙迅說，讓他去李曠田同志辦公室。趙迅當時心「咚咚咚」跳了三下，彷彿有個聲音在他耳邊說：

厄運來敲門了。

他敲開了李曠田辦公室的門，進去就看見李曠田滿臉狐疑，又有些惱火生氣，就像一個被撒謊的孩子欺騙了的家長；還看見裏面不但有判官一樣臉色的老黃和老劉，還有兩個他不認識的穿土黃色軍裝的人。這時趙迅想到了老韓被帶走時那雙絕望的眼睛。

過去的歷史就是你背時的命運，也是你永遠掙不脫的陽光下的陰影。

沒有過多的客套了，兩個穿黃軍裝中的一個用冷漠的聲音說：「趙迅，今天叫你來，是要你向組織交代清楚，你和國民黨中統特務錢基瑞的關係。」

趙迅稍稍鬆了一口氣，儘量用平靜的口氣說：「我已經向組織交代過了，我在舊社會搞話劇期間，他是黨通局的特派員，同時兼國民黨市黨部戲劇文藝審查委員會的主任。我們要上演的劇碼都要報他那裏審。他是一個壓制民主自由和進步思想的文化劊子手。」

黃軍裝幹部從棕黃色的檔案袋——又是那樣的袋子！天知道那裏面裝有多少事關個人生死的秘密——裏拿出一份有三頁紙的揭發資料，向趙迅揚了揚說：

「這是中統特務頭子錢基瑞交代的一九四八年到四九年期間他在昆明參加『寒梅會』的情況。這個『寒梅會』跟你什麼關係？」錢基瑞在一九五〇年底作爲國民黨潛伏特務被捕，據說他統領著一個龐大的特務組織。

辦公室裏梅花濺淚，飛鳥驚心。審訊者把資料往桌子上輕輕地一扔，用早已洞悉一切的口吻說：

「你就老實向組織交代了吧。」

04 寒梅會（交代資料之一）

一九四七年的冬天還沒有到來之前，身爲法國滙理洋行雲南分行的高級幫辦的舒唯麒已經寫了數十首詠梅詩，什麼「老樹枯藤喜飛雪，梅香幾隨驛使來」啦，什麼「庭院小坐夕陽遲，不信香雪喚不回」啦，還有「長恨春色早，未解護梅人」等等的。

那時趙迅正在向舒菲菲發動猛烈的進攻，和舒父談梅論道，吟詩唱和，是他迂迴包抄的巧妙戰術。舒唯麒開初也不待見這個臉殘口斜的話劇導演，可是趙迅一首五言絕句「前朝熬霜雪，遺韻最有情。笑盡賞梅人，輕贈一點春」，卻讓舒唯麒大爲讚賞，他感歎道，我怎麼就沒有從「明梅」的角度來看世間呢？歷朝歷代多少詠梅詩人，都在梅花下，不在梅花裏。我們家把「明梅」都當樹神供起來了。還是你們年輕人眼界開闊，真乃人不可貌相也。

自此趙迅成爲舒府的座上客，那本舒唯麒的《詠梅集》也是在趙迅的張羅下結集出版。鑒於一九四五年舒家的「明梅」爲八年浴血抗戰勝利欣然開放，已成爲昆明一大談資，所以本埠報紙年年在春城稍有寒意時就早有期待，說春城的文人雅士已常聚舒宅，「吟詩作賦北窗裏，萬言不值一枝梅」云云。

舒唯麒雖然是鐵路工程師出身，但崇尚「花間一壺酒」的雅士生活，「寒梅會」就是在他的倡議下成立的一個以文會友的詠梅詩會。到他把趙迅也拉進來時，趙迅發現裏面不僅有前清遺老、社會賢達、大學教授、報館總編、中學教員，還有市黨部書記洪發奎、宣傳部部長黃詩學、黨通局特派員錢基瑞、省教育廳副廳長龍昭等官場上很風光的人物。他們也不都是附庸風雅之士，舒唯麒在此方面要求很嚴，沒有詠梅詩作的，一律謝絕入會。不過「寒梅會」的會長卻由市黨部書記洪發奎擔任，舒唯麒只是眾多副會長之一。趙迅有一天還對未來的老岳丈說，這樣一個文人雅聚唱和之處，弄那麼多官員來幹什麼，連會長都要由他們來擔任。舒唯麒笑笑說，這就是你們年輕人不懂之處了，沒有他們，諸事不便，特務們還會以爲我們聚眾議論國事。再說洪發奎是我在巴黎留學時的學兄，我豈可僭越。

「寒梅會」的會友們那時每週末相聚一次，或在舒府的「明梅」下設宴吟詩，或去外面餐館相聚。儘管這些梅花癡情者不惜筆墨、催梅生發，但這個冬天「明梅」依舊寂寞悄然，無意唱和。梅花不開，內戰炮聲卻愈隆。擅於以梅言志、狀物抒情的「寒梅會」的會友們，在局勢波詭雲譎、風雨飄搖之際，豈能不談國事。學生上街遊行被軍警打得頭破血流，物價漲得比夏季的洪水還要兇猛，清談幻想中的梅花難免就太與「文以載道」的古訓相悖了。

高壓體制之下沒有反抗，至少還有牢騷，有小道消息，有超乎正常人想像力的荒誕現實。什麼蔣宋美齡的乾兒子孔令侃的揚子公司囤積了三萬台美國十二個真空管的高級收音機，在昆明的黑市價都炒到一百美元一台啦，什麼蔣經國到上海「打老虎」，抓了杜月笙的兒子杜維屏，卻打不了孔令侃這隻中國最大的「老虎」啦，就連東北戰場吃緊，在北平督戰的老蔣架不住美妻的哀求，丟下江山社稷不顧，飛回南京爲小蔣「打老虎」運動「滅火」等等傳聞。當然也有本地令人心亂如麻的謠言或傳說，一個在昆明郊區駐防的營長帶著部隊襲擊了一家油庫，捲走了所有的現金和汽油；幾個乘坐一輛黑色轎車的大漢在大學校園綁架了一個去上課的教授，《中央日報》上卻說該教授不愛講台愛美人，和自己的女學生私奔了。

眼下人們最津津樂道的話題當屬昆明本地《龍門週刊》上一篇叫《齊天大聖續傳》的連載小說，說唐僧師徒四人到西天取經，途經某國，孫行者和豬八戒到麵館吃麵，付賬時需付五千九百萬元。孫行者怒喝道，什麼鳥國家，剛才進你店時一碗麵才一百萬元一碗。俺和八戒分明才吃兩碗麵。堂倌解釋說，客官，本店的麵一分鐘漲價一次，你以爲就你的跟斗翻得快麼。唐僧去找國王論理，以「民不足，君孰與足」進諫。國王卻說本國人民都是千萬富翁啊，隨便哪個人都是身背一大袋鈔票上街。師傅豈能汙我國人民窮？念及爾等是修行出家之人，否則妖言惑眾是要誅九族的。此怪誕小說一時讓昆明城洛陽紙貴，人人爭相傳誦。不過好景不長，《龍門週刊》後來被勒令停刊了，理由是「肆意篡改名著，陰險誹謗友邦」。

當然，這些話題是在市黨部的那些人不在時才議論的，當他們匆匆趕來時，大家就發些擁護政府的感歎，「這些學生，國家如此器重他們，他們卻不好好讀書，成天到街上去要民主、反內戰。沒有共匪，哪來內戰。舒先生家的梅花都生共產黨的氣了。」

趙迅就是在「寒梅會」上認識了錢基瑞。那時他是個很謙遜低調的人，在舒唯麒面前以晚輩自稱，跟趙迅稱兄道弟。這些政府裏的官員，在官場上打官腔，在酒桌上則換一副面孔做人，儒雅敦厚，有情有義。趙迅不得不佩服未來的老岳父對人情世故的老道。自從和這些官員成爲「寒梅會」的會友後，他連續排演的幾齣戲都順利地拿到了「准演證」。當然，那是在內戰形勢還沒有急轉直下之前，到東北戰場、徐蚌會戰見了分曉，國民政府手上已沒有多少好牌可打了，才有趙迅的《阿Q正傳》「開天窗」的笑話。

到了一九四九年，「明梅」已經三年沒有開放，「寒梅會」這個民間詩會近乎名存實亡了，更有兩個會友家中的孩子戰死在前線，哪還有心思來吟詩作賦。戰爭的陰影儘管日益濃重，但一些老詩友還會不定時地聚一下。讓趙迅感到有些蹊蹺的是，每次聚會，都少不了市黨部的那些人，讓大家發點牢騷都不方便。

趙迅記得是在《阿Q正傳》被禁演不久的一次聚會上，錢基瑞在酒桌上拿起滿滿一杯酒向趙迅道歉，說禁演不是他的主意，是宣傳部鑒於形勢惡化而下的公文。趙迅當時不端自己面前的酒杯，說這酒他是不會喝的，他怕喝下去後魯迅先生的在天之靈會罵他。酒桌上有人起哄道，錢老弟要喝三杯賠罪，不然人家趙導演白站在台上挨那些果皮了。錢基瑞果然連往嘴裏倒了三大杯白酒，說，「迅兄氣可消了？」趙迅仍不搭腔，酒桌上的氣氛一時有些尷尬。舒唯麒只好站出來圓場說，你兩個年輕人別鬥氣啦。一場戲，一杯酒；一杯酒，一場戲。人生本就如此。基瑞賢弟在官府做事，自有他官府的規矩，趙迅導演搞藝術的，亦有搞藝術之難。自古坐江山的和寫文章的，既是親家也是冤家。「清風不識字，何事亂翻書」，國家非常時期，讀書人的頭顱，就不要去和官府的刀比鋼火硬了。來來，基瑞賢弟，老夫陪你一杯。

那個晚上錢基瑞喝醉了，席散時舒唯麒要趙迅送他回去。趙迅開始還不肯，但舒唯麒給他使眼色，讓他不得不從命。兩人出來要了一輛黃包車，一路無話，到了錢基瑞的家時，趙迅連車都不想下，但錢基瑞一把拽住他的衣袖：

「迅兄，今天酒還沒有喝夠，話還沒有說完。你跟我走。」

趙迅無奈，就當今天撞見酒鬼了。兩人偏偏倒倒的又來到一家街邊小攤上，要了些燒烤小吃和美國啤酒。美國人雖然在抗戰勝利後從昆明撤走了，但那些美援物資，似乎永遠都消耗不完。

那是酒入愁腸話更愁的一個夜晚。即便是錢基瑞這樣三民主義的忠實信徒，也在酒精的煽動下哀歎共產主義必將在中國取代三民主義。他說迅兄，我們都是一心想為國家做事的有為青年，過去打日本人，蔣委員長號召我們抗戰建國，我們又要抗戰，又要建國，容易嗎？抗戰前期兄弟我在昆明上西南聯大，受的是愛國民主的教育，聞一多還是我的先生呢。

趙迅冷冷地說：「你不配。」

錢基瑞紅著眼睛盯著趙迅，彷彿馬上就要揮過來一拳。但他終於氣短了，「聞一多先生不是我們殺的，這個，至少，是黨國裏成事不足敗事有餘的一幫蠢貨幹的。哼哼，我都懷疑他們是共產黨派來的刺客，專門來給黨國抹黑的。聞一多倒下去了，千百個知識份子都站到共產黨那邊。這樣愚蠢透頂的事情難道會是我們幹的？難道我們不曉得學生上街遊行是愛國？當年讀書時聞道求學、求真理時，哪個不一腔熱血地上街？吾愛吾師，吾更愛真理。難道我，一個西南聯大政治系畢業的優秀學生，不認同民主的理念？」

「那你現在認同什麼樣的理念呢？」

「當然還是三民主義囉！」錢基瑞理直氣壯地說。但就像有人在虛空中給了他當頭一棒，他愣愣望著行人稀少、鬼影幢幢的街道，忽然悲從中來，伏案大哭。

那是所有希望破滅的人或許都會有的痛哭，要麼在被戳到他痛處的高手前，最愛的人的肩膀上，最不需提防的陌生人面前；要麼在一人獨處的孤燈下、黑暗中、被窩裏，以及任何觸景生情、猛然看到了崩潰在即的地方。一個被綁在獨裁政權戰車上的忠實追隨者，一個試圖以權力控制人們自由意識及言論的「思想員警」，一個嘴裏喊的是民主，行的卻是為專制暴政、血腥洗清、殘酷鎮壓、秘密槍決等卑劣行徑充當打手的惡犬屠夫，當他的良知還沒有徹底泯滅時，當他幡然醒悟自己還讀過一點書，受過一點文明的教育，還是一個人時，當他發現自己陰差陽錯地站在了歷史潮流的對立面，而這並不是他的錯，是他服務的專制獨裁體制的錯時，他就會像錢基瑞那樣大壩潰堤一般地痛哭。

錢基瑞在眼淚的長河中痛訴自己錯誤的人生之路。西南聯大畢業後他在後方搞兵役工作。那時還在抗戰時期，徵兵或抓丁都有偉大的愛國理由，許多人不用抓自己都跑來了，妻子送郎上戰場，母親送兒打東洋的場面天天都有。

儘管那時兵役官幹的是送人上戰場赴死的背時職業，但卻從來沒有那麼受人尊敬過。而現在是戡亂時期，是打內戰！誰不曉得這等於是在抓一個兄弟去打另一個兄弟。「三丁抽一」也好，「五丁抽二」也罷，他知道自己送上前線去的那些沒有文化的壯丁越多，共黨的隊伍就越強大。這真是一個荒誕透頂的職業。因爲很多士兵到了前線後幾乎直接就走到了共軍的隊伍中。他們換了一身衣服——甚至衣服都沒來得及換，只是扯掉帽子上的青天白日帽徽，就轉掉槍口來打國軍。

而那些在國統區到處搞地下活動的共黨更應該感謝他了，他抓到的壯丁越多，後方的民怨也就越大，地下共黨分子就越容易蠱惑不滿政府的人們起來造反，這個政府就垮台得越快。政府垮台了，他這遭人詛咒的職業也就結束了。祖宗靈位都被人操了成千上萬遍了，祖墳都被人的口水淹沒了。誰願意幹這賣祖宗臉的職業？

因此他逼令屬下拚命抓丁，上面規定一個縣抽丁一百，他在後面隨意就加個零。還一語雙關地說：「你們抓得越多，戰爭結束得就越快。」他一點也不在乎把寶貴的兵源整團整師地送給共產黨。這有什麼呢？連更爲珍貴的美援，都被那些前線的將軍們連箱都沒有啓封就送給共軍了，還收條都沒有一張。反正國民政府這艘龐大老舊的破船已經快沉了，你多戳一個窟窿，誰還在乎呢？況且你去戳這個窟窿，是奉了上峰的指令，有各種冠冕堂皇的理由。

歷史已然進入一個荒謬時期，人們越忠於職守，就越忠實於一個謊言；越不擇手段維護一個體制，就越加速它的滅亡。他幹著挖國民政府牆角的宏偉大業，政府卻不斷給他頒發勳章，加官進爵，厚賞有加。從主任科員到黨通局駐昆明特派員，他才用了不到五年時間。這是因爲上峰認爲，像他這樣的青年俊才，如果用抓壯丁的魄力與能力來抓思想異端的教授和學生，以及一切跟總動員令、戡亂，還有一個主義，一個政黨、一個國家、一個領袖唱反調的作家、畫家、詩人、導演、工程師、醫生、平民等等異見分子，還會有什麼漏網之魚呢？

「那麼好吧，讓我們把那些有知識的人，成天嚷著要民主、要自由、要憲政的人，都看作是共匪吧，他們那邊就缺這樣的人了。」錢基瑞最後抹著眼淚說。

「真是一齣荒誕劇啊。」趙迅自己喝下一大口酒，「既然如此，何不脫下那身皮，不再給祖宗丟臉。你若是一個沒有忘記自己是受過西南聯大教育的人，若是一個尚能念及祖宗臉面的人，田園將蕪胡不歸？」

「晚了，迅兄。共產黨得天下了，第一批押赴刑場的就是我們這種人。」錢基瑞陰慘慘地笑了聲，直讓人骨頭發涼，「嘿嘿，其實我一直在給他們幹活的呀，共軍真應該發給我一枚勳章。沒有我們這麼壞，哪來他們那麼好？我們就壞到底吧，早點謝幕早點把他們推到前台來。唉，這家主義那家學說，不過一場戲而已，你方唱罷我登台。迅兄，三民主義這場戲本來是齣正劇，卻被我們唱成了悲劇，現在該他們登台了。但願他們能善待你這個天生長反骨的醜八怪，讓你可著勁兒導你喜歡的戲，想演什麼就演什麼；讓你們在太平盛世自由自在寫詩作文章，賞梅賦詩，吟風弄月，頤養天年。按共產黨的說法，那時中國就是一個真正民主自由的共和國了嘛，我要是不穿錯這一身皮，真想去投奔他們去。唉！來，再喝一瓶。」

這酒看來是越喝越清醒了，連趙迅都對錢基瑞心生憐憫。當初《阿Q正傳》被禁演後，趙迅提把刀找他單挑的心思都有。現在他感到自己是在聽一隻將死的鳥兒的哀鳴，在和一個荒誕舞台上的悲劇人物喝人生最後的一杯酒。有那麼一瞬間，趙迅腦海裏忽然迴響起聞一多先生在其著名的《最後的演講》中的一段話。「他們這樣瘋狂地來製造恐怖，正是他們自己在慌啊！在害怕啊！所以他們製造恐怖，其實是他們自己在恐怖啊！特務們，你們想想，你們還有幾天？你們完了，快完了！」

天快亮時趙迅才回到自己的宿舍，躺在床上竟一時睡不著，腦海中總是錢基瑞將被押赴刑場的畫面。忽然，眼前又閃過一幅畫面。陳子霖！在燒烤攤上錢基瑞提到了陳子霖，說他這樣的書呆子還跟著共產黨跳什麼跳，不是看在他是我師兄的份上，早把他請進錢櫃街了。

陳子霖也是「寒梅會」的會友，現在師範學院當副教授，他是大名鼎鼎的莊子研究學者劉文典教授的得意弟子，終日一身青布長衫，年歲雖不大，卻有前朝遺少、仙風道骨之風韻。向來口中只有莊子，從來不問國事。但今晚在聚會上，陳子霖也喝高了，無意中說了句，明天他的學生又要上街了，他是支持學生的，他還要走在最前面。因爲他上月領到的金圓券一籮筐，卻連一斤米都買不回來。

錢櫃街有一所秘密關押政治犯的監獄，不是很大，但抓進去的人多放出來的少。趙迅頭腦昏沉沉想，明天得去提醒一下陳子霖，這些專門製造恐怖的傢伙會狗急跳牆的。他還想起了錢基瑞提到陳子霖時，臉上那種兔子逼急了的絕望眼光。彷彿不是他要去抓陳子霖，而是陳子霖要來抓他。

但是第二天趙迅一覺睡到十二點，中午時去自己的米線店吃了一碗米線，稅局的三個官員大搖大擺地找上門來，說趙老闆，上月的稅有問題啊。趙迅和他們周旋半天，最後去茶室打了幾圈牌才把事情擺平。在牌局上趙迅一度想起了陳子霖的事，但他想錢基瑞昨晚喝了那麼多酒，今天大約也是昏沉沉的，不會對黨國那麼盡職盡責吧。

但他低估錢基瑞了，由此鑄成自己今後人生中的一段艱難歷程。晚上趙迅去舒菲菲家，才從舒唯麒口中得到消息，陳子霖被抓了。師範學院的學生還沒有走出校門，軍警和憲兵就衝進學校捕人了。

「學生連出校門的自由都沒有了，真是個流氓政府。」舒唯麒感歎道。

05 人民管制

學習班圓滿結束了，舉行了隆重的結業典禮。幾個歷史最爲清白，業務能力也好的學員首先被馮部長挑走，去軍區文化部報到；阿Q分配到省戲劇家協會當幹部，楊小昆這個當初連老舍都不認識的人卻進了省作家協會，還有一些「洗澡」過了關的人分到省文化廳下屬的文藝團體，而一些還「洗」得不夠乾淨的人，則送去上一所新型的大學——西南革命大學雲南分校繼續學習一年，那裏面都是共產黨準備留用的所謂「舊職人員」，有教師、醫生、經理、銀行家、會計師、工程師、報館編輯記者、起義舊軍官、失業大學生、前政府的公務員等等，政府說只要他們認真改造好思想，學習結束後都會妥善安排好他們的工作。

得到新工作的人歡聲雷動、喜極而泣，阿Q成了范進，高興得差點都跳到桌子上了，他一把扯開衣衫，拍著瘦骨嶙峋的胸脯語無倫次地喊：「我阿Q……我阿Q……革命了，終於革命了……」楊小昆臉上是那種諱莫如深的微笑，就像不按牌理打了一張天牌，出其不意戰勝了對手。連坐在主席台上閱人無數的李曠田心裏都暗暗吃驚。此人原來並非那麼簡單，城府太深了。他轉過頭去，在幾家歡樂幾家愁的人群中尋找趙迅，而趙迅的頭已經低到桌子下面去了。

有七個人被宣佈在學習班結束後，回到所在街道接受人民管制。前迎春劇藝社的導演趙迅將接受四年的人民管制。期間自謀出路，定期參加勞動改造，管制結束後，才可成爲新中國合格的公民。

「這是對你最寬大的處理了。」散會後，李曠田把趙迅單獨留下來，他彷彿還有一些話要對他說。

「我知道。感謝政府。」趙迅心灰意冷，內心是真誠的感謝，語氣卻給人有牢騷之感。老岳父搞的那個「寒梅會」被定性爲國民黨特務的週邊組織，所有在當年吟唱梅花的那些人，都脫不了干係。因爲錢基瑞交代說他正是通過「寒梅會」摸清了師範學院的地下學生組織，抓了從教授到學生十幾個人。那個癡迷於莊子到底是蝴蝶，還是蝴蝶就是莊子的書呆子陳子霖，同樣不清楚錢基瑞是個特務呢還是喜愛梅花的詩人。他的一句酒後失言鑄就了許多人一生的悲劇，當然也包括他自己。不過，現在趙迅對毀了他大好前程的錢基瑞沒有一絲怨恨。至少自己沒有像他那樣被綁在大卡車上，遊街後押赴刑場。他真的有逃過一劫的感激涕零。

關於對趙迅的處理意見，李曠田和省文聯籌備小組的幾位成員曾經發生過激烈的爭論。按老黃同志最初的意見，直接送公安機關批捕。三人籌備組的另一成員老劉同志則不置可否，忽兒說趙迅還是個有才華的人，新成立的文聯需要這樣的人才，都招些楊小昆、阿Q這樣的人，也不是個事兒；忽兒又說這些舊社會的藝人就是搬開石頭螞蟻多，誰屁股裏都有屎。李曠田的意見是，副秘書長就不讓趙迅幹了，讓他先進文聯，一邊工作一邊改造思想，再好好培養。他還用打包票的口氣說，我相信他是熱愛新中國的，是會服從黨的領導的，我更相信他的才華不會讓我們失望。但才華從來都不能代替革命隊伍的純潔性，如今李曠田只能對趙迅說：

「好好回去改造吧。你還年輕，參加新中國建設機會多的是。在管制期間不能導戲了，也不能發表東西了，但你的寫作才華是誰也管制不了的。我們文聯是個在黨領導下的群眾性文藝團體，聯繫團結廣大的作家藝術家是我們的責任。管制期一結束，你就可以繼續寫文章發表作品了。四年時間其實很短的，你就當上一次大學吧。你不是還沒有上過大學嗎，利用這段時間多讀一些書，多接觸一下社會。將來不管在哪個行當上，都可以成爲革命的文藝工作者，不要辜負了自己。」

「謝謝李老師鼓勵。我還是回去賣米線吧。」趙迅站起身，向李曠田深深鞠躬告別。他把頭上的藍色幹部帽捏在手裏，就像揉碎了自己一度的嚮往。這帽子還是他上次回家妻子陪他上街去買的。雖然戴上去後舒淑文說怎麼那麼難看啊。但趙迅說共產黨的幹部現在都戴這種帽子，副秘書長大小也是個幹部，幹部就要有幹部的帽子麼，許多人想戴還戴不上呢。

灰溜溜地回宿舍收拾被蓋卷回家，那裏已是人去室空，得到任用和重用的人早回家報喜訊去了。趙迅把那頂幹部帽扔進了垃圾簍，見鬼去吧！他憤懣地低喊了一聲。

「留給我，好麼？」是阿Q，他幽靈一樣出現在門口。也不待趙迅同意，自己去垃圾簍把帽子揀回來了。

趙迅沒有理他，彷彿自己在阿Q面前做了虧心事，兀自低頭收拾東西。阿Q等他把行李扛上肩後，才在他身後小聲說：

「趙導，不要記恨我啊。我也是……爲了『洗澡』過關才……才說了你幾句壞話。你……你，你踢我兩腳，消消氣。」阿Q苦著臉，一副已經被踢痛了的樣子，轉身把屁股朝向趙迅。

趙迅用憐憫的眼光看著阿Q，什麼話也不想說。

「楊小昆揭發的人更多。」阿Q聲音大了起來，「劉國棟的事就是他揭發的，班上的漂亮女人嘛，就他劉國棟搞得，楊小昆就盯不得？蠢。老韓參加過三青團的事也是他揭發的，還有我們過去在劇藝社說的那些話，你在『寒梅會』時跟誰誰一起吃飯，他都打小報告了。他曉得你們都比他強，把你們搞垮了，他就上去了。」

親君子、遠小人。趙迅想，即便你去了文聯，時時都和小人相伴，哪天他再咬你一口，就會要你的命了。現在儘管不能戴幹部帽，但至少沒有戴上一副手銬。即便你是《阿Q正傳》的導演，有時你也不得不阿Q一回。

「趙導，趙導！」阿Q不斷在趙迅身後喊，「我阿Q，是服你的，服你的。沒有你，就沒有阿Q！趙導，你不要傷心啊，」

其實那時趙迅一點也不感到傷心。馬上就要回家見到妻子了，這可比什麼都好！

什麼是「人民管制」呢？這是趙迅回到家必須首先向剛剛產下一個瘦弱兒子的妻子解釋清楚的問題。舒淑文是在家裏臨產的，幸好傭人孫媽趕她都不走，說她在舒家從來都是半個主人，家裏的油鹽柴米，花銷安排，從來都是她說了算，不存在翻身不翻身啥的。趙迅剛進院子門就聽到嬰兒的啼哭，再看到躺在床上像剛從戰場上凱旋歸來的妻子，他的眼淚「嘩」地下來了。

「娃娃都生下來了，你怎麼才回來啊！」舒淑文緊緊抓住趙迅的雙臂，指甲都摳進他的肉裏去了。「要不是孫媽在，我就死了啊！」舒淑文痛哭流涕，卻又難掩初爲人母的自豪和喜悅。趙迅那時恨不得給妻子磕頭，只能連聲說「辛苦辛苦。文妹辛苦。你讓我都當爹了，哎呀呀，多了不得的功勞啊！我去給你煮糖雞蛋。」

「哎，你不看看你的兒子？」舒淑文嗔怪道，同時驕傲地打開襁褓中的嬰兒。那孩子頭特別大，身子卻很纖弱，像一根發育不好的豆芽。趙迅苦撐著笑臉，摸了摸嬰兒柔嫩的臉，「嗯，不像他爹是個疤臉，帥小夥子啊。」

「等你取個名字呢。」舒淑文幸福地說。

「就叫小豆芽吧。」趙迅內心一陣陣酸楚。

「那麼有才華的大導演，居然給孩子取這樣的名字！」

趙迅苦笑道：「這只是乳名嘛，人說小名越賤越好養，待我今晚再好好想想。我煮糖雞蛋去。」

其實有孫媽在，家裏倒用不著趙迅做什麼。他在廚房裏轉了一圈，又再轉一圈，手裏端著煮好的糖雞蛋，就像找不到臥室的門，也像闖下大禍的孩子，不敢面對家長審視的眼光。

偏偏舒淑文又在臥室裏喊：「哎，副秘書長同志，你的幹部當上了嗎？」

趙迅差一點把紅糖雞蛋打翻了。他像踩在棉花堆上，步履沉重地來到妻子的床前。「我……我，這個這個，人民管制了。」

「『人民管制』是個什麼樣的幹部？」舒淑文滿懷殷切地問。她曉得抗戰時日本飛機常來轟炸昆明，那時街道上有「柴火管制員」，負責招呼大家在跑警報時不要忘記熄滅家中爐灶裏的柴火。在這個陌生的名詞下，舒淑文居然還敏銳地發現趙迅頭上的異樣，「你的幹部帽呢？」

趙迅把雞蛋碗放在床頭櫃上，半跪在妻子的床前，撓撓自己一頭濃髮，「人民管制就是……就是不能戴幹部帽了，不能演戲寫文章了。但是這很好啊，我回家了，我還是自由的人，能夠天天陪你，看著我們的孩子長大。我還可以去賣米線，接受人民監督，按時報到，參加勞動，好好改造，要求進步，重新做人……」趙迅的聲音越說越小，最後小到他自己都聽不見了。

趙迅一輩子都沒齒難忘，產床上的妻子在他接受人民管制的第一天，成熟得就像進了十次學習班。化蛹成蝶，美麗非凡。她的眼光充滿憐惜，她的臉上波浪不興，她的手溫柔地插進他沒有幹部帽的頭髮裏，她的話像母親一樣地溫存：

「什麼重新做人？你本來就是一個於國家有功的人啊！什麼改造？我的男人不需要改造。」哪個妻子喜歡自己的丈夫被社會改造呢？社會是部多麼複雜的機器，渺小的人在裏面或接受鍛造，愈戰愈強，或改頭換面，成爲家庭裏的陌生人，連自己都難以面對，或者碾爲齏粉，成爲大地上一文不值的塵埃。

趙迅回到家第二天就去街道派出所報到。所長姓王，是個很和藹的人，說你的檔案已交過來了，是個知識份子啊，還是個導演。人民管制的條例你清楚了吧？人民政府讓你有靠勞動養活自己的權力，有和家人在一起的權力。但你不能外出，不能有反動言論，隨時要處於人民群眾的監督之下，家裏來了什麼人要報告，每週到派出所彙報思想，用勞動來改造自己的舊思想。嗯，讓你參加什麼勞動好呢？掃大街吧，那些家庭成分不好的老頭老太太都包幹了。對了，去公共廁所拉糞吧，每週兩次，週三和週日，天亮前得把這一片三個公廁裏的糞運出去。聽明白了嗎？趙迅趕忙回答說，明白了。天亮前運走。

新的生活開始了，每週兩次頂著星星月亮出門，披著晨曦一身糞臭回家。和趙迅一起拉糞的是另一個接受人民管制的老人，其實他也就五十多歲，只是看上去特別衰老而已。他過去是報館的老校對，雖說算不上反動文人，但因爲他的兒子是個少尉軍官，跟國民黨軍隊跑緬甸了，他供職的報館也不受新政權待見，定性爲反動報紙。從總編主筆到編輯記者抓了一大批，他這個「匪屬」校對得個人民管制也算是寬大了。他讓趙迅叫他「錯老倌」，說幹了一輩子糾錯的事情，人生還是走錯了，現在共產黨讓他拉糞「糾錯」。實際上他姓卓，昆明話說快了聽上去「錯」「卓」不分，反正都是錯。

第一天上工，錯老倌看見趙迅很賣力地彎腰下糞池掏糞，鼻頭都沒有皺一下。錯老倌便說，老弟是個思想改造很端正的人啊。我第一次下糞池都吐了。趙迅悶聲說，這有啥，比不得屍臭。錯老倌有些不解，眨巴著眼睛說，我還掏出過兩個私生死娃兒呢，也不曉得是哪個男人造的孽。嘍嘍，這糞坑裏，都是見不得人的東西。

趙迅感到錯老倌迂腐，糞坑裏的東西上得了台面，就不是糞坑了。就像他們這種人，認罪伏法，老老實實把自己視同於糞坑裏的一部分。第一個星期糞坑還讓他感到臭不可聞，第二個星期他基本上就能接受那種味道了，第三個星期他對糞坑熟視無睹，沒有味覺也沒有知覺。到第二個月，他回到家裏對舒淑文說，我怎麼感到自己糞香糞香的呢。

拉了三個月的糞，趙迅幹得安之若素，毫無怨言。這是由於很大程度上，趙迅的兒子對他的安慰與激勵。你是父親了，你得活下去。你不再是赤條條來去無牽掛的一條天不怕地不怕、戰場上的槍子兒也不怕的漢子，生命現在有了責任，有了義務，有了傳承的擔當。

社會上鎮壓反革命的運動快接近尾聲了，喧囂的鑼鼓和招展的紅旗慢慢的不再是要殺人的開場戲了。增產節約運動，公私合營，清匪反霸，爲世界革命領袖史達林過生日，朝鮮戰場打了勝仗，人們都興高采烈地拖出大鑼鼓來敲打得驚天動地。新生的人民政府凝聚了各方面的力量，民主黨派、工商界大佬、學術大師、科學巨匠、演藝界名流齊聚一堂，共商國是，看上去是真正的聯合政府。共產黨也很得民心，平抑物價，整頓秩序，恢復生產，重振經濟，做什麼事情都雷厲風行、說到做到，轟轟烈烈，像開足馬力的火車頭，轟隆轟隆地帶動人們朝前衝。只是很久以來，街上鑼鼓一響，趙迅的心跳就加快。他能夠適應糞坑裏熏天的惡臭，但他無論如何也適應不了那催命的鑼鼓。當他在夜深人靜把自己潛入糞坑中時，他甚至比在家裏還感到安全——多少像他這樣的人在家裏被叫走就一去不回了呢。而在糞坑裏掏糞，這是人民政府對他的恩典。一個人的歷史在這新社會有再大的污點，在糞坑裏就不成其爲污點了。你要是身處廟堂之高，那才是面對自己的過去，百口難辯。

生活正在發生毋庸置疑的巨大變化。舒家獨門獨戶的清靜小院也再沒有往昔的幽靜雅致了。東西兩邊的廂房搬進來了兩戶人家，說是人民政府分配給他們住了，一戶是紡織廠的工人積極分子，一戶是在政府的商業部門上班的幹部。東廂房樓上樓下共四間，樓上曾經是舒唯麒的書房，樓下是舒家姐妹的閨房，正對院子裏的那盆「明梅」；西廂房是傭人房間和廚房、飯廳。現在翻身得解放的勞動人民登堂入室，連房租都不用交。趙迅寬慰自己的妻子，我們應該感謝政府的寬大，至少還給我們留下了正房堂屋這幾間。這院子過去多冷清啊。

米線店也開不成了。倒不是因爲趙迅成了掏糞工，顧客會掩鼻而去，也不是當初趙迅以爲要當幹部，開個米線店有損「漢官威儀」，而是現在公私合營了，廚師王師傅和夥計們都成國營食品公司的工人，他們現在不再給資本家幹活而爲人民服務去了。公私合營的通知下發給趙迅，他連去要一點股份的想法都沒有。「拿走吧，都合營走吧。」小小的米線店曾經有八張桌子，大廚王師傅是滇南蒙自人，那裏以「過橋米線」聞名。這種米線最講究湯味，而王師傅煲老鵝湯有自己的絕活，湯色濃郁、油亮清香，還在上面撒一把新鮮的菊花瓣，是爲全城獨具特色的「菊花米線」。因此趙迅的這家地處鬧市區的米線店生意一向不錯，前來吃米線的客人常常要排隊，桌子不夠了人們就蹲在街邊吃，吃完的青花大瓷碗就放在街沿上，圍著店面白花花的一圈，無形中就成了這家米線店招徠顧客的金字招牌。在過去，這家門臉不大的米線店不僅養活一家人綽綽有餘，還能養一個話劇團呢，還能爲舒菲菲出彩印封面的雜誌呢。

都過去了。

可是現在的生活怎麼辦？不僅是自己一家三口要吃飯，還得兌現他當初跟老韓的承諾。老韓的妻子和兩個黃口小兒回來了，家中卻沒有了主心骨。趙迅把心愛的美國自行車賣了，再變賣舒淑文的兩隻祖傳的玉石手鐲，好歹才租到一處房子，把老韓妻子一家安頓下來。至於以後的日子怎麼過，只有靠老韓年僅十三歲的大兒子了。趙迅對他說，小夥子，你是個男子漢了。現在是新社會，靠勞動吃飯，出去找個事情做吧。你趙叔叔無能，只能救你們的急，不能救你們的窮。對不起我的韓大哥啊！趙迅說到此處，自己的眼淚都差點下來了。

趙迅也曾經想借公私合營的機會給自己謀一份工作，但新成立的食品公司的人聽說趙迅人民管制的身分，就說等你結束管制後再看看吧？什麼是再看看？舒淑文聽到這個答覆後終於忍不住叫嚷了起來，分明是你的米線店，既然是合作經營，不說給點股份，給份工作也不行啊？要是在過去，你都可以告他們了。趙迅連忙捂住妻子的嘴，央求道，你小聲點小聲點。再不要提過去了。過去就是我們的三座大山。

舒淑文哭了，這是趙迅回來後她第二次流淚。她說家裏上月就沒有付孫媽的工錢了，孫媽在我們家幹了二十多年，從來沒有短過人家的工錢。現在我們真是在剝削人家了。你去拉糞那麼髒的活，沒有一分錢收入，還要給老韓家錢！而你要四年才結束管制，這四年我們吃什麼呢？那天孫媽抱來一大堆鞋底，說我可以靠納鞋底補貼點家用。可我只會繡花，在白絹上繡游動的鴛鴦，繡飛起來的蝴蝶，繡父親夢中的梅花，我不會納鞋底啊！你看看我的手，都是扎的血眼。手指頭都是僵硬的，我還怎麼拉琴？都幾個月不摸琴弓了，看都不敢往提琴盒看一眼。納一雙鞋底才兩分錢，我半天還沒有納完一隻鞋底，一分錢都沒有掙到。我多沒用啊趙哥哥！

「拿錐子來，我來試試。」趙迅平靜地說，妻子驚訝地望著他，比那天弄明白了人民管制是怎麼一回事還要詫異。趙迅只得自己去找到那堆鞋底，找到錐子和針線，把已納好的鞋底仔細揣摩了一遍，兀自低頭下針、走線，那認真勁兒就像過去他在稿子上寫文章。「要是幹半天也能掙到一分錢，我們就不會餓死。」他說。

一週下來，兩口子靠納鞋底掙到一塊三角八分錢。趙迅一天竟然也能納成兩雙鞋底，讓舒淑文嘖嘖連聲，說趙哥哥你弄文舞墨的人，怎麼也能做針線活呢？趙迅一板一眼地告訴自己的妻子：「下針線也如寫文章嘛，穿針引線、行文密實，結構緊湊、佈局合理，你以爲是在說作文之法？其實是在教你如何納好一個鞋底。我還發現納鞋底和打草鞋相似，都是穿腳上的東西，都是編織要緊密的活兒，手指要靈巧，用力要均勻，鬆緊要有度，這樣才有效率。」

舒淑文睜大了眼，「趙哥你還會打草鞋？」

趙迅笑笑，順口說：「當過兵的人，哪個不會打草鞋？再說還是聞一多先生教會我打草鞋的呢。」

舒淑文撇了撇嘴，「你就吹吧，自己倒楣還拉墊背的，聞一多先生那麼聞名的大師，只聽你說過他教你《楚辭》、做大學問，鬧民主反對國民黨，沒聽你說他教過你打草鞋呀？難道這樣大的教授也穿草鞋？」

趙迅心裏稍稍一驚，幸好是在家裏跟妻子說漏了嘴。他嘿嘿笑道：「還有比他更大的大師穿過草鞋呢。蘇軾當年被貶，『竹杖芒鞋輕勝馬，誰怕？一蓑煙雨任平生。』我呀，就自當是納著鞋底，也經歷經歷蘇軾的『煙雨』吧。」

跟著大名鼎鼎的聞一多先生學打草鞋，以及穿著草鞋當兵，這是到目前爲止，趙迅還沒有交代清楚的歷史問題。經歷過學習班思想改造的風雨後，趙迅痛徹肺腑地明白了這樣的生存定律：個人的歷史問題就是政治的問題，是能否活下去的問題。過去他認爲只有像錢基瑞這樣的人才上錯了歷史之船，現在終於弄明白他也是眾多上錯了船者之一。你成長於那個時代，你就逃不掉那個時代的洪流對你的浸染。在新政權裏，你所經歷的血雨腥風，你所沐浴的人間真愛，你所接受的儒家倫理，唐詩宋詞，都裝在一個一尺見方的檔案袋裏了。那裏面裝著你的過去，也決定了你的未來。它是一筆你在舊時代花銷掉的債，不管是曾經有的家國責任、青春熱血、還是利祿富貴，紙醉金迷，現在都成了一筆借貸的苦難，利息隨時都會發生。這個檔案袋裏有你個人的秘密，但卻被別人掌握，即便不是有罪的，也是可疑的，得在改朝換代的大時代中重新漂白、錘煉、鍛造。如果你有幸改造得好，你就會成爲一個忘掉過去的「新人」，或者說是一個沒有歷史的人，斬斷了歷史糾纏的人。縱然個人歷史曾經很輝煌，但也欲說還休，越說越黑了。

上過戰場的人都知道，盡其可能隱蔽自己，你活下去的把握才越大；那個檔案袋裏你的東西越多，你的人生欠債就越大。

趙迅那時已經隱約感到，歷史問題將永遠是懸在他頭頂上的達摩克利斯之劍，不過眼下饑餓卻是直逼胸間的另一把劍。儘管人民政府贏得政權後有效地控制住了飛漲的物價，新頒發的人民幣是實實在在的貨幣，再不會讓人擔心睡一覺起來後腰包裏的錢還不如一捆草紙。但一週才一塊多錢的收入顯然更令人心亂如麻。人說一分錢也能難倒英雄漢，英雄漢縱有萬丈雄心、十八般武藝，有時也掙不到一分錢。況且舒淑文沒有奶水了，孩子瘦得像頭饑餓的小獸，成天價哭號。連一根豆芽都養不壯，還指望他將來長成參天大樹？趙迅想起自己的童年，雖然是在偏遠的鄉下，但卻從沒嘗到過饑餓的滋味，密密的山林裏總有拾不完的東西。趙迅還記得熟讀古書的父親總是念叨的那句話：山之所生，地之所產，足以養人；墾荒邊陲，詩書耕讀，樂莫大焉。

啊故鄉，歸不去的遊子早已稀釋了英雄還鄉的夢想，早已斷絕了床前明月光的思念。當此時刻，甚至故鄉的消息都令人擔驚受怕、夢裏驚魂。上週三，那個趙迅曾經在昆明街頭見到過的同族堂兄，忽然在深夜拜訪，只匆匆說了兩句話就悄然離去了。趙迅蒙著被子慟哭一夜，到天亮時舒淑文才問出一句話來：

「我老家的兄長被槍斃了。」

逝者往矣，生者艱辛。趙迅跟傭人孫媽學會了如何完整地做出一雙布鞋。先找來家中的舊衣服、碎布頭等，洗淨、曬乾，然後攤平在一塊門板上，刷上自己熬煮的漿糊，再貼上一層布，再刷一層漿糊，再貼布，黏貼上四五層布，曬乾後就是「布殼子」，在「布殼子」上畫出鞋樣，剪出一雙雙鞋底來，又將三至四個這樣的鞋底黏連在一起，再用錐子扎出密密實實的眼，用麻線縫牢縫緊，再縫上鞋面，所謂千層底布鞋就成了。鞋面上還要繡上「抗美」、「援朝」、「保家」「衛國」等字樣。爲了儘量節省成本，他們甚至還自搓麻線，從街上買來鄉里人的苧麻或劍麻類的植物，回家煮熬後捶散，然後捋成一縷縷的麻絲，再將麻絲在水裏泡脹，在大腿上搓成一根根的麻線。雖然如此費工費時，但做這樣一雙鞋，可以掙到四毛錢。趙迅兩口子幹了一個月，竟也掙到二十多塊錢。舒淑文高興之餘，趙迅卻感歎：

「中國的軍隊，啥時能穿上皮鞋去跟人家打仗啊？」

舒淑文說：「又不是去跳舞，穿什麼皮鞋。」

趙迅歎一口氣，伸手幫妻子捋了捋她頭上凌亂的頭髮，「打仗是要拚家底的。你下雨天會穿布鞋出門嗎？行軍打仗，風雨兼程，動輒一天走幾十里，一雙布鞋怎經得住磨損？記得當年聽馮玉祥將軍演講，他說：戰爭需要money！money！money！！不過呢，布鞋總比我們當初穿草鞋好多了。」

儘管能勉強吃飽飯，但家裏還是入不敷出。趙迅趁週六去派出所彙報一週思想改造的機會，小心向王所長提出了工作的事情。王所長神情嚴肅，抱著雙手在屋子裏踱步，說你們的困難人民政府都知道。一個大老爺們兒去納鞋底也不是個事兒。不過你們不要因此對人民政府有怨言。公私合營是國家政策，不接納你工作也是鑒於你目前還在管制期。你老婆的思想問題很嚴重啊，居然還想跟人民政府打官司！像她這樣出身於資產階級家庭的子女，要不是看她還在坐月子奶娃兒，早該讓她出來參加勞動改造了。

趙迅陣陣心驚，兩口子在臥室裏說話聲音才高了那麼一點點，人家就什麼都知道了。政府真是洞察秋毫。他一個勁兒地幫舒淑文賠罪，說回去後一定要嚴加管教，幫助她改造好思想。

王所長口氣又緩和下來，說這幾個月趙迅的改造還是不錯的，髒活累活搶著幹。身上的臭文人氣息已經在拉糞的勞動中打掉了不少。身子可能是臭的，但思想已經開始香起來了。這樣就很好嘛。至於你要工作嘛，我看這樣，派出所正在蓋房子，有個木匠師傅手下正缺個幫手，你去跟他學吧。像你們這種舊社會過來的文化人，狗屎做的鞭子，聞（文）也聞（文）不得，舞（武）也舞（武）不得。學門手藝，對你有好處。男人嘛，做點像男人的活兒。嘿嘿，我要是不出來當兵參加革命，說不定也是個木匠呢。小時候我們村有個曹木匠，人稱「曹神仙」啊，什麼木活在他手裏，變戲法一樣的。

趙迅臉上的疤痕急促地抽動，彷彿就要炸裂開來。趙迅，你怎麼就活成一根「狗屎做的鞭子」了？他用了按倒一頭瘋牛的力量，才沒有一把扯開自己的衣服，讓王所長看看一個鐵血男兒為國效力而留下的一身戰傷。幸好王所長還沉浸在對兒時偶像的回憶裏，不然他將發現一個自尊受到傷害的男人廬山真面目。更值得慶幸的是，幾聲孩子的哭號從隔壁房間傳來。那是人們剛才送來的一個棄兒，一個女員警正在那邊哄他。趙迅內心翻江倒海的冤屈眨眼就退潮了，退潮了，一退再退，退到海平面以下，退到糞坑裏。我的小豆芽可不能沒有父親。

轉眼他就覺得王所長人真好，算得上苦口婆心、慈悲爲懷；人民政府真偉大，將把他這個有嚴重歷史問題的話劇導演改造成一個自食其力的木匠。

斯坦尼斯拉夫斯基大師，你的劇本裏可曾有個木匠？

生活對人的塑造，正如一個木匠面對一塊圓木。剝皮鋸斷，改開成方，刨平爲板，打眼斗榫，去彎就直，彎曲成扇。再剛直堅硬的原料，在一個木匠手裏，要它方就方，讓它圓就圓。一九五一年春，當那個還在接受人民管制的趙迅被派出所的王所長介紹給木匠熊老倌時，他還是人們眼中「狗屎做的鞭子」。熊老倌是個酒鬼，但就是在醉醺醺的情況下，也能揮一把斧子，把一根圓木砍得方方正正，或者將一根方木刨得渾圓如柱，連鉋子都不用。人們說的「方墨活」和「圓墨活」，他都可以通吃。但此人大字不識一個，看什麼都用眼睛一瞄，或者用粗糙的手掌一撫摸，這活兒能幹還是不能幹，該如何幹，心裏就有數了。那時是個信譽社會，幹什麼活兒，給多少錢，全憑信用。趙迅跟著熊老倌從拉大鋸彈墨線學起，每天可掙一塊三毛錢，比在家納鞋底強多了。

那時熊老倌手下有幾個幫手，都是最低層幹粗活的勞動人民，開初他們幫派出所蓋房子，立柱、上樑、拱架、架廂、斗榫，活計幹得漂漂亮亮。熊老倌最拿手的是做屋簷下的那些斗拱以及翹翹的飛簷，做得像廟宇那般巍峨莊嚴。後來省公安廳也要蓋房子，就把他們都請去了。人民政府正在一張白紙上描繪最新最美的圖畫，到處都在大興土木，公安廳後勤管理處的周榮處長對熊老倌說，我們要蓋大房子，你這幾個人不行，得多招些人手，成立個木工隊。你還得跟我們簽個合同，你幹多少活，給你多少錢。熊老倌說我是給鄉下人蓋房子的，字都不識的人，要簽啥合同哦。人家一句話，我就幹活拿錢了。周處長急了，說這是公家的事情，政府的錢，你不簽合同，不跟我算清每一筆賬，我怎麼向組織交代？熊老倌這才想起他的徒弟趙迅，一拍大腿道，我那兒倒有個識字的人，人家從前還是演戲的哩，可不曉得犯了啥子錯，成了人民管制分子。不過這人本分，讓他來跟你們簽合同啥的吧。

趙迅跟著熊老倌走進了省公安廳有士兵站崗的威嚴大門時，他有種不祥的預感。當他和周榮處長第一次見面時，兩人目光一對視，趙迅臉上的疤痕急劇地抖動起來，幾乎要錯位，但他很快把頭低下去了。

也許因爲辦公室的光線有些昏暗，周榮處長足足審視了他三分鐘，兩個人都能感受到對方的胸膛海浪般起伏，但卻像被一道大堤、或者一片大陸隔離開來的兩片大海，海潮兀自湧動，但卻不能相匯相擁。周榮從辦公桌後站起來，踱步到窗前，背對著趙迅，點上一支煙後才緩緩問：

「因爲什麼被管制的？」

趙迅儘量用平和的口氣說：「四八年參加了老丈人的一個詩會，沒想到這個詩會裏混進了國民黨特務，把它搞成了一個特務的週邊組織。我是……我是抗戰勝利後，就在昆明搞戲劇、當導演的。沒有幹過任何反共反人民的事情。」

「嗯。我知道了，你要好好接受改造。」

「是。」趙迅輕聲說。

又是長時間的沉默，屋子裏的空氣都變得沉重起來。周榮處長吐出的那些煙霧在房間裏凝滯不動，彷彿既威嚴，又有壓力。

「我們從今天開始，算是認識了。公安廳是軍警機關，你要老老實實幹活，見到的、看到的，不准亂說亂講。」

「是。我聽周處長的。」

「過去的事情就讓它過去，在新社會，重新做人，管制期一結束，你還是有希望的。」

趙迅長長噓了口氣，抹了把頭上的冷汗，「謝謝。謝謝周處長指教。」他出來時，甚至感覺得到汗水從褲管處淌下來。

趙迅從此成爲木工隊的重要人物。對外談判價格、簽合同，寫計畫、甚至畫效果圖等，都是他代表熊老倌做；而對內估料、備料、估工時、算價錢、安排人手，他像當初在戲劇舞台上當導演一樣調度木工們幹活。熊老倌在酒喝高時常會發出這樣的感歎：共產黨真是了不得，把幹細活的人和幹粗活的人搭配在一起，就像把粗糧和細糧搭配著吃一樣。這樣日子才會長久啊。

趙迅是個聰明人，學什麼都很快，斧、刨、鑿、鋸，四大基本技能一學就會，墨斗、魯班尺沒多久就用得得心應手；而熊老倌是個厚道人，恨不得把自己的一身技藝在一夜之間都傳授給趙迅。趙迅當他的徒弟不到半年，就由他來「定墨」了，砍哪裏、鋸哪裏、刨哪裏、鑿哪裏，都由趙迅說了算。熊老倌私下裏對別人說，別看這個人是個戲子——他永遠不清楚導演究竟算個什麼行當，還是個人民管制分子，但我看哪，這種人到底念過書，做什麼成什麼，了不得。

有一天周處長帶著司機開來一輛破舊的美式吉普，說是公安廳廳長的車。人一看就知道那是共產黨軍隊的戰利品，車身擋板上都還殘存有彈孔，車裏面的內飾擋板要麼脫落了，要麼開裂起翹了，連儀表盤都快掉下來了。周處長問熊老倌能不能修一下？熊老倌跳起腳來喊道，我的大處長，我是蓋房子的，又不是修車的！周處長拍拍車內嘩嘩作響的內飾板說，我是讓你換幾塊板子，這個都不會做？熊老倌用手去摸摸那些脫落開裂的部分，搖搖頭說，不好弄，地方太小了，使不開傢伙，接縫也太細密。這些木板我都不曉得人家是咋個鑲進去的。這狗日的老美就是怪。

「讓我來試試看。」趙迅在熊老倌身後說。

熊老倌吼他一聲：「這是人家廳長的車，弄壞了敲你的沙罐。」

周處長目光複雜地看著趙迅，說：「那你先做駕駛座這一面試試。做好了，我給你請功。」

車擺在木工隊的工棚外，趙迅在車裏車外爬進爬出了兩天，手裏拿著魯班尺、三角板、圓規、電筒、本子，耳朵上架夾支鉛筆，一處一處的丈量記錄。熊老倌抽著水煙筒蹲在太陽下看稀罕一般，說你要把這美國鬼子的汽車弄好了，你就是魯班爺了，我就是魯班爺的師父了。嘿嘿嘿。

埋頭幹活的趙迅想，我這追尋魯迅的，現在要崇拜魯班了。命運弄人，至少魯班爺的手藝還可賜我養家糊口，他才是真正的爺。他拿出當年改編魯迅作品的勁頭，敲敲打打半個月，愣是將那破舊的美式吉普煥然一新。方向盤後面的儀表板，車門內側擋板，他都用了金絲楠木作內襯，那是熊老倌從一間寺廟裏找來的原料，趙迅讓人將其改成薄薄的板子，仔細打磨後又塗上本地土漆，再打一層蠟，看上去紋理清秀，錚亮發光，幾乎跟新車一樣了。

來視察的周處長也這樣說，他撫摸著光潔的儀表板，說：「可惜司機不在，我又不會開車，我真想立馬開到廳長那裏去給他看看呢。」那時會開汽車的人就跟飛行員一樣稀罕，省公安廳剛分到一輛吉普車和兩輛美式大卡車時，是用騾子拉進公安廳大院的。周榮處長還記得騾子拉卡車造成的一次事故，平路上騾子拉著卡車走，下坡路時汽車追著騾子跑，還壓死了兩匹騾子呢。後來才從國民黨起義部隊人員中找來了幾個會開車的司機，其中兩個還是從戰俘營裏直接撈出來的。

剛剛受到了表揚有些得意的趙迅說：「處長，要是你相信我的話，我幫你開過去吧。」

周處長驚訝地問：「你會開車？」

趙迅有些慌了，真恨不得抽自己兩個嘴巴。他只好硬著頭皮說：「過去……摸過。」

也許周處長太想立即到廳長那裏表功了，就讓趙迅坐上了駕駛座。熊老倌帶著一群人在一邊圍觀。周榮處長坐進駕駛副座時還大聲說：「你小子還有兩下子嘛。」

汽車發動，馬達轟鳴，趙迅不能不想起自己上一次摸方向盤的歲月。戰火紛飛，槍林彈雨，美式威利斯敞篷吉普像脫韁的野馬，又像驚濤駭浪中的小船，一次次地把死神撞開，一次次地從地獄駛回人間。當然也有駕車過鬧市，「湯姆遜」衝鋒槍橫放在雙腿上，副座裏坐著威武的憲兵或者妖豔的女郎，故意在人多的地方猛踩剎車，或者猛踩油門忽然啓動，讓高速轉動的車輪在地面發出尖銳刺耳的尖叫，引來路人羨慕或敬畏的目光。「挾彈飛鷹杜陵北，探丸借客渭橋西，俱邀俠客芙蓉劍，共宿娼家桃李蹊。」誰年輕時沒有浪漫輕佻過？

引擎在空轉，周處長問：「怎麼，開不走？」

他應該看見了趙迅眼睛裏的淚光，也察覺出趙迅心底裏的蒼涼。但身爲省公安廳的處長，他似乎什麼也沒有看見。他只是說：「快走啊。要我拿鞭子抽它，這車才能走嗎？」

一個星期後，熊老倌的木工隊外停了十幾輛汽車，轎車、吉普、甚至卡車都開來了，它們都是解放軍的戰利品，像一個老兵一樣渾身是傷。「趙魯班」的名字就是這樣叫出來的了。

趙迅後來能夠獲得減刑，倒不是因爲他爲省公安廳廳長修好了車，周榮處長對他的相幫，或者成爲木匠行當中的「趙魯班」，而是因爲他的一次見義勇爲。

一個陽光熾熱的中午，工地旁邊的一所民宅忽然著火了，這種舊時代的百年老屋大多是木結構的，連牆都是木板拼成的，一著火瞬間就燒得如同一支巨大的火炬。當時周圍都沒有人。趙迅趕到現場，聽到裏面有孩子的哭喊聲，火舌已經從門窗處竄了出來。趙迅沒有猶豫，拉起外衣蒙著腦袋，一腳踹開門衝了進去。他在廳堂裏找到了那個哭叫的孩子，抱著她就跑了出來。這時已經來了幾個人，有人提一桶水就朝已是一個火人的趙迅潑去，頓時一團白煙蒸騰而起。身上的衣服要麼貼著肉燙，要麼一塊一塊往下掉。趙迅大叫：「再給我一桶水！」那被他護在懷裏的小女孩卻沒有一點燒傷，她還在哭喊：「我外婆，我外婆……」

房子燒得噼哩啪啦著響，火焰在風中像放出牢籠的老虎，吼出令人畏懼的強勁低鳴。火場外只有四個人，一個中年男人和三個老太婆。趙迅看看那個中年男人，他懦弱地說，怕是進不去了，房子馬上就要燒垮了。小女孩還在聲嘶竭力地哭喊。趙迅心一橫，把已經燒爛的衣服浸到一隻水桶裏，捂在頭上返身又衝了進去。到他把老太太背出來時，身後的房子轟然倒塌。火煙嗆進了趙迅的肺，讓這已受到過傷害的肺再次被煙薰火燎，灼熱的痛感像千萬根針一齊扎進肺裏。趙迅踉蹌幾步，軟軟地倒下去了。

趙迅成了街坊裏的英雄，儘管他舊傷再添新傷，身上又多了幾處疤痕。但這些新傷爲他贏得提前結束人民管制的獎賞。那個被救出來的老太太牽著外孫女到派出所找到王所長說：「這樣的人你們還要管制，就不是人民的政府了。」

人民政府當然要聽人民的，提前結束管制，趙迅重新恢復做人的資格。熊老倌說自己該歇歇啦，有這麼好的徒弟，他晚年有酒喝就知足了。公安廳的周處長似乎也是個熱心人，他有一天把趙迅叫到他的辦公室，說，你有文化，有技藝，你就成立個木器生產合作社吧。我們的活兒還多著哩，蓋完房子還要做傢俱、辦公桌椅、檔案櫃啥的。對了，這個檔案櫃你得幫我好好想想，它必須是結實耐用的，防盜保密的，便於查找的。你要像魯班發明「雲梯」、「木馬車」那樣，造出讓我們滿意的檔案櫃來。

趙迅豈敢還在公安廳幹活？那感覺就像在火坑邊當木匠啊。更不用說，他不敢面對周榮處長那含義深邃的眼光。因此趙迅對周榮處長說：

「謝謝了周處長，我想回老家務農去。」

「糊塗。」周榮處長不輕不重地說，他的辦公室外間還有幾個工作人員，周榮走到趙迅面前，遞來一支煙，趁點火的時候小聲說：「你在我這兒安全。」然後他又恢復了正常的口氣，「現在政府又開始鼓勵小手工業生產者自主經營了。趙師傅，你一身本事，總得靠這個養家吧。」

趙迅如醍醐灌頂，他和周榮處長的默契就是在風雨交加中與一棵大樹的默契，這是他對老婆也不會講的秘密。很久以來趙迅就認定，自己雖然命苦，但命裏有貴人相幫。能活下去。

第二天趙迅就將木匠們組織起來，成立了迎春木器生產合作社。至於爲什麼還要取「迎春」一詞，只有趙迅自己知道了。木器社既解決了生存問題（**這些年舒淑文又接二連三給他生下兩子一女**），又能和省公安廳這樣的強力部門搭上線，無形中爲自己增加了一把保護傘。不過他和周榮處長除了工作上的請示彙報外，絕無私人往來。手下的木工們都說，周榮處長是延安來的幹部，業務水準高，過去還是個大學生哩。這些議論趙迅從不參與，只是埋頭幹活。誰說話過頭了，他會吼一句：好好幹活，別亂說亂講！舒淑文曾有些惋惜地說，其實你應該再回去寫文章當導演的，你現在是合法公民了，不妨去找找李曠田老師，或許人家還會要你呢。趙迅斷然說：

「好馬不吃回頭草了。我發現在新社會，勞動人民最吃香，憑手藝吃飯最安全。除了畫傢俱圖紙簽合同，我再也不會寫一個字，再也不摸一下筆，免得惹禍上身。」

妻子不輕不重地說：「他們可真是把你改造好了。」

人都是在比較中求生存的，戰爭時期能活下來的人是最幸福的，現在歲月裏能平安在家陪著家人，能憑一技之長謀生糊口，也是有福之人哪。那時趙迅覺得，即便再艱辛卑微的改造總比槍斃你強上千百倍。多少他熟悉的人在一波又一波的運動中被押赴了法場，土改、鎮反、三反五反、肅反，這些年政府像用梳子篦蝨子一樣把舊時代「殘渣餘孽」梳理了一遍又一遍。而現在他是勞動階級，又在專政機關眼皮子底下幹活，「誰也看不見自己的眼屎。」趙迅曾對舒淑文說。

對趙迅這樣舊時代的人來說，歷史問題如此緊密地和政治問題如影相隨，是他在新時代學到的第一條規則，但這並不影響他對這個時代的熱愛。國家前所未有地統一強大，社會萬象更新般日新月異，而人們，從來沒有如此充滿朝氣。歷史翻開新的一頁，就像從黑白年代猛然進入了彩色歲月，一切都很新鮮，什麼都很奪目。和平不再是一種夢想，而是現實；進步不再是一個辭彙，而是一種責任；建設國家也不再是一個口號，而是每天每個人勞動的汗水。

趙迅並不因爲自己只是一個木匠而有懷才不遇之屈，這個社會是他年輕時候嚮往的，是他崇敬的先生們曾經奔走吶喊、並用鮮血和生命去奮鬥過的。他自覺接受了自己是一個需要改造的「舊人」的命運，只要人民政府給他機會，他相信自己完全能夠憑藉才華轉變爲一個「新人」。就像這些年，迎春木器社讓他的經濟狀況大爲好轉，連住在他院子裏的那個在政府商業部門做事的幹部，都沒有他的收入高。

吃得飽穿得暖，下班回來除了讀報——這是趙迅每天的習慣，晚上被窩裏的活動就多了起來。豆芽出生的第二個年頭，他們有了老二豆角，再兩年又有了老三豆莢，後來又終於如願以償地添了一個小天使一般的女兒豆秧。自從第一個兒子豆芽在走揹運的生活中出生以後，趙迅不再把自己當文化人看待，似乎給孩子取名字的文心也沒有了，一路「豆」下去。種瓜得瓜，種豆得豆，生命卑微，人生亦如豆了。

令趙迅深懷感恩的是，上帝將他逐出「伊甸園」，卻賜予他一個好女人。舒淑文就像一塊肥沃的土地，越勤奮耕種，產出就越高，她的生育能力出乎丈夫的意料。這個十九歲就做了母親的妻子，二十六歲就成了四個孩子的母親。之所以會生出那麼多娃娃來，趙迅曾經跟妻子在被窩中說笑，要是我還能寫作的話，哪天晚上不到一兩點睡覺？現在那麼漫長的夜晚沒有事情幹，不生娃娃幹什麼？而讓趙迅更感到神奇的是，舒淑文生一個娃娃就漂亮一截，到老四豆秧出生後，他認爲舒淑文簡直比她當年的話劇明星姐姐還漂亮了。

精緻端莊的五官，如滿月般的臉龐，凹凸有致的身材，南國女子特有的小麥色光滑閃亮的膚色，讓人想到五月燦爛陽光下的麥田，還有那深深的眼窩，總是盛滿幽泉一般的柔情，彷彿正是這一泓清水，滋潤了那風情萬種的麥浪，讓那原野上的女人，像大地一樣豐沛。女人唯有當了母親後，才從骨子裏散發出那種迷人的韻味，豐腴、飽滿、溫情、賢淑，體貼，善良。你聽聽人家舒淑文怎麼說：趙哥哥，這些年你臉上的傷疤怎麼越來越看不出來了呢？有些男人臉上連一根線條都沒有，整個兒一副太監模樣。哪像我家趙哥啊，光榮的傷疤都成陽剛之氣的線條了。羅丹都找不到這樣板扎（注：昆明方言，好，標緻之意）的模特兒。

那些年迎春木器社幾乎成了省公安廳的專用木工隊，總有做不完的活計。趙迅儘量把每一項工程做得無可挑剔。做那些成排的檔案櫃讓趙迅費盡了心機。本來工藝並不難，但趙迅爲了達到周處長的特殊要求，還真搞了不少小發明。他在櫃子上下留了木槽，前面裝一扇滑門，平常將滑門一拉，既美觀、隱蔽，又讓外人看不出是冷冰冰的檔案櫃。周榮處長在驗收這些檔案櫃時，趙迅和熊老倌跟在旁邊做講解。趙迅說他還在幾個重要的抽屜裏做了個暗屜，拉開抽屜，再打開一個機關或者一把鎖，就可拉開屜中屜。這種類似「中國盒子」的做工，連熊老倌都說沒見過更沒做過。趙迅看到周榮處長欣賞的表情，便又得意忘形了，畫蛇添足地說：

「政府的檔案嘛，裝的都是秘密。自然越隱秘越好。」

周榮轉頭用複雜的眼光看了趙迅一眼，彷彿不經意地問了一聲：「你怎麼想到的？」

趙迅愣了一下，像一個慌不擇路的逃犯，乾笑兩聲說：「魯……魯班爺，告訴我……給我的啓發……吧。」

熊老倌在一邊得意地說：「我這徒弟，得了魯班真傳，都可以去北京給毛主席幹活了。」

周榮神情嚴肅地「嗯」了一聲，背著手離開了。

迎春木器社的人都對這個後勤處長敬畏有加，熊老倌有次想拉他來喝酒，被周榮處長嚴肅地拒絕了。他經常來現場檢查工程進展，高興時候也和工人們開開玩笑，但和趙迅除了談工作上的事情，從無多言。有一天下午，快下班時，趙迅一個人在木工房刨幾塊板子，猛然發現周榮在離他十多米的地方遠遠觀望。他放下鉋子，也朝周榮那邊看。陽光在他們中間的空地上明亮得晃眼，周榮在一處屋簷下，而趙迅在有些陰暗的屋子裏。但似乎誰也不願走過去，走到光明之下。他們就這樣默默地凝視了足有半個小時。直到下班的人們陸續走出辦公樓，周榮才轉身離去。

人們嘲笑木匠有一句話叫做「自做木枷自己戴」，趙迅在做公安廳的那些檔案櫃時曾經想到過，這些像中藥櫃一樣層累相疊的櫃子，哪一個會裝自己見不得人的檔案呢？新社會讓趙迅時常夢裏驚魂的就是自己的既往歷史不知會裝進哪只檔案袋，不知會暗藏了多少「延時炸彈」。共產黨用檔案管人，管得你服服貼貼，老老實實。像趙迅這樣有所謂「歷史污點」的人，他的歷史一定歸屬於「敵僞檔案」那一類，隱藏在某個檔案櫃的抽屜裏。有一天「趙魯班」對手下的徒弟說，我們這是在做一口口「活棺材」。徒弟不解地問：師傅，哪有這麼小的棺材？趙迅看看徒弟憨厚的臉，什麼也不想說了。

如果說一個個的檔案抽屜就是「活棺材」的話，裏面裝的檔案袋就是「裹屍布」了。「屍主」都是趙迅這種政治上判了「死刑」的人，他們一生都掙不脫這件「裹屍布」。一封檢舉揭發信、一張舊時代的履歷表，一份認罪書，甚至一篇舊報紙上的文章，都是這個人的「裹屍布」，層層包裹，深深埋葬，永世不得翻身。妙的是這世上有多少人並不知道自己已經有了一副「活棺材」，有無數身「裹屍布」，就像趙迅自己，爲別人做著「活棺材」，也不可避免地要爲自己做一口。

卷宗二

一九五七

：第二次交代——以魯班之名

06 魯班現形記

「趙迅，老實交代你的罪行。」

「趙迅，男，一九二六年生，一九三一年起在滇西老家龍陵縣壩子鄉念小學，證明人趙家英；一九三七年在縣城上初中，證明人劉樹清，一九四二年日本鬼子侵佔了龍陵，我隨家人出來逃難，先後在保山、大理、昆明、玉溪等地方討生活，證明人有張得貴、高滿銀、趙石頭、何老爹、向二嫂、方知明、謝老四、花和尚、王道士、秦尼姑等；一九四五年抗戰勝利後在玉溪馬營鎮當小學老師，證明人是任桂枝。從那個時候起開始自修文學寫作，一九四七年到昆明南屏街開『菊花米線店』，證明人王大勺；一九四八年和韓三勤等人在昆明發起迎春劇藝社，上演進步話劇，證明人阿Q、楊小昆。一九五〇年十一月參加省文聯籌備小組的思想改造學習班，證明人李曠田；一九五一年元月因參加過被定性為國民黨特務週邊組織的『寒梅會』，被判人民管制四年，管制期間因表現積極，政府寬大，提前一年結束管制，恢復公民身分，證明人青雲街派出所王有根所長，省公安廳周榮副廳長；一九五四年在周榮副廳長關懷下成立迎春木器合作社，任社長至今，證明人周榮副廳長、熊老倌。報告領導，交代完畢。」

「別跟我們胡扯些人都找不到的證明人啦，七大姑八大爺的，連和尚尼姑都扯進來了。我還不知道你們這種人耍的鬼把戲？還想讓我們看看你有多頑固狡猾嗎？別再裝了，先交代出你的真實姓名來。說，姓什麼？」

「姓趙。」

「名？」

「單名迅，趙迅。因為會點木匠手藝，人們叫我『趙魯班』，有時就直接喊我魯班師傅、魯師傅。」

「啪！」審訊者一掌拍在桌子上，就像給人一記響亮的耳光。

「趙廣陵！你這個國民黨反動軍官，還想跟人民政府躲貓貓嗎？」

坐在木椅上的趙迅身子稍微往前挺了一下，他身後的兩個員警就伸出手來壓住了他。他並沒有反抗之意，只是當聽到「趙廣陵」這個名字時，就像聽到一個老朋友的名字。

「你弄錯了，我不是趙廣陵。」趙迅平靜下來，就像與人提起另外一個人，「趙廣陵也不是反動軍官。」

審訊者根本不屑聽趙迅的辯解，臉上呈現出即將揭開一個謎底的得意，他起身走到屋子裏的一個巨大的檔案櫃前，從一排排如中藥櫃的檔案抽屜中找準一個，然後打開一道鎖，從裏面拿出一個棕黃色的檔案袋，衝面前那個重新被叫做趙廣陵的人晃了晃，「你的過去你想隱藏就隱藏得了的嗎？這裏面有你的一個朋友。」他說著從檔案袋裏抽出一張照片，展開在趙迅面前。

我的「活棺材」被揭開了。反右也會反到我這個木匠的頭上，我可真是天底下最倒楣的木匠。趙迅不無酸楚地想。

照片上的人叫陸傑堯，雲南大學的教授，大約三個月前趙迅在報紙上看到他成了雲南的極右派之一，將他歸屬到「章羅同盟」（注：章伯鈞，中國民主同盟副主席，交通部長；羅隆基，中國民主同盟副主席，森林工業部部長，兩人都是反右時期的最大右派。）在雲南的代理人。而在一九四五年前後，他是聞一多先生主編的民盟機關刊物《民主週刊》兼職編輯，趙迅就是在那時和他有過一面之交。照片上的陸傑堯穿西裝打領帶，文質彬彬，儒雅倜儻，想必也是那個時代的照片了。此人清瘦寡言，高高的鼻樑上架一副西式秀郎鏡，薄薄的嘴唇總是緊閉在一起，彷彿千年石佛。這樣的人居然也會去大鳴大放把自己弄成右派，居然也會告發自己。這是趙迅百思不得其解的問題。

這些年趙迅天天都在讀報紙，家中常年訂有《人民日報》、《光明日報》、《文匯報》、《雲南日報》，有時家中窮得菜錢都沒有了，但報紙訂閱費一定一分不少。可能全中國沒有哪一個木匠比趙迅更認真仔細地讀報，下班回來每張報紙從第一版讀到第四版，每一篇文章每一個字都不放過。開初舒淑文看他常常讀到深夜，還心痛地說：明天還要上班，就別讀了，你又不能寫。人家的文章，跟你有啥關係。這就像你在街道櫥窗裏看見好吃的好穿的，自己不能享受一樣。趙迅回答說，這不是享受不享受的問題，而是要找準生活方向的問題。

他不僅是家庭裏的丈夫、父親，還是風浪中一條小船的舵手。他要觀天氣、避風雨，他要繞過激流險灘。在報紙號召大鳴大放時，他看到了很多前朝的名流、大師、民主人士，在一九四九年以前熱切追尋過民主自由，反對過國民黨政府獨裁統治，現在他們舊話重提，大談言論自由，聯合政府，大膽批評執政黨失察不當之處。世事變遷，舊人老話，時光彷彿在輪迴。趙迅曾爲之高興，也曾爲此疑惑。當年民主、自由是應該向國民黨要的，因爲他獨裁、專制、腐敗、反動，現在是人民當家作主，也該伸手向共產黨要民主嗎？

那時的氣氛有點像當年西南聯大在昆明成爲「民主堡壘」的勁頭了，到處是集會、遊行、辯論、大字報。人們暢所欲言，領導虛懷若谷。報紙、刊物、廣播推波助瀾，但卻是循循善誘、和風細雨的語調，像一個大度的長者，不斷鼓勵身邊的孩子說吧，鬧吧，有什麼不平、有啥子怨氣，甚至有什麼苦水，都傾訴出來吧。工人罷工、學生罷課，知識份子指責隨處可見的官僚作風，民主人士批評黨群關係不好，抱怨自己有職無權，甚至挑戰共產黨的權威，說他們是「黨天下」，搞宗派主義。這些言論即便在國民黨統治時期，也是要進監獄甚至掉腦袋的。但共產黨都洗耳恭聽，不急不惱，還頗有氣度地承認自己的錯誤，說這都是人民內部矛盾，是可以改進和化解的。你們繼續說，大膽鳴放。你們的批評越尖銳，共產黨的整風就越徹底。《雲南日報》的一篇社論還說，我們都是一家人，兒子給老子提意見，當家的不會亂打巴掌。

不過，像趙迅這樣經歷過思想改造運動的人，已經訓練出他隨時都豎起耳朵聽風聲，睜大眼睛觀方向。共產黨的整風運動一開始，他從報紙上既讀出了共產黨的氣魄，又讀出了它的麻煩。它坦陳要解決執政黨和人民群眾的矛盾，並把此歸結於「人民內部矛盾」，因此要知識份子和民主人士幫助他們整頓思想、工作作風。國民黨就沒有這樣的氣度，它只曉得打打殺殺，白色恐怖，甚至連聞一多、李公樸這樣的大知識份子都敢殺。

但在一片言者無罪、聞者足戒的祥和氣氛中，趙迅還是嗅出一些不祥的氣味，具體是什麼他也搞不清楚。那感覺有點像戰場上蟄伏在塹壕裏等待衝鋒的士兵，不知道對方在哪裏，火力又如何；又有點像一個小演員在一部大戲裏跑龍套，前面看得到的熱鬧都是鋪墊渲染，高潮在哪裏出現你卻不知道。他把一九五七年的《人民日報》一張一張地翻回去看，一直翻到一九五六年十二月二九號的一篇文章，那上面說毛澤東主席新近提出了要「區分敵我矛盾和人民內部矛盾」，而且指出在「特定歷史條件下，人民內部的某種矛盾，可以逐步轉化爲對抗性矛盾，成爲敵我矛盾之一部分」。文章還舉例說，新近發生的波蘭、匈牙利反革命事件，就是從人民內部矛盾轉化爲敵我矛盾的，因此社會主義國家陣營必須採取「斷然措施」。

在政治運動中，這人民內部矛盾說「轉化」就「轉化」了，就像陰晴無定的六月天。當年迎春劇藝社的劉國棟，睡個女演員算人民內部矛盾吧，到現在還沒出來呢。趙迅就像偵察兵終於發現了對方的火力點，暗自長吁了一口氣。鳴放最熱鬧的那些天，有個在《雲南日報》當編輯的前文友曾來找他，說你當木匠當得忘記字咋個寫了麼？我們都曉得你冤，還不趁現在政府允許人們說話，寫篇文章爲自己叫叫屈吧。我們報紙鳴放的好文章不多啊。趙迅笑瞇瞇地回答說，我不冤啊，當木匠很好。

但那時街道居民委員會三天兩頭組織大家學習，別看一個街道居委會，社會神經的最末梢，但每次政治學習都搞得煞有介事、嚴肅認真，在家燒鍋做飯侍候丈夫孩子的大媽、引車賣漿者流也彷彿高居廟堂，指點江山。儘管來學習的都是街道集體所有制的小頭目，木器社的、鞋帽縫紉社的、建築維修社的、藤蔑編織社的、餐飲糕點社的，醬菜社的，鐵匠石匠社的，騾馬運輸社的，清一色的社會底層。

居委會大媽對趙迅說，這裏面就你有點文化，你也大聲武氣地吼兩嗓子吧（這是她對大鳴大放的形象理解），這可是上面交代的任務。趙迅依然不爲所動，總以工作忙，沒有什麼想說的推辭。那個居委會大媽有個晚上直接跑到趙迅家來，說你不去吼，我們就要落後了。居委會落後了，你也落不到啥好。那時誰都怕落後，落後不是一種表現，而是政治錯誤。剛好趙迅正在讀當天《人民日報》上的一篇文章，《繼續爭鳴，結合整風》，上面還有幾幅照片。那個還算識得幾個字的大媽抓過報紙瞄了瞄，說，你看看，連紡織廠的女工都在給她們的領導提意見了。

說真心話，趙迅那時對誰都沒有意見，也不敢有意見。如果真要參加這場鳴放運動，他還真想為自己的冤屈「吼兩嗓子」，他想說我熱愛新中國，我擁護共產黨，我在舊社會雖然不慎走過彎路，但天理可鑒，我是愛自己的國家民族的。我會寫文章會導戲，我的理想並不僅僅是當一個木匠，我還可以為自己的國家做更多的貢獻。共產黨作為執政黨應該不計前嫌，寬宏大量，知人善任，團結一切可以團結的力量，像他們獲取政權前承諾的那樣。

這些想法在看了《人民日報》的文章之後，在居委會大媽真誠的鼓動之下，在渴望報效國家的一片赤誠之中，半個小時就一揮而就了。他忘記了自己當初被人民管制時，發誓再不摸筆的承諾。文人一摸筆，禍從字裏出。鳴放文章寫到最後，趙迅也不知那股神經搭錯了界，竟然又犯了鐵肩擔道義，以天下為己任的文人毛病。他在文中寫道——

「一九五六年，人民政府的特別軍事法庭對在押的一千多名日本侵略者戰犯大部分實行『免於起訴，即行釋放』的寬大政策，僅對其中罪行極大的四十五名日本戰犯進行了起訴。我個人認為這個舉措雖然彰顯了我中國民族以德報怨之大國風範，但對日本這個軍國主義思想根深蒂固的國家來說太寬容仁慈了。自甲午戰爭以來，日本軍國主義者對我中華民族犯下了罄竹難書的滔天大罪，伏屍千萬，流血萬里。我們豈可輕易忘記國恥！豈可輕易忘記這本浸滿中國人鮮血的血淚賬！第二次世界大戰結束後，歐洲的紐倫堡法庭審判德國法西斯戰犯，還有亞洲的東京大審判，除了當場處以絞刑的，其餘的戰犯都還在服刑。這對在全世界徹底根除法西斯主義有極大的警示作用。日本軍國主義者現在緊隨美帝國主義，忘我之心不死。八年抗戰我們戰勝了日本侵略者，但他們並不服輸，隨時妄圖捲土重來。當我們正義在手時，依照國際法和我國法律，多殺幾個日本戰犯，既可震懾日本國內的軍國主義者，也可揚我中華國威。尤其是，在目前國民黨反動派在押戰犯都還在接受人民政府改造的情況下，先行釋放日本戰犯，於根除法西斯主義、軍國主義極為不利；於民族情感也頗有傷害。希望執政黨在此方面有所反思。」

第二天一大早，趙迅本來是該將自己的「鳴放」文章交到居委會的，但他多了一個心眼，想居委會的小腳老太太懂多少啊，還是請省公安廳的周副廳長幫我先把把關吧。周榮去年已官升省公安廳副廳長了，趙迅打心眼裏爲他高興，但除了工作，平常他們頗像相忘於江湖的路人。

可這次周副廳長接過他的文章，看都不看就不屑地說，你一個木匠，亂吼些啥子哦。趙迅回答說是居委會交代的政治任務，我這也是愛國啊。位卑未敢忘憂國，這樣生疏了好久的文縐縐的話語，他也差點脫口而出了。但當周副廳長看完趙迅的鳴放文章，平常說話從不拿架子的他忽然爆發了，幾把將趙迅的鳴放文章撕了，還厲聲喝道：

「你亂跳什麼？別忘了自己的身分！」

當時趙迅委屈得有點像不准革命的阿Q，眼淚都差點下來了。到他進入耄耋之年的某一天，去參加離休老幹部周榮的葬禮，他在葬禮上會想起被指著鼻子痛罵的那一天，想起人家的當頭棒喝。那時他已經看了很多官方解禁的史料，《繼續爭鳴、結合整風》的文章發表在一九五七年五月十九日的《人民日報》上，而四天前，也就是五月十五日，毛澤東已經寫了《事情正在起變化》的一封信，下發給黨的高級幹部，「右派」這個詞第一次被偉大領袖提出來。事情的確已經發生了變化，

「整風」成了「引蛇出洞」，在戰場上，沒有比貿然闖入埋伏陣被聚而殲之更悲劇的士兵了。趙迅不知道周榮那個級別的幹部那時是不是已經提前得到了風聲，但他當年確實幫趙迅躲過了一劫。如果他複雜的歷史問題再加上右派這項罪名，他會如何呢？他還敢為國民黨戰犯鳴不平，不想要腦袋了？

到大家幡然醒悟「吼兩嗓子」不過是「引蛇出洞」時，趙迅驚出一身又一身的冷汗。報紙上公佈的那些大小右派，他只為兩個人暗鳴不平。一個是新中國的國防委員會副主席龍雲，這個一直和蔣介石不和的「雲南王」，雖然是個大軍閥，但絕對是個愛國的民族主義者；另一個是趙迅當年的偶像、朋友、學長，西南聯大的青年教師兼詩人穆旦，兩年前他們剛剛恢復了聯繫，趙迅才得知穆旦一九五一年從美國回來報效國家，在南開大學當副教授。穆旦還在給趙迅的信中說，詩人，是離不開自己的祖國滋養的人。趙迅記得大鳴大放時，穆旦在《人民日報》發表過幾首詩，大意是批評了官僚主義和形式主義。比起那些民主人士犯上直諫的言論來，不過是用雞毛撣子替官僚主義掃了掃灰。說實話，趙迅當時並不認為這是穆旦的好詩，和他寫當年遠征軍的《森林之魅——祭胡康河谷的白骨》相比差遠了，趙迅當時還想去信跟穆旦探討呢。現在，趙迅打死也不相信，這兩個人會是反黨反社會主義的右派分子。

至於雲南大學的教授陸傑堯，趙迅只和他有過一面之交，讓趙迅莫名其妙的是，他進了「活棺材」，怎麼會把自己也扯進去了？一個木匠可是連當右派的資格都沒有啊。廟堂上的事情，還輪不到他說話。

但你就是一粒毫無害處、無礙觀瞻的「眼屎」，終究也有被清洗掉的那一天。「眼屎」自己看不見，外人卻一目了然。

疾風暴雨，泥沙俱下。那些在時光的流失中被小心經營起來的脆弱生態，眨眼就被兜根兜底地翻一遍。趙迅身分暴露的起因源於一次加班勞動。本來天快要黑了，公安廳後勤處的新任處長忽然來到工地，說有一幫右派要火速送到農場勞動，而送他們的卡車擋板不夠高，怕這幫老右書呆子坐在上面不安全，領導要趙迅的木工隊趕緊去加高加寬一下。那群被打入地獄的老右們此刻就被押在一邊看他們幹活，木工們也是邊幹活邊往他們那邊看，他們只在廣播裏聽說過右派如何陰險反動，彷佛是三頭六臂的妖魔鬼怪，現在親眼見了，原來都是些白面書生啊，有的還是學生娃兒嘛。昆明城裏那些有資格「吼兩嗓子」的知識份子幾乎都被一網打盡了。中學校長、教師、工程師、作家、詩人、大學教授、報刊主編、醫生、演員等。這些人中有幾個趙迅是認識的，如被譽為省裏第一小提琴手的姜廉老師，舒淑文上高中時就跟他學過琴；還有民國時期著名的報人、民盟會員、民主進步人士天司馬天宮先生。

趙迅竟然在這群被打入另類的人中發現了一個最不應該當右派的人——阿Q！他們那時遠遠相互觀望，不敢搭話。自從人民管制以後，趙迅就和當年的朋友們疏遠了，不是他感到害羞，而是人家感到害怕。誰見了他這種人不躲著走啊！趙迅不明白的是，當年他不受國民政府待見時，那麼多人伸出援助之手，難道現在他真是與人民為敵的人嗎？

趙迅忽然有股想與阿Q說話的強烈衝動，他對後勤處長說，處長，眼看天都快黑了，要抓緊時間，讓那些傢伙幫我們抬抬板子吧。處長當然希望早點完工，就說反正就是讓他們勞動改造思想的麼。於是他對押解右派分子的公安喊，別讓他們乾站著，都來幫木工師傅幹活。趙迅跟阿Q畢竟相處多年，大家心有靈犀，不一會兒阿Q就湊到了趙迅身邊。讓趙迅感到吃驚的是，阿Q沒有先抱怨自己的命運，而是向他透露了一個令人震驚的消息：劉國棟畏罪自殺了。阿Q說得很小聲很急促，但趙迅聽來就像耳邊炸響了一個大雷。阿Q第二次抬木板過來，他才回過神來問，你怎麼成右派了？阿Q哭喪著臉說，還不是楊小昆那憨狗日的，說我當年在學習班時罵共產黨是強盜。那是我們小時候玩遊戲說的話嘛。多少年的事情了，還翻出來整人。這個小人啊！阿Q恨得差點捶胸頓足。趙迅咬了咬牙，又爲自己慶幸，要是當年進了省文聯，現在不當右派才怪了。不但君子要遠小人，善良的老百姓也要躲得遠遠的。劉國棟死了，老韓還在監獄裏，阿Q又成了右派，當年的迎春劇藝社油盡燈滅，趙迅不知該爲自己感到慶幸還是悲哀。他忽然又想起一個人來，就問阿Q，李曠田老師沒有事吧？阿Q哭喪著臉說，我就是李主席圈出來的。李主席說，何三毛，本來你的錯誤不該劃右派的，但文聯的右派指標完不成，你就先去跟那些知識份子勞動勞動吧，自己也學點東西。趙迅這才知道，阿Q原來叫何三毛呀。何三毛還挺了挺胸脯說，李主席講這是黨交給文聯的任務，我幫他完成了，他感謝我。趙迅看著他略帶自豪的表情，想，還是叫他阿Q吧。

剛好這時趙迅身邊有個木工拿右派尋開心，說你們這些窮酸秀才，不用曬太陽不用幹苦力，共產黨讓你們頓頓吃大白米，吃紅燒肉，好好的工作不要，還想造反啊，就沒想自己是根狗屎做的鞭子。趙迅本來就憋了一肚子的火，聽著這話就喝了一句：幹活就幹活，囉雞巴嗦。他現在跟木工們處得久了，也是髒話張口就來的。但沒有想到他這一聲斷喝，引起了右派陸傑堯的注意，他推了推自己的眼鏡，遠遠地打量這個在眾木匠中說一不二的工頭。到他被押上車時，他還在往趙迅那邊看，而趙迅卻渾然不知。

右派們都是些一心想幫助共產黨的人，他們對國民黨專制獨裁政權深深失望，對新生的人民共和國滿懷建設的熱情。即便他們因言獲罪了，依然赤膽忠心，癡心不悔。當他們中的一個發現有個前國民黨舊軍官，竟然還混跡於勞動人民的隊伍中時，儘管他已經身陷囹圄了，還覺得有責任和義務幫共產黨一把，挖出那個潛伏者。不是爲了戴罪立功以求得減刑，只是因爲對共產黨太信任。

趙迅第二天就被逮捕了，罪名當然不是那時最「時髦」的右派，廟堂上的事情，還輪不到他這個木匠，但正如負責審訊他的幹部說的那樣：「反右還能挖出一個肅反漏網分子來。你就別再跟我們耍滑頭啦。趙廣陵，你到底是個什麼樣的人？家住哪裏？什麼成份？家裏都有些什麼人？在舊社會都是幹什麼的？老老實實向政府交代清楚。」

「好吧。」這個暴露了身分的趙木匠，身懷絕技的「趙魯班」，挺直了腰，費力地咽下嘴裏苦澀的口水，「既然你們都知道了，我認罪伏法，如實交代。」

附件一：家書（之一）

父親母親大人膝前，敬稟者：

雙親大人家書已悉，闔家安康，弘兒欣慰萬分。父母大人敬請寬心，弘兒身體康復如昨，復健壯如虎犢也。

弘兒不孝，現於蒼茫東海上與父親母親大人修書矣！大海何其渺闊，回鄉之路何其漫長。原定中秋前回家拜望父母之行程，因戎機緊迫，一再延宕。實在愧對雙親盼歸之眸、吾妻折柳之情。

今倭寇伏降，舉國歡騰，河山光復，民族興焉。弘兒所屬之部隊，月前由滇入桂，再馳騁至粵，馬不停蹄，人不下鞍。王師所到之處，民眾簞食壺漿，夾道歡呼，倭寇漢奸折旗跪拜，伏低做小。此乃弘兒軍旅生涯中極為輝煌驕傲之履歷矣。

弘兒所部於兩廣地區完成國土光復之責後，奉令北上山東。此番出征，弘兒心有所憂，力有不逮，不知為何而戰也。國家和平建國之際，戰雲來勢洶危。弘兒最所不願者，內戰也。可弘兒身為革命軍人，有負軛駑馬之虞，將來前程如何，未可知也。唯祈願國共和談成功，吾等抗日軍人方可「銷兵鑄農器，今古歲方寧」。

大海顛簸如箕，書寫不易。匆匆擱筆，乞望父親母親大人海涵。

專此布達，叩請金安

男　志弘　敬叩

民國三十四年十月二十八日

07 山東戰場（交代資料之二）

交代者：趙廣陵，又名趙迅，廖志弘，國民黨軍隊偽第八軍一〇三師三〇九團中校副團長兼一營營長

登陸艦在泛著白色泡沫的大海上顛簸航行，官兵們大都是第一次看見大海，也是第一次乘坐美國軍艦。艦上的伙食相當不錯，但都吐出來了。美國黑人水兵不厭其煩地沖洗著污穢的甲板和狹窄的樓梯。暈船的士兵走到哪兒吐到哪兒，實在令人害臊。我也是如此，在和一個美軍少校聊天時，肚子裏忽然就翻江倒海了，他正告訴我他們如何在短短兩個月之內，運載國軍及其裝備往返穿梭於中國沿海的九龍、珠海、寧波、上海、青島、秦皇島，還有台灣的高雄、基隆等港口。「航程都夠回到美國了。」美軍少校說，我掏出手絹來想捂住那些從喉嚨裏噴薄而出的嘔吐物，但爲時晚矣。那個少校善解人意地給我指衛生間的方向，但我還是吐了一路。

從香港九龍碼頭登上美軍第七艦隊的登陸艦出發，就像一次駛向地獄的旅行。我們營的一個下士剛一上船，忙亂中槍走火，一槍崩掉了自己的半個腦袋（或許這是一次自殺，但我們情願認為是槍走火）。不詳之感從此籠罩著全營官兵。按美軍的規矩，在艦上死去的人要海葬，這個士兵的同鄉聲嘶力竭地大喊，我們一同出來的，我要帶他回家，他的媽媽在等他。我不得不讓人把這個不

識趣的傢伙捆了起來。當那個士兵裹著白色屍布的身軀投入大海時，美國海軍的隨軍牧師念了一段祈禱文，一個十二人的儀仗隊對空鳴槍，而我們的人卻呆呆地觀望。我們從來不知道尊重一個普通士兵卑微的生命，就像我們不珍惜好不容易得來的和平。

在我的勤務兵的身邊，有一個大郵袋，那都是本營官兵收到的家書。我接到的命令是：在抵達目的地之前，家書不得分發給士兵們，以免影響士氣。我問下達這個愚蠢命令的團政工部主任：「難道我們是人販子嗎？」他回答說：「不，是牲口販子。」現在看看運兵艙裏那些擁擠在一起神情黯然的士兵，與即將被屠宰的牲口又有何異？

我們的目的地是青島，我們將去驅趕膠東一帶的共軍。上峰說日本人投降後，八路到處搶佔政府的地盤，擴充自己的實力。我們第八軍從昆明空運到南寧，又從南寧馳騁到廣東，到處是歡迎我們的人群，到處是抗戰勝利後的喜悅和自豪。人們都知道第八軍是英雄之師，抗日之師。進廣州時，我們的士兵還穿著草鞋、粗布軍裝，但美國人一夜之間就給我們換上了全副美械裝備，從汽車、大炮到坦克、裝甲車，從皮鞋、手套、圍巾、雪地防護鏡到鴨絨雙層睡袋、毛衣毛褲、卡奇布軍裝。一些笨到吃屎的傢伙把皮手套當襪子，還怪人家美國人腳趾怎麼會那麼長。搞得我們要專門辦培訓班，讓那些中下層軍官學從打領帶到擦皮鞋的技能。

一支國家的軍隊，怎麼能永遠與土氣和沒文化為伍呢？世界上最漂亮的制服，絕對應該是軍裝。無論在廣州還是香港，我們去舞廳跳舞，老闆從不收我們的門票錢，舞女們把我們當英雄，即便像我這樣面目全非的人，周圍也全是崇拜的眼光。有一天我和兩個下屬在廣州一家餐館吃飯，結賬時堂倌說，老總，你們的賬隔壁桌子上的一位女士已經幫你們買過了。我起身向那位長得非常漂亮的女士致敬，說這世上從無女士為先生們結賬的慣例。她回答說，我聽到你們談論打日本人的事。老總們是國家的英雄。那一刻，我爲自己是國軍軍官而自豪。

但在茫茫大海上，我已沒有了那樣的自豪感，我更爲自己的前途擔憂。我傷癒後重回軍隊，是爲了打日本鬼子，可等我們的部隊整編好，小日本卻投降了。我們剛剛贏得了榮譽，又迫不及待地在這榮譽上啐了一口，也許將來還要把它踩在腳下的污泥中。在九龍時，我是負責接收美械裝備的聯絡官，那些令任何一個軍人都眼熱的坦克、火炮、軍車和各式槍支彈藥，堆積如山，散發出冷峻奪目的暗淡光芒。它們將統統被裝上船運往北方，去打共產黨。一天，第八軍長李彌來視察裝運情況，我問他：

「軍長，兩兄弟鬧矛盾，再怎麼也是家裏的事，現在外人來幫助一個打另一個，總不太好吧？」

李彌軍長瞪了我一眼，「共匪跟我們不是兄弟。人家早認俄國人當大哥了。」

那我們就要認美國人當爹了？中國，你自己家裏的事情爲何總搞得如此不堪？儘管美國人在抗戰時是我們的盟軍，給我們莫大的幫助，還救過我的命，但那是抗戰，我們有共同的敵人。現在我們去和共產黨軍隊打仗，是兄弟鬩牆，又是另一回事了。部隊裏不少中下層軍官甚至普通士兵，當他們穿著簇新挺括的軍裝、背負著還散發著機油清香味的武器登船時，我看到了他們眼睛裏的迷惘。而僅僅一年前在滇西戰場上，部隊開拔前線打鬼子時，士兵們的眼睛裏只有一種東西——仇恨。

我沒有跟李彌軍長爭辯，我們都是在戰場上把對方的生命看得比自己的生命更重要的人。作爲一個少校軍官，我當然要絕對服從一個中將軍長的命令。我們是一群被馴服的羔羊，飄泊在同胞之血的大海上，沒有光榮，只有恥辱。我情願這蒼茫的大海上都鋪滿日本鬼子的屍體，我們跟他們的仇還沒有完。我的行囊裏就有一首我的聯大學長、詩人穆旦剛剛發表的詩作《轟炸東京》——

我們漫長的夢魘，我們的混亂，
我們有毒的日子早該流去，
只是有一環它不肯放鬆，
炸毀它，我們的傷口才能以合攏。

世界上任何一個國家的軍人，都不能理解我們中國軍人對日本鬼子的恨。穆旦兄，我的好學長，我浴血抗戰的好戰友，我多想和你一起直搗黃龍、生擒日本天皇。如果抗戰還沒有結束，如果這艘美軍登陸艦載著我們直撲大海對面的那個蕞爾島國，我會第一個衝下軍艦。可是啊，我似乎搭上了一條錯誤的船，行駛在錯誤的航道上。方向舵不在我的手上，我只是這個混亂時代的過客。在我治療戰傷期間，一個曾經醫治過我的美國心理醫生約翰博士說，他看不起自相殘殺的中國人。我們活該。

其實美國佬也不用那麼自負，他們的國家也打過內戰，日本人在明治維新前的幕府時代也自相殘殺過，英國人，法國人，在他們的封建專制時代，哪個沒有向自己的人民舉起屠刀？看來一個強大國家的建立，一種主義的伸張，一個真理的堅持，甚至，爲一個專制獨裁政權送葬，都離不開戰爭。只是作爲戰爭這個嗜血怪獸的一分子，我們蛻化爲動物。我的團長就如此說，軍人嘛，吃陽間的飯，幹陰間的活兒。上面讓你打哪個，你就打哪個。唉，到我們把陽間的惡事都幹絕了後，陰間也就離我們不遠了。我的多災多難的祖國，你何時才不以刺刀說話？

我們在青島登陸，還沒有來得及享受這座頗具殖民風格的海濱城市，部隊就開拔到膠東一線。到處都是八路的地盤。他們挖斷了公路和鐵路，阻止國軍去接受日本人的投降。我和他們並不陌生，多年前就打過交道，「破襲戰」是他們的拿手好戲，過去用來對付日本鬼子，現在卻針對國軍了。而國民政府為了和共產黨搶地盤，甚至不惜讓從前的漢奸隊伍搖身一變，成為維持治安的國家軍隊。我們幹的事情，不僅讓老百姓痛恨，連戰敗的日本人都瞧不起了。我們進入一個縣城時，一個已經向八路軍交出了武器的日軍大尉不無傲慢地說：「我們戰敗的，承認；你們的和平，不會有。三十年後，我們的，還要回來。」

這個狗雜種小日本，老子真想給他一把刀，跟他來一次決鬥。

作為戰勝國軍隊，去接受戰敗國軍隊的投降，本來是一件多麼令人驕傲的事情啊！這是數百年來的中國軍人從來沒有過的光榮。我們在戰場上時，為了讓鬼子繳槍投降，把嗓子都喊啞了也從未遇到一個主動投降的日本兵。現在大批的日本人忽然就像沒有了魂兒，孤魂野鬼一般一群一群地待在臨時戰俘營裏，他們曾經滿臉的驕橫、兇殘、剽悍都沒有了，從軍官到士兵，個個都顯得謙卑、沉默、孤單。

戰敗的軍隊就像打斷了脊樑骨的狗，這種遭遇我們也有不少，但我們最終是勝利者，這足以讓人自豪終生。可是我們的受降任務卻像一場兩兄弟爭奪家產的混戰。也難怪那個投降了的日本軍官看不起我們。我們讓日本戰俘去修被八路破壞了的鐵路，大熱天他們幹得汗流浹背，卻找不到一個偷奸耍滑的人，彷彿是在為他們的國家修路。八路有時來偷襲我們，躲在遠處放冷槍，要是沒有命令撤退，這些日本戰俘從不會驚慌失措，該掄钁頭的掄钁頭，該抬枕木的抬枕木。說實話，我欣賞這樣的軍人，臨危不亂，處變不驚。有時我們為了保證修路的進度和這些日本戰俘的安全，不得不用裝甲車上的機槍開路，向可疑的地方掃射。看著我身後抱著雙手觀戰的日本戰俘，我真不知道自己在為誰而戰了。那個曾經挑釁過我的日軍大尉有一天似乎為了討好我，說：「八路的，土槍土炮的幹活，只能嚇鳥兒的幹活。我們的修路，狠狠地修路的幹活。」我斜著眼看著他，儘量掩飾自己心中的羞愧，對他喝道：「幹活去，少他媽囉嗦！」

為了打通交通線，我們不得不靠武力進入一些村莊。這些赤色化了的村莊從村長到婦女、兒童，頭上都戴著八路的灰布軍帽，腰間紮著從日軍身上扒下來的寬牛皮帶。老百姓似乎都站在八路一邊，這不能不讓人心驚。如果說抗戰時期他們是土八路的話，現在他們的裝備和遠征軍時期差不多了，他們在八年抗戰中壯大了，就像一個少年在別人不察覺的時候，忽然長成了一個精壯小夥子。

在一個叫劉莊的地方，八路正規軍的一個連試圖阻止我們，但我們開著裝甲車緩緩進莊，用上面的重機槍和小炮對準他們，還用大喇叭告知他們撤離。說我們是政府的軍隊，奉命前來維持本地治安等等。那時毛澤東和蔣委員長還在重慶談判，八路軍從法理上說還是國民政府的一支軍隊，都是同一政府的武裝，怎麼能兵戎相見呢？我接到的命令是，八路如果敢開第一槍，就以叛匪對待，格殺勿論。

在我們強大的武力威懾前，八路退卻了。他們總會在撤退之前跟我們喋喋不休地爭辯，說這些地方過去都是他們的遊擊區，他們在這裏跟日本人周旋的時候，國軍在哪裏？我告訴他們，日本人不是你們一家打的。蔣委員長說人無分老幼，地無分南北，中國很大，到處都是戰場。國軍在滇緬戰場打鬼子時，你們又在哪裏？

話雖這樣說，但我們和八路軍都成了搶奪家產的讓鄰里笑話的無良兄弟，我自己都感到害臊。

只唯願毛澤東和蔣委員長在重慶的談判桌上好好談談，不要讓我們大打出手。

那時有個很常用的辭彙「摩擦」，延安的廣播電台總是指責國軍是「摩擦專家」，在山東，在晉察冀，在東三省，國共雙方一邊談判一邊不斷發生「摩擦」。在宴會桌上虛情假意地高舉酒杯高調唱著和平時，桌子下卻你踹我一腳我拌你一腿。李彌軍長的說法是：「摩擦嘛，國共之間打日本人時都在搞，現在搞一搞又何妨？你總不能讓『軍調部』的那些人沒事幹喝茶吧。」

開初時，我們和共軍的「摩擦」有些像小孩子掐架，先互相謾罵，試探對方，但還不至於大打出手。我們要代表政府進入八路當年的遊擊區，恢復國民政府的政令、軍令之統一，八路當然不聽這一套。但我們就像當年的日軍，仗著自己有坦克裝甲車，把八路從一個村莊又一個村莊、一座縣城又一座縣城威逼出去。後來八路開始反擊，他們沒有坦克，但他們人多，甚至可以動用上千的老百姓，圍住我們的一個排或一個連，用唾沫星子把國軍趕走。我奇怪山東的老百姓為什麼那麼討厭我們，兩個月以前我們走到哪裏都是鮮花和激昂的口號啊。有一天我不得不在瓜皮爛水果中撤出了自己的部隊。我們是國軍，總不能向老百姓開槍吧。

李彌軍長對我的怯陣大為光火，把我叫到軍部申斥了一頓，他說美國人給你裝備的是燒火棍嗎？是根燒火棍你也得打他幾棍子呀。我說我怕捅了婁子，八路又把我們告到「軍調部」，給政府的談判抹黑。那時在青島就有由國府、中共和美國人三方組成的「軍事協調小組」，專門處理國共之間的摩擦。我在前方都能聽到他們的爭吵聲。

軍營裏人心浮動，配屬到連隊的政工人員每天晚上都要召集官兵們開會，講共產黨如何勾結蘇俄，赤化中國，妄圖以共產主義取代國父的三民主義，如何在自己的防區裏捕殺士紳、掠奪私產，共產共妻、毀滅傳統。而我們國軍是王者之師，弔民伐罪，維繫國統，懲治叛亂。我不知道這些演講會對士兵們的作戰勇氣有多大幫助。有一天我在上廁所時聽到兩個士兵的談話，一個說，土八路那邊是不是少女人，要幾個人合用一個老婆？另一個回答道：哪個男人不喜歡多搞幾個女人，我們這邊有錢的人還娶幾房姨太太呢。土八路窮，就要把那些姨太太搶過來大家共用，所以窮人都往他們那邊跑。

敢情。先前問話的士兵說，那我們是有老婆的人和沒老婆的人在打仗。可是我也沒有老婆啊。

唉，這些全副美械裝備的壯丁兵，我連訓斥他們幾句的心思都沒有了。共產黨辦的《新華日報》，抗戰時期我們都可以讀到，上面的那些社論常常讓人熱血沸騰。正如共產黨人說的那樣，我們的國家要是有了民主體制，哪裏還會有內戰？哪裏還會有軍閥、獨裁以及政府的腐敗？當一個社會有了不同的政黨或政見，人們才能聽到不同的聲音，反對的聲音，甚至真理的跫音。人們用語言反對你，總比用槍炮對著你好。

抗戰勝利後，共產黨一直在呼籲組建聯合政府，民主憲政，人民自由選舉。我知道這於蔣介石來說，無異於與虎謀皮。如果說在抗戰時期，我對共產黨的主張還認識模糊，認為大敵當前，軍令、政令必須統一，才能有效抗擊日本鬼子的話，現在我對那些專制、獨裁，不讓別人說話的冠冕堂皇的說辭深惡痛絕。弱小的一方希望用民主來分享權力，而強大的一方，則要用拳頭來把民主打得頭破血流。民主是個美麗的女人，有人要精心打扮她，有人卻要強暴她。兄弟們哪，有沒有老婆是個人的問題，有沒有民主憲政，要不要和平建國，才是國家的難題，戰爭的根源。

那個時候，我第一次懷疑自己是否站錯了隊。

膠東的冬天真是冷啊，大地荒涼，群山蒼茫，寒風刺骨，萬物肅殺。而比凜冽的北風更讓人心寒的是，我從延安的電台中聽到，昆明的軍警竟然圍攻西南聯大，向反饑餓、反內戰的學生開槍扔手榴彈。這是我們國家的軍隊幹的事情嗎？昆明警備司令部的司令關麟征曾經是抗日戰場上赫赫有名的戰將。但我敢向老天爺發誓：如果一個將軍命令他的士兵向手無寸鐵的大學生開槍，那他所有的榮耀都被玷污了。他完了。這樣的人不下地獄誰下地獄？這個報應遲早要來的。

一九四六年新年剛過不久，收音機裏傳來了讓人振奮的消息，國共兩黨終於簽訂了停戰協定。我們就要刀槍入庫、馬放南山了。部隊裏上下都在談論停戰後的打算，一些青年軍官計畫重新回去上大學，沒有上過大學或因戰爭中斷了學業的，只要有復員證，都可以免試進大學。我也在規劃自己的生活，儘管這將是一個並不輕鬆的未來，但我可以脫下這身已不讓我感到光榮的軍裝了。

但李彌軍長卻還在我的肩章上加一顆星，晉升我為中校副團長兼一營營長。有一天他把我叫到作戰室，說：「廖營長，你差我一個妻子。」

我一頭霧水地看著他，問：「軍長，我沒幹什麼呀。」

李彌軍長詭秘地笑笑：「軍人什麼都不幹，國家養兵做什麼？給我捅妻子去。把你上次丟的那個村莊給我奪回來。」

我就不明白了，「軍長，國共不是已經簽訂了停戰協定了嗎？你讓我去打共軍，這妻子捅得就大了。」

「你把妻子捅得越大，上面越高興。」他解下腰間的皮帶，丟到作戰桌上，讓我跟他到地圖前，指著我撤出的那個村莊說：「這些土包子，打他一下再說。你以為共產黨會像大學教授那般愛和平？別相信停戰協定上那些文縐縐的屁話。」

唉，如果一個國家的軍警可以圍攻一所大學，那麼，它的軍隊就可以肆無忌憚地攻打一座渴望和平的村莊，它的兒子們就會在列祖列宗的神位前相互撕咬、大打出手。在內戰的陰雲籠罩下，誰的主義更好和誰的主義更壞，都是對祖宗的犯罪。因爲主義之爭，讓可憐的人們都坐到炮口上了。而我們，就是炮口下的灰。

命令下來了，我營以一個加強連配屬兩輛裝甲車、五門山炮進攻那個叫深水井的村莊，另外兩個連策應。據情報和我自己的判斷，那裏只有共軍正規軍的一個排，還有一些不值一提的遊擊隊武裝，連炮都沒有一門。我估計從發起進攻開始，一個小時就可結束戰鬥。我希望我們甚至都不需要開槍開炮，把裝甲車直接開到八路的房子前，讓他們起床走人。

但這是我八年的軍旅生涯中最丟臉的一次戰鬥。我方部隊在凌晨攻進深水井村後，忽然遭到共軍足足一個團的反包圍。天知道他們是從哪兒冒出來的，顯然人家早有防備。李彌軍長有句話說對了，停戰協定都是他媽的「文縐縐的屁話」，一個兄弟把另一個兄弟徹底踩在了腳下，才會有真正的停戰。我開著吉普車，冒著蝗蟲一樣飛舞的子彈，帶著增援拚死營救，最後只救出了上尉連長陳濟民。一個加強連啊，二百多號弟兄，都作了內戰的第一批冤死鬼。

我嚎啕大哭，自受傷以來，我以爲我已經不會哭了。跟日本人打時，心中只有恨，從來沒有淚；而跟共軍打，我只感到冤，感到恥辱。「一覺醒來，和平沒有了。」這是著名的民主人士梁漱溟先生當時說的話，各大報紙都拿它做標題。我就是那個讓梁漱溟先生在「一覺醒來」痛失和平的人。

軍部軍法處的憲兵一根繩索把我和副營長高舜、上尉連長陳濟民綁了，直接送到軍部的拘禁室。據說李彌軍長暴跳如雷，親自下命令逮捕了我們。軍事法庭的審判很迅速，不過是走了一次過場；結果很乾脆：槍斃。

好吧，既然都在幹陰間的活兒，這一天早晚都會來到。不是死於陣前，就是死於軍法，這是當兵的人的不二法門。只是作爲一個軍人，背後挨一槍，已是莫大的羞恥，況且還是作爲敗軍之將被人綁著行刑，況且還是死於自家兄弟的一記耳光！別忘了，我只是個用自己的屁股當臉的人。

有負蒼生，死有餘辜；身名俱滅，爲天下笑哉。

行刑的時間定在第二天早上八點。晚飯很豐盛，有酒有肉。但我們三人誰也吃不下一口。陳濟民還在淚水漣漣，不是哭他自己，而是哭自己連隊的弟兄。他說營長，二百多人站成佇列看不出人多，可要是死在一堆，就是座屍山啊！這個剛從陸軍大學畢業一年的上尉，打日本人時沒撈著放一槍，卻不幸成爲第八軍參加內戰打響第一槍的倒楣鬼。還有比這更不走運的人生嗎？

這個夜晚陰風慘慘，星光黯淡。我的腦子一片空白，回憶任何往事都是一股股錐心的痛，比我當年在美軍醫院甦醒過來時更爲難受。如果一個智力還算正常的人，莫名其妙地幹了最糊塗、最愚蠢的事情，由此闖下彌天大禍，並註定成爲人生恥辱污點、遺憾終生的話，那麼，毀一次容，就已經是上帝最輕微的懲罰了。我爲什麼不戰死在抗日戰場呢？那樣還落得個抗日英雄、爲國捐軀的一世英名。我那些犧牲在抗日戰場上的生死兄弟，真是太幸運了。

晚上九點，李彌軍長提著兩瓶酒和一包美國牛肉來到我的囚室。他不來，我也會請求見他一面，將心中未竟之事託付於他。至少，我們還有一段生死情誼吧。李彌軍長讓副官和衛兵等在外面，給我斟滿酒後，冷冷地說：「是老頭子的侍從室下的命令要殺你們。你要知道，這一仗他們一直在盯著。」

我明白了，國共談判都是在做戲。他們在談判桌上談的是國共合作、和平建國、成立聯合政府、裁減軍隊、民主憲政這樣一些天大的問題，而離開談判桌後，一場連級規模的戰鬥，卻需要蔣介石侍從室這樣的中樞機構親自「關照」。這內戰不打得生靈塗炭、黃鐘毀棄才怪了。

「不用解釋啦，軍長。我只求速死。」

「兄弟，不打這一倒楣的仗，你可能也活不長。」李彌軍長喝了口自己碗裏的酒，「憲兵從你的行囊中搜出了毛澤東的文章。《論聯合政府》，這些禁書也是你這樣的國軍軍官看的？你跟我玩什麼把戲？」

「毛澤東還和委員長一個桌子上吃過飯喝過酒呢，軍長。我讀一讀他的書也罪不該殺吧？和平、民主、統一、團結，實行憲政，軍隊國家化，不打內戰。共產黨在提，國民政府也在提，全國的老百姓都在翹首盼望。我以為我們馬上就要和共產黨成一家人了，共同建設一個全新的中國。可我們還在這裏刀兵相見自相殘殺，天理難容啊軍長！」我想反正都是要死的人了，還有什麼話不能說。

「你真是個書生，哪像個革命軍人。」李彌軍長彷彿有些生氣了。「我李彌畢生遵循國父中山先生三民主義的教誨，追隨蔣委員長實現三民主義。共產黨那些主張，不過是師從他們的俄國主子罷了。我還不比你清楚？有沒有一個政黨的治國大計，要依照外國人的模子來建造？民國十六年朱德在南昌叛亂，我還只是朱德軍官教導團的小排長，我黃埔四期的同學好多都跟著去了，林彪就是。朱德還親自來動員我參加，可我李彌那時不是認為他們成不了氣候，而是我不相信他們那一套，我只信仰三民主義。共產黨只會搞亂中國，就像現在。」

我沒有想到李彌軍長還有這樣一段與我相似的人生插曲。也許在這個主義紛爭的時代，像我們這樣有思想的軍人，當軍隊從屬於某個政黨時，都會為自己究竟該站在哪一邊而矛盾。如果當年他真的參加了那場叛亂，現在會不會像朱德、林彪那樣，站在國軍的對面？唉，亂世濁流中，命運其實簡單到就是一個銅板的兩面。

「軍長，我也篤信三民主義。可是這麼多年過去了，國家為什麼還這樣亂？不能都怪共產黨吧。」

「唉，兄弟，一個家庭兄弟多了還鬧不和呢。」我知道如果我不是個死囚，李彌軍長不會像個政工人員般苦口婆心，「當年我們追隨國父中山先生的遺訓光榮北伐，剷除列強、打倒軍閥，剿滅赤匪，統一中國之大業即將成功時，日本人來了，等我們打敗了日本人，共產黨坐大了。哪個擁兵自重的大軍閥不是打著為民眾的旗號，行的卻是封建割據占地盤的勾當？『九一八事變』後，大敵當前，共產黨還在江西搞什麼蘇維埃共和國哩。一個國家軍令、政令不統一，怎麼能不亂？那些投降了的日本人如何看我們？你來繳他的槍，我來受他的降。剛一勝利就自亂陣腳，成何體統！勝之不武，不如不勝。面對外侮，中國軍隊之敗，哪次不是敗在自己人手上？一個一萬來人的整編師面對一千來人的日軍大隊，我們有三千人不會打戰，三千人害怕打戰，三千人屬於別的派系，還剩下多少人敢拿著過時的武器和日本人死拚？日本人縱然一千人，感覺也只是一個人。可你看看我們第八軍在松山作仗時，軍長和副軍長不是一個派系的，軍長指揮不動師長，團長又不聽師長的。這仗怎麼打得不艱難？軍隊尚如此，國民復如何？你別忘了國父中山先生的三民主義之實現，需經過軍政、訓政、憲政三個階段。兄弟失和，當家長的總得把鬧事的逆子先降服了，大家才可能坐下來談民主與憲政吧？」

「要是那個逆子鬧得有一點道理呢？」我冷冷地問。

李彌軍長用他那雙豹子眼足足盯著我看了半分鐘，然後氣鼓鼓地說：「我要槍斃你。」

我鎮靜地回答道：「我知道。我的命是你給的。」

他歎了口氣：「我的命也是你給的。」

我說：「不值一提了，軍長，我們兩清了。」

「他媽的，」李彌軍長忽然顯得煩躁起來，「好兄弟，我不得不槍斃你。」

「槍斃吧。」

「把你捆起來，跪在地上，一槍打穿你的後背。」

我冷冷地看著他，就像面對黑洞洞的槍口。我感到好笑，一個身經百戰的中將軍長，竟說這小孩子的話。

李彌的臉上也有塊傷疤，不過沒有我臉上的疤痕那麼難看。他臉上的傷疤在抖動。「你這個傢伙，真的不怕死？」他嘀咕道。

「我是個無臉的人，還有什麼顏面活在這個世上。軍長，兄弟唯有一事相求，乞望恩准。」

「講。」

「兄弟我投筆從戎，本為殺日本鬼子，為國家民族效力；自追隨軍長後，風雲突變，不得已參加內戰，一戰而敗，個人身名已不足惜，死有餘辜。但兄弟辱沒廖氏家風，愧對列祖列宗。兄弟我……廖志弘今後何顏進廖氏祠堂？」

李彌軍長擺擺手，「你不要說了，我讓他們給你家下『榮哀狀』便是，並去函地方政府予以烈士撫恤。」

「那麼……」我思襯再三才說：「兄弟再請軍長開恩，將陣亡時間寫在抗戰勝利之前，並把政府頒發給我的抗戰勝利紀念章和因功而獲得的四等雲麾獎章及勳章頒發證書，一同寄予家父。廖志弘……死也瞑目了！」

李彌軍長怔怔地看著我，彷彿面對一支槍口。我起身，高舉酒碗，筆直地跪在他面前，「軍長，請答應死囚之托！」

「准。」他輕聲說。

「軍長，謝了你這碗送行酒了。」我端起酒碗，一飲而盡。

李彌軍長也端起酒碗喝乾了酒，「啪」地一聲將碗砸在地上。「你我生死兄弟一場，就此別過。」

我忽然有些傷感，也把面前的空酒碗砸了，說：「謝謝軍長，來世有緣再做兄弟。軍長你多保重。」

但我背時的命運就像一個強頭強腦的叛逆少年，總是與我的祈求相悖。李彌軍長出人意料地像部署作戰命令一般一字一句地說：

「十二點以後門口的憲兵將會睡覺，你去政工部，那裏的門不會鎖。桌子上會有一張空白的復員證，本軍的關防章在抽屜裏。你自己填上名字蓋好章。給我記住，廖志弘明天就被槍斃了，復員證上你最好重新寫一個名字。沒有復員證你過不了那些關卡。回去繼續念你的《楚辭》吧，誰是你的教授？聞一多？嗯，這位先生名氣很大，黨國可不太喜歡，你要離他遠點，跟隨他做學問，不要和他攪合政治，這不是你們這些書生幹的事情。你這西南聯大的高材生，當初真不該投考黃埔軍校。」

我仍跪在李彌軍長面前，無法起身。眼眶裏有股熱熱的東西在打轉。

李彌軍長站起來，轉身就走。到門口時他頭也不回地說：「我最討厭做的事情，就是給手下的兄弟寄陣亡通知書。媽的，這次老子不幹了。」他重重地一摔門，但我還是聽到他用雲南話道出了心裏真實的憤怒：

「這小狗日的戰爭！」

08 哀榮無定在

「趙廣陵，廖志弘是你在國民黨反動軍隊裏的名字嗎？」審訊者整理著桌子上厚厚的一摞信紙。昏暗的房間裏只有一盞白熾燈，一張木桌，兩把椅子和一個無靠背的小凳。審訊者和一個年輕的女記錄員坐在桌子後的靠背椅子上，被審訊的人坐在小凳子上。這讓審訊者居高臨下、威嚴端莊。

「是的。」趙廣陵雙手規規矩矩地放在雙膝上，直挺著腰回答道。他看上去衰老了一截，已沒有了一個木匠的粗鄙放浪，倒有一個身陷囹圄者的規矩和無奈。他的目光中有些惶惶不安、驚恐迷惘，又暗藏些垂死掙扎的期冀，彷彿一個不幸落入激流中的人，在向岸邊尋找可以救命的東西。這當然沒有逃脫老練的審訊者的眼光。這個審訊者跟上次那個不一樣，比趙廣陵年長，因此看上去更嚴厲，更有權勢。審訊者鄙夷地說：

「趙迅、趙廣陵、廖志弘，你以爲換一個名字就可以轉世投胎、改變你的反革命歷史身分嗎？」

「形勢所迫，不得已……」趙廣陵彷彿有些說話困難，乾澀著嗓音說。

「哼哼，自新中國成立以來，你就開始篡改個人歷史，隱名埋姓，改頭換面，是你們這些國民黨殘渣餘孽的慣用伎倆。一九五〇年審查你的時候，你就隱瞞你國民黨反動軍官的身分，參加內戰、屠殺人民的歷史。解放後還僞裝成一個進步人士，試圖混進革命隊伍……」

「報告政府，我當年確實追求過進步，我也反對內戰，應算是自動脫離國民黨軍隊；我曾追隨過民主進步人士聞一多先生，這一點陸傑堯可以證明。」

「你讓一個右派分子爲你作證嗎？」審訊者問。

「他……他現在是右派，可當年，當年他還算是個進步人士吧。他也是反對國民黨獨裁統治的。」趙廣陵知道自己這話太蒼白，等於試圖讓一個壞人來證明另一個壞人的清白。

壞人之間只有互相揭發才是出路。審訊者拿出一份名單，遞給趙廣陵，「這上面認識的人，你都勾出來，然後說明他們的身分、職務。」

那份手抄寫的名單大約有三十多個人名，趙廣陵推測他們都是現政權還沒有查清身分的前朝漏網人員。有幾個名字他還是熟悉的，但不知爲什麼，趙廣陵竟然鼓起勇氣說：

「我不認識這些人。」

「一個都不認識？」

「不認識。亂世嘛，人們的身分也亂，連祖宗都不敢認了。」趙廣陵的口吻中不無譏諷。

「趙廣陵，我們警告你，坦白從寬、抗拒從嚴！」審訊者提高了聲音。隨後他又冷笑兩聲，「你不認識別人，別人可認得你。抗拒政府，罪加一等。」

我不當告密者，我只承擔我自己的罪孽。這是趙廣陵當時的想法。但是回到單獨拘禁的囚室後，趙廣陵就後悔了。逞什麼英雄好漢呢？這似乎是妻子在他耳邊的抱怨。從被捕到現在已經半個月了，家裏音訊杳無。儘管趙廣陵多次提出要見見家人，但得到的答覆是：等查清了你的問題，宣判後你就可以見到家人了。一個丈夫忽然失蹤了，做妻子的該到何處詢問、何處求告？家中四個嗷嗷待哺的黃口小兒，豆芽八歲，豆角六歲，豆莢三歲，豆秧才一歲半。

現在讓那一家五口怎麼過日子呢？趙廣陵不知道。舒淑文這些年在街道縫紉社工作，手指粗壯得早就不敢摸琴弦了。四個孩子中豆秧是唯一的女兒，身子骨最弱，最讓趙廣陵揪心，真的像一顆永遠長不壯的秧苗。趙廣陵記得他被捕前三天，還背著豆秧去找一老中醫抓藥。老中醫說，這孩子，氣血太弱，你們怎麼養的？趙廣陵當時羞愧地回答，工作忙。老中醫歎口氣，說都大鳴大放去了吧。然後埋頭寫方子。趙廣陵當時想，哪輪得到我們這種人，改造還來不及。外面的世界很迷亂瘋狂，一個年輕的母親卻要帶著四個孩子獨自面對，那條狂飆巨浪中的小船，現在沒有掌舵的人了。趙廣陵每每想到這一幕，不能不悲從中來，愧由心生。我害了他們了。

兩年前的一個冬日晚上，豆秧還沒有出生，趙廣陵還叫趙迅，一個陌生人忽然造訪。他讓趙迅夫婦關閉了所有門窗後，才撕開上衣內襯的夾層，從裏面掏出一封厚厚的信來，遞給舒淑文，那場景就像電影裏的地下黨交接情報。原來這人是從緬甸偷越國境過來的華僑，他受舒淑文的父親舒唯麒之托，帶來了這些年他們在境外的消息。舒唯麒當年帶著家人逃到越南後，先在西貢待了幾年，然後又輾轉到緬甸密支那、泰國曼谷等地。現在已經在曼谷開了家商行。生意做得還不錯。這個信使就是舒唯麒的一個生意上的夥伴，民國時期就在雲南和緬甸密支那之間做馬幫生意。他冒著極大的風險來到趙迅家，除了帶來的這封信外，還有一個重要的使命，負責安排舒淑文一家偷渡到緬甸，再到曼谷與家人團聚。舒唯麒在信中說：

「聞國內運動不斷，人禍甚烈，前朝士紳，多有劫難。吾舉家遷徙，流落異國，幸耶非耶，尚難定論。唯念吾家老母及小女淑文，經年生死未卜，音訊杳無。倘能幸得蒼天護佑，見此家書，無論母親大人還是愛女淑文，如能旅行走動，切盼與送信者一同啟程，以期異國團聚，苟全性命矣。縱拋家別舍，不足為惜。此為於母，不孝兒子之跪求；於女，父命也！來人乃我異鄉換帖兄弟，足可信任。去國萬里，零落飄零，念茲在茲，憂心如焚。每逢月圓，徒勞傷悲……」

舒父信的後面還有舒菲菲的一頁短箋，她首先問候了奶奶和妹妹，述說了思念之情；然後說她在那邊教華文中學，權把講台當舞台，但也活得平安寧靜。最後她貌似不經意地說很想念當年迎春劇藝社的朋友們，尤其趙迅趙導演。如果舒淑文跟他聯繫得上，請代致問候云云。又賦詩一首——「世事變遷多離亂，山盟安在錦書難。安得鴻雁傳尺素，啼落寒星寸腸斷。」

舒淑文讀完信後用毛巾捂著嘴大哭一場，對丈夫說，桃花還在爲你開放哩。趙迅哭笑不得，安慰妻子道，什麼年月了，還桃花梨花的。你想過去嗎？舒淑文哭哭啼啼地說，想，我真想我爹我媽我姐了，我真受不了做針線活的日子了。做做針線活也就罷了，不能拉小提琴更是認命了，可我受不了這處處低人一等、成天緊張兮兮的日子啊！

趙迅咬緊牙關說，那你就去吧，帶著豆芽和豆角去，給我留下豆莢就行了。我趙家總得留個種傳後。舒淑文驚訝地問：趙哥你還不想走？當初我姐讓你走，你說要留在自己的國家搞話劇。現在你連文章都不能寫了，更別說導戲。還待在這裏幹什麼？趙迅生硬地說，再苦再難，我不會去當亡國奴。舒淑文說，我們到哪裏都是中國人，怎麼會是亡國奴呢？趙迅說，亡國奴有兩種，一種是人家到你的國家來當主人，一種是你到別人的國家去過寄人籬下的日子。

這時那個趕馬大哥說，這位兄弟此言繆也。你家岳丈在那邊日子過得也很滋潤的，現在已經買洋樓了。錢雖然不好掙，但至少日子過得很平安，不像國內這般運動來運動去。舒淑文得到支撐了，理就一套一套地來了，她說，趙哥，有家才愛國，日子都過不下去了，你叫我怎麼愛國？趙迅正色道：胡說，抗戰時多艱難，多少人家破人亡，還不是更愛國，捨生忘死地打日本人？舒淑文又淌眼淚了，說那是打日本人，現在是我們自己挨整。孩子受了氣還會離家出走哩。趙廣陵火上來了，他低聲喝道：孩子受再大的冤枉，也是父母給的！哪個父母不打錯孩子？

那個趕馬大哥見狀連忙說：我曉得出門不是件容易的事，何況這種時候。你們兩口子好生合計合計，明天我來等回話。趙迅冷靜下來了，問，我們這一家老小的，路上能安全？趕馬大哥拍著胸膛說，兄弟你盡可放心。邊境線幾千里長，他們想守也守不牢的，我趕馬二十多年了，山山水水條條大路小路，如我手掌上的紋路般熟悉。這些年我帶過去的人多了，從沒有閃失。

終於沒有走成。舒淑文冷靜下來後發現她根本不可能去泰國。首先，她離不開趙迅，家庭不能散；其次，若一旦決定去曼谷與家人團聚，最大的難題不是路途的艱難和偷越國境的風險，不是身處異國他鄉寄人籬下的生活，而是舒淑文將如何面對自己的姐姐，她現在已經不會再有「桃花過後梨花開」那種灑脫和浪漫了。還有一個更重要的因素是，舒淑文發現自己又懷孕了。她在一個晚上抹著眼淚對趙迅說：「真不愧是當過兵的，一上陣就打連發。」

他們只是請那位趕馬大哥帶回去一封信，由趙迅執筆，敘說了這些年生活的變遷。當然儘量挑好的說，比如岳父大人已經有三個外孫了啦（馬上就會有第四個了），舒淑文參加了革命工作，在街道辦的縫紉生產合作社上班，現在主要擔負鎖扣眼的工作，過去她只能繡花，現在進步到能納鞋底、鎖扣眼、縫衣服、織毛衣、訂補丁，上個月還被評爲「生產能手」了呢；趙迅自己辦了一個木器社，因爲木工活做得好，還算有文化的人，人們讓他當社長，他們現在都是憑勞動吃飯的勞動人民，不寫文章，不演戲，就不用擔心犯任何錯誤，衣食無虞、受人尊敬。還有，家裏從前的四合院現在很熱鬧，新搬進來了兩戶人家了，他們都是國家幹部，隨時幫助我們的錯誤思想；公私合營後，岳父大人過去的醬菜園和趙迅的米線店都交給國營公司去經營，爲國家繼續做貢獻。雖然現在生意不如從前了，但這不算什麼，共產主義馬上就要實現了，樓上樓下電燈電話，屋裏屋外，天下歸公，誰還去米線店或醬菜園呢？私有制是一切剝削的根源，是社會不公的毒瘤。人民政府剷除了私有制，改造了我們，我們豈能不感恩戴德，愈加勤奮努力？

「寒梅會」的老朋友們雖然不聚會了，但一些人還不時有見面，大家「相見無雜言，但道桑麻長」，都在不斷學習、改造，努力成爲自食其力的勞動者。他們不能來曼谷爲父母盡孝，是因爲人民政府改造了他們身上的舊習俗舊思想，讓他們對建設國家充滿希望和信心。他們過得很好、很健康、很快樂。妻賢子孝，嬌兒繞膝，粗茶淡飯，濁酒自娛。

趙迅的信寫到最後，不能不回想起舊日時光的某些溫馨和美好，不能不有面對尺牘就像面對故人那樣多的傾述欲望。劇場散場後，掌聲退去，鮮花堆滿化妝間，三五個好友同道意猶未盡，一定要去城西門的燒烤攤吃宵夜。小酒二三兩，閒話嫌夜短。誰誰在台上站錯了位置，誰誰又忘了台詞，是誰在該悲慟時忍不住要笑，誰又在該放聲大笑時卻像野狼乾嗥。老韓總是要喝醉，劉國棟總是吃到一半就要去會他的情婦，阿Q從不買單，吃到最後總要從人家的燒烤攤上順手牽羊帶走點東西，幾根羊肉串，兩塊烤豆腐，半根雞翅膀，不管是否油膩、是否乾濕，都塞進他那個從裝鈔票手絹到裝寫給女人的求愛信的口袋裏。

月圓之下，春城涼風習習，騎著自行車載舒菲菲回家，一路只有車輪撩人動聽的「唰唰」聲。在空無一人的大街，在路燈昏暗的小巷，在月色愈濃情更濃的浪漫時刻，石板路上自行車如河中小船，顛簸而行。舒菲菲會伸出纖纖玉臂，勾住趙迅的腰，還一路嗔怪，你爲什麼不往平坦地方走？你爲什麼不往光亮的地方走？你嚮往光明，卻身陷黑暗；你一腔詩情，卻沉默無言。世上最困難的事，莫如有愛不能言，世上最浪漫的事，也是有愛不能言。而世上最說不清道不明的事，就是命運了。短短數年，故人四散，滄海桑田，浩渺天涯，關山萬里，人各一方。趙迅竟然抑制不住自己感慨，隨手引陶潛《飲酒》詩一首以作結尾——

「衰榮無定在，彼此更共之。邵生瓜田中，寧以東陵時。寒暑有代謝，人道每如茲。達人解其會，逝將不復疑。忽與一觴酒，日夕歡相持。」

（多年以後趙迅才知道，他的這封絞盡腦汁挑好話說的家書，還是讓舒唯麒血壓升高，心率過速。倒不是因為他自作主張娶了舒淑文，而是這些看上去很光鮮的勞動人民話語，讓那個在法國留過學的老泰山捶胸頓足：我舒家前清進士，世代書香，什麼時候需納鞋底打補丁過日子了？）

在接受審查的那段日子裏，趙廣陵被單獨囚禁，門口二十四小時都站著兩個持槍的士兵。他的囚禁室有十平米大小，一張床、一張桌子，桌子上兩摞信紙一瓶墨水一支筆。有一扇開得很高的窗戶，上面裝有鐵柵欄，可以透過窗戶看到自由的天空。審查幹部隔天來提審他一次，企圖從他那裏得到更多其他漏網反革命的資訊。但趙廣陵總是讓他們失望，而他們也總是聲色俱厲地說：「別想再隱瞞、狡辯、抵賴。你要知道，你們國民黨反動政權的殘渣餘孽，落網的不只是你一個人。你頑抗到底不揭發別人，別人總會想戴罪立功揭發你。到最後，只有你判得最重。在監牢裏，任何人都只有一個想法：早點出來。你要再跟我們要滑頭，我們會改造你一輩子。直到你真正認識到自己的罪孽，成爲一個新人。所以，你唯一的出路，只有老老實實地交代，寫出你的全部反革命歷史來。」

在經歷了多次政治審查以後，趙廣陵才慢慢醒悟出來，有一種歷史是後人用生命秉筆直書的，如司馬遷寫《史記》；而有一種歷史是自己交代出來的，需要用餘生去償還；更有那麼一種人，他們被迫寫的交代資料，就像頗富傳奇色彩的自傳。

09 在大師身邊（交代資料之三）

「『多難殷憂新國運，動心忍性希前哲。待驅除倭寇復神京，還燕碣。』聯大已經復員了，秋季三校各自在京、津開課。你還不知道嗎？」

聞一多先生坐在一張破籐椅上，翹著腿，卻不斷去扯左腳上翹起的圓口布鞋，鞋已經很舊了，沒有了張力，總是似掉非掉，看來這雙老布鞋即便不走路時，也套不牢腳。

這是昆明北門街上的一棟二層小樓，至少有上百年歷史，一樓牆體為未經燒製的土坯磚，年深日久後發出古老的蒼黃色，風喟過雨吃過，掉邊缺角的早已沒有了棱角模樣；二樓為木板鑲架，更像老嫗飽經風霜的臉。雕花木窗外簷的歇山瓦屋頂上總是長滿了荒草。麻雀在其間嬉戲，燕子在屋簷下築巢。這類房屋開間低矮，樓道狹窄，人上樓側身，進門低頭，倒也很符合古時禮義。中國民主同盟雲南分部主辦的《民主週刊》雜誌，就租住在這幢臨街的小樓裏。這裏也是著名的民主人士李公樸先生在抗戰時期創辦的「北門書屋」的所在地，抗戰時這裏常常大師雲集，聞一多、朱自清、費孝通、楚圖南、潘光旦、張光年等常來這裏談論國事，進步青年學生更是把這裏當做追求新思想的源地。

書屋裏可以買到列寧、高爾基、魯迅、毛澤東、巴金、老舍的書，還有許多思想左傾的青年詩人的現代詩歌和散文，如穆旦、臧克家、田間、李廣田等。它雖然只是一幢陳舊的中式老屋，但在當局看來，它是赤色的，是共產黨出錢辦的，因爲它宣揚民主。

聞一多先生對面是個顯得手足無措的年青人，像個剛從戰場上潰退下來面對長官的敗兵，只是一雙冷峻的眼睛裏還難掩深深的渴望。他背一個美軍防雨背囊，還穿著與昆明當下時令不合適的「羅斯富呢」軍大衣，那上面有戰火的硝煙、死屍的味道、女人褪色了的劣質口紅、想隨他回家的戰友一路緊跟的冤魂、火車上的煤灰、路邊餐館裏遺留下的殘漬、田埂上的新泥、烏鴉的糞便、灌木叢中沾上的即將發芽的草籽，以及一個流浪漢八千里路雲和月浸染到皮膚裏的風塵和落魄。

「先生，我是在路上看報紙才得知聯大復員北歸的消息，但又說先生還在昆明，我就趕過來了。」這個青年人小心地說。

「民盟這邊還有好多事走不開，他們又讓我主持這家刊物。現在是反內戰、反獨裁的關鍵時期，我們可不能鬆勁。」聞一多伸手去桌案上挪開那些成疊的稿件，找到剛才這個年輕人遞來的一張復員證，當時他看了一眼就丟在桌上了。因爲聞一多先生懷疑來人是一個又來送恐嚇信的特務，這樣的經歷他已經遭遇不少了。

「趙廣陵。」聞一多先生推了推眼鏡，「抱歉，你是我哪一屆的學生呢？」聞一多露出一個羞赧的笑臉，隨後把煙斗銜在嘴上，彷彿爲了掩飾自己的健忘。

「一九三七屆，長沙臨時大學時註冊入學的。大一時朱自清先生教我國文讀本，大二時先生教過我唐詩選讀。」年輕人彷彿更感到羞澀，也許沒有比不被老師記住名字的學生更叫人難堪了。「我還參加了湘黔滇旅行團，先生在貴州威寧時，還教我打過草鞋。」

「啊！想起來了。你就是那個從雲南牽一頭騾子到長沙報到，半年後又跟我們回到昆明上學的雲南娃娃。你還是聯大劇團的，演過《雷雨》裏的魯大海！」趙廣陵同學名正言順了。

「是，是是，先生那時親自指導我們排戲，還幫我們做舞台設計畫佈景。先生，你把佈景鋪在地上作潑墨畫，旁邊給先生遞顏料的就是我啊。」

聞一多畢竟是詩人，激動得從籐椅上站了起來，也許是因爲動作太猛，籐椅都翻倒了。但他並不管，兩步搶到趙廣陵面前，抓住了他的雙臂，大聲喊道：

「你後來投考黃埔軍校去了，對不對？」

「對，對，大二去的，先生。」趙廣陵爲大名鼎鼎的教授終於認出了自己而熱淚盈眶，就像失怙的孩子終於找到了父親，剛才的拘謹、敬畏煙消雲散。

「你們一起去的有三個同學，被聯大的學生們叫做『三劍客』，你，巨浪，還有一個曾昭掄教授的弟子，叫……劉、劉……」

「劉蒼璧，先生。」

「對囉，對囉。當時我跟曾昭掄先生說起過，我是反對巨浪考軍校的，是要培養他跟我做《楚辭》考證的，但曾先生說國難之際，青年學子投筆從戎是好事。巨浪還跟我講要去過什麼『醉裏挑燈看劍，夢回吹角連營』的生活，讓我一頓好罵。巨浪現在哪裏？劉蒼璧呢？嗨，嗨，看我高興的，傑堯，快過來給客人倒茶。你先坐那邊，我們慢慢說。」

趙廣陵被聞一多按到一張像雲南的山路一般崎嶇不平的破沙發上，他感到自己只有半邊屁股才坐踏實了，不過這有什麼呢，他有掉隊的士兵終於歸隊的幸福感。這時一個臉色蒼白、穿長衫的年輕人從隔壁房間提了個竹殼水瓶來，聞一多快人快語，介紹說：「陸傑堯，去年聯大畢業的，現在是雲大的青年老師。來我這裏幫忙，也是我們民盟的人。這位是我的學生趙廣陵，應算是你的學兄。爲打日本人從聯大轉考黃埔軍校去了。嗯，你殺過日本鬼子嗎？」

「先生，學生曾在北方敵後打過遊擊，又有幸參加了滇西遠征軍的反攻，親斃鬼子十二名，其中軍官兩名，士官生一名，其餘九名爲普通鬼子兵。先生，學生還和巨浪同學聯手抓了一個活的。」趙廣陵像彙報自己的學業一樣，略帶自豪又畢恭畢敬地向聞一多先生報告。

「好樣的！」聞一多一掌拍在趙廣陵的腿上，又指指自己頭上的一處傷疤，「你可幫你的先生報血仇了。」趙廣陵想起來了，民國二七年秋天，日本飛機轟炸昆明，聞先生頭部負傷。戰場上親斃日寇的快意，從來沒有像此刻這樣溢滿全身。

聞一多又仔細端詳了趙廣陵，「難怪我沒認出你來，這臉上的傷……」

「先生，在松山戰場上落下的。」

「啊，你參加了松山戰役，殺了那麼多倭寇。不得了啊！了不得啊！你畢業了，從抗戰這個偉大的課堂上畢業了！你是我們的英雄，能活著回來的都是英雄。」聞一多不斷搖晃著趙廣陵的胳膊，就像他平常在面對上千聽眾的演講。先生嗓門洪亮，極富感染力，是天生的演講家。在聯大時同學們私下說，聞先生開口說話，機槍大炮，不在話下。

「爲抗戰而死的人才是英雄，先生。我不配。」趙廣陵有些局促地說。

「嗯，上了戰場的都是英雄！」聞一多摸了摸自己下巴上濃密的鬍子，趙廣陵還記得從湘黔滇旅行團徒步來雲南時起，先生就蓄鬚明志，不打敗日本人絕不剃鬚。而聞一多先生的美髯被人暗中稱奇的是：鬍鬚初蓄時是黑色的，但隨著時光流逝，先生頦下的鬍鬚由黑轉黃，後來幾近金黃色，像一團燃燒之火的火芯。抗戰勝利後先生剃鬚之事，報紙上都有報導。那時的聞一多先生顯得儒雅、高貴，有大儒之氣、君子之風。現在先生又蓄鬚了，難道先生又發了什麼宏願了嗎？也許是民主、自由、和平在中國的實現。趙廣陵想。

「快告訴我，巨浪在哪裏？我有一年多沒有他的信了，他還好嗎？」

「先生……」趙廣陵哽咽著說不出話來。

聞一多先生鼓起一雙考據學者才有的那種犀利敏銳的眼睛，目光似乎要穿破鏡片，要從趙廣陵那裏得到關乎生與死的考證。但這個一身戰傷的學生滿臉淚珠已說明了一切。他哆嗦著把煙斗放在嘴上，又取下，再放上去。身邊的陸傑堯忙找來一盒火柴想給先生點上。但聞一多推開了。

他微微顫顫地站起來，趿拉著雙腳踱步到窗前，把有些佝僂的背影留給還在默默流淚的趙廣陵。

「『身既死兮神以靈，魂魄毅兮為鬼雄。』」先生的聲調也哽咽了。

「先生，巨浪是真正的英雄，鐵血好男兒，我們聯大的驕傲。」趙廣陵抹乾了臉上的眼淚，「遠征軍滇西大反攻時，他跟隨一支中美混編的突擊隊一直追殺日本鬼子到中緬邊境，先是在一個叫黑山門的地方和日軍激戰。戰功表上說巨浪那時已經三處負傷，左手齊手肘處被炮彈炸斷。但他斷臂振呼不已，另一隻手持「湯姆遜」衝鋒槍，身先士卒，浴血廝殺。攻下黑山門後擔架兵要來抬巨浪下火線，但巨浪說，兄弟們，黑山門已克，下面十來里就是國門畹町鎮，跟我來呀！把這些狗雜種打出國門！」

「魂兮歸來，我的孩子……」聞一多先生嚎啕大哭，竟哭得渾身發抖，最後捂著腹部，蹲在了地上。

趙廣陵記得，聞一多先生在青年學生中的威望，不僅在於他的學問好、詩歌寫得好，也不僅在於他敢和政府的專制獨裁作鬥爭，還跟他像慈父一樣愛護學生，「行義」「任俠」大有關係。當年在西南聯大時，學生們都在傳誦三十年代初期，聞一多先生還在青島大學當教授，一個學生被日本浪人無端打了，政府反而追究這個學生的責任。聞一多先生大聲疾呼「中國，中國！難道你亡國了嗎？」這聲呼喊之後，學生們衝出了校園，把那個日本浪人痛揍一頓。

學生們說，在中國只有一個教授敢鼓動學生出去打架，「該打的架，一定要打回來。」這就是聞一多先生的血性。而多年前當他的得意弟子巨浪和趙廣陵、劉蒼璧要離開聯大去黃埔軍校時，聞一多先生從所住的城東郊追到西郊的長途汽車客運站，給他們送來三隻雞腿、六個茶葉蛋和一包乾辣椒。巨浪他們豈不知先生這份送行厚禮，足可抵聞家至少半月開銷，又豈不知先生一月的薪水僅夠半月之用？聞家餐桌上最好的菜肴便是難得一見的幾塊豆腐，被先生稱之為「白肉」，還自己捨不得吃，悉數讓給孩子。三個從軍的學子那時感動得跳下車來，在先生面前長跪不起，涕泗橫流。而聞一多先生卻對巨浪說：「我不是來看你流眼淚的。看看我給你帶來了什麼？剛出版的《楚辭校補》，文字校勘我都做了，訓詁完成了一部分。我等你打完日本鬼子，再回來幫我，我們一起再出版增補本。」

趙廣陵還記得，當他們乘坐的那輛燒煤炭的蒸汽汽車搖搖晃晃地駛出汽車站時，聞一多先生和來送行的同學們還站在路邊，不停地揮手，長久地佇立。煤煙一團又一團地飄向先生，讓他不得不瞇起雙眼；煤煙夾帶著路邊的塵埃、世俗的流言、以及罡風中的飛矢暗箭，試圖吞噬當時中國進步青年的偶像、民主的吶喊者、人格最完美的教授。煤煙啊煤煙，趕快散去罷，不要遮擋我的教授單薄的身影；眼淚啊眼淚，請不要再流淌，讓我再望一望我的教授不屈的面龐。巨浪在松山戰場上曾跟趙廣陵說起過，最痛徹心扉、最溫暖蝕骨的就是聞一多先生這煤煙灰塵中的揮手，那漸行漸遠、愈拉愈長的父親般眷念的目光。可哪堪想，這凝望的目光一直延續到今天，竟化作一聲「魂兮歸來」的泣喊。

往事依稀又溫情，現實破碎又嚴酷。早年的校園生活就是一場難以忘懷的初戀。從內戰前線死裏逃生、改名換姓回到後方的趙廣陵，背囊有一本經受了硝煙磨洗、鮮血浸染的聞一多先生早年的講義《岑嘉州系年考證》（注：岑嘉州即唐代邊塞詩人岑參），是用手抄紙謄寫的。這種紙是用雲南的構樹皮漚爛成漿後手工製作而成，幾乎是蔡倫造紙術的二十世紀版。其書頁粗糙，形同草紙，封面簡陋而字跡模糊，但卻是趙廣陵在抗戰歲月中的枕邊書和精神依託。這是當年聞一多先生給學生們上唐詩課時，親手抄來發給學生的。聯大那時連油印講義都做不到，許多先生都不得不漏夜為學生謄寫講義。聞一多先生手捧自己這本早年的講義，摩挲著上面在亂世烽煙中用蠅頭小楷寫下的注釋、引文、疑問和個人感悟，動情地問自己的弟子：

「你還在作『邊塞詩』的功課？」

趙廣陵回答道：「岑參兩度從軍，往來邊陲，飽嘗塞外烽煙，遂有『迥拔孤秀』、『語奇體峻』之詩風；學生投筆報國，抵禦外侮，痛飲倭寇之血，現在有資格追隨先生再做『邊塞詩』之學習和研究了。」

讓趙廣陵有些意外的是，聞一多先生沒有表現出過多的熱情，他點燃煙斗，深吸一口才說：「我怕是不能做你的先生了。」

「先生？」

「我已經接到死神的請帖了。」聞一多起身到自己的書桌前，翻出一疊恐嚇信函，遞給趙廣陵。兩顆子彈還不小心「叮噹」一聲掉落出來，就像黑暗中的冷笑。

「先生，他們竟然敢……」趙廣陵幾乎大叫起來。

「他們會的。」聞一多先生輕蔑地吐出一口煙，「專制獨裁一日不除，那麼這樣的政權什麼都幹得出來。他們既然敢圍攻大學，戕害學生，他們當然也會槍殺一個教授。這幫龜孫子，不讓人說話，妄圖控制人民的言論自由，愚蠢之極。有種的話，就把我抓起來好了，公審我好了。我會把審判台當宣揚民主和平的講台。」

聞一多和李公樸那時是中國民主同盟昆明分部的負責人，更是在黑暗中爲人們帶來民主之光的兩盞燈，這燈在腥風血雨中飄搖，在深淵一般的黑暗中傳遞著溫暖和希望。儘管很微弱，卻總算有人擎著這不屈的民主之燈，召喚著世世代代被奴役的人們。趙廣陵那時還不知道昆明大街上的血腥恐怖，一點也不亞於內戰前線。他的學弟學妹們，爲了不讓趙廣陵這樣的抗日軍人重陷內戰的漩渦，從抗戰勝利之日起，就不遺餘力地呼喚和平與民主。

但政府認爲這些學生都是受了共產黨的蠱惑，蓄意破壞抗戰建國、一個主義、一個政黨、一個領袖的大一統局面。軍情部門有充足的理由證明：民國三十四年十一月二十五日，國立西南聯合大學、國立雲南大學、中法大學、英語專科學校幾千師生，以及部分受蒙蔽的昆明市民，聚眾於西南聯大圖書館前的民主草坪上，舉行反內戰、呼籲民主與和平的聚會，實則是圖謀顛覆政府的不軌行爲。在聚會上發表演講的知名教授、大學生、社會各界人士、普通市民和工人，都有可能是打家劫舍、殺人越貨的「匪徒」。因此他們派軍警包圍了這個「非法的」演講大會，切斷了電線，用飛過人們頭頂的機槍、步槍子彈去恫嚇高唱「向著法西斯蒂開火，讓一切不民主的制度滅亡」的赤色歌曲的人們。

這些「匪徒」的老師——正在演講的聯大教授費孝通先生在槍聲中大喊：「我們呼籲和平，在槍炮聲中我們更需要呼籲和平！」而政府的中央社在第二天卻發通稿，言之鑿鑿地說：「西郊匪警，昨夜槍聲。」中央社語焉不詳地說這些身分不明的匪徒們如何嘯聚西南聯大這所高等學府，玷污學府重地，破壞國家穩定。軍隊不得已才出動，武力驅散不明真相的市民和學生，緝拿匪首。而眾匪徒竟然還手挽手高唱《我們反對這個》、《團結就是力量》等赤色歌曲，與維持秩序的軍隊對峙，導致煽動鬧事之「匪首」潛逃。儘管如此，中央社稱這是一次完美的行動，軍隊始終保持了克制，沒有捕人，沒有流血衝突。在停電之後，月黑風高，寒風刺骨，鴉雀歸巢，軍隊最後護送受蠱惑之民眾平安回家，西郊匪患終得平息。云云。

抗戰時期由北大、清華、南開三所中國最高學府組建的西南聯大竟然是「土匪窩子」，莘莘學子都成了「匪徒」，教授和學生們斯文掃盡，他們不得不走上街頭向市民們證明他們是愛國的青年和教授，是憂國憂民的讀書人。當地政府及時頒發了關於遊行集會的管理條例，明文規定凡學生或市民要上街遊行聚會，需向地方治安當局申請。而政府同時又告示天下，你如果是良民，你就不會遊行聚會；你如果參加遊行聚會，你就是匪徒。警察局將對前來申請遊行的非法分子不是批准與否的問題，而是一律逮捕。

沒多久中央通訊社又宣佈說，一些「匪徒」未經申請便擅自上街，擾亂治安、妨礙交通，以致引起社會公憤。昆明愛國愛黨之市民，自發組織起來，驅散上街之不良學生，訓導其回校好好念書，莫辜負大好光陰，不談國事，不許罷課。有不聽勸告者，行俠仗義之市民均痛毆之，如同家長用棍棒皮鞭教訓不好好念書之孩子耳。政府用心之良苦，市民迫切之期待，可見一斑。被打之學生，竟無端指責軍警便衣血腥彈壓，實在是造謠也！當此時日，昆明軍警，大部分在西郊森林公園休假，並與聯大部分學生聯歡，警民一家，其樂融融，且有照片為證，城內僅有區區交通警耳。未幾，中央社又義正言辭地申明，本社秉承新聞之公正自由，所發報導均為事實。坊間傳聞本社為「造謠社」，實為對本社同仁多年來職業操守之褻瀆，是共產黨妖言惑眾，擾亂視聽，破壞三民主義和平建國之使倆。西南聯大之教授學生，飽讀詩書之士，上通天文、下曉地理，國之大器者也。政府望其深明大義，辨明是非，庶幾乎不致誤也。

到民國三十四年十二月一日，軍警憲特，以及政府後來承認之「不明身分者」數百人，公然圍攻西南聯大，與手無寸鐵的護校學生在校大門打起了攻防仗，被手榴彈炸傷之女生，竟還用刺刀連捅數刀至死。黃鐘毀棄、瓦釜雷鳴，「國之大器」、血灑校園，學子悲憤、教授痛哭。聞一多教授著文稱之爲這是「中華民國建國以來最黑暗的一天」。

中央社仍然堅持了自己的「職業操守」，云「此次學潮之醞釀與擴大，係有人策動，屬防範欠周慮所致，以致學生竟有死傷。政府本意愛惜青年，促其儘快恢復學業以報效國家。不想共黨分子居間調撥，散佈流言，遂演成如此不幸之事件。中國之事，和平建國之大業，皆因共產黨與政府同床異夢。居心叵測，煽動學潮，教唆青年，亂我國本，實爲爭權奪利者也。政府爲國民之政府，焉能坐視不管？正如蔣主席言：『政府絕不能放棄維護教育安定秩序之職責。』縱觀天下，任何政府皆不會允諾害群之馬滋擾高等學府，任意罷課罷教，豈不毀我泱泱中華之文脈也哉。

「刺刀乎？民主乎？」這是當時一家報紙的標題。學生要民主，軍警有刺刀，這是所有獨裁政權對民主的回答。但即便民主就在刺刀尖上，同樣有大無畏者迎著刺刀去爲民眾爭民主，自「五．四」以後，中國就不乏這樣的勇敢者。就像聞一多先生對趙廣陵說的那樣：

「我現在已經沒有心思去做學問了。當今之中國，我們第一要爭民主，第二也要爭民主，第三還是要爭民主。沒有民主，必打內戰。等我們爭下來民主，再回去讀書做學問，好不好？就像當年你們說，要打敗了日本鬼子，再回來讀書一樣。」他看著趙廣陵有些失望的眼睛，便拍拍他的肩膀說：「沒關係的，我知道你已經爲國家民族完成了自己人生的第一個使命，如果你真想繼續念書，我會給你寫推薦信的，你去找朱自清先生吧。」

聞先生在煙缸上抖抖煙斗裏的煙絲，似乎若有所思，「唉，北平，『七七事變』以後就沒有回去過了。你幫我個忙吧，我在清華院子裏的那籠竹子，據說還活著，你去了北平，抽空去幫我料理一下，啊？」

少負才華的邊地青年趙廣陵當年投考北大文學院，就是為了去看看皇城到底有多大，但他在國破山河在的戰火烽煙中上了兩所中國最著名的大學了——西南聯大和黃埔軍校，還是沒有去過北平。可是，當他的目光隨著聞一多抖煙灰的手，落到煙灰缸旁邊那兩顆晦暗、有綠色斑點的子彈上時，忽然感受到它們正發出嗜血的冷笑。就在那一瞬間，趙廣陵做出了改變自己命運的選擇。

「先生，我想……我想我還是先留在昆明一段時間吧。」

許多年後，當趙廣陵皓首白頭、回憶往事，他會發現，自己人生中許多關鍵時刻的選擇，幾乎每一步都錯了，都給自己帶來豐沛的苦難。他是個在人生中總出錯牌的倒楣蛋，但他總是輸得體面而有尊嚴。

動盪的歲月必然帶來混亂的人生。大多數人不過是歷史洪流中的一葉孤舟，在隨波逐流中時而行向淺灘，時而奔向激流。是舟必靠港，港在哪裏，岸又在何方？許多時候由不得駕舟人。你所靠進的港，進去了就出不來；你所登陸的岸，上去了方發現不是你理想的彼岸。趙廣陵在青春年少時來到昆明，開初並不認為這就是他的人生之舟停泊的港灣，到他終老於此時，他愛這座城市，他也恨這座城市。它曾經美麗寧靜，它也幾度骯髒血腥。趙廣陵在這裏見證過歷史的黑暗，也痛飲過知識的美酒。他蹲過昆明的監獄，也進過昆明的洞房。這裏有他的初戀，這座城市便總在回憶中溫暖蝕骨；這裏也有對他的宣判，它的每條街道就顯得冷漠且鋪滿荊棘。一個異鄉人對城市的認同，可不像農人對他腳下的土地。城市是個多情騷動又冷酷毒辣的豔婦，你愛她，與她嬉戲歡娛，一不小心就爲她所害。

趙廣陵在昆明住下來後，明確地向聞一多表示，希望追隨先生參加反內戰、爭民主的運動。他交給聞一多先生自己的一本戰地日記，那裏面有他在山東稀裏糊塗參加內戰的一段經歷。聞一多仔細看了一遍，感歎道：「這是民族自殺啊！天知道在國共兩軍的陣營裏，有多少像你這樣的聯大從軍學生。」他把它交給陸傑堯，讓他編一編，以在《民主週刊》上發表，「這是揭露國民黨軍隊挑起內戰的最有利證據。」聞一多先生說。

陸傑堯接過日記，隨手翻了兩頁。然後抬起頭來看著趙廣陵，鏡片後的目光滿是狐疑。

附件二：佈告

趙廣陵，男，又名趙迅、廖志弘，三十二歲，雲南龍陵人。一九四二年參加國民黨反動軍隊，一九四五年任國民黨偽第八軍一一三團團副兼一營偽營長，同年參加內戰，向我山東解放區猖狂進攻，屠殺我解放區軍民。一九四六年脫離國民黨反動軍隊，改名換姓潛回昆明。一九五〇年偽裝進步，試圖混進我革命隊伍，在思想改造運動中被揭發出曾參加過國民黨特務週邊組織「寒梅會」，處以人民管制四年。在人民管制期間該犯狡猾多端，蒙蔽群眾，拒不交代其反革命歷史，於鎮壓反革命、肅反運動和三反五反運動中得以僥倖逃脫。在反右鬥爭中，經揭發暴露其國民黨反動軍官身分，經我公安機關慎密偵查，查明趙犯廣陵抗拒改造，偽造個人身分，長期隱瞞反革命歷史，矇騙人民政府，罪證確鑿，判處有期徒刑七年。

昆明市五華區中級人民法院

一九五八年二月十一日

10 湖堤上的「辯證法」

風雨如晦的世界，到處是滇池湖底翻出來的黑色淤泥，肥沃得一把攥得出油來，卻腥臭無比，帶著數百萬年前死魚爛蝦的陳腐腥味。眼下，比這黑色淤泥更臭的，是這些在大雨如注的天氣中還在加固湖堤的右派分子們，架在電線桿上的高音喇叭無時無刻都在用尖銳刺耳的聲音，穿破密集的雨幕，穿破令人窒息的空氣，穿破烏雲、閃電和疾風，穿破那些反動的、可恥的、讓人遭了殃倒了大楣的民主言論、大鳴大放，穿破那些對陽光燦爛的日子的奢望，以及對美麗滇池上空海鷗翺翔、清澈湖面上白帆點點、魚鷹騰躍的回憶，警告湖堤上如螞蟻一般勞作的右派們——我們要像打退向黨進攻的右派分子一樣打退滇池的洪水。

滇池這片水域叫草海，是它的濕地部分，有一條河流大觀河和城市相連。草海的西面是巍峨連綿的西山，狀似一個睡著的美人，多少年來引無數文人騷客為之折腰；草海的東面就靠這一條湖堤護衛著它後面的萬頃良田和村莊。五百里滇池的水今年竟然倒灌進了草海，再通過大觀河湧向城區。

本來當地數千村民足以組成一支抗洪隊伍，但他們都去煉鋼鐵去了；政府連忙向當地駐軍求援，可駐軍又調去幫農民收莊稼去了。至於城裏的機關幹部、工人、大中小學校的學生、居委會的大媽大嫂，無一不在大大小小的土爐子邊揮汗煉鋼鐵。於是，一個頗有聯想力的領導大手一揮，既然滇池水像右派一樣向我們進攻，就讓那些右派份子來抵擋洪水吧。

趙廣陵不是右派，但他隨著勞改農場的犯人一起被拉上湖堤已經三天三夜了。工棚就在堤下的泥水裏，一天睡不足四個小時，人人都一邊裝沙袋一邊打瞌睡，有人還背著沉甸甸的沙袋做夢呢。趙廣陵把這場苦役當作在戰場上加固戰壕，眼下一把雨水一把汗的混亂場景讓他不能不回想起人命如蟻、死神到處巡弋的戰場。抗戰開初，中國士兵的戰壕總是挖得草率簡單，無論當官的怎麼用鞭子抽打，用腳踢，那些只會挖水渠的壯丁兵總認爲差不多了，人貓在裏面鬼都看不見。下級軍官們也大多是些沒有多少見識的傢伙，他們打內戰的有限經驗根本不知道現代戰爭中炮彈可以像雨點一樣揮灑，犁鏵一般使用。等日本人強大的火力轟炸覆蓋後，地都犁翻了三尺，還活著的中國兵就成了暴露在大地上的活靶子。

這條匆忙中壘起來的湖堤就像當年不經炸的戰壕。上午水利局的副總工程師王傳心趁擦拭眼鏡的功夫嘀咕道：這樣只曉得壘沙袋，要出事的。趙廣陵剛好在他身邊，就問：爲什麼？王傳心說，草海的壩基下面全是淤泥啊，這是在沙上建塔。趙廣陵吸了口涼氣，說王工，你趕緊去建議呀，你是專家嘛。這個右派苦笑著搖搖頭，我要不是因爲多說了幾句，會在這裏？

趙廣陵站在湖堤上，望著滇池水一浪又一浪地衝擊著堤岸，彷彿都能感受到湖堤在搖晃。湖堤已堆了五米多高了，這湖水一旦泄下來，那些老右們可真要淪爲魚鱉、遺臭萬年了。

五米多的坡度在平常不算什麼，可在這雨水天、泥濘地，背著三四十多公斤重的沙袋向上爬，一步三滑，還饑腸轆轆的——每個右派一頓兩個土豆，一碗湯，這個高度就像珠穆朗瑪峰一樣難於攀越。趙廣陵前面的一個人忽然連沙袋一起滑下來了，下面就是一個很深的渾水坑。趙廣陵讓過了沙袋，一把將那人的衣襟抓住，自己也被帶到了。

「是你？」那個傢伙臉上非但沒有感激之情，反而一臉錯愕。

「是你？」趙廣陵也說，沒有說出來的話是，怎麼不摔死你。

兩人都如落湯雞一般坐在泥地裏，滿臉滿身的黑泥，像剛從煤窯子裏爬出來的。短暫的難堪過後，趙廣陵歎口氣，說：「陸傑堯，你個小狗日的害苦我了。我殺你的心都有。」

極右派陸傑堯反唇相譏，「你這種國民黨反動軍官，當然只曉得打打殺殺了。別忘了，現在是共產黨的天下。讓你來抗洪搶險真是高抬你了，這是我們右派幹的活兒。」

趙廣陵一把揪住陸傑堯的前襟，「你還覺得比老子更左翼嗎？看看你現在的慫樣子！」

陸傑堯掙扎道：「再慫我也是個右派，也比你國民黨反動軍官左一點。」

反動軍官，舊軍官，殘渣餘孽，痞子兵，叫花子兵，草鞋兵，漏網分子，歷史反革命，這些稱謂早已灌滿了趙廣陵的耳朵，如果是審訊幹部這樣叫他，他會心有不甘地接受，但陸傑堯是知道他歷史的人，是看過他戰地日記的人，他還是個大學教授，憑什麼不尊重他的過去？趙廣陵揮起了拳頭。

幸好湖堤上傳來一聲大喝：「下面那兩個，在幹什麼？快爬起來幹活！」

趙廣陵收了拳頭，恨恨地說：「陸傑堯，你記著，你欠我一條命。」

陸傑堯愣愣地望著趙廣陵，不知道這話的份量有多重。

被宣佈判刑七年以後，趙廣陵終於結束了長達九個月的審查期，移送到昆明近郊的一所監獄裏，開始正式的監獄生活，實際上就在監獄的勞改農場參加勞動。在趙廣陵看來，這有生活氣息的勞動比漫長的審查交代強多了。你終於可以不寫交代資料了，你終於可以不用為揭發別人而感到良心不安了，你也終於不用過遮遮掩掩的日子了。你可以見到陽光，呼吸到新鮮空氣，你還可以和獄友聊天、苦中作樂，找到惺惺相惜的安慰。人原來那麼容易被孤獨打敗，蹲在一間封閉的屋子裏接受審查，在白紙上抓屎糊臉自我踐踏，人的尊嚴太容易喪失，人的精神太容易崩潰，人的靈魂太容易扭曲。在審查的那些日子裏，趙廣陵的生活希望和精神依託，是借助天窗外面一枝伸過來的樹枝，看著它碧綠的樹葉慢慢地變黃、枯萎、凋零，成爲乾枯的枝椏，然後又在漫長而堅韌的期盼中，守著它發出新芽，長出片片新葉。那眞是世界上最美的一道風景啊。

曾經認爲最美的風景一定是妻子舒淑文的那張臉。但等到在監獄裏第一次獲准見家人時，這生命中的風景已然憔悴毀壞。趙廣陵在笑，舒淑文在哭。趙廣陵試圖用自己的笑抹去舒淑文臉上的淚。他說我現在很好，跟在外面一樣憑勞動吃飯。最重要的是，我開始償還自己的歷史債務了。你想想，你欠了人家的債，總不去還，那債就永遠壓在你的心上。現在我還債有期，就像新的生活開始了。解放那麼多年，現在我才明白，我這樣的人，重新做人要從監獄開始。但起點對了，就有希望。

「豆秧死了。」舒淑文一句話就擊碎了趙廣陵所有的希望。他剛才發自內心的笑僵在臉上，竟然一時收不回去，讓他自己羞愧難當。在他被帶走前，豆秧始終是病怏怏的，儘管也三天兩頭地跑醫院，西醫、中醫都看過了。趙廣陵甚至還寬慰舒淑文，勞動人民的娃兒嘛，養得賤，長大了體質就好了。

舒淑文頭髮凌亂，面容枯槁，穿件陰丹蘭的粗布衣服，又肥又大，在那上面可以看到煙薰火燎的痕跡，殘羹剩飯的污漬，孩子遺留的淚痕，家庭生活的凌亂，獨守空房的幽怨，以及一個街道婦女無法遮掩的粗俗、邋遢。哪裏還有當年學拉小提琴的舒家二小姐的優雅、閒適、洋派和青春？

哪裏還有梨花的熱烈、潔白、脫俗和高貴？如果趙廣陵心中的梨花永遠都在開放，他只能想到「梨花一枝春帶雨」的淒豔凋零了。舒淑文啜泣著說：「趙哥你不要怪我啊！我去煉鋼鐵，幾天不讓回家。我只能讓豆芽管幾個弟弟妹妹。豆芽不省事，看見妹妹發高燒說胡話，就在抽屜裏亂翻藥給他妹妹吃。我回到家，豆秧已經……醫生說……說吃錯藥了……」

「不要怪豆芽，怪我。」這是趙廣陵唯一能給妻子的擔當。舒淑文說她一週都沒有讓豆秧下葬，天天晚上抱著豆秧睡，小小的屍體都發臭了，可她一點都不察覺，還想用自己的體溫把豆秧捂熱。我從小就香香的豆秧啊……以至於鄰居們找來了居委會的大媽大嫂們。舒淑文說，我讓她們把我一起埋了，可她們楞是把我從坑裏拖出來了。這些挨刀的啊，我怎麼有臉來見你啊……

「不怪你，怪我……我有罪。」這也是他能給妻子的唯一寬慰了。

作爲人民的敵人，負罪感並不因爲你雖然被定了罪但又問心無愧而減輕半分。你不幸地站在了人民的對立面，你張開雙臂想加入，卻被拒絕，你想表達自己的愛，卻兜頭一場淒風苦雨。加固湖堤的右派們都曾經是人民的一分子，大部分還是人民中的精英，但現在連黃口小兒都會唱：「右派右派，肚裏使壞，戴副眼鏡，本是妖怪；人民說好，他要說壞；破壞生產，是個禍害。」——這是唐詩宋詞的國度的孩子們該唱的歌謠嗎？每當聽到這些刺耳的童謠，趙廣陵就想。不過，當他在《人民日報》上看到一大批國內知名民主人士、方家鴻儒紛紛落網、自我批判時，當他讀到費孝通的《向人民伏罪》、儲安平的《向人民投降》、章伯鈞的《向人民低頭認罪》，羅隆基的《我的初步交代》、龍雲的《思想檢查》時，趙廣陵雖然還沒有資格當右派，也被這個「人民」震懾了，就像在戰場上被對方的超強火力壓得抬不起頭一樣。人民就是那滇池的水，浩浩蕩蕩，人民就是這天上的雨，鋪天蓋地。

在湖堤上勞動改造的右派們本來每天有八個小時的休息時間，但政治學習、揭發批判，自我檢討，差不多要占去三四個小時。有天傍晚趙廣陵正準備去大工棚裏參加學習，忽然有人來通知他說，跟他走，有領導要提審他。趙廣陵心裏咯噔了一下，又來了，他們又知道了些什麼？他忐忑不安地被人帶到一間燈光昏暗的小工棚裏，迎面看見一張威嚴的臉，但他心中卻泛起一陣莫名的暖意，有點像受到冤屈的孩子見到父母的感覺。

省公安廳周副廳長端坐在一張木桌後面，語氣不溫不火地問：

「我來看看抗洪的情況。你，改造得還好吧？」

「我很好。謝謝周副廳長關心。」趙廣陵判刑前曾經還抱有希望他會不會保自己一把，但整個審查期間，周榮沒有來看過他一次。後來趙廣陵也想通了，在革命原則面前，人家不會拿私情去冒險。

「能吃飽飯嗎？」

「每頓兩個土豆，周副廳長。」

「勞動呢，還能對付？」

「沒問題，三四十公斤重的大包還扛得動。」

「好好表現吧，爭取減刑。」

「是，周副廳長。」趙廣陵心裏希望陡升，忽然就想起了一個表現的機會，「周副廳長，我有個情況，想請你向搶險指揮部反映一下。」

「說。」

於是趙廣陵就把水利局的王副總工程師的擔憂說了，還說根據他私下的觀察，發現前兩天壘起的沙袋在下沉，有的甚至發生了位移。

周副廳長眉頭皺了起來，因爲來抗洪的大都是犯人，他也是抗洪搶險指揮部的副指揮長。他說：「我馬上召集他們開會，你也來參加。」周副廳長走到門口又轉過身來，從口袋裏拿出一小包油紙包著的東西，小聲說：「給，火腿。藏好點。」

周榮畢竟是周榮。趙廣陵感慨莫名。兩人的眼中都有溫熱的東西，但瞬間就煙消雲散了。副廳長重回了威嚴，歷史反革命收斂起了感動。

這個緊急會議開到晚上兩點。因爲作爲水利方面的右派專家王傳心副總工就是不說話。周副廳長和搶險指揮部的幾個領導苦口婆心、循循善誘，動之以情、曉之以理，請他拿出解決方案。可除了領導們的講話，工棚頂一直喧囂不已的雨聲，會議上無人多說一句話。

「已經晚了，你們把我送回監牢裏吧。」再一次的催促加威逼之後，王傳心終於說。

「你想得倒美。」抗洪搶險指揮部的吳指揮長冷冷地說，「你要是再不出個主意，明天我們都把工棚搬到湖堤上去，堤壩垮了大家一起去餵魚。我死了你也活不成。」

周副廳長說：「王工，你是搞這個專業的，難道你不希望用自己的專業知識救民於水火嗎？」

「一開初就不該這樣幹。」王傳心總算像個水利工程師那樣說話了。「我在歐洲留學的時候，曾到荷蘭看過他們在海灘上築堤造田，壩基是很重要的，百年大計啊。他們的壩基是……」

「別扯資產階級那一套，就說我們的湖堤怎麼加固？」一個領導喝道。

「草海的淤泥，至少有十米以上厚，拋石填壓法不起作用，光靠打樁也立不牢。現在唯一的法子，只有找些船來，裝滿碎石沉下去當壩基。」

「胡扯！」吳指揮長拍了桌子，「湖堤有三公里多長，你要我找多少船來沉下去？」

「我知道是胡扯。」王傳心揚起頭來，知識份子的倔強勁頭不合時宜地暴露出來了，「這個事情本來該在旱季裏做的，我從回來報效國家時就呼籲過，但你們要麼不聽，要麼忙別的去了。現在我們就只有指望老天爺的仁慈了。」

「你這是右派言論！」有人喝道。這頂帽子一拋出去，會場上的氣氛一下就變了，王傳心剛才還被大家當作救星，轉瞬再次成了人民的敵人。有人說「把他關起來」，有人說「把漁民的船沉下去當壩基，這分明是破壞生產嘛。」更有人說：「那就把這個死硬右派沉下去做壩基吧。」

王傳心苦笑著搖了搖頭，不再說話。在會議一角的趙廣陵叫苦不迭，我這是害了人家了。

第二天上午，全體右派和湖堤上的犯人、以及臨時增援來的數百名幹部群眾被高音喇叭召集起來緊急開會，批鬥「極右派」分子王傳心。趙廣陵記得之前王傳心只是一個「中右」。一夜之間，他的右派帽子大了一圈。儘管有預報說今明兩天還有大雨，洪峰將會抵達。但吳指揮長認為打退極右分子對黨的進攻、對抗洪搶險的污蔑和破壞，比抵禦洪峰更為重要。趙廣陵感到自己再次陷入一個荒謬的時代。儘管身邊群情激奮、陣陣口號壓過了滇池的波浪，趙廣陵也跟著振臂呼喊，但他只有一個感受：都瘋了。都是一群在荒誕舞台上胡亂舞蹈的僵屍。那時他還不知道，他這個可怕的預感馬上就要應驗了。

更瘋狂的人是陸傑堯。他臉色發綠，瞪著一雙血紅的眼睛，拿著幾頁長的批判稿上台。他不是在發言，而是在聲嘶力竭地吶喊。他說在抗洪搶險中堅持反右鬥爭，充分說明了我們黨發動這場運動的必要性、及時性、重要性、緊迫性。你們想想，如果讓王傳心這樣的反動知識份子、偽專家來指揮抗洪，他會怎麼做呢？他會把老百姓的漁船搶來，房樑拆來。同志們哪，這是國民黨反動派當年做的事情。可是他昨晚就要我們這樣做！這不是存心給黨抹黑嗎？他竟然還叫囂說我們的抗洪要指望老天爺的仁慈，在這洪水滔天的時刻，「老天爺」對我們仁慈了嗎？沒有。那麼是誰對我們不仁慈呢？是國民黨反動派。因此，我們可以說，王傳心腦海裏中只有國民黨反動派。他和國民黨反動派一樣，巴不得我們的湖堤早點垮掉。所以說，我們打退了右派分子的猖狂進攻，就必定能戰勝滇池的洪水；我們戰勝了滇池的洪水，也必將打敗一切形形色色的右派。這就是滇池湖堤上抗洪搶險的辯證法！我們要正告王傳心，有我們在，湖堤就在，我們與湖堤共存亡！

天道本仁慈，人間多小人。趙廣陵想，昨晚大家回去睡覺時都三點多了，陸傑堯還寫這麼長的批判稿！真是整人的人不嫌累。他這大學教授是咋個當的哦？

批鬥會進行到一半，狂風大作、烏雲翻滾，眨眼瓢潑大雨傾盆而下。天怨神怒了。堤上負責觀測水情的人敲響了警鐘，指揮長不得不中止了批鬥會，命令大家上堤搶險。有幾處地方出現管湧了，渾濁的湖水地下山泉一般往上冒，可是竟然沒有人知道如何對付管湧。人們先是往裏倒土倒石子扔沙袋，但水還是冒個不停，而且管湧處越來越多，按下葫蘆浮起了瓢。這時才有人想起王傳心，說還是把那個右派找來吧，讓他戴罪立功。王傳心剛才已經昏倒過一次，不知是餓的還是嚇的，或者是氣昏的。現在他被人像拎小雞一樣拎到管湧處，一個現場指揮只差沒有給他跪下了，「王工，你快拿個主意吧，我們該如何辦？」

王傳心淚流滿面，渾身哆嗦，指著現場指揮說：「你們……」

然後他忽然像換了個人，從地上一骨碌爬起來，大聲喊道：「管湧不能填，要圍。來，來呀！來幾個人，跟我做！」

他指揮人們在每個管湧處用一層沙袋一層稻草地圍出一個個井來，把湧出來的水圍在裏面，水位越高，壓力越大，管湧這才暫時止住了。王傳心解釋說這叫「養水盆」。

到了晚上，險情基本解除，勞累了一天的人們都癱倒在工棚裏，有的人還沒有走到工棚，就倒在泥地裏睡著了。趙廣陵還剩有半把力氣，他在一棵樹下找到歪倒在那裏的陸傑堯，上去就是一巴掌。「這是爲王工打的。」他說，然後又是一巴掌，「這是爲我的女兒豆秧打的。」

陸傑堯沒有還手，不知是沒有力氣了還是真心羞愧。他的眼鏡被打飛了，爬在泥地裏像條狗一樣四處摸索。趙廣陵還想再踢他一腳，但看到他那狼狽樣，心就軟了，幫他把眼鏡撿起來，恨恨地說：「你是跟隨過聞一多先生的人，先生當年爲民眾爭取的是什麼？你難道不清楚？爲什麼要變得來像個國民黨特務這般歹毒？」

「你才是國民黨狗特務。」陸傑堯嘀咕道。

趙廣陵愣住了，莫非他告發自己，是因爲懷疑他是特務？他一把將陸傑堯揪起來，「你給老子說清楚點，哪個是特務？」

「聞一多先生遇害那天，你爲什麼忽然失蹤了？」

「我……」趙廣陵卡在了那裏，卡在歷史的一個緊要關頭，既掙脫不出來，又百口莫辯。

陸傑堯占了上風，竟然有些洋洋得意了，「這個問題我沒有弄清楚前，不會揭發你的。我們是讀書做學問的人，講究實證。你自己向政府去交代吧。」

趙廣陵急了，差點又要揮起拳頭。「殺害先生的兇手人民政府早就抓到了，你不要血口噴人！」

這兩個舊時代過來的人，一個是右派，一個是歷史反革命，但他們沒有同是天涯淪落人的惺惺相惜，只有相互的猜忌、仇恨。要不是因爲白天太過勞累，他們也許還要廝打，還要互揭傷疤。趙廣陵想起自己戰爭年代的那些患難同胞，大家一起面對死亡，英雄不問出處，貴賤共赴國難。生死之交，胞衣之情，越是艱難困苦，越是手足情深。而現在，人都怎麼了？

雨停風歇，月亮罕見地出來了，連續的大雨把天洗透了，即便是晚上也看得見那墨綠色的夜空纖塵不染。這是一個假像，以至於趙廣陵和陸傑堯同時倚靠著那棵大樹睡著了。也不知是幾點，更不知是噩夢還是現實，一聲尖叫之後是轟轟然沉悶聲響。趙廣陵看見月光下天上之水洶湧而來，那些沉重的沙袋，如充了氣的皮囊在急流中翻滾，睡滿了疲憊的人們的工棚，似水中積木四散開來，人頭在其間沉浮，如覆巢之下飛不走的鳥。

潰堤了。

幸好他今晚沒有住在工棚裏，幸好他在這棵救命的大樹下找陸傑堯打架。大水沖過來時，趙廣陵反手就將大樹緊緊抱住。水淹到腰時，他用全身的力氣往上爬，總算給他爬到脫離水面的樹丫處。這時他看見陸傑堯抓住了這棵樹的一根胳膊粗的樹枝，在激流中蕩來蕩去，像一隻隨時要斷線的濕透了的風箏。

「救救我！」陸傑堯在水中喊。

趙廣陵要救他的話，必須再次跳入激流中，首先他要保證自己不被沖走，然後他要抓得住他，最緊要的是，他不知道自己還有沒有力氣把他送上樹，自己再爬上來。

「你的辯證法泡湯了。」趙廣陵忽然有一種刻毒的快感。他想喝一大口酒，或者抽一支煙。

「救命啊！」陸傑堯絕望地向四處張望，大喊。他不指望趙廣陵了。

趙廣陵跳入了水中。在他多災多難的一生中，他被人搭救過多次，自己也數次以命相抵去救人。但他爲什麼要去救這個害過自己的人呢？也許豆秧在九泉之下也不會高興，舒淑文在以淚洗面的日子裏也會反對。這種告密者枉爲教授，枉爲人！潰堤的洪水爲什麼不淹死他。那麼多右派和搶險者那天晚上都死了，連知道如何防止潰堤的水利專家王傳心也死了。許多人被沖得很遠，但人們發現王傳心死在離潰堤處最近的地方，他的屍體阻擋不了潰堤的洪水，卻彷彿是特意橫屍於此，盡一個水利工程師的最後職責。

多年後一個後生聽趙廣陵講起這段往事時，也憤憤不平地問：爲什麼要救陸傑堯這種人呢？趙廣陵想了半天才說：

「他也是聞一多先生的弟子嘛。」

11 槍口下的大師

這幾天，大家知道，在昆明出現了歷史上最卑劣最無恥的事情！李先生（李公樸）一九四六年七月十一日在昆明被國民黨特務殺害。究竟犯了什麼罪，竟遭此毒手？他只不過用筆寫寫文章，用嘴說說話，而他所寫的，所說的，都無非是一個沒有失掉良心的中國人的話！大家都有一支筆，有一張嘴，有什麼理由拿出來講啊！有事實拿出來說啊！為什麼要打要殺，而且又不敢光明正大地來打來殺，而是偷偷摸摸地來暗殺！

趙廣陵在離昆明二百公里的一個小鄉鎮上讀到聞一多先生用生命吶喊出來的《最後的演講》時，已經是這一年的秋天了。他就像再一次從戰場上遭受重創的傷兵，難以想起受傷前自己的奮然一躍，遭受到的猝然一擊；以及爲什麼會在醒來之時，躺在一個完全陌生的地方。

吾師爲民主死矣！殺吾師，實乃殺蒼生，殺民心。

蕭瑟秋風中，噩夢醒來，樹葉飄零，回憶也零碎。

一九四六年昆明的夏天，陰晴無定，時而烏雲翻滾，陣雨驟來，時而陽光普照，涼風習習。就像當下中國的局勢，黑雲壓城，腥風血雨，而和平民主的曙光，又令人憧憬。趙廣陵暫住在城西門外一個不大不小的客棧裏，這裏面住的客人大都是像他這樣衣裏硝煙、滿身戰傷、軍不軍、民不民的失意老兵，中下層軍官。他們沒有工作，沒有未來，身佩用生命和鮮血換來的勳章，卻不敢懷揣英雄還鄉的夢想。內戰讓這些從前的抗日軍人既無顏見江東父老，又對前途深感渺茫。

一個晚上，趙廣陵在小酒館裏和幾個老兵喝酒，忽然看見第八軍的一個上校團長走進來了，他當時想糟糕，這下躲不掉了。不想這個老兄主動搶上前來打招呼，還好像不當回事地問：兄弟，別來無恙？趙廣陵定神一看，這傢伙哪裏還有團長的威風，跟一個昆明大街上打流跑灘的混混差不多。趙廣陵連忙讓坐請他首席。酒過三巡，話題自然要說到部隊上的事，趙廣陵問：「張團長，你的部隊呢？」

張團長輕鬆地回答說：「陣前反水了，我的副團長竟然是共產黨，一下拉走了我兩個半營。老子本來有機會一槍斃了他媽那個巴子的，但一想送給共軍做個順水人情也不錯，算是在那邊的一筆投資嘛，就對我那兄弟說，到老共那邊幫你大哥美言幾句，說不定哪天大家又是一家人了。媽那個巴子，這仗打的。」

當軍人不知道為何而戰時，戰爭就會成為一場鬧劇；就像學生不明白為什麼而讀書，考試就是兒戲一樣。那天在一起喝酒的兩個老兵也是遠征軍，只不過他們是駐印軍，跟隨孫立人將軍一路從印度雷多打回中國，他們那時是喊著「回家」衝鋒，可沒想到回到國內了不但回不了家，還要打內戰。因此他們也像趙廣陵一樣，想方設法弄到一張復員證，胡亂填一個名字就從戰場上脫逃了。國家已經墮落到這樣一種地步：軍人不但沒有了尊嚴，還充滿了背叛。

張團長遞給趙廣陵一張名片，上面的頭銜是「滇緬汽車運輸公司董事經理，李子祥。」張團長看趙廣陵有些納悶的目光，便打趣道：

「亂世嘛，人們總得有幾個名字。廖營長，我現在該怎麼稱呼老弟呢？」

「兄弟姓趙，名廣陵。」

兩人都心照不宣地笑了笑。李子祥說：「廣陵老弟，來幫我幹吧。那邊有人可以搞到盤尼西林，而我們這邊，不論共軍還是國軍，都需要。一箱盤尼西林就值兩根金條啊，這條我們當年打下來的國際公路，該輪到分紅利的時候了。」

有個老兵說：「那東西怎麼運得進來？有海關、還有軍隊哨卡、緝私隊、稽查處、憲兵……」

「你只要有一根金條，還怕什麼關卡？」李子祥不屑地說。「怎麼樣，廣陵老弟？」

趙廣陵說：「謝謝李經理厚愛了，兄弟我想回家種田去。」

李子祥打著哈哈：「想做卸甲歸田的美夢啊？別書生氣啦，共產黨得了天下，我們這種跟他們殺紅過眼的人，怕是種豆南山下的機會都沒有。現在這個世道，主義是虛無的，江山是飄搖的，連鈔票都是貶值的，只有揣在兜裏的金條，是沉甸甸的啊。」

他們倆都是剛剛從內戰的火線上九死一生才撿回一條命來的人，大後方的紙醉金迷和前方的殘酷荒謬，都足以讓一個無論多麼剛強的人崩潰十次。當國家的命運處於十字路口時，個人的命運可能就是一個硬幣的兩面了。往左還是往右，勇敢向前還是爲己退後，這是一個艱難的選擇。趙廣陵的確想過回家過詩書耕讀的寧靜生活，他在抗戰剛剛勝利時已經回過一趟家，面對飽受日寇蹂躪過的家鄉，他沒有英雄還鄉的榮耀，只有痛失親人的哀傷。

故鄉之痛，是痛在心靈深處的那種喪魂失魄之苦痛，是失怙失親、失去家園的安詳和諧、失去童年時蜻蜓在眼前自在飛舞、蟈蟈在耳邊挑逗鳴叫的哀痛。故鄉滿目瘡痍，家人流離失所，炊煙浸透了哀傷，父親的白髮早已化作孤墳上的荒草，母親的眼前已是一片黑暗，看不見征戰歸來的兒子滿身的創傷。如此田園荒蕪的故鄉，對趙廣陵這種曾經滿懷抱負遠走異鄉的年輕人來說，歸去，無以療傷；不歸，又何處發展？

那個晚上酒桌上的老兵都跟李子祥走了，只留下趙廣陵一個人喝悶酒。他本來是想約這些沒事幹的老兵做一件可以讓他們自豪的事情的，但這些窮困潦倒的傢伙只要有人給他們飯吃，連殺人越貨的事情都幹得出來，在自豪感和金條面前，他們當然選擇後者。

第二天上午，趙廣陵宿醉未醒，客棧的堂倌就來拍他的門，說樓下有個太太來拜訪。趙廣陵慌忙起床，頭髮都沒有梳清爽就衝到樓下。拜訪者原來是他在聯大讀書時的同班女同學王青蓮，剛回到昆明時他們曾經聚過一次，王青蓮眼下在銀行上班，嫁了個在政府裏做事的處長，是個日子過得很悠閒的人。趙廣陵有些狼狽地問：「你怎麼知道我住這裏？」

「哎呀，我的落魄『百夫長』，快跟我走，有比你更大的『千夫長』來昆明了。」王青蓮說。

從內戰前線回來後，趙廣陵一般不願參加同學聚會，就像一個窮人不願輕易坐進富人的廳堂。路上趙廣陵問誰來了，王青蓮神秘地笑笑，說你到了就知道了，當年我們偶像級的「百夫長」哦。趙廣陵說，只要不比我更落魄就好。當年聯大的那些慷慨從軍的學子，一到部隊都封中尉軍銜，因此同學們都一概以「百夫長」論之，趙廣陵不知道在這內戰的緊要關口，那些當初為抗日和自己一樣投筆從戎的同學，命運如何。

在聯大同學、現在雲南師範學院當講師的葉之聰家，趙廣陵看到一個身材頎長、西裝革履、俊朗挺拔的背影，先到的幾個老同學對那身影起哄喊：「先別轉過來，讓趙廣陵猜。」

「楊鯤鵬？」「林志乾？」「蕭驍？」趙廣陵連猜了幾個從軍同學的名字，都被同學們說要罰酒了，要再罰一杯了。最後那個瀟灑的身影終於轉過來了，一張永遠張揚著詩人優雅的才華和經受了戰火歷練的青春的臉，笑盈盈地望著趙廣陵。

「穆旦學長！」

這是趙廣陵和穆旦的第二次見面。去年的九月，抗戰剛剛取得勝利，在昆明陰涼的秋雨裏，歡慶的鞭炮、鑼鼓還在窗外鳴響，在當時中國詩壇已負盛名的現代派詩人穆旦完成了他一生中最偉大的作品之一，《森林之歌──祭野人山死難的兵士》（注：此詩後來在收入穆旦的詩集中時，改為《森林之魅──祭胡康河谷的白骨》）。那是穆旦在一九四二年參加中國遠征軍第一次入緬作戰，在兵敗野人山整整三年之後，在痛飲勝利之酒後的孤獨感慨中，才第一次提筆寫這場屍骨遍野的大敗退。這是首在數萬戰死、餓死、凍死在異國他鄉的遠征軍將士目光注視下，一揮而就的洪鐘大呂。當初也正是這些孤魂野鬼死亡的目光直瞪瞪地追逐著詩人穆旦，讓他走出了野人山。野人山，中國遠征軍的傷心之地，趙廣陵的情斷之處。他雖然沒有翻越野人山的光榮，但他的初戀戀人就埋葬在那裏。

在陰暗的樹下，在急流的水邊，
逝去的六月和七月，在無人的山間，
你的身體還掙扎著想要回返，
而無名的野花已在頭上開滿。

「你寫的是她嗎？」趙廣陵讀到那驚風雨泣鬼神的詩句，淚眼婆娑地問，而穆旦卻沉默不語。

趙廣陵說的「她」，是當年西南聯大詩人群體中的女神，沒有哪個聯大男生不爲她的美麗端莊所傾倒，沒有哪個聯大詩人不爲她的勇氣所折服。國立西南聯合大學的校花，香消玉殞在異國的野人山，用自己蓮花一樣潔白、桂花一樣幽香的身軀，澆灌了他鄉滿山遍野的無名野花。人間還有比這更淒美的悲劇嗎？多年以後趙廣陵一直想寫出這悲劇來，但是他連提筆的勇氣都沒有。心底裏最深沉的哀痛，已無法用語言來描述，更無法用舞台形象來再現。如果有人想貿然飾演她。趙廣陵會斷然大喝：不，你不是她！

那天的秋雨爲這首詩歌的出世揮灑了一整天的眼淚，那天的秋雨也淋濕了兩個年輕的抗戰老兵離別愁緒。穆旦即將去已開赴東北的青年軍二〇七師報到，而剛剛傷癒歸隊的趙廣陵則要隨第八軍去廣西。「無爲在歧路，兒女共沾巾。兄弟，今後我們以詩爲箋，互報平安吧。」這是穆旦的臨別贈言，趙廣陵手抄了一份《森林之歌》，才與穆旦揮淚作別。

歷盡劫波後的同學重逢，幾近於分離的骨肉再次相聚，師出同門的學子縱然沒有血緣相連，但有一層永遠割不斷的「亞血緣」關係，這種關係不是親情，又勝似親情，尤其是西南聯大這所在國難中重新組建的大學，三校學子自有更深一層的手足患難之情。趙廣陵沒有想到這一年穆旦在東北幹得也風生水起，他主編的青年軍二〇七師的報紙《新報》雲集了一幫西南聯大的從軍學子，縱然是軍中報紙，但同樣揭露黑暗，同情弱者，抨擊時政，已經在社會各界贏得了較大的名聲。穆旦笑著說：「聯大人辦的報紙嘛，走到哪兒，民主的呼聲就到哪兒。因爲我的俄文說得好，竟然有人說我是領盧布的，還有人叫我『穆旦諾夫』。」

有個同學說：「好嘛，你可以去找昆明的『聞一多夫』、『李公樸斯基』認老鄉了。」那時右翼的報紙經常給思想左翼的人起俄國名字，聞一多、李公樸這樣的知名人士也不能倖免。

趙廣陵說：「沒有人說你是共產黨就好。」

「我還真想見識一下誰是共產黨哩。你們中有嗎？」穆旦摁滅了手上的煙，「抗戰一勝利，一夜之間，好像滿天下都是共產黨，都是共產黨的主張和學說。Absurd era（荒謬的時代），我所供職的軍隊要打共產黨，共產黨宣導的民主自由、聯合政府，又是我們追求的。」

穆旦也很同情趙廣陵眼下的境遇，他說：「隨我去二〇七師辦報紙吧，我們的師長羅又倫將軍是個儒將呢。基本上不管我們在報紙上亂說亂寫，哈哈。」

趙廣陵心想，這老兄怎麼如此天真啊！內戰就要全面開打了，政府都不會再允許你亂說亂寫，更何況軍隊？但面對學長，他不好多說什麼，只以想回家爲由婉拒。趙廣陵不明白的是，去年北大外文系已經聘請穆旦去作講師了，他父母又在北京，既能在北大教書，又可侍奉父母，這是再好不過的事情了。但他老兄竟然還是捨不得軍旅生涯，穆旦的解釋是，羅又倫將軍待他不薄，都是從野人山回來的患難戰友，盛情邀請之下，他當然不好推辭了。

不過，作爲當年在聯大一起徒步從長沙走到昆明、一起泡過茶館、一起談論過女生、一起辦過壁報、一起在低矮簡陋的教室裏聆聽過教授們講艾略特、奧登、蘭波、葉芝、波特萊爾，還一起在日機的轟炸間歇跌跌撞撞地追逐過現代派詩歌的學弟和詩友，趙廣陵又相當清楚，穆旦這樣才華橫溢、註定要成爲中國詩壇座標式人物的詩人，浪漫主義和英雄主義永遠是他創作的雙翼。一九四二年遠征軍第一次入緬作戰，他是第一個也是唯一一個報名從軍的西南聯大青年教師。他說奧登都可以去西班牙參加反法西斯的戰鬥，我爲什麼不能去緬甸打日本人呢？古往今來，全世界的詩人，都有相同的浪漫精神，都渴望那種knight（騎士）生活。

一個大詩人，絕對擁有最純真的心，純真到了極致，他就難免天真幼稚。可是，詩人，你要經受多少失敗，多少回自討苦吃，才會寫出穆旦這樣的詩句：「你給我們豐富，和豐富的痛苦」？

一年以後，趙廣陵在雲南的鄉下得知穆旦的《新報》被查封的消息。再一年，二○七師在遼沈戰役中戰敗，所幸的是，因爲《新報》被查封，穆旦早已離開了二○七師去聯合國世界糧農組織救濟署工作了。也是這年，趙廣陵在《大公報》上讀到穆旦的新作：

目前，為了壞的，向更壞爭鬥，
暴力，它正在兑現小小的成功，
政治說，美好的全在它髒汙的手裏，
跟它去吧，同志。陰謀，說謊，或者殺人。

做過了工具再來做工具，
所有受苦的人類都分別簽字
製造更多的血淚，為了到達迂迴的未來
對壘起「現在」：槍口，歡呼，和駕駛工具的

英雄；相信終點有愛在等待，
為愛所寬恕，於是錯誤又錯誤，
相信暴力的種子會開出和平。

逃跑的成功！一開始就在終點失敗，
還要被吸進時間無數的角度，因為
麵包和自由正獲得我們，卻不被獲得！

趙廣陵沒有穆旦寫詩的才華，但他比穆旦更能洞悉時局的混亂。他比穆旦提前知道了「暴力的種子」不會「開出和平」，只是他在多年以後才會讀懂「麵包和自由正獲得我們，卻不被獲得」的深刻含義。作為動盪時代的一個普通人，他們的人生悲劇不可避免。那時的中國正掙扎在一個最充滿希望又最混亂不堪的局勢中，這意味著光明在夢想中，黑暗卻深深地籠罩了一切。憂國憂民的知識份子看到了民主中國的光明，獨裁政權卻把他們的名字染黑。

趙廣陵回到昆明後，還見到過自己從前的軍中弟兄，昆明警備司令部憲兵十三團的中尉排長鄭霽。當年他在趙廣陵手下從勤務兵幹到上士班長，九死一生回來後進了憲兵團。他沒有什麼文化，但聰明活絡、勤奮用功，打仗也勇敢，比那些壯丁兵肯用腦子。在松山戰場上，他一人拿下兩個地堡，卻還能活著回來。他在給趙廣陵當勤務兵時就說，自己的夢想就是有一天能穿軍官呢子服、著高統馬靴、騎高頭大馬回到家鄉。讓鄰村的張財主一家看看，他們老鄭家也終於出了他這樣的人物。他對趙廣陵說：

「老長官，現在國家戡亂時期，那些個讀書人可真比日本人還難伺候，打又打不得，殺又殺不能。你說說，是他們在給政府添亂，還是政府什麼地方對不住他們？」

「他們不過是為民眾爭說話的權力，為國家爭和平與民主。」

「說話嘛，你就好好說，幹嘛要罵領袖和政府呢？當年我們打日本人的時候，他們怎麼不來罵？現在抗戰勝利了，大家好好的服從領袖，不就把國家弄好了？偏生又冒出個共產黨，唆使他們要什麼民主。」

「小三子，」鄭霽當趙廣陵的勤務兵時，他都是這樣叫他。「不一定是共產黨唆使他們，而是中國需要民主與和平啊。那美國、英國、法國的民主，是共產黨搞的？它們實行民主政治時，世界上還沒有共產黨哩。民主政治是大勢所趨。」

「老長官，你是讀過書的人，我說不過你。但兄弟身為軍人，以服從命令為天職。有一天上峰的命令下來了，我就不管什麼民主不民主了，照著名單捕人就是。」

趙廣陵吃了一驚，「什麼名單？誰的？」

「當然是那些亂說亂講，跟政府過不去的人了。」鄭霽在自己的老長官面前完全沒有警惕性，不用趙廣陵追問就從上衣口袋裏掏出一份名單來，「霍司令（**注：時任昆明警備司令部司令霍揆章**）已經去南京請示去了，上峰只要一同意，我們就該抓的抓，該殺的殺。」

趙廣陵接過名單一看，第一名是李公樸、第二個是聞一多。坊間的謠言果然不假。在一個壓制人們自由表達、言論極端不自由的專制體制下，謠言常常就是預言，由不得你不信。他沉默了片刻，才神色嚴肅地說：「小三子，聞一多是西南聯大的知名教授，我們民族的大師，也是我的先生，就像我的父親一樣。要是真有那麼一天到來，你會去抓他嗎？」

沒想到鄭霽反問道：「老長官，難道你沒有當過軍人嗎？」

趙廣陵無言。中國的軍隊裏從來就缺少有民主思想的軍人。聞一多先生當年鼓勵聯大的同學從軍抗日，就說過從軍打日本人是重要的，同學們去改造國民黨軍隊也很重要。聞先生也許太天真了，他不知道改造一支專制政權的黨軍，比戰勝侵略者更困難。

鄭霽又說：「老長官，你剛回昆明不久，不知道這邊的行情。什麼學生啊教授的，都是些共產黨匪諜。不把他們肅清了，前方的將士如何安心打仗？」

看著自己老下屬的那份認真勁兒，趙廣陵瞬間萬念俱灰。這個喪失了理智又專制獨裁的政府即便打贏了內戰又怎樣？他從鄭霽呼出的氣息中嗅到了死亡的味道。他們曾經一起蟄伏在塹壕裏，等待衝鋒赴死前的片刻寂靜；他們也曾經一同在腐爛的死屍堆跳躍滾打，身上全是血水、屍水和斷肢殘肉，那時他們的心是那樣近，就像一個被窩裏捂大的親兄弟。他有了這些生死兄弟在身邊，心中踏實而堅毅。現在，侵略者被他們打跑了，對民主的追求卻讓他們生分了。

在把民主當成只穿一天的漂亮婚紗的專制政權裏，那些成天要娶民主為終生新娘、淚裏血裏呼喚她的人，是「盜火者」，也容易被官方控制的主流輿論眾口鑠金地說成恐怖分子、流氓、惡棍，哪怕是李公樸這樣品行高潔的書生，聞一多這樣學富五車的教授。自抗戰勝利以來，坊間就充斥著對這兩位先生非常不利的輿論，未經證實的傳聞，報紙上含沙射影的攻訐，以及從電線桿子到小巷口的東貼一張西貼一張的小字報，無所不及其能事。

什麼李公樸攜帶共匪的鉅款來昆，目的是要組織暴動啦，什麼聞一多在昆明號召的萬人簽名要民主的運動，是受了共匪的操縱、為出風頭博取社會知名度啦，以及李公樸先生和昆明某婦人如何糾纏不清，遭人打上門去啦等等。

政府當局又不敢訴諸法律，把這兩位先生送上審判台，公開審判他們的「罪行」。他們更不敢不讓他們講話寫文章，因為政府還虛與委蛇地在跟共產黨談聯合政府，還羞羞答答地跟各民主黨派談憲政步驟。一黨專制的政府即便幹的是婊子的勾當，但牌坊是一定要立的，哪怕這牌坊立得歪歪斜斜，滿是污穢。他們自己沒有了公信力，又不敢理直氣壯地站出來說，民主是不需要的，也不准隨便亂提的。他們只是採用一些下三濫的手段，力圖讓人們相信，這些呼籲民主與和平的教授，是製造恐怖、顛覆政府，生活腐化，嘩眾取寵，破壞人們平靜生活的動亂分子。他們將在美麗的春城實施爆破、縱火、暗殺等擾亂社會治安的活動。甚至連物價飛漲、鈔票貶值、世風日下、家庭不睦，都跟他們有關。

趙廣陵和李公樸先生不是很熟，但抗戰時期他在晉察冀打遊擊時，經人推薦讀過李先生寫的《華北敵後——晉察冀》一書，這本書裏寫了李先生在延安的見聞和他對共產黨領導下的第十八集團軍敵後抗日情況的觀感。當時身爲國軍軍官的趙廣陵並不以爲然，甚至還認爲李先生的書裏也不無偏頗之處，他對同僚說：「我就是個書生了，李先生比我更書生氣。」

這次從鄭霽那裏見到那份「黑名單」後，他憑超強的記憶暗中記下了所有的名字，然後立即趕到北門書屋，把那份「黑名單」交給了他們。那裏面不少人都是他當年讀西南聯大時的教授啊，張奚若、潘光旦、費孝通、吳晗等。讓趙廣陵很驚訝的是，李公樸輕蔑地抖抖那張紙，笑著對聞一多說：「聞先生，愚弟不才，虛列榜首，看來要比你先走一步了。」

聞一多先生那時正在畫第二天民主集會的海報，他用紅色的顏料把「民主」兩個字寫得鮮紅似血，對那份「黑名單」看也不看，「僕如（注：李公樸的號），你去了，我給你開追悼會。如果你的血不夠，我就來添上。我們的血還不夠，自有更多的仁人義士。我就不信中國喚不來一個民主的政體。」

李公樸先生踱步過來看聞一多先生的海報，頷首道：「嗯，民主不是黑色的，是紅色的。在中國，這種紅色有兩個方面的寓意，一是代表了共產黨方面的意圖，二是象徵民主是要用鮮血去換取的。民不畏死，奈何以死懼之？一份『黑名單』算什麼？今天我們兩隻腳跨出門，就不準備再跨回來。」

迎著槍口往上衝的人，趙廣陵在戰場上見得不少，但這兩個學識淵博的知識份子、大教授面對槍口也毫無懼色，不能不讓趙廣陵既佩服又心戚戚然。要什麼樣的政權，才會把國之大器、民族精英時常置於陰險的槍口下？在中國爭民主難道比打敗日本鬼子還要殘酷血腥嗎？打日本是爲了救亡，爭民主是爲了國家中興，我們究竟還要付出多大的代價，流多少血，才能催生出民主中國的到來呢？

實際上當第一次和聞一多先生見面，看見那恐嚇信裏的兩顆子彈時，趙廣陵就決定爲自己的先生做點有益的事，爲民主運動盡一點力量。他這些時日一直在四處聯絡退伍老兵，期圖組建一個護衛隊。但那些好不容易招攏來的老兵竟然會被李子祥的金條所蠱惑，有個老兵曾經問他，讓我們幹那活兒，你每天給多少錢？

趙廣陵身上哪裏有錢？他現在的飯錢還靠老下屬鄭霽資助。國軍的一個中層軍官如果不「喝兵血」，收入還不抵政府機關的一個小辦事員。但在第八軍，李彌是最討厭吃空餉的軍官的，一經查實，軍法論處。趙廣陵也不是按正規途徑復員的軍官，從軍營裏狼狽逃出來時，身上的積蓄僅有剛發的軍餉。在從山東回雲南餐風露宿的旅途中，他兩次靠找過去的軍中同僚接濟，才買得起火車票和汽車票。一個失意的軍人，就是大地上的一條流浪狗，牙齒是鋒利的，卻腹中空空。

組建護衛隊的事趙廣陵有一天跟聞一多先生提起過，但受到先生的斷然拒絕，並對趙廣陵大加申斥，說你把我們看成什麼人了？達官顯貴嗎？幫會老大嗎？出入前呼後擁，鳴鑼開道？我們民盟從不要一兵一卒，從來就反對任何形式的暴力。我們推倒獨裁政權，不是靠槍炮，而是靠民主的理念。你在國民黨軍隊裏都學到了些什麼？你走吧，我不需要保鏢。

那個在編輯部幫忙的陸傑堯，從見到趙廣陵第一天起就對他沒有好感，他總是對趙廣陵說你們國民黨軍隊如何如何，好像他就是一個國民黨派來的特務似的。聞一多先生下逐客令時，趙廣陵用求援的眼光望著他，因為他認為陸傑堯是清楚聞先生的處境的，應該贊同他的想法。但陸傑堯並不搭理他，還去把門打開，送客了。

救國無門，報師無路。那幾天趙廣陵相當消沉，天天在老兵客棧裏找醉。在趙廣陵的印象中，聞先生從來沒有如此嚴厲地對待過自己的學生，他在學生面前總是循循善誘、諄諄教誨。大二時，有個北方來的同學因為生活實在困難，不知怎麼的被昆明一個富商的大老婆包養了，那女人少說有五十多歲，臉上的脂粉塗得有城牆厚，常常開著輛道奇車來處處現貧窮的聯大校園顯擺，兩人成天廝混在一起，把那傢伙搞得像個鴉片煙鬼似的，昆明話叫「掏枯井」。

班上的同學們感到奇恥大辱，結伴要去揍這個有辱聯大學風的傢伙。聞一多先生知道此事後阻止了大家，有一天在課堂上講《離騷》，聞先生像往常一樣來一段極具個人特色的開場：「痛飲酒，熟讀《離騷》，方稱名士……」然後掏出煙斗來，問下面：「你們誰要抽？」這其實是給想抽煙的男生們一個信號。但那天聞先生點好煙斗後，丟開講義，話題一轉給大家講起了《莊子・秋水》，他溫和地望著大家說：「抗戰時期，國家有難，你們看我和我的家人都在餓肚子，中午我還只靠兩個辣椒下飯。但莊子在這篇文章裏寫道，有一種鳥叫鵷雛，鵷雛者，鸞鳳也。發於南海而飛於北海，非梧桐不止，非練實不食，非醴泉不飲。而有一種鳥名鴟，卻專以腐爛的鼠肉為食，還自以為是的很。故李商隱有詩云：『不知腐鼠成滋味，猜意鵷雛竟未休。』作為一鬚眉男子，天下有幾種飯吃不得，第一漢奸的飯吃不得，第二仇敵的飯吃不得，第三嘛女人的軟飯吃不得。腐鼠而已。」在同學們的哄笑中，那個吃軟飯的同學頭都低在課桌下了。

趙廣陵不明白的是，聞先生不把吃軟飯的同學趕出教室，卻把他趕出了北門書屋的《民主週刊》編輯部。要是巨浪還活著就好了，趙廣陵想。他不是聞先生的高足，巨浪才是。聞先生當年喜歡用禿頭毛筆書寫教案或書信，那字自有一番名士風味，那些禿頭毛筆都是巨浪負責為先生收集，他當年出入聞先生的家就像進自家的門。日本飛機第一次轟炸昆明，聞先生頭部負傷，後來聯大的課程都改在早上七點上課，十點一到，師生都去城外「跑警報」。每次「跑警報」巨浪總是不離聞先生左右，一邊走還一邊向天上張望，彷彿隨時要撲在聞先生的身上。在松山戰場的一個夜晚，兩個老同學徹夜喝酒長談，說到當年在聯大的歲月，趙廣陵記得巨浪說：「天佑吾師，你說要是那次日本人的炸彈再扔偏一點，中國豈不少了聞先生這樣的大師？這狗娘養的小日本，專門來炸我們的校園，是想斷我們的文脈啊！」

就在趙廣陵還在借酒澆愁的一個冰涼的雨夜，幾顆子彈把一個國家對民主的嚮往擊碎了。李公樸先生和他的夫人在看完電影回家的路上，偏僻的小巷裏忽然竄出兩個冷血的槍手，他們沒有多話，也沒有勇氣站在手無寸鐵的李公樸先生的對面，而是從背後開槍。第二天凌晨趙廣陵才得到消息，連忙趕到醫院。那時聞一多先生和很多人都來了，人人眼裏都噙著眼淚，淚光裏都是燃燒的火焰。「無恥！」李公樸先生喊了一句，一口鮮血從口裏噴了出來。

「我為民主而死！」這是他的最後吶喊。

「聞先生，不能再有人為民主而死了。」在從醫院回來的路上，趙廣陵擠到聞一多身邊，輕聲對他說。聞一多回頭看看他，神色嚴峻地說：

「像李先生那樣為民主而死，是勝利的死！你怕什麼？」

趙廣陵眼淚在眼眶裏打轉，說：「學生自走上抗日戰場，就將生死看作白天和黑夜的關係。學生只是希望用自己的生命報答先生一二。」

旁邊有人附和道：「聞先生，我們要小心啊。那些流氓什麼都做得出來的。」

「先生，讓我跟在你身邊吧。」趙廣陵懇求道。

有幾個還沒有北上「復員」的聯大學生也說：「聞先生，李先生的後事還要料理，好多事都要您出頭露面。我們打算成立一個糾察隊，就讓這位打過仗的學兄來帶隊吧。」

聞一多想了想，「學生糾察隊可以，你先前說的那些國民黨老兵，我不要。」

從那天起，趙廣陵重新回到聞一多身邊，特務的跟蹤與監視於他來說並不陌生，早年的訓練讓他具備了在人群就可看出誰是暗藏殺機的刺客，從身後若隱若現的腳步聲或鬼魅一般的身影中察覺出跟蹤者在哪裏。昆明的這些小特務，要論特種技能，大體都在趙廣陵身手之下。李公樸先生入殮那天，儀式結束後他和幾個民盟的人陪聞一多先生剛走出醫院門口，幾家媒體的記者圍上來，記者還沒有發問，聞一多先生就高聲怒斥特務無恥、卑鄙，代表中國民盟雲南支部申明此事一定要追究到底，查辦真凶。這時一個擔柴的老翁忽然衝著聞先生跌跌撞撞地過來，聞先生剛想上前去攙扶，趙廣陵一步搶上前去，擋在聞先生面前。他抓住那擔柴人的手腕時，感覺到了他手上的力量，那是一雙舞刀弄槍的手。趙廣陵低聲怒喝道：「狗特務，給我滾開！」那傢伙的目光頓時散亂了，畏縮了，扔下柴就跑。而聞先生還渾然不覺，問趙廣陵這老人家怎麼了。幸好這時又有個記者追上來提問，才把大家的注意力轉移開。

在李公樸被暗殺的第二天，趙廣陵就找到了鄭霽，將他堵在被窩裏。他對著衣冠不整前來開門的鄭霽劈頭就是一巴掌。「你他媽的都幹了些什麼？」

在國軍中，老長官既是兄長也是父親，哪怕他現在已經成了個乞丐，要打要罵都隨了他去。

「不是我們幹的，老長官。」鄭霽捂著臉說。

「那是誰幹的？共產黨嗎？」

鄭霽沒有過多辯解。他把趙廣陵引進屋，從抽屜裏翻出一本證件來遞給他看，趙廣陵一下就怔住了，像不認識自己的老下屬一般。

原來鄭霽不但是憲兵團的中尉排長，還是軍統的人。軍統無所不在的觸角趙廣陵並不陌生，就是在鐵板一塊的軍隊裏，你也隨時得提防軍中的同僚中誰有軍統的背景。戴老闆的一個指頭，抵得了一個陸軍上將。鄭霽說：「老長官，不是我們軍統的人幹的，就跟黨國沒有關係。我們也正在查呢。霍司令的特務營、憲兵團、稽查處、省黨部的人、還有雲南的地方勢力，甚至共產黨的地下黨，都有嫌疑。老長官，你不知道，殺人競賽開始了。」

「殺人競賽？」

鄭霽解釋道，現在軍統掌握的競賽雙方，是昆明警備司令部司令霍揆章和雲南省黨部主委、省政府代主席黃宗禮。鑒於自抗戰以來在昆明的西南聯大成爲名符其實的「民主堡壘」，現在聯大北上「復員」了，昆明的民主勢力大受影響。但當年那些跳得厲害的人，政府是一定要跟他們算賬的。而那些試圖跟黨國分享一點權力、跟著共產黨喊組建聯合政府的民主黨派，未免就太天真了。誰不知道在中國，有槍桿子保證，才會有政府啊，因此政府認爲他們被共產黨利用了。尤其是中國民主同盟，看似是中國目前第三大黨，但他們只反老蔣，不反老共，這就讓蔣主席甚爲頭痛。霍揆章雖然當了昆明警備司令，但還想當雲南省政府主席，軍政大權一把抓；而那個雲南老土鱉黃宗禮呢，也想儘早去掉那個「代」字，以圓封疆大吏之夢。暗殺李公樸並沒有南京方面的命令，但有人就先動手了。下一個是誰，一定還會有人搶先一步。他們現在認定殺那些知名教授，會取得一石三鳥之效。既可到蔣主席那裏邀功，又可嫁禍於共產黨，還可趁機攪亂雲南局勢，趕走龍雲的地方勢力。現在殺李公樸的兩個案犯已經抓到了，正在審訊，看情形有可能是警備司令部特務營的人。黃宗禮有些急了，沒有搶到頭功，就給那些爭功的抹了一把黑。但這個雲南土鱉是在出賣黨國利益啊！鄭壽抱怨道。

雲南籍的國民黨雲南省黨部主委兼省政府代主席黃宗禮，早年曾是同盟會會員，參加過辛亥革命，護國戰爭中上過前線，也算是久經戰陣的黨國元老。但他從來不被家鄉人待見，因爲跟老蔣跟得緊，抗戰時先是被「雲南王」龍雲驅逐，抗戰勝利後才被老蔣欽點回雲南主政。他既有邊地人的自卑、孤獨，又有衣錦還鄉的自負、傲慢，常常以封疆大吏自詡。他自言愛自己的家鄉把頭髮都愛白了，因此他痛恨那些自抗戰時期來到雲南的下江人，外省人，當然也包括西南聯大的教授和學生。他認爲正是這些人敗壞了雲南淳樸的民風。

民國三十四年西南聯大發生的「一二．一慘案」，他作爲元兇之一被聯大的教授聯名上書政府，呼籲驅逐，撤職查辦。但黃宗禮是那種最典型的鄉野土鱉，只效忠一個人，而不顧及效忠的手段。當孫子也好殺人放火也罷，只要老蔣高興，他什麼事都幹得出來。他大約屬於那種拙劣的畫匠，本想給領袖的形象塗彩，結果是越描越黑。他利用省黨部的特權，不但嚴格審查李公樸慘案的新聞報導，甚至還親自修改稿件標題。但他對黨國的一片忠心看上去卻居心叵測。因爲就是共產黨方面的高人，也想不出如此讓國民黨顏面掃地的新聞標題——「桃色事件引發血案，李公樸終遭情殺。」

文章用通俗小說家的筆法，津津樂道地描述了李公樸先生到昆明後，如何假宣揚民主之名，勾引良家少婦某某，使其懷孕，少婦婆家打上門去論理無果，最終導致此椿情殺慘案。又云昆明本民風純良之地，民之秉彝，好是懿德，妻賢夫敦厚，叔嫂不通問；人們平易恬淡，邪氣不侵。自抗戰起，下江人蜂擁而至，西洋民主被奸黨操弄，蠱惑民心，亂我國本。須知民主並非不守宗法倫理，民主亦非隨意易妻而眠。李公樸之死，純屬奪妻之恨引發仇怨，與民主無涉。多行無禮，必自及也。

此奇文一出，輿論洶湧，天怨神怒。如果一個堂堂的政府開始要流氓了，那它必將失去最重要的東西——民心。民心已經在淌血了，他們還要往民心上補上幾刀。連昆明大街上的小腳老太太都罵政府不講道理，昆明話叫做「說話噴鋼」。但黃宗禮的嘴裏不但「噴鋼」，還要噴出子彈來哩。黃宗禮對手下的幕僚說：「雲南人本來就老實憨厚，都是被聯大的那些喊民主的教授和學生教唆壞了，這些教授、學生又是被龍雲慣壞了的。殺一個不能以儆效尤，就再殺一個！你不去殺他，人家就趕到前頭去殺了。還有人想把坦克開到大街上去哩。」

有個級別很高的特工說：「黃主席，卑職可以把他們秘密逮捕，秘密處決，就說他們都跟女人私奔了。」

黃宗禮回答道：「都是些鬍子一大把的人了，又是品行沒有瑕疵的教授知識份子，誰相信他們會私奔？你們就不動動腦子？」

「那我們就製造一場車禍，或者把他們丟到翠湖裏，說他們不慎溺亡。黃主席，卑職以爲：公開槍殺或者暗殺，會讓那些教授們更鐵了心跟共產黨走。」

一個剛剛入行的特務建言道：「或許我們可以找幾個妓女去和他們睡覺，把他們當嫖客抓起來，在報紙上壞他們的名聲，然後說他們在監獄裏自殺了。」

黃宗禮喝道：「這種死硬分子怎麼會在監獄裏自殺？」

那個小特務嘀咕道：「在我們的監獄，喝口涼水也會噎死呢，睡覺也會一覺醒不來哩。要是還沒有人相信，就說他們在玩躲貓貓遊戲時高興得死了。」

「婦人之見！哪個政府的監獄裏會『喝涼水死？』『睡覺死？』『躲貓貓死？』有這麼混蛋的當政者嗎？當此國家戡亂之際，奸黨作亂，匪盜四起，不殺一兩個教授，不能以正視聽，也不足以維護領袖威望。你們怕什麼？」黃宗禮拍著桌子上的一張昨天的《大公報》，頭版就是聞一多在演講時大聲疾呼的照片，「你們看聞一多這種煽動騷亂的分子，走在大街上振臂一呼，從者如雲。政府對他們太寬容了！再不除此逆賊，任由他們搞啥民主選舉，將來天下不是國民黨的，也不會是共產黨的，而是民盟的了。」

那個高級特工想，黨國就要敗在這個雲南土鱉手上了。人家共產黨拚命把自己打扮成民主的宣導者、捍衛者、擁戴者，他們把土地分給了農民，畫一塊「聯合政府」的餅籠絡知識份子的心，而我們卻用槍彈把教授知識份子驅趕到他們的懷抱，共產黨不得天下才怪了！二戰結束後法西斯被釘進了棺材，黨國裏的蠢貨們卻要將它借屍還魂，以後該是人家把我們釘上歷史的恥辱柱了。他鼓起勇氣說：

「黃主席，爲了黨國的利益，卑職不能不斗膽進言，殺一個聞一多，於共產黨無傷毫毛，但給黨國造成的損失，比丟掉十座城池更甚！」

「城池丟掉了，可以再打下來；人們腦子裏的這主義那思想多了，你占再多城池有何用？」黃宗禮起身把那張《大公報》釘在牆上，對那特工說：「把你的槍拿來。」他接過槍，推彈上膛，「啪」地一槍打在報紙上。「哼哼，我以爲你們的槍都啞火了呢。國家養你們不就是爲了維護一個主義、一個政黨、一個領袖嗎？」

這特工被上峰的羞辱激怒了，他挺起胸脯說：「黃主席，卑職等殺聞一多不過是踩死一隻螞蟻。不過，這不是卑職等該幹的事情啊！這分明是在幫共產黨！如此重大的事情，我們還是請示一下南京方面吧？」

黃宗禮冷笑兩聲：「你就說我是共產黨，不就好了麼？但遺憾啊，老弟，我還是你的上司。你被解職了，去感化院好好休養吧。」

而在昆明警備司令部，下一個暗殺目標不僅早已鎖定，而且還迫不及待。因爲執行上次任務的幾個特務都已經加官封賞，這些黨國的軍人們並不在意什麼社會輿論，也不會過多考慮殺了一兩個民主人士，會把更多的知識份子推到共產黨一邊。他們只相信手中擁有的武力，認爲民心是可以用槍彈和威權彈壓的。他們中大多參加過抗戰，認爲國家是自己保衛下來的，失地是自己收復的，天下當然該由黨國來坐，共產黨和其他民主黨派憑什麼來分一杯羹呢？不但不讓你們分享權力，還不准你們亂說亂講。軍人的行事方式只有一條：誰擋我的路，我就把他幹掉；而獨裁政權的馭民之術其實更爲簡單：我可以任意行事，你不能自由言論。

黃埔一期生、昆明警備司令部司令霍揆章也許還沉浸在兩年前勝利贏得滇西戰役的自豪中，他指揮的二十集團軍強渡怒江，仰攻高黎貢山，收復古城騰沖，直至把小日本趕出國境。八年抗戰中中國軍隊首次對日軍的主動大反攻，他是主要指揮者之一，那時他是中國人心目中的民族英雄，他班師回到昆明時，人們傾城出動、夾道歡迎，鮮花淹沒了國軍士兵們行進的佇列，攝影記者的鎂光燈晃得他感覺天底下自己真是個衛國禦敵的民族英雄。但他絕對想不到的是，這個巨大的榮譽離民族罪人僅是一步之遙。

有誰會想到一個曾經指揮千軍萬馬殺向日寇的陸軍中將，會爲殺幾個教授知識份子而絞盡腦汁，組建了一個冷血殘忍的行動小組呢？他當然知道省黨部那邊黃宗禮也在緊鑼密鼓地策劃暗殺行動。他是軍人，知道時機的重要。他等不得南京那邊的命令了，將在外，軍令有所不受，這是驕傲自信的軍人的做事風格。但軍人一旦介入政治，城市的大街上必定會充滿血腥味，軍人在戰場上的勇敢就變成魯莽了。軍人的敵人不再是武裝到牙齒的侵略者，而是手無寸鐵的平民、學生、知識份子、大學教授。

憲兵團的中尉排長鄭霽被指定爲這個近百人的行動組週邊成員，他聽人說聞一多這兩天好像雇了個保鏢，身材高大、面目猙獰，像是個訓練有素的人，成天跟他形影不離。他還帶著一幫學生，總是圍在聞一多的身前身後，讓行動組的殺手不好下手。鄭霽一下就想到了趙廣陵，老長官也命在旦夕了。

那幾天趙廣陵睡覺都在先生家外屋的沙發上。開初聞先生和民盟的人都不贊成趙廣陵的做法，說我們民盟是宣導和平、反對暴力的組織，面對暴力，我們寧可用自己的鮮血和語言去還擊。但當趙廣陵把從那個擔柴老頭兒的柴裏搜出的一把兩尺長的刀拿給他們看時，聞先生還天真地說：「也許是人家砍柴用的呢。」趙廣陵回答道：「先生，我可沒忘記當年你在課堂上給我們講的『魚腸劍』的故事，還有『圖窮匕首見』。古時的刺客都是義士，現在的刺客，都是流氓。政府一旦要起流氓來，比街頭上的小混混流氓多了。」

聞一多定定地看著自己的學生，就像父親忽然發現自己的孩子一夜之間成熟了。「過去總是我告訴你們該如何如何，現在你能當我的先生了。從如何提防特務，到怎麼烤好一隻土豆。哈哈。」

由於西南聯大的大部分教授已經回北平天津去了，學生們也走得差不多了，位於西倉坡的聯大教授宿舍愈發冷清肅殺，聞一多先生的那一排房子只剩下他和潘光旦先生兩家。別說晚上月黑風高，鬼影幢幢，就是白天也顯得陰森恐怖，殺氣縈繞。那些遍佈在昆明大街小巷的各種傳聞，就像隨時都會飛出來的子彈，西倉坡周邊那些曲裏拐彎、陰暗狹窄的小巷，彷彿每一轉角處都暗藏著一雙陰鷙的眼睛，一個黑洞洞的槍口。昨天特務們查封了中俄友好協會，抓捕了幾個工作人員。白色恐怖已經悄然襲來。趙廣陵和聞一多身邊的人都力勸他趕快離開昆明這座充滿殺氣的城市。但聞先生說：

「我一離開，諸事停頓，那些劊子手們豈不羞辱了我的驕傲？」

聞先生那時正埋頭刻手上的一枚圖章，屋子裏光線昏暗，他不得不摘下眼鏡將臉湊近些才看得見下刀，頦下的髫鬚都快要飄到圖章上去了。趙廣陵至今還背得幾年以前，由浦江清教授親筆撰寫，梅貽琦、蔣夢麟、馮友蘭、熊慶來、朱自清、楊振聲、潘光旦、沈從文等知名教授聯合署名的爲聞先生「掛牌治印」打廣告的駢文潤格：

浠水聞一多教授，文壇先進，經學名家，辨文字於毫芒，幾人知己；談風雅之原始，海內推崇，斲輪老手，積習未除；占畢餘閒，遊心佳凍。唯是濫觴古澤，僅激賞於知交；何當琬琰名章，共榷揚於藝苑。黃濟叔之長髯飄灑，今見其人；程瑤田之鐵筆恬愉，世尊其學。爰綴短言為引，公定薄潤於後。

文人教授即便爲生計謀，賣藝養家，行事也風雅守正，洋灑灑雅士風範，凜凜然聖賢氣派。縱然如聞先生所說是「手工業者」，但也被人廣爲傳誦，引爲美談，士窮乃見節義矣。趙廣陵知道聞先生這些天抓緊爲人刻圖章，是爲了給家人買回北平的飛機票。上午聞師母還帶著兩個小女兒上街擺地攤賣家中剩餘的東西呢。趙廣陵多年以後還在懊悔自己當時身上沒有錢，他要是能爲聞先生買一張機票，怎麼會有後來的悲劇？

那天下午趙廣陵好不容易找到幾個土豆，回到聞家後他就將土豆丟在爐灰裏，爐子上的茶燒好後，土豆在滾燙的灰裏也烘熟了。聞先生大約從沒有吃到過這麼香的烤土豆，他嘖嘖連聲地說，這簡直比烤乳豬還香，就像「白肉」比真正的肉還香一樣。聞先生家本來人口就多，開支大，加上來拜訪的人多，先生又好客，話投機了就非要留人吃飯。一些不明就裏的客人認爲聞一多先生那麼大的教授，家中該不缺吃喝的，因此也就不客氣了。這些天先生到處出席各種集會和新聞發佈會，籌辦明天就要舉行的李公樸先生的追悼會，不是忙得顧不上吃飯，而是根本就沒有米下鍋。今天下午出席工商界的一個聚會，去的路上聞先生不知不覺地說了聲，「這些老闆們會管我們一頓晚飯罷。」一聲音雖然小，但聽得聞先生身邊的幾個人都充滿神往。但到聚會結束時，聞先生起身率先離開了，儘管主人有留飯之意。回家路上聞先生的兒子聞立鶴問：「爸爸，爲什麼不吃飯再走？」聞先生沒有回答，只是拉緊兒子的手快步疾走。

晚上十點，聞先生刻完最後一枚圖章，趙廣陵看到聞先生還在狹小的客廳裏轉來轉去，四處打量的目光裏都透著饑餓。他有些得意地笑了，從火灰裏拔出專爲先生留下的最後一個土豆。先生的目光竟然難掩驚喜，毫不客氣地就接過去了，連灰都不多拍幾下，就把還嫌燙的土豆一口塞進虬髯亂布的口裏。土豆下肚，他大約才感到自己在學生面前的失態，便自嘲說：「刻章也是個體力活兒啊，餓得快。」

趙廣陵心裏一陣陣發酸。下午的聚會上，一個商界大佬說，有人說你們民盟是共產黨的尾巴，共產黨還發給你們薪水，讓我們怎麼相信你們。聞先生當時高聲反駁說，你說的不對，我們有自己的政治主張，我們從不從屬於任何政黨。我們不反對共產黨，是因爲他不搞獨裁政治，提出了組建聯合政府的主張，這是未來中國民主政治的希望。如果你真要把我們看著什麼尾巴，那我們就是人民的尾巴！

本來可以暫且免於饑餓的晚餐，就這樣泡湯了。

「先生，你要再次答應我，明天李公樸先生的追悼會，不要上台去講話。」趙廣陵看聞先生的情緒有些好轉了，就重提這個要求。吃晚飯時，費孝通、潘光旦、吳晗等幾位先生都要求聞先生明天不要去出席追悼會，說我們不跟他們爭一時長短，留得青山在，將來有跟他們算賬的那一天。但聞先生說，我這個湖北佬就是強，我說幾句話，又能把我怎麼了？我就不信天下真有不讓人說話的流氓政府！後來大家一再懇求，聞先生才答應不講話，但追悼會一定要去，不然何以面對李公樸先生的在天之靈。

聞先生拿著煙斗在屋子裏轉了一圈，說：「『子曰：邦有道如矢，邦無道如矢。』我教過你們沒有？」

「大二時，先生講《論語》時教過。但是先生，此邦非彼邦了。」

「難道此言非聖賢之言？人生自古誰無死，像李先生那樣爲民主而死，總比在家老死，得肺病而死，溺水而死，出車禍而死，更能留取丹青照汗青吧。」

要論聖賢之言，學生怎麼說得過老師？「先生，我們不談死好嗎？邦無道，我們更要活下去。學生在上軍校時，教官告訴我們，當敵方的火力瞄準你時，你要做的首要事情，是隱蔽。所謂保存自己，才能更好地消滅敵人。」

「你呀，還是上過戰場的人。」聞先生用煙斗點著趙廣陵的頭，「兩軍對壘，比得是啥？還要我來告訴你？農夫比粟，商賈比財，烈士比義。」

「先生，您提到戰場，讓學生想起了在松山戰場上，有個雨夜我和巨浪蹲在戰壕裏，天上的雨真是個大啊，我們一邊聊天一邊得用鋼盔往外舀水。巨浪說，有時他會覺得，我們在這裏禦敵廝殺，就是爲了讓聞先生這樣的鴻儒大師有一方安靜的書桌，潛心做學問。有聞先生這樣的大師在，中華文化就存在，就會代代傳承下去，中國就不會亡國。小日本占得了我們的幾片土地，他永遠滅亡不了我們的文化。」

「唉，巨浪……」

「我記得巨浪還說，不知聞先生的《楚辭》訓詁部分的工作進展得怎樣了。先生，巨浪一直把先生的《楚辭校補》背在行軍囊裏的啊。他陣亡時，鮮血都把《楚辭校補》洇紅了。」

「你們都是我的好學生。爲師不才……」聞一多先生忽然傷感起來，他蜷縮在破舊的沙發一隅，銜著煙斗，像個小老頭般孱弱而孤獨。

昏暗的屋子裏一燈如豆，像趙廣陵經常露宿的馬車店一般寒酸簡陋，並充滿羈旅之人的飄泊感傷。先生的手稿和參考典籍堆放在不大的書桌上，有一層薄薄的灰，一方硯台上的墨汁早已乾涸，幾支禿筆胡亂扔在桌子上，像是受到冷落的孩子。此情此景，讓趙廣陵不由得想起自己的父親，自己的家。抗戰八年，烽煙遍五津，家國已破碎，連聞先生這樣的大教授也不得不忍受流離失所的困頓貧寒。先生老了，當初從長沙一起徒步到昆明，漫漫三千多里風雨路，先生的腳步始終是矯健的，臉膛是黑紅黑紅的。現在你看他拖著腳步走路的背影，你看他蒼白衰弱的面龐，難道這就是中國知識份子應該有的畫像？難道聞一多先生這樣的鴻儒大師，就該放下手中的學問不做，獨自去面對整個社會的黑暗？還有流言、誹謗、謾罵、攻訐、直至死亡的威脅。中國，請善待我們的大師；中國，請給我們的教授一方安寧的書桌。請讓我們的讀書做學問的人在這樣的夜晚，青燈黃卷下，叼著煙斗，沏壺熱茶，怡然自得地打開手邊的古籍，而不用擔心因爲多說了幾句話，門口就佈滿了特務和黑洞洞的槍口。

「聞先生，學生有一問題想請教，可以嗎？」

「你說。」

「有人說你跟共產黨有來往，甚至說你早就是共產黨。」

「嗯，我跟他們有過接觸。我們的主張和他們在很多方面基本一致。你沒有看毛澤東先生的《論聯合政府》嗎？」

「學生看了。」趙廣陵去年在山東戰場上就搞到這本小冊子了，還被李彌批了一通。他在聞一多先生家裏再次看到這本小冊子時，發現書裏到處是劃痕、批註，書角都翻出毛邊了。當時他就想：先生不愧是做學問的人，連涉足政治，也用做學問的精神去面對。

「先生，共產黨有人有槍有軍隊，要推翻獨裁政權，由他們去幹好了。中國的政治改變，學生認爲，不是靠多說幾句話就變得了的。先生是做學問的人，何不……」

「你說的什麼話！」聞一多忽地從沙發上站了起來，「『五．四』精神是怎麼來的？民主意識不靠我們這些有學問的人去發動民眾，灌輸吶喊，槍炮打下來的天下照樣不會有民主。」

也許因爲激動，聞先生猛烈地咳嗽起來，趙廣陵忙過去扶他坐下，說：「先生，我就怕你發詩人脾氣。」隨後他又遞過去一杯熱茶。

「我不寫詩久矣。」聞先生緩過勁兒來，又像個父親對孩子說話似的說，「廣陵，我還沒有老，對吧？該怒髮衝冠的時候，我還是詩人。嘿嘿，我想起來了，一九一九年鬧『五·四』時，我還是清華的學生哩，頭天聽說北大的學生上街了，當晚我就在我們的壁報上抄寫了一遍岳飛的《滿江紅》。第二天我們清華的學生全上街了。哈哈，我從來就是個煽動騷亂的分子。別忘了，我是全宇宙的energy（能量）」

聞一多臉上難得地現出一個自信的微笑，趙廣陵趁機說：「下午我在憲兵團的老下屬讓報童送來一張便條，要我趕緊離開昆明，具體原因他沒有說。我想他們真的要動手了。李公樸先生的喪事辦完後，先生也趕緊離開這座到處是流言蜚語、明槍暗箭，到處充滿恐怖血腥味的城市吧。《楚辭》的研究還等著先生啊。」

聞先生沉默了，過了會兒才有些懊惱地說：「我現在還湊不齊他們的機票錢。」他向裏屋呶呶嘴，「我豈能先他們而離開昆明？」

一陣陣涼風掠過屋頂，傳來樹葉的窸窣聲，蛐蛐在外面低吟淺唱，高原夜空中流星隕落的歎息彷彿也聽聞得見。寂靜的世界讓人感到連恐怖這個怪獸也歇息了。裏間傳來聞師母和孩子們均勻恬靜的呼吸聲，聞一多先生屏息向那邊矚目良久，忽然回頭，臉上浮現出孩子般純真而幸福的模樣。

「你聽，這真是人間最美妙的音樂！」他說。

那個晚上趙廣陵倚靠在聞先生家的沙發上幾乎一夜未眠。他把明天在追悼會上可能要發生的情形在腦子裏過了一遍又一遍。學生糾察隊的人該如何分工佈置，聞先生和幾個教授身邊應該有哪些人隨時照應。身藏暗器的特務是肯定要混在人群中的，軍警會不會當場抓人呢？只要事態不激化，想來應該不會。政府再怎麼也得顧惜點臉面吧。李公樸先生之死，已經讓海內外輿論大嘩，據說連美國駐華大使都表示了關注，國民政府還說要查明真凶。他們即便不顧民心，畢竟還要看美國人的臉面，還指望美國人的外援打內戰。

晚飯時幾個教授分析局勢時還說，國民黨正在跟美國政府談一筆五億美元的軍援，但司徒雷登已經明確表態，要軍援可以，但必須先跟共產黨談和平和組建聯合政府的事，還特別提到了要根除特務政治。因此，教授們推斷國民黨不敢再殺人了，對他們來說，軍援畢竟事大。明天聞一多先生只要不上演講台，料定沒有誰膽敢下手。本來還有扶棺遊行的計畫，但擔心激怒政府，怕聞先生等人一路上不安全，便取消了。追悼會結束後聞先生將回家，下午還有一場新聞發佈會，就在《民主週刊》社開。聞先生會有個發言，並回答記者問題。然後他再回家吃晚飯，只要平安到家了，這危險的一天就過去了。至於後面的事情，趙廣陵想找鄭霽再借一筆錢，儘快幫聞先生一家買到機票，讓他們回到北平，應該就安全了。

第二天一大早，趙廣陵在迷糊中聽到走過客廳的腳步聲。他趕忙翻身起來，原來是聞家的老保姆劉媽要去買早點。趙廣陵忽然想起自己應該再去踏勘一下從聞家到雲南大學至公堂追悼會場的線路，就對劉媽說：「讓我去把，我剛好要出去看看情況。」他接過劉媽手上的幾文零錢，走到門口又折回來，說劉媽，你幫我找個傢伙，打狗用的。劉媽心領神會，回到廚房給趙廣陵遞來根捅灶火用的火鉤。趙廣陵在手上試了試，那火鉤有二尺多長，大拇指粗，還算順手。

天已經放亮了，一些早點鋪前爐灶上冒出的青煙瀰漫在小巷裏，是個晴朗的早晨，陽光把青煙的輪廓勾勒出來，在或明或暗的巷子裏瀰漫得頗富詩意。連走了兩條巷子，基本看不到行人。這讓趙廣陵生疑，他左看右看，甚至還在轉過巷子拐角處又忽然返身折回，但沒有發現什麼可疑之處。

本來他應該在路邊買一缽米線就往回走了，可他想再多走幾步，去雲南大學校園裏看看情況，再把至公堂周邊的地形查看一遍。他昨晚就想到了一條偏僻的小路，如果會場大門被軍警特務封鎖了，他將推開窗戶，把聞先生等人從窗戶接出去，走這條小路穿過一片花園和樹林，然後進一排民房，再從民房中穿出去就可到文林街，從文林街再走兩百來米，便可回到西倉坡聞先生的家了。

他走到一處叫丁字坡的地方，那裏有個補鞋的老人。似睡非睡，孤單得可疑。這幫笨蛋，哪個補鞋匠大清早的會來擺攤。趙廣陵正輕蔑那幫吃特務飯的傢伙智商低，身後忽然傳來一陣汽車引擎轟鳴，隨即是尖銳的車輪急刹聲。來了。趙廣陵閃身往街沿上一跳，掄起手上的火鉤，橫在身前。

一輛土黃色篷布的美式吉普「吱啦」一聲停在他身邊，「老長官，快上車！」駕駛座上的人喊。

趙廣陵那時有兩個選擇，要麼上車，要麼轉身就跑。但他再一次在關鍵時刻押錯了寶。他上車是想跟鄭霽說，要是還認我這個老長官，借筆錢給我。

坐上駕駛副座後，他話還未說出口，後腦就被重重一擊。到他醒來時，已經是在離昆明兩百來公里的玉溪縣的監獄裏了。監獄長竟然也是他從前手下的兵。這個傢伙說：

「老長官，昆明出大事了。有個叫聞一多的教授被人殺了。鄭霽是爲了保護你，才把你送到我這裏來的。你就好好待在這兒吧，現在那邊在到處抓人哩。」

趙廣陵捶胸頓足，嚎啕大哭，把牢房鐵門的欄杆都掰斷了兩根。

附件三：致友人書

穆旦學長台鑒：

愚弟抱歉萬端，叩請學長海涵。兄台去年夏季雁書，今日上午才輾轉送達。四季輪替已一年有餘矣！此誤非郵差之責，弟去夏身陷囹圄半年，出獄後在一偏遠鄉村隱名埋姓，生存頗為困頓尷尬。為避禍，弟現已易名趙迅矣。趙迅者，魯迅先生追隨者也。今後學長可按此名賜大札。地址見後。

學長八行書中詢問聞一多先生遇害之事，一年之後，愚弟彷彿仍在噩夢中尚未醒來。弟受聞先生事牽連，幾被當局通緝追殺，幸得往昔軍中同僚暗中保護，方才苟活到今日。然保護吾師之責，不才失職矣！此將痛悔終生。有朝一日倘能相逢，再細訴詳情。

從收音機中得悉，兄台所辦之報紙已被查封，不知屬實否？當此時局，既亂且危，國民政府民心喪盡，獨裁政治窮途末路。國家民族何去何從，吾等曾胸懷大志之有為青年，聯大驕子，軍中菁英，竟也在此關頭，「停杯投箸不能食，拔劍擊柱心茫然」也哉。弟亦深知學長對時局見解獨到，行事果決，望能指教愚弟一二。

弟在鄉下謀得一教職，苟且偷生耳。鄉間生活倒也純樸安寧，弟正可補讀聖賢之書。昆明最近風聲漸漸平息，殺害聞先生之主凶已被槍決，霍揆章、黃宗禮等元兇也已撤職調離。是故弟考慮明年重回昆明做些有益社會人生之事。

學長能否幫弟找到斯坦尼斯拉夫斯基的相關書籍？弟一年來隱居鄉間，愈發眷念當年在聯大之舞台活動矣。弟不才，臉、名俱「廢」，倘或能做一些幕後組織推動之工作，尚望學長抬愛。

行文到此，弟決心已在筆後也。不日即赴昆明，開創全新之生活。鄉間生活之沉悶單調，弟實在不能多容忍一分一秒耳！

見信勿回。新地址俟弟到昆後再來信告知。

鞠啟手書

趙迅敬上

民國三十六年十二月六日

12 告密者

十二平方米的號子裏住了十二個人，地鋪，木板墊底，一盞昏暗的煤氣燈吊在屋子中央，氣門芯被調得很小，裏面供燃燒的煤氣氣若遊絲，如五步蛇吐出的尖細的舌頭，發出的光芒只比天上的星星亮一點而已。但每到晚上，在這盞汽燈下湊在一起的十二顆腦袋，就像在制定中國科學技術的未來規劃，或者梳理中華文明上下五千年的燦爛歷史。因爲他們中既有天體物理學教授，地質學專家，材料學高級工程師，微生物學者，精密車床的發明者，也有古文字教授，歷史學家，鋼琴演奏家，作家，民族文化研究者。

他們大都留過美或歐。像趙廣陵這樣的漏網國民黨前軍官，在這個滿屋高級知識份子的號子裏唯有自稱曾幹過話劇導演，方顯得自己還有點文化。所幸還有一個讓趙廣陵可以挺起腰杆來蔑視的人，就是那個極右派陸傑堯了。趙廣陵被分到這個監室的那天，進門就看見陸傑堯那張晦氣重重、蒼白孤苦的臉。倒楣！真是不是冤家不聚頭。他想。但陸傑堯卻衝自己的救命恩人一哈腰，謙卑地說：

「趙師兄，我們過去是同學，現在是同改了。」

「同改」就是共同接受改造的獄友，趙廣陵當然明白這個詞的意思。這既是對個人履歷的羞辱，也是對偉大漢語辭彙的糟蹋。不過，既然是接受人民政府的改造，同改的人還會有清白的？看看那些即便穿著一身汗漬斑斑的破爛囚服卻也氣宇軒昂的教授專家們，作家音樂家們，哪個不是歷史上疑點重重、身分複雜。大家都是爲自己的過去、爲曾經的言行償還舊債的人。他們被視爲社會的癰疽，這是他們的「同」；白天勞動、晚上擁塞在這狹窄、封閉的空間，從公開的政治學習、思想剖析、自我批判，到私下的談天論地，學術討論，憧憬現代中國的未來，就是他們的「改」。

勞改生活其實就是一種被管制起來了的集體勞動，早上聽號起床，洗漱，集合點名，吃早餐，然後列隊前往勞動場地。還要唱著昂揚的歌兒，邁著軍人的步履，沒有鐐銬，也少有呵斥。如果忽略押送他們的員警和士兵，忽略他們不同服裝背上用油漆大大地寫上的「改」字，他們就像某個機關出來義務勞動的幹部。因爲他們看上去都是那麼有教養，有紀律。文質彬彬，知書達禮。不論是在地裏幹農活，還是在車間做工，這些同改們個個像勞模一樣地努力工作。因爲你流的汗水越多，你的刑期就可能會越短。政府獎勵那些認真接受改造的人。減刑，就是些犯人們朝思暮想的勳章。

趙廣陵已經服刑三年了，他就像個靠汗水償還銀行利息的還貸者，在歲月的緩慢流淌中屈指掐算自己掙夠了多少，還差多少。三年多來他沒有一句抱怨，一千多個日日夜夜他唯一的牽掛只是家人。入獄第二年正碰上國家前所未有的大饑荒年代，監獄裏雖然吃得也不好，但至少還不會餓死人。管教幹部甚至說，就是我們餓死了，也不會餓死一個改造的犯人。他們還真做到了這一點。監獄農場圈有大片的土地，裏面不但有工廠，還有農田。只要精耕細作不瞎折騰，四季平安輪替，不旱不澇，斷乎是不會斷糧的。但外面的情況，高牆之內的勞改犯們就只有乾著急了。

不過，像趙廣陵這樣適應生存能力極強的人，無論在任何環境下，他的謀生才華都會脫穎而出——顯然這不是指在西南聯大時期學到的秦漢古文，唐詩宋詞，也不是指在黃埔軍校學到的戰役戰術、陣中要務、兵法操典，而是一九五〇年後學的那讓人交口稱讚的木匠手藝，監獄裏更需要

「趙魯班」這樣的能工巧匠。他甚至還寫了一本小冊子《木工紀要》，當然沒有出版，只是趙廣陵用蠅頭小楷手抄了十來本，發給自己的徒弟。那時農場有個農機廠，生產一些拖拉機零配件和農具。廠子裏有鍛造車間、翻砂車間、木器車間等部門。趙廣陵自然是木器車間裏的技術骨幹了。他們負責爲翻砂車間製造木模。但就這麼簡單的活兒，也讓那些服刑的大右派和高級知識份子們束手無策。一個天體物理學家怎麼知道使用鉋子？一個慣於敲擊琴鍵的鋼琴家怎麼掄起斧子叩問一根粗壯的圓木？因此，監獄方把趙廣陵從另一個監區調到主要是知識份子和政治犯的監區。「教教這些四體不勤五穀不分的傢伙，幫他們樹立起勞動人民的思想。」管教幹部對趙廣陵說。

極右派陸傑堯倒是真心實意地想把自己改造成勞動人民，不僅在行動上，在思想上也努力向勞動階層看齊。他一月不換內衣，不穿襪子，甚至赤腳在地裏幹活，他滿手老繭和血泡，身上到處是勞動改造的傷痕；他把家裏送來的褥子撤掉，抱來一捆乾稻草鋪在地板上，說是要像勞動人民一樣和自己的莊稼親近，在滿是蝨子的稻草堆裏憧憬即將到來的共產主義。

他認爲在一個勞動人民當家作主的社會裏，教授知識份子合該接受改造。不然他們怎麼會有右派言論呢？一個犁田的農夫、一個開車床的工人，一個拾糞的老人，絕對不會去批評共產黨。因爲他們是翻身了的勞動人民。而他這樣的人，在舊時代養尊處優，讀書做學問，雖然也跟國民黨爭民主反獨裁，但這些鬥爭手段怎麼能用在共產黨身上呢？因此，對共產黨最衷心的擁戴和支持，就是忘掉自己是一名教授，努力向勞動人民靠近看齊。他在思想彙報會上說：「事實證明，工農群眾最香，知識份子最臭。檢驗一個知識份子是否被改造成了一個真正的農民或者工人，看看他身上有多少蝨子跳蚤就知道了。」

鋼琴家朱坤儒和他鄰鋪，蝨子們大約更喜歡這個渾身上下都是資產階級臭氣息的、細皮嫩肉的藝術家，一到晚上就都到他的身上狂歡。有天晚上朱坤儒實在忍受不了了，發瘋似地壓在陸傑堯身上要掐死他。朱坤儒爲此被關了半個月禁閉，換來趙廣陵和陸傑堯鄰鋪。趙廣陵以還要找他打架的威風說：「一刻鐘之內，把這些糞草給老子清理乾淨。我看你不但在身上養蝨子，還在腦子裏養魚了。人民政府沒把你腦子裏的水舀乾淨，你連人都不會做了？」

陸傑堯只有乖乖地去收拾那些散發著腐臭味的稻草。號子裏的人都鄙夷地側目而視。在收拾乾淨後，最後一根稻草終於壓垮了他甘願接受改造的強大神經。他跪在地鋪上嚎啕大哭。「誰不是有血有肉的七尺身軀，蝨子跳蚤難道就不叮我嗎？這是叮過勞動人民的蝨子，是革命的蝨子，共產主義的蝨子。人有吃飯說話的自由，蝨子也有叮人吸血的自由，爲什麼就不能接受這個事實呢？政府改造你們，蝨子就是考驗你們是否跟勞動人民保持一致的『監察御史』。你們讓我脫離勞動人民，什麼時候他們才會釋放我？」

這些年許多右派都摘帽了，但陸傑堯因爲早年就是民盟成員，被定性爲「章、羅反黨聯盟」在雲南的代理人，因此他的案子就大了。他不知道，無論他怎麼表現，無論他養多少蝨子跳蚤，上面的問題不解決，他就永無出頭之日。

微生物專家馬東竹是個高度近視眼，最近幾天他的一支眼鏡腿摔斷了，只能用橡皮膏草草裹住。因此當他要看清某樣東西時，既要一手扶著鏡腿，還要將臉湊得很近。他把陸傑堯淚流滿面的臉扳到自己鼻子前，像是用嗅覺而不是視覺得出了他的判斷：

「即便不用顯微鏡，我也敢肯定，你是個知識份子的Variant（變種）。」

「Black hole（黑洞）。」天體物理學家劉麒麟說。

「Cyathea spinulosa（桫欏）」地質學家孫庭蓀盤腿坐在地鋪上埋頭補自己的襯衣衣領，他看大家都不接下去了，還用不解的眼光望著他，便又不無幽默地說：「白堊紀末期的生物大滅絕，恐龍都難逃劫難，只有這種東西機巧地活下來了。」

大家會心一笑。陸傑堯愣了半天才反應過來自己受到的來自知識的輕蔑。他一邊鋪床一邊嘮嘮叨叨，這是多年以來經受了各式各樣的批判會、檢討會、認罪交代、勞動苦役等非正常生活後形成的神經質的生理反射，而不是一個大學教授與文明、歷史、現實、乃至宇宙的怪異對話：

「你們有知識，你們有學養，滿腦袋資產階級教給你們的臭文化。當年幹嘛不留在資本主義國家受資本家的剝削啊？跑回來幹什麼，把自己打扮成愛國者嗎？要愛國，就得接受人民政府的改造。這就是歷史發展進步的必然。看看你們這幅小資產階級的破落窮酸樣，衣領破了也補，難道這能禦寒嗎？能打領帶繫蝴蝶結嗎？鞋子上多幾塊泥也要抖掉，難道還想去參加舞會嗎？還想去達官貴人家搖尾乞憐嗎？家屬來探監也要用搪瓷缸裝滿開水，把件破囚衣燙了又燙，難道還想穿出燕尾服的虛僞嗎？家屬就能把你當一個體面的沒有任何歷史問題的丈夫、父親？你們身上還不是背著囚犯的號碼。你們這樣做，就是想回到過去，想抗拒改造。你們其實比那些嗜血的蝨子跳蚤更能吸社會主義的血。

「自以爲是的先生們，國民黨反動派擺好了大魚大肉的宴會等你們哩；自作聰明的先生們，特務的槍口在黑暗中瞄準好你們了。白色恐怖，殘酷鎮壓，法西斯專制，這些你們在歐洲、在美國是沒有經歷過的了。你們不知道暗殺的滋味，秘密逮捕的滋味，酷刑拷打的滋味。現在政府只是讓你們參加生產勞動，打掉你們身上的臭資產階級的氣息，讓你們補一補勞動人民的課，讓蝨子跳蚤教給你們當勞動人民的感受，拉近你們和勞動人民的距離。渾身酸臭的先生們，你們要知道，從紅軍時候起，蝨子就和革命先輩一起成長。因此，這些『革命的蝨子』是寫進了中國歷史的。一九四九年底昆明解放的時候，這些蝨子也是和解放軍一起進城的。它們也是你們的解放者，難道你們忘記了嗎？是誰解放了你們，讓你們不再受國民黨反動派的迫害？又是誰改造了你們，讓你們不敢再有資產階級腐朽的、墮落的、糜爛的反動氣息？當你們成爲一個革命的、與過去徹底決裂的、沒有任何反動思想的勞動者時，你們才會得到大赦，才會像一個普通勞動者一樣更加感謝黨、感謝政府。可是啊，養尊處優慣了的先生們，你們竟然還討厭一隻蝨子，你們的苦日子就還在後頭哩。」

如果說陸傑堯剛開始嘮叨時，監室裏還有人想揍他一頓的話，隨著他折磨人神經的廢話像排汙管裏的污水滔滔流出，連趙廣陵都沒有勇氣上去踢他一腳了。謬論和真理只是一紙之隔，看你從哪個面去看它。你堅持的是真理，對面的人看到的就是謬論。真理戰勝謬論，靠的是文明的進步；謬論戰勝了真理，靠的是恐怖的邪惡力量。第二天劉麒麟在跟隨趙廣陵拉墨線時，悄悄問：

「小趙，你知道時空扭曲嗎？」

「什麼扭曲？」

趙廣陵自從搬到這間監室後就對這個天體物理學家「同改」敬重有加，據同改們說他在美國聽過愛因斯坦「廣義相對論」的講座，他如果不是在抗戰勝利後回國，或許就是愛因斯坦的高徒了。美國人在日本扔了兩顆原子彈，讓蔣介石也對原子武器深感興趣，曾經在重慶召集了一批當時中國頂尖級的科學家討論中國核武器的未來。這些人中就有聯大的教授吳大猷、曾昭掄、華羅庚等。劉麒麟剛從美國歸來，又是學天體物理的，當然也在受邀之列。據他交代是國民政府軍政部部長陳誠親自到機場去接他的。但後來，他就對這段歷史說不清楚了。同改中曾有個好奇者問他什麼叫「廣義相對論」，他在昏暗的煤氣燈下滔滔不絕講了半天，煤氣都燃盡了，大家還是不明白。什麼叫「四維空間或多維空間」、什麼叫「黑洞」，全是些宇宙之外、人們窮盡所有的想像力也達不到其邊界的上百億光年以遠的東西。趙廣陵那晚想：這就像當年我第一次聽聯大的先生們講《莊子》。也正如比聞一多先生還更懂《莊子》的劉文典先生在一次講座中說的那樣：「《莊子》嘛，如今只有兩個人懂，一個是莊子本人，一個就是我囉。但是我呢，也是不完全懂的囉。」大師之所以成爲大師，就是他的一種理論，一篇文章，甚至一句話，讓你絕望。

「時空扭曲是愛因斯坦相對論中主要的內容。簡單地說，就是當某種物質——比如黑洞——品質大到沒有邊界時，時間就被吞噬了，連光都會被它捕捉到，無法從其空間裏逃避。你看到的光就不是直線的，而是扭曲的了。就像一台大吊車一把抓起魚線上胡亂掙扎的小魚。」劉麒麟慢悠悠地說。

趙廣陵似懂非懂，怔怔地看著劉麒麟。

「我們就是陷進黑洞裏的光啊。」天體物理學家說。

趙廣陵豁然明白了。「你昨天說，陸傑堯就是個Black hole。」

「可怕的人。」劉麒麟擦擦額頭上的汗珠。「你說，他會去告發我們嗎？」

「我不知道。」趙廣陵對這種人真的沒有底。就像劉麒麟這樣的天體物理學家對黑洞究竟有多大威力還充滿未知一樣。

兩人彈好墨線，拉起大鋸子。趙廣陵在上，劉麒麟在下，鋸子啃吃著厚厚的木方，發出「刺啦、刺啦」的單調聲響。一塊木方鋸下來，兩人都大汗淋漓。劉麒麟忽然說：「你還有四年，我還有六年。」他語氣中充滿了傷感，「六年哪，出去時我都快五十了。」他蹲了下去，雙手捂臉。

趙廣陵放下鋸子，走過去和劉麒麟蹲在一起，拍了拍他的肩說：「劉先生，六年也很快就過去了。家裏沒什麼要緊的事吧？」坐牢的人，自己受罪也就罷了，家裏那本經，才最難念。這對哪個都一樣。趙廣陵前些天還聽人說，劉先生的妻子要和他離婚。「只要給我一摞稿子一支筆，讓我有張安靜的桌子計算，我可以爲國家做好多事情。」劉麒麟抓起地上的木屑，幾乎都要捏出油了。

趙廣陵那時還不知道我們國家也在研製原子彈。但他想，既然國民政府在那個年代都那麼器重劉麒麟這樣的人，要發展國家的原子武器，現在我們怎麼就不能用用人家的才華呢。日本宣佈投降的第二天，他和一個戰友去昆明的戰俘營看從滇西前線押送回來的日本戰俘。那時戰俘營的日本人還不相信自己戰敗了，他們把遍及昆明城內外的鞭炮聲當成日軍反攻圍城的槍炮了，一些日軍戰俘甚至扯出橫幅在營地狂奔亂跑。戰俘營的憲兵費了好大勁才將他們制服。

趙廣陵聽見一個憲兵對日本戰俘說：「你們小日本完蛋了。美國人用一個火柴盒一樣大的新式炸彈，『轟』地一下，就把你們的天皇炸得尿褲子了。」這是那個年代他們對原子彈的理解。現在趙廣陵也希望劉麒麟這樣的科學家儘快爲國家造出原子彈來。劉麒麟說過，我們國家要是有了原子彈，誰也不敢侵略我們了。

「劉先生，你放心。」趙廣陵雖然是木器車間的派工員兼技術員，大小也是這些高級知識份子的「牢頭兒」，但他對他們從來是尊敬加謙卑的。「那個狗雜種要是敢當告密者，我會先殺了他。」他想了想，又說：「先生，紙和筆，我在領材料時儘量多領一點，就說是畫圖紙用的。然後你拿去用吧。」

「你不也是在廢圖紙的背面寫詩嗎？」

「唉，現在這年月，詩有何用。你們要搞的東西，才對國家有用。我記得大約在一九四六年，我就在《雲南日報》上看到華羅庚教授的文章，說我們中國和平以後，再搞五到十年基礎教育，就可以來研究原子彈了。劉先生，你的研究跟原子彈有關，對嗎？」

劉麒麟笑而不答，趙廣陵已經知道答案了。這座監獄裏沒有比這些從海外歸來的歷史反革命、特嫌更愛國的了。在他的同改中，很多人都是給他一個支點，就可以撬動地球的國寶。

趙廣陵暗中加緊了對陸傑堯的控制。那時監獄實行層層管理制度，首先是犯人管犯人，然後才是獄警管犯人。犯人三人一小組，十二人一大組，一人不服管教，或出點什麼差錯，比如逃跑、打架什麼的，其餘人都有責任。知情不報也是罪，犯人之間互相揭發、告密成風。而案情一旦坐實，告密者便有功，誰不想立功減刑呢？你在號子裏說句夢話都可能有人去告密，劉麒麟的擔憂不是沒有原因的。趙廣陵因為技術好，表現又好，管教幹警對他還比較信任。他以傳授技術為理由，請示分管他們的王指導員把陸傑堯、劉麒麟跟自己調到一小組。然後在車間裏略施小計，讓陸傑堯負責加工的一批木方與木榫裝配不上。「榫頭不合，這批木方就浪費了。陸傑堯，你曉得問題的嚴重性嗎？這是破壞國家財產罪。」陸傑堯小臉一下就白了，趙廣陵趁勢再加一把火，「王指導員知道了，至少這季度你立不了功了。」

陸傑堯嘴唇哆嗦起來，「趙工，趙師傅，你你你……你，你可得救救我啊！」「我如果不彙報上去，你倒是過關了。萬一哪天上面追究下來，我攢的立功也沒有了。」

監獄方有一套嚴格的立功規定，犯人必須連續三個月不犯一點錯，規規矩矩的服從管教，才可記小功一次，連續三個小功，才能算一個大功，連續三個大功，則可由獄方提請減刑。這裏面厲害的是「連續」一規定，倘若中間有一個小功或者大功拿不到，則前面的功勞也好苦勞也罷都泡湯。當然還有一條捷徑，那就是檢舉揭發，當告密者。對於歷史問題複雜的犯人來說，這是他們贏得重大立功的表現機會。許多人因為告發別人，一夜之間，就成了自由人。

陸傑堯已經靠自己的努力表現掙得兩次大功了，他豈能毀在一批作廢的木方下？他給趙廣陵跪下了，「趙師傅，天知地知，我們都把這些事情爛在肚子裏。好不好，趙工？我知道你是個大好人，你救過我一次命了，你還會再救我的。」

趙廣陵冷冷地說：「陸傑堯，你不是還要查在聞一多先生遇害那段時間我在幹啥嗎？」

「殺害聞一多先生的兇手早就歸案了。你在哪裏都跟那事沒有關係。」

「陸傑堯，你還得給我保證一件事，答應了我，我才不去彙報。」

「趙學長，你說什麼我都答應。」趙廣陵從師傅又升爲學長了。

「你給我聽好了，我們號子裏所有人平常聊天、討論學術問題時講的那些話，你不准拿出去亂說亂講。要是有一個人因之而加了刑，你就不是也加刑的問題了，老子會滅了你。」

「是是是，學長不說我也知道。他們都是對國家有大用的人。我明白的。」

趙廣陵舒了一口氣。他最討厭告密者，他淪落到今天，不就是因爲陸傑堯的告發嗎？告密者，仁人君子所不齒也。司馬遷在《史記》裏寫道：「文王拘而演《周易》。」周文王只是對商紂王的暴政歎了口氣，於是就被中國歷史上告密者的鼻祖崇侯虎告發了。中國人歷來痛恨告密者，但中國歷史上又代代不乏告密者，從王公貴胄到引車賣漿者流，吏治越黑暗，告密越盛行。告密者不一定都是一幅小人流氓嘴臉，他有可能是道貌岸然的政客，文質彬彬的讀書人，豔若桃花的美人，韶髫之年的黃口小兒。

這些年趙廣陵還從各種管道得知，兒子揭發老子，妻子密告丈夫，兄弟姊妹之間互相告訐。世風如此，你又怎能指望這些高牆之下渴望自由的人？生活常給人開如此冷酷的玩笑，一個避之不及的人，卻要與他朝夕相處，還成爲同改；他告密成癖，巴結成癮，你卻還要在他危難之時援之以手。他是小人，是人渣，但你卻同他一樣成爲同籠之鳥，巴比倫之囚。如果說尊嚴和驕傲是人能夠獨享的，卑微和軟弱卻是身陷囹圄的人共有的頑疾。

一九六一年的除夕夜，監獄方組織犯人們開了個迎春晚會，將幾個大隊的犯人都集中到操場上。平常各個大隊的犯人是不能輕易見面的，政治犯、刑事犯、重刑犯、死刑犯都是分開監禁。各大隊的犯人們分別上台表演節目，無外乎合唱幾首革命歌曲，打個快板，說段評書，拉個二胡之類。不過對許多犯人來說，真正好看的節目、或者說真正能解饞的東西，不是台上的表演，也不是晚會結束後的會餐——有大肉吃，而是他們可以看到女犯人。

儘管這些女囚犯都面帶菜色、身穿打著號碼的帶著勞動汗漬的灰撲撲的衣服，頭髮一律剪成齊脖短髮。但她們畢竟是女人，無論老醜，她們都是高牆裏的花朵，是沙漠裏的綠洲，是男人們被囚禁的荷爾蒙能夠得到安撫、寬慰的舒緩劑。

許多犯人頭朝著舞台方向，眼睛卻睃向右邊的女囚犯方陣，慢慢的就成爲「向右看齊」了。以至於在一邊帶隊的管教幹部要不斷吆喝：「看哪裏呢？向前看、向前看！」趙廣陵看到這些女囚犯時，眼眶也發熱，內心也騷動。但他更多地是想到妻子舒淑文，過年了，沒有丈夫和父親的家裏，有年味嗎？孩子們能吃到肉嗎？在這個團圓之夜，思親之夜，也許大多數囚犯都和他一樣，在台上扯開嗓子唱歌、表演，但內心卻有一把鈍刀一刀一刀地割著。一唱一迴腸，再唱已斷腸了。

趙廣陵有個快板節目，安排在三大隊的節目之後。據說這個大隊的人都是些前土匪惡霸、舊時代的地痞流氓、新社會的小偷騙子。他們從事著整個監獄農場裏最繁重的勞動，開山炸石、鋪路架橋、挖礦採煤。反正哪兒艱苦危險、哪兒就能更好地改造他們的舊思想舊習氣。他們大多是些沒有多少文化的人，在這種晚會上只有用一個大合唱來對付。在他們下來時，趙廣陵忽然在擁擠紛亂的人群中跟一張熟悉的面孔打了個照面。

「老……老趙。」那人搶先招呼道。

「小……小……」趙廣陵也終於沒有把「小三子」的稱呼喊出來，因爲他已經反應過來，對方把「老長官」在一瞬間就改口成了「老趙」。對他們這些人來說，舊時代的一切都是危險的，即便是一個稱謂，也意味著多加的刑期。

報幕員已經在台上報出下一個節目的名稱和表演者了，不遠處就有三大隊的兩個管教幹部在等著整理囚犯隊伍，帶回觀看區去。他們中的一個往這邊看了一眼，就讓那個當年趙廣陵的老部下小三子、參與殺害聞一多先生的特務鄭霽心頭一緊。他用飛刀一樣的目光在趙廣陵臉上劃了一下，然後扭身就走。

趙廣陵愣了幾秒鐘才反應過來，這個小雜種漏網了。

當年轟動全國的「李、聞慘案」，除了兩個主凶是國民政府迫於社會輿論壓力，不得不公審槍決了以外，行動組的其他特務都被當局隱蔽保護了起來，有的人還調到異地升官。此案直到一九五〇年以後，人民政府在清匪反霸和歷次運動中，在全國各地逐步把這些特務捉拿歸案。那期間趙廣陵還是自由身，常會在報紙上看到某個當年參與此案的特務被抓捕。那時人民政府是抓到一個殺一個，毫不手軟，真是大快人心。但他一直沒有看到鄭霽的下落，這個自作主張的傢伙在聞一多先生遇害當天，既救了他一命，也讓他卡在歷史的一個關口，無法自圓其說。

聞一多先生遇難時，離西倉坡的家只有十來步遠了。特務們用卡賓槍、手槍一通亂射。當時聞一多先生的兒子也在他的身邊，他試圖用身子去護住自己的父親，但兇殘的特務們將兩人先後打倒，一個特務上前去朝聞先生的兒子身上補槍，還說：「留下這種，以後來找我們報仇吧。」

這些細節是趙廣陵後來在報紙上看到的。看得他痛不欲生。他曾經想過，是小三子說的這喪盡天良的話嗎？要是自己那天在場，斷乎也保不了聞先生的命；如果小三子那天也在場，他會不會也殘忍地朝他補槍？

也許被打死了更好，總能留下一世英名。

趙廣陵從玉溪鄉下化名趙迅回到昆明辦劇藝社期間，曾經打聽過鄭霽的下落，但那時昆明的城防部隊已經調到前線打內戰去了，憲兵團也是另外一支部隊。他這些年來偶爾會想起他，但腦海裏多是鄭霽已經戰死的景象。經歷過戰爭的人，對那些長久沒有音訊的軍中同僚，就用死亡將他們一筆勾銷。誰還活著，那是上天對他們的獎賞。

報幕員已經下來了，趙廣陵還愣那裏，愣在歷史的沉重中。報幕員推了他一把，他不得不像夢遊一樣站在了台前。可以想像那是趙廣陵最糟糕最難堪的一次表演。他的節目是根據小說《紅岩》改編的快板書《告密者》，說的是甫志高叛變革命後，告發了重慶的地下黨組織，帶著國民黨特務去抓捕江姐那一段。可是他一說到被江姐怒斥的特務，就想到了鄭霽，一想到鄭霽那張聰明伶俐、冷酷決絕的臉，他的腦子裏就是聞一多父子在彈雨中相互依偎、顛撲倒地的慘烈畫面。幸好他手上還有一副快板，可以幫他遮醜。快板打得劈哩啪啦，快板詞說得拖拖踏踏。他下來時已是大汗淋漓，候在一邊的王指導員劈頭就問：「你怎麼搞的，彩排時不是說得淌淌流水的嗎？」

「撞見鬼了。」趙廣陵狼狽地答道。

晚會結束後犯人們就坐在操場上吃年飯，各監室的人圍成一圈。即便是過年，不同大隊的犯人也是不能互相交談的。趙廣陵不斷用眼睛偷偷往鄭霽那個圈子看，他發現小三子顯得若無其事，非常鎮定。這個小雜種不愧是幹軍統出身的，但你不過就是一具行屍走肉的僵屍啊。趙廣陵想。

年飯後有半小時休息時間，犯人輪流上廁所。廁所是車間外的一座木工棚改的，一次只能容納兩個人。趙廣陵上完廁所後剛要出來，鄭霽閃身蹩進來了，「啪」的一個立正，閃電般地給趙廣陵行了個軍禮。

「老長官，大家活下來都不容易。以後請叫我白小仁。白活了一生的白，小百姓的小，仁義的仁。」他往身後看了一眼，見沒有人來，又說：「老長官，你我生死兄弟一場，仁義為重。」

趙廣陵沒有接話，只是用看死人的眼光盯了他一眼，側身出去了。

過完年以後趙廣陵就不說話了，不但勞動時不開口，吃飯時不說話，回到監室裏也是悶頭就睡。除了點名時他應答一聲外，就連大家唱著歌列隊去車間，他彷彿也懶得張口。在一個陽光燦爛早晨，不知名的鳥兒飛到監室外嘰嘰喳喳叫個不停，早點名時管教幹部忽然當著全體犯人的面宣佈說，根據上面的指示，劉麒麟刑期結束，無罪釋放。

在那個上午，來接劉麒麟的是一輛尊貴的伏爾加黑色轎車，車上下來兩個器宇軒昂的大人物，監獄領導對他們畢恭畢敬，而他們則對劉麒麟畢恭畢敬。左一個劉同志右一個劉教授，彷彿要在一瞬間用他們的溫暖把劉麒麟幾年的冤屈驅散開去。劉麒麟倒相當鎮定，好像早就知道這一天一定會到來。他不過是在人生旅途上投宿錯了一個旅店，現在他要去住屬於他的高級賓館了。他仔細整理好自己的鋪位，不慌不忙地收拾好每一件生活用品，棉被、棉衣、毛衣、床單、外套、剪掉領口的西服（這是進監獄時必須剪的）、還能穿的鞋子，甚至沒有用完的牙膏、肥皂等，他都送給了監室的同改。處理完這些事情後，劉麒麟背對著眾人，小心地從褥子的夾層裏扯出一摞寫得密密麻麻的計算手稿，臉上現出學生答完試卷、可以交卷了的表情。最後，劉麒麟長久地凝視地看著自己的鋪位，環視這間狹窄擁擠的監室，感歎了一句：「時空在這裏扭曲。」

大約除了趙廣陵，人們都不明白這句話的意思。臨走前劉麒麟提出要跟監室的同改們告別，王指導員馬上把大家召集攏來，站成一排。劉麒麟和每一個人握手擁抱，唏噓祝福。他抱著趙廣陵的雙肩說：「小趙，你是一個有良知的中國人。我不會忘記你的幫助。」即便在這種時候，趙廣陵也沒有一句話，只是在臉上蕩出一個不易發現的微笑。

負責管教他們的王指導員也察覺到了趙廣陵的異樣，他找陸傑堯去談話，問他趙廣陵是否要打算逃跑，或者在密謀什麼陰謀。因爲一個稱職的監獄獄警，不僅要隨時知道犯人在哪裏，在幹什麼，還要知道他在想什麼，要幹什麼。陸傑堯當然不敢亂說，他對趙廣陵向來是敬畏有加。他算不上知識份子，又是上過戰場的學兄，他說揍你就揍你了。就像長官打小兵，流氓恃強凌弱。他看上去隨和謙卑，但骨子裏隱藏著一個舊軍人的霸氣、傲氣。因此陸傑堯對王指導員說：「我估計他是生病了。」

彷彿爲了驗證陸傑堯的話，第二天趙廣陵真的病了，他一會兒高燒說胡話，一會兒渾身發抖，牙齒都快抖得磕下來了。監獄的醫生來診斷後，說了聲：「瘧疾。」就給趙廣陵戴上手銬，送到監獄醫務室去了。

半個月後趙廣陵病癒出院，王指導員帶了兩個士兵去醫務室接他，押送著他走到監獄大門口時，趙廣陵忽然轉身，身子挺得筆直，目光炯炯，臉上的疤痕也像要開口說話，面對顯得有些緊張詫異的王指導員，他一字一句地說：

「報告政府，我要告發一個漏網的國民黨特務。」

附件四：刑事裁定書

趙廣陵，又名趙迅、廖志弘，男，三十六歲，雲南龍陵人。國民黨反動派偽營長，一九五八年在反右鬥爭中經人揭發，以歷史反革命罪入獄，判處有期徒刑七年。趙廣陵在服刑期間認真接受人民政府改造，表現積極，生產勞動技術過硬，多次立功受獎。尤其是在改造期間主動協助我公安機關，檢舉揭發出隱藏多年、曾參與製造「李、聞慘案」的國民黨軍統特務鄭霽，屬重大立功表現。昆明市中級人民法院經審定趙廣陵案情，現裁定如下：一、趙廣陵檢舉揭發他人有功，准予提前釋放；二、趙廣陵留隊任用為技術人員，聘為二級技工。

昆明市中級人民法院

一九六一年十月十八日

13 留隊人員

趙廣陵作爲留隊人員回到家裏時，有些像一個戰敗歸來的將軍，面對一支殘破不堪的隊伍。妻子舒淑文面帶菜色，三個兒子一個牽著一個的手躲在他們的母親後面，如母雞翼下的一群小雞。趙廣陵放下背上的包袱，蹲下去，把孩子們一一摟抱。但這群小雞身子在父親懷裏，臉卻都扭向一邊。對父親沒有什麼印象的豆莢還嚇哭了。舒淑文在偷偷抹眼淚，趙廣陵卻開心地笑了。他從包袱裏捧出一把花生來，說：「來來來，小兵們，看爸爸給你們帶了什麼好吃的。」

留隊人員是監獄裏一個小小的特殊群體。他們不是犯人，但也不是完全的自由身；他們在勞改農場和犯人一起勞動，又擁有一個工人或技術人員應享有的報酬，有的甚至比監獄裏剛參加工作的員警收入還高，比如趙廣陵這樣的二級技工。他可以在勞改農場裏自由走動、幹活累了時站在太陽下舒服地抽一支煙，但必須定期向管教幹部彙報思想。他不住牢房了，住職工集體宿舍，晚上想幾點熄燈就幾點睡覺，但隨時在監控之下。理論上說他有公民權，但卻是打了折扣的。他之所以能留隊，一是因爲他有技術，監獄農場用得著，二是司法機關對他這樣的人還是不放心。簡言之，他是放出籠子的鳥兒，卻不得不在鳥籠裏覓食。他已不是生活在社會的最低層，但處在最令人尷尬的夾層。

趙廣陵並不在意這個身分，他爲自己在困難年代沒有讓家裏人餓肚子而自豪。妻子舒淑文對外人說，我男人是技術員呢；孩子們對同學們說，我爸爸在郊區上班呢。但究竟在哪個單位上班，則是羞於啓齒的。

六〇年大饑荒的陰影猶存。生活在城市裏的人們似乎也比饑餓的鄉村好不了多少。趙廣陵的農場卻像天堂一樣，因爲至少那裏的人們還吃得飽飯，還有城裏人早已久違了的土特產。趙廣陵每週可以回家一次過家庭生活，這個時候他就是家裏的「送糧隊長」。他總會帶回一些花生板栗啦、豌豆胡豆啦、蔬菜瓜果什麼的。許多人家在吃一種叫「小球藻」的東西，用穀糠摻到米飯裏，但趙家不用。趙廣陵一回到家裏，他的三個小兵已經排好了隊等候在門邊。父親的背包裏從來沒有讓他們失望過。

在趙廣陵孤獨的一生中，那是幾年最爲幸福的家庭生活時光。人們的生活慢慢在回歸秩序，鋼鐵不煉了，右派們成批地摘帽了，連陸傑堯這樣的大右派都摘帽出去了，內戰中的大戰犯也大赦了幾批。國家好像不折騰了，在休養生息中。趙廣陵每個週末晚上八九點左右到家，週日晚上八點以前按時歸隊。回到家裏他拚命做家務，拚命和妻子做愛。

他們能吃飽肚子，夫妻倆又都正當壯年，尤其是舒淑文，正是飽滿成熟的少婦，丈夫在監獄的那幾年把她也憋得夠嗆。在週末的被窩裏常常像一匹發情的母馬。她曾伏在趙廣陵的耳朵邊說，蹲過監獄的男人才是世上最好的男人哩，做事有股狠勁兒。不過有一次兩人行事不小心，把舒淑文的肚子又搞大了，趙廣陵說，說不定是我們的豆秧轉世投胎呢，我們把她生下來。但舒淑文當機立斷地去把孩子做掉了。她怨氣沖天地對趙廣陵說，我再也養不活一個小反革命了。造孽啊，讓他重新投胎去一個歷史清白的人家吧。趙廣陵那時唯有歎氣。雖然是勞動人民當家作主的社會，但一個有歷史舊債的勞動者的精子在女人子宮裏沉浮時，就已經染上歷史反革命的黑顏色了。

趙豆芽已經長成一個半大小子，開始用一個少年的眼光審視眼前的社會，審視他的父親。對他們這種家庭的孩子來說，自卑是隨著年齡一起長大的。別的孩子可以穿打補丁的衣服，趙豆芽穿著補丁衣服就特別自卑；別的孩子談論自己父母的工作時，哪怕是隨口一說，趙豆芽便會感覺到是在說他父親還在勞改且沒有革命工作。

獨特的環境造就了他天生的敏感，敏感到人家呵斥一條流浪狗，他也會認爲是在罵自己；敏感到看見別的孩子騎在他父親的脖子上，他就會扭過頭去偷偷抹眼淚。終於在有一天，一個頗受學生尊敬的老師在批評趙豆芽同學時說，你這樣的學生，怎麼像你爹一樣教育不好。趙豆芽反手就給了老師一巴掌。這讓他差點沒被學校開除，是舒淑文在學校哭訴賠罪了半天，才沒讓他就此輟學。但這個孩子從此就被打入另冊了，不僅同學們不喜歡他，老師們也不待見。

趙豆芽絕對不做他爹那樣的人，這是他從童年時就定下了的人生目標。趙廣陵出獄後，發現三個孩子都性格古怪，離群索居，要麼總躲著他，要麼總在他的背後用畏懼的眼光盯著他——還不僅僅是厭惡。舒淑文寬慰他說，這是因爲你常不在家的緣故，你該和孩子們多親熱親熱。有一天趙廣陵聽豆莢和他哥說，隔壁白大嘴家的幾個孩子去金碧路上的「重慶冷飲店」吃冰，還吃一種雪一樣的糕點。豆莢問，不曉得雪做的糕點管不管餓，香不香？趙廣陵看到了豆芽眼睛裏神往的目光。昆明夏天有時都還要穿件薄毛衣，吃冷飲無疑是那個年代的時尚。第二個星期天下午，趙廣陵忽然對三個孩子說，走，我們去街上吃冷飲。豆莢用興奮的眼光看著他爹，又再看看他哥；而豆芽卻把頭扭到一邊，彷彿沒有聽到他爹的話。趙廣陵只得抱起豆莢，又去牽豆角。回頭故意問豆芽，你去不去？豆芽猶豫了一下，還是低著頭跟出來了。

在冷飲店，趙廣陵找了個最靠裏的位置，趙豆芽卻要坐正對著大門的那張桌子，彷彿是要一個城市的人都看得到他們在吃冷飲。趙廣陵爲兄弟仨各要了一份冰激凌和加冰塊的橘子水，自己只要了一份檸檬水。還說雪糕我們等會兒帶在路上吃，一邊走路一邊吃雪糕，那才叫威風、闊氣，對吧？我們還要給你們的媽媽也買一條帶回去。豆莢畢竟年齡小，吃得小嘴「嘶嘶」響，一會兒問冰是怎麼做成的，一會兒又問雪糕裏有沒有天上的雪。趙豆芽的心思並不在冷飲上，眼睛老往店外的大街上瞅。趙廣陵心裏酸酸的，這三兄弟從沒有下過館子，沒有出過昆明城。剛才豆莢問重慶大不大，是不是很熱鬧？院子裏劉四娃的爸爸去重慶出差，帶回了一種米花糖，好吃得不得了。老二豆角爭論道，不是米花糖，是花生糖。那裏面的花生是甜花生，不是爸爸帶回來的那種生花生。爸爸你去過重慶嗎？你吃過花生糖嗎？趙廣陵苦澀地笑笑，搖搖頭。他看到了豆芽眼睛裏鄙夷的目光，那時他太想說，小子，別以爲老子沒見過大世面，你爸爸當年在重慶的時候……

父子四個風風光光吃了一頓冷飲後，第二週家裏就捉襟見肘了。本來也不至於那麼艱難，只是因爲冬季到了，孩子們都要添換季的衣裳。都在長身子的階段，尤其是豆芽，褲腳彷彿永遠在腳腕上面晃蕩，衣襟下擺年年遮不住肚臍。往年家裏都是老二揀老大穿不了的，老三又揀老二剩下的。舒淑文總有辦法拆拆補補，以舊換新。但這一年豆角鬧著要一件絨衣，豆芽則用不容商量的口氣說要一雙回力球鞋。舒淑文狠狠心，都答應了。其結果便是，家裏連續兩週沒有見油葷。

第三週是冬至，農場殺豬，監獄裏的幹部職工和留隊人員每人可分得一份紅燒肉。趙廣陵跟自己的兩個徒弟商量說，這次你們的那一份都讓我給，下次我還你們。家裏孩子做夢都在吃肉。到週六晚上，趙廣陵興沖沖地在家人面前打開滿滿一搪瓷缸紅燒肉，就像打開基督山伯爵的藏寶洞。士兵們，站好隊，我們打牙祭了。他自豪地宣佈。

那是一個趙廣陵夫婦終身也難以釋懷的夜晚。昏暗的白熾燈下，豆芽站在桌子邊，豆角和豆莢坐在桌子上——爲什麼要讓他們坐在桌子上，夫婦倆也是一輩子沒有想明白。趙廣陵一手持搪瓷缸，一手拿一把小勺，一勺一坨紅燒肉，從最小的弟弟開始，一遍又一遍地輪番餵。他還帶回來一摞餅子，那也是他攢了將近一週的，有些餅子已經乾硬了，舒淑文在一邊將它們一塊塊掰下來，蘸紅燒肉的肉汁再餵進孩子們嘴裏。夫妻倆你餵一口，我餵一嘴，彷彿要償還什麼似的。孩子們吃得吧唧吧唧響，滿嘴都是油。幸福佈滿饑餓的臉，溫暖盈滿陋室。到搪瓷缸裏的紅燒肉都快要見底時，舒淑文說，行了吧，明天再吃。可趙廣陵看看幾個孩子永遠塞不滿的嘴，落在紅燒肉上挪不開的眼神。就說，吃吧吃吧，讓他們吃痛快。

痛快和痛苦其實只是一紙之隔。凌晨一點左右，夫婦倆還在行房事，隔壁孩子們的房間裏就傳來哎喲連天的叫喚。三個孩子在床上滾作一團，豆莢更是吐了一地。快送醫院啊趙哥！舒淑文尖聲高叫起來。趙廣陵抱老二背老大，舒淑文背老三。沒有公共汽車了，兩人在寂靜的街道上狂奔，一刻鐘後舒淑文就累爬在地上。她捶打著街道上冰涼的地板，哭喊道：

「趙哥啊，我跑不動了！老三怕是不行啦，你先背他去醫院……你快快跑啊！」

那個夜晚有很好的月亮，月光慘白如城市的裏屍布。舒淑文跌跌撞撞跑到醫院時，老三豆莢已經蓋在一塊白布下了。

卷宗三

一九六七：第三次交代——以遠征軍之名

14 二進宮

「趙廣陵，睜開你的狗眼看清楚，老實交代，這是些什麼臭狗屎！」

審訊者「啪」地把一包用雨布包著的東西扔到桌子上，裏面發出金屬撞擊的窸窣聲。趙廣陵右眼皮跳了一下——最近以來右眼皮一直都在跳，看來又該「還債」了。

審訊者是監獄農場工宣隊的饒隊長，過去是鑄造車間的澆鑄工，還有兩個市裏來串聯的紅極一時的造反派，一個是紅衛兵「井岡山兵團」的楊司令，鬍鬚剛剛冒出來的小後生；一個是鋼鐵廠的戰鬥隊大隊長。他們現在已經奪了法官、檢察官和員警的權，砸爛公檢法就像打碎一個茶碗那樣易如反掌。他們沒有象徵國家司法權力的制服和徽章，但他們左胳膊上有一個紅袖箍就足以橫掃全國所有的牛鬼蛇神。趙廣陵這樣的監獄留隊人員，在他們眼裏，簡直就是骯髒惡臭的渣滓，早該掃進歷史的垃圾堆了。

饒隊長用玩弄籠中之鼠的鄙夷口吻問：「趙廣陵，知道這裏面是什麼東西嗎？」

「知道。」

「那就老實交代。」

「國民政府頒發的四等雲麾勳章一枚，抗戰勝利勳章一枚，大約還有一枚青天白日勳章，一枚軍校的學員證章。」

趙廣陵如實回答。他不明白的是，這包早在多年前就被深埋在院子裏「明梅」樹下的東西，是怎麼被翻出來的？即便是抄家，也不會去挖一棵古樹吧？唉，是福不是禍，是禍躲不過。曾經的榮耀就是今天的罪證，如果生命是輪迴的，苦難也註定是輪迴的。

「哼，看你的口氣，好光榮哦。」

「井岡山兵團」的楊司令嘲諷道，然後他打開了那個已經褪色了的雨布布包。這塊雨布是從美式軍用雨衣上剪下來的，多年以後依然防潮，不爛不縷。要是這個紅衛兵司令知道這也是舊時代美帝國主義的玩意兒，趙廣陵豈不又罪加一等？那雨布包顯然已經被人翻弄過了，不是趙廣陵和舒淑文十多年前埋藏時包的仔細規整的樣子。趙廣陵還記得妻子用麻線纏了好幾圈。舒淑文似乎說過這樣的話：留這些東西有啥意思呢？說不定會招禍的。當時趙廣陵是怎樣回答的，他已經想不起來了。

「這是一個人的歷史。」現在，趙廣陵不得不面對這個問題作答。

「反革命歷史！」工宣隊饒隊長喝道。

「報告饒隊長，雲麾勳章是我參加抗日遠征軍在滇西松山戰場上打日本鬼子時，用鮮血和命掙來的，抗戰勝利勳章是當時的政府對我們這些參加過抗戰的軍人的褒獎。這段歷史是爲國家民族而戰的歷史，不是反革命歷史。」

「胡扯！」那個紅衛兵司令一拍桌子，「你們國民黨打什麼日本人？你們只會投降、逃跑，大片的國土都拱手送給日本人了。只有我們毛主席領導的八路軍、新四軍，堅持了八年敵後抗戰，才最終打敗了日本鬼子。日本投降了，你們才來摘桃子。你想歪曲歷史嗎？」

「我不想歪曲歷史。滇西的日本鬼子的確是被遠征軍打敗的。騰沖戰役全殲日軍一個聯隊，松山戰役也是全殲鬼子一千多人。小同志，抗戰時要囤殲鬼子成建制的一個聯隊，不是一件容易的事。龍陵、芒市戰役一直將日本鬼子趕出畹町國門，殲滅日軍一萬多人。我們死了多少人啊，小同志，你不知道……」

「我不知道？我不知道你們這些國民黨反動派爲什麼不全死光。」紅衛兵司令站起身，解開了腰間的軍用皮帶。

趙廣陵從一九五〇開始接受審查，先是人民管制，然後是服刑勞動改造，他挨過罵，受過呵斥侮辱，站在台上被批判，但還沒有挨過一次打。他不知道紅衛兵皮帶的厲害，他們用它上可抽元帥將軍，下可抽自己的老師，就更可以抽趙廣陵這樣的「國民黨反動派的殘渣餘孽」了。這個只比他兒子豆芽大不了多少的紅衛兵司令，一皮帶就把他抽得眼冒金星。然後好像那另外兩個人都上來了，拳打腳踢外加他們擁有的語言權威和唾沫星子。趙廣陵蜷縮在地上，多想有一雙手護著自己的頭，但他的雙手被綁在身後……

他們打累了，重新把趙廣陵按到椅子上。趙廣陵只感到自己的頭腫得有籃球大，眼睛都睜不開了，腦子裏飛舞的全是些到處亂竄的星星，像是被轟散的一群螢火蟲。他過去在戰場上負重傷時，有過這樣的感受。但那時他相信自己能活下來，現在他不敢相信了。他面前站著的就像來自地獄的手拿勾魂簿的三個小鬼。

「趙廣陵，老實交代，你這些反動獎章是怎麼得到的？」

「參加遠征軍……打日本鬼……」

「什麼遠征軍近征軍，都是僞軍！」

也許因爲剛才的毆打深深傷害了趙廣陵的自尊，也許因爲在他的心目中有一處最神聖的地方不能輕易受人詆毀和污蔑。趙廣陵就像有神魂附體一般，忽然挺直了腰，儘量睜開血肉模糊的雙眼，高聲抗辯道：

「這位紅衛兵小將，遠征軍不是僞軍。當年漢奸的隊伍才是僞軍。我們的遠征軍是打日本鬼子的，是在爲我們的國家民族打仗啊！」

「啪！」紅衛兵小將拍了一下桌子，「胡扯！」然後他又不說話了。似乎在想「僞」這個詞究竟該怎麼說才更雄辯霸氣、擊倒對方。那兩個工人造反派沒有什麼文化，更想不出反駁的理由。審訊室寂靜了兩分鐘，紅衛兵小將畢竟是高中生，知道一些推理，於是他才冷冷地問：

「國民黨是反動政權，你承不承認？」

「是。」

「遠征軍是國民黨的軍隊嗎？」

「是。」

「那它是不是反動的呢？」

這還真把趙廣陵問倒了，他忍著全身的疼痛想了半天才說：「我承認國民黨政府是個反動、獨裁、專制的政權，我那時也很討厭甚至憎恨他們。可我參加國民黨軍隊，是因爲日本人已經打到我的家鄉了。況且，當時國民黨軍隊是抗日的，共產黨軍隊也是抗日的，大敵當前，國共都在合作抗日。我們遠征軍打日本人，應該沒有什麼錯吧？當年我們遠征軍在滇西取得勝利，延安的十八集團軍朱德總司令、毛澤東主席都發來過賀電。這不會錯吧？」

「你胡說八道！毛主席會給你們國民黨反動軍隊發賀電？你這是污蔑偉大領袖！」鋼鐵廠的那個戰鬥隊隊長衝了過來，一拳又把趙廣陵又打倒了。然後他又抓著趙廣陵的衣襟把他拎起來：

「說，遠征軍是不是偽軍？」

「不是。」趙廣陵大口喘著粗氣，倔強地說。

「這些反動獎章，是你抓了多少地下黨，殺了多少革命者才得來的？」

「是殺日本鬼子換來的！你有本事，你殺幾個鬼子給老子看看！難道你們非要我承認殺日本鬼子是我的罪行嗎？難道中國人整中國人，就是你們的革命嗎？」趙廣陵徹底被激怒了，他打算和他們抗爭到死。當年為什麼不死在抗日戰場上？這一輩子活得多窩囊啊！他早就想爆發、想吶喊了。那麼，就像聞一多先生那樣做一個有血性的中國人吧。

出乎趙廣陵意料的是，他們不打他了，竟然都呆呆地望著他，就像望著威武不屈的手下敗將。再強大對有些被打倒了再爬起來，再打倒再爬起來的人，打人者即便是流氓無賴，也會感到無趣。再強大的革命理由，再強悍的鬥爭哲學，再堅如磐石的階級立場，只要他還是個人，只要他還能分辨出日本侵略者和中國人不共戴天的民族仇恨，他都應該在這個抗戰老兵面前感到羞愧。

三個審訊者似乎都感到審不下去了。追問歷史，往往會追問到自己身上。他們抓趙廣陵，本來是想通過對那幾枚勳章來歷的追查，挖出趙廣陵隱藏得更深的反革命歷史來。按照他們的邏輯推理，能得到國民黨反動政權勳章的人，一定雙手沾滿了革命者的鮮血。但誰能料到這些勳章跟打日本鬼子有關呢？歷史太容易被遮斷了，他們是生在新中國長在紅旗下的一代，百分之百地相信當年國民黨是「假抗日、真投降」，二十多年前發生在自己家鄉的那場抗擊侵略者的戰爭，他們的父輩祖輩不敢說，課本裏告訴他們的是另一套說辭，這個反革命分子趙廣陵說的那些話，簡直就是天方夜譚。

最後還是工宣隊的饒隊長老道一些，他說：

「趙廣陵，你只要承認遠征軍是國民黨反動派的偽軍，這些獎章是反動的，就算認罪了，我們會寬大處理你。你認還是不認？」

「不認。」趙廣陵彷彿不假思索就回答了這個性命攸關的問題，就像絕不會承認一加一等於三一樣。

「我們必須再次告訴你我們黨的政策，坦白從寬，抗拒從嚴。你堅持自己的反動立場，是要再進牢房的。」紅衛兵小將用法官的口吻冷峻地說。

趙廣陵沉默了。他滿臉血污，疤痕又抽搐起來，扯得面部神經刺痛難忍，膝上的雙手手指也在微微顫抖。他不是在擔心如果頑抗到底的話，會有幾年的刑期，而是在想剛剛恢復了沒幾年的正常家庭生活，又將面臨怎樣的破碎、哀怨、冷清、清貧，以及孩子們對他的失望乃至厭惡。

沒有比從精神上擊垮犯人更令審訊者有成就感的事情了。饒隊長再次追問：

「承認不承認？」

「不。」

「真是個又臭又硬的國民黨反動頑固派。先關起來再說。」

趙廣陵又重新回到牢房裏了，只不過不是當年十二人一間的大號子，而是只關一個人的禁閉室，其實就是黑牢的代名詞。它約有三平方米大小，一米五高，裏面只有一張八十公分長、四十公分寬的木床，人睡覺只能蜷縮著，想站立時也必須保持低頭向人民認罪姿勢。與其說它是一間「室」，不如說它是一個「窟」，或者一座「穴」。狹小、逼仄、潮濕、悶熱等，都還不算最折磨人的，無垠的黑暗才是奪人魂魄的冷血殺手。按那個天體物理學家劉麒麟的說法，時間被「黑洞」

捕捉了，吞噬了。那時趙廣陵怎麼也理解不了時間如何被逮住、被一口吃掉。這個只有具備外星人的頭腦才能理解的深奧理論，只要把你關進禁閉室，你馬上就明白了。對一個接受改造的犯人來說，限制你的自由只是第一步，囚禁你的光明是第二步，再剝奪你的時間，那可真是觸及靈魂的革命。

送水送飯的窗口只有巴掌大小，平常是被封閉起來的。當每天一束光線像鞭子一樣抽打進來時，便是送飯的時間。那光線會灼得他眼睛生疼，但他比渴望一點發餿的食物更渴望一絲光明；比渴望光明更渴望政府給他一個說法。他在黑暗中一遍又一遍地想：我既不是當權派，也不是造反派，我有歷史舊債，但我已經坐過牢了，改造好了，還立功受獎提前釋放了。我現在只是一個認真勞動的木匠，勳章是國民黨發的，但那是爲國家爲民族抗擊入侵者用鮮血和拚老命掙來的。中國歷史上的哪個朝代，不視抵抗外侮的人爲英雄？

可是在深淵一般的黑牢裏，他的時空再度被扭曲，他已經徹底喪失了方位感、時間感。他現在如何能保護自己的家？他只祈願這再一次的磨難不要又給家庭帶來什麼災難。他已經失去兩個孩子了，他不能再在亂世中又添喪子之痛。他的痛，其實更多的是痛妻子之痛。舒淑文每喪失一個孩子，就要大病一場，半年都恢復不過來。人也神經兮兮的了，孩子在外面跌了一跤身上破點皮，也會讓她驚慌失措、嚎啕大哭，彷彿這一跤是摔在刀刃上。豆芽已經是個十六歲多的半大小夥子了，她還堅韌地給他規定著諸多不准。不准下河游泳，不准上樹爬牆，不准吃生冷食物，天一黑就不准出門，連自行車也不准他學。母子倆爲這不准那不准經常吵架，開初舒淑文還可以靠棍子彈壓，但在豆芽十歲以後，她的棍子常常被兒子一把奪過來撅斷，舒淑文就只有哭了。趙廣陵也理解，在一個經常沒有父親的家庭裏，母親要麼是母老虎，要麼是受氣包。

再陷囹圄的趙廣陵那時根本沒有料到，這場從批判一齣戲（吳晗的《海瑞罷官》）開始的文化革命，會濫觴成整個民族的災難。當毛主席站在天安門城樓上巨手一揮，就把紅衛兵發動起來了，趙廣陵認爲毛主席真偉大，要在中國實行民主革命。學生嘛，總是民主運動的先鋒。一個人民領袖都敢於貼出大字報來，支持學生運動，真是氣吞山河、舉重若輕的大氣魄。蔣介石就沒有這樣的治國韜略，因此在國民政府時期，蔣介石從來都不討學生喜歡。誰失去青年，誰將失去未來。

自推翻滿清王朝以來，中國的學生就沒有像今天這樣揚眉吐氣過，撒野狂歡過。當年不管你是愛國反帝的，爭民主反饑餓的，上街鬧運動的學生總是被屠宰的羔羊，總是流血事件的主角。但你看看新社會，學生運動一來，一切顯得多麼氣象萬新、朝氣蓬勃。位高權重的人一個又一個地被打倒了，報紙上眾口鑠金地說他們是走資本主義道路的當權派，普通老百姓才知道原來中國那麼多人想走資本主義道路，連國家主席都想搞資本主義，元帥將軍都是反黨集團。世事亂象真讓老百姓皂白不辨了。

不過，國民政府時期那些縱橫天下、上下通吃的「四大家族」以及貪官重臣，蔣介石可曾掀翻過他們中的一個？他可曾允許學生去革他們的命？因此他不得民心。國家不是哪幾個家族的，國家是人民的。如果幾個家族就統治了中國，那中國回到封建專制時代去得了。因此毛主席要把那些大高官打倒，讓他們在成爲大家族的萌芽狀態時就滅了它。

「削藩」嘛，哪個統治者都會這樣做。趙廣陵甚至想，蔣介石要是在四十年代像毛主席這樣來一次文化大革命，說不定他還不會垮台得那麼快呢。這個念頭一閃時，自己都被嚇一跳。你這個舊時代過來的人，難道還想回到過去嗎？不，不是想回去，而只不過是有點聯想而已，就像懷想一個舊日的戀人。但這也是有罪的。難道你娶了舒淑文，還在想她的姐姐？這既不道德，也有罪。罷了，「請君莫奏前朝曲，聽唱新翻《楊柳枝》。」

儘管趙廣陵自己也承認，他的改造還不徹底。他還在個人的世界裏頑固地保持自己的獨立判斷，就像打死他也不會承認遠征軍是「僞軍」一樣。雲南是個山高皇帝遠的地方，文革烈火大規模地燒到這個邊疆省份時，已經是這場運動的第二年了。成爲留隊人員後，趙廣陵恢復了每天讀報的習慣，認真在報紙的社論、口號、批判文章中找自己活下去的方向。開始他認爲這是中共上層的革命，是文藝界的革命，跟他這個木匠沒有多少關係。可是他忘了，反右跟他有什麼關係呢？他還不是被網羅進去了。

但人總是有僥倖心理，生存環境越艱難的人，僥倖心越大。哪個不想平平安安地過日子？可是你越想平安，就越容易忘記危險。因此當趙廣陵看到上至監獄長、政委，下至勞改農場的場長、車間主任都被打倒時，他才開始擔憂起自己來。城門失火了，他這種池子裏的小魚安得逃生？他有反右的教訓了，階級鬥爭的火藥味，就是戰場的硝煙味，它們已經撲鼻而來了，席捲整個中國了。在這個管理嚴厲有效的社會，你無法躲避，無處可逃。

當年趙廣陵還是犯人時，有個同改逃了三次，三次都沒能逃出去一百公里遠。到處都是眼線和耳目，到處都是警惕性很高的革命群眾。管教幹部有時帶犯人們上山採茶伐木啥的，他們只需在山下喝茶打牌，到了傍晚收工時，等著點名收隊就是。蒼茫大地上到處都是路，但每一條路對想逃的人來說，都是絕路。那時期趙廣陵感到自己是在人頭洶湧的狹窄山路上，被人推搡著往前走，一邊是絕壁，一邊是懸崖，你想找個清靜處是絕不可能的。多少人被推下懸崖了，多少人被裹挾著往前趕，不知道方向，也不知道下一個跌下懸崖的人是不是自己。他唯有小心再小心，批鬥會上一言不發，裝聾作啞；風雲人物走馬燈似的在他面前晃來晃去，他只是埋頭幹活，比一個還在服刑的犯人還老實。有人來叫他「同去、同去」造反鬧革命，他都是苦笑兩聲：「我們這種人……」其實他在很早就得出了結論：局勢失控了。他回家時跟舒淑文說，毛主席身邊不是出了國民黨特務就是出了大奸臣。帶兵打仗的人最怕的就是自亂陣腳，相互拆台，軍官士兵之間互相打黑槍，這樣就離大潰敗不遠了。我不指望比別人躲得更遠，只想如何保護好我的家人。

那時誰能猜測出最高領袖發動這場大革命的真實意圖呢？善良的人們都認爲：這是爲了中國更好更強大。多年來，在西南聯大求學時期養成的「自由之思想，獨立之精神」，趙廣陵只是在內心裏做得到。他在一群木匠中怎麼能去談「自由」與「獨立」？更不用說在牢房裏，想一想這兩個詞的本來意義。許許多多過去時代人們耳熟能詳的辭彙，現在已經成了「諱詞」。這是趙廣陵在經歷反右以後自己生造的辭彙——真是具有諷刺意味，爲了說明某些再不能使用的辭彙，必須又創造一個新詞。就像爲了消滅一個真理，再創造出一個真理一樣。

這些詞和組成辭彙的漢字都還在，誰也不能把它們從字典裏摳掉，從漢語文字裏消滅。但是你卻不能在公眾場合說它們，寫它們。這種避諱還不是在封建時代因爲皇帝老兒的名字中用了什麼字，你就不能用，而是這些辭彙現在是反動的、腐朽的、墮落的，有毒有害的，令人害怕擔憂的，像一個風騷女人一樣令正人君子避之不及。不僅從言行上要躲避，更要從思想上根除。

滿大街張貼的標語不是說的很清楚嘛——「恨鬥私字一閃念」。但人們如何能做到沒有「私下」的思想？又有幾個男人能真正做到「非禮勿視」？風吹女人的裙擺，全世界的男人都爲之側目。可見思想自由多麼可怕，腦子裏跑馬多麼危險，因此必須加以改造，加以束縛。最徹底的改造方式，乃是從說都不要說，到想都不要想。遺忘不僅是消弭痛苦的最好方式，還是活下去的法寶。

家是不是被抄了呢？這是趙廣陵在黑牢最擔心的。在他被捕之前，昆明也在到處抄家了。但主要是抄幹部和知識份子的家。像他們這樣的「黑五類」家庭，早被打倒過多少次，是「死老虎」了。造反派和紅衛兵的革命熱情暫時還傾瀉不到他們頭上。他們的鄰居、市商業局的白處長，運動一開始就被造反派揪鬥，也被抄家了，盆盆罐罐啥的扔了一院子。那天趙廣陵下班回到家，還以爲鄰居家失火了呢。那個晚上他和舒淑文仔細梳理了家中還有沒有「封、資、修」。紅衛兵、造反派要打要砸的就是這些舊時代的東西，孔廟砸了，各處寺廟裏的佛像也搗毀了，連昆明這座城市的驕傲——市中心建於明代永樂年間的金馬坊和碧雞坊都拆了。一個家庭裏要是還膽敢藏有過去時代的玩意兒，治你的罪、抄你的家是分分鐘的事情。

兩人翻箱倒櫃折騰了一晚上，翻出來的可能招禍的「封、資、修」只有一個耶穌受難的小十字架，一張聖母瑪利亞的圖片，舒淑文父親穿著西裝繫著蝴蝶結和她的一幀合影，還有舒唯麒過去在滇越鐵路法國公司當總工程師時的一個工作徽章，以及一塊繡有梁山泊與祝英台化蝶雙飛的手絹，那是舒淑文和趙廣陵相愛時送給他的信物。實際上這些東西都是舒淑文刻意保留下來的，她是天主教徒，她與自己的父親相隔天涯，她一生中最幸福的時光就是自己的初戀。都燒了。趙廣陵冷漠地說，儘管他已經察覺到妻子臉上的失望，儘管他也看到舒淑文把這些東西在手裏倒騰來倒騰去，就像捨不得送人的寶貝。最後舒淑文留下了那塊手絹，說趙哥，這是我親手繡給你的呢。一塊手絹也犯不了什麼事情吧？趙廣陵著急地說，糊塗，你就沒有看看報紙嗎？《梁山泊與祝英台》的戲都挨批判了。一塊手絹人家也會說你是封資修。

從五十年代開始，他們已經不斷在清除家裏舊時代的痕跡，該送的送人了，該賣的賣了，該銷毀的也早銷毀了。從舒父的那枚鐵路徽章，趙廣陵也想起了那包埋藏在「明梅」樹下的勳章，照理說這應該比一塊手絹、一枚舊時代的鐵路徽章更危險。但奇怪的是他很快爲自己找到保留它們的理由。誰會去挖一棵古樹？那栽有「明梅」的巨大石缸，彷彿也已經在地上生根了，深陷在土裏至少兩尺。沒有七八個精壯小夥子，很難將它挖出來。再說，在到處都是告密者的院子裏，你能此地無銀三百兩地去翻動出這段歷史來？其實，在趙廣陵的潛意識裏，他現在不想去觸動這段跟外人說不清道不明的歷史。這包勳章你就是挖出來了，又該如何處置它們呢？扔到滇池裏？那不如把趙廣陵也一同扔下去。就讓它們塵封在記憶的深處吧，就讓它們和「明梅」的根鬚相依相偎，相互滋養吧。要是那些勳章所代表的抗日熱血，能夠滋潤「明梅」再度綻放，它們一定也可以重見天日——自抗戰勝利那年以後，「明梅」再也沒有開放過，也再沒有人關心它、爲它吟詩作賦了。

一個人的珍藏，其實就是他生命的一部分。如果這一部分也被認爲是有罪的，大逆不道的，那麼，他要麼毀滅自己的尊嚴，要麼像耶穌背起十字架那樣，走向自己的光榮。

所以在黑牢裏趙廣陵並不爲此懊悔，也不感到有多冤屈，比他冤情更大更深的多了去了。國家已經陷入一個不講理的時代，非但不講理，還比任何時候都更瘋狂。連國家主席、元帥將軍都無理可講，趙廣陵這樣的一個前國民黨舊軍官、小老百姓的道理，哪個還有耐心聽？監獄農場的造反派饒隊長已經被另外的派別打倒了，也進了監獄，「井岡山兵團」的紅衛兵楊司令在砸爛了公檢法後已去別的地方串聯鬧革命去了，那個曾經下狠手打他的鋼鐵廠的戰鬥隊長，第二週就在武鬥中被打死了。他們把他關到這個黑牢裏，就將他忘記了。好在這些年趙廣陵在這個監獄裏熟人朋友多，一直堅持給他送飯的就是一個曾經的徒弟，此人也是一個留隊人員。他不敢在一片混亂中爲趙廣陵做更多的事，每天能送兩次飯，不讓自己的師傅餓死，就是拿著自己的性命來押寶了。

幸好政府很快反應過來，公檢法可以砸爛，但監獄不能亂。犯人沒有人管，那將是一個多麼危險的社會問題。況且這個時候每天都有多少人不經審判就關進了監獄。軍隊奉令接管了監獄，軍事代表代替了靠邊站的監獄長。當他巡視監獄各處，來到關押趙廣陵的禁閉室，叫人打開牢門時，他看到一個全身發綠的犯人，連手臂上、額頭上都是一層厚厚的青苔，呼出的氣息也帶有陣陣令人避之不及的陳年霉味，幾處潰爛的傷口上還可見到蠕動的蛆蟲。軍事代表皺起眉頭，問：

「這個人犯的什麼罪？」

旁邊的人回答道：「歷史反革命，國民黨舊軍官。已經坐過一次牢，因爲有立功表現，提前釋放的留隊人員。造反派兩個月前把他關進去的。」

「什麼原因？」軍事代表又問。

「有人揭發他私藏國民黨軍隊的獎章，他還狡辯說是打日本人掙來的。」

「叫什麼名字？」

「趙廣陵。」

軍事代表沉默了片刻，說：「帶他去清理一下傷口，再洗個澡，理個髮。不要再關這裏了。我要親自審他。」

軍事代表如果再晚來一週，趙廣陵也許連骨頭都會發霉了，能否活得下來都是個未知數。他被關進一間有二十多人的大房間，那些同改們大多數是這次運動中被打倒的當權派，深挖出歷史舊賬的像他這樣的歷史反革命，被認定是資產階級分子的人，以及在派系鬥爭中倒楣的一方。比起他上次蹲監獄的那些高知同改，這些人不過是些普通知識份子和在工作崗位上實實在在幹活的人。監獄裏人滿爲患，混亂不堪。有些人頭天被打得血肉模糊地送進來，轉眼又被另一撥人當英雄一般接出去，還披紅掛彩、敲鑼打鼓的。一個人就是進洞房，大約也不會有這樣大喜大悲。

沒有立案偵查，也沒有審訊宣判。但這裏就像颱風漩渦的中心，反而相對安寧安全，至少監獄裏沒有批鬥會上的毆打，沒有突如其來的抄家、遊街、戴高帽子、剃陰陽頭、掛破鞋。勞動當然要幹，而能平和地勞動和工作，在當時是件多麼奢侈的事情！

有一天收工回來後，號子裏又塞進來七八個人，老犯人們老老實實地把自己的鋪位挪一挪，以給新來者讓出空間，但那是有條件的，最靠門的、靠近尿桶的位置，當然是留給看上去最好欺負的新犯人。趙廣陵發現被推到尿桶邊上的那個人竟然是大兒子趙豆芽的數學老師。老師總是面皮薄膽子小，不知道在這樣的環境中如何求生存。趙廣陵便走過去，將他的被蓋卷提到自己的鋪位邊。他是「二進宮」的老犯人，又是從黑牢裏活著出來的，在這間號子裏已是無形的「牢頭」。這老師姓夏，趙廣陵參加過幾次家長會，據舒淑文說他家從前是昆明的大戶人家，舒父和他家父親也是世交，似乎還是「寒梅會」的詩友。

趙廣陵讓夏老師隨時跟在自己身邊，還是幹木活，只是不做翻砂的模具了，現在社會上需要的是大量的語錄牌，從十幾平方米的，到孩子書包那樣大的，每天要做幾百上千個。這是再簡單不過的活計，但卻是最令人費解的工作。人們伐倒山上的大樹，將一車又一車的原木拉來，松木、柏木、紅木、杉木、甚至金絲楠木，都被改成木板，釘成一方方的語錄牌。大的掛在牆上，豎在路邊，小的人人隨身背一個，就像學生的書包，或者舊時代女人們趕時髦的坤包——這的確是當年的時髦。可是，就是封建時代皇帝的聖旨牌，也不會有這麼多。難道外面的人都瘋了麼？

趙廣陵有次悄悄問夏老師：「夏老師，你曉得我兒子最近的消息嗎？」在趙廣陵再次進來之前，他發現兒子越來越不聽話，或者說，越來越看不起他這個當爹的了，家裏彷彿誰都欠他的。趙廣陵也知道自己的歷史問題影響了兒子的進步。但狗還不嫌家貧，老子再有什麼歷史問題，也是你的爹。有一次趙廣陵曾這樣跟兒子說。

「你呀……」夏老師看了趙廣陵一眼，欲言又止了。

「夏老師，我半年多沒家裏的消息了。」

夏老師望著趙廣陵哀求的目光，不得不斟詞酌句地說：「你兒子，想加入紅衛兵。」

「我知道，我兒子一向追求進步。」

「但你們這種家庭，你明白的。」

「可我是我，我兒子是小娃兒嘛。況且他也是生在新中國、長在紅旗下，從小受的都是革命教育。」

「是的，他在學校從來都很積極。長年堅持打掃教室，幹勞動總是挑最重的幹，紅衛兵貼大字報，他熬漿糊，一桶一桶地送。有一天紅衛兵要把大標語刷到百貨大樓的牆上，叫他把漿糊送到臨時架的梯子上，結果梯子倒了……」

「我兒子，摔傷沒有？」

「還好。只是手摔斷了，不過已經接上了。你放心。」

「這小子……」

「那些紅衛兵還是不要他。」

「哦……」

「有一天，他把你的一包國民黨反動派的獎章交給學校了。你怎麼還藏得有那些東西？自己招禍啊！」

趙廣陵五雷轟頂，身上的骨頭就像瞬間被抽走了一樣，癱倒在地。

夏老師只能痛苦地歎了口氣：「這麼大的運動嘛，娃娃要進步……」

報應！他相信當年鄭霽被告知是被自己的老長官告發時，也會有這樣的感覺。鄭霽被槍斃時全體犯人都被拉去法場接受教育，趙廣陵那時已經釋放留隊。他情願那一天永遠被忘記，情願那是一場噩夢。鄭霽被五花大綁押著走過他們留隊人員的方隊時，這個傢伙瞪圓了眼睛在人群中找趙廣陵，那兇狠的目光就像追逐著仇敵狂亂掃射的機槍子彈。如果不是他的嘴被塞著，也許他會大喊大叫——天知道他會叫嚷些什麼來？

趙廣陵第一次被一個人的眼光擊倒，第一次為自己的行為感到羞恥。儘管他一千次一萬次地告訴過自己：這是為聞一多先生報仇！這是正義對邪惡的懲罰！可是為什麼伸張一次正義，卻要出賣自己的仁義？這些年來，鄭霽總是在趙廣陵的噩夢中說，生死兄弟，仁義為重。槍斃鄭霽前剛下過一場大雨，刑場的草地上還有積水。屍身濕淋淋的鄭霽和幾個死刑犯曝屍一天，讓犯人們和參加公判大會的人們排隊參觀。有人往那些屍體上扔爛水果、西瓜皮、甚至拳頭大的石頭，還有膽子大的人上去踢上幾腳，以示自己的勇敢和革命。

趙廣陵那天主動要求去替鄭霽收屍，因為他被槍斃時沒有一個親人在身邊。這個貴州人，從抗戰時起就在雲南飄泊，跟隨趙廣陵打日本人，追隨國民黨當憲兵特務。一九四九年以後，不知道他在哪裏混，也不知道他如何落的網。「你投錯了胎。」趙廣陵在為鄭霽挖坑時說。他只找到一張草席把鄭霽裹了，小心放進墓坑。那時他看見鄭霽的眼睛還怒視著他，趙廣陵試圖給他合上，可他左抹右揉的，那怒目圓睜的眼睛就是閉不上。

在死人堆裏滾打過的趙廣陵，這次卻害怕了。他慌慌張張地把鄭霽埋了，連墳頭都壘得不成個樣子。他像幹了一件壞事一般「逃離現場」，但又忍不住再回頭望。這一望讓他魂飛魄散，小三子的一隻腳竟然蹬出了墳外！彷彿馬上就要追出來。趙廣陵「噗通」一聲跪下了。遠遠地哀求道：小三子，是債都要還，你我都一樣。你被槍斃了，死了，不要再來糾纏我了，去那邊找我們從前的那些兄弟吧。但那隻腳還露在墳外面，五個腳趾分得開開的，直直的，在淒冷的夜風中好像還在悠悠搖晃，嘲諷他的膽怯，斥責他的不仁不義。趙廣陵的鬼火也起來了，怒喝一聲：小三子，你要幹啥子？不認我這個老長官了嗦？給老子滾回去！

現在好了，兒子「終於」也把父親告發了。生活的公平，有時會顯出它殘忍的一面。

軍事代表在一個下午單獨審訊了趙廣陵。他在牢房裏已經聽同改們說過，這個軍事代表是個標準的職業軍人。對犯人不打不罵，不像那些造反派紅衛兵。但他對每個人口裏的冤屈，都不置可否不表態。也許對一個軍人來說，受命投身於這場運動，遠比參加一場戰役艱難得多。

「我看過你的所有交代資料。」軍事代表的語調不溫不火，但透著一種洞悉一切的威嚴。「你是一顆頑固的老核桃，不錘到位，你的歷史問題就暴露不出來。」

這是一個很注重儀表的軍人，年齡大約和趙廣陵相仿，不知是否也有過戰爭的經歷？他想當自己在松山戰場上跟日本鬼子拚命的時候，這位解放軍軍官在哪裏？也許在另一個戰場，也許還在讀書？如果都在國家民族生死存亡之際共同抵禦過侵略者，那麼現在相煎何太急？

他的土黃色布軍裝整潔合身，風紀扣扣得嚴絲合縫，四個兜蓋平平整整，顯然是熨燙過的。可惜沒有軍銜，趙廣陵不知道他究竟是個什麼級別的軍官。中國軍隊從來都沒有找准過適合自己的軍服。內戰時國軍是學美式的，雖然漂亮威武，華麗時尚，可穿著就像別國的雇傭軍；解放軍第一次授銜時學蘇俄式的，儘管加了些改進，但看上去也顯得土裏土氣，這些年乾脆不要了，回到土八路時代。趙廣陵曾私下想，這樣的軍隊在戰場上，士兵怎樣找到自己的長官呢？軍官在平常又有什麼榮譽感呢？不過解放軍與來倡導的官兵一致，同甘共苦，趙廣陵還是很佩服的。他記得在內戰期間，一個軍中同僚曾跟他抱怨說，這些破衣爛衫的土八路，就像叫花子一樣，可打起戰來也像叫花子搶肉吃一樣不要命。曾經衣著光鮮的他們，現在成了人家口中的「叫花子兵」了。

「趙廣陵，我在問你話！」軍事代表敲打著桌子說。

趙廣陵剛才走了岔，不過即便他老實接受審問，他也不打算爲自己再申訴什麼了。

「趙廣陵，你以爲，你用打日本人來僞裝自己，我們就不掌握你反共反人民的罪行了嗎？你打過日本人沒錯，但你也參加過內戰，打過共產黨。這個你認罪不認罪？」軍事代表站起身，踱步到趙廣陵面前，威嚴地審視著他。

「槍斃我吧。」趙廣陵把頭扭向一邊，不再看審訊者的眼睛。

「要怎麼判你、改造你，人民政府自然會有個說法。想死？沒那麼容易。趙廣陵，你的歷史疑點太多。不要再跟政府玩躲貓貓的遊戲啦，這樣只會加重你的罪行。你以爲我不知道國民黨反動派的四等雲麾勳章是發給什麼人的嗎？今天，你就把這段反革命歷史先交代清楚。」

15 雲魔勳章（交代資料之四）

我從黑暗的深淵中掙扎出來時，先是看到了碧藍的天空，藍得晃眼，竟然融化了我的眼睛，讓我飽蘸硝煙的淚水杜鵑啼血一般淌出；然後我再看見天堂裏的藍色湖泊，一些白雲飄浮在上面，虛假得像舞台上的佈景。有個聲音在雲端裏說：這就是水葬你的地方。好吧，我願意。就像有一天我會對我的新娘如此說一樣——可是啊，我炮火中依然夏花一樣開放的愛人，你葬在哪裏？我還看見自己的靈魂在那一片蔚藍中翻飛舞蹈。多麼輕盈快樂的靈魂，剛才還是一隻飄落在牛背上的白鷺，婉轉歌唱在樹梢上的百靈，蹁躚起舞在花蕊上的蝴蝶，轉眼就成了上窮碧落下黃泉的藍色仙子。

魂兮歸來，魂兮飛去。三閭大夫在水一方傷心欲絕：「目極千里兮，傷春心。魂兮歸來，哀江南。」

嗚呼！就把我葬在那蔚藍的深處吧。

我正要幸福地埋葬自己時，聽到一個女人悅耳的尖叫，然後是一個渾厚的男低音在說：「噢，我的上帝，我的孩子醒過來了。」

這是一個美國人，正在用他的大鼻子湊近我的臉。他用一個精緻的手電筒，照照我的瞳孔，再照我的鼻子，我的牙、嘴、喉嚨、耳朵，又聽聽我的心和肺，然後他說：

「嗨！廖，我的孩子，你幫我完成了一個奇跡。謝謝，非常感謝！」他彷彿也是抑制不住自己的興奮，輕輕地拍打了一下我的肩膀，但我感到就像被一頭大象踩了一腳，劇痛淹沒了我。我不明白這個美國佬爲什麼要那樣「痛擊」我？

我還有些不明白的是，他叫我什麼？廖？

周圍的人們在歡呼。原來我躺在一間病房裏，潔白的床單，柔軟的床墊，清新的空氣中瀰漫著些許我叫不出名字的香水的馨香，一大束野生波斯菊放在我目光所及的床頭，穿白大褂的都是美國人——高大的軍醫和天使一樣的護士小姐。如果上帝是存在的，我認爲他一定弄錯了，把我發配到了美國人的天堂裏。

這是怎麼回事呢？

我一直想弄清這個問題。我好像被千百根繩索捆綁，一點也不能動彈；我的腦子只要稍一轉動，渾身就有千萬根鋼針在刺我、扎我，不是在皮肉上扎，而是從肉裏往外刺。我連想弄清楚自己是誰的力氣都沒有了。

我也不明白自己爲什麼也喪失了說話的能力。我的喉嚨裏就像有個小火爐一直在燃燒，腦海裏想到的辭彙剛一形成，就在喉嚨那裏被煮爛燒焦。人不能自由表達，是爲地獄之一種吧？

在我可以稍微皺一下眉頭想事情時，才明白我是在一家設施完美的美軍野戰醫院裏，這家醫院應該是在昆明郊區的滇池邊。因爲我從床上就可以看到五百里滇池奔來眼底，這個高原湖泊的美麗就像一個女神一樣讓人刻骨銘心。晚上我還能看到滇池岸邊稀疏的漁火，聽到西山華亭寺的夜半鐘聲。唉，當年是誰在煙波浩渺的滇池邊，披襟岸幘，嬉鷗歌唱，指點江山？又是誰，攜詩登高，把酒凌虛，歎滾滾英雄誰在？還有誰，痛飲著青春的絢爛時光，飄髮爲旗，煮酒爲歌——

西山蒼蒼，滇水茫茫。

這已不是渤海太行，這已不是衡嶽瀟湘。

同學們，莫忘記失掉的家鄉！莫辜負偉大的時代！莫耽誤寶貴的辰光！

趕緊學習，趕緊準備，抗戰，建國，都要我們擔當，都要我們擔當！

同學們，要利用寶貴的時光，要創造偉大的時代，要恢復失掉的家鄉！

「廖志弘，你叫廖志弘嗎？」有一天一個國軍中尉拿著一個本子，站在我的病床前問。他皮膚白皙，衣著整潔，手指纖細，手背像女人一樣的光滑，一看就是個沒有上過戰場的娘娘腔軍官。老子躺在床上只有眨一下眼皮的力氣了。這些後方的娘娘腔還來問我是誰。我怎麼回答得了這個天大的問題？

我聽見那個中尉說，我們根據你送來時軍衣上的身分牌，知道你是七一軍的一名上尉軍官，但上面的具體番號被燒壞了，幸好你的名字還能辨認得出來。你是李彌軍長親自關照的傷患，我們會馬上報告李彌軍長你甦醒過來的消息。

我的記憶隨著我身上傷口的新肉一天天增長起來了。我還來不及弄明白我是誰，就想起了戰場，想起了怒江天塹，想起了漫山遍野的炮火，和傾盆大雨一起覆蓋陣地的機槍子彈，想起了隨著炮彈開花而飛舞起來的斷肢殘臂，想起了兄弟們衝鋒的吶喊和被擊中時的慘叫，想起了塹壕裏日本鬼子腫脹發泡、醜陋不堪的屍體，足有手指粗的蛆蟲向一堆堆爛肉發起集團式衝鋒，發出令人噁心的潮汐一般的湧動聲。全世界吞噬死屍腐肉的蛆蟲都來這座名叫松山的地方大會餐了。哦，松山，一座巨大的墳場；唉，松山，一座不堪回首的鬥獸場。第一場鬥獸表演是國軍向日軍進攻，第二場是蛆蟲向死屍爛肉進攻。如果說戰爭是台「絞肉機」，松山戰場就是「絞肉機」的齒輪，日軍縱橫交錯的陣地和塹壕就是沾滿屍骨肉沫的齒輪槽。當你一步躍進日軍的塹壕，陷到你膝蓋深的不是黃色的爛泥，而是和雨水浸泡在一起的黑綠色的腐肉、五顏六色的腸子、腦漿、心肺、斷肢殘臂和白花花的蛆蟲。你要是倒在一個地方不動彈超過三分鐘，成群的蛆蟲就能生吃了你。

我終於想清楚了一個問題：我從戰爭這台「絞肉機」裏僥倖活下來了，從蛆蟲的口裏掙扎回了人間。

我還是不能說話，渾身纏滿了白色的紗布，連臉上都只露出眼睛、鼻孔和嘴。護士小姐每隔一天就將這些被膿和血浸透了的白色紗布換下來，堆滿一大堆。每揭一層紗布都像在剝我一層皮，不是我不會叫喊，而是我連叫喊的力氣都沒有。我聽那些美軍護士說，他就像一個沒有痛感的人。但我怎麼不會痛，換藥時我連大牙都咬掉一顆了，他們發現後不得不每次都往我嘴裏塞一塊牙托。我知道病房裏的其他中國傷兵總是用高聲喊痛來引起美軍醫生的注意。他們在私下裏說，美國佬給我們中國傷兵只用一般的藥，而給他們美國傷兵卻用最好的藥，看看他們吃的跟我們有多不一樣。這些壯丁兵其實冤枉人家美國醫生了，你習慣喝咖啡、吃義大利通心粉嗎？就我所知，珍貴而稀有的盤尼西林是大家都在用的。

我恢復意識後才從醫生那裏慢慢知道，我的面部和手臂、前胸、腹部大面積燒傷，喉嚨被灼傷，肺也受到很嚴重的損壞，腰間貫通傷，臀部和後腰、背上共十二塊日軍手榴彈的彈片，腿上還有兩個彈孔，負責治療我的鮑勃醫生總是稱我爲「廖，我的孩子」，這個醫術精湛、和藹的中年醫生從我身上取出了一托盤各種彈頭、彈片，讓他自己都感到目眩。他有天查房時笑嘻嘻地對我說：「廖，我的孩子，You are man with shrapnels（彈片人）。」

「Hell, I saw.」（我看見了地獄）。

那天我鬼使神差地說出了受傷以來的第一句話，而且還是英語。這讓鮑勃醫生和他身邊的護士小姐們大為驚訝。他們一向以為中國軍隊都是沒有文化的，哪怕是軍官，也常常沒有軍官的氣質和尊嚴。儘管他們身邊總有隨軍翻譯——就是那個娘娘腔中尉，但他們私下的談話我偶爾也會聽到。他們會說：This damned chinaman did not take shower for days! What a dirty pig!（這該死的中國佬好多天沒洗澡了，髒豬）。也會說：Hey, look at that cheif, he has longer teeth than the rabbit!（嗨，看那個酋長，兔子的牙齒都沒有他的長）。這是指一個少校軍官又黃又黑的齙牙。

醫院裏的中國傷兵大多來自中國最低層，他們被抓壯丁走向抗日戰場，從來沒有享受到如此優越的醫護條件和生活條件。有些老兵油子不想再回前線，傷口都結疤了還總說自己這裏不好那裏不舒服。美國人測體溫量血壓抽血化驗照片子，所有的檢查手段都證明這是個完全可以出院的人，但面對不願離去的士兵，美國醫生也只好聳聳肩說「OK！」我知道在美國人眼裏，中國的傷兵都是些孩子，個子矮小，面黃肌瘦，個個看上去都營養不良，但正是他們在前方和日本鬼子浴血拚殺，這是所有的美國人都很佩服的。因此仁慈的、大手大腳的、財大氣粗的美國軍醫從不在乎醫院裏多幾個活蹦亂跳的痊癒傷兵。

有個老兵油子實在找不到不出院的理由了，就說自己一聽到槍聲就會大小便失禁，美國人居然給他找來一個心理醫生，天天跟他做什麼「戰場心理輔導」，竟然磨嘰了一個多月。這種傢伙要是在我的連隊，老子早就一腳踢他個狗吃泥。這才是國軍最好的「戰場心理輔導」。

沒想到美軍軍醫的「戰場心理輔導」竟然也做到我的頭上來了，那是我終於可以下地走路以後，我的一次憤怒。那天我獨自蹣跚到盥洗間，迎面看到一個面目猙獰的人，直瞪瞪地望著我。他的臉像大火燒過的老樹疙瘩，東一團西一塊地奇形怪狀，瘢痕累累，花花綠綠；他沒有眉毛，少半隻耳朵，鼻子像陽光下就要化掉的一團黃油，嘴是斜歪的，露出殘缺的牙齒，彷彿要吃人一般可憎可怖。要是我在夜間猛然和這個傢伙相撞，我會以爲碰見了鬼。我當時毛骨悚然，頭髮都豎起來了。我回頭看看四周，盥洗間就我一個人，我往前看去，那個妖怪一樣的人也在看我。彷彿在問：

你是誰？

我再看，再看，看得眼冒金星、肝膽俱焚，就像面對死神那般，既恐懼又絕望。

那是一面正映照著我未來「無臉」人生的鏡子啊！

我就像一個被人當面肆意羞辱的人，揮拳擊向鏡子中的那個醜八怪。我的心，我的心比鏡子還碎裂得更爲慘痛，更加不可收拾。

我的嚎叫招來了受到驚嚇的護士小姐們。一個叫露西亞的女護士動情地擁抱著我，把我扶到病床上，溫柔地說：

「Dear Liao, you are the man, and you have no idea how much we love you.」（親愛的廖，你是個男子漢，你不知道我們有多愛你）。

我的麻煩就此來了。我被安排到一間特別的單人病房，盥洗間裏沒有鏡子，窗戶是中式的雕花木窗，由醫院裏最漂亮的護士珍妮小姐專門護理我。我曾經聽大病房裏的那些老兵油子說，要是能摸一下這個洋妞的手，拉出去槍斃也值了。還有個老兵說珍妮小姐每次給他打針時，他的下身會硬得難受。可是現在我怕見到她。這就像你情竇初開時穿一件補丁摞補丁的衣服，最怕見到班上的漂亮女生一樣。

可要是你的臉打滿了補丁呢？

儘管之前我知道我的臉上有傷，但他們怎能把我的臉糟蹋成這樣?!我不吃不喝不說話已經有一個多星期了。我像再次死去一般直挺挺地躺在床上，等待蛆蟲來啃吃我這堆爛肉。我拒絕鮑勃醫生的治療，更拒絕約翰博士的什麼「戰場心理輔導」，中國士兵的戰場他們永遠不會知道。他們以為我被殘酷的戰爭擊垮了，實際上他們不知道孔聖人的一句老話——「身體髮膚，受之父母，不敢毀傷，孝之始也。」

鮑勃醫生說他們會從我的臀部上取下一些皮膚來，以修補我燒壞了的面部，還會幫我裝上假牙，扶正鼻子。我實在忍無可忍了，憤懣地喊了一句：「難道你要用我的屁股來做我的臉嗎？」

鮑勃醫生笑了，說：「我可憐的孩子，你終於說話了。你只有臀部和大腿內側的皮膚是完好的了。我們仔細分析了你的身體狀況，臀部部分的皮膚最適合做移植手術。」

日本人毀了我的容，美國人卻用我的屁股去當我的臉面。我將活成一個什麼樣的人啊?可你如何跟一個美國人說明白，在中國人心目中，屁股和臉的差別?

但你冷靜下來想想，這世上有多少人在用別人的屁股當自己的臉?那些賣國求榮的漢奸就自不必說了，國民政府裏那些貪官污吏，軍隊中那些喝兵血吃空餉的軍官，社會上那些狗仗人勢的流氓地痞，哪個不是不要臉的人?身逢亂世，一張臉算什麼?

我與那些人不同的是，我自己的屁股，我自己的臉。這就是我的命。

那個專門做「戰場心理輔導」的約翰博士每天要見我兩個小時。開初我不搭理他，任他在我面前喋喋不休。他說自己來滇緬戰區前是個大學的心理學教授，他主動報名參軍，同時帶著自己的研究課題，他希望能為受到戰爭心理創傷的中國人和美國人服務。說實話我並不瞭解他的工作，我們中國人要什麼心理學?吃飽了飯能平安活著就沒有什麼心理問題了。不過約翰博士說話倒是有美國人的直截了當，他說：「我不是來治療你的外傷的，我是來幫你找回快樂的。」

快樂？這些美國人可真能扯。中國人的抗戰對來華助戰的美國人來說，是一份國際義務、國家責任，更是一次深入東方神秘古國的獵奇和冒險。就像約翰先生，來到中國不過是走出實驗室的一次田野考察。他們身在後方醫院，又是在偏遠古樸的雲南，美麗寧靜的滇池湖畔，本地土族像印第安人一樣淳樸，男人臉上永遠是憨厚可掬的笑臉，女人中還可見到裹小腳的老太太，像是另一個世界的孑遺物種。這些都讓他們感到好奇和美。而昆明城裏的姑娘卻跟大上海的女子一樣熱情開放，更讓他們快樂無比。她們中有從淪陷區逃難來的軍官眷屬、失業白領、富家子女、還有操一口牛津腔的新派大學女生，當然也不會缺少還能彈幾曲中國古琴的青樓女子。

美軍俱樂部裏夜夜笙歌，維利斯牌敞篷吉普車進進出出，湖水拍打著堤岸，滇池上空的一輪彎月勾勒出東方情調。他們身在異國他鄉，享受的仍然是美國的生活方式，通心粉、火雞、黃油、巧克力、咖啡、牛肉罐頭等都通過駝峰航線從美國運來，美國人在這裏沒有不感到愜意舒適的。他們中一些生性好動的傢伙甚至放棄吉普車，從黃包車夫手中搶過車把來，嘻嘻哈哈地拉著車夫或者穿旗袍的女士在坑窪不平的黃土小道上一路飛跑。這能不讓人快樂嗎？對於實力強盛的國家來說，戰爭不過是一場遊戲。看到這些快樂的美國人，你不能不感到自己是另一個蠻荒星球上的人。而那些穿著草鞋走向戰場、從死亡的邊緣撿回一條命來的中國傷兵，他們的快樂就是自己還活著，哪怕已經缺胳膊少腿，或者沒有一張看著不嚇人的臉。

約翰博士似乎有足夠的耐心，他像個嘮叨的老年人，又像個慈祥的父親——其實他大不了我幾歲。他不斷說我是醫院裏所有美國人心目中的英雄，說我在戰場上如何如何勇敢，有的軍人在戰場上被子彈穿了個窟窿，就會像一個被戳破了的充氣娃娃；而我渾身破爛不堪，卻依然是醫院裏最有風度氣質的軍官。我一定是個貴族子弟，有教養、有禮貌、講清潔，英文一流，還帶著可貴的牛津腔；他們曾經猜測我可能畢業於牛津或劍橋，也可能畢業於西點軍校，或者是兩種大學的混合體。因爲據他們所知，一個中國軍官不可能像我這樣有學識涵養，而一個投筆從戎的學生哥又不會像我這樣有軍人氣質。還說我在女士們面前彬彬有禮，剛能下床走路身板就挺得筆直，儘管這會扯動傷口，誰都沒有聽到我叫喚一聲；說我的眼神既充滿善意又很敏銳，當它不小心落在珍妮小姐微微露出乳溝的胸脯上時，會很自覺地挪開——他怎麼知道的？還說我有東方人的善良聰慧，又有西方人的儀態和直率。那一大通讚美，彷彿我是國軍中的Model（楷模）。

但我就是不跟他囉嗦。

一天，約翰博士帶來一個辦公桌那樣大的沙盤，說：「嗨，廖，我們來玩個兒時的遊戲吧。」那個沙盤估計至少費了他一週的功夫，有一個城堡和城牆，上面有衛兵和一個貴族小姐。城堡下有護城河和一片開闊地，還有一個像巧克力糖人兒的持劍騎士。約翰先生說：「廖，你想怎樣玩？」

我看著他那雙懇求的眼睛，把那個巧克力騎士摁倒了，然後倒頭就睡。不再理他。

第二天約翰博士又來了，還是那個沙盤，但城堡上換成了一個將軍和衛士，城堡下的騎士身後彷彿有一個兵團的士兵。那個騎士的造型跟昨天的姿態又不一樣，既有上馬擒賊的氣概，又有下馬賦詩的優雅。

真是令我討厭。我調轉了那個娘娘腔騎士的方向，讓他的馬屁股衝著城堡上的將軍。

馮特、巴甫洛夫、佛洛伊德、榮格、華生這些從約翰博士嘴裏蹦出來的名字，有些人的書我讀過，有些則只是聽說過。比如說佛洛伊德和巴甫洛夫，上大學時我的先生們偶爾有提起過。記得是學貫中西的聞一多先生，他分析《詩經》時就提到了佛洛伊德，說《詩經》裏的許多歌謠是在愛欲驅使下產生的，因此用佛洛伊德的觀點看，可以說《詩經》是部「淫詩」，把聽課的女生們都羞得臉紅。當時我少年不識愁滋味，對西方的精神分析說也瞭解不深，聽得似懂非懂。而一生勤奮的巴甫洛夫，我還記得他臨終前對前去探訪的人說的那句名言：「巴甫洛夫很忙，巴甫洛夫正忙著死亡。」

我不忙了，我的「無臉」人生將會很長很長，可誰可以這樣理直氣壯地活下去？我很想對每天頭髮梳理得油光可鑒、衣冠楚楚的約翰博士說，別他媽囉嗦啦。老子們正忙著死亡。我們中國人的命沒有你們美國人那麼高貴，啥心理不心理的，你換了我試試看？要不是看在這些美國人是來幫我們打日本人的，我真想跟你們不客氣了。

一九四五年快要過年時，從前線傳來了激動人心的消息，在滇西大舉反攻的中國遠征軍和由史迪威將軍指揮、從印度打回來的駐印度遠征軍，元月廿一日在緬甸芒友勝利會師。這意味著滇西戰場的完美收官。不可一世的侵略者第一次被中國軍隊武力趕出國境，我在離昆明城十多公里的醫院裏都能聽到城裏漏夜不停的歡慶鞭炮。美軍女護士們和每一個中國傷兵擁抱，報紙上都是部隊乘勝追擊的消息。

「戰爭就要結束了，我們就要回家啦。」這是醫院裏的美國人歡快談論的話題。珍妮小姐每天都在給自己在歐洲戰場上的男朋友寫信，早晨看看她進病房的表情就可知道她有沒有收到情書。她總會把一些熱辣辣的片段念給我聽，不管是她寫的還是她的那個炮兵中士寫來的。歐洲戰場看來形勢大好，咱們中國戰場這邊，眼下還只有滇緬戰場的完美勝利。中東部地區，日本鬼子還在橫行無阻，從河南一直打到桂林，日本人的鐵騎甚至一度衝到貴州獨山。我們回家的路還很漫長。

這年的正月初二，醫院裏的中國傷兵還在過年的喜慶中，昆明的市民們勞軍送來的水餃還沒有吃完。我那天在報紙上看到一篇滇西戰役遠征軍陣亡官佐的名錄，一個讓我淚如泉湧的名字赫然出現：

趙岑，上尉連長；陣亡時間，民國三十四年元月十九日；陣亡地點：畹町芒撒。

我再次失態，嚎啕大哭。比知道自己被毀了容更爲悲慟。毀掉一張臉算什麼，斷一隻手算什麼，少一條腿又算什麼，你生命中最爲珍貴的一部分沒有了，那才是人生萬劫不復的災難。

我再次像死人一般躺在病床上，不聽醫囑，不吃東西，不說話。

滇池邊梨花盛開的一個下午，我獨自坐在醫院外面的台階上望著煙波浩渺的滇池發呆，自從能自如走動後，我常常來這裏一坐到天黑。這時我看見兩輛美式吉普開進醫院，車上跳下來一個高階軍官和幾個隨扈。一會兒珍妮小姐就氣喘噓噓地跑來叫我，說有個將軍來看你，快跟我回去。

是遠征軍第八軍的李彌軍長，他因松山戰役有功，從少將副軍長升爲中將軍長了。我在醫院裏聽說當我負傷後，是李彌將軍命令副官用他的吉普車把我連夜從松山戰場送到保山的飛虎隊機場。李彌將軍的命令是：帶上兩挺機槍，必要時你就是用機槍開路，也要給老子把這個兄弟送上飛機。當時美軍已經開始用飛機爲中國軍隊搶運傷患，那是八年抗戰中最爲幸運的一批傷患了。但在一九四四年夏季，滇西三大戰役——騰沖收復戰、松山攻擊戰和龍陵戰役先後打響，傷亡實在太大。能搭上飛機送到後方醫院的都是幸運者，傷勢重的，官階高的，可優先搶運。李彌軍長的副官後來真的在機場用機槍逼停了就要起飛的C-54運輸機，強行給我找了個位置，不然我就死在前線了。

面對救命恩人，我依然提不起精神來。但李彌軍長似乎並不在意我的情緒，他很忙，只是抽空來看我的。他拍著我的肩說：

「兄弟，好好養傷，痊癒後到我的第八軍幹吧。你的七一軍也已經打殘了，我的第八軍也在宜良整編。我等你，現在我就升你當少校營長。日本鬼子還沒有打完哩，你可得抓緊。」

「軍長，我的戰爭結束了。」我低聲說。

李彌軍長說了一句很有哲學意味的話，「作爲一名軍人，他的戰爭永遠不會結束。」他忽然很詭秘地問身邊的副官，「那邊準備好了沒有？」副官馬上跑出去了，片刻回來報告說：「軍長，一切就緒。」

一個男人被擁進洞房，會是什麼感覺？同樣，一個從戰場活著回來的軍人，忽然被告知接受國家的授勳，他又該情動何處？

原來李彌軍長不僅僅是來探視我的，他代表國民政府軍事委員會爲我頒發一枚「四等雲麾勳章。」

醫院的軍官俱樂部爲此稍稍做了些佈置，好萊塢電影明星的圖片撤下來了，換上了青天白日旗和第八軍軍旗。一些美軍軍醫和護士以及能走動的中美兩國的傷兵都被邀請來當觀眾。李彌軍長的副官還特地帶來了一套簇新的軍裝讓我換上，領章上已經是少校軍銜了。我像個羞澀的新郎官被人引上臨時佈置的授勳台。我身上正在癒合的傷疤彷彿也要開口祝賀兩句，這搞得我渾身難受，就像我聽到李彌軍長面對大家熱情洋溢的溢美之詞。但當我看到那塊金黃色的勳章別到我的左胸上時，掌聲和歡呼聲中，我的眼眶還是濕潤了。

勳章是授給國民革命軍遠征軍第七一軍新二八師一〇九團三營一連前上尉連長、現任第八軍少校營長廖志弘的。我佩戴著它接受人們的祝賀和喝彩，以及珍妮小姐的親吻，感到自己是多麼地不配。

無論是在上陸軍軍官學校時還是後來投身抗日戰場，那些能獲得過四等雲麾勳章（雲麾勳章共有九等呢）的有功軍人都讓我高山仰止、敬佩不已。一九三三年，名將戴安瀾將軍在長城古北口痛擊日寇，轟動全國，僅獲五等雲麾勳章；一九三八年，張靈甫將軍在武漢大會戰中於萬家嶺率軍幾乎全殲日軍一〇六師團，獲四等雲麾勳章；一九四二年，遠征軍第一次入緬作戰，第一個勝仗就是孫立人將軍打的仁安羌大捷，也才獲四等雲麾勳章……

有資格獲得這個等級勳章的抗日軍人燦若群星，我何功何苦、何德何能！

授勳儀式結束後，李彌軍長自掏腰包，請所有在場的中美軍人喝酒，美軍女護士們不斷來請我跳舞，我除了跟珍妮小姐跳了一曲外，都以有傷不方便婉拒了。李彌軍長大約看出了我的難堪，他望著我的臉說：「可惜了一張英俊小夥子的臉。不過沒關係，到了我的部隊，我給你說個雲南媳婦。你看，我臉上還不是有傷疤，照樣帶兵打仗嘛。人家說人一破相，出將入相。哦，對了，我還帶來了你的家信呢，有好多。」

我的家信？我看著那一疊厚厚的家書，卻怕它們燙手一樣不敢拆開。烽火連三月，家書抵萬金。也許沒有一個人相信，這些家信比我左胸的那枚勳章還重要。當我小心拆開第一封家信，看到「志弘吾兒」幾個字時，我再次淚濕衣襟，心如刀割。

李彌軍長指指我的勳章，「你的家人現在該爲你感到驕傲了。慢慢看吧，老弟。我要走了，等你傷好後，我會派人來接你的。記住我的話，日本鬼子還沒有殺完。」

雲麾勳章並沒有讓我的傷好得更快，反而在讀家信期間，我的傷情忽然惡化起來，我發燒，說胡話，肺部感染，體溫高到近四十度，醫生們幾次把我從死神那邊爭搶過來。當我再次恢復到李彌軍長來看我前的那種狀態後，我有一次不成功的自殺。我想把自己吊死在醫院平常晾曬被單的樓頂平台上，但不幸的是，釘在牆上的掛勾脫落了。

也許我的愚蠢激怒了約翰博士。有一天他陰沉著臉來到病房，就像一個要來尋釁鬥毆的牛仔。在簡單問了幾句無法得到我回答的廢話後，這個美國佬終於爆發了。他提高了嗓門喊道：

「嗨，中國佬，你真讓我失望。你這個膽小鬼，懦夫，戰場上的逃兵！人見人厭的醜八怪，傷好後你就收拾你的行囊走吧！你其實早就好了，你其實跟醫院裏的那些不願再回戰場的膽小鬼一樣。你們中國人都是這樣。日本人佔領了你們的國土，你們中的一些人屈服了，爲日本人服務，一些人爲了保住自己的權利，或者擴充自己的勢力，不得不跟日本人打；還有一些人，爲了面子跟日本人打仗，就像你，臉不完整了，就認爲自己不可以去面對日本佬了。你們從來不知道人的尊嚴是什麼？人對國家的責任又是什麼？是不是這樣？告訴我！

「噢，你在心裏說，不是這樣的，我們在戰鬥。可是看看你們打的什麼仗啊！日本人和你們打仗，就像在自家後院裏練習竹劍。他們一個小隊幾十個人，就可以把你們一個營幾百人追得漫山遍野地潰逃。我們給你們的M-1重型坦克，最新式的武器，日本人遠遠看見都害怕，而你們卻從坦克裏跑出來，乖乖去當日本騎兵的俘虜。

「世界上自從有了坦克，騎兵就落後於時代了。可你們中國軍隊卻讓人們相信，騎兵可以戰勝坦克。這就是你們的光榮啊！你們中國軍隊只會打內戰，即便在日本人面前你們和共產黨的軍隊也會你絆我一腿我給你一拳，互相吐唾沫搧耳光。別以爲我不知道，共產黨是你們的蔣委員長的第二個敵人。等我們一起戰勝了日本人，你們中國還是沒有和平，你們還要自相殘殺。我真的看不起你們，你還待在這裏幹什麼呢？滾吧！別讓我再看到你。回去領你的那點戰爭養老金，然後在孤獨、寂寞、饑餓、貧困、潦倒中走完一生，未老先衰，未死先亡。沒有人愛你，沒有人把你當英雄。因為你是個懦夫，是個失敗者。哈哈，你會當個不錯的流浪漢，憑藉自己一身殘疾，滿臉傷疤，還有幾塊隨著時間流失失去價值了的勳章，去博得人們的同情。先生，請給一個子兒；夫人，請可憐可憐，給一片麵包吧。你還會把好心人給你的最後一點錢拿去買鴉片，買酒，買春，找五十多歲還出來掙錢養家的妓女。你墮落，沉淪，頹廢，像豬一樣骯髒，蜷縮在城市的某個角落，所有的人看見你都遠遠地繞道走。你以為他們是害怕看到你這張爛臉嗎？不！不。是他們不願看到一個自甘失敗的人！」

我惱羞成怒、面紅耳赤、氣不可遏、無地自容。就像被人當眾剝光了衣服，哪裏還顧得上什麼臉面啊！羞處都遮擋不了啦。但要承認：我被這個美國佬打敗了。我連跳起來像砸碎那面鏡子那樣打他一拳的勇氣都沒有。

約翰博士不再來見我了，我在床上躺了三天。難言的羞恥讓我在第四天早上爬起來，太陽正從滇池東岸升起，天地如此之新，滇池寧靜如鏡，似美人之眸，清純、潔淨、溫潤、慈悲，令人憐惜，叫人羞愧。我去醫院的那間小小的健身房，試著舉了幾下最輕的啞鈴，又戴上拳擊手套在沙袋上打了幾拳，我把自己搞得虛汗直冒，但我的心好受多了。

珍妮小姐對我傾注了她最大的愛心。在我拒絕吃喝期間，她用湯匙把牛肉湯一匙一匙地餵得我一脖子都是。這些天我所有的治療彷彿都交給這個漂亮的女護士，連鮑勃醫生也不來查房了。在一個陽光溫暖的寂靜下午，她拉住我的手，給我唱《不要和別人坐在蘋果樹下》——

記住我對你的真愛，並給我你的愛，
除了我，不要跟別人坐在蘋果樹下。
我如此擔心，在那些月光照耀的夜空下，
我們的承諾會消失。
如果星星進入你的眼睛，你會被迷惑。
要等待我得勝回家啊，
不要和別人說纏綿情話，
要等待我得勝回家。
不要和別人，不要和別人，
只和我，只和我，
不要和別人說纏綿的情話，
請等待我得勝回家。

我哭了，在後半段還和珍妮小姐一起唱。「此曲只應天上有，人間能得幾回聞。」淚眼婆娑中我主動從珍妮小姐手中接過一杯牛奶，像飲酒一樣一口喝下。珍妮小姐大爲欣慰，認爲是約翰博士的「休克療法」見效了。其實是我從這支歌的旋律中想起了我的戰友詹姆斯中尉，這個配屬到我們部隊的空軍聯絡官，是個快活幽默的傢伙，他白天對著電台大聲呼喚飛虎隊的飛機來轟炸松山上的日軍陣地，晚上總喜歡彈著他的西班牙吉他獨自吟唱《不要和別人坐在蘋果樹下》。我還記得有個月夜他唱完這支歌時，告訴我說他有一個女朋友，他們約定戰後將在德克薩斯州買一個小小的牧場。來華助戰的美軍就像來進修學分的大學生，他們積滿九十分就可以光榮回國。詹姆斯中尉說他已經積了七六分了，等打完雲南境內的日本鬼子，他就可以回國和女朋友見面啦。但這個西部牛仔有一天在塹壕裏丟下手裏的送話器，提了支「湯姆遜」衝鋒槍就衝了出去。那是日軍的一次反撲偷襲，我們的人眼看著就抵擋不住了，已經和日本鬼子拚刺刀廝打在一起。詹姆斯中尉打完了彈匣中的子彈，掄起「湯姆遜」一通亂砸。那真是一場不講道理的混戰，我的兩顆門牙就是那次咬一個鬼子的肩膀時掉的，我像頭瘋狼一般把他肩膀上的肉連同一塊破爛的肩章一口撕扯下來。唉，我的回憶越來越多地塡滿了血腥和哀傷。

詹姆斯中尉的戰場葬禮，是個憂傷的雨天。美軍司號兵吹響了既哀傷又激越、既肅穆又莊嚴的葬禮序曲。隨軍牧師念完《聖經》上的經文，泥土和代表白玫瑰的枯樹枝——戰場上連根帶樹葉的樹枝都沒有了——撒向詹姆斯中尉的棺材時，在場的美國軍人們齊聲唱起《不要和別人坐在蘋果樹下》。聽上去很幽默，可唱出來卻非常傷感。這是我第一次完整地學會了唱這支歌，伴著漫天的雨水和眼淚。

那也是我第一次看到，一個戰死沙場的軍人，原來可以享有如此隆重莊嚴的葬禮。如果一個人有機會爲他自己的國家民族捐軀十次，只要有一次這樣的葬禮，他在天堂的靈魂一定會安息了。

我不能不想起我那戰死在國門口的袍澤兄弟，勝利的曙光即便照耀不到你挺拔的身軀，而你的葬禮又在哪裏呢？你的靈魂回到了日夜呼喚你的故鄉了嗎？

魂兮歸去。你的父親、母親大人在等你。

附件五：家書（之二）

父親母親大人膝前，敬稟者：

家書十六封均已收到，欣聞雙親身體安康，父親花甲之年仍下地耕作，夕露沾衣，荷鋤晚歸；母親操持家務，茹苦含辛。當此戰亂之際，吾家尚能雙親健在，田園安詳。幸甚，幸甚。弘兒不孝，與父母大人請安並報平安之家書，延宕至今日，罪莫大焉。弘兒也知家父雖不言，但郵差每至，必詳盡盤問不孝弘兒尺紙安在；家母每日黃昏炊煙散盡之際，總會依門框而立、或佇立路口瞭望。其情其景，弘兒豈不明瞭？豈不心懷大雁北歸之鄉愁也哉？

然則一年之久，弘兒未有修書，非不孝弘兒多有疏懶也。嚴父之教，慈母之恩，弘兒身在疆場，沒齒難忘。前信敘記弘兒隨部隊赴滇緬戰場，初，上峰有令，不得向親人透露駐防地，以防日諜偵知。及至怒江天塹，弘兒所部參與圍攻松山，松山乃雲南高原怒江峽谷一巍巍然高山矣。瘴癘漫谷底，白雲繞山巔，林深聞倭語，槍炮阻我行。其地扼我滇緬公路之鎖鑰，此山不踏平，滇緬公路不通暢，我抗戰陸路外援斷矣。盟軍稱其為「東方直布羅陀」也。故松山之戰，中日雙方均不惜血本，殊死爭奪。松山倭寇雖為甕中之鱉，但仍困獸猶鬥，我遠征軍七一軍、第八軍等部圍攻竟達三月餘，始得攻克。戰況慘烈，屍骨成堆，邊地荒野，英魂哀泣。弘兒所率之連隊，十之八九均為國捐軀。悲夫！青山埋忠骨；惜夫！哪得裹屍還。松山大捷後，倭寇潰不成軍，我遠征軍乘勝追擊，征衣未脫，硝煙未洗，下龍陵，攻芒市，克畹町，直將倭寇打出國門。是可謂：怒江風怒號，倭寇夜遁逃，戰車呼嘯去，鐵騎踏敵梟。此乃抗戰以降，乃至數百年來我華夏兒女首次以血肉之軀驅敵至國門之外矣！偉哉壯哉，堪比崑崙，恕弘兒不能一一道來。他年返鄉，當跪叩雙親，稟報不孝子殺敵報國之行狀也。

孔子曰：「身體髮膚，受之父母，不敢毀傷，孝之始也。」弘兒不孝，松山一役，雖親斃倭寇十之有二，更生俘倭寇一名，但也多處戰傷，尤其面部毀矣。是故療傷長達一年之久，所幸美國軍醫精心療治，如今已康復如初，重返部隊矣。弘兒本應歸家探望雙親，為吾父裝一鍋煙，為吾母磨一盆麵，與至愛親朋促膝長談，耳鬢廝磨，以享天倫。但倭寇一日不滅，河山一日不光復，弘兒將何顏叩見父親母親大人、何顏面對家鄉親人哉！

子又曰：「立身行道，揚名於後世，以顯父母，孝之終也。」弘兒亦深知，當此國難之際，父親母親大人也冀望弘兒殺敵報國，以捷報抵家書，以軍功盡孝道也！勝利之時，弘兒當「即從巴峽穿巫峽，便下襄陽向洛陽」，且定攜倭寇之降旗，擲於父親母親大人腳下，任吾家豬狗踐踏耳。

不孝弘兒現已歸屬我國民革命軍遠征軍第八軍李彌軍長麾下，任一〇三師三〇九團一營少校營長。李彌者，黃埔四期生，弘兒之老學長也。松山一役戰功顯赫，升任中將軍長，與弘兒有沙場生死之誼。曾與弘兒語：倭寇尚未斬盡，吾輩仍需努力。信然。

吾妻椒蘭另有鸞箋，此不贅言。

專此布達，恭請福安！

不孝男弘兒叩上　民國三十四年七月七日

16 松山之囚

屹立在怒江河谷上方的松山依然沉默無言。二十多年前日軍佔領了它，抓來上千中國、印度、緬甸的民夫，在它的山腹裏開腸破肚、挖溝掘壕，苦心經營兩年之久，構築成半永久性的防禦工事，侵略者一度揚言：這是「東方的馬其諾防線」，中國軍隊要攻下松山，除非怒江水倒流。

松山沒有反駁，只用它滿山的松濤日日夜夜地低鳴，像一個被擄走的孩子想回家的哭泣；兩年之後，中國遠征軍席捲而來，炮彈犁翻了松山上的每一棵松樹，鮮血浸透了松山上的每一寸土地。它曾經因爲遍山長滿古老的松樹而得名松山，也曾經因爲一場惡戰而寫入中日雙方的軍事教科書。飽嘗戰火之後，山上寸草不留，但抗日陣亡將士的屍骨重新肥沃了這座巍峨的大山，現在它再度碧鬱蔥蔥，大腿粗的松樹佈滿山崗丘壑，像從陰間地府再次站立起來的士兵。這是一座需要拱衛的南國邊陲大山，這是一座磨礪人血骨的人間煉獄。就像現在，它有了一個新的名字——松山勞改農場。

半年以前，趙廣陵被移送松山勞改農場。他的罪名除了歷史反革命之外，又新加了一條：戰犯。歷史如是具有嘲諷意味，但人們並不以爲然，似乎早已忘記了二十多年前發生在松山上的一切。即便不能忘記的人，也不自覺地將那些當年爲國家民族而戰、卻不幸站錯了陣營的人當成了他們永遠洗不掉的人生污點。趙廣陵這種拒不主動交代歷史問題的死硬分子，在被再次宣佈判刑十二年、押送松山勞改農場服刑時，他的回答是：

「在哪裏得到的勳章，就在哪裏交還回去。我配這十二年。」

到了松山勞改農場，趙廣陵才發現自己在這場運動中其實一點也不冤。向人民認罪是必須的，勢不可擋的，就像面對鋪天蓋地湧上來的敵人，你要麼戰死，要麼繳械投降。歷史再一次發了大洪災，你不過是洪水滔天中的一棵小草，多少參天大樹都被連根拔起了，遑論一介草民。

一個雨天，趙廣陵所在的木工隊——在哪裏他都要靠木匠這個手藝活下去——接到命令說，有輛牛車翻倒在山道上了，牛挑翻了新來的趕牛老倌，掙脫了軛，發瘋般地逃了。管教幹部讓趙廣陵他們趕緊去救人、找牛。

一到夏季，松山上總是那麼多雨。就像當年的松山戰場上，淚飛化作傾盆雨，屍爲腐泥血成河。趙廣陵帶了兩個犯人來到出事處時，見到一個佝僂的背影蹲在泥地裏嚎啕大哭。雨水鞭子一般抽打著他的背，似乎打得他疼痛難忍才這樣在荒天野地裏放聲哀嚎。

「嗨，別哭啦，牛是哭不回來的。」趙廣陵一步一滑地走到他跟前說。

老倌抬起了頭，趙廣陵不知是站立不穩還是腿上的骨頭被一把抽走了，他「噗通」一下給這個趕牛老倌跪下了。

在趙廣陵的勞改生涯中，監獄裏的大知識份子、國家精英見得多了，比如說第一次坐牢時的同改劉麒麟，趙廣陵相信我們國家爆炸的第一顆原子彈一定與他有關。他一直想不明白的是，無論是國民黨的監獄還是共產黨的監獄，關他這樣的人也就罷了，但那些民族精英、國家棟樑，你都可在監獄裏看到他們的身影。一個本來是藏汙納垢的地方，同時又藏龍臥虎，這個社會一定就不正常了。但再不正常，都沒有這一次讓趙廣陵震撼。三十年代的知名作家、延安時代的革命文藝工作者、西南聯大的教授、地下黨，堂堂省文聯主席李曠田，此刻也成他的同改了。趙廣陵跪下了，不僅僅是為李曠田，還為自己的國家。

「李……主席，李老師……」

「不是什麼老師了，更不是什麼主席，我現在是勞改犯四三八七號。」李曠田抹了一把臉上的淚水和雨水，很難為情地說。「沒想到……沒想到……」

沒想到什麼呢？一個共產黨的高級幹部原來也會和一個國民黨的舊軍官同為囚徒？沒想到他們再次見面是在這樣一個地方、這樣一個狼狽不堪的時刻？這些年來李曠田疏遠了趙廣陵，五十年代在趙廣陵結束人民管制時，逢年過節他還會給趙廣陵寄一份賀卡什麼的，有時還會來一封溫暖的短簡，詢問一下家庭和生活情況。趙廣陵每次總是會很認真地回一封長長的信。

他還記得有一年的迎春茶話會，李曠田特地寄來一份邀請信，讓趙廣陵放下思想包袱，來和昆明的文藝家們見見面啥的，那天趙廣陵甚至都走到翠湖邊了，但他終於還是沒有勇氣走進那代表全省文學藝術殿堂的大門。不是他自卑，而是他感到自己不配。在趙廣陵第一次被判刑以後，他們徹底失去了聯繫，連他戴罪立功提前釋放留隊，他也沒有主動給李曠田去封信。想過，但沒有那份勇氣。

錯誤的時空給了趙廣陵證明自己勇氣的機會。那頭跑掉的牛終於沒有找回來，這被農場看作是一個重大的反革命事件。因為在這個戒備森嚴的勞改農場，不要說一頭牛，就是一隻鳥兒也飛不出去。李曠田由此被關進了禁閉室，罪名是盜竊耕牛團夥份子之一。農場奪了權的造反派認為，人發瘋是正常的，牛發瘋就非正常了。所以李曠田事後交代說牛發瘋了，顯然就是一派胡言。況且前不久人們發現松山下面的街市上有人私自賣牛肉，這就是黑市，有黑市一定就有破壞國民經濟秩序的黑團夥。大家都憑票才能吃到牛肉，一根牛毛都屬於國家財產。一小撮敵視社會主義的反動分子就是癩蛤蟆想吃天鵝肉，要是農場裏真養得有天鵝，這幫反革命雜種連天鵝屎都會吃哩。

農場革委會的副主任是個粗魯到放屁都帶革命性的左派，這種人忠誠、革命幹勁大，但沒有多少文化。他認為這些被送到農場勞改的牛鬼蛇神反革命就是讓他三代赤貧的國民黨反動派。他從五十年代一翻身就積極投身土改，鬥地主、剿匪、肅反、鎮壓反革命，按他教育犯人們的說法：我是光著屁股跟共產黨鬧革命，把那些穿陰丹布的地主富農一個個鬥翻在地吃屎了。他總是衝在最前面，彷彿鬥人、整人、到文革時期的打人、吊人，是其與生俱來的天性，也是革命性中最重要的基因。他最具威懾力的一句話是：小心我吊你「半邊豬」。

「吊半邊豬」是他的一項專利發明，即將細麻繩分別拴住人的大拇指和大腳趾，橫空吊起來。再剛強的漢子，也抵不住吊半天的「半邊豬」。如果你真扛了半天，他就會在你勒到骨頭的拇指上撒點鹽或者辣椒粉，說是給你消消毒。從五十年代吊地主富農、土匪流氓，到六十年代吊倒楣的走資派、反革命，此法屢試不爽。他上識字班掃的盲，在連續的運動中無師自通、鍛煉成長，運動來的越多越大，他的進步也就越快越神速。令人奇怪的是，文革中這個農場的很多解放幹部、土改幹部都被打倒了，而他卻能從一個普通勞改幹部被結合進農場的革命委員會。也許因為他有一個令人膽寒的名字：闞天雷。

闞天雷把趙廣陵叫到辦公室，要他主動揭發李曠田盜賣農場耕牛的罪行。因為他是第一個到現場的，他應該看到牛是怎麼被賣掉的，李曠田又是怎樣存心破壞國家財產的。闞天雷知道，趙廣陵是「二進宮」的犯人，監獄飯早吃出滋味來了，明白如何迎合管教幹部，況且他在木工隊還是個小組長，大小是個犯人中的頭。他最後對趙廣陵說：

「你揭發了，我就不吊你的『半邊豬』。」

按農場方的規定，凡是被叫去談話的服刑人員，進門喊「報告」後，要自覺蹲在地上，管教幹部代表政府，因此你就必須仰著臉跟政府說話。

「報告政府，牛是自己跑掉的。因為掙斷的牛鼻繩還有一截在車上，牛軛是在翻車時崩斷的。這些你可以去看看。那牛車還在我們木工隊。」

「你想包庇他嗎？」

「不。我說的是實情。」

「等我把你吊起來，你說的才是實情。是不是？」

「你就是把我也關禁閉了，我也這樣說。」

「趙廣陵！你個國民黨癩子兵，你給我放老實點，別忘了這是什麼地方！」

「松山。」趙廣陵揚起了頭，眼眶裏有股溫熱的東西要淌下來，不知是為了努力止住它，還是有些名字——無論是人名還是地名——當你在某種場合下提到它時，渾身都會血脈噴張，他竟然「忽」地站了起來。

「蹲下！」闞天雷喝道。「我認得是松山。我看你是不認得這裏是勞改農場，是改造你們這些牛鬼蛇神的地方。你這個國民黨反動軍官，別以為我不掌握你雙手沾滿人民鮮血的罪行，槍斃你十次都死有餘辜。你到底揭發還是不揭發？」

「報告政府，我昨天才聽說他是『斐多菲俱樂部』在雲南的總代理人，是全省資產階級黑文藝的總指揮，還是『胡風反黨集團』份子。這樣的人絕不會盜賣耕牛。他從前可是一個有名的作家，還是省文聯的主席啊。」

「什麼作家，什麼文聯主席，都是混帳王八蛋、牛鬼蛇神！你以為我沒上過學，就治不了他們這些資產階級臭知識份子嗎？」

「報告政府，我絲毫沒有這個意思。我只是不敢羞辱我的老師。」

「羞辱？」闞天雷背著雙手走到趙廣陵面前，抬起一隻腳踩在趙廣陵的右側脖子上，那雙解放橡膠鞋都裂口了，陣陣臭味薰得他只想嘔吐。「這叫不叫羞辱？」闞天雷問。

「報告政府，這是改造。」趙廣陵儘管是蹲著的，但就像把別人施加的侮辱騎在胯下，在氣勢上一點也不輸。

「你是條狗，走資派的走狗。」

「我是服刑勞改人員趙廣陵，囚號三二〇九。」

脖子上的那隻臭腳放下來了，當恃強凌弱者遇到有尊嚴的弱者時，逞強已經沒有了意義，欺凌反倒自取其辱。

「我要關你的禁閉！你這個國民黨殘渣餘孽，只配去吃走資派的狗屎。」闞天雷最後說。

「是的。我配。」趙廣陵鎮定地說。

趙廣陵再度被埋進黑暗的深淵。他一點也不感到冤屈，相反還覺得有些幸運，因為他和大作家李曠田成了「鄰居」。和一生敬重的人同蹲黑牢，朝夕相處，這真是一份光榮。他被革命文藝「拒絕」許久了，他的作家夢、導演夢已經發霉了，但內核裏還鮮嫩得一觸摸就會淌血，敏感得一提到就像回憶起初戀。一個真正的人，厄運加身時一點都不賤，面對高貴，才會如此卑微。

趙廣陵有過蹲禁閉室的經歷，心理承受上多少有點經驗，他擔心自己的鄰居。這間禁閉室比起他上一次蹲的還更糟，黑暗、潮濕、狹小自不必說，還憋悶難擋，稀薄的空氣中總有一股腐屍味。是因爲過去這片土地上孤魂野鬼太多，還是一個大活人也能聞到自己正在快速腐爛的氣息？

再堅固的牢房，都阻隔不了人們渴望溝通的欲望。何況這禁閉室的牆壁不過是用土坯磚砌的。這種磚用黏土脫坯，不經燒製，只是放在太陽下曬乾後便成了磚。砌牆時在磚縫中再勾以黏土，趙廣陵在勞改中也幹過這活，知道這種牆的特性。再說在漫長的黑暗中別說一面土坯磚牆，就是一道長城，有心人也能夠將它挖穿。他連續幾天用自己的尿泚一個固定的地方，然後用床板上掰下的一塊小木片一點一點地掏，終於給他掏下兩塊磚來，而牆那邊還渾然不知。

「李老師——」

黑暗中死一般寂靜。趙廣陵連喊數聲，喊得自己心裏直發毛。難道李老師被關死了？禁閉室裏關人致死、關得人發瘋發癲是常有的事情。在暗無天日的黑暗中，生命不過是煙頭上一粒抖落的小火星。

一隻枯瘦如柴的手總算摸索著伸過來了，最後兩隻不同溫度的手緊緊握在一起，相互都能感到對方的哆嗦，都能感到對方黑暗中的淚光。

磨難中的交流總是最真摯的，即便你敞開心靈深處最難以啓齒的秘密，也會因爲這深重的黑暗而感到安全。李曠田在趙廣陵懺悔之前，先向他懺悔了自己。他說當年如果再堅持一下，用自己的烏紗帽去冒一點風險，趙廣陵也許就進文聯了，他就不會被人民管制。他在文聯這樣的單位便可發揮自己的才華，但他怯弱了。趙廣陵連忙說，李老師，我這樣的人，不能再害你。即便當年進得了文聯，我那麼多的歷史問題，一件件翻出來，我自己倒楣也就罷了。連累了你，我於心何忍。李曠田想了想又說，或許不來文聯也是塞翁失馬吧。反右時我把何三毛劃成右派，雖說是迫不得已，但也是一樁喪失良知的事。何三毛真的就像阿Q一樣不明不白地被革了命。後來雖然摘帽了，但只能在文聯幹點收發工作，這個同志的前途就毀在我手裏了。上一次運動我整別人，這一次運動就是別人整我了。小趙，你不知道，自到省文聯工作後，年年都在運動，天天都在鬥爭。誰還在專心搞創作啊？我就奇了怪了，舊社會有新文化運動和守舊派之爭，有「海派」和「京派」之爭，有「左聯」和「國防文學」之爭，但大家僅是各持己見，算得上是百家爭鳴，從不整人害人。國民黨也迫害進步的文化人，但不會是大面積的，誰受到迫害，全社會共營救，全民對迫害者共誅之。現在不一樣了，整人的人是進步的，不整人的人反倒落後了。文人之間動輒上綱上線，非置對方於死地不可。文人整起人來，斯文也不要了。我好不容易抓出個好劇本《阿詩瑪》，這運動一來，又是大毒草了。連楊麗坤都不能倖免，人家可是周總理帶著去出訪過的名演員呀。批判《阿詩瑪》和楊麗坤，我還得去主持會議，聽楊小昆這樣的無恥之徒發言批判。這不是自己搧自己的臉嗎？這不是自己養的孩子偏要往死裏踹嗎？

趙廣陵看過《阿詩瑪》，而且還不止一遍。楊麗坤的樣子，他越看越像舒菲菲。他甚至想，要是舒菲菲不走，她會不會也在《阿詩瑪》、《五朵金花》這兩部雲南題材的影片中扮演個什麼角色。他還認定，舒菲菲的演技和扮相，不會亞於楊麗坤的，而且舒菲菲更有南國女子的那種神韻情調。但一想到新中國培養出來的演員楊麗坤都被鬥得那樣慘，舒菲菲這種舊時代的演員，個性又那樣張揚，還是走掉的好。

「小趙，你在聽我說嗎？」黑暗中那邊急促地問。

趙廣陵忙：「我在聽，李老師。你說吧。」幽禁久了的人，一旦釋放出他身上的某一項功能，那就是穿石之水，赴火之蛾。趙廣陵第一次從黑牢裏出來，最癡情的就是聽小鳥的叫聲，那簡直就是人間最美妙的音樂。他曾經在勞動時爲了追著去聽一隻鳥兒的叫聲，差一點越過了警戒線，是哨兵的一聲斷喝，才讓他猛醒過來。

「小趙。」李曠田幽怨的聲音在黑暗中如此富有磁性，又如此傷感悲愴。「你不知道人一旦做了官，有多少害怕的東西，又失去了多少爹娘給的東西，更不用說愧對自己當年讀過的那些先賢之書。我要是只當一個作家，該多好。我就不會對你，對何三毛有愧疚之心了。」

趙廣陵說：「李老師，我也一直想向你悔罪，我當年欺騙了你，連我的年齡都向你說了謊。」

李曠田搖搖趙廣陵的手說：「我可以理解。我們都是身跨兩個時代的人，都需要改造。小趙，我不明白的是，你怎麼會成了國民黨的軍官了呢？你究竟有怎樣的人生？」

趙廣陵沉默了半晌，才說：「李老師，我是你在西南聯大時的學生啊！你還記得嗎，一九三九年春天時，你剛聘爲聯大的教授，就上我們的國文寫作課。你還是我們聯大『冬青社』的指導老師。我只是聯大還沒有畢業，一九三九年秋就轉投黃埔軍校了。我掩蓋我西南聯大的歷史，是爲了掩蓋後來上黃埔軍校參加國民黨軍隊抗戰的歷史；掩蓋打日本人這段光榮的歷史，是爲了掩蓋後來參加內戰的歷史。我的歷史問題，就像水裏眾多的葫蘆和瓢，既要按下這個，也想按下那個。但在我們這個社會……難哪。」

兩隻握在一起的手現在變成了四手相互摩挲，一會兒緊緊攥住，一會兒細數對方手掌上的老繭、疤痕、裂口、以及條條青筋。這緊緊相握的手，既戰勝了孤獨，也打破了黑暗。人在困境中，其實有一雙溫暖的手伸過來就夠了。

一個蹲黑牢的人能承受的生理及生命極限是多少天？一週？一個月？抑或一年？有人出來後就瘋了，癱了，廢了，有人直接送了火葬場。趙廣陵第一次蹲黑牢後聽到的傳聞多了。他倒不是爲自己擔憂，而是李曠田老師身子那麼弱，他害怕有一天在黑暗中再也拉不住他的手。好在十天半月的批判會讓這些蹲黑牢的人總算有了放風見陽光的機會。即便站在台上挨鬥受羞辱，也總比蜷縮在黑牢裏強上十萬倍。當然，他們也絕對想不到，在一次公審公判大會上，會忽然宣佈判處他們的死刑。

那是一個陽光熾熱的夏天。刑場就在怒江河谷西岸的一片亂石灘上。江水還沒有上漲，陽光灼烤得河灘上的石子亂跳、沙塵紛揚。雙手反綁跪在河灘上的趙廣陵還記得一九四四年八月裏一個同樣燥熱難擋的熱天。他帶著自己的部隊渡過怒江，那時松山上的日軍困獸猶鬥，遠征軍已經強攻了兩個多月了。趙廣陵還記得他踏上怒江西岸時意氣風發的一句話：「兄弟們，攻下松山，我就可以回家了。」

十二個被宣佈判處死刑、立即執行的死刑犯胸前掛著沉重的木牌，上面是打了紅色大叉的名字和被處死的罪名——歷史反革命、特務、偷越國境分子、殺人犯、強姦犯、「五一六分子」、大走資派、破壞上山下鄉運動分子、三青團骨幹、盜竊耕牛團夥頭目等等。他們一字排開地跪在亂石灘上，每個死刑犯身後站有兩個士兵，負責把嚇癱了的犯人提溜起來，讓他們跪有跪相——經常有這樣的死刑犯，剛在公判會上聽到「判處死刑、立即執行」的宣判後，就已經癱成一堆爛泥了，行刑的人不得不像拖死狗一樣把他們拖到刑場。現在，行刑隊站在七八步開外的地方，壓滿了子彈的半自動步槍緊握在他們手中，槍上的刺刀閃著寒光。只等監刑官一聲令下，他們便會齊步上前，瞄準，射擊……

快些結束吧。趙廣陵只是這樣想。公捕公判大會開了一上午了，就像在嘲弄他長達四十二年的失敗人生。他本來應該在二十四歲時就光榮地戰死在這裏──松山。但無情的命運似乎要捉弄他近二十年，讓他以這種屈辱的方式，了結當年未竟的死亡。快點給我一顆子彈，送我回老家吧。

「荒誕！」趙廣陵當時肯定聽見了被押在他身邊的李曠田說了這麼一句，押他的兩個員警還用力把他的頭往下壓，不准他再亂說亂動。趙廣陵的脖子上也挨了一巴掌，那是爲了讓他扭過去的頭轉回來。也許李曠田爲自己被槍斃的罪名感到荒誕？他胸前掛的牌子上寫的是「斐多菲俱樂部主任，盜竊耕牛團夥頭目」。在冗長的宣判過程中，趙廣陵那時還有時間想，那些給李曠田羅織罪名的人知道斐多菲嗎？知道斐多菲的「生命誠可貴，愛情價更高，若爲自由故，二者皆可拋」的千古名句嗎？他們或許只知道斐多菲是個洋名，是洋的就是資產階級的，就應該和盜牛這樣下作的行爲編織在一起，以達到他們羞辱一切知識、文化、文明、美德、崇高的目的。馬克思、恩格斯、列寧和史達林，是不是洋人？可他們卻是偉大革命導師。這的確荒誕，比多年以前趙廣陵（**那時他叫廖志弘**）打了敗仗被李獮槍斃一樣荒誕多了。

因此，趙廣陵臨槍決前只想快些結束這荒誕的鬧劇。在他當戲劇導演的時候，在他做作家夢的時候，他總是想像不出人生的命運應該悲到什麼程度，才是最深厚純正的悲劇。現在，他明白了這個世界上最大的悲劇莫過於常識被荒誕所強姦，並由自己和身邊的人一起上演。

趙廣陵聽見了行刑指揮下達了命令。「槍上膛，向前，齊步走！」然後他感到背脊一陣陣發涼，四隻有力的手壓住他的雙肩和手臂，他努力想挺直腰杆。真是窩囊到家了，當年在戰場上要是知道會是這種死法，真不如面對敵人的槍口勇敢地撲過去。趙廣陵還有時間回憶：松山戰役進入尾聲時，被團團圍住的日本鬼子彈盡糧絕，有兩個鬼子軍官揮舞著指揮刀，直著腰杆撲向遠征軍的槍林彈雨。他們不嚎叫，也不繳械，更不會投降。這種敵人你對他有一萬種恨，也會暗生欽佩。人生一世，草生一秋，死得燦爛如花，壯懷激烈，那才是好男兒的死法。被人按著像殺豬一樣給宰了，真是死輕鴻毛，死亦有悔了。趙廣陵最後向左側李曠田那個方向瞄了一眼，發現他和他一樣，挺直了身軀，昂起了頭，花白的頭髮令人心碎，雖然五花大綁，但依舊凜然尊嚴。而他身邊的兩個死刑犯已經癱了。

天戕斯文，廣陵散絕矣！

一陣排槍響後，江水凝固，太陽沉落，松山矮了下去；幾隻白鷺在遠處的稻田裏受到驚嚇，拍翅驚飛，盤旋在青山綠水間。白鷺啊白鷺，請帶我回家。白鷺，你就是我家牛背上的那一隻嗎？快告訴我的爹娘，不孝孩兒回來了。

但這不是死亡，也不是天堂裏的景象。趙廣陵依然跪著挺立在刑場上，他轉頭四處張望，發現李曠田和他一樣跪得筆直，只是頭低垂，像是很害羞的樣子，又像在思索生與死的界限。還有兩個也是陪殺場的，但已癱成了一堆泥。不得不被人提溜起來，拖著走了。這時趙廣陵聽見一個聲音喝道：

「趙廣陵，站起來！還不感謝政府對你的寬大？」

跟我玩這個，你們還嫩了點。一九四四年的春天，遠征軍大反攻在即，趙廣陵的連隊駐紮在保山城郊的一個村莊待命。那是一個開滿梨花的村莊。一天，值星排長來報告說抓到一個偷百姓雞的士兵。按當時的軍規，侵擾駐地百姓者，就地正法。村莊裏派出三個老者送來全村人按了手印的請願書，請求不要槍斃那個士兵。但趙廣陵不爲所動，軍法如山，豈可兒戲。槍斃這個士兵時，把他綁在一棵梨花燦爛的梨樹上，擔負行刑的正是他的老鄉，這傢伙放了一槍空槍。那天趙廣陵集合全連的兄弟站在遠處受教育，他們身後是跪了一地的老百姓。槍響之後，老百姓捶胸頓足、呼天搶地。但那被綁著的兄弟忽然高喊：孬種！這種槍法還能上戰場打日本鬼子！趙廣陵大喝一聲：小三子，牽馬來！他跳上馬，跑出去十幾步遠後，回身揮手就是一槍。梨花驚落，軍民震動，綁在梨樹上的那條好漢才軟了下去。

人保持最後一點尊嚴其實很容易，以死相爭就是了。但如果人家不讓你有尊嚴地死呢？兩個陪殺場的人回到各自的禁閉室後，趙廣陵長久沒有聽到那邊的聲音。他想也許李老師這樣的大知識份子，沒有經歷過戰火，沒有見識過法場，第一次面對這樣的場面，心有餘悸也是常理。但都送過兩次飯了（趙廣陵以送飯來推算時間），那邊還是沒有一點動靜。趙廣陵不能不擔憂了。他在牆壁上敲了三下，又把頭湊到那個洞口：「李老師，你還好嗎？李老師，李老師！」

黑暗中終於傳來一聲：「士……可殺不可辱……要關要殺，幹嘛不痛快點！」

「李老師，別跟他們一般見識。李老師，你吃飯了嗎？把你的手給我。」

「唉，與其被他們這般羞辱……」

「李老師，你可別亂想啊，要活著，要活著，要活下去！」趙廣陵摸著了李曠田的手，使勁地搖晃，希望把活著的信心傳遞給他，就像當年李曠田鼓勵他要堅持寫作，寫下去一樣。「李老師，我一直想請教你一個問題。爲什麼現在的紅衛兵運動和我們當年的學生運動不一樣了？都是學生，都當『丘九』，還都是共產黨領導。」

那邊無語，許久才傳來一個似乎厭倦了的聲音：「我也想不明白。」

本來在黑暗中最適合反思這樣的問題，但又最想不透徹。因爲被黑暗埋得太深，現實便虛幻變形了，時空也就扭曲了。春江花月夜被潮水打濕的月亮，魚龍潛躍在水面劃出的波紋，綠葉上揮舞的陽光的手指，白雲柔和發亮的邊緣，湖畔柳樹夢境般的倒影，蒼鷹的翅膀剪開的藍天，女人眸子裏珍貴的寶石，花蕾微微張開的嘴唇，薔薇月華下的暗香，桂花秋色中的迷醉，以及星星飄逸的光芒，月宮裏孤獨寂寞的嫦娥，李白床前撒滿鄉愁的月光，杜甫茅屋旁沉鬱雄健的秋歌，都被強大的黑暗埋葬了，被扭曲的時空吞噬了。趙廣陵還記得天體物理學家劉麒麟說過，時空越扭曲，重力場就越大。而這種超乎人們想像的「重力場」，會決定一切物質的分佈和運行。相對於渺小的人，在這種「重力場」裏，也許只能想一個亙古的問題：生存，還是死亡。

但生不易，死也不易；牢裏的人活得艱難，外面的人也不輕鬆。各級革委會奪權、反奪權；造反，再被造反。城頭變幻大王旗如同兒戲。更兒戲的是趙廣陵他們的假槍斃後來成為一種常例。每次槍斃人都把他們拉出去陪殺場，每一次槍斃他們的都是同一個士兵。相互間竟然成為了熟人。一個說你不用怕。一個說你辛苦了。趙廣陵把它當成了荒誕的玩笑，而李曠田卻認為這是一次又一次的強姦。他終於受不了啦。以至於有一次他在黑暗中憤懣地說：「這是法西斯式的改造！」

一天，假槍斃的戲收場後，闞天雷把趙廣陵留了下來，說木工隊那幾個犯人都是笨到吃屎的日膿包，連個牛車都修不好。你去幫打理一下。再做幾塊樹在路邊的大語錄牌。

趙廣陵的機會來了。他完成任務後還偷偷做了個茶几，在闞天雷來檢查時，大著膽子對他說：「報告政府，我用多餘的材料做了個小茶几。請政府抬回去吧。」

闞天雷鼓起眼睛盯著趙廣陵，又看看那個小巧漂亮的小茶桌。「趙廣陵，你好大的膽子，你想腐蝕政府？」

趙廣陵的心咚咚亂跳，但他從闞天雷看茶几時不經意間流露出來的欣賞眼光，便拿准了這個工農幹部的心思。他早就知道這個傢伙雖然滿嘴革命，但愛貪小便宜，畢竟是農民出身嘛。因此他說：「報告政府，都是用邊角餘料做的，不做這小茶几，那些材料也丟了浪費了。我是想，政府為我們日夜操勞，客廳有個小茶几，政府平常喝茶看報方便，我也是多爲革命做點貢獻。」他一邊說一邊看闞天雷的臉色，末了又大著膽子加了一句，「現在城裏的幹部都時興用這個的。我在昆明的監獄時也給那邊的政府做過。」

「嗯，這個……你個小狗日的，天黑後抬到我家裏去吧。」

農場的幹部們都住在單獨的宿舍區，其實也是一排很簡單的土坯房，只是每人有一個獨立的小院。趙廣陵從一個茶几開始，慢慢成了政府宿舍區裏的常客。因爲闞天雷的妻子要求趙廣陵再幫他們做一個三門櫃，然後是闞天雷的鄰居們。他們都說這個三二〇九號犯人木工手藝好。那期間文化大革命剛開始時的那種瘋狂勁頭似乎已經過去了，人們開始偷偷爲自己考慮。松山上有的是木材，勞改犯中又有的是手藝人，哪個不想「靠山吃山」？因此，爲勞改幹部做傢俱，也是趙廣陵這樣的牛鬼蛇神改造之一部分。

去其他勞改幹部家做活計，工錢當然是不能討的，主人最多供點吃，還不能跟主人家一起吃，畢竟你是犯人身分。主人端點飯菜送到做工地點，你就蹲在哪裏吃了好趕緊幹活。但闞天雷不一樣，一是他的活計多，二是他這樣的工農幹部生性豪爽，還有點鄉村人的樸素好客習性。趙廣陵在他家幹活的第二週，他就招呼趙廣陵上飯桌了，而且每到晚上還倒一碗包穀酒和趙廣陵對乾。闞天雷的酒量並不怎樣，一碗酒下肚舌頭就大了。在一個酒酣耳熱的晚上，趙廣陵趁勢說：

「報告政府，我今天中午休息時聽廣播，說毛主席又特赦了一批國民黨戰犯了。」

「毛主席真偉大。」闞天雷真誠地說，又真誠地喝了一口酒。「怎麼，你有什麼想法？」

趙廣陵的罪名中就有「戰犯」一條，因此他趕緊說：「不敢不敢。毛主席特赦的都是中將以上的大戰犯。我們這種小螞蚱，還要認真接受政府的改造。」

闞天雷斜了趙廣陵一眼，「嗯，好好改造，政府會寬大你們的。所以你們不論怎樣，都要相信政府、相信黨。來，喝一口。」

「是是是。」趙廣陵端起酒碗一口飲盡。「報告政府，有個事情想向政府報告一下。」

「講。」

「雨季快到了，我想在下雨前把政府的這組沙發儘快做好，這樣木料才不會變形。請政府幫我派個幫手吧。」

「嗯。我明天給你喊個人來。」

「報告政府，能不能讓李曠田來？」

「他一個臭文人，懂得使用鉋子銼子嗎？」

「讓他來幫政府幹活，對他也是一種改造吧。」

「革命不是請客吃飯。對他這種資產階級知識份子，蹲禁閉室才是最好的改造。你不要說了！我要關誰放誰，還要你來指揮？別忘了自己的身分。」闞天雷語氣冷淡下來了。

趙廣陵坐在那裏一動不動，他雙手攥緊了拳頭，恨不得一拳砸了過去。但他說出來的話卻是另外一套：

「報告政府，我們是牛鬼蛇神，真心接受政府的改造，重新做人。這是政府的政策，我們衷心擁護。但在某些時候，我們也需要政府的寬大、慈悲。就像毛主席把國民黨的那些大戰犯都赦免了，放回家了。因此人民群眾都說毛主席偉大、英明。政府其實也可以像毛主席一樣英明。」

「胡說！毛主席是毛主席，我是我。別瞎扯。」

「政府像毛主席一樣對我們寬大仁慈，也就是執行了毛主席的革命路線，不敢說政府偉大，政府至少也是慈悲的。」

「慈悲？對你們這種人？」

「只需要小小的一點就好，就是給條活路就夠了。過去解放軍還優待俘虜呢。抓到的俘虜不打不罵，主動繳槍的還有『繳槍費』；解放軍自己糧食不夠吃，卻讓俘虜吃飽。因此敵人都往解放軍那邊跑。政府行點慈悲，就是一種美德。老百姓的說法，叫積德。誰不想積德呢？」

「積德？幹我們這行的人……」

「政府做的是治病救人的事情，人救過來了，當然是積大德。請政府救救李曠田，他有嚴重的風濕病，再在禁閉室裏關下去，我估計他連路都走不了啦。請政府開開恩吧。毛主席有天大的權力，他為人民謀幸福，他就是人民的大救星；政府也有政府的權力，用這個權力來救人一命，也是救星。政府的祖先一定會為你積的德感到欣慰。」

「權力……祖先……」

第二天李曠田就從禁閉室放出來了，青苔、霉斑佈滿他的全身，連鬍鬚都是綠色的。他踉踉蹌蹌地跟在趙廣陵後面，絢爛的陽光讓他渾身哆嗦，疼痛不已。他看著那些傢俱，滿腹狐疑地問：

「小趙，你真以為我會幹木匠？」

趙廣陵苦笑道：「當初我就想當個像你這樣的作家，結果就成了個木匠。」

附件六：家書（之三）

趙廣陵同志：

偉大領袖毛主席教導我們：「要鬥私批修。」

幾次申請探監都得不到批准，一年又七個月零十三天也沒有收到你的隻言片語。你被正式判刑以後，我才知道你在松山服刑勞改。不知道一切可安好？農場的改造生活想來也像外面一樣，四海翻騰雲水怒，五洲震盪風雷激，革命形勢一片大好吧？

請不要責怪我們的兒子豆芽。他要求進步，我們做父母的不能給他創造更多更好的條件，已經很委屈他了。豆芽現在響應毛主席的號召，成為了一名光榮的下鄉知識青年。他在廣闊天地裏接受鍛煉，用自己的汗水證明對黨和毛主席的無限熱愛。

我不是你的好戰友。我們的老二豆角不在了，走了。是我們這當爹媽的不好，給孩子帶來不好的出身，又教育不好孩子，眼睜睜地看著孩子一個又一個從身邊離開，心上的肉一坨又一坨地被挖走……偉大領袖毛主席說：「雞蛋因適當的溫度而變化為雞，但溫度不能使石頭變為雞。」我們這種反革命家庭，沒有革命的溫度，孵不出小雞來，我們養的都是石頭！

前些日子照鏡子竟然發現我有幾絲白髮了。還記得當年你讓我背白居易的《上陽白髮人》

嗎？「上陽人，上陽人，紅顏暗老白髮新……」

偉大領袖毛主席又教導我們說：「雄關漫道真如鐵，而今邁步從頭越！」經過組織做工作，不厭其煩地幫助我，教育我，為我介紹認識了葉世傳同志。葉同志是個傷殘革命軍人，為革命流過血流過汗，毫不利己、專門利人，革命半輩子還沒有成家。組織認為我如果要改造好自己，我們的孩子要有一個好的前程，我和葉同志的結合就是符合革命利益的，也是有利於你的改造的。我左思右想，轉輾反側，「孔雀東南飛，五里一徘徊。」終於決定接受組織的安排。林副主席也說過：「革命戰士是塊磚，哪裏需要哪裏搬。」現在不是嫁雞隨雞、嫁狗隨狗的年代了，希望你也看清形勢，認識自己，同意結束我們有罪的婚姻……

趙哥哥，就請你看在我們的兒子趙豆芽的份上吧。他上次來信說數次要求入團，但數次政審都通不過。

趙廣陵同志，一萬年太久，只爭朝夕。十二年刑期在人生中也只是一個小片斷。希望你認真接受政府的改造，加強學習，爭取減刑。

祝福我們偉大的領袖毛主席萬壽無疆，敬愛的林副主席永遠健康。

（又：上邪！我欲與君相知，長命無絕衰。山無陵，江水為竭，冬雷震震，夏雨雪，天地合，乃敢與君絕！）

致以革命的敬禮！

舒淑文　泣書　一九六九年十二月三日

趙廣陵在黑牢裏擦完火柴盒裏最後一根火柴，才把這封舒淑文要求離婚的信讀完。火柴是他給政府做私活時偷偷帶進禁閉室的。爲了防止蹲黑牢的人有不軌行爲，每次他們回到禁閉室都要搜身，但趙廣陵每次在屁股裏夾帶一兩根火柴，用螞蟻搬家的方式，終於積攢了一盒。深陷黑暗深處的人，自然會對一點光亮有強烈的欲望和豐沛的想像力。但他絕沒有想到，一盒火柴能提供的那點微弱而短暫的亮光，不過是爲了讓他看到自己家破人亡、妻離子散的末路窮途。他劃一根火柴看一句，再劃一根火柴又看一句，像讀甲骨文那樣慢，像讀一個被逼爲人妻的陌生女子的身世那樣費盡思量。這是舒淑文嗎？是舒淑文寫的信嗎？只有讀到最後的那首漢代樂府民歌時，他總算讀懂了妻子的心。不但讀出了他們二十幾年夫妻生活相濡以沫的默契、信任、依賴和患難與共，還看到了字字句句飽蘸的眼淚，看到了在那些滿紙荒唐言背後，一個妻子也會像他被假槍斃一樣，不得不承受命運的嘲弄與侮辱。那時火柴上的餘燼已經燒進了他的手指。

上邪啊上邪！既與君相知，長命與君守。可是啊上邪，二月冬雷，七月飛雪，山川傾覆，天崩地陷如斯，竟至與君絕！

大悲無淚。如果時間能夠被「黑洞」吞噬，心也會的，那是比「心死」更不可言說的無垠黑暗。趙廣陵第一次進監獄時，不是沒有想過離婚的問題。那時很多右派同改都離婚了，說是爲了家庭好。趙廣陵開初不是很理解。蹲個監牢算什麼，國民黨時代因政治原因蹲監牢的人多了，但似乎很少聽說會給家裏人帶來什麼影響。那時陸傑堯就是自願離婚的，他說一個右派父親會影響子女的進步。陸傑堯接到離婚裁決書那天一個人蹲在號子裏啜泣，趙廣陵既同情又鄙夷，這樣的家庭不能同甘苦共患難，散了也罷。他在舒淑文來探監時曾試探著問她會不會這樣想，沒想到遭到妻子的嚴厲呵斥，說趙哥你胡亂想些什麼，你把我看成什麼樣的人啊？我只恨自己不能跟你一同蹲監牢呢。

你是政治犯，沒偷沒搶的，我不丟人。那些高知同改聽趙廣陵敘說自己妻子的態度後，都說，趙廣陵，你這輩子值了。

可是，如果一個丈夫一而再、再而三地被管制、被監禁，被發配邊遠之地勞改，做妻子的能夠依託的肩膀在何處？當子女的希望又在哪裏？尤其在這個什麼都講究出身的社會裏。三個孩子都養不活，他這當父親的難辭其咎。舒淑文說得對，他們這種家庭「沒有革命的溫度」。貧賤夫妻百事哀，貧賤不可怕，「哀」其實才讓未來沒有了指望。豆芽當知青在廣闊天地磨礪了心志，鍛煉了筋骨，將來一定會要求進步，入團、入黨，爭取招工、招生、甚至參軍的有限名額，這樣他才能有更廣闊的前途。而他的父親還是一個勞改犯，他連夢想都不會有了。

第二天趙廣陵被提審，闞天雷身邊還有個管教幹部熊隊長，闞天雷問你老婆信後面那段話是哪樣意思，是不是對一片大好的革命形勢有哪樣意見？犯人的家信都必須經管教幹部拆閱後，才可分發給犯人，回信也一樣。趙廣陵回答說，那不過是一首樂府歌謠。闞天雷鄙視道，哪樣樂府岳父（樂府）老丈人的，儘是封資修的東西。趙廣陵爭辯說，它可是勞動人民的民歌，不是封建地主階級唱的。熊隊長不耐煩了，就問趙廣陵對離婚什麼態度，還說人家那邊發函來了。你快做決定。催人離婚也比替人辦喜事更急迫，還要正式發公函。真是荒謬絕倫，人心不古。趙廣陵心灰意冷，不想再跟兩個工農幹部申辯什麼了，就說請借我紙筆，我寫。

孔雀東南飛，何苦復徘徊，嫁狗犬戴鏈，嫁雞引頸屠。願妻入青廬，教子相新夫；愛子易他姓，貴賤有天命。弓射比翼鳥，棒打鴛鴦散；梧桐葉凋零，孔雀不復還。

趙廣陵揮筆寫下這首短詩，心裏空空的，彷彿跌進一個「黑洞」裏了。兩個管教幹部看了半天也不明就裏，詩裏的字都還認不全，闞天雷還念出「棒打鳥鳥散」的奇句來。但他們從趙廣陵的情緒上，估計他八成是同意了。闞天雷說：

「趙廣陵，別假裝斯文了，寫些哪樣狗屁詩。」

趙廣陵攥緊了拳頭，眼珠子都要蹦出來了，就像一個要躍出戰壕拚命的死士。「老子老婆兒子都不要了，你們還要老子寫『春風楊柳萬千條，六億神州盡舜堯』嗎？」

熊隊長喝道：「放肆！給我蹲下！」

闞天雷似乎動了惻隱之心，便說：「就寫同意不就是了嘛。真是脫褲子放屁。」

趙廣陵回到黑牢裏才放聲痛嚎，李曠田不知他這邊出了什麼情況，不斷低聲呼喊他，讓他把手伸過去。

到趙廣陵嚎聲平息，他爬在黑暗中摸到了李曠田的手。

「你的歷史又被翻出來一段了？」一個幽幽的聲音從那邊傳來。

這是一個有何等眼力的老革命！當初怎麼就把他給騙了？趙廣陵此刻只感到羞愧。「不是，李老師。我……我剛才……我妻子被他們逼著改嫁，我……我只得同意啊……」趙廣陵又哽咽了。

李曠田搖搖他的手，算是安慰。良久才說：「這是爲他們好。壯士斷腕，嗯？」

「嗯……」

「我進來前，就和我妻子協議離婚了。」李曠田淡淡地說。

趙廣陵抓緊了李曠田的手，他爲剛才的軟弱無地自容，自己就像一個在戰場上受了點擦傷就叫喚得呼天搶地的娘娘腔。這時他才忽然醒悟到，不是他「自願申請」來黑牢裏陪伴李曠田，而是在這個黑白顛倒、瘋狂迷亂、蒙昧盛行的世界裏，他需要和高尚靠近，和直面慘澹人生的勇者爲鄰。三十年代末期李曠田的妻子穿花格呢子裙，大紅色毛衣，紮兩條粗黑柔順的辮子，走在西南聯大的校園裏，學生們不知道她究竟是哪個系的系花；五十年代時，趙廣陵在省文聯的學習班又見過她一面，那時她穿列寧裝，戴軍帽，是省軍政委員會的解放軍幹部。她來給學員們講《資本論》，趙廣陵才知道師母原來是北大哲學系的高材生，抗戰前就畢業了。

「幹革命，當和尚就好了。」李曠田說。

趙廣陵無言以對。他不能革命，只有家才是他人生的支撐。人如果有了遠大的抱負，強大的事業心，不要家又何妨。可他不過是一個一直被改造的木匠，他只能苟活。要活下去，沒有家怎麼行？

「小趙，小趙……」

「嗯。」

「昨天我做的那條小板凳，還行吧？」

「嗯。」

「你說過，能做小板凳的木匠，就算是出師了。開初我還不相信，一條凳子多不起眼啊。自己動手做才明白，刨板、改方、鑿眼、斗榫，斧、鋸、刨、銼、錘、墨斗、角尺，十八般兵器，樣樣都得會用。你還得學會構思，有想像力，會佈局，注意細節，營造美感，做好了後還要打磨修整，潤色上漆。這其實跟寫文章一樣啊。小趙，你讓我學會了木匠手藝，我們互爲師徒。以後我能出去，也可靠此手藝謀生，對吧？」

「嗯。」趙廣陵想起當年自己學納鞋底時的感悟。知識份子就是這樣改造出來的。

又是長久的沉默，看來是話妻子遇上訥言者了。但李曠田今天的話似乎特別多。他說自己當初主動提出離婚，是因為害怕陷入夫妻間相互揭發的悲劇。離婚了，對方與己無干，歷史問題不互相連累，各自的罪責各自承擔。即便要被逼揭發，也可用離婚了不知道來搪塞。既然暴風驟雨來了，多少同林鳥都成了分飛燕，能活下去一個總比同歸於盡好。過去在戰場上，遇到危急時刻，總有人要斷後掩護，作出犧牲。男兒大丈夫，在家庭中隨時隨地都要擔負這樣的角色。

李曠田繼續說：「小趙，你知道這場運動中有多少大作家、大知識份子自殺嗎？動亂死多鬥，風暴過後，你才能看到滿目瘡痍。老舍先生自殺了，大作家趙樹理都被鬥死了。文藝界自殺死的、鬥死的人多了。言慧珠、嚴鳳英、馬連良、蓋叫天、鄭君里、吳晗、鄧拓、翦伯贊、周瘦鵑、還有傅雷夫婦、聞捷夫婦，都死了。我們聯大地下黨的領導人華崗教授，當年可是受周總理的直接派遣來雲南做龍雲的工作的，沒有華崗，哪來聯大『反饑餓反內戰爭民主』的鬥爭成果？當年吳晗同志就是受華崗同志的指派，去做聞一多、費孝通、潘光旦、曾昭掄、張奚若這些進步教授的工作，鼓勵支持他們和國民黨反動派作鬥爭。但是啊，這麼好的一個同志，也被抓進去了，說是胡風集團成員。我在華崗同志手下工作過一年多，於是我就有今天了。天知道華崗同志現在是否也像我一樣蹲在黑牢裏。」

那邊還是沒有應答，就像是對這些人間慘劇麻木不仁一樣。

也許這些悲劇離趙廣陵太遠。李曠田又說：「小趙，你還記得你的朋友老韓嗎？我前幾年在街上碰見了他，他勞改結束後拉板車送蜂窩煤，身體壯實著哩。我拉著他的手說來我們文聯坐坐。他氣鼓鼓地說，你們那廟堂我進不起。嘿嘿，是個有個性的人呢。我到文聯工作後看了一些過去的檔案史料，他還真是一個搞藝術的人，跟政治沒有多少關係。三青團嘛，抗戰時我們黨還鼓勵好多有才華的青年加入，只是到了後來國民黨完全控制了三青團，又搞什麼黨團合併，那些本來想追求進步而參加了三青團的青年，就說不清楚了。但是啊，毀掉一個藝術家就是潑出去的水。那個何三毛，你別說還是有幾刷子的。反右前一年文聯辦春節聯歡會，他演了一段阿Q的獨角戲，我看在中國沒幾個人可以超越。本來他就要結婚了，是個鄉下姑娘，但阿Q一成右派，人家就不幹了。這是我的罪孽啊！我真不知道如何才能贖還。」

李曠田忽然加重了語氣，「有一年，大概就是在反右期間吧，省公安廳的兩個幹部來文聯外調，說是找一個叫趙岑的人。」

李曠田感到趙廣陵一直握著他的手鬆了一下，就像一個被抓住的人想逃脫開去。李曠田暗自得意，怕你不開口？他繼續說：「我說我們這兒沒有這個人。但人家說，你們這兒曾經給一個叫趙迅的人辦過學習班，後來他被人民管制了，又查出他是國民黨反動軍官。還取了不同的名字，一個時期叫趙廣陵，一個時期又叫趙迅，還有一個時期叫廖……廖……廖志弘。」

趙廣陵像個小偷一樣抽回了自己的手，但李曠田又在黑暗中捕捉到了它。「哈哈，你可真夠狡猾的。他們懷疑你根本不是趙廣陵、趙迅、或者廖志弘，叫這些名字的或許是另外一個人。因為還有一個在敵偽檔案中記錄在案的國民黨反動軍官漏網了。」

「趙岑戰死了。」趙廣陵終於開口說話了。

「在哪裏被打死的？」

「滇緬戰場上！」趙廣陵的聲音激昂起來，憤懣的情緒洪水一般傾瀉出來了。「怎麼，你們難道連為國家民族抗擊侵略者的人，也要查祖宗三代嗎？活的要查，死的也要查。當年誰不是為了不當亡國奴，才走上抗日戰場的？共產黨抗日沒錯，國民黨的軍隊就只是在逃跑、投降？這松山是怎麼打下來的？日本鬼子是怎麼從滇西趕出國門的？為攻克這一座松山，就在這裏戰死了六、七千人。你要是在外面，晚上你都可以聽到大風中的哭聲。那些戰死的士兵，像碼柴禾一樣堆起來掩埋。李老師，打掃戰場掩埋自己人的悲傷，足以抵消贏得勝利的喜悅啊！你活下來了，但就像還活在噩夢裏。你曾經的生死兄弟，就是那屍體堆裏的某一個。你看到黃土覆蓋在他們身上，就像自己也被埋葬了。無論你走到哪裏，他們都會跟隨著你。在晚上哭著鬧著要你帶他們回家。我一來到這裏，他們都來找我了。我幾乎每個晚上都能和他們見面……」

「難怪我有幾天在黑牢裏彷彿看見有人，渾身血污，斷胳膊少腿的。」李曠田禁不住心有餘悸地插話。開初他以爲是夢幻、是錯覺，但那些飄浮在黑暗中的身影彷彿伸手可及，後來他又以爲這些人是和他一起押赴刑場的死鬼。現在他反應過來了，這些人是穿著軍裝的。他一直不好意思問趙廣陵是否也看見過這些鬼魂。因爲他是個徹底的唯物主義者，如果他相信人間有鬼神，那麼他堅持了大半生的信仰，就不純潔了。

「可能他們不小心竄到你那邊去了。在你沒來這裏之前，他們去砸松山上的抗日陣亡將士紀念碑。碑被砸倒的當天晚上，勞改農場全體鬧鬼。砸碑的人大部分腹瀉、發燒、發瘋說胡話，農場醫務室就像個瘋人院。有四個人還無緣無故地摔斷了手腳。松山主峰燃起了大火，天都燒紅了。可派人上去查看，卻一點火星星都沒有發現，只有松濤在怒吼。去查看的人回來說聽見了鬼打架的聲音，刀槍相碰的聲音，那是我們遠征軍還在和日本鬼子廝殺啊！可是那些造反派不相信，開了一個批判會，結果兩個上台發言的人下來後嘴就歪了，半年才恢復過來。」

「呵，小趙，你在講神話故事哩。什麼樣的碑，被你說得那麼神？」

「遠征軍第八軍一〇三師的碑。一〇三師是松山的主攻部隊，一個團一個營打下來都沒剩下幾個人。雖然是國民黨軍隊，但那些普通的士兵，都是在爲國家民族犧牲，爲什麼要砸他們的碑掘他們的墳呢？這裏是他們的血衣葬地，那些爲國捐軀的人，怎麼不成孤魂野鬼？」

「嘿嘿，一說到你的戰場，你不但忘記了拋棄你的老婆，還忘記了你這些反革命言論，又可以加判你五、六年。」李曠田再次使勁地搖晃趙廣陵的手，「告訴我，當年你在這裏是怎麼打日本鬼子的？那個叫趙岑的，又是怎麼戰死的？」

17 松山之役——黑暗中的傾訴

君不見走馬川，行雪海邊，平沙莽莽黃入天。輪台九月風夜吼，一川碎石大如斗，隨風滿地石亂走。匈奴草黃馬正肥，金山西見煙塵飛，漢家大將西出師。將軍金甲夜不脫，風頭如刀面如割。馬毛帶雪汗氣蒸，五花連錢旋作冰，幕中草檄硯水凝。虜騎聞之應膽懾，料知短兵不敢接，車師西門佇獻捷。

李老師，每當我回到這滇西，我的每一個還活著的細胞，都在吟誦岑參的這首詩，哪怕是以一個勞改犯的身分。一九四四年春夏之交的滇西邊地，每一條江河，每一座山頭，每一塊岩石，每一棵樹木，都在高唱這討伐侵略者的慷慨激昂之音。伴隨這大風之歌的，是滇緬公路上連綿不絕的軍車隊，天上隆隆飛過的飛虎隊的戰機，落在日本鬼子陣地上的炸彈，以及怒江經久不息的怒吼。「車轔轔，馬蕭蕭，行人弓箭各在腰。」國軍打仗從來沒有這樣氣派過，雖然還是土布軍裝、腳上還穿著草鞋。但我們已經以車代步，有強大的火炮，有空中優勢，有美國人提供的最新式武器，比如火焰噴射器，那時我們叫噴火槍。是那些躲在地堡裏的小鬼子的奪命槍哩。

好吧李老師，我不跟你兜圈子了，我向你如實交代。其實我就是趙岑，這是我上黃埔軍校時和打日本人時用的名字。我要效仿邊塞詩人岑參嘛，上聯大時我寫的論文就是關於岑參的詩歌的。趙廣陵是我上西南聯大時的名字，趙迅是我抗戰勝利後在昆明搞戲劇時的名字，那時我又以魯迅的弟子自詡了。而在聯大「冬青社」時，我用的是筆名「長河」。李老師來「冬青社」指導我們時，還點評過長河同學的一篇小散文。沒關係李老師，你忘記了更好，要不五十年代我就在你面前露原形了。那時我們都是文藝青年，相互間喜歡以筆名相稱，我還聽聞一多先生說過，要打破舊傳統，先要廢姓哩。在聯大時我們都以把過去的舊名字拋棄爲時尚。我有個學兄是聯大的桂冠詩人，也是我的情敵，他的筆名叫「巨浪」，那時年輕氣盛，互相不服輸，你敢叫「巨浪」，我就叫「長河」。當然，我還有其他的名字，以後再慢慢告訴你吧。身逢亂世，人不得不變換各種身分。

一九四四年八月十四日，我隨部隊渡過了怒江。我們第八軍本來是整個滇西戰役的戰略總預備隊，松山由遠征軍第十一集團軍第七一軍新二八師擔任主攻。但他們攻了將近一個月，幾乎把一個師打殘了，卻連松山的主陣地都沒有拿下來。七一軍同時還擔負攻打龍陵的任務，所以我們第八軍不得不緊急增援松山。

其實我本不是第八軍的人，我是滇西大反攻前主動要求回來參戰的。之前我在晉察冀第二戰區打遊擊，這是我另一段歷史，現在我還不想交代。松山的後面就是我的故鄉龍陵啊，還有比一個抗日軍人打回老家更令人熱血沸騰的事情嗎？我到第八軍後，任一〇三師三〇七團二營一連上尉連長。在我們連來到松山之前，第八軍的兄弟部隊也打了一個月多了。我們第八軍上來一個團打殘一個團，連續上了六個半團，再加上軍直屬部隊，才把松山打下來。國民黨軍隊打仗，士兵還是不怕死的，打日本人嘛，誰不是懷著滿腔仇恨報國殺敵的心情上戰場。但高級軍官素質太差，尤其是師長、軍長以上的大官，其軍事素質我看還不抵日軍的一個營級官佐。松山戰役之所以打得那樣慘，首先是我們對敵情判斷有誤，開初認爲山上的敵人最多只有幾百人，但後來發現這小鬼子越打越多，原來人家有一個聯隊的主力加一個炮兵大隊，還有工兵、通信兵等其他兵種，有一千多號人呢。然後是對敵人堅固的工事估計不足。以爲我們有壓倒性優勢的大炮，還有美軍飛虎隊助戰，炮彈炸彈犁它幾遍，士兵衝上去繳械就行了。其實哪有那麼簡單啊。

這仗開初打得非常窩囊。你攻擊前方的山頭，隱藏在暗堡的敵人先不開槍，放你的攻擊部隊從他眼皮下通過，等主陣地上的槍一響，他們就從你背後掃來陣陣彈雨。你攻擊側面的暗堡吧，主陣地的敵人又居高臨下地支援。我們連開上松山的第一仗，我把部隊編成三個攻擊波次。第一波攻擊部隊就遇到敵人正面和側面的同時打擊，我們的士兵大都是一些軍事素質不太高的壯丁兵，衝鋒時倒是勇敢了，但敵人機槍一響，士兵就像打翻了一簸箕的豆子一樣，滿山坡亂滾。許多士兵被打中時，後面督戰觀察的軍官都不知道暴雨般的子彈是從哪裏潑灑出來的。沒有倒下的士兵們嘩啦啦就退下來了。

我那時在督戰的位置，督戰機槍手就爬在我的身邊。在我身後觀戰的營長吼道，機槍，把他們打回去！那些可憐的士兵，上前衝鋒是死，退後一步也是死。機槍手望著我，可是我下不了這命令啊。我的一個勤務兵小三子忽然抓過了司號兵的軍號，滴滴噠噠地吹了起來，往回跑的士兵們愣了一下，又看到我率隊衝出了塹壕，於是都發聲喊往回衝了。我們只佔領了日軍的一段塹壕，把前沿陣地往前推了不到二十米。但我們連損失了差不多一半的人馬，戰死了一個副連長，兩個排長和幾個班長，還連鬼子的影子都沒有看見幾個。

那天戰死的本來應該是我。小連長嘛，就是打衝鋒的命。但我的副連長說，趙連長，明天就是你的生日了，我先上吧。你好好活過今天。這個副連長姓秦，陝西人，典型的關中大漢呀。

這小鬼子陣地設計得太精了，他們佔領松山兩年多來，像建造自己的家園一樣經營松山的陣地。松山方圓二十多平方公里，日軍的大小陣地幾十個，每個陣地又是多層堡壘，互為側防，上下掩護，交叉射擊。那些堡壘圓木鋪一層，泥土鋪一層，鋼板鋪一層，如是者三，外面還用汽油桶裝滿土掩護。堡壘裏上下有三層，一五〇毫米的榴彈炮彈落上去，晃都不晃一下。還有數不清的暗堡、地堡、塹壕，散兵坑，你現在上松山上去看，這些玩意兒都還沒有塌。當年裏面可是鋪滿了敵我雙方的屍體。

松山攻下來後，國民黨軍隊各戰區的將官都來學習日本人的防禦戰法。但他們看來學去，還是想不出面對這樣的防禦陣地，該如何攻打才是最有效的。那時國民黨軍隊跟日本人打仗，守多攻少，大部分時候都是在防禦，沒有多少主動攻擊作戰的經驗。那我們又是怎樣打下來的呢？拿士兵的命去堆嘛。

當然，我們也在想辦法。一天團部來命令說，先前攻打松山的七一軍新二八師派來了幾個軍官，還有美軍的一個顧問小組，他們比我們更熟悉情況，可以給我們提供一些經驗教訓。我一到團部的前沿指揮所，就看到了一個熟悉得不能再熟悉的身影。你猜是誰？廖志弘，七一軍新二八師的上尉連長。

對，廖志弘是另外一個人，他是我的聯大國文系同學，湖北荊州人。他個子不高，略顯羸弱，他就是那個筆名叫巨浪的才華橫溢的傢伙，一九三九年我們一起投考黃埔軍校，他是聞一多先生的得意門生。和我們一起投考軍校的還有一個化學系的老兄劉蒼璧，他是曾昭掄先生的高足。對，就是建國後當過教育部長的那個大化學家。當年我考上的是北大三七級，廖志弘是清華三六級的，劉蒼璧是南開三五級的，那時我們被稱為「聯大三傑」。不是因為我們學習成績怎麼好、詩才怎麼樣啥的，而是由於我們三個是較早的從軍學生。

你一定要問，我爲什麼一段時間叫「廖志弘」？這個問題太複雜，後面再慢慢講吧。這是我們軍校畢業後第一次見面。一九四二年我們提前畢業，前方需要大量的基層軍官啊。我和劉蒼璧分去二戰區閻錫山的司令長官部報到，而廖志弘分到了滇緬戰場的遠征軍，隨杜聿明的第五軍參加第一次入緬作戰。我們聯大的青年教師、詩人穆旦也是這個時候加入了入緬遠征軍的。

自然了，在戰場上見到同學，比見到爹娘還高興。況且大家都幹的是舔血吃飯的營生，歷盡劫波兄弟在，世上還有比這更幸運的事情嗎？廖同學比大學時壯實多了，目光也深沉多了，像杜甫飽經滄桑的沉鬱之眼。他還似乎長高了些，也許是因爲他腳蹬美軍軍靴、頭戴著美式鋼盔的緣故吧。那時不是人人都有一頂美式鋼盔的，我腳上都還穿著草鞋呢。我們在開初的驚喜之後，卻都沉默了。我不說話，是因爲我剛經歷了一場敗仗，不好意思面對老同學；他不說話，是因爲他把我們共同深愛著的女神，弄丟了。是的，她死了。死在野人山了。我們開完作戰會議，回到塹壕裏，廖同學這樣告訴我。

死了？我當時一把甩了自己的軍帽，抓著他的軍裝前襟猛烈搖晃。死了？你以爲是死一個大頭兵嗎？你不是一個軍人嗎？連自己的愛人都保護不了，你何以保護自己的國家？我們可以死，她不能死啊！女神怎麼能死？

我們的女神是聯大三八級外文系的，有一個很美的名字，常娟。我們戲劇社演《雷雨》時，她演四鳳；我們出壁報，她幫我們裝飾花邊，畫些很布爾喬亞情調的花紋。她是陪都重慶人，據說家裏很闊，長江上有一支船隊。在眾多的追求者中，也許我和廖志弘是最有希望的候選選手。廖志弘詩寫得好，自然會贏得許多愛才的女生的芳心；我籃球打得好，在球場邊也賺到不少眼熱的秋波。

是啊，我們念書念得好好的，爲什麼要投筆從戎呢？李老師，我記得你是一九三九年初才從延安到聯大的，你大約不知道那之前的聯大不像後來那般熱鬧，大家一心唯讀聖賢書，讀書救國論是主流吧李老師。師生們好不容易從北平、天津流亡到長沙，又從長沙遷徙到昆明，總算有一方安靜的書桌了。似乎教授們也不太鼓勵學生上戰場，國民政府提倡「戰時教育平時看」，初中以上的學子都可以免兵役。更何況我們聯大學生是國家精英，抗日的烽火好像就與我們無關。

一九三九年的暑假，曾昭掄教授帶領我們聯大的一隊學生到昆明郊區的大板橋搞兵役宣傳隊，廖志弘、常娟和我都參加了，我們都是學生團體的活躍分子嘛，廖志弘還是我們這個隊的小隊長。我記得那是個趕街天，我們在當地鎮公所的幫助下在街邊搭起了台子，爲老百姓朗誦詩歌，演獨幕抗戰劇，唱抗日歌曲。

「四萬萬人的中華，四萬萬人的國家，四萬萬人全體，一心一意愛他。要是你真愛他，莫讓人家害他，等到人家害他，要你來愛他。倘若你愛他，人家如何害他，中華，中華。」

歌詞是我們聯大學生現編的，爲的是讓老百姓能聽得懂。但是效果似乎並不好，人們該趕街的照樣趕街，該聊家常的照聊家常。只有鎮公所組織來的小學生是我們的聽眾。當有同學站在講台上用國語演講時，更是聽者寥寥。曾先生急了，他把我叫過去說，你是雲南人，你上去用雲南話跟老鄉們講。

這一招還管點用。我把歌詞用本地話學說一遍，又把同學們的詩歌和演講通俗易懂地再講一遍。那時我們雲南真是閉塞啊，當地人不知道北平在哪裏，更不知道「七．七盧溝橋事變」是怎麼回事，日本人到底侵佔了我們多少國土。那幾天我成了宣傳隊的忙人，走村串戶的同學都願意跟我結伴，我當然願意跟常娟同學一個組了。村莊裏的人們不算貧困，但幾乎都患有「大脖子病」，曾教授說是甲狀腺腫大，缺碘導致的。大板橋雖然離昆明只有十來公里，但百姓木訥、麻木、愚鈍，對我們的兵役宣傳除了好奇，沒見幾個主動報名應徵的，這很挫傷我們的積極性。

晚上大家就借宿在鎮公所，同學們中時常有爭論，這樣的民眾，大著脖子怎麼去跟日本人打仗？有的說我們跟日本至少相差五十年，這抗戰不知要打到何年何月。曾教授總是銜著煙斗開導我們，既然我們是被迫抗戰，不打，要亡國，打了，暫時還看不到勝利，那就先打了再說，總比當亡國奴好。你們就這樣跟老鄉講。作爲小隊長的廖志弘那幾天心裏很不痛快，他在台上慷慨激昂地朗誦自己的詩歌，彷彿對牛彈琴；他還在一戶人家裏碰了一鼻子灰。那家人有五兄弟，但一個也不報名當兵，還指著廖志弘的鼻子罵：你們這些學生娃娃，咯是吃著屎了？好男不當兵，哪個不曉得？小日本地上有鐵甲車大炮轟，天上有飛機下蛋蛋，我家有哪樣？莫在我家扯白撂謊的了。要打仗送命，你們憑哪樣不咯（去）？那時我和常娟就在旁邊，看見廖志弘被嗆得臉都白了。

那天回到住宿地後，我發現廖志弘把常娟單獨約出去了。我嫉妒啊，只恨自己爲什麼不先下手。那是一個月色很好的夜晚，我和其他同學在屋子裏瞎吹，實際上我發現至少有三個男生跟我一樣心神不寧。我相信要是哪個人發一聲喊，我們一定會把廖志弘痛打一頓。年輕人嘛，都是剛學會打鳴的小公雞。

不，不。我和常娟從沒有在校園裏出雙入對，也沒有過花前月下的漫步，甚至連手都沒有拉一下。我總是在讀她那雙又黑又亮的大眼睛。它們一會兒在我的眼前飄浮，一會兒在我的背後凝視——我以爲，每一個想成就大事業的男人，背後都有這樣一雙充滿鼓勵、溫情、推動力的眼睛。她盯你一眼，你就可以赴湯蹈火。那時我確信自己戀愛了，但我卻沒有勇氣表白。嘿嘿，典型的單相思吧。我是一個來自邊地鄉下的學生，人家常娟就像是另一個星球的人。她被男生們眾星捧月般寵愛，但她卻是低調又孤傲的。每每演完一齣戲或搞什麼活動，大家都要拍照留念，那時照相是多時髦的玩意兒啊。同學們要拉她站在中央，可她總是溜到最邊上，站在人群後。而每個人，都希望在她面前展現自己是多麼與眾不同，我也如此。

聯大剛遷過來那幾年，一些學生還很看不起雲南人，稱之為「老滇票」。連省主席龍雲聽到這個蔑稱都動了怒，官司還打到梅貽琦校長那裏。我當然是同學們眼中的「小滇票」了。因此同學們搞的各種文藝沙龍，我連發言的勇氣都沒有，因為學長們看的書都可以把我壓垮。每當他們談論華茲華斯、濟慈、拜倫、雪萊、普希金、波特萊爾、蘭波等名家的作品，甚至尼采、佛洛伊德的高深理論時，我真不知道何以才能說出語驚四座的話來。

白雪公主坐在我們大家中間，或手托香腮做沉思狀，或雙手抱膝目光如電地尋找她心目中的白馬王子。而我是七個小矮人中的一個，受憐惜的，敲邊鼓的，跑龍套的。可是，小矮人也想長大，也想成為騎白馬的王子。但這太難了。廖志弘卻總有高論，他是詩歌王子，還是詩論高手。當他朗誦詩的時候，就像在佈道，橄欖枝編織的桂冠已經戴在他頭上，石頭聽了他聲情並茂的朗誦都會掉淚。當他談論先賢詩人們時，他已是他們的化身，完美地繼承了他們的衣缽，還常有驚世駭俗之言。居然說胡適先生為精神領袖的「新月派」已經過時了，似乎徐志摩、戴望舒、聞一多、卞之琳、楊振聲、陳夢家、臧克家、林徽因、沈從文等都不在他這個現代主義詩人的話下——而聞一多先生卻對他相當賞識。

他和另一個現代派詩人穆旦一唱一和，穆旦那個時候就看不起沈從文，說他沒資格在聯大教書。可我對從文先生是蠻佩服的，但我辯不過他們。他們眼裏只有英國詩人艾略特、法國詩人波特萊爾、奧茲等現代派詩人。比如廖志弘說到蘭波時，第一次跟我們講到「spirit speak（通靈）」說，藝術表現的真實並不是真正的真實，冥冥中的真實只有在delusion（幻覺）和somniloquism（夢囈）中才能抵達，因此正常人的感知系統必須被打亂，而要做到這一點只有大麻和烈酒。在幻覺的飄升或沉淪中詩人便可達到「通靈」的境界，才可寫出真正的詩。

詩人們，If you dream to do something, taste the world of corruption first.（要想有點出息，先墮落吧）。廖詩人經常醍醐灌頂似地高喊，聽得我們一愣一愣的，有幾個膽大的同學起身反駁，我們沒有大麻，但我們有的是鴉片，你是不是讓大家都去吸鴉片？廖詩人不屑地說，劉文典教授爲什麼要吸鴉片呢？他敢於自言除了莊子本人，只有他才理解莊子。你們達得到他的境界嗎？那時我看見常娟同學看廖大師的目光中只有一種東西：worship（崇拜）。

唉，不要跟詩人辯論，更不要跟詩人成爲情敵。

那晚十一點鐘左右，他們回來了。讓我們感到奇怪的是，常娟同學一反常態地走進我們男生的房間，廖志弘跟在後面，一副器宇軒昂的樣子。我心裏直叫苦，完了，他們已經確定戀愛關係了。馬上就要向我們宣佈了。或者說，廖志弘要打碎所有男生的春夢了。在我們都恨得牙齒癢癢的時候，常娟同學向大家宣佈道：告訴你們一個讓我今晚睡不著覺的消息，廖志弘同學決定棄學從軍，去報考中央陸軍軍官學校。the great knight（偉大的騎士）。

常娟同學的語氣裏全是欽佩、羨慕、敬仰、甚至……濃情蜜意的愛。

我們那時都愣在那裏，竟然都無話可說。中央陸軍軍官學校也就是先前的黃埔軍校，說真話，那時聯大的學生是看不起這所蔣介石當校長的學校的，視之爲「丘八」的學校，而我們是被胡適先生稱之爲的「丘九」，是懂道理但造起反來又不講道理的人。嘿嘿，年輕嘛，天王老子也不服的。驕傲、自信、胸中自有雄兵百萬，做的是決勝千里之外的大事，哪個看得起那些操正步扛大槍的學生官？那些年國民政府各部門也常來我們聯大招生，什麼中央軍政部的，陸軍軍官學校的，空軍的，稅警總團的，青年幹訓團的，但同學們並不熱心。不是我們不愛國，而是大家都認爲自己是國家精英，讀好書可以爲國家做更大的事情。我記得一九三七年底，南京陷落，西南聯大——那時還叫長沙臨時大學——在長沙有一大批同學熱血沸騰地從軍。那年我剛入學，看著學長們慷慨激昂奔赴戰場，也很受了些感動。但我認爲我好不容易考上了北大，怎麼會去當兵打仗呢？

這樣的認識一直到那個晚上，被廖志弘同學的壯舉和常娟同學帶有明顯傾向性的愛意粉碎了。廖志弘看我們大家都傻了，便又來了一段詩人的自白。他說下午被一個雲南老鄉給從溫柔鄉裏趕出來了，人家的一頓臭罵，才發現我們的兵役宣傳多麼蒼白無力，多麼脫離中國的實際。如果我們寫著詩、唱著歌，喊著空洞的口號把我們的兄弟送上前線，而我們卻在這安寧的大後方繼續讀之乎者也、子在川上曰，我們離當亡國奴也就是一步之遙了。我們的腦子就真如那個老鄉說的，裝的不是四書五經，唐詩宋詞，而是shit（屎溺）！如果一個農民兄弟的血是該灑在疆場的，那麼一個詩人的熱血，既然可以爲詩而澎湃，就更應該爲抵抗外侮而噴灑。可你們看看板橋鎮的民眾，昆明的民眾，雲南乃至中國的民眾，他們需要awaken（喚醒），他們需要example（榜樣）。上馬殺賊，下馬寫詩，這才是一個詩人在這個時代的most noble duty（最崇高的職責）。明天我就要告訴他們，我將和他們一起奔赴抗日戰場。我還要給他們朗誦我剛才想到的幾句詩：

沒有足夠的兵器，且拿我們的鮮血去；
沒有熱情的安慰，且拿我們的熱血去；
熱血，是我們唯一的剩餘。
自由的大地是該用血來灌溉的，

你，我，誰都不曾忘記。

過去我們認爲一個超然於現實的現代派詩人必定是才華橫溢的、驕傲頹廢的、行事古怪的、自負到自私的。廖志弘在同學中或許就是這樣一個人，他不修邊幅，落拓不羈，經常寅吃卯糧，到處找同學借錢，借到錢就去翠湖邊泡茶館，吆五喝六地請人喝酒，談天論地。有一年還把我的一雙棉鞋拿去典當行換酒錢，還大言不慚地跟我說，冬天還早哩，再說昆明的冬天也不冷。可那是我的母親親手爲我做的啊！甚至連聞一多先生經濟狀況那樣緊張，他居然也敢常去聞先生家混飯吃。一個現代派詩人是超越於禮數的，或者說，是臉皮最厚的。他們玩的是竹林七賢的名士派頭，現在怎麼說上戰場就書也不讀了，連詩風都轉變了。

我承認，我不僅比廖志弘低一個年級，在才華和觀念上，至少還要低兩個年級。

廖詩人朗誦詩歌時，常娟同學的眼淚淌下來了。我的熱血也沖到腦門上，我忽地從鋪上站了起來，頭都撞到天花板啦。我說，寧做百夫長，不爲一書生，我也早就厭倦了這大後方的生活了。我回應巨浪同學的倡議，上軍校去！

是的，我走上抗日戰場的初衷並不高尚，但我從不後悔。我們離開聯大要出發前，常娟和幾個同學在翠湖邊的一家飯館爲我們壯行，那天都喝了不少酒，酒酣耳熱時，大家邊敲著碗筷邊唱我們聯大的校歌：

萬里長征，辭卻了五朝宮闕。暫駐足衡山湘水，又成離別。絕徼移栽禎幹質，九州遍灑黎元血。盡笳吹弦誦在山城，情彌切。

千秋恥，終當雪；中興業，須人傑。便一成三戶，壯懷難折。多難殷憂新國運，動心忍性希前哲。待驅除仇寇復神京，還燕碣。

那時真是我們的時代，熱血澎湃，豪氣干雲。廖詩人一口把酒杯裏的酒乾了，大聲說：我不戴著軍功章，就不回來見你們！我也把酒喝了，還把酒杯砸了，說：老子不殺死十個日本鬼子，也不回我們的聯大。

李老師，你知道常娟在那時有多浪漫嗎？她撲上來一人給我們一個熱吻。這是我從我的初戀女神那裏得到的唯一禮物，這個吻的甘甜，我一生都珍藏在記憶的深處。當然囉，廖志弘的禮物更多更重，他還得到一支深黑色的Parker Pen（派克筆）。我現在還記得那是一支一九一七年款的「戰壕筆」，它是美國政府指定派克公司爲參加一戰的美國大兵生產的士兵用鋼筆，它的墨水不是水，而是顆粒狀的，放進筆筒裏用水一溶解，就成墨水了。這是常娟讓她的父親專門從重慶航空郵寄來的。一個詩人即便上了戰場，筆，就是他的另一枝槍。常娟說。

常娟同學還有一句融化在我們血脈裏的叮囑，是她在送我們離開校園時說的。你們三兄弟上了戰場，要互相照應啊！

好吧，好吧，不講我們聯大了。聯大的生活真是太自由了，太「少年不識愁滋味」了。進了軍校，上了戰場，方知道sense of responsibility（責任感）、sense of honor（榮譽感）、sacrifice（犧牲精神），因此才痛切地理解到了家國情懷爲何物。

那個晚上松山雖然一直在下雨，但空氣中仍瀰漫著濃烈的屍臭，天空彷彿是一個倒扣過來的墳墓。打了兩個多月的仗了，敵我雙方數千人拋屍在這十多平方公里的核心陣地上，到處是斷肢殘臂，到處是腐爛成泥的屍身，到處是血水、屍水、雨水，還有憋悶在心中的淚水。我和廖志弘靠在塹壕壁上欲哭無淚，彷彿老天爺已經代替我們把眼淚流盡了。其實，日軍就在我們的頭上不到一百米的地方，我們豈能在敵人面前淌眼淚？我們恨啊！恨自己沒有本事多殺幾個鬼子，恨面對心上的人死去卻無能為力，恨日本鬼子不僅掠奪了我們的家園，破壞了我們談詩論道的和平日子，還奪走了我們的愛情。

照明彈在雨夜中一發又一發地在天空中綻放，讓我們不斷看到天的淚臉。這是為了防止日軍的夜襲。剛才在作戰會議上，廖志弘他們介紹說，日軍擅長夜間偷襲，往往他們白天丟失的陣地，晚上幾十個鬼子鬼魂一樣摸上來，就把我們的人打個措手不及。近戰、夜戰是他們的長處，我們的士兵拚刺刀拚不過他們。人家的三八槍比我們的七九步槍槍刺長啊，你還沒有刺到他，他就刺穿了你的胸膛了。戰場上拚起刺刀來，哪裏還有什麼技戰術，全看誰衝得快，刺得快。你就像面對死神迎面撞過去，撞翻一個是一個。我們不怕死，但日本鬼子是僵屍，是厲鬼，是凶煞。所謂戰場上的勇敢，只是看誰能置之死地而後生。這個晚上我太希望那些鬼子摸上來了，是好漢就來面對面大拚一場吧！

我的勤務兵小三子爬過來勸我們說，他在一處岩石下搭了個窩棚，我們可去那裏避避雨休息一下，明天還有一場惡戰哩。我想起我還有一陶罐酒，是我在保山待命時買的。原來想等打下松山時和弟兄們當慶功酒，現在老同學來了，又是這陰冷的雨天，漫天的屍臭，這酒正可派上用場，於是我們聽了小三子的。這小三子是我的一個患難兄弟，姓鄭名齊，上午那場戰鬥要不是他，我們連會敗得更沒有面子。抗戰勝利後他到了昆明憲兵十三團，還參加了軍統，解放後被鎮壓了……唉，不說他了。

我佈置好警戒哨，和廖志弘去到窩棚裏，小三子幫我們把濕透了的軍裝拿去烤乾。我把酒倒在兩個瓷缸裏，對廖志弘說，老同學，醉裏挑燈看劍，夢回吹角連營。這曾是我們嚮往的生活。剛才你在作戰會議上介紹說，你們部隊在松山連排長傷亡率達八成以上。看來明天就該輪到我了。小連長嘛，頂槍子兒的官。廖志弘問，你害怕啦？他總是這樣，喜歡在語氣上壓人一頭。我說我只怕自己死在你的前面，先你一步見到常娟。那時你可別怪我。

我在第二戰區打遊擊時，曾經收到他們的結婚請柬。當然，我知道這只是一個禮節上的告知書。身在戰場的人，哪能說回來喝喜酒就能拔腿走人，況且我當時恨不得一刀捅了自己。我還沒有殺夠十個日本鬼子，你也沒有戴上軍功章，重然諾，守信義，才爲真男兒也。誰會晃著一副空空的肩膀去見大家共同的女神？但詩人浪漫起來，跟有夫之婦私奔就像去郊遊，他才不管有沒有軍功章哩。詩人的浪漫輕率足以摧毀一切信義。這是詩人的缺點，也是他們的優點，你想學也學不來。尤其是在多年以後，詩人遠去，他們的所作所爲都不重要了，你只能面對他們的詩作，充滿懷想。

一九四二年元月，廖志弘成了國軍中尉後第一時間跑到西南聯大，可以想像一個詩人、遠征軍青年軍官在校園裏引起的轟動。學長穆旦那時也給我來信說，廖志弘回到校園的第二週就和常娟形影不離了。到第三週，正在上大三的常娟同學出人意料地宣佈也要棄學從軍，跟隨廖志弘去緬甸打日本鬼子，據說她家還爲此跟她斷絕了關係。但這有什麼，他們在緬甸密支那舉行了浪漫的戰地婚禮，機槍聲、大炮聲、戰車的隆隆聲，就是他們的婚禮奏鳴曲。一個詩人的婚禮，大約應該如此罷。

我剛才的話說到廖志弘的痛處了，他喝下一大口，說，兄弟，我對不起你，也對不起我們聯大。常娟是我的妻子，但知道她更是我們聯大的女神。我現在就像一個瀆神者，無以面對聯大的先生和師兄師弟們。

我不想聽他道歉，就說，講一講野人山吧。

廖志弘的眼淚終於下來了，淌得凝重而悲戚，似紅燭之淚，梧桐之雨。照明彈的亮光不時打在他的臉上，這個詩人鬍子拉碴、面容憔悴黝黑，手臂和腳腕處也烏青發紫，那是屍水浸染的。我們上到松山戰場時就被告知，紮好自己的綁腿，保護好眼睛，因此你不知道什麼時候一塊腐肉或者一團屍水就被炮彈掀起來飛濺到你的眼睛裏。但在戰場上，哪裏還有時間在乎那些。

上午衝鋒時，我的周圍全是戰死的弟兄們的屍體，有剛剛倒下的，也有不知死在哪一天的。鬼子的機槍盯著我這個方向打，我伏在幾具屍體後面，聽到子彈打在那些屍身上「噗噗」亂響。我身邊的一具腫脹發泡的屍體竟然被打得炸裂開來，就像一顆手榴彈爆炸。這些狗日的小鬼子，竟敢如此蹂躪我的兄弟們高貴的身體！我身下的土地也全是紅色的，抓一把都能捏出血水來。我們灑了那麼多年的熱血了，我們犧牲了那麼多好青年的命了，這小鬼子怎麼還打不走呢？每每想到這些，我們雖然都滿眼淚光，但眼珠子就像被仇恨包裹著的炮彈，隨時都會炸裂開去。戰場上的低階位軍官大都是這個樣子，那是無數次衝鋒陷陣，無數次和死神搏殺後才會有的蒸騰殺氣。

請不要誤會了我的眼淚。廖志弘說。我不是爲自己哭，也不是爲常娟，我是爲我們第一次入緬的遠征軍哭。還記得聞一多先生在我們投考軍校時對我們的期望嗎？他說希望我們這些有知識的青年能夠改造舊軍隊，爲中國建造一支現代的新式軍隊。這樣的軍隊有責任感、榮譽感，有犧牲精神，有Humanitarianism（人道主義），因爲軍隊是拿槍的團體，沒有Humanitarianism，無異於一支土匪武裝。可是我們第一次入緬的遠征軍是支什麼樣的軍隊呢？英國人、緬甸人不信任我們，把遠征軍當掩護他們逃跑的擋箭牌，長官部史迪威將軍不聽蔣委員長的，下面的軍長師長又不聽史迪威將軍的，令出多門，將帥異心。遠征軍是威武之師，正義之師，沒錯；士兵們奮勇殺敵、勇於犧牲，沒錯。但你知道我隨遠征軍踏出國門的第一個任務是什麼嗎？護送一支爲我們師長走私鴉片和玉石的騾馬隊伍！這樣的師長怎麼指望他能帶兵打仗？遠征軍敗走野人山，從我們的師長想著去緬甸經商做生意時起，就埋下伏筆了。

野人山沒有野人，只有忠魂野鬼。成千上萬的士兵，死在戰場上也好啊！爲什麼要讓我們去走野人山？長官部的老爺們避戰，畏戰，草率，貪生。日本鬼子佔領了臘戌，截斷了我們歸國的退路，那裏不過只有一個大隊的日軍，可我們的將領們缺乏殺出一條血路的勇氣和氣概，寧願去和大自然賭一把，也不願和日本人戰鬥。我們還有成建制的師，成建制的團，大家手裏拿的又不是燒火棍！我們也可以避走印度，像孫立人將軍帶領的新三八師那樣。但杜長官（杜聿明）不願意把自己的軍隊交給史迪威將軍，他寧願把我們交給饑餓和死亡。誰擁有了軍權，軍隊就是誰的，這樣一支還帶有封建色彩的軍隊，跟以武士道精神爲軍魂的日本鬼子作戰，怎能不敗？

常娟本來在團部當少尉政工宣傳員，但部隊打散後，她就自願要求去醫療隊。我要她隨團部一起走，存活下來的機率高一些。但她說有那樣多的傷患需要照料，我們這些手腳健全的人，豈能丟下他們不管？我只好離開師部，跟她一起走。大潰敗的部隊哪裏還有什麼章法規矩？我們的學長穆日本來隨第五軍軍部一起走的，可你看他也差點沒餓死在野人山。我們隨醫療隊走了不到半個月後，再沒有了食物，沒有了藥品，沒有了繃帶，醫生護士們最後只能把傷兵們集中在一處茅屋，或者某棵大樹下，讓他們等待當日本人的俘虜。但那些傷兵們說，軍醫官，放一把火吧，我們死也不當小鬼子的俘虜……

常娟被傷兵們叫做「戰場之花」，放火前，她……她就把幾個護士召集攏來，爲傷兵們唱最後的歌謠。讓他們聽著她的歌聲，看著她的美，走向自己的天堂。她們流著眼淚唱，傷兵們流著眼淚聽。《松花江上》、《馬路天使》、《漁光曲》……「雲兒飄在天空，魚兒藏在水中，早晨太陽裏撒漁網，迎面吹來大海風，潮水升浪花湧，漁船兒飄飄各西東……」在這樣的歌聲中，我就是那個去點火的人啊……從幾個十幾個傷兵，到幾十個上百個傷兵，一支歌，一把火，一把火，一支歌，就這麼一路點下去，點下去，點下去……哼，Humanism。

我知道這兩年的軍旅生涯早已打掉了我們身上的學生腔，但我沒有想到廖志弘變化會這樣大。他已經不再是一個單純的詩人了，他是波特萊爾的「the flower of evil（惡之花）」，是蘭波的「crow（烏鴉）」，是死亡的嬉戲者和不得不以毀滅生命來行善的鐵血軍人。而我們這些被戰火錘煉、被硝煙薰染、在死人堆裏打滾的青年學子，誰不是呢？

常娟的死我已經難以復述。於廖志弘，於我，不要說講述，就是想一想，都是用一把鈍刀把傷口重新挑開，讓血和眼淚一起流。廖志弘說這兩年多來他幾乎每天都在給常娟寫信，有時是信，有時是詩。用常娟送給他的那支派克「戰壕筆」，一寫就是一個晚上，一寫就是洋洋幾百行的悲傷、寂寞、悔痛、憂憤和綿綿思念。信和詩寫好了，「征鴻過盡，萬千心事難寄」。就一疊一疊地放進背囊裏，白天跟隨他行軍打仗，晚上睡覺時枕在頭下。等我們把小鬼子趕出國門，反攻進緬甸，打到野人山，我再把這些無法投遞的信和詩燒在常娟的墳前罷。廖志弘傷感地說。

那個悲傷的晚上唯一讓人開心的是，在我們徹夜長談時，小鬼子送上門來了，他們一個晚上不折騰幾次好像心裏就不安一樣。我們聽到槍聲和吶喊聲時，小鬼子的五官在照明彈的亮光中都能看得清清楚楚了。他們面無表情，像僵屍一樣挺直了身子衝進了我們的塹壕。我們抓起身邊的「湯姆遜」衝鋒槍就跳了出去。剛才的壓抑、憤懣終於找到發洩的機會，就像手正癢得骨頭「咔咔」響的人，剛好有個傻腦袋瓜伸過來了。我們瘋了一般地吶喊，把槍彈掃射得像陣陣疾風驟雨。這些小鬼子根本就是從墳墓中鑽出來的僵屍，你分明打倒了他，都看得見槍彈撕開他們的軍服、洞穿了他們骯髒的肉體，但他們翻個滾又爬起來了，挺著一張五官錯位的臉向你撲來。混戰中我就被這樣一個身材高大的鬼子撲倒了，我們在地上翻滾扭打。我的腰磕在一塊岩石上，痛得我使不上勁。小鬼子站了上風，不知使個什麼傢伙就往我頭上砸，我只有一口咬住他的肩膀，連他的肩章都咬穿了。

那鬼子哇哇亂叫，越掙扎我咬得越深，就像一頭瘋狂的狼撕扯最後一塊肉。這時又一個鬼子竄過來，想用刺刀來刺我。因爲我是被壓在下面的，兩個人又翻來扭去，這讓他一時不好下手。我看到那明晃晃的死亡刺刀在我的眼前晃來晃去，就像死神漂浮不定的白眼。忽然，刺刀飛出去了，連同一顆腦袋，一股汙血潑了我一臉。然後又聽得「哐噹」一聲脆響，僵屍般壓在我身上的鬼子終於軟下去了。哈，偉大的現代派桂冠詩人廖志弘同學如關公般耍起了大刀。他第一刀削掉了那個拿刺刀的鬼子的頭，第二刀砍在和我搏鬥的鬼子的鋼盔上，愣是把那鋼盔給劈裂了。

一個詩人，什麼時候學會舞大刀的呢？這是我一生都沒有想明白的問題。

戰鬥結束後，我們把那個傢伙翻過來後，發現他剛才只是被震暈了，那頂鋼盔救了他的命。這樣，我和廖志弘同學就聯手抓了一個俘虜，這讓我們非常開心。這是松山戰役打響以來，我軍抓到的第一個俘虜。不過當時我差點沒有殺了他。我想起他剛才像地獄裏派來的小鬼一樣想把我往陰曹地府裏拖，都把我拖到地獄的門口了。我掏出手槍來就想再送他回地獄。但廖同學一把壓下了我的槍，說humanitarianism，留個活口。我大喊道，不，我要爲常娟報仇！廖志弘愣了一下，仇恨似乎也被我點燃了，他也把腰間的手槍掏出來了。滑稽的是那個小鬼子竟然給我們跪下了，不斷地磕頭，還用半生不熟的中文說：重慶軍的，俘虜的不殺。humanity，humanity（人道、人道）。他媽的，我們漫山遍野地扔傳單要他們投降，他們理都不理；我們的炮彈把松山犁了幾遍了，他們仍然負隅頑抗。現在你看這個被打倒的小鬼子，像他媽的一個無賴！我推彈上膛，廖志弘忽然又改變主意了。他一腳踢翻了這傢伙，對旁邊的小三子說，給我捆起來。

廖志弘聽他學說humanity，便斷定他也懂英語，因此我們用英語審他。這個鬼子叫秋吉夫三，是個見習下士官，竟然還是東京帝國大學文學部人文專業畢業的，竟然還說自己是個日本共產黨員！還曾經是個社會主義者，反對軍國主義，爲這個還坐了三年監牢，一九四三年出獄後就被送到松山戰場上來了。看來那個時代世界各國的大學生都嚮往社會主義啊。我們問他，你既然是反戰的，爲什麼還來侵略我們的國家，還這麼死硬頑固？他說戰爭是錯誤的繼續，爲了修正錯誤，就只有戰鬥下去。就像詩人去狎酒嫖妓，本來是對不住家人的，但爲了寫出好詩來，他還得去那些地方。他的交代讓我和廖志弘面面相覷，似乎遇到了同道，但這同道又是個魔鬼。這時，廖志弘同學說了一句很長我們聯大志氣的話，他說，你們東京帝國大學，還不是敗在我們西南聯大手上了。

話雖這樣說，但鬼子的這次偷襲還是讓我們損失不小。我們連又死傷十幾個兄弟，一個美國人詹姆斯中尉也戰死了。他本來是配屬給我們部隊的地空聯絡官，掌管一部當時最先進的雷達機，指揮飛虎隊的飛機來松山助戰。我向上級報告詹姆斯的死訊時，我的團長暴跳如雷，說我失職了，沒有保護好友軍，要槍斃我。我在電話裏喊，團長，等我打下松山，如果我還活著，你再槍斃我也不遲。所幸美軍聯絡組的羅伯特中校爲我說情，再加之團長又聽說我們抓了個活的，他的氣才消了。說先留你一條命，攻克松山後再送你上軍事法庭。李老師，那些高聲嚷嚷著要槍斃你的人，只不過是一些語言的屠夫。就像現在。

第二天早上，廖志弘接到命令，押送秋吉夫三去遠征軍長官司令部。他來我們部隊是和美軍顧問一起來的，手下一個兵也沒有帶。我怕他路上有什麼閃失，就讓我的勤務兵小三子隨他一起去。臨行前廖志弘才告訴我，他參加了一個非常保密又精銳的軍事單位，叫「OSS．OG，」即美軍戰略情報局下面的作戰組，這是一個中美混編的傘兵突擊隊，每個組都由二十到三十名美軍戰鬥人員和幾十名中國軍人組成。聯大懂英語的從軍學生在這種部隊的人還有不少。他們執行的是特種作戰任務，敵後偵察、破壞、捕俘、突襲等。這次他們是配屬到七一軍作戰，爲了保密，也打著七一軍新二八師的番號。

我這時才知道，廖詩人已經受過跳傘訓練，詩人的翅膀現在能夠詩意地翱翔在藍天了。難怪他老跟美國軍人在一起。傘兵，即便是現在，都是個多麼帶勁的軍種！把我給羨慕的，連說這麼好的差事，也不早通報一聲，讓兄弟也同去啊。廖志弘按著我的肩膀，說我們馬上就要插到敵後去了，你以爲當傘兵浪漫嗎？你在天上飄的時候，就是地面上的敵人的活靶子。老同學，有個事情要拜託你。我說你講。他說，去年受訓之前我回了一趟家。家中父母……唉，我一進家門就拜堂……我問，你是什麼意思？他說我家只有我一個男丁，又身在戰場。當爹娘的哪個不急？我大叫起來，你個騷詩人，常娟還在野人山啊！一提到常娟，兩個人的淚水都在眼眶中打轉。如果我有他這般轟轟烈烈的浪漫愛情，我會在常娟爲國捐軀後終生不再娶嗎？

我瞬間又理解他了，男兒效命沙場，盡忠不能盡孝，盡孝不能盡忠，爹娘想留個種，只是我們唯一能盡到的孝道。

廖志弘說，如果我戰死了，你替我回家看望爹娘，讓我那妻子早日改嫁。她叫陳椒蘭，還是一個大戶人家的女子呢。你戰死了，我也去做同樣的事。

他用一雙你不能拒絕的眼睛看著我，黑色的眼瞳裏全是熾熱的光芒。我記得那時天空格外晴朗，太陽就要爬上山來了，對連續在雨中作戰的攻擊部隊來說，這是絕好的天氣，我軍的預射炮擊已經開始，炮彈呼嘯著飛過我們的頭頂，落到敵人陣地上，我將要帶部隊緊隨炮彈的腳步，去把山頂上那顆好戰的「太陽」打下來，讓我們中國的太陽，和平地升起在東方。我們不知道這一次見面之後，誰還能幸運地活著，或者都在英烈簿上攜手長眠……

分手時，廖上尉站在塹壕口，忽然向我行了個軍禮，那姿勢俐落、瀟灑、自信，帶有一個詩人的浪漫和優雅，一個軍人的強悍和剛毅，一個學長的溫暖和鼓勵。我一輩子都記得這個漂亮的軍禮！晨曦打在他的臉上，讓他像一個電影明星般英武挺拔，行禮的右手掌五指併攏，彷彿足以攪動乾坤。那一瞬間我忽然覺得他和常娟是真正的絕配，不是他們男才女貌，而是他們共赴國難的慷慨激昂，同心熱血，讓我嫉妒得眼熱。

我到現在都很後悔，竟然沒有還他一個軍禮！所謂生死之托，就是這樣的吧。當時並不覺得這份承諾有多重，只有活下來的人才知道，這份託付太沉重！

廖志弘上尉就轉身走了，背影消失在硝煙中。我們什麼都沒有說，似乎頭晚已經把該說的話說盡了。其實這些年來，我一直在跟他說話啊，說些當年沒來得及說的話，儘管我們已經陰陽兩隔，但我們的交流從未停歇；儘管我的過去讓我災禍連連，但我害怕自己忘記。杜甫在《夢李白》中有詩云：「死別已吞聲，生別常惻惻。」廖志弘同學那時也許預料到什麼，因此他向我行軍禮、作「死別」，我竟然沒有反應過來，真是遺憾終生！當「死別」來臨時，人們都會想：還會相逢的，還會一起煮酒論英雄的。人和人啊，生死契闊，不可問天。

我們有太相似的人生了，簡直就像孿生兄弟。一九四〇年軍校第一年寒假，我回了一次家，那時日本鬼子還沒侵佔龍陵，我也是假還沒有休完，就被家人擁進了洞房。這是我的第一次婚姻，一個我根本不喜歡的陌生女子，奉父母之命媒妁之言與我成婚。我是受過現代教育的大學生，free love（自由戀愛），romantic（羅曼蒂克），誰不想？更何況那時我心裏還暗戀著常娟。但我出生在一個詩書傳家的耕讀之家。我的老父親說，你爲國家去打仗，我雙手贊成；你爲國捐軀了，我爲你驕傲。但你要把我們趙家的家譜續下去，到你這一代不能斷了香火。我父親還親自給我授旗一面，杏黃色絹面，黑色大字，由我母親和我的新媳婦含淚繡成。什麼旗？不是錦旗，也不是令旗，而是一面「死字旗」。上面一個斗大的「死」字，旗左下側是家父的親筆手書：

岳母刺字，精忠報國；趙家犬子，賜旗一面。盡孝留後，盡忠上陣；傷時拭血，死後裹身。斬盡倭寇，乃告家翁；隨身攜帶，勿忘父訓。

是的，家父從知道我棄學從軍後，就不指望我還能活著回家了，因此我必須爲趙家留下香火。死並不是很難的事，難的是活下來的親人怎麼辦。我們那時早就抱定拚光我們這一代人，也要打敗日本鬼子，把國家留給我們的後代去建設。種子留下來了，山上過幾道山火，不幾年青山就又綠了。這話也是家父說的。我們趙家在龍陵雖然不算大戶人家，但從明洪武年間起，香火綿延，子嗣興旺，家譜都有十幾卷了。

可是啊李老師，你看看我現在，何以面對列祖列宗，唯一活著的兒子還改姓了。唉！

不，我和第一個妻子沒有孩子。一九四五年春天我養好了傷，獲准再次回家鄉探親。松山攻克後，一九四四年十一月光復了龍陵。故鄉還到處是戰爭的創傷，縣城斷壁殘垣，村莊十室九空，滿目瘡痍，連故鄉的炊煙都還在哀傷之中。走到村莊前，我的心跳得彷彿要蹦出來了。近鄉情更怯，古人早把天下遊子還鄉的情感寫透了。村口有一個臨山崖的池塘，山崖邊有幾塊光滑的巨石，夏天裏是人們洗衣服、孩子們跳水嬉戲的好地方，我們叫它「跳跳石」。

那天我在山崖對面看見一個穿靛青布上衣的女子在「跳跳石」上洗衣，藍底白花的頭巾，壯實的手臂揮舞著錘衣棒，撩起的水花在陽光下像滿天拋灑的珍珠，遠遠望去非常美。真有樂府民歌裏「行者見羅敷，下擔捋髭鬚。少年見羅敷，脫帽著帩頭」那種韻味。我歸家心切，也沒有把那女子看真切，待回到家裏，家人悲喜交加、涕泗橫流。報紙上的陣亡官佐名錄上有我的名字，所以他們都以爲我戰死了。我的老父親被日本鬼子殺害了，我的老母親氣瞎了雙眼，但我哥哥說是盼我盼的。而我的家裏卻沒有抗戰勝利後「劍外忽傳收薊北，漫捲詩書喜欲狂」的喜慶之情。

我在簇擁著我的家人中沒有看到我的媳婦，就問小梅呢？我媳婦叫盧小梅，我和她總共生活了十二天。在戰場的空隙時間裏我偶爾會想起她，卻常常想不起她的真實面貌。她的臉團團的，皮膚黑黑的，話不多，身體壯實，臀部肥大，我母親說這樣的女子會生娃娃。我承認我不愛她，我像廖志弘一樣，只是爲了尊父命盡孝道。但是啊，當我問我的妻子何在時，家人都沉默了，都流眼淚了。李老師，那些狗雜種日本人侵佔龍陵時，不時到鄉間強拉民女去做慰安婦啊！有一天他們偷襲我的村莊，我媳婦……我媳婦就跑，兩個鬼子在後面追，她跑到村口的池塘邊，就從「跳跳石」那裏跳下去了……跳下去……就再沒有起來……

我剛才在村口看見的就是我的媳婦啊！

你不相信？那是她的陰魂。我知道你是馬列主義者，是共產黨員，信奉唯物主義；我雖然也算是受過高等教育，但我是唯心主義者。我相信人是有陰魂的，我在陰間有那樣多的親人、戰友、兄弟。他們還活在我的生活中，我時不時都要和他們打照面，與他們交談，在他們那裏找到寬慰。我在陽間是個豬狗不如的歷史反革命，在陰間的那些生死袍澤、患難兄弟找到我時，我彷彿才能找到尊重，知道自己還活著，還是個人哪！李老師，那些屈死的、冤死的、戰死的人，陰氣特別重。也就是說，他們的靈魂比壽終正寢的人更重，因爲他們心中有恨啊。我第一次蹲監獄時，有個同改是美國回來的物理學家，他說在美國曾經有些科學家專門研究人的靈魂有多重，竟然還給他們稱出了重量，說是有廿二克左右。但我的妻子，我的那些抗戰時戰死的戰友，我相信他們的靈魂絕對超過廿二克。他們的靈魂不會隨風飄去，無影無蹤。他們會經常回來的，爲了讓活著的人記得他們。

好吧，你不相信人的靈魂是可以顯現的，但我那天真的看見我媳婦了。我回家第二天就去「跳跳石」那裏憑弔我的妻子，卻發現「跳跳石」離水面有近兩米高。那時正是旱季，池塘裏的水也渾濁，沒有人傻到這個時候來這裏洗衣服。陪同我的哥哥告訴我，這是小梅知道你打日本人回來了，從陰間趕來顯形給你看。兄弟，你還得回去多殺幾個日本鬼子！

李老師，你說這日本人到底是什麼樣的人種？是爹娘生下的不知道禮義廉恥的人嗎？是直立行走的禽獸嗎？可是你看那個秋吉夫三，也像我們一樣上過大學，也讀普希金、雪萊，拜倫，艾略特，甚至還背得不少唐詩宋詞。我還記得他戴著眼鏡的模樣，看上去又頗有書卷氣。他的五官長得很開闊，不像我們漫畫中那些賊眉鼠眼的日本人。有深陷的眼窩，挺直的鼻樑，唇線很柔和的嘴。我那時忽然有個很奇怪的聯想：不知這傢伙在東京帝國大學，是不是也會演話劇？可不管這些日本人受什麼教育，會不會演話劇，可一到戰場上，他們就都成了魔鬼。

戰爭啊……

我受傷後，心靈的傷其實更重，我毀容了，無臉見人，不但認爲自己的戰爭結束了，更認爲人生也完蛋了。李彌雖然給我加官進爵，讓我再回部隊幹。我其實一直在猶豫。滇西戰役結束後，國民黨政府也在裁編軍隊，很多軍官和士兵都脫下軍裝回了老家。不是他們不想打內戰，而是大家都厭惡了戰爭。滇西戰場太慘了，死人堆爬出來的人，看見活人都會以爲遇到了鬼。

但我兄長的那句話就讓我重新走上了戰場。只是沒有想到的是，日本人很快投降了，我們稀裏糊塗就被送到內戰前線。今生要是還趕得上和日本人開戰，我一定要報名上戰場。這一回，我要站在共產黨這邊。

好，好，李老師，我不哭，我只是在嗚咽，痛到極點時就是乾嚎。我的眼淚早就被仇恨熬乾了。都說仇恨是一團火，人們以爲它只在胸中燃燒，其實在戰場上，你就能看到仇恨之火在人們的頭上燃燒，在眼睛裏迸射，從喉嚨深處竄出來，在每一個毛細血管裏燒得劈哩啪啦直響。我們是這樣，日本鬼子也是這樣。他們對我們的仇恨，一點也不亞於我們。我這張本來還算對得起觀眾的臉，就是被他們的仇恨燒毀的。

一九四四年九月六日，松山即將攻克，小鬼子只剩下最後幾個據點了。唉，看我說得多麼凌亂，顛三倒四的。反正在這黑暗中，我們都是沒有時間感的人，想講到哪兒說到哪兒吧。松山戰役打到尾聲，雙方都戰得筋疲力盡。日本軍人的榮辱感相當強，不投降，不當俘虜，團隊協作意識強。我們攻打松山時，一個軍加一個師，還有美軍助戰，圍著松山打了三個月，幾近於「圍毆」了。蔣介石幾次發電報來斥責前線指揮官，要我們向日本軍人的頑強精神學習。遠征軍長官司令部總司令衛立煌也火了，所有戰場上的軍官都降一級繼續戰鬥，我那時也從連長降成了排長，而我的身邊實際上還沒有一個班的人，事務長、衛生兵、炊事員、司號員、勤務兵都編進了戰鬥隊。兵都打光了，可「九一八」國恥紀念日之前再攻不克松山，各級軍官都要上軍事法庭。可見這仗打得多麼窩囊艱難。

我不明白的是，小鬼子頑抗到底也就罷了，他們連慰安婦也都冥頑不化，照說她們也是受害者，可爲什麼會和小鬼子那麼齊心？她們光著腳跳出戰壕來扔手榴彈，讓你打也不是，不打也不是。有個慰安婦給鬼子送彈藥啥的，在山脊上滑倒了，一直滾到坡下我方的陣地前。我們的士兵想抓活的，但這女人忽然拉開衣服，露出兩個白花花的大奶子。把拿槍對著她的士兵看愣了，結果人家反倒扔出一顆手榴彈來，又炸倒了我們幾個人。一個上士班長鬼火怒了，衝過去一刺刀就扎進了女人的胸膛。唉，這仗打的……

我們後來總說日本人對我們的侵略戰爭是一小撮軍國主義分子發動的，應該由他們來承擔戰爭罪過。我看啊，日本那時既然是個軍國主義國家，其實大多數日本人都是軍國主義分子。戰爭機器開動了，每一顆螺絲釘都在配合。這是民族與民族之間的廝殺，階級分析用不到這個上。跟我們打仗時他們誰不瘋狂啊？憑少數幾個軍國主義分子，就占了我們大片的國土、讓我們打了十四年抗戰？戰爭罪從他們的天皇到那個日本慰安婦，都應該承擔。不要說我狹隘，要是那幾個被慰安婦炸死的士兵是你的親兄弟，你也不會把她當階級姐妹了。我們中國人對日本這個國家不是太寬厚了，就是認識不清楚。還要吃虧的。

小鬼子躲在地堡裏，任憑你把嗓子都喊啞了，他們就是不出來。那些地堡和七拐八彎的暗道相通，我們先是往裏面扔手榴彈，一扔就是十幾顆，因爲你只扔一顆手榴彈的話，他在地堡裏揀起就給你扔回來。後來我們用火焰噴射器往地堡裏噴射，把他們一個個地燒成烤鴨。一般的情況是，只要火焰噴射器一射擊，一分鐘內裏面的小鬼子就受不了啦，渾身是火地往外衝，我們守在洞口的人便是一陣亂槍。我們稱之爲「打火鳥」。真是讓人痛快的經歷啊。李彌那時還是第八軍的副軍長，已經督戰到了第一線。他說他也想來打幾隻「火鳥」解恨。

我記得那是下午五、六點鐘左右，殘陽在天上滴著血緩緩沉落，大半邊天空血紅血紅的，不知是松山上的血染紅了天，還是夕陽的血浸染了大地。這血色黃昏的世界在我的記憶中就像一幅永遠印在腦子裏的油畫，凝固沉重，濃墨重彩，悲壯血腥。從山上俯瞰峽谷深處的怒江，竟然是一條血色的河流！怒江峽谷兩邊的大山荒巒蒼涼，地老天荒般沉默，像是為松山上漫坡遍野的戰死者致哀，松山主峰山坡上已沒有一棵樹，橫七豎八躺滿了屍體，活著的人像夢遊的鬼魂，在屍陀林中穿行。

本來日本人的太陽就像天上的那輪殘陽，已經不可逆轉地沉落下去了，大家應該興奮才是。但如此慘勝，實在令人高興不起來。軍人以追求勝利為唯一目標，殺敵三千，自損八百，尚可接受；可我們殺敵一千，自損七千，死傷相枕。僅僅在子高地的攻擊線上，不到一千米的距離，收屍隊就抬下來兩千多具屍體！陣地上隨處可見士兵和軍官蹲在屍體邊發呆、哭泣，那一定是他們的老鄉、部下或者親兄弟。還有像冥紙一樣的法幣，花花綠綠地撒滿在屍橫遍野的山崗上，那是組建敢死隊時發給官兵們的。

可是啊，屍體身邊的錢，才是世界上最沒有用的東西。有三兄弟同在一個團，老二最後只揀起了他哥哥的半截身子和他弟弟的一條腿。他哭哥喊弟的時候，周圍的人無不動容。「壯志饑餐胡虜肉」，要是面前有個鬼子，我真的不敢保證自己是否會幾把將他撕來吃了。更讓人悲不勝悲的是，一個少校軍官抱著個頭被打掉半邊的中尉，嚎啕大哭說，兄弟啊，我怎麼回去跟你爹娘交代啊！全營的弟兄都死在松山了，我也和你們一起去吧。然後他拔出手槍，飲彈自戕。

我相信那時敵我雙方都拚到極限了，神經都快崩斷了。有個鬼子軍官衣帽整齊忽然從地堡裏鑽了出來，像出操走正步一樣迷迷瞪瞪地往我們的槍口上撞。士兵們全愣住了，竟然都不放槍，不是以為活見鬼了，而是沒有見過這種「自殺式衝鋒」。直到他走到我們的士兵面前，哇呀一聲舉起了戰刀，劈砍了一個發愣的士兵，身邊的人才反應過來，抬槍就給他一梭子。

上峰敦促結束戰鬥的命令一個接一個地下達，像催命符一般。李彌副軍長那時雙眼冒火，鬍子拉碴，揮動手中的「湯姆遜」槍到處吼叫督戰。日落前給我掃清山上的最後兩個堡壘，結束戰鬥。但是出了意外情況，在我們用噴火槍攻擊最後一個地堡時，忽然一個火球從李彌身邊的暗堡裏滾了出來，之前誰也沒有發現這裏還有個出口。那個火球滾到李彌跟前，忽地站了起來，撲向李彌。我剛好就站在李彌身邊，一個箭步衝上去就把那火球抱住了。那是一個燒得皮膚都在淌油的小鬼子，但他有僵屍一般的力氣，抱住我就往山坡下滾。我們滾了約莫四五十米，這個傢伙竟然還拉響了身上的手榴彈……

後來，據說他們找到我時，都認為我死了。我裹在身上的「死」字旗也燒得一塊布片都不留了。手榴彈就在我的身邊爆炸，我全身也被燒得看不出個人樣。但我和那個鬼子還緊緊抱在一起，人們怎麼也不能把我們分開，於是就把我們一起往死人坑裏抬。那時松山下面挖了幾個大坑，是用剛從美國運來的推土機推出來的，駕駛室裏都是美國人。我們的士兵從沒見過這種東西，呆呆地在一邊看。收屍隊把一具具屍體抬到坑邊，推下去，就像推下一截朽木、或者一頭死豬死狗。

戰場上人們對死亡已經非常麻木了，就連醫護隊的醫護兵，見到那些倒在戰場上呼天搶地的傷兵，哪怕他身子被打穿了，一隻手沒有了，他們理也不理。因為你還叫喊得出來，說明你還有幾口氣，他們首先要救的是那些叫喚不出來、只剩下最後一口氣的人。我其實那時也只有一口氣了，這口氣化作了一滴淚，這滴眼淚恰好又被李彌看到了。李彌雖然在內戰時是個頑固到底的反動派，但在戰場上對官兵還是很有感情的，他看到士兵們要把我和那個鬼子一起推到了大坑裏，就高聲罵道：你們這些混賬，怎麼能把我們的勇士和鬼子一起埋葬，給我把他們分開！我要給這位兄弟單獨立碑。一個軍官回答說，副軍長，兩個人都燒在一起了，分不開。李彌給了那軍官一馬鞭，自己跳下了墓坑，其他人也只有跟著跳下來。李彌抱著我的頭說，你們都給我輕一點，不要弄痛了我這兄弟。我那時大約死不瞑目。我能闔眼嗎李老師？松山都快要攻克了，我馬上就要打回老家去了，我還要睜大眼睛看著他們滾回東洋哩。李彌蹲在我身邊幫我揉眼眶，想讓我闔上眼。他揉啊揉，忽然站起來大喊：王副官，快給老子抬擔架來，這位兄弟還在淌眼淚！

那是我最後一滴眼淚。從那以後，我再悲傷都只有乾嚎了。沒有眼淚。我的眼淚被燒乾了。

我的抗戰就這樣結束了，想想挺窩囊的。在國家民族需要你效命的時候，你拚盡了全力，也只能做芝麻大點的事情。到今天，真是恨不抗日死，至今蒙難羞！哪像我們聯大偉大的詩人廖志弘同學，死得那樣轟轟烈烈，那樣悲壯激昂。

對了，我後來為什麼李代桃僵、頂了廖志弘的名字，跟隨李彌參加內戰呢？我還是把故事講回到松山上吧。廖志弘離開那天早上，小三子把頭晚幫我們烤乾的衣服送來，匆忙中我們互相穿錯軍服了。領章上都是一杠三星的上尉，戰場上軍銜在，軍人的榮譽和責任就在，下級軍官和士兵就得聽你指揮。本來遠征軍的軍裝左胸前都有個胸章標識牌，上面寫有部隊番號、軍銜、軍種、姓名。但在戰場上，除非你戰死了，哪個還有閒心去辨認那標識牌？

我的勤務兵小三子被我派去跟隨廖志弘押送那個日軍俘虜到遠征軍長官部，後來就一直跟著他重返戰場。小三子以為我戰死了，就對廖志弘說，我的長官死了吧，你就帶我一起打鬼子吧。他是羨慕廖志弘所在的那個傘兵突擊隊武器好、吃得也好，美國的牛肉罐頭放開來吃。而在我的連隊，一天也就一斤大米，美國牛肉罐頭要營級以上的官佐才配發。他們後來參加了收復龍陵的戰役，然後追著小鬼子的屁股打，一直打到一個叫黑山門的地方，廖志弘已經受了傷，但國境線就在前方，親手把日本鬼子趕出國門，是一個抗日軍人多大的榮耀啊。

但我們的詩人廖志弘，卻戰死在中緬邊境的國門口，陣亡時間是一九四五年元月十九日。兩天後，我們滇西遠征軍和駐印度的中國遠征軍勝利會師。勝利的曙光即將帶來和平，我們的詩人卻倒下了。

這些年來我一直在想，廖志弘是一個完美主義的詩人，不是他的詩如何完美，而是他的人生。在他倒下的地方，一首最為完美的史詩，終於以血寫成了。「自由的大地是該用血來灌溉的，你、我，誰都不會忘記」。

一九四六年，我從內戰前線回到昆明，小三子告訴我說，廖志弘犧牲時，他就在他身邊。他已經渾身是血，都不知道他身上到底有幾處戰傷。小三子聽廖志弘斷斷續續地對他說：「賈霽……賈霽……」他以為廖連長臨死前糊塗了，忙高聲喊，長官，我是鄭霽，鄭霽，不是賈霽。小三子是貴州人，大約聽不懂廖志弘的湖北官話。一九六一年我第一次服刑提前出獄後，曾經想回一次龍陵老家。但被怒江河谷上的惠通橋哨卡就被擋回去了。為什麼？因為那時「搞政治邊防」，我這樣的人不能靠近邊境線，哪怕我的家就在那邊。我只能在松山對面的山上遙望我的家鄉和松山。記得就在那天，我聽到遠方的雲團上有個聲音飄來，那是廖志弘年在天堂裏的叮嚀：「王師北定中原日，家祭毋忘告乃翁。」我才幡然醒悟，這才是他最後的遺言！

家祭啊家祭，我們現在何以有家？

我負傷後在昆明的美軍醫院昏迷了二十多天，醒來後發現人們一直在叫我廖志弘。那是因為我那身燒得破破爛爛的軍裝，剛好還可辨識出「廖志弘」三個字。養傷期間李彌曾經到醫院來看我，爲我授勳，還帶來了廖志弘的一大堆家信。由於我是戰前剛調來第八軍的部隊，他怎麼會認識我這個小軍官呢？加之我已被燒得面目全非，我的營長、團長都戰死了，連裏的兄弟也沒幾個活下來的。因此他就根據下屬的報告把我當成七一軍的廖志弘，授勳證書上也寫的是廖志弘的名字。說真話，我認爲他配這個榮譽，人都戰死了，沒有勳章，連碑都沒有一塊。他在九泉之下得知以自己的名獲得了一枚四等雲麾勳章，我相信可以告慰他的英靈了。天堂裏的常娟也會爲他感到驕傲，爲我感到高興。再說，當時已經把戰功表寄給廖志弘的家鄉了，我實在不願廖志弘的父母再接到一紙「榮哀狀」，也就是國民政府發的陣亡通知書。

我從內戰前線狼狽逃回雲南的路上，曾經專程去到湖北廖志弘的家鄉，想把那枚勳章交給他的親人。廖志弘的遺腹子已經一歲多，他是這個家庭的希望和歡樂源泉。我還記得他的妻子那時的模樣，樸素、沉靜，溫婉、賢慧，雖是鄉下女子，但也不失落落大方。我在他家喝了一碗茶就倉惶逃跑了，就像一個懦弱的逃兵。因爲那時我已經玷污了這塊勳章……

那些年我一直以廖志弘的名義給他家寫信，告訴那遠在湖北的老父老母，弘兒立戰功了，弘兒又晉升了，弘兒隨軍開赴北方接受日本人的投降，弘兒定會帶一面日軍軍旗回家，棄之於豬圈，任吾家豬狗踐踏；弘兒戎機緊迫，實在無暇回家探望父母……到了一九五〇年以後，我再也不敢給那邊寫信了，怕給人家帶來麻煩……黃遵憲有詩云「芝焚蕙歎嗟僚友，李代桃僵泣兄弟。」我頂著廖志弘的名參加內戰的那些日子，多少個夜晚，哭我又哭我的好學長啊！我人生中的錯事做得多了，我不知道這是不是最錯的一件事。

唉，就讓他們以爲廖志弘到台灣去了吧。人只要沒有確切的死訊，就會給活著的親人留點希望。

卷宗四

一九七五

：第四次交代——以特赦之名

18 回家

「趙廣陵，又名趙迅，廖志弘，國民黨僞第八軍一〇三師中校團副兼營長，根據中華人民共和國第四屆全國人民代表大會二次會議《關於特赦全部在押戰爭罪犯的決定》，現在予以特赦，恢復公民身分和權利。趙廣陵，上台領取特赦證。」

勞改農場的特赦會場莊嚴隆重，四周插滿了紅旗，難得的喜氣籠罩著會場，就像過年的氣息。趙廣陵眼眶濕潤，嘴唇哆嗦，以爲自己高坐在雲端裏。台上的領導在宣佈本次特赦名單時，他不相信會有自己。他這樣的戰犯軍階太小，這是國家第七次赦免戰犯，前六次幾乎都是少將以上的軍職。在他前面被宣佈獲得特赦的還是一個上校呢，那傢伙當時就哭了，口裏直呼「毛主席萬歲！人民政府萬歲！」趙廣陵此刻也想說點什麼，卻哽咽著說不出話來了。

松山勞改農場在押的十二名戰犯全部獲得特赦，讓其他犯人羨慕得眼珠子都快掉下來了，趙廣陵那時卻一次又一次地仰望松山主峰。再見了，松山，我的生死兄弟們的血衣葬地；再見了，松山！你太沉重，我背不動了。

第二天趙廣陵他們被拉到保山一所廢棄的學校集中學習，每人發一套簇新的藍布中山裝，兩雙布鞋，一百元生活費，還派來醫生爲他們體檢。政府管教幹部向他們宣佈相關政策：過去有單位的，回原單位安排工作，沒單位的可選擇留隊工作，也可回家自謀職業；沒有家人的政府派人送回原籍，協調相關部門解決工作。身體有病者，可按國家公職人員報銷醫療費用。從今以後，你們是社會主義國家的公民了，無產階級專政把你們從鬼變成了人，你們要……

特赦的戰犯們心悅誠服，頻頻點頭，百感交集，感恩戴德。「從鬼變成了人？」趙廣陵心裏咯噔了一下，原來我們當了那麼多年的鬼。但不管怎麼說，能獲得自由總是人生的一件大事，他有再一次從戰場上僥倖活下來的感慨。如果往身後望一望，背脊也許還會發涼。

一個月的學習時間，像個幹部培訓班，他們學習時事政治，到工廠、農村、學校參觀文化大革命的勝利成果，還應邀作一些報告，向革命群眾懺悔自己的反革命歷史，舊社會讓他們從人變成了鬼，新社會如何改造他們，讓他們一步一步地從鬼變成了人。他們不是講台上的英雄，也不是批鬥對象，他們是社會的「灰色」教材，既不明，也不暗，既不再是反面，也不全然正面。他們是階級陣線涇渭分明的社會中的「新人類」。就像趙廣陵在一篇學習心得中寫的那樣，「我們這些上錯了賊船的人，共產黨寬宏大量，既往不咎，讓我們在年過半百後重新做人。人民政府特赦我們那一天，就是我們的新生。我們現在才剛剛滿月。」

感恩是真誠的，但這個前後蹲了十幾年監牢、滿頭秋霜般白髮的「剛剛滿月的新生嬰兒」，眼下的難題是找不到一個溫暖的懷抱。學習班結束後，其他特赦戰犯都歡天喜地地被家人接走了，趙廣陵第一次被捕前的那家木器生產合作社已經解散，而他的家庭早就妻離子散。「老趙，你能去哪裏？」負責分管他的管教幹部洪衛民問。這個小夥子新婚燕爾，其他特赦戰犯都被接走了，學習班只剩下趙廣陵一個人，他不把他安頓好，也回不了家。

趙廣陵把手指插在灰白的頭髮裏，抓撓了半天才說：「小洪同志，你能給我一支煙嗎？」洪衛民說：「你不是早戒煙了嗎？」還是遞給了他一支。

趙廣陵回答說：「我還早戒了家庭生活了哩。小洪同志，特赦後我給我的前妻寫過一封信，我想去她那兒。但她……現在還沒有回信。」

洪衛民叫起來：「老趙，這不可以，你前妻已經是人家的老婆了。你去那裏幹什麼？」

「我還有個兒子。」趙廣陵底氣不足地說。照理講他應該給大兒子豆芽寫信，不管他現在姓什麼了，他還是他的親爹。但他一不知道豆芽現在在哪裏，在幹什麼，二不敢相信豆芽還會認他。這對父子，現在鬧不清誰欠了誰的。

「這樣吧，既然你願意回昆明落籍，我們就先回昆明再說。你看看能不找到你兒子，我呢，帶著公函跟當地政府接洽一下，看怎麼安置你。」

趙廣陵望著洪衛民，像一個要跨出大花轎的新娘那樣羞澀起來，「你認為，我……我可以回……家嗎？」

「老趙，你沒有家了，人民政府會負責幫你安一個家。放心吧。」洪衛民胸有成竹地說。

第二天，兩人成行。長途客車在崇山峻嶺中的老滇緬公路上穿行。還是這條公路，三十多年前，它是中國抗戰的生命線，數十萬遠征軍將士在這條公路上銜枚疾走，奔赴疆場。三十多年後，他們中的一個倖存者走在了老路上。沒有榮譽，沒有家人，沒有權勢，沒有財富，只有感懷。正是春天，田野碧綠，山嶺蒼翠。迎春花已經謝了，杜鵑花開放得正熱烈。自由開放的花兒，自由覓食的牛羊，自由飛翔的鳥兒，還有車上那個終於獲得自由的老流浪漢、老囚徒、老軍人。他把頭伸出車窗外，讓清新的春風梳洗自己灰白的頭髮，梳洗自己滿面的滄桑，梳洗自一九五〇年以來的躲藏、掩飾、偽裝、造假的破碎歷史。現在他被梳洗清爽了嗎？他不知道。他方發現即便是在不蹲監牢的日子裏，他過的也不是一個正常人的生活。他不過是社會上的一隻過街老鼠，從不敢讓自己的歷史見於光天化日之下，因此，他也沒有真正的自由。一個自由的人，應該是生活得坦蕩的、有尊嚴的、夜半敲門心不驚的。人生應該是贏利的，而不是負債的。他枉費心機，絞盡腦汁，試圖躲避強大的專政機器。但該償還的一定要償還，該付出的人生代價，一點討價還價的餘地也沒有。他唯一的成功，或許就是活下來了，終於贏得了自由。

車窗上偶爾會映照出他的臉，這是一張多麼苦難而自豪的臉啊！那些經年的傷疤被自由的心情舒展開來，彷彿滿臉都是樂得合不攏的嘴。自從疤痕們侵佔了這曾經英俊脫俗、青春洋溢的臉，就像魔鬼留下的爪印，饕餮啃吃過的殘局，泥石流沖毀過的山丘。但現在春風拂面之下，細胞復活，毛孔開放，荒原新綠初放，萬物光彩重生。前妻舒淑文說過，羅丹欣賞這樣線條硬朗的臉，米開朗基羅需要這種在苦難中浸泡了幾十年的表情；李白看到這在春風裏飛舞的三千丈白髮，不會再哀歎「緣愁似箇長」，杜甫在春天裏看到這越搔越短的白頭，不會再歎息「渾欲不勝簪」。因爲即便是一縷白髮，也在風中自由地飄灑，輕盈地舞蹈。

這是多年沒有過的閒適、自如、自尊、安詳以及面對外部世界的問心無愧。剛才在車上，一個大媽對他說：「同志，麻煩你幫我挪一下行李架上的包。」檢票的人來到他面前，也說：「同志，你的票。」讓他聽得心尖尖都被溫暖了。趙廣陵，你現在跟大家一樣，是革命同志了。你不再是他們的敵人，不再是他們的批鬥對象，不再是革命陣營的對立面。同志啊同志，從孫中山先生的時代起，志同道合的人們就在爲一個嶄新的中國努力，但不是每一個愛自己國家的人，都可以被稱爲同志。

長途車在翻越一個大坡時拋錨了，天已向晚。司機說怕是要明天才能走了，要等單位派人來修。旅客同志們萬水千山只等閒，各自去找投宿地吧。洪衛民是個不怎麼出門的後生，一時不知怎麼辦才好。趙廣陵提議說，前面十幾里有個大驛站，過去曾經是美國人的一處空軍基地，很熱鬧的。想必那裏現在應該還有住宿的地方。洪衛民睜大了眼睛，老趙，你關糊塗了吧，我們雲南哪來美國鬼子？他們從沒有打過鴨綠江呢。趙廣陵說，我說的是飛虎隊的基地。洪衛民又問：飛虎隊是幹什麼的？打老虎的？趙廣陵暗自歎一口氣，洪衛民這樣生在新中國長在紅旗下的後生，是不知道過去的一代。

一九四四年趙廣陵的部隊開赴松山前線時，曾經在這個基地補充過彈藥和裝備，他還記得他們借宿的一戶人家的老大爹說，有個美國佬綽號「左輪手槍」，把村莊裏的一個姑娘搞上了。美軍憲兵把「左輪手槍」拷了要送軍事法庭，但那個姑娘的父親帶著她去見基地的最高指揮官，讓他們把自己女兒帶走。你們拷走了男人，我家姑娘就吊脖子了。美國人還真不含糊，隔天就在基地裏爲兩人舉行了婚禮。

趙廣陵津津樂道地講這個故事時，洪衛民用憐惜的眼光看著他說：「老趙，念你是個老好人，又剛剛是特赦的戰犯。要是一個月前你造這些謠，要加刑的。美帝國主義嘛，歪戴帽子斜穿衣，一定不是好東西，嘴裏嚼著口香糖，欺男霸女喪天良。哪有你說得那麼好？你回去還要加強學習啊。」

趙廣陵吸了口涼氣，真是得意忘形了。你即便走在佈滿回憶的老路上，還要裝著遺忘得一乾二淨，你即便已經是特赦戰犯，仍然要——「加強學習」。不然這個時代隨時可以不再把你當同志。過去的人和事，還是人生中的地雷，不定哪天又觸雷了。

不過，徹底粉碎了趙廣陵回憶的卻是無情的現實，那個當年的美軍基地已經蕩然無存。往昔熱鬧非凡的客棧、酒吧、咖啡館、茶肆酒樓、軍官宿舍、兵營都不見了蹤影。飛虎隊的跑道也成了麥田。只有幾幢歪歪斜斜的破舊房屋，以及曠野裏已變成一叢叢荒塚似的飛機窩，讓趙廣陵跟過去的回憶還依稀銜接得上。一座曾經繁華喧囂、歌舞洞天的小鎮，就像被美國人的飛機也運走了一樣。洪衛民有些得意地問：老趙，你剛才在瞎編吧？趙廣陵一個勁兒地點頭，是是是，是我道聽塗說的反動宣傳。我再不敢造謠了。天已經黑盡，他們只得敲開一戶人家，主人用警惕的眼光審視了他們一通，好在洪衛民有勞改農場的公函和人民警察的介紹信，主人便把他們帶到生產隊的隊部，在火塘邊對付了一夜。

那個夜晚趙廣陵幾乎一夜未眠。明天就到昆明了，他將如何走向舒淑文呢？這可不像一個翹課的孩子回家面對家長那樣簡單。八年多了，自從簽下離婚協議書後，他再沒有舒淑文的一點音訊。儘管她已經是別人的妻子了，但在牢房裏他夢見最多的人仍然是舒淑文，在夢裏看見在她廚房裏操勞，看見她從院子外走進家門，看見她坐在他的對面納鞋底，還看見自己和她做愛，在被窩裏翻滾。他的春夢中性愛的對象永遠只有舒淑文，這讓他自己都感到驚訝。在他精力還旺盛的年月，在下身脹癢難擋的寂寞黑暗中，他腦海裏幻化出妻子的容顏、身軀，用自慰來撫平內心深處的思念和焦灼。那種時候，他既羞愧又幸福，既痛苦又歡悅，就像一個尚有良知的男人成功偷情。

他的前半生見過的美麗女子不算少，但舒淑文在他心目中的地位永遠雄踞在喜馬拉雅之巔。常娟是初戀的女神，他早就把她供在愛情的香案上了；舒菲菲是白日夢裏的封面女郎，是永遠從舞台上走不下來的明星；而第一個妻子盧小梅就像一齣悲劇中苦命的丫鬟，還沒來得及在人生舞台上扮演什麼角色，就悲慘地香消玉殞了。唯有舒淑文是相濡以沫、耳鬢廝磨的妻子，是孩子們的母親，是苦難中與他同舟共濟過的女人。因此當他面臨到哪裏安家的選擇時，不是他頭腦發熱、自作多情地想回到舒淑文身邊，也不是因爲還有一個易姓了的兒子或許可以依託，更不是想看一看前妻的那張臉，讀一讀她的眼神，還能否映照出他們的過去。他只是想坦坦蕩蕩地站在前妻的面前，自豪地告訴她：

我現在還清所有的歷史欠債了，我是一個乾淨的人。

洪衛民雖然年輕，但還是個辦事仔細的傢伙。他們到昆明後，先在一家旅社住了下來，洪衛民讓趙廣陵在房間裏等，他去找當地派出所聯繫。在那時嚴密有序的社會裏，這其實是一件很簡單的事情，他很快找到了舒淑文的住家。他們已經搬出原來的舒家大院了，舒淑文現在住在丈夫葉世傳的單位宿舍。洪衛民先單獨去拜訪了葉世傳，人家很大度地說，明天下班後讓他來，我們擺好酒菜爲他接風洗塵。

洪衛民回到旅社時，發現趙廣陵蜷縮在床上，身上一股濃烈的酒氣，地上還有一灘嘔吐的髒物。他不聲不響地把房間打掃乾淨了，又把桌子上吃剩下的半包花生、半隻雞收拾好。趙廣陵這才有些難爲情地爬起來，醉意朦朧地說：「小洪同志，我犯了個錯誤啊。我不曉得來昆明幹啥。」

洪衛民今天出奇地殷勤。他擰了把熱毛巾讓趙廣陵醒酒，又翻出自己剛才買來的酒菜，說：「老趙，明天你就可以見到自己的前妻了，我的任務也完成了，我也該回家啦。我們今晚痛快喝幾杯，爲你慶賀。」

趙廣陵一個激靈，「小洪同志，你找到他們了？」

洪衛民用有些複雜的眼光望著趙廣陵，「老趙，這個……嗯，他們都很好。是……很好很好……好人。你前妻的丈夫，明天請你去吃飯。」

趙廣陵忽地站了起來，似乎要立馬動身，但又頹然坐下去了。然後又慢慢站起來，在屋子裏像失去了頭的蒼蠅，嘴裏嗚嗚咽咽的，不知道在說些什麼。

洪衛民知道，關久了的人都會有一些反常的舉動。他們會無緣無故地發作，會長時間地發呆，會對著一棵樹、一隻鳥、一隻雞或狗說話，會對社會上發生的變化手足無措。他不願趙廣陵受到太多的刺激，但他又不得不帶他去承受打擊。他只能儘量挑好的說。「你的前妻現在是小學教師了。他們現在有一個孩子……」

趙廣陵撲過去抓住洪衛民的肩膀，「你見到她了嗎？我是說我的……舒淑文？」

「見到了。」

「她……她她她，胖了還是瘦了？」

「雖然是中年女同志了，但她還很漂亮。就像你跟我說的那樣。」

「哦……」

「她也很善良。聽說你出來了，就哭了。」

「哦……」

「是她主動跟葉世傳同志說，我們應該幫幫趙廣陵，幫他找個工作。」

趙廣陵「哇」地乾嚎一聲，像哭又像是受到了驚嚇，但很快又咽回去了。也許是爲了掩飾自己的失態，他抓起桌上的茶杯大喝了一口酒，盯著天花板長久不說話，在打出一個沉重的酒嗝後說：

「一個好女人哪！」

然後他蹲在了地上，背靠著床，雙手抱著花白的頭，嗚嗚咽咽一通，這次他是真哭了，就像一頭哀慟的老獸。把洪衛民搞得大動惻隱之心，他當然知道趙廣陵為什麼離婚。他想，要是我的妻子成了別人的老婆，我將如何去面對呢？他的眼眶也濕潤了。

實際上相見遠沒有趙廣陵想像的複雜和困難。夕陽下，工廠的大門口有一排筆直的銀杏樹，舒淑文就站在樹下，沉靜、樸素、安詳，還顯得有些單薄，她穿一件小翻領的灰色上衣，裏面是碎花白襯衣，衣領很奪目地翻出來；陪襯下身的藏青色嗶嘰尼褲子，齊耳的烏黑短髮，一張素面朝天的臉，質樸得像大樹下一株毫不起眼的小樹，不再亭亭玉立，不再有千樹萬樹梨花開的熱烈，但在金色的陽光下依然韻味盎然，風采不減當年。

那個滿頭花白，背脊依然筆挺的老男人步履沉重地走過來了。八年前一個週日的晚上，勞改農場留隊人員趙廣陵一如既往地洗好了碗筷，收拾好廚房，然後摘下圍腰，把手擦了擦，說下週帶兩個大南瓜回來，已經在農場的地裏看好了，多養一週讓它更甜。那時趙豆芽用怪異的眼光看著他的父親，舒淑文在監督豆角寫毛筆字，她抬了抬頭說，走了？他回了聲，走了。

此刻，他總算走回來了。女人淡淡地問：

「回來了？」

男人動情地喊了一聲「文妹……」，但面對女人波瀾不興的面容，只好規規矩矩地答：「回來了。」竟然再無話。

女人說：「回家去吧。飯菜已經做好等……你。」

一旁的洪衛民看得稍感失望。沒有抱頭痛哭，沒有滔滔不絕訴說生離死別，甚至連一個多餘的眼神都沒有。舒淑文說完話後扭頭就走，他們兩個緊巴巴地跟著，有點像闖下大禍跟在家長後面回家挨訓的孩子。

葉世傳繫著圍裙從廚房裏迎出來，這是一個長得很敦實的男人，個子不高，滿臉嚴肅、一板一眼地伸出了手，說：「歡迎，趙廣陵同志。」

趙廣陵接住那雙冰涼的手，眼睛盯住對方那隻獨眼，沒有看到寒意，也沒有看到熱情，卻有一股凜然不可侵犯之氣；他還感覺到對方的手在使勁，於是他也使勁。就像在戰場上較勁的雙方，只不過旁人看不出來罷了。這是當過兵的人才知曉的火力偵察，也是共同愛著一個女人的男人們之間的交流。

「都請坐吧。」舒淑文說。「還有這位小洪同志，不要客氣啊。」

酒過三巡，除了「請」、「別客氣」、「多吃點」、「嘗嘗這個，老葉的手藝」外，大家都沒有多少話。洪衛民發現趙廣陵坐得筆直，動作僵硬，好像連筷子也不會使了。舒淑文也很拘束，彷佛是這個家的客人，倒是葉傳世擺足了主人的氣派，甚至為此還有些誇張。洪衛民擔心他的眼光太「獨到」，會看出趙廣陵心中的波浪。他甚至被這尷尬的氣氛搞得有些害怕，兩個男人會不會吵起來、甚至打起來呢？

都喝下半斤酒後，氣氛好像輕鬆了。酒在這種場合真是個好東西。趙廣陵問舒淑文，教師的工作辛苦嗎？舒淑文回答說，不累，我給孩子們上音樂課。趙廣陵又問：教他們學小提琴？舒淑文說，哪裏還拉得動小提琴，我彈風琴教他們唱唱歌啥的。趙廣陵感歎道，你總算學有所用了。

葉世傳這時先給自己斟滿了酒杯，高高舉起來衝趙廣陵說：「兄弟，這杯酒敬你。我先喝了。」

然後他打開了話匣子，「我比你年長兩歲，因此叫你一聲兄弟。你參加國民黨軍隊打日本人，也打內戰，然後你坐牢改造，這是你的命。實不相瞞，我也參加過遠征軍，你是宋希濂的十一集團軍，打松山和龍陵，我的部隊是霍揆章的二十集團軍，打騰沖。當年我們還是先後出征的生死兄弟哩。我命大，從仰攻高黎貢山一路打下騰沖，連皮都沒有傷，我幹的是炮兵嘛。更命大的是，我一九四八年在東北戰場隨軍起義，共產黨發給我五毛錢的『繳槍費』，我就加入革命陣營了。我也參加打內戰，但我打的是革命的內戰，你打的是反革命的內戰。你在哪裏參加的內戰？哦，山東戰場。三大戰役我參加了兩個，遼沈戰役和平津戰役。死人見得比你多吧？然後我還去了朝鮮戰場。這回命就不那麼好了。我們跟日本人打和跟美國人打，其實都一樣，裝備沒人家好，彈藥也沒有人家多，只有拿命去堵。堵美國人的槍眼，填美國人的炮彈坑，用血肉之軀去抵擋美國人的坦克。朝鮮戰場上的殘酷一點也不亞於我們打過的騰沖戰場、松山戰場、龍陵戰場。我們排的兩個小兵，愣是在戰場上被美國人的炮火嚇瘋了。你沒有上過朝鮮戰場，只在監獄裏好好待著，你該感謝自己的命。我沒有蹲監獄，但比你多爬幾回死人堆啊！你毀了容，我丟了一隻眼睛，腦袋裏還有彈片，戰爭給我們的獎罰都差不多。我不知道你受傷毀容後怎麼想的，我的眼珠子被打掉在雪地上時，我把它撿起來，血糊糊地捧在手裏就像拿著一隻豬的眼球。我嚎啕大哭，說身體髮膚，受之父母。狗日的美國鬼子把我的眼珠子打出來了……我帶著立功勳章回國，還是找不到媳婦。我知道你心裏還有小舒同志，她是個好女人，但是你命裏沒有。命這個東西，你我都沒有辦法。我和小舒同志的結合是組織安排的，我是黨的兒子，黨當然要給兒子找媳婦嘛。」

「葉大哥，你不用說了，我認命。」趙廣陵站了起來，仰頭把自己的酒喝下。

唯有舒淑文，一直在流淚。

葉世傳仍然坐著，像領導那樣回敬一杯酒，「認我這個大哥就好。都是從死人堆裏活下來的，還有什麼看不開的。我們老家有句話說，『上坡不得歇個腳，下坡很陡轉個彎』。沒有人過不了的坎，也沒有活不下去的日子，對吧。今後有你大哥吃的喝的，就有你吃的喝的。我們的子女，會給你養老送終。」

趙廣陵這回真感動了，眼光熱熱地說：「葉大哥，大恩不言謝了。我這次來，只是……只是想看看我兒子趙豆芽……嗯，對不起，是葉……」

「他現在叫葉保國。前年我費了好大的勁，才推薦到農大當工農兵學員。我捎信讓他回來的，但這小子大概忙。不過你放心，他永遠是你的兒子，也是我們的兒子。」

趙廣陵舒了一口氣，豆芽有出息了。管他姓什麼，管他是誰的兒子。當爹的不虧欠他就是了。

舒淑文終於插話說：「老葉今天忙乎了一天，給你找了處房子。簡陋點，你先住著。以後再想辦法吧。」

趙廣陵望望淚眼婆娑的前妻，心中五味雜陳，柔情萬種，肝腸寸斷。葉世傳當然一目了然，他嗯了一聲，接過話來說：「工作的事情嘛，我跟廠裏領導說了，有點難。按政策你進不來我們的工廠，你既不是從我們這裏進去的，也不算我們的什麼親屬。多少回城知青都沒有工作呢。不過，我再三懇求，領導問你有沒有什麼技能？」

洪衛民連忙說：「老趙是個好木匠呢，是我們農場的四級木模工。只要是木頭的東西，做哪樣是哪樣。」

「嗯。這個嘛，我再去問問。」葉世傳說。

舒淑文說：「我們學校還缺個勤雜工，要麼我去問問？」

葉世傳斜了她一眼，「你不是說趙老弟是當年西南聯大的高材生嗎？當你們的校長都綽綽有餘，怎麼好讓人家去幹勤雜工？」

趙廣陵明白這一眼的份量，便說：「不用麻煩了。我有技藝，現在還有點力氣，應該餓不死的。再謝你們的收留之恩了。」他把杯中酒又乾了。

晚飯後大家又閒聊了一陣，舒淑文像躲避什麼似的去廚房洗碗，一洗就一個多小時。這時葉世傳的女兒被她奶奶帶回來了，這是一個六歲的小姑娘，皮膚黃黃的，眼睛亮亮的，很像她的媽媽。葉世傳讓她叫趙廣陵叔叔。趙廣陵腦子裏過電影似的想到了自己吃錯藥死去的女兒豆秧，吃紅燒肉脹死的豆莢，不知死於何種原因的豆角，還想到了舒淑文和他生活中最後一次懷孕被打掉的那個孩子。「我們這種反革命家庭，沒有革命的溫度，孵不出小雞來，我們養的都是石頭！」現在這個小女孩多像豆秧啊。她生在一個革命的家庭裏，必定會在革命的溫度裏健康的、快樂的、無憂無慮地成長。

趙廣陵太喜愛這小姑娘了，他掏出五張十元的人民幣，說來得匆忙，沒有給孩子買什麼，這點薄禮請收下吧。葉世傳的眼睛亮了一下，想伸手卻又在猶豫。這時在廚房裏的舒淑文趕忙過來，把錢往趙廣陵手裏推，趙廣陵又塞回去，舒淑文再推過來，兩人推來塞去的，最後趙廣陵一把抓住了舒淑文的手，強行把錢壓在她手心裏。這是他們八年之後第一次肌膚相親，更是趙廣陵八年多來第一次和異性接觸。兩人手上電光火石般過電，都同時哆嗦了一下，也都同時不再推諉了。手和手彷彿黏在了一起。縱然七月飛雪，冬雷滾滾，縱然金風玉露，人間難逢，縱然相見時難，百花摧殘，縱然孔雀東南飛，徘徊復徘徊，他們不想放手！趙廣陵覺得自己的心在融化，在崩潰，在發生一場突如其來的雪崩。他看到了舒淑文散亂的目光，看到了一片紅雲飛上了她的雙頰，看到了她的嘴唇在發白，還看到了舒淑文皓齒後面的舌頭在說永遠說不出來的話。可他唯獨沒有看見自己像個沒有談過戀愛的毛腳姑爺，笨拙、露骨、魯莽，晚年春心昭然若揭。連那個只有一隻眼的丈夫也一覽無遺，他將手中的茶杯重重地往桌子上一磕，一聲炸雷落在屋子中央。

「搞什麼搞？」葉世傳不輕不重地喝了一聲，「那是人家安家的錢，我們不能要。」黏在一起的兩隻手終於分開了，兩人都聽見了皮膚撕裂的聲音，心撕裂的聲音，還有剛剛升起的春夢跌落的脆響。趙廣陵訕訕地說：

「一點心意，一點心意。」

葉世傳決絕地說：「心意我們領了。錢堅決不要。」

錢還在舒淑文手裏，她像隻徘徊的孔雀那樣無枝可棲。「趙……你，你你還是把錢，拿回去吧。」她的手伸在半空中，如一座斷橋。

趙廣陵的倔強勁兒來了，「葉大哥，舒淑文，禮輕人意重。看在孩子的面子上，就算是給我一個臉面吧。儘管我是個無臉的人。告辭了。」

他給洪衛民使了個眼色，轉身便走。洪衛民左謝右謝，跟了出去。他們聽見葉世傳在身後說：「那就不送了。小舒，你去送送吧。」

不用看身後，趙廣陵也知道舒淑文不會出來相送。月光正好，是下弦月，在高原城市的上空清澈透明。趙廣陵兩腳生風，好像在逃離什麼。洪衛民說：「老趙，你忘記了拿房子的鑰匙。」

「臥榻之側，哼。」

「你說什麼，老趙？」

趙廣陵不想解釋，又沒頭沒腦地說：「剛才見面時，她第一句話就問『回來了』，而沒說『出來了。』」

洪衛民想了想，說：「對啊，說明人家還把你當家人。」但他一回想剛才的情形，又感到害怕。可別鬧出什麼事兒，「真不明白你們這代人。」

趙廣陵停了下來，望著前方的月亮，良久才說：「我們這代人，家國萬里，命運多舛。命裏就不該有家。」

「莫洩氣，老趙。你人好，有本事，再安一個家還來得及。」

「我有何本事？」趙廣陵氣哼哼地反問道。

「你會木匠啊。誰不知道你手藝好。」

趙廣陵用怪異的眼光看著洪衛民，忽然對著黑暗中的空虛大喊：「天知道啊……」

兩人回到旅社，一夜無話。第二天一大早，洪衛民計畫再去找葉世傳，幫趙廣陵把那個說好的房間收拾好，讓他先安頓下來，再慢慢聯繫工作的事，但他發現趙廣陵雙眼通紅地從床上坐起來，一字一句地說：

「小洪同志，我隨你回松山，今天就走。我申請留隊工作，我的木工手藝，你們還用得著。」

19 戰場實習生

二十世紀八〇年代，國家正像大病初癒的巨人，一點一點地恢復元氣。省公安廳副廳長周榮文革期間先是靠邊站、挨批鬥，然後蹲了兩年監獄，還在五七幹校勞動了三年，一九八〇年終獲平反，官復原職，還是回到他原來的辦公室。一天，他整理自己辦公室裏的檔案櫃，在拉開一個抽屜時，忽然就像打開了一段被混亂的歲月塵封多年的往事。

「小段，準備一下，明天去松山勞改農場。」他對外間喊。

松山勞改農場還是從前那個模樣，只不過勞改的犯人少多了，現在只關刑事犯。大批政治犯都平反釋放，當然，政治犯的含義現在已經發生了轉變，像闞天雷這樣的文革造反派，就從勞改幹部變成幹部勞改了。

公安廳副廳長到了勞改農場，當然是大事。農場的大小領導在大門口列隊歡迎，寒暄之後落座吃飯。周榮坐下來就問：

「你們這裏還有個叫趙廣陵的人嗎？」

場長忙回答道：「有。現在是我們農場勞動服務公司的副經理。」

「哦，幹得不錯嘛，叫他來。」周榮說。

場長猶豫了一下，說：「周副廳長，他是個留隊人員。」

周榮面露慍色，「留隊人員還不是國家職工，和我們大家是平等的。」

「是，是是是。周副廳長。我馬上讓人去叫。」

機靈的場長已經揣測出趙廣陵和周榮一定有某種特殊的關係。於是開始誇獎趙廣陵，說他如何能幹，文革結束後在農場的支持下辦起了服務公司，原來我們以為他只會做木匠，沒想到這個同志腦子特別好使，把農場的多種經營搞得風風火火。更沒想到的是他文化水準特別高，給我們的勞改幹部辦文化學習班，編刊物、出報紙，樣樣都拿得上手。還搞了個英語補習班，好幾個幹部家屬的孩子在他的輔導下都考上了大學，還有一個孩子考上了北大哩。連地方上的人都來請他。這幾年保山地區的英語教師搞培訓，年年都離不得他。地區教育局還想來調他，但我們怎麼能放他走。周副廳長，他是我們松山農場改造出來的人才啊。

「那是人家的底子好。」周榮說。

說話間趙廣陵進來了。他的頭髮更花白了，個子好像矮了一截，但臉膛紅潤，神色坦然，儘管還顯得有些拘謹。周榮站起身，快步走過去，拉住了他的手，使勁搖晃。旁邊的人都看得出來，兩人眼光裏的熱度，賽過夏天裏的怒江河谷。

晚飯後，周榮讓秘書小段把想陪他喝茶打牌的農場領導擋回去，他說要跟趙廣陵單獨談談。招待所那間房間的燈光，通宵未熄。

一九四一年的深冬，趙岑和他的聯大校友、中央陸軍軍官學校的同學劉蒼璧從成都校區被分到第九戰區實習。說是實習，其實就是直接上戰場。劉蒼璧是學防化防毒的，照理講不該到第一線。那時中國第一次面對日軍的毒氣戰和細菌戰，許多士兵不得不用毛巾、甚至抓把樹葉捂在鼻孔上、嚼進嘴裏來抵擋日軍的各種毒氣，根本分不清什麼是糜爛型毒氣，什麼是窒息性毒氣，什麼是催淚型毒氣。防化專業的學員下到部隊頂多配屬在師一級任防化參謀。但劉蒼璧在軍校期間組織了個馬列主義讀書小組，聚集了一批思想左翼的同學。表面上看軍校還比較開明，不妨礙學員們的各種課外活動，你在課堂上討論毛澤東的《論持久戰》都沒有問題，但到決定學員去向時，思想左翼的學員們就都被「高看三分」了。

趙岑是學員分隊的分隊長，劉蒼璧雖然比他年長，無論是軍事技術還是學習成績都不比他差，但他由於被「另眼相待」，所以只是趙岑手下的隊員。他們倆同時被分配到鄱陽湖邊的一處基地，學習如何操控一種無人快艇。

那時太平洋戰爭已經爆發，美國人給中國的援助開始增多了。這種快艇也就比一條舢板稍大點，艇上裝滿烈性炸藥，由無線電控制著去撞日軍橫行在長江上的軍艦，其實就是一枚水面上的魚雷。中國的海軍已基本上打沒了，只有採用這種方式去搏擊鬼子的軍艦。

這種玩意兒雖說是美國貨，但技術仍不過硬。無線電遙控器能控制的距離僅有兩公里，距離越遠操控能力越差。而日本人的艦炮火力威猛，你還沒衝到他跟前，就已經把你打爆了。國軍試了幾次，均未成功。

只剩下兩艘無人快艇了。戰區長官部下了命令，組建敢死隊，採用自殺式攻擊，務必擊沉日軍戰艦。兩艘無人快艇被改造成有人駕駛，不外乎臨時加了個方向舵，焊了兩個鐵座椅。

實際上這樣的敢死隊根本無須由軍校的學員去充當，國家爲培養他們花費了多少銀子啊，更不用說他們還都是學有專長的人。但那天師政工部的一個上校主任來到學員分隊說，養兵千日用兵一時，你們都是黨國精英，國家需要你們殺身成仁，我黨國軍人豈可首鼠兩端。劉蒼璧，你如何看？

劉蒼璧啪地一個立正，高聲喊道：「爲國家民族而死，正是卑職之榮耀。長官不用多說了，敢死隊有我一個。」

趙岑連忙站起來，「報告長官，劉蒼璧同學是學防化的，上軍校前還是國立西南聯合大學化學系的高材生，國家還有用得著他大才的時候。請長官再斟酌。」

「怎麼，大學生就不可以爲國赴死嗎？」政工部主任訓斥道。

「趙分隊長，不用多說了。我去！」劉蒼璧朗聲說。

趙岑回頭看了劉蒼璧一眼，熱血一下就沖到頭頂了。他轉身請纓：「報告長官，我是分隊長，敢死隊裏應該有我一個！」

四個敢死隊員挑選好，趙岑和劉蒼璧一個艇，另外一個軍校學員和一個中士班長一個艇。劉蒼璧找到趙岑說：

「他們要我們這些不聽話的學員去送死，你這個優秀學員來湊啥子熱鬧？」趙岑那時在軍校滿腦子國家民族、三民主義、抗日殺敵，對政治派別不感興趣，因此他的各項評分都很高。他能當學員分隊的分隊長，還不是僅靠他身材高大，站在佇列前孔武有力、儀表堂堂。

「學長，我就是不滿他們公報私仇。大敵當前，還分什麼左右。」

「老弟，這可是去送死。不是駕遊覽船。」劉蒼璧雖然是實習分隊的隊員，但私下裏學長就是學長，學弟還是學弟。

「你我從上軍校那天起，生死就是一個銅板的兩面了。人家空軍能駕機撞向鬼子軍艦，我們當陸軍的，有這樣報國殺敵的機會，豈能錯過？再說了，能和學長一起殉國，也是我們聯大生的生死緣了。」趙岑悲愴地回答道。他和劉蒼璧在一九三七年從長沙參加「湘黔滇旅行團」徒步到昆明時就認識。那時劉蒼璧是大三的學生，也是他們那個學生旅行團的分隊長。一路上新生趙岑沒少得到他的照料。劉蒼璧在三九年本來已經考上曾昭掄教授的研究生了，但他卻出人意料地投考了軍校。當年和他一起考上研究生的同學，現在已經赴美國深造了。

趙岑對學理工科的同學一向是敬重有加的。中國積弱積貧、老是受列強欺負，跟我們不能靠科學興國有很大關係。要富國強兵，建設現代化新型國家，沒有理工科尖端人才絕對不行。都說西方列強堅船利炮，你得造出自己的來，才不會再挨打。他在聯大上學時曾經去理工學院在昆明郊區的實驗室找劉蒼璧玩，他看見劉蒼璧他們在泥地泥土牆茅屋頂的房子裏自製蒸餾水搞實驗，用搪瓷缸當燒杯。那一刻趙岑才明白西南聯大有多剛毅堅卓，自強不息。他們文科學院的學生有老師腦子裏的講義就行了，理工科的學生沒有實驗室、實驗器材，就有點像盲人摸象。劉蒼璧說，這有什麼，物理系的吳大猷教授還用木架子加一個三菱鏡做成了光分儀呢。

劉蒼璧是川東人，長江邊長大，有巴蜀人的精明、豪爽、吃苦耐勞和堅韌。趙岑記得在聯大時他為了掙生活費，跑到昆明防空司令部自行車隊打工，這個部門的人在預行警報時，騎著自行車在大街小巷穿梭，搖著小紅旗通知人們趕快跑警報，空襲結束後他們又騎著自行車搖綠旗子告知人們解除警報。這是個人人都往城外跑警報而他們卻要頂著炸彈履行職責的活兒，許多人對此還頗有微詞，一個聯大大學生，犯得著去冒這個險嗎？趙岑曾經在一次跑警報的途中撞見過劉蒼璧，他穿一雙張口的布鞋，膝蓋上兩個大補丁特別耀眼。

那個春寒料峭的赴死之日讓劉蒼璧和趙岑兩人永遠沒齒難忘。長江上的晨霧像層薄紗般籠罩在江面上，極富詩意，又冷硬刺骨。這卻是一個死亡即將降臨的早晨，一個淒美得和死神共舞的早晨。頭天情報說日軍的一艘軍艦，三艘炮艇將要通過第九戰區的防區，長官部命令敢死隊駕駛裝滿炸藥的快艇頭晚就在江心的一個沙洲邊設伏，俟日軍艦駛過，以飛蛾赴火之勢，與敵艦同歸於盡。

「春江潮水連海平，海上明月共潮生，灩灩隨波千萬里，何處春江無月明。」趙岑爲了驅趕自己的緊張感，下意識地吟誦了一段詩句，他說，我們再沒有春江花月夜的生活，再看不到長江上的月亮水了。坐在駕駛艙裏的劉蒼璧回頭望了趙岑一眼，說，你們學文科的就是多愁善感。不過呢，我在大一選修了國文選讀，聽過朱自清先生和聞一多先生的課，有段時間甚至想轉到你們國文系去念。

趙岑爲了挑起話頭，故意說：「你是爲了追我們系的女生吧？」

「你莫說，我真的喜歡你們系的一個女生。」趙岑忙問追上沒有。劉蒼璧說，哪能呢，你們國文系的男生都是些鐵公雞。趙岑說，我們打籃球打不贏你們，女生們的眼光都在你們身上，那種時候我們羞恥啊。他想想又說：

「媽的，現在我終於可以讓她們爲我自豪一回了。」說得有些蒼涼。

劉蒼璧眼眶裏瞬間浸滿了淚水，他伸出一隻手來，重重搭在趙岑的肩膀上，「前幾天我看見報紙上說，日本人的飛機又去轟炸我們聯大了。炸毀了我們的男生宿舍和圖書館。梅貽琦校長發了全國通電。此仇不報，枉爲聯大學子！」

「這幫禽獸，是想毀我中華文脈啊。」

「龜兒子休想。」

「什麼時候我們的國家才能強大到把軍艦開到東京灣，坦克開到日本的皇宮前，讓他們俯首稱臣啊？」

「我們有這個實力也不會去，我們中國人太善良。我們能夠奪回被侵佔的領土，保衛好自己的國家。就像你們國文系的一個詩人寫的那樣：從地上來的，從地上打回去。從海上來的，從海上打回去。從天上來的，從天上打回去。那時我們的國家就足夠強大了。」

江風帶著刺骨的寒意迅疾地刮來，兩人臉上的淚珠都凍成了一串串的冰凌。趙岑從臉上掰下一團冰渣，歎口氣說：

「可惜我們看不到那一天了。」

「如果我們還在念書，和平建設幾十年，小日本這種雞屎大點的國家，看都不耐煩看他龜兒子一眼。」

「就是。」趙岑附和著說。「真懷念讀書的日子。挾著課本在翠湖邊讀書烤太陽。有點錢了，就去湖邊的茶館坐坐。沏一壺茶，聽兩段雲南花燈，神仙啊。」

「我聽不懂雲南花燈，我喜歡川劇。」

忽然大家都不說話了，只有江水一浪又一浪地拍打沙岸，像嬰兒在母親懷裏的吸允，溫柔而動聽。聯大的校舍、教室、圖書館、球場，彷彿就在那濃霧中，猶如海市蜃樓般美妙；有朗朗的讀書聲隱約傳來，有先生們抑揚頓挫的話語在耳邊迴響，還有校園裏的鳥鳴，女生們的鶯歌燕語，陽光在樹葉間跳躍的腳步聲，以及圖書館的書本被沙沙翻動的寧靜。這霧鎖長江的早晨，江面靜謐得讓人聽得見睡醒了的魚兒冒出水面打出的哈欠，遠處的水鳥在江邊的蘆葦叢中梳洗羽毛時抖落的水珠。如果沒有戰爭，這該是一幅多麼恬淡雅致的水墨畫啊。但此刻，這寧靜正被刀尖挑著，一絲風兒也可將它刺穿。

長時間的沉默後，趙岑說：「學長，給你看樣東西。」他解開身上的棉衣，從腰上解下那面「死字旗」來。

劉蒼璧把「死字旗」展開仔細念了一遍，感慨地說：「『傷時拭血，死後裹身』，老弟，你有一個偉大的父親。」

「沒想到第一次出征，就用上了。」趙岑把「死字旗」重新裹在腰上，眼睛裏湧動起淚水。

劉蒼璧也大動感情，他長長呼出一口氣，然後從駕駛艙裏爬出來，「你來負責駕駛，我來管機槍。等會兒衝到敵艦五百米左右時，你先跳船。」

趙岑瞪大了眼睛，「老兄，怎麼可以跳船？逃回去也是要槍斃的！」

劉蒼璧狡黠地笑了，他從挎包裏翻出一個遙控器來，晃了晃說：「我們有這個。」

「哪裏來的遙控器，不是早被他們拆了嗎？」

「昨天下午我已經把兩艘艇改造過來了。你看這個分電開關，向左撥是有人駕駛，向右撥是無人遙控。這幫哈腦殼，就不曉得動動腦筋。我們接近敵艦時，再跳船用遙控。這時信號強，就好操控了。」

學理工出身的就是不一樣。趙岑眨了眨眼睛，「那……那我們就不用去送死了？」

劉蒼璧點了下趙岑的額頭，「老弟，打仗的目的是啥子？最大限度地消滅敵人，保存自己嘛。消滅這點小鬼子，就把我們倆的命搭上，不值。」

趙岑想了想說：「我是分隊長，還是你先跳吧。萬一你的遙控器不靈了呢？」

劉蒼璧自信地說：「這點雕蟲小技，我還沒把握，就白上聯大了。電學上的事，你不要跟我爭。我可以去聽你們文科的課，你卻聽不懂我們理科的課吧？」

趙岑頓感自卑，便解嘲道：「主要是理科女生少。」

劉蒼璧哈了一聲，說你們那邊的尼姑多，我們理工學院的和尚不來文法學院轉轉，陰陽不平衝。正說著忽然就傳來一陣馬達聲，越來越清晰越來越恐怖，彷彿不是幾艘軍艦正開過來，而是正在開啓的絞肉機。以至於開初兩人都聽得頭皮發麻，兩眼發愣，差點忘記自己的任務了。還是劉蒼璧先清醒過來，大喊一聲：「上啊！快吹哨子。」

趙岑脖子上掛著哨子，負責指揮兩艘死亡之艇攻擊。他忙把哨子塞進嘴裏，吹了幾下，竟然吹不響！急得他汗水都下來了。劉蒼璧問，啷個啦？趙岑窘迫地說，凍住了，可能……劉蒼璧又喊：「啓動，啓動！他們聽到我們的馬達聲會跟上來的。」

趙岑擰開了點火開關，快艇吼叫一聲射出去。他回頭看時，另一艘艇也衝上來了。霧中的江面什麼也看不見，他們只得朝著馬達聲更大的方向疾馳。忽然有槍炮聲傳來了，一些蒼白的火光在閃爍，像霧中開放的狼毒花。劉蒼璧邊用機槍還擊邊喊道，就是那邊，衝！此刻快艇前方和周邊不斷有水柱升起來，江面就像開了鍋。衝了不到一千米，身後傳來一聲震天巨響，他們不用回頭看就知道姊妹艇被擊中了。趙岑大喊一聲：「狗日的日本鬼子，老子們跟你拚了！」

已經看得見敵艦的輪廓了，軍艦上炮口火光閃耀，黑煙團團冒出。劉蒼璧喊道：「撞那個大傢伙！」

大傢伙就是那艘排水量三千多噸的軍艦，幾艘小炮艇拱衛著它，而且它的火力更猛更肆虐。趙岑駕駛快艇繞著「S」形，那時他根本不擔心自己會死，而是害怕重蹈了姊妹艇的覆轍，出師未捷身先死。好在快艇改成有人駕駛後，航速快多了，它像穿行在彈雨中的勇敢海燕，在江面上劃著優美的弧線，編製著拋向日本人的死亡繩索，越收越緊了。

「兄弟，快跳！」劉蒼璧喊道。趙岑看到他已經把機槍丟在一邊，手裏抓起了遙控器。他翻身就跳進了江裏。等他從水裏冒出頭來時，他還看得見快艇上那個背影巍然不動。趙岑的眼淚一下就下來了。學長啊，你怎麼還不跳？一個浪頭打來，將趙岑埋了下去，再次浮上水面時，他聽見一聲翻江倒海般的炸響，鬼子的軍艦被一團巨大的紅光包裹。隨即黑煙升起來了，烈火燃起來了，軍艦上的鬼子像大火中的螞蚱一樣紛紛往江裏跳。

「哈哈！狗日的日本鬼子……」趙岑興奮得從水中一躍而起，像梁山好漢裏的浪裏白跳張順，他一拳砸在江面上，把長江都砸了一個洞了。

可是我的學長呢？他對著血色江面聲嘶力竭地喊：「劉蒼璧——」

「劉蒼璧，這個名字我在心裏念叨了三十多年。」趙廣陵說。

「趙岑，這個人我也尋找了三十多年啊。」周榮說。

那個夜晚兩個老兵促膝長談，把時光拉回到了烽火連天的光榮歲月。煙蒂插滿了煙缸，煙霧讓他們彷彿沉浸在戰場上的硝煙之中。他們的頭髮都一樣花白了，稀疏了。趙廣陵雖然歲數小一點，但看上去蒼老得多，更像一個大山裏質樸的老農民。而周榮雖然也受了十來年磨難，但依然漢官威儀，器宇軒昂。趙廣陵時而在屋子裏兜圈子，時而從椅子上溜下來蹲在地上和老同學說話。以至於周榮說，別蹲著，坐下來說話嘛。他當然知道當過犯人的人，對蹲著說話有一種不自覺的習慣。因此周榮不能不感歎道：

「我還是喜歡那個時候的趙岑，年輕、威武、俠義肝膽。」

趙廣陵回敬道：「我還喜歡那個時候的劉蒼璧呢，聰明、樸素，勇於擔當，像個大哥般敦厚。」

周榮再次感歎：「可惜啊，當年你要是聽我的，何至於這些年……」

趙廣陵抓起桌子上的一支煙又點上，狠狠地吸了幾口，吸得直咳嗽。然後他說：「爲打日本人，吃這些苦，我不後悔。生命中所有的付出，都是命運的安排，都有價值和意義。」

周榮想反駁，但話說出來卻是：「你少抽點吧，我看你肺上有毛病了，呼嚕呼嚕的像個風箱。明天跟我回昆明，找人給你照個片。然後呢，再給你安排個工作。」

「不要。」趙廣陵像個倔強的老小孩，「這次我還是不聽你的。」

「你個龜兒子的，過去是『小滇票』，現在成了『老滇票』，更強了！」

20 無為在歧路

一九四二年元月，中央陸軍軍官學校第十七期的學員在成都提前畢業。按抗戰時規定，軍校畢業學員一律開赴前線，任中尉排長。當然也有個別成績優秀的學員，會被重慶國民政府的一些大機關或者各戰區的長官司令部選用爲參謀。比如像步兵科各項科目平均第一的趙岑，軍政部來了一紙函，指名道姓地要他去重慶報到。

軍校的學員大多是些熱血青年，將能到戰事最艱苦、最激烈的戰區服役視爲榮耀，像正打第三次長沙會戰的第九戰區，浙贛一帶的第三戰區，尤其是即將開赴滇緬戰場上的中國遠征軍，更是一支讓無數有志青年傾心嚮往的部隊。學員們已經提前得到消息說，這支部隊將由美國人史迪威將軍親自掛帥指揮，武器裝備相對先進。上了軍校的學員哪個不心高氣傲，躊躇滿志，渴望金戈鐵馬、大兵團作戰？鑽山溝打遊擊只是那些土八路幹的事情。如果說其他大學的畢業生是剛學會打鳴的小公雞的話，軍校畢業生就是眼睛充血的好鬥小公牛了。不過，他們都明白國軍部隊裏派系山頭林立，軍閥主義濫觴，哪個一心想報國殺敵的青年軍人願意陷進那個大醬缸？就像任何大學畢業生都想找一個有前途的好工作一樣，軍校生自然想去那些能大幹一場的部隊。軍旅詩人廖志弘就不惜寫下血書，終於獲得去遠征軍報到的光榮。

當年從西南聯大來的三個同學中劉蒼璧的去向最差，奉令到第二戰區閻錫山的長官司令部報到。那裏雖說也是正面戰場，但幾乎只算是遊擊區了。其實大家心知肚明，到第二戰區的學員，大都是差生和不受校方待見的人。即便像劉蒼璧這種在實習期間立了戰功的學員，因為思想左翼，就不能到中央軍的嫡系部隊了。

但劉蒼璧還不是最鬱悶的，趙岑才覺得自己沒有臉面見人。他已經覺察到來自同學們嘲諷的眼光。「讓那些娘娘腔去重慶陪貴婦人們跳舞吧。」有一天他在食堂裏打飯時聽到身後有人譏笑。他一怒之下，將手中的搪瓷缸摔了，扭身就往學校政工部跑。他找到政工部學生科科長白嘯塵，說自己近來悉心研讀毛澤東的《論持久戰》，對遊擊戰法頗有心得，希望去第二戰區閻司令長官部效命。白嘯塵驚訝得好像在自己的辦公室聽到了匪情，說一個篤信三民主義的革命軍人，怎麼能去讀赤匪頭目的書？趙岑那天就是專門去頂撞他的，言之鑿鑿地說《論持久戰》是經政府審查通過的書，何以不能讀？教學大綱上的好多科目還是日本陸軍大學的教材，我們是否更不能讀？白嘯塵拍起了桌子，真動氣了，說他放肆，說他辜負了蔣校長，辜負了學校的栽培。趙岑也不客氣地回敬道，學生只是不敢辜負國家民族。白嘯塵氣得無話可說，只得把手指向了大門，向右——轉。滾出去！

其實趙岑早就瞄準了第二戰區了。從江西實習回來後，他的思想發生了轉變。這倒不是思想左翼的劉蒼璧對他有多大影響，也不是《論持久戰》讓他看到了遊擊戰的希望，而是正面戰場的現狀已然讓他失望。官吏腐敗，軍官吃空餉，軍閥封建，抗戰不力，這是任何一個剛剛跨出校門的學生官難以忍受的，何況他們還有西南聯大的底子。趙岑不想去做那種隨波逐流的「革命軍人」。

「處置」很快下來了，不服從分配的趙岑如願以償，到第二戰區報到。人家要你向右轉，你偏要向左。劉蒼璧曾經打趣趙岑。趙岑的回答是：我現在越來越覺得，左代表了進步的方向，從文學到政治。

和劉蒼璧、趙岑一起分到第二戰區的還有兩個學員施維勤和卞新和。他們從成都出發翻越秦嶺，一路上舟車勞頓，一直走到晉南大地，趙岑的目光一直在往左看，總是在一些路口問，左邊去哪個縣，再往左走又該到哪個地方。有一回卞新和實在不耐煩了，就回了一句，再往左就走到延安去了。

還記得是這年的正月初七，下午他們來到山西洪洞縣一個叫劉村的鎮子，找到一個姓劉的保長，遞上軍校的派遣證和政府開的公函。保長是個五十開外的中年人，精明狡猾，能說會道。他一邊說，謔，去太原府啊；一邊朝身後的人比劃了三個手指頭。馬上就有人把他們迎進一個院子裏，端茶送水，很是熱情。炮科畢業的施維勤還感慨道：敵後的民眾，抗日熱情還蠻高的嘛。

在等吃晚飯時，四個軍校畢業生和劉保長聊天，劉蒼璧和他認本家，還說聽自己的祖父講，當年祖先就是從山西洪洞縣遷徙到四川的，說不定這裏就是自己的祖墳之地，等打敗了日本人，就來這裏祭祖認宗。一路上心情良好的趙岑亮了一嗓子，「蘇三離了洪洞縣，將身來到大街前，未曾開言心好慘，過往君子聽我言。」劉蒼璧推了他一掌，爬爬爬，班門弄斧也不能在洪洞縣唱《玉堂春》啊。都發配來敵後打遊擊了，還那麼哈頭哈腦的。

畢竟還是剛剛畢業的學生官，不知道敵後戰場形勢的複雜。出事那個下午，吃晚飯時，劉保長叫了兩個人來作陪。酒杯剛剛端起來，一個甲長慌慌忙忙跑進來，對著劉保長耳語幾聲。劉保長起身就往屋外走，還不斷將手掌在身後握起又放開。那兩個來當陪客的大驚失色，忙說糟了糟了，老總們快跑。

已經來不及了。一群穿灰色軍服的人眨眼就包圍了鎮公所。一個排長舉著盒子炮帶人衝了進來，四個軍校生糊裏糊塗地就當了「皇協軍」的俘虜。

劉保長叫那個「皇協軍」軍官高排長。他是個長得很敦實的北方漢子，濃眉大眼，手腳麻利，要是脫了這身灰皮，怎麼看也不像個漢奸。他的手下搜出了軍校的派遣證和公函，這個傢伙像唱戲一樣吆喝起來。「呵呵，還抓到了中央陸軍軍官學校的老總啊！了不得的大人物唷。你們軍校的教官就沒有教過你們吃飯時要派個崗哨？」

劉保長點頭哈腰地說：「高排長，他們是學生，不懂，不懂哦！」

「不懂？不懂跑到俺這地面上來作啥？」

劉保長又說：「路過，路過，他們要去太原府。明天就送他們走。」

「走個屁！」高排長眼睛一橫，「孫班長，給俺把他們推牆邊去，斃了！」

四個人被捆起來推到了牆邊，一排士兵稀哩嘩啦地拉槍栓。四個軍校生就像還在一場噩夢中沒有醒過來，互相惶恐地望著，彷彿都在問：就這樣被人給斃了？劉保長卻急了，不斷給高排長作揖，說老總開開恩吧，都是中國人，何必動刀動槍的。說不定哪天大家還低頭不見抬頭見哩。但高排長根本不聽，他叫人搬了張凳子來，自己坐在對面，說俺倒要看看這些軍校學生槍子兒打不打得倒。當年老子報考他們的學校，他們的門檻高著哩。

劉蒼璧鄙夷地說：「你只配當漢奸。」施維勤和卞新和也喊「漢奸」，「狗奴才」。趙岑恨恨地看著劉保長，「真他媽的洪洞縣裏無好人。」他認爲他們中了劉保長的奸計了。

劉保長忽然變魔術般在手裏現出一塊懷錶來，金燦燦的錶鏈奪人眼目。嘴裏親熱地說：「兄弟，拿著。算是給兄弟拜個晚年吧。剛過了年，就開殺戒也不好。兄弟，我家裏還有半扇豬，今晚就給弟兄們燉了，好好喝一盅。」

高排長斜了那懷錶一眼，揮手就將它擋回去了。「你也來羞辱俺？這四條人命就只值一塊錶和半扇豬？要是他們抓到俺，還不是像俺對他們一樣？」

「老總們不會的，不會的。都是中國人，出來混飯吃不容易。」劉保長的汗水滲出腦門了，彷彿要挨槍子的是他。

高排長悠閒地叼上一支煙，劉保長趕快給他點上。他們今天遇上一個話簍子了。「你說對啦，都是中國人，憑什麼說我就是漢奸？我幫日本人做事，防俄防共，維持治安，我就是狗奴才，是漢奸。重慶的蔣委員長背後還不是站著美國佬，他是不是最大的漢奸？這幾個人是不是跟我一樣也是小漢奸？延安的共產黨背後是俄國赤匪，他們是不是漢奸？當年吳三桂引清兵入關，是中國人公認的大漢奸，可清王朝坐江山兩百多年，你我的祖上不是都當過漢奸？天道不公，官吏腐敗，軍閥混戰，就會有你們說的漢奸。你們爲了這主義那主義，把國家搞得生靈塗炭、民不聊生，是不是敗家子賣國賊？你國家自己沒治理好，軍閥、共產黨、國民黨打來鬥去，亂成一團，還怪老百姓去當人家的順民。你有本事你打到日本去、打到美國去，他們也會出日奸、美奸。你們在救國圖存，難道我們不是？人活下去了，中國人還是中國人，你管他幫哪個做事。」

劉蒼璧鄙夷地說：「你是個良知被狗吃了的人。」

趙岑說：「人都不是。聞著骨頭就認主子的狗而已。」

高排長站起來，臉色鐵青，大喝一聲：「舉槍——」

一排僞軍嘩啦啦就把槍抬平了，對準四個學生官。施維勤忽然雙腿一軟，跪下去了。他說：「老總，繞了我們吧。求求你了。」

劉蒼璧羞憤地喝了一聲：「站起來，軟骨頭！」趙岑伸手去拉他，卻怎麼也拉不起來。而卞新和也在這一刻崩潰了，雖然沒有跪下，但他掩面而泣，「我才廿二歲，什麼都沒有幹，老總……」

高排長舒適地伸伸腰，把袖子捋到手肘，虎著眼攥著拳頭走到他們面前。一個男人是不是條好漢，只有當他面對行刑隊時才高下立判；而戰爭年代，死是太容易的事情了，不容易的是一個要活下去的中國人能不能保持自己的氣節。這個僞軍軍官太明白這一點了。因此他冷笑著說：

「好吧，俺也不殺你們了，指頭都不動你們一根。明天送你們去見皇軍。俺倒要看看，你們那個門檻高的軍校會不會出漢奸。來呀，把他們先關起來。」

他們被關在一間黑屋子裏，外面有兩個崗哨。四個學生官最感到氣惱的是還不是剛才受到的羞辱，而是還沒有走上抗日戰場，就這麼窩窩囊囊地成了敵人俘虜。

「唉，學得滿腹經綸，練得一身武藝，沒想到栽在這幾個小蟊賊手裏了。」趙岑蜷縮在土炕上，睡也不是坐也不是。南方人第一次在這硬邦邦的玩意兒上睡覺，就像睡在地上。沒有上床的感覺，便沒有睡意。

劉蒼璧也氣哼哼地說：「日本鬼子沒見著，倒先見著漢奸了，真是滑稽。畢業第一課啊，讓我們曉得抗日有多難。」

四個學生官走上前線時面臨的第一個抉擇竟然是要不要當漢奸？卞新和擔憂地問：明天把我們送到鬼子手上，會不會拷打我們呢？施維勤說，拷打你算輕的，逼你當漢奸那才麻煩。劉蒼璧說，我一定一頭撞死。趙岑應和道，對，死也不當漢奸。但另外兩個人沉默了，似乎在當漢奸和死之間難以選擇。劉蒼璧和趙岑目光對視了一下，這兩個軟骨頭八成是要當漢奸了。剛才他們的表現，連劉蒼璧和趙岑都爲有這樣的同伴而丟臉。看來即便在同一所軍校，接受同一種主義的教育，也不能保證每個人都不當漢奸。國家混亂如斯，主義多如牛毛，連漢奸也敢大言不慚地說自己是在救國救亡。中國人哪，你的國家受人欺負，難道自己就沒有一點責任？

過了許久卞新和才說，要是那個傢伙當年考上了軍校，我們今天就不會有這一劫了吧？劉蒼璧回了一句，骨頭軟的人，必定會當漢奸。自古都是。

夜半時分，村子外忽然傳來一陣槍聲，然後是急促跑動的腳步聲。四個人迷迷糊糊中趕緊爬起來，劉蒼璧往窗外聽了會兒，說，崗哨好像撤了。我們趕緊想辦法跑。正說著門打開了，劉保長掌了一盞燈進來，後面跟著高排長和兩個端著機槍的兵。劉蒼璧他們心裏一沉，這下完了，人家要「清倉」了。沒想到高排長雙手一抱拳：

「各位老總，今天算是見過了。以後戰場上相見，別忘了大家都是中國人。」說完轉身就走。大家還在發愣時，劉保長右手比了個八字，說：

「這個來了，老總們有救了。」

趙岑大叫一聲：「哈哈，踏破鐵鞋啊。」

其他三個人都用詫異的眼光看著他，卞新和說：「高興個屁，還不是再當別人的俘虜。」

一支共產黨的遊擊隊神不知鬼不覺地包圍了村莊，「皇協軍」胡亂放了幾槍就跑了。要是他們知道這支遊擊隊的武器裝備的話，也許他們還會在自己的主子面前立上一功。天亮時四個被解救的軍校畢業生才發現，這支隊伍總共只有兩支漢陽造步槍，幾顆手榴彈，四五支火槍，其餘的就是大刀和長矛了。與其說他們是一支隊伍，還不如說是看家護院的鄉勇，也許連鄉勇手上的傢伙都比他們好。

這就是八路啊？

劉保長看上去跟這些人也很熟，四處張羅著為他們做早飯。遊擊隊梁隊長是個鄉村教書先生模樣的人，留小分頭，人長得白白淨淨的。他對劉蒼璧他們倒是很客氣，開初說可以護送他們到太原，後來又說，你們是念過軍校的人才，不如先留在我們隊伍裏幹一段時間。國民黨共產黨的隊伍都是打日本人，哪裏都一樣麼。

堂堂軍校畢業生，怎麼願意跟這些土八路打遊擊？將來回到國軍那邊又該如何交代？但人家是你的救命恩人，又有強留的意思，想走也不是那麼容易的事情。況且趙岑對參加遊擊隊有極大的熱情，首先表態願意加入。劉蒼璧看施維勤和卞新和在猶豫，便說就當是一次實習吧。

就這樣跟遊擊隊開始了鑽山溝的軍旅生涯。這支遊擊隊有一百多號人，梁隊長是個典型的鄉村秀才，好讀《水滸》和《三國演義》，他說日本鬼子來了後他在父親的鼓動下，賣了幾十畝好地，就拉杆子上山跟日本人幹了。那時也不屬於任何黨派，最多的時候有三四百人。後來共產黨收編了他們，派來了一個政委，但在去年鬼子掃蕩時戰死了，現在新的政委還沒有派到。他們屬於八路軍晉南軍分區下面的第三支隊第二大隊。梁隊長還說，劉保長其實也是他們的人。劉村這個地方，國、共、汪偽軍都經常去。國軍的人去了，他就往身後比劃三個指頭，意思是信三民主義的人來了；八路軍去了，他就比劃個八字；偽軍來了，他就把拳頭攥緊又放開。他身後的人就知道怎麼應付了。這種人晉南一帶多了，說他們是漢奸吧又不全是，哪路人馬來了他都要應付。畢竟是老百姓嘛，難。你們就是他派人叫我來救的，你們要是真被抓走了，他在政府那邊也不好交代。

趙岑好奇地問：「那個共產黨的政委，人怎麼樣？」

梁隊長說：「是條好漢。上次掃蕩，我們被鬼子追了三天三夜，曹政委後來帶幾個人引開了敵人，就再沒有回來了。」

施維勤問：「共產黨政委是不是經常給你們洗腦？」

「嗯，開會學習的時候多，軍事訓練少。我留你們，就想借用一下各位的高才，訓練一下我的隊伍。」

卞新和嘀咕了一句：「可是你連槍都不給我們一支。」

梁隊長笑了，「沒有槍沒有炮，自有那敵人給我們造。這是我們曹政委教大家唱的。這樣吧，給你們一人一顆手榴彈。記住了，不到萬不得已，不要扔出去。」

跟著這支寒磣到家的遊擊隊在大山溝裏轉了半個多月，沒有打過一次仗。唯一有點刺激的是有個夜晚遊擊隊奉命去騷擾敵人。遊擊隊員們摸到離鬼子炮樓約三百米的地溝裏，往炮樓方向放了幾槍，然後敲鑼打鼓地吶喊起來。炮樓上鬼子的機槍馬上就打過來了，探照燈也射過來了。鬼子不出來，遊擊隊也不進攻，就像在逗猴子玩，鬧得炮樓裏的鬼子一宿未睡，天快亮時遊擊隊就撤了。梁隊長解釋說，這就是毛主席的「敵駐我擾」。

如果說「敵駐我擾」尚可接受的話，有一次未遂的伏擊戰就讓四個軍校學員徹底對這支隊伍失望了。那是一次巧遇。遊擊隊在轉移中忽然與一支鬼子的車隊撞上了。當時遊擊隊在山上，利用灌木岩石掩護沒讓坡下公路上的鬼子發現。趙岑看到一輛敞篷吉普，後排坐了個滿臉大鬍子的老鬼子，正抽著煙和車上的鬼子談笑風生。公路坑坑窪窪的，車速很慢，鬼子煙頭上的紅光都看得清清楚楚。趙岑估計這老鬼子至少是個大佐一級的軍官。他悄聲對梁隊長說，把你的槍給我，我一槍可幹掉那個老鬼子。但梁隊長說，不能打。沒見後面卡車上那一車鬼子，還有機槍哩。趙岑急了，掏出自己的手榴彈就想扔出去。梁隊長死死壓下他的手，厲聲說，一切行動聽指揮。他們過後我們撤。

第二天四個軍校學員自動脫離了這支遊擊隊。梁隊長也沒有派人追，道不同不相與謀。一路上趙岑還氣咻咻地說，這種打法，遊而不擊，日本鬼子何年何月才能打出中國。施維勤笑著說，政府的報紙講土八路「遊無敵之擊，擊無辜之民」，大約就是這個樣子吧。劉蒼璧馬上反駁道，你們難道就沒有看到遊擊區那些被發動起來的抗日民眾？遊擊隊講給他們抗日的道理，動員他們組織了那麼多抗日武裝？這倒是事實，共產黨的遊擊區給人的感覺就是不一樣，識字班，讀書會，武裝群眾，堅壁清野，連兒童都有一支長矛。這些生氣勃勃的面貌是在國統區裏看不到的。

卞新和站在施維勤一邊，他也在抱怨趙岑，說當初還不是你急慌慌地要加入遊擊隊，以爲讀了毛澤東的《論持久戰》就可以打遊擊戰了。我們簡直跟落草爲寇差不多。劉蒼璧的態度那時比較孤單，儘管他看問題要客觀一些。他說，遊擊隊那幾杆破槍，要是襲擊了鬼子的車隊，我們八成是脫不了身了。人家梁隊長要保存實力。趙岑嗆了他一句，說都想著保存實力，這日本人誰來打？小鬼子這麼猖狂，就是料定我們不敢跟他們幹。

課堂上學到的東西，跟戰場上的差距就這麼大。四個學生官何去何從產生了分歧，施維勤是炮科畢業的，卞新和學的是無線電專業，他們的專長在遊擊隊裏顯然毫無用武之地，他們認爲還是應該去找閻長官報到。學防化的劉蒼璧卻出人意料地說，我在晉城那邊還有個親戚，我想先過去看看。他給趙岑使了個眼色，趙岑猶豫了一下，我跟你去吧，反正離報到的最後期限還有一週。

在遊擊隊時，劉蒼璧和趙岑就打聽出晉城有個八路軍辦事處，梁隊長說辦事處是專門爲延安招賢納士的，好多有志青年都通過那裏去了延安。有軍人，有青年學生，還有作家詩人和演員。趙岑當時就聽得眼睛發亮，劉蒼璧當然對這位老弟的心思明察秋毫了。他是不受國民黨待見的人，他只是不明白趙岑爲什麼也對延安那麼心神嚮往。在軍校時，他們雖然思想都左翼，還有生死之交，但還是不好詢問對方是不是傾向共產黨的人。

晉城八路軍辦事處是個不起眼的小院落，門口也沒有崗哨，兩個軍校畢業生到了晉城後，雇了輛驢車徑直來到辦事處門口，推開門就進去了。一個留齊耳短髮、穿著臃腫棉軍服中學生模樣的女兵出來問他們要找誰。兩人都拘謹了一下，趙岑才說，找你們長官。女兵說我們領導在開會學習。你們先到會客廳坐坐吧。

會客廳裏有一張辦公桌，幾把椅子。面對正門的牆上懸掛了馬克思、恩格斯、列寧、史達林的畫像。這是房間裏最顯目的東西。劉蒼璧將四幅畫像一一仔細觀賞過，感歎地說：

「原來他們長這個樣子啊！」

趙岑卻說：「既然都在國民政府統領之下，怎麼沒有國父的畫像呢？」他在任何軍政機關，看孫中山先生的畫像太多了。共產黨的會議室，第一次讓他不適應。

那個女兵提來了水壺，熱情地招呼他們喝水，問：「你們是從國民黨部隊那邊來的？」

趙岑這才發現這個女兵算得上漂亮，要是穿身學生裝或者旗袍的話，絕對是個美人。都說八路土，把漂亮女生打扮成村姑，那才叫浪費美。他心裏有憐香惜玉般的惋惜，便想逗一逗人家：「你怎麼認定我們是國民黨呢？」

女兵認真地說：「你們國民黨，和我們八路軍，看一眼就知道。」

「哈哈，我們哪點跟你們不一樣呢？是我們腦門上刻有國民黨三個字，還是你們流的血是紅色的，而我們的是白色的？」

女兵愣了一下，臉紅了，說：「就是不一樣。」

趙岑樂了，忘乎所以地問：「小姐，我想知道爲什麼？」

女兵正色道：「我不是你們的資產階級小姐，叫我同志。」女兵轉身走了，鼻孔裏還哼了一聲。趙岑衝她的背影做了個鬼臉，劉蒼璧埋怨道：「你搞啥子嘛，來人家的地盤上，要謙遜點。」

來晉城的路上兩人曾經有過推心置腹的交流。劉蒼璧說他在讀毛澤東的《新民主主義論》中看到中國未來的希望所在了。中國要救亡圖存，必須先進行反帝反封建的新民主主義革命，再進行社會主義革命。戰場上喪師失地，民眾沒有徹底發動起來，上層官僚腐敗，尸位素餐，前線指揮官要麼只想保存實力，要麼互相猜忌，窩裏鬥。就是因爲我們還是個半殖民地半封建的國家，是眼下這個制度有問題，跟我們面臨的社會現實有關。而共產黨宣導的革命是先進的、可行的。尤其是新民主主義革命中的土地革命綱領，讓劉蒼璧這種來自農家的弟子更爲傾慕。土地的解放，就是人的解放。

趙岑那時對共產黨的認識沒有劉蒼璧深刻，他是抱定主意不在國民黨部隊幹了。你思想活躍一點，多看幾本黨國不喜歡的書，說了一些與領袖相左的話，就被視爲異己。一個政黨的領袖心胸狹隘到這種地步，一個國家的政府不讓人民有自由的選擇，民主的權力，這樣的政府是沒有希望的。戰勝了日本又如何？還不是一個封建專制獨裁的國家。而共產黨那邊就像重慶霧氣沉沉的天空之外出現了一片晴朗的天。那裏有民主選舉的政府，有公平、正義、自由、民主和抗日的部隊。共產黨講聯合，搞民族統一戰線，宣導組建聯合政府，多黨派和平共存，這才是中國的希望。

趙岑還有一個觀點與劉蒼璧不謀而合。他們都嚮往去一支嶄新的抗日部隊，一支有文化的部隊。哪怕它土一點，窮一點，但人家有魯藝呢。一個以大師之名專門建一所藝術院校的政黨，再窮再弱小，也是有品味的。而我們青年知識份子，應該站在弱勢的那一邊，選擇有品味的人生。

趙岑那時還有個夢想，他熱愛舞台藝術，熱愛進步文藝。如果他能在延安的魯藝深造，能夠用自己的藝術才華去喚醒更多的民眾走上抗日前線，或許比他拿槍上陣作用更大。就像當年魯迅先生棄醫從文一樣。救一個人是小事，救大眾，才是有志男兒該做的大事業。這樣也不枉費西南聯大人文精神的培養。

兩人在八路軍的會議室一等就是兩個多小時，共產黨的學習真是認真。天快黑時一個中年人才快步走進來，不失熱情地說歡迎二位來我們辦事處做客。兩位從哪裏來啊？

劉蒼璧怕趙岑再像剛才那樣冒失，便「啪」地一個立正，「報告長官，我們是中央陸軍軍官學校的畢業生，分配到閻錫山長官司令部報到。但我們想去延安投八路，請長官多多關照。」說完遞上兩人的派遣證和公函。

「不要叫長官，叫同志。我姓楊，叫我楊同志好了。」

楊同志很快看完了他們的資料，很高興地說：「你們兩位，都是我黨需要的人才啊。歡迎歡迎。」又再次過來跟他們握手。然後又問：「是誰介紹你們來的呢？」

劉蒼璧說：「沒有哪個介紹。我們是自願來的。」

楊同志愣了一下，但很快用笑臉掩飾了心中的疑惑，「好啊，革命是要靠自覺的。你們嚮往革命的精神，難能可貴，難能可貴。」

敏感的趙岑察覺出了楊同志熱情溫度的下降，忙說：「我們在八路的一支遊擊隊裏待過一段時間，但我們都是有大志向的青年，認為去延安更能為國家民族作更多的貢獻。楊……同志，我們可以去延安了嗎？」

「這個嘛，你們還得等一些日子。」楊同志斟詞酌句地說：「你們知道，國民黨方面在通往延安的路上設了些障礙，阻止進步青年的追求。尤其是你們現在的身分，困難很大。不過，我們有辦法將所有嚮往延安的革命青年都安全地送達。你們先住下來，休息休息，革命不是一兩天就成功的麼。走，我們先去吃飯。」

他們和辦事處的人一起吃晚飯，一人一碗小米粥，兩個窩窩頭。大家端著碗蹲在一起，其樂融融。劉蒼璧和趙岑才知道，楊同志是這裏最大的長官，辦事處主任，而且更讓他們驚訝的是，楊主任還是他們的學長，人家是北大三十屆的，老「民先」隊員。劉蒼璧用筷子指著趙岑說，他也是北大的，我是南開的，不過我們都是聯大生了。楊主任笑呵呵地說，我們都來自五湖四海，為了共同的革命目標，走到一起來了。真該跟你們乾一杯。不過我們八路軍辦事處沒有酒。

他們沒想到在八路軍辦事處一等就是一個多月。天天小米粥窩窩頭，難得有一頓好伙食。八路真是艱苦。趙岑說。不過都是吃過苦的人，也不在乎這些。兩人焦急的是為什麼遲遲不能啓程。楊主任一會兒說要找車，一會兒說要等人齊，一會兒又說延安那邊在搞整風運動，工作實在太忙，還沒有派出來接他們的人。兩人除了被分別談了幾次話，填了幾張表外，就沒有什麼事了。這期間又陸陸續續來了一些人，有青年學生，中學老師，對社會現狀不滿的政府職員，甚至還有一對逃婚的情侶。他們全都帶著對現實的憎惡而嚮往一個全新的世界。

社會總是不完美的，完美的社會在書面上，在傳說中，在夢想裏。人一旦有了自由的精神，闖蕩天下的勇氣，叛逆社會的決心，延安就是一個最好的選擇，就是實現夢想的聖地。一個壞的世界如果有了對立面，哪怕它再偏遠，再艱苦，再不可捉摸，有勇氣的人都會不管不顧地向它奔去。

那對逃婚的情人，男的看上去是個大戶人家子弟，女的大約是個舞女。他們從上海一路風雨兼程地奔赴延安，一到辦事處就脫下禮帽、呢大衣、西裝、皮鞋和旗袍，換上八路軍的棉軍服，端起小米粥就喝。新鮮有趣的生活啊，充滿朝氣和希望的日子啊。聚集了十來個人後，辦事處就組織他們學習，讀文件，聽報告，介紹邊區生活，還唱歌、郊遊。共產主義式的集體生活讓人覺得烏托邦並不只是一種幻想。

有一天趙岑無聊時問劉蒼璧，你不是說在晉城有親戚嗎？我們去你親戚家打個牙祭吧。劉蒼璧笑笑說，我的親戚就是共產黨啊。趙岑說，學長，這共產黨跟我們想像的還是不一樣。劉蒼璧問，比你想像的好還是壞呢？趙岑欲言又止，然後說，不是好壞的問題，而是理想和現實的差距。劉蒼璧說，哪一種現實和理想沒有差距？你是不是看到那個蘭小丹對你態度不好，就認爲共產黨都不好？瞎扯。趙岑說。我是有媳婦的人，難道還能打她的主意？蘭小丹就是那個女兵，第一天和趙岑說了幾句話後，就不怎麼理他們了，永遠是一張嚴肅認真的臉。趙岑曾有些懊悔地對劉蒼璧說，看來我們真被當成國民黨了。趙岑還在和新來的人交流中發現了一個細節，他們都是有介紹函的，連那對逃婚的情人都有，有的人甚至已經是共產黨員。他們一到辦事處就是同志，是戰友，有回家的感覺。唯有趙岑他們兩個來路不明，身分可疑。儘管他們的去向明確，但還是感覺和那些人有隔閡。

每當趙岑和劉蒼璧說起自己心中的疑惑時，劉蒼璧就說，任何政黨，只要它有個遠大的目標，正確的方向，民主的政治環境，我們就跟隨它。就像物質是由細胞組成的，你不能要求每一個細胞都是健康的、有用的一樣。你要看全局。

趙岑是學文的人，他看細節。見微知著，是智者的洞察力，也是文人的敏感和想像力，是他們的優點，也是他們的局限，他們很可能犯一葉障目的錯誤，也可能從一個眼神，就能敏銳地捕捉到另一個世界的複雜乾坤。他們對人生走向的判斷，如果不是理性的，便把它交付於激情了。而激情，是滲透在一個文人血脈裏的因子，它會在血管裏海潮般漲起，又潮水般退去。

一個天氣晴朗的早晨，一輛破破爛爛的卡車停在了晉城八路軍辦事處的門口，急迫地要去延安的人們歡天喜地地往車上搬行李，背包、大皮箱、麻袋、木箱，甚至連羊都推上去了兩隻。這是那對逃婚的情人專門從集市上買來的，人們已經得知延安生活很艱苦，那個富家子弟曾對他的戀人說，我們自已養羊，我去參加革命，你在家當我的牧羊姑娘。那對羊死也不肯上車，亂撅蹄子，好不容易抱上車，牠一縱身又越過車擋板逃了。人們又亂哄哄地滿地抓羊。在一通手忙腳亂後，領隊清點人數，點來點去，發現少了一個人。

趙岑不見了。

劉蒼璧急得一頭汗，院裏院外到處亂竄，扯開嗓子大喊。辦事處的工作人員也在幫忙尋找。又折騰了半個多小時，還是不見人。最後楊主任失望地說：「算了，不找了。這種人去了延安也會當逃兵。」

卡車搖搖晃晃地駛出了晉城，劉蒼璧還在四處張望，車已經開出幾十里地了，他還認爲趙岑會忽然出現在某個路口、某棵樹下，向他們揮手。連綿的山梁到處灰撲撲的，一個人影也不見。趙岑看來是趕不上這趟通往革命聖地的汽車，存心與革命的道路背道而馳了。難道他不想去上魯藝了嗎？難道他被延安的艱苦嚇到了嗎？顯然這都不是理由。劉蒼璧怎麼也不會相信，一個敢參加敢死隊的人，一個從江西戰場實習回來後就一心向「左」的人，一個奉魯迅爲祖師爺的人，在再邁一步就可到延安的關鍵時刻，會怕吃苦，會放棄對進步的追求，放棄上魯藝的機會。

一路上，車上的年輕人們慷慨激昂地唱著革命的歌兒。「琵琶起舞換新聲，總是關山舊別情」。劉蒼璧想起趙岑曾經給他吟誦過的這句古詩，想起他們「聯大三劍客」離開軍校時，在成都的一家小酒館喝的道別酒，想起他們對未來人生是向左轉還是向右行的爭論，他和趙岑一方，廖志弘一方，軍旅詩人說我對你們這些左啊右的不感興趣，我只想殺日本鬼子。等我們打敗了日本人，我回去念書，寫詩，同樣不管左右，我本一書生。劉蒼璧堅持說，無論打日本人還是建設國家，都是要講主義的。趙岑那時就像劉蒼璧的應聲筒，說主義是要分左右的，不管現在還是將來，都要作出選擇。劉蒼璧還想起他們在聯大念書時，有一天趙岑塞給他二十元錢，說學長，這一陣日本飛機炸得凶，不要去掙那份玩命錢了。

陝北高原的天空越來越晴朗了，黃色的大地波浪起伏，像黃河之水天上來，也像黃色的人群前仆後繼。劉蒼璧悄悄抹了把眼淚，為趙岑。

「這幾十年來我一直在想：趙岑這個龜兒子臨陣脫逃，比人家逃婚跑得還快。為啥子？你今晚就看在老同學、老戰友的份上，老老實實地告訴我吧。這不是審訊。你放心，文革都結束了，不會再搞運動整人。你想到啥就說啥吧。」

天都快亮了，兩個老兵都還沒有睡意，周榮嘴裏雖說不是審訊，但他就像個一心要從對方口裏挖出一切秘密的審訊者。其實很多時候趙廣陵不用周榮問就自己竹筒裏倒豆子般稀哩嘩啦地傾訴出來了。在過往歷史的許多細節上，兩人還互相更正。不，不是七六師三〇四團，是六七師三〇四團。對對，這話我說過，但不是在你說的那個場合說的。你記錯了，這個事不是我幹的，是廖志弘幹的。哎呀，這事我想不起來了，當初是咋個回事？有歷史滄桑的人，逆流而上時，也會發現兩岸風光無限，激流險灘已如腳下泥丸，狂風驟雨已成談笑資本。還有什麼可怕的呢？這麼一把歲數的人了，共產黨國民黨的監牢都坐過了，什麼風浪都經歷過了，就當這是一次歷盡劫波兄弟在的憶舊吧。而回憶，不過是爲了戰勝時間，拒絕遺忘。他們已經被迫遺忘得太多太多。

「你還記得李曠田李老師吧？」趙廣陵忽然插開話題問。

「記得。文革前省文聯的主席，大作家嘛。」

「他還是我們聯大文法學院的老師呢。只是他來的那一年，我們剛好去上軍校了。」

「哦，在聯大時，我對他沒有印象。」

「他就是從延安回聯大教書的。」

「噢，老延安了嘛。」

「文革鬧的最凶那陣，也關在這裏。可是啊，那麼好一個作家，沒有熬過那個坎。自殺了。」

「這事我知道，前不久去省裏開會還說要給他平反昭雪。可惜了一個好同志啊。」

「我們是獄友，一起蹲黑牢。爲了幫他出來曬曬太陽，我教會了他一些木匠手藝。沒想到啊，有一天我們去山下買木工的材料，釘子啊松香啊土漆什麼的，他忽然跑到江邊，站在一塊岩石上，回頭望了我一眼，好像說了句什麼，我還沒有反應過來，他就跳下去了。」

兩人都沉默良久。周榮才問：「那一陣，他們批鬥他很凶嗎？」

「豈止是批鬥，隔三差五地拉我們去陪法場。你的神經就是鋼筋做的，也會崩斷的。」

「這幫混賬法西斯！」

趙廣陵忽然嗚咽起來，又蹲在了地上。「如果不是和李老師做獄友，我可能也扛不過去啊。是他一直在鼓勵我，教化我。一個人在沒有未來的時候，只有靠過去活著。而我們的過去又是反動的，有罪的。這就像你肚子餓了要吃飯，但是米是發霉的，腐壞了的。你的未來是一片荒原，什麼都不會長，你只有靠霉爛的過去苟活。」

「唉！」周榮重重歎了口氣，上前去攙扶趙廣陵，「起來吧。記住了，以後跟我說話不准蹲著。」

趙廣陵站起來，沒有坐下，走到窗子前推開了窗戶，窗外星空燦爛，涼風山泉水一般流淌進來。「延安的種子就是李老師最先在我心裏種下的。那時他在聯大給我們上大二國文，講秦漢古文。一節課裏有一多半的時間在講他當年如何蹲北洋政府的監獄，如何去了延安那片空氣純淨、陽光明媚的地方。同學們聽得津津有味，課本都丟在一邊去了。可到考試時，同學們哪裏還默寫得出賈誼的《過秦論》，班固的《蘇武傳》。李老師這個人太有意思了，他拿著一堆批改後的試卷，讓人在五米處劃了一根線，跳到一張凳子上，口裏念念叨叨，『天皇皇地皇皇，本班有個補考郎，過往君子念三遍，諸君及格要過線』。然後揮手將試卷向前一拋。」

「哈哈，你們文科老師太好耍了嘛。我們理科考試，有位先生也站在凳子上，不過不是拋試卷，而是瞪圓了眼睛抓作弊啊。」

「他是反對我們死讀書讀死書。他說一個青年知識份子，應該到社會這個大課堂去學全新的東西。他說過，延安是另一間大課堂。」

「既然種子那麼早就播下了，那你為什麼不去？」

「還記得有一天我們倆的爭論嗎？」趙廣陵回到座位上，拍拍自己皺紋初現的腦門，彷彿要把經年往事一巴掌拍出來。

「什麼爭論？我倒是記得我們那時經常辯論，從對戰場局勢的看法，到對八路軍辦事處的伙食。」

「我是被那時這主義還那主義攪糊塗了，可卻認為自己堅持的是最正確的。」趙廣陵說。「你知道的，我是個堅定的三民主義者，雖然也欣賞共產黨的新民主主義學說，可在晉城八路軍辦事處，我的世界觀忽然有被顛覆的感覺。」

周榮想起來了，他們在那段時間，也被組織起來學習毛澤東的《新民主主義論》等文章，在討論時，趙廣陵認為三民主義裏既有政治革命，也有社會革命，如果不同的政黨都尊崇它、服從它，人們的思想不是更統一？面對強敵，社會不是更團結？目前中國社會四分五裂，難道不是主義太多所致？日本只有一個皇權，只服從軍國主義，因此它的軍隊與國民之思想是高度統一的，齊心合力的。誰都知道，戰爭時期，軍令、政令必須統一，才能有效地抗擊侵略者。如果在戰場上，該衝鋒的時候各打各的，該防守時各懷其志，這戰還怎麼打？

趙廣陵的觀點在學習班上當然受到猛烈的抨擊。楊主任指出他沒有領會毛澤東同志的革命要有階段之分，只能由一個革命階段即新民主主義革命，進入到另一個革命階段，既社會主義革命。中國社會的革命決不能「畢其功於一役」。但對趙廣陵這樣的西南聯大生來說，好辯論、思想自由、獨立判斷是他多年來浸淫在骨子裏的東西。如果說他在國民黨陣營那邊還有所收斂的話，那麼現在來到八路軍辦事處，他認為自己可以充分與人討論自己的觀點和對社會政治的看法了。他投奔這邊，就是想自由表達的。

他反問楊主任，既然共產黨也承認「三民主義為抗日統一戰線的政治基礎」，那麼等打敗了日本人，為什麼要拋棄三民主義而奉行社會主義革命呢？有沒有失去了基礎的社會革命？楊主任回答道：不是不要這個基礎了，而是我們向前發展了。社會主義革命是三民主義革命的高級階段了。你總得承認，任何革命都是要向前發展的，就像我們還要從社會主義革命進步到共產主義革命一樣。趙廣陵也不示弱，問，你們堅持你們的革命主張，國民黨當然也會這樣。等打敗了日本人，國共兩黨是不是又該因所持主義不同而打內戰了？楊主任嚴肅地說，我們不願打內戰，也不怕打內戰。我們相信人民群眾是站在我們一邊的。因爲社會主義是社會歷史發展進步的潮流。如果內戰真打起來了，我們共產黨人只是順應了這個潮流。

在晉城八路軍辦事處，趙廣陵成了重點幫扶對象。楊主任找他漏夜談心，其他投奔延安的革命者現身說法，與他討論國民黨政治的腐敗黑暗，如何背叛了孫中山先生的三民主義的宗旨，但他就像一個「我絕不同意你的觀點，但我誓死捍衛你說話的權力」的好辯者，在辯論中爲自己擁有的理論沾沾自喜，在辯論中找到自己探尋的方向，在辯論中確立自己作爲一個獨立的人的價值。他認爲，不是他非要與眾不同，而是他是受過民主自由薰陶教育的西南聯大生；不是他不嚮往革命，而是他在獻身一個事業之前，需要辨清這個事業的偉大所在。可他不知道，在共產黨陣營內，他越與人不同，就越像一個愛鑽牛角尖的思想落後者。甚至連食堂裏的大師傅都不待見他了，有一天他去晚了，大師傅用勺子敲敲空空的大鍋說，小米粥沒有了，窩窩頭也沒有了。你的腸子不是很硬嗎？

劉蒼璧恍惚記得他和趙廣陵確實大吵過一架。吵起來的原因已經忘記了，劉蒼璧大約說過趙廣陵，你就是還站在地主資產階級的立場上，因爲你們家有良田萬頃，佃戶雇農，你不願失去自己的樂園，因此你反對共產黨的土地革命主張。趙廣陵當時跳起來想揍他，說幾塊田地算什麼，日本人不趕走，國土都是別人的了。我們投筆從戎，難道只是爲了自家那點財產？劉蒼璧罵趙廣陵是「頑固分子」，趙廣陵罵劉蒼璧「狹隘短視」。兩人那天差點沒有傷了生死戰友的情誼。

「那時年輕啊，受不得半點委屈，容不得一絲不公。只看見對方眼中的木屑，而看不見自己眼中的大樑。」趙廣陵感歎道。人只有在頭髮都白了的時候，才會這樣認清自己，才會看出當初邁出的那一步，於自己的人生命運到底意味著什麼。

「追求某種主義，是不是像追求某個女人呢？」趙廣陵又自顧自地說，「誰也不是先知先覺。你熱戀她的時候，腦袋暈乎乎的，對未來的生活充滿憧憬，但卻不一定是理性的判斷。那時你聽不進身邊人的一句勸告，甚至你的父母反對，都無濟於事。你把寶押在這個女人身上，你可能幸福終生，也可能七年之癢後，才發現找錯了人。」

「我從不這樣類比。」周榮遞給趙廣陵一支煙，「我追求社會主義，是因爲它代表了社會進步的方向，是因爲我那時所看到的社會現實證明，三民主義不能救中國。難道你沒有看到嗎？」

「我看到了，但是我不能輕率地非此即彼。毛主席在《新民主主義論》中說，社會主義是三民主義的高級階段，但我那時看不出這個高級階段是什麼樣子。誰能知道一個花季少女結了婚後會怎麼樣？我只是預感到兩黨的主義之爭，在打走日本人後還要打內戰。這就讓我很矛盾了。一方面我贊成毛主席說的，不同的階級就有不同的主義，一方面我又擔心主義多了，『刀頭仁義腥』。我想我也許該學廖志弘，不管主義之爭，先打走日本人再說。我不懂政治，也不喜歡政治，大不了自己去讀書做學問，遠離政治。我那期間真的很厭煩了，延安老不能去，成天價組織我們開會學習，難道這就能打跑日本人？」

「全民抗戰，是長久的事業，總得先提高認識嘛。」周榮說。

「如果是那些剛剛放下鋤頭扁擔的壯丁兵，你提高他們的認識沒錯。我們是讀過書的人啊，誰不知道位卑未敢忘憂國？我去延安是要投奔一支能夠痛痛快快打日本鬼子的部隊的，是想去魯藝深造的。可你如果天天讓我開會學習，讓我不能保持自己的獨立判斷和自由思想，我不幹；你讓我把洋人當祖宗，背離三民主義，我更不幹！」

「學習認識提高了，就送你上戰場了。你著什麼急？」

「你呢，又如何？」趙廣陵此刻像個審訊者，語氣裏有股憤懣、霸道。

剛才周榮回憶說，他到了延安後，正趕上整風運動的高潮，不容分說就被打成國民黨特嫌，在窯洞裏審查了三年多。其中還有一條最說不清楚的罪狀跟趙岑有關，既然是兩個人一起來投延安的，那個人去哪裏了？直到一九四五年春天的「搶救運動」，周榮才被釋放出來。周榮說，中央社會部的康生就是混進中共隊伍裏的貝利亞，多少好人都被他這個延安時期的「四人幫」陷害了。周榮講這段個人史本是想開導趙廣陵，幹革命嘛，哪個不受點委屈、經受些考驗。趙廣陵的反問是：我是去打日本人的，幹嘛讓我受委屈？

在打日本人這點上，周榮是不能在趙廣陵面前氣粗的。他後來一直在抗日軍政大學當教員，再沒有上過前線。現在被趙廣陵反將一軍，他的心裏便有些五味雜陳了。他想趙廣陵從晉城跑了未嘗不是件好事，他這種性格，到了延安要麼在整風運動中過不了關，要麼當逃兵，就像八路軍辦事處楊主任說的那樣。革命隊伍的自我淨化，自我鬥爭，不是那些深受小資產階級自由氣息薰染的人可以接受得了的。趙廣陵這些年受到的審查、懷疑、「洗澡」、監禁、勞動改造，他周榮從延安時期到文革，也不比趙廣陵少多少。不同的是周榮並不覺得委屈，好鋼需要鍛造。革命的隊伍向太陽，陽光下也會有陰影。有的人即便在監獄裏頭髮都蹲白了，還是堅定地信仰社會主義，而有的人稍微受點委屈，就對共產黨喪失了信心。周榮現在人前人後被尊稱爲老革命，但須知只有那些經受得住歷次政治運動洗滌的倖存者，才有資格當老革命。

戰場上槍林彈雨出生入死，和政治運動的風險比起來，都不過是小菜一碟。趙廣陵永遠不會明白，幹革命，不僅僅是和敵人真刀真槍地幹。當年的劉蒼璧是在延安聽過毛主席作報告的，在「搶救運動」中，毛主席謙遜地代表黨中央給大家道歉，說「這次審幹，本來是讓你們洗個澡，結果高錳酸鉀放多了，把你們嬌嫩的皮膚燙傷了」。還說這是「黑夜裏的白刃戰，難免誤傷同志」。

偉大領袖講話多風趣幽默啊，周榮當時和很多被搶救出來的知識份子都是流淚了的，都在喊「毛主席萬歲！」他雖然沒有再上前線多殺幾個日本鬼子，但整風運動讓他錘煉到火候了，脫胎換骨了，連名字也改了，奪取政權後的歷次政治運動，他就知道該如何去應對了。打仗還有誤傷，幹革命當然也會有「黑夜裏的白刃戰」。趙廣陵怎麼能理解這些？他不但皮膚「嬌嫩」，心都是玻璃做的。他永遠成不了一個革命者，他太單純了，太自我主義了，太自由散漫了。

21 兒女共沾巾

當年趙岑躲在晉城外的一個山坡上，默默地注視著開往延安的卡車駛出自己淚水模糊的眼。灰色的雲層鋪展在遙遠的天空，一如他自此以後灰色的未來。在那個年代，顏色象徵著一個人所在的陣營，左右代表了一個人所秉持的主義。似乎還沒有哪一種東西能超越，讓那些一心想把侵略者趕出家園的人們，有所依持。

一個月後，趙岑穿上了閻錫山部隊的灰色軍裝，在一個師部任中尉作戰參謀。趙岑發現自己加入的雖說是一支正規軍，但所在的師仍然擔負敵後遊擊戰的任務。上層軍官們從不制訂主動攻擊的作戰計畫，他們成天考慮的僅是如何守住既有的地盤，既要防日本人打過來，也要防共產黨八路軍方面的蠶食。他們或和日本人隔河相望，或一邊守住公路的一頭。如果你有興致，也可以換上便衣到日占區去逛逛，趙岑就和搞偵察的情報員去過幾次敵佔區。在他看來日本人的防範並不是很嚴，各據點駐紮的日軍多的一個中隊，少的僅一個班。漢奸隊伍「皇協軍」成了維持當地治安的主要力量，但連小孩都知道，這種隊伍根本不經打。

趙岑曾經向自己的長官提出了攻擊一座縣城的計畫，如何進攻，兵力如何配置、如何阻止敵人的增援，攻佔後又如何防守。按他的規劃，一個師六七千人，調一個團上去，攻打一百來號鬼子和五六百僞軍，半天功夫就可結束戰鬥。他真把自己當作戰參謀了。可他的師長面對厚厚的一摞作戰計畫，卻不肯翻閱一下，就扔在一邊去了。還說，鬼子都不來進攻，我憑啥要去打他。

空有那麼多機槍大炮，連八路軍的遊擊隊都不如。這哪裏是兩軍對壘，你死我活的抗戰？簡直是把侵略者當友軍了！趙岑在私下裏和同僚發牢騷。一個上尉參謀大言不慚地對他說，你們這些學生官都是些紙上談兵的傢伙。那日本人是你想打就打的啊，把他們惹毛了，一個聯隊開過來，我們的地盤都會不保。搗鼓啥進攻計畫，待一邊曬太陽去吧。美國人已經和日本人開戰了，不幾年等俄國人收拾了德國人，也會跟日本人打。天不滅中國，八路那邊和我們都在熬。持久戰嘛，誰佔有地盤，誰保留下來了部隊，誰就能持久。

這他媽的還是中國人的抗戰嗎？都這樣想，日本鬼子何年何月才能趕出中國？中國軍隊的避戰、畏戰、恐日情緒，趙岑在上軍校時就聽教官多次申斥過。後方的民眾毀家紓難，敲鑼打鼓地把自己的熱血子弟送到前線，從白髮老翁到韶髫學童，都在期待前方勝利的捷報。可前方將士卻成天抱著懷裏的長槍曬太陽觀望。那份氣定神閑，彷彿不是日本鬼子占了我們的土地，而是我們的軍隊駐紮在日本列島。

但日本人可不會閑著。一九四二年初夏，日軍又一次的「掃蕩」作戰死神一般降臨。這次「掃蕩」主要是衝八路軍根據地去的，趙岑剛好作爲友軍被派到八路軍一二九師下屬的一個獨立團當聯絡官。說是一個團，其實只有一個營的規模。他一報到就逢人便問，知道一個叫劉蒼璧的人嗎？他也是個八路。好像劉蒼璧是八路軍裏的名人，人人都該知道。獨立團的團長是個參加過長征的老兵，開初對趙岑不是那麼友好，時不時會說，當年在江西，介個鬼佬國民黨如何如何。那時趙岑對國共兩黨的恩怨不是很瞭解，他就像聽別人的故事，面對穆團長的控訴不置可否，說到他自己身上來了，他才不卑不亢地回一句：長官，我只是一個抗日軍人。我們都是。

趙岑是押送一批軍火來到八路軍部隊的，同時還帶來了兩個電台兵和一部電台。國軍方面希望和八路的獨立團在反擊鬼子的大「掃蕩」中相互配合。其實八路這邊早被日軍鐵壁合圍了，連一二九師的師部和中共的北方局機關都被包圍在裏面。趙岑觀察到，日軍在根據地作戰如入無人之境，機動、快速，火力強大，擅長用炮，戰略目標明確，戰術意圖貫徹徹底。八路的戰法不外乎一個「走」字，不與日軍正面交鋒，總是能找到日軍合圍的縫隙跳出包圍圈。當然，這也要付出一些代價，比如一些留下斷後的部隊。獨立團在一個鳥兒都飛得乾乾淨淨的晚上接到的命令是：掩護師部機關突圍。

穆團長找到趙岑說，你是友軍，先隨機關一起撤吧。趙岑回答說，友軍八路軍，都是抗日軍人。沒有接到我的上峰命令之前，就要在自己的崗位上。

穆團長眼裏有了欽佩，說你這個友軍不一樣啊。好吧，跟我們走，我還用得著你們的電台。我全團打光了，也會保護好你。趙岑正色道，報告長官，軍人以戰死沙場爲榮耀。趙岑並非貪生怕死之輩。

第二天便是一場惡戰。日軍摸清了八路主力轉移動向，很快就向突圍的豁口蜂擁而來，獨立團佔據著幾個山頭苦苦支撐，命令是一定要守到天黑。但趙岑估計，以獨立團的戰力，能堅持半天就不錯了。追擊而來的鬼子少說有一個聯隊的兵力。還有兩輛裝甲車。爲了對付這兩個鐵傢伙，獨立團的八路軍士兵抱著炸藥包和成捆的手榴彈，飛蛾赴火般撲上去，至少付出一個半連的代價，才把它們炸趴下了。

獨立團愣是堅守到了黃昏，儘管陣地已經被分割成幾小塊了，全團拚光是遲早的事情。趙岑命令兩個電台兵砸毀了電台，兩個小兵邊砸邊哭，趙岑喝了一句：哭什麼？別給我們國軍丟臉。

這是讓趙岑到敵後以來感到興奮異常的一仗。他下午時用機槍點殺了兩個衝過來的鬼子，鬼子中彈後「哇哇」叫喊的聲音都聽得見。那一刻他有憋了一泡老尿瞬間被釋放出去了的快感。老子戰死也值了。

到了該考慮如何去死的時候，趙岑並沒有感到有多害怕。他身邊已沒有人，鬼子的叫喊聲從幾十米處傳來。趙岑還有一顆手榴彈和一把手槍。他想還是吞槍自盡吧，殺身成仁，死個全屍。在他把槍已經塞進口裏時，忽然側面槍聲大作，一彪人馬從鬼子的後邊殺了過來，在鬼子進攻鋒芒稍稍被壓下去之際，兩個八路軍士兵滾進了趙岑的戰壕。他們說，趙參謀，快跟我們走。

是穆團長派了一支敢死隊把趙岑從火線上救了出來，爲此還犧牲了七個士兵。趙岑一輩子都在找這個有些木訥、不拘言笑、打仗鬼精鬼精的江西老俵。在他後來參加的內戰中，他總覺得對面陣地上一定是穆團長的部隊。那個江西老俵正瞇著眼，把皺巴巴的布軍帽一把從頭上抓下來，趙參謀，介個鬼佬，搞犀利（什麼）東西啊，來來來，坐到吃茶，掐（吃）飯。中國的軍人，雖然被灌輸了各種主義，打上了不同顏色，有一種主義卻是老祖先給的，那就是同文同種同血脈的民族主義。他們身在不同的陣營，在八年的抗戰中既攜手抗敵，也相互猜忌、懷疑、提防、摩擦、構陷，一直都沒有間斷過，甚至兄弟鬩牆，大動干戈，讓日本人漁翁得利。但那些在火線上以命相搏的死士，當他們共同面對國家民族的敵人時，常常比上陣的親兄弟還親。而當他們爲了不同的主義而戰時，又轉眼漢賊不兩立，「刀頭仁義腥」。這是趙岑想了一生都沒有想明白的問題。

「你看你，都走到革命隊伍裏來了，怎麼又跑了？」周榮不無遺憾地說。從五十年代第一次和趙迅見面後，他無數次調閱過自己老同學的檔案，但都沒有看到他交代過和周榮的生死之交、在晉察冀打遊擊、投奔延安未果的經歷和在八路軍裏參加反「掃蕩」的這些歷史。是為了保護他，還是這個狡猾狡猾的老龜兒子，到底還有多少秘密？

天亮了，睡意卻趁著晨光掩殺而來。周榮發現趙廣陵竟然靠在椅子上，低垂著花白的頭，左搖右晃地睡過去了。周榮想起他們在那艘死亡快艇上的那個夜晚，兩人說著說著話，上下眼皮也打起架來。那時的趙岑曾經恨恨地罵了一句：他媽的，都快要死了，還要打瞌睡。把劉蒼璧也逗樂了。在那個年月，死已經對人產生不了什麼刺激，許多人生是麻木的，死也是麻木的。現在要是組建個敢死隊啥的，是天大個事情，而在當年卻太稀鬆平常。你不敢死，就被別人趕著去死。

周榮參加革命大半輩子，自覺從無做過對不起黨的事情。唯有在趙廣陵的問題上，他時常深陷在革命性和人性的矛盾中，並同時也承擔了極大的風險。他一個幹公安工作的老革命，五十年代就知道有一個漏網的國民黨軍官就在自己身邊，而且他身分之複雜可疑，歷史之撲朔迷離，早就引起了專政機關的注意。周榮就像一棵無形的大樹，把撲向趙廣陵的風雨化解到最小，至少不至於淹沒了他。但凡老同學相見，少不了一杯濁酒，一場敘舊。但那些年他們就像剛認識的普通人一樣，公事公辦，彷彿已「相忘於江湖」。有一種大恩是日月之光，滴水之泉，從不用言說。

五七年反右開始，周榮神不知鬼不覺地阻擋了趙迅的鳴放文章，讓他逃過當右派的劫難；文革初期趙廣陵再次以戰犯之罪名入獄，所幸周榮那時在公安系統說話還一言九鼎。趙廣陵永遠不會知道那個將他從黑牢裏「撈」出來的軍代表，曾經是周榮的老下屬；他也不會知道松山勞改農場幾次報上來的鎮壓名單，周榮都以各種革命的理由將趙廣陵的名字「勾」了出去。幹革命是要講究策略的，政策和策略，是黨的生命。政策是黨制定的，策略是執行政策的人具體掌握的。可讓你一步登天，也可讓你人頭落地。他當然知道自己這麼幹是違反革命原則的，是在拿自己的政治生命來冒險。但他只憑良知和一個人的歷史賭一把：趙廣陵在舊社會是個對國家民族有功的人，新社會也不會對社會主義有多大害處。在他遇見他時，至少他已經被改造成一個木匠了。爲了證明自己的判斷，他甚至在那個木器社安插了一個「眼線」，暗中監視了趙迅兩年多，直到一九五七年趙迅被人揭發出來之前，那個臥底也沒有發現趙迅有任何違法之舉。

從土改、清匪反霸、肅反、鎮壓反革命、三反五反、反右、到文革時期，前政權遺留下來的歷史問題，已經被梳理了一遍又一遍，有歷史前科的該抓的抓、該判的判，該殺的都殺了。但有一條漏網之魚就像在一潭渾水裏閃現了一下，就再也找不到了。根據繳獲的敵僞檔案上記載，有個籍貫爲雲南、名叫龍忠義的軍統特務，曾在重慶的中美合作所受訓，在抗戰時派回了滇緬戰場，但卻再也沒有了他的任何消息。戰死者的名錄中找不到他的蹤影，破獲的潛伏特務組織裏也不見這個人的相關檔案。當時肅反機構推測此人即便不死，也可能逃到緬甸去了。此案本來可以存檔了結，但一九六四年抓到的一個國民黨潛伏特務交代說，他五十年代在昆明的街頭偶然碰見過龍忠義，他們在中美合作所同期受訓。那天龍忠義一看見他轉身就跑，國民黨方面那時還想招他重新歸隊哩。

這條線索讓省公安廳的政治保衛部門大費周章，一次又一次審查、甄別、偵查、外調，各方面匯總來的情報堆在周榮的辦公桌上。他左看右看，歸納來分析去，這個人的相貌在他的腦海裏大體形成了。只差最後一點證據，他就可以下令捕人。但文革爆發了，公檢法機關被奪權砸爛。周榮在被打倒的前一週，把這包檔案資料裝進了自己辦公室檔案櫃的暗屜裏。這是符合規定的，因爲它們是最爲機密的資料。不無諷刺的是，這個暗屜正是當年的木匠趙迅做的。它在抽屜的裏面擋板上還安有一個樹葉狀的木梭，不知道的人只會當它是個裝飾。把這個木梭往右一撥，便可拉開裏面的小抽屜。趙迅曾經稱之爲「活棺材」。

這具「活棺材」埋葬了一個人的某段歷史，也救了他的命。周榮靠邊站、被打倒批鬥、關進監獄、再到農場勞動，前後也折騰了十來年。這期間竟然沒有人發現過這個暗屜，也沒有人去翻一翻檔案記錄——也許在砸爛公檢法的混亂中被燒掉了？在形形色色的批鬥會上和審查中，周榮可以交代自己的歷史問題，交代自己的路線錯誤，交代自己的官僚作風。但他絕不會告訴那些造反派們那個暗屜裏的驚天大秘密。

這是因爲周榮被打倒前已經初步判斷：在中美合作所受訓過的軍統特務龍忠義，就是趙廣陵、趙岑（還一度冒名廖志弘）、趙迅。他不願別人來接手這個案子，他需要親自證實。十年多的磨難，周榮情願自己忘記這份檔案。但他那天無意中撥開了那個木梭，就像撥雲見日，記憶之門轟然洞開。他必須去會會自己的老同學、生死戰友和證實那個疑似的漏網「老特務」了。

周榮沒有睡意，去盥洗間洗了把冷水臉，回來時趙廣陵醒了，像說夢話一樣衝周榮說：「你認識一二九師的穆團長嗎？他可以幫我證明，我在八路軍裏幹過。」

周榮一語雙關地說：「老夥計，現在你在哪裏幹過都不重要了。」他還蠻有優越感地幽了自己的老同學一默，「難道你這個『老滇票』還想要求平反落實政策？」

「我的政策人民政府給我落實得比你還早，我是特赦人員。」趙廣陵一本正經地說，好像還很光榮。「我只是想讓你相信，我在國共兩邊的陣營裏都打過日本鬼子。我從前認爲自己該追隨某種主義，吃了那麼多苦頭後，我才發現哪一種主義都不喜歡我。姥姥不疼爺爺不愛的孩子，也會長大，也是人，也可以盡一個中國人的職責。」

「你這個人哪……」周榮撓著自己的頭，在屋子兜圈子。他在想，要不要直截了當地向趙廣陵點出自己的懷疑呢？即便你獲得了口供證據，又能怎麼樣？再把他抓起來嗎？與其這樣，還不如繼續裝糊塗。有些人的個人秘密，能帶進墳墓，未嘗就不是一件好事。人生誰沒有錯？即便是他這樣的老革命，幹了那麼多年的公安工作，自己羞於面對的錯誤可以用大卡車裝。這些錯誤是對得起黨的，但對不起自己的良知。他同樣不會輕易告訴任何人，準備把它們帶進棺材的。同理，一個本質善良的人，爲什麼不可以隱瞞自己不見容於現在這個社會的某段歷史呢？這就像一個男人年輕時輕佻浪漫，鑽了某個女人的被窩，但他斷乎是不會告訴自己的老伴和子孫的。

「你還是不信任我。」趙廣陵有些氣哼哼地說。

「你信任我嗎，老夥計？」

「說實話，三分相信，七分不信。」

「我和你相反，七分相信你，三分懷疑你。」

趙廣陵說：「我就是百分之百地不相信你，也對你無礙；你有百分之一懷疑我，我就可能重新進去。」

周榮沉默了，許久才歎一口氣，「什麼時候我們這兩個老龜兒子，能像打鬼子時當敢死隊那樣，同袍同澤，以心印心？」

「不可能了，我們現在是兩個世界的人。」

「難道我們不都是中國人？」

「中國人是要講階級成分的，要講矛盾鬥爭的。夫妻、父子，都要講陣線、論左右，這是我在監獄裏學到的。夫妻互相背叛，父子互相出賣，信義、道德、良知都被打上了階級的烙印。人分了階級，就像水有了落差，人就有了鬥爭的動力。人和人鬥來鬥去，其實沒有輸贏，只剩下僞裝。無論勝者還是敗者，每個人都戴上了面具，僞裝自己的謊言和套話，僞裝自己的愛或者恨，僞裝自己的左或者右，僞裝自己的強大或弱小，僞裝自己的過去和現在，甚至僞裝自己對一朵花兒的真誠讚美，對一個漂亮女人的真實想法。人要是都脫去了僞裝，就跟我這個老醜八怪一樣不堪入目了。」

「別瞎扯啦，趙廣陵同學。」周榮忽然目光炯炯地逼視著自己的老戰友，「實話告訴我，龍忠義是哪個？」

「你……」趙廣陵彷彿眼睜睜看著一個信任的人一刀扎在自己肚子上，身子微微顫抖了一下，頹然癱倒在椅子上。「你這個老龜兒子。」

22 最後一次交代

你一定看過小說《紅岩》吧？中美合作所，白公館，渣滓洞，這些人們一提到就恨得咬牙切齒的名字，反動派的集中營，國民黨特務的老巢，屠殺共產黨人的人間地獄。好像誰要是和這些地方沾上點邊，不死也要脫一層皮。過去是共產黨人害怕，現在是我這樣的人害怕。

當年我怎麼能料到歷史會如此陰差陽錯呢？我在第二戰區打遊擊幹得好好的，已經升上尉了。但一九四三年的夏天，上峰忽然來了指令，是軍令部的函，要我和卞新和一起去重慶報到。沒有說到什麼單位報到，也沒說幹什麼，只給出了地點，重慶繅絲廠。當時我們兩個還嘀咕，讓我們去繅絲廠幹嘛，搞工業？卞新和那時已是閻錫山長官司令部無線電台的少校副台長，能回重慶他很高興，說總算可以回大後方跳舞了，這些滿腦袋高粱花子的山西老醋，老子連下舞場的興致都沒有。在成都上軍校時他的探戈舞跳得好，你還記得吧？我們去和華西醫科大學的學生搞新年聯歡，他還跟人家打架哩。

半個月後我們趕到了重慶，報到時才知道，我們的單位叫「中美特種技術合作所」，也就是現在我們大家都知道的「中美合作所」。繅絲廠是個大地名，在歌樂山下，軍統的很多單位都在那一帶。我們被告知，「中美合作所」主要擔負對日情報、破壞、偵察、破譯、氣象、心理等方面的特種作戰培訓工作，由美國軍事教官和特工專家親自培訓。我們都是從軍中和各大學還有地方上挑選出來的優異青年，那時我們真的感到很自豪，很榮幸，覺得自己在爲國家民族幹大事，至少比打遊擊鑽山溝強多了吧。

國民黨時期的口號標語也多，大都空洞，但在那裏一幅高掛在牆上的大標語讓我熱血沸騰——「武力！勞動！創造！」這正是我們那個時代需要對抗日本人的東西啊。在抗戰的關鍵時刻，人家把你送到一個可以施展才華的大平台，哪個熱血青年會拒絕？誰又能料到「中美合作所」後來會被搞得臭名昭著？我先被分到秘密行動組，卞新和分到破譯組。在登記造冊時，因爲我所在的培訓班性質特殊，我們可以用一個化名，於是我就填上了龍忠義的名字。這也不是隨便編的，我是龍陵人，就讓我的家鄉做我的姓吧。而忠義，是我小時候的名字。我是我們趙家「忠」字輩的。

我接受了兩個月培訓後就對學到的東西心懷憎惡了。潛伏、僞裝、暗殺、破壞、爆破、偵訊、跟蹤與反跟蹤。有一次教官在用軍統特務幹的一樁暗殺事件來作爲課堂教學案例。被暗殺者是一個同情汪僞政權的知識份子，大約是個還有點名氣的記者吧。軍統的人在他去上班時便將他槍殺在家門口。重慶是個山城，人家的老婆剛好在窗戶裏居高臨下地看見了這一幕，於是一家人呼天搶地地追出來，還抓住了一個沒來得及逃跑的小特務。這事兒就鬧得滿城風雨了。美國教官嘲諷軍統說，他們有一萬種方式去殺一個人，但他們卻選擇了最愚蠢的一種，在人家的家門口殺人。這是非常不人道的。當時我就想，殺人還有人道可講嗎？後來想明白了，吃上特務這碗飯，人生裏就沒有「humanity（人道）」一詞了。他們後來暗殺聞一多先生，不也是在聞先生的家門口行的凶嗎？

我想我是一個抗日軍人，從事的是堂堂正正的男兒之事，讓我去搞暗殺我可不幹。我們是受過聯大人文思想教育的人，對「特務」這種職業多麼憎恨，只有傻瓜才會去從事自己討厭的職業。我還記得我的一個學弟，聯大一九四二級外文系的，也是被抽到我們這個單位受訓。但他學了一個月就跑了，軍統還到處通緝他。過了幾個月不知他通過哪條途徑向軍委會外事局遞了份報告，說自己當初從昆明離開聯大時得到的通知是來做盟軍的譯員，他不想做跟特務有關的工作。軍統後來撤銷了對他的通緝，「中美合作所」還補發了他外逃期間的工資，然後送他去了滇緬戰場。這也說明「中美合作所」沒有你們想像的那麼恐怖血腥吧？

雖然我也討厭特務受訓，但我那期間學到的本事也沒浪費。四六年我從內戰前線跑回昆明，曾經跟在聞一多先生身邊一段時間，自願當他不喜歡的保鏢，只是在他遇害時，我先被軍統的人抓走了，關進了監獄。這段經歷我交代過，你可以查查。再一個好處就是，這些年你們一直查不到我的這段歷史，爲什麼呢？嘿嘿，有名師指點過的。

我慶幸那時血氣方剛，只認準一個人生目標：殺日本鬼子。爲了這個目的，你給我多少高官厚祿我都不幹。有段時間軍統的大特務戴笠要來「中美合作所」選幾個人去蔣介石的侍從室，他們竟然選中了我，也許因爲我個子高，體格健壯，還人模狗樣吧。但我不去。而且我還告訴他們，不想在行動組受訓了，我請求去軍事組，並列舉了一大堆理由，但未獲批准。我就去找軍事組的美國教官科爾少校。

這個傢伙是維吉尼亞軍校畢業的，標準的職業軍人。美軍教官那時都住在白公館，還不是《紅岩》小說中寫的那種陰森恐怖的監獄，白公館本來是幢洋房別墅的，我們叫它第三招待所。美國人喜歡打籃球，我在聯大時就是我們國文系籃球隊的，因此在球場上跟科爾少校混熟了。而且他喜歡英國詩人艾略特的詩歌，這個我可不含糊，一段一段地用英文背給他聽，把他震得一愣一愣的。說中國軍人怎麼還認識艾略特？我說艾略特算什麼，我還能背傑弗遜草擬的《獨立宣言》哩。We hold these truths to be self-evident, that all men are created equal, that they are endowed by their Creator with certain unalienable Rights, that among these are Life, Liberty, and the pursuit of Happiness.（我們認為下面這些真理是不言而喻的：人人生而平等，造物者賦予他們若干不可剝奪的權利，其中包括生命權、自由權和追求幸福的權利。）

這下我去軍事組就易如反掌了。我去那裏是有野心的。那時我們已經提前知道，中國遠征軍的駐印軍即將從印度反攻，打通中印公路，這支部隊是中美聯軍，完全由史迪威將軍統帥，不會再重蹈一九四二年遠征軍第一次入緬作戰時指揮不靈的覆轍了。我想通過在軍事組的受訓，去那支部隊效力。你我都知道，將帥無能，累死三軍。國軍部隊的敗仗大多是這種原因。

可後來爲什麼我沒有去成駐印軍而到了滇西的遠征軍呢？這真是命裏有安排。不知是哪個傢伙告的密，我們在山西參加八路軍遊擊隊那一段被軍統掌握了，我和卞新和都被抓進了渣滓洞受審。雖說那時國共是統一戰線，共同抗日，但畢竟是軍統的單位，審查嚴格。你以爲渣滓洞監獄只關共產黨人嗎？也關我們這些人啊。渣滓洞的腳鐐手銬我還是戴過的。卞新和很快就被放出去了，敵後情況複雜嘛，我們又不是變節投敵分子。但我和你去晉城八路軍辦事處那一段卻交代不清楚囉。

嘿嘿，我們兩個各爲其主，那時都不受主人待見啊。可能同一時間裏，你在延安蹲窯洞受審查，我關在渣滓洞。我們都在一個黑暗的「洞」裏憋屈著哩。你說說，這歷史可笑不可笑？審訊者一再追問我：爲什麼進了八路的門，還要跑回來？我只咬定一個理由，說在八路那裏看到他們牆上掛的是馬克思、恩格斯、列寧、史達林的像，沒有掛孫中山先生的像。我信奉三民主義，不願意認洋人當祖宗。我當時也確實是這樣想的。

三個月後我才放出來，那時已是一九四四年的春天了。這還要感謝那個美國佬科爾少校，他親自向戴笠擔保我是個好軍人。美國人不講那麼多政治啊、主義啊啥的，他們做事非常職業化、專業化。人家畢竟是國家的軍隊嘛，不是哪個黨派的。和我同組受訓的人已各奔東西，還有人飛印度雷多加入中國遠征軍的駐印軍。而我成了落單的孤雁，一個有污點的人。軍統已經不信任我了。但科爾少校很欣賞我的爲人，他去戴笠面前說情，讓我留在中美合作所，當他的助手。他還說等打敗了日本人，如果我願意的話，他可以幫我去美國深造，隨我學什麼。那時軍統和美國人還有個協議，優秀學員可送到美國深造一年。由美國聯邦調查局負責培訓，回來後可充任高級警官。我說我要上前線去打日本鬼子，不願待在大後方。科爾少校有些失望，但向我豎起了大拇指。老子要想留重慶的話，軍校畢業時就進軍政部了。

也是天遂人願。有一天，我在「中美合作所」的一個同僚說，有個上校軍官走私了一車「雲土」（雲南鴉片）到重慶，被稽查處的人查到了。這傢伙想要通關，就包了一個溜冰場，廣請陪都的各路神仙，當然軍統的人是必請的。那時的溜冰其實是溜旱冰，但在陪都也是個時髦的玩意兒，大約是那些逃難的下江人從上海一帶傳過來的吧。能去溜冰場的男士都是嗶嘰尼西褲，西裝扔一邊，白襯衣繫領帶，袖子還挽得高高的，一手扶女士小姐們的腰，一手拉住她們的手。留聲機放著華爾滋，真的是「歌盡桃花扇底風」啊。

那天在溜冰場上，我看到一個黑黑壯壯的中年漢子，穿上溜冰鞋就倒，爬起來又倒，四周全是哄笑。我爲他汗顏，我已經知道他就是那個爲今晚掏腰包的土鱉，還是我的雲南老鄉。於是我去扶起他，教給他溜旱冰的要領，半個小時後，他就可以帶著一個穿旗袍的女士滿場飛了。休息時我們就攀了老鄉，他來重慶倒賣「雲土」，是因爲前線的部隊一週只能吃到一次肉——多說一句，我在勞改時還一週吃一次肉呢。一個軍人，如果左手做生意，右手打仗，你說這仗怎能不打得艱難？可是那些營養不良的兄弟們是要上戰場拚命的人啊。這個上校團長說。於是我才知道他所在的第八軍作爲遠征軍的戰略總預備隊，已經開到滇西大理去了。我連忙請求他帶我去他的部隊。老鄉嘛，他們就是那種在異鄉願意伸出一隻手來的人。再多說一句，這位團長姓劉，後來戰死在松山了。

命中註定我要參加遠征軍打回我的家鄉。從重慶回雲南的路上，我心裏那個高興啊，就像幾年前我被特赦回昆明時那種還鄉的感覺。這真是世界上無法言說的情感。一個浪子要回家了，不是背著行囊走進家門，而是帶著部隊趕走霸佔我家鄉的侵略者。還有比這更榮耀的事情嗎？

我趕到第八軍報到時，部隊已經在保山集結。我被分到一〇三師，熊師長看我是「中美合作所」出來的，又是軍統的人，當時就不是很高興。國民黨部隊的指揮官對特務系統的人還是又恨又怕的。我馬上表明態度，說願意到第一線部隊，我要跟隨師長打回我的老家。也許人家熊師長也不願意身邊有個軍統特務隨時打小報告，就直接把我派到連隊當上尉連長。

誰喜歡特務那身皮啊。回到前線我就把名字又改回來，仍然叫趙岑。儘管我知道「龍忠義」的名字還掛在軍統的檔案裏，但我想「龍忠義」已經「死」在了渣滓洞，現在趙岑又是光明正大的抗日軍人了。而我們的同學廖志弘又在滇緬戰役中頂著趙岑的名戰死了，我想，這是蒼天給我的最好「僞裝」。

老學長，我比你運氣好多了吧？總算回到戰場跟日本鬼子大幹了一場。此生足矣。是「中美合作所」成就了我這個願望，但又是它讓我在這個染缸裏走了一遭，讓我的人生又多了個污點。可是我怎麼知道它後來會被作家的小說寫成那個樣子呢？六〇年代時全國人民都在讀《紅岩》，這部書我讀了不下五遍，第一次在昆明坐牢時，監獄裏組織我們搞演出，我還把其中一段改成快板書哩。不過，我覺得這本書與歷史事實有出入。殺地下黨的事跟「中美合作所」這個單位沒有關係，因爲它在抗戰勝利後就撤銷了，美國人走了後白公館才成爲關犯人的地方。科爾少校四六年回國時給我寫過一封信，還問我要不要去美國。而《紅岩》書裏寫到的那些逮捕、審訊、關押、大屠殺，都是發生在一九四八至一九四九年重慶解放前夕，對吧？

但那時我不敢站出來說話啊。這個不敢說，好多真實的歷史也不敢說了。我沒有資格說，有資格說的人也不說。我們的歷史，就沒有常識可講了。人都說歷史是個小姑娘，可以隨意打扮。要我說啊，歷史是個舊情人，有反目成怨，情斷義絕；有美好如初，相思綿綿，也有藕斷絲連，情債難償。你要不想惹麻煩，你就忘掉你的「舊情人」。

可我們這些過來人，哪個和她撇得清干係？過去和她山盟海誓，現在與她錦書難托。古人講以史爲鑒，我們報紙上卻常說，忘記歷史意味著背叛。我一直沒有讀懂這句話。其實你背叛不了歷史，歷史也不會背叛你。它在時間裏是最公正的。中國的歷史，上下五千年，哪個是明主，哪個是暴君，哪個是民族英雄，哪個是奸佞小人、漢奸賣國賊，歷史都給你記載著的。發生過的事情，都在你的生命裏有烙印。我們不過是把這些烙印僞裝掩飾起來罷了。我在僞裝，很多人也在僞裝。僞裝的人多了，我們就弄出一部僞史。

現在鄧小平同志宣導實事求是，還說「實踐是檢驗真理的唯一標準」，對歷史，我們也要實事求是吧？是怎樣就是怎樣，不能歪曲吧？我在裏面的時候，它真的是個抗日的單位。我們受訓的所有科目，都是針對日本人的。據我所知，「中美合作所」訓練出了很多「別動軍」，派到敵後去打遊擊；卞新和他們的破譯組，偵破了不少日軍的密碼，卞新和還爲此立功受獎。他得到一大筆獎金，還請我吃過飯哩。當然，「中美合作所」培訓出來的那些軍統特務，後來也幹了不少反革命的壞事，但這不能算在「中美合作所」頭上。這就像槍在好人手裏，是殺敵人的，在壞人手裏，是殺好人的一樣。你能判槍有罪嗎？

我在這裏說「中美合作所」的好話，並不是想洗清我在那裏受訓過的經歷。是歷史的欠債，遲早都要還。這是我的最後一筆債了，還清了它，我乾乾淨淨地走進墳墓。

現在，你可以逮捕我了。

卷宗五

一九八五
：自瀆——以老兵之名

23 忠孝師表

趙廣陵二十世紀八〇年代中期才從松山農場退休，那一年他六十七歲，但工齡只能從他大赦後留在農場當木匠時算起，也不過十來年。之前經歷過的那些亂七八糟、支離破碎的改造歲月，誰給你算工齡？因此他只拿到不到二千元的安家費和每月三十來塊的退休金。

他顯然不可能再回昆明了，儘管退休前一年，他接到前妻的來信，說葉世傳同志因病逝世了，她現在跟女兒住在一起。女兒在省城上師範學校，週末才回來。她也提前病退了，這些年身體不大好，主要是心腦血管方面的毛病，血壓還高。好在他們的兒子葉保國現在已經工作了，在郊縣當農業局局長呢。經常開小車送她去醫院。兒子還說，等有機會到滇西出差，會抽時間去看他的。如果你身體還好的話，我們歡迎你回昆明。昆明是你求學的地方，也曾經有你的家，也算是第二個故鄉吧。國家現在已經太平，多少恩怨都化解了，大家都要向前看，要好好地活下去。你也該來看看你的兒子。舒淑文還在信裏說，終於和泰國的家人聯繫上了，父親已經去世，姐姐舒菲菲前年回來過一次，她還說現在國內安定了，打算回來養老呢。舒淑文特別說明，舒菲菲在國外一直沒有結婚，不知道她的心裏究竟有哪個。她很關心你這些年的情況，還說下次回來，希望大家能見上一面。

讀前妻的信，趙廣陵心裏一直都很平和，但舒菲菲一直單身，倒是讓趙廣陵心裏咯噔了一下，彷彿被一隻指甲尖尖的纖細手指抓撓了一把，還久久地反覆摩挲。難道她「曾經滄海難爲水，除卻巫山不是雲」麼？難道她這幾十年一直在期待著什麼嗎？照理講當年昆明社交場上的交際花，到哪裏都不乏追求者的。現在兩個曾經愛過的女人，都虛位以待，老來無伴，你還敢衝上前去嗎？要麼破鏡重圓，要麼再續舊情。舒淑文的信裏好像有點那個意思。難道這是命中的安排，愛的補償，抑或上天的恩賜？

但兩手空空的趙廣陵已經沒有當年大赦時、不管不顧地奔向舒淑文的勇氣。他回了前妻一封信，說自己花甲之年，該落葉歸根了。春城雖美好，重陽也落花。他的人生該謝幕了。人老了，當年的雄心也老了，在桑梓之地孤老終生，未嘗不是一種幸福。縱然大家沒有一生一世相伴到老，但生命中曾經有過的患難與共，相濡以沫，還是讓他在垂暮之年，向永遠美麗善良的妻子深深地鞠躬，再鞠躬。

就這樣孤身回到家鄉。多年來家鄉其實和他僅隔著一座松山，也就五十來公里，但那就像地球和月亮的距離。四十多年前他豪氣干雲，驕傲地認爲攻克松山就可以回家了；但他絕沒有想到人生多歧路，還鄉路漫漫。松山再不是障礙以後，他會在地球一隅隱名埋姓，故鄉就是那陰晴圓缺的月亮，故鄉也是一隻令人憐惜的貓，你想把牠日夜抱在懷裏，但牠卻一縱身跑了，只是在遠處用美麗而憂傷的眼睛地望著你。故鄉歸不去，正如月宮不可攀一樣。曾經胸懷大志負笈求學的少年，曾經一身戎裝馳騁疆場的軍人，現在只是一個近乎兩手空空的回鄉浪子，只賺得人生豐沛的閱歷和苦難。

老家只有趙廣陵的一個侄兒和一個侄女兩家人，兄長趙忠仁五十年代已被鎮壓，他的子女都是盤田種地的農民，在老實巴交、謹小慎微中過了大半生，人生唯一的滿足也許就是爲趙家生下一窩後人，但都一無本事二沒文化。侄孫們長大了，要娶媳婦成家了，卻連建房子的錢都不夠。趙廣陵讓一個侄孫趙厚明去農場「頂替」了一份工作，算是將來養老有了依靠，然後用所有的積蓄在老家建了一所小小的四合院。

這是他祖上的宅基地，離縣城約三四華里。說是建，其實不過是將從前荒廢的祖屋作了適度的翻修。幹了大半輩子木工，在年近古稀之時終於可以自由地爲自己蓋一處房子了。幾個侄孫給他當幫手，趙廣陵買來木料磚瓦，自己拉大鋸、拌沙灰、舂土牆、上房樑、雕花窗、鋪黑瓦。沒有請一個工，累不動了就歇上幾天，錢不夠了又出去幫人打一陣臨工。他有技術，身體尚硬朗，幫那些新出道的小木匠們「掌墨」，作些指點，還是人家求之不得的。剛回來那兩年他還可以去補習班幫人上英語和語文課，後來嗓子不行了，喉嚨裏總有一團火在燃燒，當年在松山吸進的煙火彷彿死灰復燃，話一說多了就灼傷得痛。還有一個原因是，現在的高考補習已不像當年了，無論是英文還是語文，都讓他這個老西南聯大生無所適從。面對紛繁變遷的社會，趙廣陵在清貧中唯有苦澀地笑笑：我誤了自己一生，就別去誤人子弟了吧。

還記得他的老人牽著孫子來看熱鬧，說，喔唷，原來是趙家老二忠義回來了，真是稀罕啊。上一次回來還是扛著亮閃閃金星的軍官哩。還以爲你去台灣那邊當大官發大財去了。趙廣陵對這些勢利眼的鄉黨冷硬地笑笑，不與作答。「趙忠義」是這個身世滄桑、經歷複雜的老人最爲單純的名字。它和下河摸魚捉蝦、上山打鳥下扣子、田野裏瘋跑撒野、以及課堂裏被先生呵斥打手心有關。兒時的夥伴們都認得趙忠義而不知道他後來那些讓人頭腦發暈、皂白莫辯的「大名」。甚至當鄉黨們叫他趙忠義時，他也要愣一下才會反應過來。一個天涯浪子離自己童年的名字有多遠，他和故鄉就有多遠。

此番再建家園差不多晚了四十年。如果在日本人投降那年就英雄還鄉，人生或許是另外一番景觀。儘管被戰火蹂躪過的故鄉已然破碎，但那時門前還桃紅柳綠，老母尚在，哥嫂同院，侄甥繞膝；屋外的田疇新苗拔節，麥穗安詳；故園被鮮血澆灌後正在復甦，趙家老屋就像當時的國家那樣，在巨大的傷痛中舔血撫痕，拭乾眼淚，再度屹立。那一年幾乎家家都在重建戰火中毀壞的房子，趙廣陵作爲抗日軍人回到家鄉，受到家鄉父老的盛情厚待。縣府專門撥出一小筆錢款，資助趙家恢復家園。新房落成時，一個鄉紳還特意送來一副「忠孝師表」，其書云：

龍陵趙君忠義，乃我國抗日軍人壯士營長也。白塔趙氏，淵源深厚，先祖南京應天府籍，乃明洪武十四年征南將軍沐英之副將者也。奉旨欽調，西征南疆，蕩平叛逆，開疆拓土。功在大明，利在漢家。雖屯墾邊陲，忠孝之節，仁義之禮，香火傳焉。數百年庭趨千孫，廟食百世，名登通志，位列鄉賢。忠義營長之高堂稷源公，仁德並齊，不慕軒冕，躬耕隴畝，行仿武侯；養親訓子，耕讀傳家；南山隱豹，邊地真君子也。時倭寇竄境，躪我國土，稷源公芝蘭生於深林，大義彰於天下，慨然送子「死」旗一面，倭寇聞之膽怯，四鄰唏嘘服膺，誠可為千古楷模耶！壯士去兮，視死如歸；從軍殺敵，殲敵無算，踏破敵陣，屢建奇功。忠義營長捨身報國、救民族存亡如斯，何也？我邊地龍陵鐘靈毓秀之養，趙氏家族詩書傳家之訓，忠義營長忠孝仁義之守。斯稱不朽，誠哉信然歟。河山光復、家國再興，忠義營長忠孝兩全，車師凱旋。佩勳章光祖先耀門庭，裹「死」旗滅倭寇奪降旗。趙氏一門有幸，山川備披榮光。忠義營長精忠報國之豐功偉業，可傳百世而昭後人矣。

這份幾十年前的「忠孝師表」趙廣陵早就忘記了，趙家的後輩也無一人知道。只是在翻修房屋時，趙廣陵在屋頂的橫樑上才無意中發現。它被卷起來仔細地裝在一個木匣裏，鑲嵌在橫樑上方專門掏出來的木槽中。木匣上的煙垢、灰塵足有一寸多厚，把一個人曾經的榮耀，密密實實地塵封了。

當時，幫他取出這個木匣的幾個侄孫很失望，他們都是初中都沒有讀完就混跡在社會上的年輕人，或外出打工，或在家務農，做點小生意啥的。家裏忽然冒出來的這個二爺一度讓他們認爲是個有錢的闊佬。趙家這幾十年一直是凋敗的、破落的，兒孫們在背著反革命親屬的黑鍋中長大。到這口「黑鍋」終於被扔掉時，他們也成年了，回頭一望，耕讀傳家幾百年的家族後裔，竟然沒有一個讀書人了。趙廣陵展開「忠孝師表」時，先是自己默念了一遍，看得眼熱心跳，舊日時光風起雲湧、滾滾而來。他頗感自豪地對身邊的一個侄孫說：念一念。那小子吭哧半天，念了五句就念不下去了。還嘀咕了一句，說些什麼嘛？又不是說老祖先留給我們的金銀財寶，還藏得那麼高。

一個詩書世家斷了文脈，幾近於斷了香火。趙廣陵心中的榮譽頓時裹滿了塵埃。歷史的悲愴正在於它被後人誤讀、漠視、乃至遺忘。這遺忘來得如此之快，彷彿花開一季。

對一個浪跡天涯的浪子來說，故鄉不過是一部老電影，即便再看，也續不上當年的情節，走不進舊日的場景，更找不回往昔的情感了。回到龍陵落籍的前幾年，趙廣陵雖然接上了家鄉的地氣，卻過得越來越不開心，越來越孤獨。早幾年他和幾個都蹲過監牢的國民黨老兵還有個麻將局。趙廣陵就此學會了打麻將。老傢伙們也放點「彩頭」，不多，一毛錢的輸贏，爲的是懲罰亂「點炮」的冒失鬼。這幾個麻友除了趙廣陵和一個叫莫大爹的是本地人外，其餘幾個都是自願落籍在龍陵的外省人。

滇緬戰役結束後，許多內地籍的士兵、甚至中下層軍官利用國軍裁編部隊的機會，都落籍當地了。當年國民政府發給他們的遣散費少得可憐，一個士兵僅有兩塊法幣，尉官三塊，校官也才五塊。士兵們拿到的遣散費只能買到五雙草鞋。戰爭過後本地的一個奇怪的現象是，那些半年前還在跟日本人浴血奮戰的遠征軍軍人，現在成了流浪漢、叫花子。當時簞食壺漿、以迎王師的百姓，現在不得不聯合起來，防備那些散兵游勇的侵襲。當然也有不少老實本分的士兵，認為這樣的地方，無論務農還是經商，都堪稱風水寶地。他們四處為人打零工，做點小本生意，運氣好的便上門入贅，也不論人家姑娘的好醜了，有家有媳婦，鑄劍為犁，在沒有戰火的和平歲月，就是天堂裏的日子。

但誰能想到即便在山高皇帝遠的地方，他們該承受的磨礪，一點也不比別人少，尤其是在邊疆地區，政治環境愈加嚴厲，文革前搞的「政治邊防」足以讓這些舊軍人吃夠苦頭。一生風風雨雨過來，老兵們永遠只能苟活在社會的邊緣，連他們都覺得自己的命足夠硬。現在好了，他們可以大膽談論屬於自己的話題，遠征軍裏哪個師長既能打仗又能作詩，哪個長官寫得一手好字，某某軍長有兩個姨太太，某某團長一次就吃六百多號人的空餉，部隊站隊時連一個營的人數都湊不齊，結果被當場槍決了。

這是這些遠征軍老兵的共同記憶，也是他們一生中唯一閒適安詳的時光，他們的話題屬於另一個陣營，因此只有他們才湊得到一起。他們也自稱為「老幹部活動中心」，這個「中心」有組織無領導，有場所無經費，有老兵無幹部，大家湊份子自得其樂。只是隨著歲月老去，白髮飄零，來「活動中心」的老兵日漸稀少了，終於有一天，還活著的人送走昔日的戰友、如今的麻友後，才發現連一桌麻將都三缺一了。趙廣陵那天看著麻將桌對面空出來的位置，不無淒涼地說：

「我們這種孤老倌，在陽世的朋友越來越少，陰間的熟人越來越多囉。我們就他媽的等死吧。

小狗日的，我們這一生啊……」

莫大爹抱著煙筒呼嚕了一口，打趣道：「那你去打衝鋒啊，趙老倌。」

趙廣陵愣了一下，就像被人搧了一巴掌。糟老頭子們聚在一起時，有惺惺相惜，也有不服氣的埋汰挖苦。都是閱盡人生、從苦海裏九死一生揀回一條命的人，誰還不曉得誰苦水有多深？趙廣陵當時無話可說，就像被一個辣椒嗆到嗓子眼。

直到有一天，趙廣陵忽然接到保山地區文史辦請他去地區開會的通知，他的生活開始發生了轉變。文史辦的館員華子君也是個老西南聯大生，歷史系一九四四級的，對趙廣陵很尊重，執學長禮。他說保山行署的孫專員是個本地成長起來的景頗族幹部，他希望我們這些搞文史的能夠出一本文史資料集，專門整理本地區抗戰時期的歷史，以向民眾宣傳滇西地區為抗戰做出的奉獻和犧牲。趙廣陵當時還心有餘悸地問：本地的抗戰是國民黨打的，共產黨也認嗎？華子君說，共產黨國民黨那時結成了統一戰線，都在為國家民族而戰。那時都不分彼此，現在面對歷史，何以再分？況且都思想解放這麼多年了，孫專員很支持這項工作，還說遠征軍在這裏打敗了日本人，這是中國人的光榮，更是本地的光榮。讓我們不要有顧忌。

顧慮當然是有的。趙廣陵被華子君領著在孫專員的辦公室見到這個共產黨的幹部時，手腳一時不知道往哪裏放好。儘管他和周榮這樣的高官還是同學，但人家孫專員是主政一方的父母官，感覺上自然要敬畏三分。其實孫專員樸素得就像剛從田間地頭挑糞回來的莊稼漢。他拉著趙廣陵的手問：

「你是遠征軍啊？怎麼……怎麼跟我當年見到的那些遠征軍不一樣。」

趙廣陵誤解孫專員的意思了，連聲說：「我改造好了，改造好了。」

孫專員愣了一下，拍拍趙廣陵的肩膀，「趙大爹，我請你來不談改造的事，我們現在要收集整理當年你們打日本鬼子的史料。我聽說你參加過松山戰役，還是西南聯大的大學生，你是我們的寶貴財富啊。你們放手去做，我全力支持。」

在行署招待所吃晚飯時，趙廣陵還是一幅心事重重的模樣。華子君問：「趙學長是否擔心資費、人手不夠？孫專員說我們可以隨意調遣的。」

趙廣陵沉吟半晌，才忽然問：「你當過右派嗎？」

華子君笑笑：「我是我們這兒的第二號右派，那時我是地區中學的老師。」他馬上又反應過來了，說：「學長，現在不會再搞反右那種事情了吧。都改革開放那麼多年了，我們只需尊重史事，秉筆直書，不逾規矩，雖再次反右，又奈何我哉？學長，你是學文的，我是學史的，書還是讀過幾本的，豈能不遵循聖賢之道？太史公曰：『西伯拘而演《周易》；仲尼厄而作《春秋》；屈原放逐，乃賦《離騷》；左丘失明，厥有《國語》；孫子臏腳，《兵法》修列；不韋遷蜀，世傳《呂覽》；韓非囚秦，《說難》《孤憤》；《詩》三百篇，大底聖賢發憤之所爲作也』。學長，我們還沒有那麼慘吧？」

那天晚上十點多了，趙廣陵的房門被敲開，孫專員帶華子君和秘書站在門口說：「趙老師，走，我帶你們吃燒烤喝啤酒去。」

孫專員對趙廣陵以老師相稱，讓趙廣陵頓時感動莫名。在煙薰火燎的燒烤攤，趙廣陵才知道原來孫專員小時候就見識過遠征軍。日本鬼子打來那年，他才十歲，跟隨母親上山躲避戰禍，四處逃難，對戰亂之苦自是感受深刻。遠征軍反攻時，他的景頗山寨就駐紮過一個連的士兵，還有一個參謀住在他們家。孫專員說他還記得那個參謀是個外省人，長得英武極了，好像也是軍校畢業生，孫專員還騎過他的肩頭，擺弄過他的手槍、皮帶、牛皮挎包。他很喜歡孫專員十六歲的姐姐，他姐姐幫這個參謀洗衣服，和參謀一起去村邊遛馬，有一回這個參謀還去幫他姐姐打豬草。村裏人都說，孫家怕是要招個遠征軍的女婿了。但一場戰鬥下來，參謀戰死了，當初住他們村寨的遠征軍，只有兩兵是活著的，還是擔架上抬回來的。孫專員最後歎息道：

「我那個癡情的姐姐啊，一直不相信那個參謀戰死了。見到穿軍裝的國民黨兵就打聽。唉，多少年過去了，多少人來我家提親，我姐姐就是不答應。一直到都解放了，我參加了革命工作，回到家裏做她的工作，說你還等一個國民黨軍官幹哪樣？想讓我們一家都當反革命家屬嗎？那時年輕，不懂歷史啊。當然了，那時的政治環境也不允許我有今天的認識嘛。」

趙廣陵問：「那你姐姐一直終身未嫁？」

孫專員說，「到我姐姐都四十多歲了，她好像才死了那份心，隨便嫁了一個鰥夫。趙老師，你知道的，在我們景頗山寨，三十來歲的女人都可能當奶奶了。我只好把我的一個兒子過繼給她，讓她好歹也有個後。」孫專員喝下一大口啤酒又說：「我現在才明白了，經歷過戰爭的人，心上的烙印是抹殺不掉的，更何況一段純真的感情。我那命苦的姐姐，哪裏曉得戰爭有那樣殘酷；那個遠征軍參謀也可憐，他和我姐姐可能連手都沒有牽過。」

趙廣陵也喝下一大杯啤酒，動情地說：「孫專員，我現在才相信，面對外辱，同樣的苦難，不分黨派主義，不分漢族少數民族，大家都有共同的擔當，共同的記憶。當年我也有一個手下愛上了當地的一個姑娘。他是我的副連長，陝西人。但他擔心自己不能活著回來，一直不敢向那姑娘表白。他讓我幫他拿主意，我就說等打完仗吧，戴著軍功章去提親，豈不更好。我那時也愚蠢，不太懂一個男兒再有功名心，也有兒女柔情。」

孫專員問：「他活下來了嗎？」

趙廣陵悲戚地說：「打松山時，替我死了。」

燒烤攤上大家長久無言，各自端起酒杯喝酒。燒烤的煙霧拌著肉香四處瀰漫，像一個濃縮的戰場。只不過沒有硝煙的猙獰，沒有生死搏殺的吶喊。隔壁一桌十來個青年男女鬧鬧嚷嚷，划拳行令。小夥子們豪氣沖天，以拚刺刀的幹勁拚酒，女孩子們撒嬌作態，鶯聲燕語；對面還有一對安靜的情侶，頭挨頭，男的拿起一串燒豆腐，餵到女的口裏，女孩子微張櫻桃小口，銜了一半，將鐵籤上剩下那一半又推到男孩子的嘴裏。孫專員聽到趙廣陵莫名其妙地嘀咕一句：

「我們那時有燒烤攤就好了，我一定請全連的弟兄吃一頓燒烤再上戰場。」

孫專員歎一口氣，說：「趙老師，和平多好啊。要是還在打仗，他們都要上戰場。我上小學時，就在松山腳下，還常聽大人們講打日本鬼子的故事。我們景頗村寨那時沒有紀年的，說起往事時會說『日本人來的那年』，『燒大山火那年』，『遠征軍反攻那年』。後來不能說遠征軍了，就說『打跑日本人那年』。但我們不會忘記，是誰打走了日本人，我的家鄉才安寧了。我也是那個時候上的國民小學，那所學校就是遠征軍幫助地方辦的，教我識字的還是一個遠征軍軍官，不然我要當一輩子的放牛娃哩。趙老師，你是那段歷史的見證者、參與者，我們這些後生晚輩，怎麼能忘記你們當年的功績呢？這是國家民族的大事情。過去極左那一套我相信在中國再不會有了。遠征軍對我們國家民族是有功的，將來條件成熟了，我們還要給遠征軍立碑。趙老師，你就放手幹吧，我拜託你了。」

在保山他們主要跑檔案館，但打開那些儲存檔案的庫房才發現關於抗戰時期的檔案已經乏善可陳了。管庫房的老保管員說，這裏面的檔案從清朝時期的詩書文集到民國時代的文牘公函，在一九五八年就送去造紙廠化紙漿了，文革時又燒了一些。以至於趙廣陵他們要找到一份抗戰時期保山地區支援前線的公糧、民夫的具體數額等公函都難，更不用說能搜集到當年攻打松山、騰沖、龍陵時敵我雙方的攻防態勢、戰爭經過、參與將領、陣亡人數等方面的史料了。國家的一段珍貴歷史因爲接連不斷的政治運動而被粗暴地銷毀了。在地區公安處倒是查到一些民國時期的「敵僞檔案，」但多是文書檔案和人事檔案，尤其是後者，分門別類地做得很細，連一個民國時期的保長的檔案都很齊全。趙廣陵不能不想起當年爲省公安廳打造檔案櫃的歲月，自己見不得人的檔案，原來人家是這樣裝在某個袋子裏（趙廣陵曾稱之為「裹屍布」）的。只是因爲他不斷改變名字，變換身分，才在風雨飄搖中躲躲閃閃地苟活下來。所謂天網恢恢、疏而不漏，背後一定有一張管理嚴密的網。

正是在查閱「敵僞檔案」時，趙廣陵看到了自己父親趙稷源和兄長趙忠仁三十多年前的檔案。

龍陵趙氏在本地枝葉繁茂，趙廣陵這一脈世居城邊白塔山下。他的父親趙稷源曾有詩云：「白塔方丈起茅屋，房舍田疇半藏露。雲邊開啓小柴扉，翁本素業一老儒。」趙稷源在清末考取過舉人，但卻棄官不做，自號百谷散人，回鄉學陶潛詩書自娛，耕讀傳家。或許他已看出大清的江山即將壽終正寢，身逢亂世，聖賢之書方是寧靜之本，獨善其身乃爲做人之道。趙氏家族的家訓早被他們的先祖高懸在趙家祠堂正門的兩側，「祖宗一脈真傳唯忠唯孝，子孫兩條正路曰讀曰耕。」

中國的士大夫，當他們生不逢時、受時代所扼時，他們回歸田園，把希望寄託在後代身上。百谷老人壯年時受變法維新思想薰陶，在兩個兒子身上下足了教育功夫。他們都在北洋政府時代出生，國民教育也已普及到龍陵這樣偏遠縣城。老大趙忠仁弱冠之年，趙稷源就將其送到日本求學，他在一篇《示兒書》中寫道——

日人之技，無外師從歐美；歐美之技，無外善於變通。內變機理，外合潮流。吾國人民，積弱積貧，吾國機理，落後潮流，僅牛車之於蒸汽機車耳。然牛車之道，機車難行，機車之道，牛車不適。天下焉有不適足之履，而不棄之而慨然哉？棄牛車而換機車，無外乎一曰天時地利人和，二曰更新觀念理順國體，三曰發憤圖強振興民族。待國運輪迴，機理調順，五族共和，民主憲政，政通人和；國家強健，人民富庶，外禦列強，內修仁德。彼時歐美敬重，日人仰視。於我華夏子孫，實如春日驅牛下田之易耳！至天下承平，春和景明，撒種栽插；桃花夭夭，鷺落牛背，燕築屋簷，婦孺嬉戲，牧歌悠揚。詩書盈室，男耕女織，溫良恭儉，童叟無欺，乃我耕讀世家本分矣！

這是一個鄉野老叟的家國強盛夢，美妙得如同飄進柴門的一縷晨霧。趙忠仁在東京的一所法科學校學成歸來時，中日戰爭已爆發，他本來可以在省府做事，但弟弟趙忠義投考軍校去了，父親以「死」旗相贈，家裏就當沒有這個兒子了，他只得回鄉伺奉父母。可沒想到一九四二年，日本人眨眼就侵佔了龍陵，當亡國奴原來就是一夜之間的事。

其實，趙稷源老人在遠征軍第一次入緬兵敗時，就感覺到戰火燒到自己的家鄉是遲早的事情。他幾乎以半價賣掉了大部分田產和兩家商號，換得三十萬法幣，在龍陵拉起了一支抗日遊擊隊。日軍進佔龍陵縣城時，趙稷源帶著遊擊隊和兒子退到了一個叫皮嘎的傈傈族山寨，同時也爲怒江東岸的國軍做些傳遞情報、懲治漢奸、收留遠征軍傷病員的工作。這支遊擊隊由漢族、傈僳族、傣族、景頗族等多個民族的抗日志士組成，武器卻相當簡陋，火銃、弓弩、毒箭、大刀是他們的主要裝備，五六個人才有一支漢陽造，連機槍都沒有一挺。就這樣與日軍周旋了半年多。

日軍侵佔龍陵後，專門成立了一個行政班，著手扶持漢奸政權。行政班班長吉村大尉是個略通中國文化的人，還會說點中國話。他得知在偏遠的龍陵竟然還有一個在日本留過學的大學生，出身本地望族，其父還是有名的鄉紳，趙氏家族的族長，如果能制服這一家子，不僅可解遊擊隊騷擾心腹之患，還可降服當地人之民心。於是在一個夏夜，日軍用重兵包圍了皮嘎山寨，架好機槍大炮，卻並不急於進攻，先把抓來的八個山民架在火堆上活活燒死，然後派人給趙稷源送來一紙戰書，說皇軍雖為虎狼之師，但並非殺人如麻。皇軍只是久慕趙老先生的大名，專程前來邀請趙老先生及公子一同下山，與行政班一道為龍陵百姓效力。龍陵本民風純良之地，趙老先生深孚眾望，在戰亂之際護民保鄉，應是職責所在。轎子和馬已為趙氏父子備好，倘若不從，皇軍踏平皮噶山寨，猶如大象踩踏老鼠耳，屆時皇軍將不會留下一個活口。且龍陵百姓苟活於刀兵之下，皇軍如無趙老先生輔佐，共同建立大東亞秩序，將不能保證士兵濫殺無辜。云云。

遊擊隊那些血性漢子，本來抱定了要和日本鬼子同歸於盡的，但面對趙稷源的老淚，他們沉默了。那個夜晚是趙稷源老人一生中最難的一夜，眼淚幾乎要澆滅了傈僳人的火塘。老年人淌眼淚幾近於佛菩薩在痛哭、在悲憫、在默默擔當人世間最大的苦難。到天亮時，趙稷源拭乾眼淚，對趙忠仁說：

「從今天以後，你沒有我這個父親，我沒有你這個兒子，趙氏家族也不再有我這個族長。我們都是進不了趙家祠堂的人。」

然後他打著白旗，帶著兒子走出了山寨。多年以後人們還在傳說，那個穿陰丹藍長衫打白旗的老人，頦下的鬍鬚迎風飄拂，挺直的脊樑如一棵剛硬的老松。他張開雙臂，站在鬼子的機槍大炮前，將一個村莊的婦孺老幼擋在了身後。

龍陵縣的僞政權只存在了兩年的時間，趙稷源出任縣長，趙忠仁任文教科長。趙稷源回到縣城後才知道日本鬼子剛來時，到處抓慰安婦，造成二兒媳盧小梅的慘死。他找到吉村，聲色俱厲地說：一支充滿獸性的軍隊永遠征服不了一個國家的人民。你們要是再在本地抓一個婦女充當慰安婦，我將發動起全縣民眾與爾等禽獸再死戰一場。吉村大尉拍著胸脯保證，類似不幸事件再不會發生，行政班的憲兵隊將會竭力維持本地治安。

日軍的行政班是個在佔領地區實施奴化統治的機構，它主要負責爲佔領軍在本地籌集糧草、維持治安、奴化教育等方面的事務。那時日本人是自信的，以爲龍陵前面有松山作爲天然屏障，中國軍隊永遠打不過來。如果他們能越過怒江天塹的話，直搗昆明、重慶，對大日本帝國的軍隊來說都是易如反掌的事情。他們甚至還在龍陵建立了一個農科研究所，從日本找來幾個農業方面的專家。在日本人看來，佔領的地方，就是自己的家園了。

沒有人知道趙稷源老人出任僞縣長後內心真實的痛苦。從前在族人面前威風凜凜、闡釋族規、訓導族人、率眾祭祖的族長，現在成了一個沉默寡言、不敢面對列祖列宗的罪人，連在大街上都只能貼著牆根走。在龍陵縣城裏，趙家祠堂是一座位於城邊白塔山頭上莊嚴氣派的建築，建於清朝乾隆十二年，由一正兩廂及面樓構成一個封閉式的四合院，有大小房舍二十多間。正堂上供奉了趙氏家族祖先的牌位，一塊楠木牌坊高居神龕之上，上書「南京應天府趙氏門中歷代宗祖之魂位」。正堂四周還懸掛了趙氏家族的族規、趙氏後人的字派詩，刻在一塊大理石碑上的龍陵趙氏族源碑文，以及歷輩祖先的詩文字畫。這裏是龍陵趙氏人家的香火之地，血脈之源，凝聚之所，皈依所持，根系所在。往常每當趙稷源走進趙家祠堂時，他渾身彷彿披上了一道神奇的光芒，既儒雅又凜然，既恭謙又威武。那是祖先的恩賜和庇佑，是趙氏這個偉大姓氏數千年來的滋養。

日本人太知道佔領一個地方易，征服這個地方的文化難，他們一侵佔龍陵，就把前線司令部和行政班本部設在了趙家祠堂。趙稷源回到龍陵後，發現他們推倒了趙家祖先的魂位，砸爛了刻在香樟木板上的族規和字派詩，僅保留了幾副祖先的字畫。跟在他身邊的吉村大尉陰笑著說：

「趙老先生，我們是信奉神道的國家，比你們的儒教優越。大東亞聖戰的目的，就是要教化你們落後於時代的信仰。不是嗎？」

趙稷源巋然不動，眼淚含在眼眶裏。

吉村又說：「我們的前線司令官板田少將說，這正堂的牆上該有一幅字。久聞趙老先生工詩書、善筆墨。是否肯賞光為我們尊敬的板田少將書寫一幅字呢？」

趙稷源沉默良久，又巡視了一遍這充滿膻腥味的祠堂，才緩緩說：「備筆墨。」

吉村忙叫人準備，還殷勤地問：「就寫幅『武運長久』吧，拜託了。」

趙稷源揮毫寫下「魑魅魍魎」四個字，大篆體，遒勁凝重，筆力蒼勁，四個「鬼」字旁寫法各異，如四個張牙舞爪之地獄小鬼。

吉村哪裏認得這幅字，更不解其意，忙拉住趙稷源，「趙老先生，這字……什麼意思？」

趙稷源將筆一擲，轉身就走，頭也不回地說：「爾等文明豈敢曰高乎？」

吉村最後還是把這幅字裝裱了，懸掛在祠堂正廳過去供奉趙氏祖先魂位的牆上，因為日軍在本地的最高指揮官板田少將說這字寫得鬼斧神工，是絕妙的中國書法。吉村在日軍中以中國通自居，他成天纏著趙稷源習書法，下圍棋，品茶茗，把自己裝扮成中國文化的愛好者。但背地裏，他卻命令憲兵隊逐戶收繳龍陵縣城趙、李、王幾大家族的族譜，以及民國教育讀本，悉數丟進火堆裏。同時還威逼趙忠仁兼任新辦的日文學校校長，用日本國小學教材和汪僞政權的親日教材教學。縣城裏家有十二歲以下的學童，均必須來日文小學上學。

趙稷源有天對趙忠仁說：「這幫禽獸，想斬斷我們的文脈啊！」

趙忠仁抹一把眼淚，說：「爹，當年爲什麼要送我去日本留學？」

趙稷源只能深歎一口氣，「當亡國奴可以一時，但不要忘記自己的祖宗血脈。先祖自明以降至清，也當了亡國奴。但我泱泱中華、堂堂趙姓，從來未曾改名換姓，詩書傳家，耕讀世代。山還是我趙家的山，地還是我趙家的地，血脈，還是我趙家的血脈。往昔爲父認爲送你遠赴東瀛留學，是爲了更好地以夷制夷。國父孫中山、委員長蔣介石都留學日本，肇建同盟，推翻滿清，開創民國大業。現在看來，以夷制夷，謬也！」

風雲變幻來得如此之快，連趙稷源也沒有想到中國遠征軍兩年之後就掩殺而來，龍陵眨眼又成了戰場。遠征軍在攻打松山和騰沖時，迅速包圍了龍陵的日軍。但就像攻打松山一樣，這裏也經歷了一場漫長的圍攻拉鋸戰。縣城及周邊各陣地得而復失，失而復得。連美國總統羅斯福也對龍陵之戰關注有加，搞得蔣介石不斷發電報催促前線指揮官儘快拿下龍陵。到戰鬥後期，遠征軍終於衝進了城內，將日軍在趙家祠堂的指揮部團團圍住，坐鎮指揮的板田少將絕望地開槍自殺了，接任的一個中佐旋即也剖腹，吉村大尉成了最高指揮官。趙家祠堂本來依山勢而建，遠遠望去猶如一個城堡。兩年前日軍選這裏作爲指揮部，不是沒有戰術上的考慮。遠征軍攻打了三天三晚，竟然沒有將之拿下。

戰鬥進行到第四天上午，趙稷源老人忽然出現在祠堂裏，他在忙於應戰的日軍中直奔中堂，打開神龕櫃下的一個暗屜，取出趙氏家族的最後一本家譜。但在他轉身想離開時，一身是傷的吉村舉槍對準了他。

「開槍吧，爾曹即下地獄矣。」趙稷源慨然道，把家譜塞進懷裏。

吉村搶上一步，從趙稷源懷中奪走了《趙氏家譜》。「支那人，你們也別想……」別想什麼，他沒有說出來。吉村的面部已經因瘋狂而猙獰了。

「蝦夷之種，海盜之後，畢竟粗鄙狹隘。」趙稷源輕蔑地說：「汝等可占我家園，毀我宗祠，焚我族譜，焉能斷我趙氏家族數千年來源遠流長之人脈？耕讀傳家之文脈？中日此番交手，數十年血戰，爾等方知我泱泱中華抵禦外敵之堅韌頑強了罷。老夫奉勸你一句，即下命令，向我中國軍隊繳槍投降，方可饒汝等一命。」

「大日本帝國皇軍的字典裏，從來沒有『投降』一詞。」吉村也不無傲慢地說，「別忘記了，你是你們中國人的漢奸，我們戰敗了，你也要下地獄。」

「哼。地獄有十八層，我即便在地獄裏，也要把你打到最底的一層。」

外面的槍炮聲、吶喊聲越來越激烈、越來越近了。吉村愣了片刻，收起了手槍，說：「趙老先生，我們早該殺了你的。但從見到你那一天起，我就喜歡上了你；你當我們的縣長，私放遊擊隊俘虜，你以為我們不知道？但我跟上峰力陳不能殺你。你知道為什麼嗎？」他停頓了片刻，臉上的表情平靜下來，目光也柔和了。「你和我的父親多麼相像啊，趙老先生。有一天我夢見了我的父親，但卻發現他穿著你的長衫……」

「那你還不趕快放下武器回家？」

吉村沉默了一會兒才說：「身爲帝國軍人，我有責任。」隨後他又說：「趙老先生，隨我們一起走吧。我派幾個士兵保護你，我們退到緬甸再戰。」

「愚蠢！你的帝國都快完蛋了，覆巢之下，你往哪裏逃？」趙稷源的語氣也緩和下來了，「要是你聽我這個老人的話，放下武器吧，孩子。你父親等你回家。」

「絕不。」吉村說，「難道你希望自己的兒子向敵人投降嗎？」

趙稷源冷硬地說：「我有兩個兒子，爲了報效國家，我送一個兒子上前線；爲了延續香火，我讓一個兒子屈辱地活著。」

祠堂裏忽然亂起來，一股濃煙竄進了中堂。一個日軍士兵慌慌張張跑進來報告說，後院的柴棚失火了。

柴棚旁邊就是日軍的軍火存放地，軍火一旦引爆，祠堂都會被炸平。日軍對此早有防範，專門在柴棚上加蓋了鋼板和土，以防被遠征軍的迫擊炮彈擊中。

「哈哈哈哈……」趙稷源朗聲大笑起來。

吉村反應過來了，剛才趙稷源就是從柴棚方向來到祠堂裏的。由於趙稷源是縣長，駐守趙家祠堂的日本兵都認識他，因此誰也沒有想到在戰火紛紛中，一個不屈的老人出現在戰場上，意味著什麼。

「是你放的火？」吉村又拔出了手槍。

趙稷源繼續大笑，像一個老小孩那樣開心。

後院傳來了劈哩啪啦的爆炸聲，像眼前這個老人的笑，由弱小到強勁，由歡笑到憤怒。原來一個人的笑聲中也可充滿仇恨。

吉村射出了一槍，頹然坐在地上，背靠中堂的門框，這時他抬頭看見了牆上的那幅字，只來得及認出一個「鬼」字旁，大地便山崩地裂般震動起來，各路小鬼紛紛攘攘、支離破碎了。

一九四五年春天，趙廣陵養好傷、回鄉省親時，才知道家中這些年的變故。讓他感到晴天霹靂的還不是老父親的死，妻子的死，而是父親和兄長的變節投敵！龍陵淪陷後，他就和家鄉音訊斷絕，龍陵光復時，他又一直在美軍醫院裏養傷，跟死神搏鬥。那次回家時，國民政府正在追捕淪陷區的漢奸，趙忠仁當然是本地的大漢奸了。讓趙廣陵驚訝的是，兄長卻安然在家種桑養蠶、餵鴿子鬥蛐蛐。

趙忠仁說，日本人雖然也讀《三國演義》，但他們永遠不知道什麼叫身在曹營心在漢。我為日本人做的事，遠沒有我為國家民族做得多。我明裏教日文，暗中還是用葉聖陶先生主編、豐子愷先生繪畫的國民小學課本。我給學生們講的第一課就是「中華，我國之國名也，自我遠祖以來，居於是，衣於是，食於是，世世相傳，以及於我。我為中華之人，豈可不愛我國耶。」日本人，誰不恨？家仇國恨一大堆，總有找他們清算的時候。國軍收復龍陵時，第一份日軍城防司令部佈防的情報，就是我畫好找人送出去的。父親在遠征軍攻打趙家祠堂時，也算是以身殉國吧。老弟，我們可不是漢奸。因此，光復後他們沒有立即殺我。你作為抗日軍人回來，還是立過戰功的軍官，他們就更不敢殺我了。昨天縣長還來徵詢我的意見，問我願不願意出任法院院長哩。

多年以後趙廣陵每當想起在日本人面前屈服了的父親和兄長，便會自我拷問一番：如果換了我，又將會如何？匹夫之勇是個男兒大丈夫都不會缺，戰場上兩軍對壘，操戈搏殺，酷刑前威武不屈，死不失節，都不是很難的事。難的是當身前高堂，身後婦孺，凌辱加身，引頸就屠之時，你如何選擇？玉石俱焚，毀家紓難，贏得滿門忠烈的美譽，誠可敬佩。但那是後人的追封。這後人中的任何一個人，讓他來經受一次這樣的考驗，他又會怎樣？趙廣陵在第二戰區打遊擊時，見識過那些淪陷區的順民，也和漢奸打過交道。那時他對這些人一概鄙視、仇恨。可他怎麼也不會想到，順民、漢奸，也會出現在自己家裏，連送過「死」字旗給兒子的父親，也會屈從於當順民。一個手無寸鐵的善良老百姓，在國家與國家之間殘酷的戰爭機器絞殺下，該如何保住自己的氣節？

在家那段時間，他怎麼也難以把兄長的身影與山西洪洞縣那個高排長的僞軍形象剝離開來，他們爲日本人做事，但還是沒有徹底忘記自己是個中國人。他們不一定都是軟骨頭，從皮到裏都數典忘祖，與日人狼狽爲奸。他們的命裏或許有些東西是見不得戰爭的：貪生、顧家、溫良、順從、軟弱，當國家無力庇護他們時，很可能就屈服了。這樣的人即便在和平時期也會有很多，只不過沒有在戰火的考驗中彰顯出來罷了。身逢亂世，人一生要保持清白，不是一件容易的事。

倒不是因爲面對家人，趙廣陵才會這樣反思。日本人太會拿捏中國人的軟肋了，你們不是講忠孝嗎，我就讓你盡忠不能盡孝，盡孝不能盡忠。他們師從中國文化，學到了很多優秀的東西，也吸納了不少糟粕。而在戰爭中，這些糟粕被他們放大到了極致。他們就像想扳倒一頭大牯牛的野豺狗，牠一口咬不斷牛的脖子，牙齒也難以啃進厚實的牛背，但牠會卑鄙地向大牯牛的肛門發起攻擊，把腸子拉出來，讓牛拉血，力竭而死。

那一次回家，是趙廣陵和自己的兄長最後一次見面。兄弟倆既有舔痕撫翅的相互寬慰，也有經歷過戰爭洗禮後在對方身上看出的陌生。趙忠仁說，當遠征軍攻打龍陵時，父親曾告訴我，大潮流之下，我們唯有以死謝罪。其實哪有那麼嚴重呢？都是中國人，都在從不同的方面爲國家做事麼。趙廣陵那時便感到，一向敦厚溫良的兄長現在成了左右逢源的人，成爲趙氏家族羞於進祠堂的人，成為趙廣陵心裏永遠感到痛的人。如果說在抗戰勝利後趙廣陵有什麼悔恨的，就是兄長當年為什麼要去日本留學？這個蕞爾島國和他趙氏家族如此不共戴天，殺父之仇，奪妻之恨、毀兄之罪，錐心刺骨、罄竹難書。還有哪個國家，能像他們那樣將世上所有的壞事都幹絕？又還有哪個民族，能忍心把一個恪守傳統、耕讀世家的普通中國家庭，毀滅得支離破碎、面目全非？

趙廣陵在「敵偽檔案」中看到家父和兄長的檔案是如下記載的——

趙稷源，龍陵白塔人，地主。育有二子，趙忠仁、趙忠義，趙忠仁留日生，後為漢奸（見檔案號*****號），趙忠義為國民黨軍隊偽營長，抗戰勝利後參加內戰，後去向不明，相關檔案缺。一九四二年日軍攻佔龍陵後，趙稷源曾短暫組建過抗日武裝，後變節投敵，出任日偽政權縣長。一九四四年國民黨軍隊攻打龍陵趙家祠堂時，縱火焚燒祠堂，與日軍同歸於盡。

趙忠仁，龍陵白塔人，留日學生。一九四二年變節投敵，出任日偽政權文教科偽科長，兼任日文漢奸學校偽校長。一九四六年出任龍陵縣國民黨反動政權法院偽院長，一九五二年在鎮壓反革命運動中經人民政府公審後判處死刑，立即執行。

24 前世仇人

現在，中日兩國的士兵相向而坐。

是的，他們是五十多年前在陣中捨命搏殺的老兵，是從對方的仁慈或戰場上的陰差陽錯中揀回一條性命的倖存者。槍口曾經無數次瞄準過對方，射出去的子彈帶著仇恨編織著一張張死亡之網，拚死也想把對手送到另一個世界。他們都是命很硬的人，都是連閻王也敬而遠之的人。他們一方爲自己國家民族的生死存亡衝鋒陷陣，一方爲狂妄的「大東亞聖戰」而戰。他們今天能夠在這樣一家四星級的賓館相聚，只是因爲歷史猶存，時間銷蝕了人間部分的誤解、隔閡、征殺乃至仇恨——這些造成人類相互仇殺的東西只要能化解一點點，不同國別和民族的人就有可能走到一起，坐在一張桌子前喝茶聊天。更何況一個老兵，即便不是放下屠刀的佛，也如同被歲月消弭了殺氣的鄰家老叟般心平氣和了。但當他們時隔近半個世紀皓首相向時，心中的恨，依然是意難平。

陽光從日方四個老兵的背面照射進來，將他們的面龐襯在陰影中。他們個個西裝革履，腰板儘量挺直，頭上的白髮逆著光線散發著灰白色的光芒。有一抹陽光剛好映射在一個叫秋吉夫三的日本老兵的鍍金眼鏡腿上，碰撞出珍珠般閃耀的光芒，讓坐在他們對面的老對手們深感不自在。

而那場戰爭的勝利者們看上去卻有一些拘謹、土氣，甚至驚惶。他們第一次走進這富麗堂皇的大酒店，顯得有些手足無措。實際上他們都是剛剛從自己簡陋的院舍、從田間地頭，放下手中幹的活計，放下裝豬草的背籮，放下肩頭上的擔子，放下背上的孫子，放下多年來如影隨形的歧視、改造、貧困，還有國民黨「垮垮兵」、「草鞋兵」、「爛屎兵」、歷史反革命的沉重負擔，穿著下地勞動的膠鞋、皺巴巴的土布衣裳，衣扣不齊地被政府有關部門緊急招來了。他們從來沒有到過如此高檔的地方，從來沒有被作爲主賓，登堂入室地坐在象徵著地位、權勢、富貴的座位上，和一群「日本友人」面對面。他們本來是這片土地的主人，是戰勝過對方的贏家，但他們就像來到富貴人家的窮親戚。

只有一個中方老兵例外。他的背脊挺得比日本人還更直，他的一身洗得灰白的藍布中山裝風紀扣扣得嚴嚴實實，每一個口袋蓋都平整威嚴，輪廓分明，彷彿一件穿了十幾年的舊衣裳，也要送到最正規的漿洗店認真仔細地清洗熨燙。他的頭髮也比日本老兵更白、更整齊、更滄桑，透著一種高貴的、驕傲的、凜然的銀色。儘管他的臉上，還佈滿戰爭肆虐的創傷。

座談會由省裏的中日友好協會和當地政府共同舉辦，一個副縣長作了熱情洋溢的開場白，代表地方政府歡迎來自遠方的日本客人。他說現在中日友好了，當年的戰爭給兩國人民都帶來了深重的災難，是日本軍國主義分子犯下的滔天罪行。中國人民向來把一小撮軍國主義分子和廣大普通的日本人民區分開來對待，因爲他們也是戰爭的受害者。我們歡迎那些反戰的、積極推動中日睦鄰友好的日本朋友。我們更希望日本友人前來投資、開工廠、搞商貿、辦學校。歷史已經翻開了新的一頁，我們欣慰地看到，當年在這裏作過戰的日本老兵回到這裏，爲日本軍國主義者當年犯下的戰爭罪行謝罪，並以實際行動資助我們的地方建設。在這裏，我首先要感謝秋吉夫三先生，他不顧年事已高、不遠萬里，已經四次來到我們龍陵。特別要感謝的是，他在日本組織的「滇西戰役戰友聯誼會」爲本地捐助的一所小學，已順利竣工，明天將舉行落成典禮，秋季時學生們便可在新校舍入學。這是中日友好的新篇章，是日本老兵向中國人民謝罪的具體體現。在此，我代表縣委、縣政府向秋吉夫三先生及「滇西戰役戰友聯誼會」的其他日本老兵再次表示感謝……云云，云云。

中方老兵趙廣陵聽得如坐針氈，什麼叫「一小撮軍國主義分子」？當年人家可是全民投入的戰爭，是一個嗜血的民族和一個救亡的民族的戰爭，你搞階級分析搞到人家的國家去了，人家正巴不得用你的話推卸責任哩。什麼叫「在這裏作過戰」？哪裏又來那麼多的「感謝」？什麼「滇西戰役戰友聯誼會」，不就是一些松山龍陵戰役的俘虜、逃兵、殘兵敗將嗎？你還真把他們當白求恩了？你翻開了「新篇章」，人家作的文章卻不一定是你所喜歡的。這個三十多歲的副縣長難道沒有學過歷史嗎？如果他們是來謝罪的，你就讓他們先跪下。

參與編輯整理那本《保山地區文史資料．抗戰專輯》後，趙廣陵的工作能力和敬業精神得到有關部門的讚賞，地區領導孫專員在大會上都親口表揚了他。說他一個老人家，用手就抄寫了一百二十萬字的資料，還說他對史料的態度就像找回自己丟失多年的孩子。當然了，孫專員還讚揚趙廣陵的文筆飽蘸了感情色彩，連枯燥的資料也能寫得有生命力。名譽紛至遝來，縣政協委員，地區文史委員，黃埔同學會保山分會副會長，滇西抗戰研究委員會副主任等等。他倒不是很在乎這些遲來的頭銜，而是爲政府終於開始逐漸正視那場戰爭、正視那段歷史而感到高興。畢竟都是中國人，畢竟歷史正在進入一個改革開放的時代。

其實，趙廣陵和當年的那個俘虜已經打過幾次交道了。每一次，都讓這個既謙卑又骨子裏頑固的老鬼子鎩羽而歸。他才不管你是不是「不遠萬里來到中國」呢，前年他還在縣政協會上就上書反對日本人來這裏捐建學校。這顯然是與當下中日友好大局不相符合的言行，爲建這所學校，省上都作了批示，報紙、電視也大張旗鼓地宣傳報導，你一個老人家多嘴多舌個什麼？搞得縣上的領導都對他有些不高興了。私下裏說，這個老國民黨，越活越像頭老強驢了。

日本人的那一套禮儀，讓對面的中國人很受用。日本老兵在傾聽翻譯過來的副縣長講話時，不斷地「哈伊，哈伊」，謙遜的表情有力而誇張。心誠悅服地點頭哈腰，彬彬有禮地適度回應，就像一群認真聽講的老學生。在接下來的交流發言時，秋吉夫三首先站起來，向副縣長鞠躬，向在座的中方老兵們鞠躬，最後還特別向趙廣陵再鞠躬。然後嘰哩哇啦地說了一通。

翻譯過來大體是很榮幸再次回到龍陵和松山，回到當年的戰場，很感激中國的寬宏大量，很感謝中國人的溫和善良。當年他們在松山作戰，孤單勢弱，彈盡糧絕，除了佔據地形上的優勢和堅固的工事，以及士兵們的勇敢頑強，一千多日軍士兵被幾萬中國軍隊圍攻了三個多月，失敗在所難免。但在中國的經歷讓他們終生難忘。在滇西有不少中國人對日本軍人是善良的，友好的。中國人都有一顆溫軟的心，讓他們常常感動，感慨，溫暖，快樂，充滿美好的回憶。隨同他們一起來的森本先生，當年在逃亡的路上就曾受到過一個中國老百姓的救助，給了他兩個玉米棒子，不然森本先生可能早就餓死了。秋吉還特別強調，很高興又見到了自己的老朋友趙先生，很高興看到大家的身體都很健康，很長壽。五十多年前在松山戰場上，天天都以爲自己活不過明天，現在大家成了白髮老翁，真應該感謝生命的堅強，感謝上蒼的恩惠，感謝和平及時降臨在我們大家的頭上。讓我們爲日中和平友好祈願，爲日中不再戰祈願。感謝感謝再感謝，鞠躬鞠躬再鞠躬。

中方這邊劈哩啪啦一陣掌聲表示贊同，趙廣陵是唯一沒有拍巴掌的人。他只是目光如炬地盯著秋吉夫三，腦海裏卻在放電影，他和秋吉夫三在戰壕裏翻滾，都想置對方於死地。他們本來素不相識，無冤無仇，都是上過大學讀過書的人，但他們那時卻都是野獸。野獸和野獸之間，多年以後也不會有那麼多客套。

隨同日本老兵來的還有一個共同社的記者，是個五十多歲的中年女人，皮膚白皙，儀態優雅，鮮豔的口紅勾勒出一張薄薄的嘴唇，在蒼白的臉上像兩片尖銳的紅色刀片。她抒發了一通到滇西的感受，說滇西的山水和日本北九洲有很多相似的地方，難怪當年在這裏作過戰的日軍老兵會對這片土地有如此深厚的感情。她相信參加過戰爭的人，生命裏一定有許多跟常人不一樣的東西。他們的回憶，對警示後人珍惜和平，熱愛生命，將會大有幫助。她最後說，希望能夠聽到中國的老兵談一談當年和日軍作戰時的感受。

中方這邊一陣沉默。這次來了十個本地老兵，多是本地的農民，雖然人數上超過日本老兵，再加上政府官員、翻譯和陪同人員，黑壓壓的占了大半個會場。但氣勢上卻似乎不占上風。老兵們要麼東張西望，要麼不敢正視對方的眼睛，他們被審查慣了，挾著尾巴做人慣了，哪裏習慣審視別人，更不要說在這樣莊重嚴肅的場合作爲主賓發言。過去誰多看他們一眼心裏都發慌，現在和曾經的敵人面對面，他們竟然忘記了應該有的勇氣、驕傲和尊嚴。

趙廣陵剛才被副縣長用目光挖了一眼，大約是責備他爲什麼不鼓掌，不懂禮貌。他對政府官員向來是很敬重的，回到故鄉這些年，政府待他不薄，幫助落籍，讓他當政協委員，他能不聽政府的話嗎？但此刻他實在有些按捺不住了，一欠身準備發言，但副縣長點將了。「張大爹，你說說吧。」

叫張大爹的老兵，曾經是本地國軍的遊擊隊，後來又參加了土改時期的剿匪工作隊，一直在鄉鎮上工作，算是個退休幹部。他躊躇半晌才說：

「打日本人，打日本人嘛，我那會兒跟鬼子打遊擊，在山裏轉，轉來轉去的，一天要跑幾十里地，沒有飯吃，餓肚子哦，還淋雨喲……」

翻譯在那裏急得抓耳撓腮了，不得不打斷他的話，「就說說你們遊擊隊跟日軍打仗的故事吧。」七八十歲的老人家了，要讓他們話說到點子上，真不容易。

「中日友好，我沒跟鬼子打過仗。」張大爹令人大跌眼鏡地冒出一句。「只是有一回，我們碰見鬼子來清鄉掃蕩。我們排長看見路上有塊手錶，就上去揀，還沒走到錶跟前，就被一槍打倒了；班長又上去揀，又被放到了。這下子，我們才認得鬼子躲在後面，就都跑了。喔喲喲，一口氣跑了七八里地，才把鬼子甩掉。」

翻譯正要開口，趙廣陵說話了。「這個就不要翻了吧。我來補充兩句。」

沒想到對面的日軍老兵森本龍一忽然插進來用中國話說：「翻譯的，有。我們，聽得明白。你的，」他用手點著趙廣陵，「不好。大大的不好。誠實的，沒有。」

「啪！」趙廣陵一拍桌子，滿堂皆驚。他站了起來，指著對方，就像掏槍對準了他。「森本龍一，你的中國話是在松山當侵略者時學的嗎？別以爲我不認識你！你有什麼資格來我的家鄉談誠實？那兩個玉米棒子是老百姓給你的？你敢說出真相來嗎？不敢吧？那就讓我來審判你。一九四四年九月七日，松山終於被我遠征軍攻佔，你和二十多個鬼子從松山背後逃脫，渡過了猛梅河，一路向龍陵縣城方向逃竄。你們日本軍人不是沒有逃兵嗎？不當逃兵你怎麼能人模人樣地坐在這裏？爲什麼不爲你們的天皇剖腹自殺？你們一路奪關而逃，逢人必殺。尤爲殘忍的是，九月十日，你們在山道上襲擊了我方的一支馬幫民工運輸隊。殺死了押運的一個軍官和六個士兵。讓你們失望的是運輸隊馱的只是彈藥和紙幣，沒有你們想要的吃的和穿的。爲了搶奪趕馬的老百姓的衣服，以便於你們化裝潛逃。你們命令那些手無寸鐵的老百姓把衣服都脫下來。結果才發現原來她們全是女人，從十幾歲的大姑娘到二三十來歲的母親，有的女人還背著小孩。但你們仍然強行脫光了她們的衣服。

在戰敗逃命的路上，你們這幫禽獸不如的東西都幹了些什麼？還要我一一說出來嗎？這些可憐的農家婦女全部赤身裸體地被你們用刀刺死、砍死，推到山澗裏。總共三十二名婦女，還有三個背在母親背上的孩子。你還記得這個數字嗎？我們的縣誌上永遠給你們記載著，我們的心裏也永遠記著。今天在座的中國人，都可以爲我說的話作證。你現在誠實地告訴我，那兩棵玉米棒子是從哪位婦女手上搶來的？」

森本龍一鏡片後的目光恨恨地盯住趙廣陵，似乎想把對方的話語壓回去，但那目光逐漸黯淡了，散亂了。他看到了滿屋子的仇恨，看到了那些剛才還畏畏縮縮的中國老兵現在都挺直了脊樑，連那個一向對他們友好的副縣長，也恨得一把捏斷了手上的鉛筆。而他的同胞、共同社記者芳子小姐則羞愧地把頭扭向了一邊。他甚至看到了她臉上的厭惡。他最後不得不站起來，略微一欠身，用中文準確地說：

「哈伊！趙先生，這是一起不幸事件。」

「不幸事件？你們就這麼輕描淡寫死了幾千萬中國人的戰爭？」

「趙先生，戰爭就是這樣。不死人，還叫什麼戰爭？」森本龍一回應說。

「強姦婦女，殺戮兒童，把你們的獸行施加於無辜的老百姓身上，就是你們的戰爭？」趙廣陵譏諷道。

森本嘴唇哆嗦，臉色蒼白，身子搖晃了幾下，忽然奇怪地淌起鼻血來，就像臉上挨了一拳。烏黑的血滴滴答答地順著他肥厚的下巴流到西裝和襯衣上。會場一下亂了，他身邊的秋吉夫三忙去攙扶他，中方的接待人員也趕忙跑過來幫忙，副縣長大喊，快叫救護車來，送醫院，送醫院。

接下來座談會變成了聲討會。那些剛才還謹小慎微的農夫老兵像在當年的戰場上聽到了長官喊衝鋒的命令，全都上陣了。有的說日本軍隊當年如何燒村莊，抓女人；有的說日本軍人抓到一個景頗族的抗日土司頭人，不用槍殺，也不用刀砍，而是吊在樹上，下面燒一堆火，也不燒到人，慢慢地像烤一隻羊那樣把人烤死。更不是人幹的事情是你們抓來土司的兩個兒子，讓他們去挖自己父親的心肝，在一邊倒好了酒的鬼子隊長命令說，快去挖，我們要吃炒肝了。這兩個兒子哪裏做得出來這連畜生都不會幹的事情？結果他們也被殺了。鬼子那天就吃了三副人肝。

剩下的三個日本老兵就像被對方強大的火力壓得抬不起頭來。或許他們現在才會明白，戰爭中犯下的罪惡，就是自己把自己釘上恥辱柱，終其一生也不能償還。因此他們根本沒有勇氣去面對，唯有狡辯，彷彿是在躲避撲面而來的復仇彈雨。秋吉夫三諾諾地說，我當年駐守在松山上，很少下山見到老百姓。你們說的那些事情，是我們換防前的部隊幹的。另外兩個日軍老兵長谷川和川島義雄是戰後第一次來中國，他們也是日軍五六師團一一三聯隊的倖存士兵。長谷川說我是個運輸兵，我沒有殺過中國人。但一個中國老兵像法庭上的審判長一樣喝道，你的車拉的炮彈、子彈，運送的鬼子，又殺了多少中國人？川島義雄是衛生兵，他不敢再說話了。他想你就是說自己是天使，也會被他們說成是邪惡的天使。

座談會在雙方都不愉快的緊張氛圍中收場。任何傷疤都是不能輕易去揭的，何況是一個民族的傷疤？晚上由縣旅遊局做東，搞了個晚宴，也請了參加座談會的中方抗戰老兵。秋吉夫三沒有看到趙廣陵，翻譯說他回松山去了，他經常住在那邊。秋吉夫三心裏一陣莫名感動：要什麼樣的力量，才會讓一個老兵一生守護在自己打過仗的戰場？同時，他心裏也泛上幾絲擔憂，彷彿看見一個人橫刀立馬站立在他試圖要通過的關卡前。

參加晚宴的中國老兵都是農民，連餐巾都不知道該怎麼用。但他們不願跟日本老兵坐在一桌，把精巧的酒杯撤到一邊，兀自用碗喝。旅遊局的領導爲了緩和氣氛，帶著日本老兵過來給他們敬酒。日本人感到奇怪的是，這些老兵又變得唯唯諾諾，謹小慎微了。幾個日軍老兵總算從下午的挫折與喪氣中找回了點自信，因爲這讓老鬼子們不能不想起過去和他們合作的中國人。作爲一個島國之民，「孤軍深入」到這麼廣袤龐大的國家，面對如此眾多不忘舊恨的中國人，沒有幾個「幫手」怎麼行？他們甚至暗自慶幸趙廣陵不在場。秋吉夫三曾告訴過其餘三個人，趙是個軍官，曾就讀於中國最好的大學。他是一個有西方思想的支那人，不同於中國普通的抗日軍人。戰爭時期這樣的人如果在重慶軍裏有百分之十，我們早就戰敗了。

森本龍一從醫院出來後，不敢再和大家見面，藉口要休息就躲在房間裏不出來了，連晚宴也不敢來參加。他本來有高血壓，鼻子淌血也是戰爭的後遺症，一塊彈片曾經打壞了他某根鼻血管，稍一激動血管就會破裂。除秋吉夫三是上過大學的外，其餘三人當兵前都是日本北九洲的礦工和農民。二戰時期，日本人曾經吹噓過，天下兵，日本兵第一；日本兵，九州兵第一。日軍五六師團也有個很唬人的代稱——龍兵團。這支主要由九州的礦工編成的師團，有一股野蠻的力量。當年無論是在松山還是龍陵的日軍士兵，向來都認爲自己是不可戰勝的。但龍陵人說，龍陵這個地方，就是要埋葬「龍兵團」的，龍陵龍陵，龍的陵寢嘛。

共同社記者芳子小姐也是個二戰遺族，還是個遺腹子，父親當年戰死在硫磺島，因此她對二戰中倖存下來的日軍老兵有一種天然的親切感和認同感。她父親參加的硫磺島戰役和秋吉夫三他們一一三聯隊打的松山戰役，都被日本方面認爲是值得崇敬的「玉碎」戰，既全軍覆滅的戰鬥。這樣悲壯又令日本人驕傲的「玉碎」戰在二戰時期也沒有幾個。而在中國戰場，唯有雲南的騰沖和松山兩場「玉碎」戰，這不能不引起芳子的關注。其實更讓這個資深記者驚訝的是，當年從松山逃出來的日軍老兵在沉默了二三十年後，才在二十世紀七〇年代至八〇年代期間紛紛著書，敘說他們三十多年前的戰鬥經歷。芳子小姐就不能不質疑日本軍部：不是說他們都「玉碎」了嗎？怎麼還有倖存者？也許，從這些參加過「玉碎」戰的倖存者講述的戰爭經歷中，可以看到父親當年的身影？

但她沒想到被一個中國老兵壞了她追尋父輩光榮的好興致。座談會結束後她私下裏問中方翻譯，剛才在會上大聲斥責的那個中國老兵，是中共的幹部嗎？是不是專門派來做宣傳的？翻譯又問了身邊的本地人，回答她說，不，他是個老國民黨。當地人都這樣說他。芳子小姐意味深長地「噢」了一聲，目光裏有了很複雜的內容。她對中國的近代史還是有所瞭解的。

晚上，芳子小姐敲開了秋吉夫三的房門，問他願不願意陪她出去走走。秋吉晚宴時也多喝了兩杯，有點微醉，但還很清醒。他說，芳子小姐，你應該知道，在這個曾經被日軍佔領過的地方，日本人如果沒有中方陪同人員，是不會輕易上街的。雖然戰爭過去幾十年了，但我們就像前世仇人哪。進來吧，我給你煮茶。龍陵的茶，剛才那個副縣長送我的。他不知道，這種茶葉五十多年前我們就喝過了。在松山的地堡裏，防疫給水部那幫勤奮的傢伙，有本事把渾濁的水過濾乾淨，也能煮出味道上佳的茶來。

芳子小姐其實是想找秋吉前輩聊天。一杯有歷史苦味的茶，也許正適合這樣的一個夜晚。

25 一千三百分之一

啊，松山！我又回來了。不知道還有沒有這樣的機會呀。我們都老了，老得來只有碎片一樣的回憶，成天和戰死在這裏的戰友們的冤魂吵吵嚷嚷。他們總在我的耳邊說，嗨，秋吉君，你這個在聯隊裏專事記錄戰績的傢伙，難道把我們的聯隊忘記了嗎？

我怎麼能忘記？戰時我就是我們聯隊的乙秘書，甲秘書是龜田中尉。他是在昭和十九（一九四四）年九月松山守備隊「玉碎」的前兩天戰死的。當年在松山擔負守備任務的不僅有我們一一三聯隊的部分單位，還有炮兵、工程兵、通訊兵、衛生防疫給水等兄弟單位。

唉，「玉碎」聽上去像櫻花飄落那般淒美，壯麗，可對當事者來說，那真是一段悲慘的經歷啊。有人蹲在塹壕裏嚶嚶哭泣，有人上吊自殺，有人給重傷患和「女子挺身隊」（慰安婦）發升汞片，讓他們拌在飯團裏，溶化在水裏服毒自殺。還有的人把戰死的戰友手指切下來，在專門的「化學燃燒毯」上燒成遺骨，期圖帶回日本，軍官的則是從手肘處砍下來。

那些燒成白骨的手指遺骨，一堆堆地裝在白布口袋裏，嘩啦嘩啦作響，就像車站裏吵吵嚷嚷鬧著要回家的人。挺身隊的姑娘們，和我們守備隊的官兵都建立了深厚的感情，平時帶給我們很多快樂，化解我們思鄉的憂愁，打仗時爲我們送飯、送彈藥，甚至還直接參加戰鬥。但我們卻不得不殺死她們。她們死前懷裏還抱著一包一包的「軍票」，但那還有什麼用呢？

有個叫江代的，是個朝鮮姑娘，她和一個伍長真心相愛了，肚子裏那個孩子據說就是這個伍長的。伍長一個月前就戰死了，她說要回到日本去，把伍長的孩子生下來。但在最後關頭，她哀求說升汞水會讓肚子裏的孩子中毒，你們也給我顆手榴彈吧。可我們那時都是從敵人的屍體上撿手榴彈，哪捨得給她自殺呢？這個可憐的女人，找了一根木棍從喉嚨裏捅了進去。但她怎麼捅得死自己啊，一個士兵實在忍受不了她的慘叫，就上前去幫她……她捧著肚子在地堡裏打滾的樣子，真是慘啊！

塹壕裏戰友們的屍體鋪了一層又一層，浸泡在泥漿裏，都腐爛了，到處是蛆，人踩在上面就像踩在膠泥上。花花綠綠的腸子、心肺沾得腳上到處都是。可能是腐臭已經麻痹了人們的鼻子，竟然沒有一個人會感到噁心、嘔吐。我們的士兵都是經過嚴格訓練的，新兵時練刺殺，經常真刀真槍地用支那俘虜來當靶子，那時他們該吐的都吐乾淨了。那個年代的日本軍人是世界上神經最粗壯的士兵，可以忍受任何最惡劣的環境，戰勝任何人間的苦難。一點屍臭算什麼，肚子餓瘋了時，日軍士兵還敢吃自己死去的戰友身上的肉，高黎貢山上的日軍守備隊就這樣幹過……啊，實在抱歉，這樣齷齪的事情現在說來真是不敢相信，但這就是那時的實情。日本緬甸方面軍的司令官牟田中將就說過：要培養最勇敢的士兵，重要的是要讓他們儘快成爲精神病人。

他們真是做到了，在松山和龍陵，日軍幹了很多瘋子才會幹的事情。軍醫官不打麻藥活活解剖戰俘，期圖看到一個人能夠忍受痛苦到死亡的全部過程，如果生生切掉胃會流多少血，切掉幾節腸子又會怎樣。俘虜在手術台上慘叫，他們卻專注地用計量杯接傷口上淌下的血，彷彿綁在手術台上的不是一個活人，而是一頭豬。給抓來的老百姓輸馬血，觀察人的反應。人會不會像馬那樣跳躍著跑呢？不會。人只會眼球突出，面赤耳紅，七竅流血。這不是實驗，純粹是惡作劇。有個軍官命令把戰俘推到一個坑裏用亂石砸，以求找到如何砸死是最快致命的。細菌實驗也做過，但那是軍隊裏的最高機密，我們普通士兵不知道；我只知道他們做過梅毒實驗，慰安所的一個從緬甸熱帶地區交換來的慰安婦患了一種奇怪的梅毒，他們就抓來一個中國男人和她發生關係，觀察他的感染情況，然後又抓來他的妻子，又觀察他妻子的感染情況。這對夫妻全身潰爛後來才知道自己成了試驗品，他們雙雙上吊自殺了。

實在抱歉，芳子小姐，一再讓你感到噁心了。戰爭就是這樣，現在看來如此沒有人性，但在當時的情況下，因為大家都這麼做，獸性似乎就不可逆轉了。人內心中都有一個魔鬼，是戰爭釋放了這個魔鬼。它來到了一群柔弱、落後、麻木、愚鈍的中國人中間，有的人順從，有的人反抗。無論哪一種中國人，都挑起這個魔鬼更大的惡。況且這種惡有一個堂皇的理由，解放亞洲各民族，建立大東亞共榮圈。看看中國那時的貧窮混亂，看看那些沒有受到過絲毫教育的戰俘，我們那時真有當解放者、拯救者的自豪。尤其是，我們抓了那麼多的戰俘。在我們看來，他們總是輕而易舉地就放下了武器，抓個支那兵俘虜比兒時玩遊戲還容易。

我們怎麼處置俘虜？正常情況下送戰俘營嘛，非正常情況，就不好說了。怎麼區分這兩種情況？比如我們新到一個地區，十天之內，士兵們可以任意燒殺搶掠，軍官也不會管。因為這是戰時狀態嘛，這就是非正常情況。十天以後，我們開始擔負起維持地方治安的責任，軍隊就有紀律了，就進入正常情況了。所以那時很多士兵都願意出去掃蕩，雖說是打仗，但總是像春遊一樣充滿快樂啊！

是的，我們在松山上也殺了不少重慶軍的俘虜。非正常情況嘛，自己都沒有飯團了，哪還有俘虜的？我現在還記得有兩個大約不會超過十五歲的小兵，就像我現在的孫子一般大小。這兩個小孩子是在我們夜襲重慶軍的陣地時被俘獲的。有個叫大澤的曹長逗他們，你們想家了嗎？他們嚇得直哭，說想。大澤曹長就說，那我送你們回家吧。當時還有人爲這兩個娃娃兵說情，大澤曹長，算了吧，放他們走。但大澤曹長是個行事果斷的傢伙，他說，放了他們的話，明天就要挨他們扔過來的手榴彈了。就用刺刀把他們捅穿了，然後扔出塹壕。他們的哭聲都還帶著兒童的嗓音，瘦得腿還沒有我們的胳膊粗。

不，在松山被俘的日本軍人沒有一個是被殺掉的。重慶軍比我們更講人道主義，這一點我們應該感到羞愧。戰爭的天秤，是不是終會傾向於更人道的那一方呢？可戰爭本身又是殘酷的。這真是一個悖論。但日本無論如何，再不能要一支充滿獸性的軍隊了。這不能讓我們大和民族的子孫驕傲。

現在回憶起那場戰爭，我常常分不清自己當年是否也患有精神病？戰爭對每個老兵來說，不僅是一場噩夢，也不僅是烙在心上的一道傷痕，即便結了疤痕，創傷之血還沒有淌盡，它還是癌細胞，任何藥物都難以抑止。既然如此，就讓我們正視這個噩夢吧。人活著的勇氣，並非是頭上有了白髮，額頭佈滿皺紋時就逐漸弱小，相反地會越來越堅韌，越來越有責任感。我們日本國戰後重生，再度躋身世界強國之列，我作爲戰爭的倖存者也才明白，我能活下來，就是爲了讓我寫下聯隊的戰史，既寫下當年日本軍隊的惡，也寫下我們聯隊的光榮。我還要找回我的戰友們的骨骸。讓我的戰友們的靈魂，重新得到祭奠；讓我們被焚毀的聯隊旗，再次飄揚在每一個死去的聯隊戰友的靈魂裏，飄揚在還活著的聯隊老兵心裏，飄揚在日本國民的精神裏。我的肩膀上背負著戰死在這裏的一千三百多個戰友的靈魂，我是那一千三百分之一啊！

但這談何容易。八〇年代以前，中國不開放，日本人根本不可能來到這裏回訪，更不用說來慰靈祭奠了。直到一九七六年，我們日本國駐緬甸的大使第一次從仰光飛昆明，才在飛機上首次於戰後看到了松山。真是不容易的「遙祭」啊。我們在緬甸戰場，連每一匹戰死的馱馬都立了碑紀念，馬的名字，來自何處，服役的部隊，隨軍征戰的地方，如何戰死的，都記得清清楚楚。但在中國，在滇西戰場，我們戰友的遺骸到今天都還胡亂葬在這怒江峽谷不知名的荒山野嶺上。我們能不慚愧嗎？能不焦慮嗎？

中國的文化革命結束後，中日簽訂和平友好條約，封閉的大門開了一條縫，我們這些在這裏作過戰的老兵都想回來看看。但也不容易，一九七九年只讓我們到昆明，昆明以西的地方都不對外國人開放。那時的中國真是落後啊，似乎和我們當年離開時沒有多大改變。公路、汽車、房屋、街道、橋樑，大多是破破爛爛的。可以看出他們那時既閉塞又驕傲，既虛弱又自尊，彷彿大夢初醒的一個虛胖巨人，身帶各種頑疾，但極其好面子。這種弱者的自尊就像一個肥皂泡，一碰就炸裂。到八〇年代以後，我們被允許到大理了，卻不准再往西，理由是那邊條件艱苦。我們按他們的要求，說了無數的好話，道歉、鞠躬、反思戰爭，批判軍國主義等。中國人就是喜歡聽一些他們報紙上需要的話，但我們絕不輕易謝罪。他們總是異想天開地想把我們當作反戰的宣傳工具。戰爭的罪責算不到我們的頭上，但我們也不認爲自己是軍國主義的受害者。他們根本不理解我們是軍人，爲自己的國家而戰是軍人的職責所在，是一個人一生的榮譽，我們何罪可謝？

我們確實不希望中日再有戰爭，我們對反戰的理解和他們有本質的區別。我們反思那場戰爭，只會反省自己爲什麼沒能取勝，怎麼會按照他們的思路去反思呢？戰勝我們的是美國人，又不是中國人，他們不過是搭上了美國人那兩顆原子彈的順風車。這段歷史真是荒謬啊。日本政府都沒有向中國政府謝罪，更沒有向當年和日本交戰的其他國家謝罪。我們這些老兵何罪之有？一個武士即便被打敗了，也是受人尊敬的。日本跟中國打了那麼多次仗，中國人還是不懂什麼叫戰爭。大約是因爲他們過去只出優秀的儒士詩人，不出勇敢的武士吧。

但我們還得跟這樣一個大國交往。跟中國人打交道要有耐心和技巧。我第一次來時，很不受歡迎，但有一次我無意中道出自己曾經是日本共產黨員，嘿嘿，他們就對我另眼相待了。喝酒時還叫我同志，好像天下共產黨是一家，其實我們日本共產黨早就放棄了暴力鬥爭，走議會民主的道路，和他們根本不一樣。不過我還是借此跟他們拉進了關係，共產黨的官員開始私下裏接收我送的禮物。電子錶、東芝盒式收錄機、原子筆、巧克力等；而對那些普通老百姓，一個電子打火機就讓他們稀罕得不行了，那時我們回訪團的成員每個人身上都裝有幾十個電子打火機，見到對我們友善的人就送一個。當那些得到好處的中國人臉上現出謙卑感激的笑臉時，我們彷彿找到了當年在這裏當主人的感覺了。

喲西，有誰能想得到啊，中國開放僅僅幾年之後，東芝公司、索尼公司、豐田公司、三菱公司，輕易就征服了中國，他們的產品比當年天皇陛下的士兵走得更遠更廣大。那時不要說中國人對我們日本電器如何崇拜，你在上海機場一出海關，圍著你要兌換日圓或美元的人就像狗一樣，轟都轟不走。哪怕只是給他們兌換十日元，他就可以爲你做任何事情。要知道當年能從我們手上兌換到外匯的人，都是有身分有地位的中國人。我們日本人在中國大陸重新贏回了尊重，你只要說是來經商投資的，他們對我們甚至比那些從台灣回來的國民黨老兵還更好一些。簡單說，中國是一個實用主義至上的國家。跟中國人打交道，搞商貿是不是比戰爭更好呢？

不過，我們施捨這些小恩小惠，主要還是想化解敵意、隔閡、甚至仇恨。但他們還是不允許我們去松山戰場，只是專程派人從松山上取來泥土，讓我們帶回去。我們把來自松山的「靈沙」帶回了日本，分給松山守備隊的遺族。多少遺族手捧「靈沙」淚流滿面啊，這樣的情感中國人永遠不會理解。中國真是一個奇怪的國家，他們不重視戰死者的靈魂，敵方的不重視，自己的也好像不管。可中國人明明是個奉行「厚葬」的民族，看看他們對自己親人的葬禮就知道了。

一直到一九八四年，中日關係逐年升溫，中國也更開放了，我們終於被允許以旅行者的名義來到龍陵和松山。但我們受到嚴密的監控，每一個旅行團成員身邊至少有三到五個中方人員。我們被告知無論是在松山戰場還是龍陵戰場，都不准做任何祭祀活動，包括不准帶水酒、飯團、菜肴等祭奠用品上山。我們只有在房間裏面對松山跪拜祭奠。有一個團員動靜搞大了，在祭祀時失聲痛哭，還高唱當年的征伐歌謠，結果被隨團的中國翻譯告發了，他受到了嚴厲的警告，差一點被提前遣送回國。

一九八七年，我第二次來到中國，經多方打聽，終於在龍陵見到了趙先生。我怎麼能忘記他呢？我們算是「生死之交」的老對手。我的肩膀上還留有我們在松山搏鬥時他撕咬後留下的肉坑。每當撫摸這個肉坑，我就會想起他。先是恨，慢慢就變成思念了。當年天皇陛下的「終戰詔書」下達之時，我還被關在昆明的戰俘所。有一天看守我們的美國憲兵忽然帶來一個重慶軍的少校軍官，竟然是老冤家趙先生。他也在昆明養傷，臉被燒壞了。那天我們談了兩個小時，開初我以為他是來羞辱一個戰敗者的，但後來我發現趙先生畢竟是有教養的人，他跟我談未來，說和平後你回到日本，要好好幹。我們都是戰爭的倖存者，也是各自國家的棟樑，要爲自己的國家努力建設啊。再不要戰爭了。我當時真的很感激他。他還在第二天專程前來送給我一副眼鏡。因爲我的眼鏡腿早就斷了，一直用膠皮膏藥沾著。他還送我一枚扣針紀念章，上面有一句箴言，我至今還記得——「人道高於一切」。中國人啊，當他們是勝利者時，他們有一顆溫軟的心；當他們是失敗者時，他們又有一個弱者極強的自尊。但無論何種情況下，他們的尊嚴很脆弱，就像今天森本冒犯了他們最敏感的東西。他們的反彈常常是不講道理的，非常極端的。他們認定的事情，輕易不會改變，哪怕他們的觀念明顯地落後於時代。

人們說趙先生坐過很長時間的監牢，但他面對我的追問從不多說任何原因。他變成一個沉默寡言的老人了。他下午像山洪爆發般說了那麼多，真是讓我驚訝。在我的印象中，他年輕時似乎不是這個樣子。我曾經問過趙先生，你們松山戰役陣亡者的碑在哪裏，陵園在哪裏。他竟然不肯回答，彷彿有什麼隱情。只說在大地上，有他們陣亡將士的血骨，就有他們生活在這片土地上的驕傲。還有比松山更大的豐碑嗎？這是詩意的反詰，你卻可以看出這是不負責任的搪塞。趙先生是個對中國文化很有造詣的人，但我看他戰後沒有做他應該做的事情。他也老了，老得兩手空空。這個國家在戰後是怎麼一回事，看看趙先生的命運，或許有值得思索的地方。

我發現我越來越喜歡這個老對手了。我和他討論李白和杜甫，受益匪淺啊。但這個人很傲慢，儘管中國有句老話叫「不打不成交」，我認他做朋友，他卻始終有所保留。這些年中國變化很快，中國人的變化更快。趙先生卻像一個還生活在過去時代的人。我爲什麼會喜歡一個總是在我面前頑固地保持著驕傲的人？因爲我預感到他將是我晚年未竟之事的一個障礙。我必須要先征服他。

是的，這些和我要寫的聯隊戰史有什麼關聯呢？孫子兵法上說，知己知彼嘛。我們松山守備隊「玉碎」在趙先生這樣的中國軍人手裏，不算恥辱；我們現在爲他們捐建學校，就是換了一種身分回到松山。這是一次勝利的大反攻啊！

明天，給學校剪綵以後，我要去松山找他。我第一次去看望他時，給他帶去一台彩電、三千元外匯券作爲見面禮，但趙先生拒絕了我送的禮物。這個人心中怎麼還有那麼深的恨？我一直爲他感到遺憾。

26 刺激與救贖

一九八七年的秋天，趙廣陵和當年的手下敗將秋吉夫三的第一次見面。這個日軍老兵在有關人員的陪同下，前呼後擁地找到他的寒舍。秋吉夫三向他鞠躬、握手，還想張開手臂來擁抱，但趙廣陵像山一樣僵硬著身子，讓秋吉夫三靠不上前。他只好當著一些隨行記者的面發表熱情洋溢的感言，秀夠了一個當年的失敗者又居高臨下地回來了的驕傲。照相機的閃光燈晃得趙廣陵眼睛直發花。一個後生把話筒伸到趙廣陵面前，說趙大爹，見到秋吉夫三先生，心情很激動吧？趙廣陵揮手擋開了話筒，頦下的鬍鬚都飛揚起來了，一反常態地喝道：小雜種，激動你個雞巴毛！什麼叫先生，你知道嗎？我只知道他是我親手俘虜的鬼子。過去是小鬼子，現在是老鬼子。在場的中日友好協會的領導很不高興，示意翻譯不要翻了，說這個老倌，真沒有素質。

但秋吉夫三卻不這樣認為。在場面上的文章做完以後，他一再向有關官員請求，他要和趙先生單獨相處一晚上，要麼住在趙先生的家裏，要麼請趙先生去賓館。請你們尊重兩個老兵為時不多的美好時光吧。

就像當年日軍用武力侵佔了龍陵一樣，秋吉夫三以「日本貴賓」的優越感，不請自來地住進了趙廣陵的老宅院。雖然不算老朋友，但畢竟是老對手，趙廣陵不能在日本人面前跌份。他切了一盤老火腿，又到後院的菜地裏拔了些青菜，回到廚房點燃柴灶做飯。秋吉夫三有些手足無措地跟在後面，試圖想幫點什麼忙，但他要麼頭撞到了低矮的門框，要麼被柴灶裏的煙薰得睜不開眼。他就像一個礙手礙腳的客人，主人卻沒有更多的寬容。趙廣陵說，就吃點家常便飯吧。不是沒有酒，但我今天不會和你喝。秋吉夫三忙說，農家的清淡飯菜，難得啊！

兩個老對手四十多年沒見，其實都在試探對方。都是打過仗的人，知道火力偵察的重要。秋吉夫三在這幾乎算是寒磣的院子裏東看看西瞅瞅，沒有發現一件能稱得上時尚的東西，這樣的生活水準，跟日本在戰後最困難時相比都趕不上。他只是在堂屋的一張自製的書桌上，看到一個精緻的大相框，裏面鑲放了大小十來張照片，其中一個穿旗袍的女子最為引人奪目。鵝蛋型的臉，溫婉的眼神，小巧的鼻子和嘴，典型的東方女人的風韻。這張照片是黑色的，但被主人精心描了彩，可以想像出那工筆劃般的精細和面對畫中人的一往情深。還有幾張照片是全家福，趙廣陵和那個女子衣冠樸素而整潔，神情嚴肅地站在後排，四個小孩子也表情呆滯，沒有笑容，沒有童稚，規規矩矩地端坐在前排。看上去他們面對的彷彿不是照相機的鏡頭，而是槍口。中國人照家庭照都這麼嚴肅拘謹，這個民族的活力又在哪裏？秋吉夫三想。趙廣陵的親人又在哪裏呢？——難道他孤身一人生活嗎？秋吉夫三又不免為趙廣陵感到傷心。

飯菜擺上後，秋吉夫三問：「趙先生的家人呢？」

趙廣陵愣了一下，淡淡地說：「他們在昆明。」他看到秋吉狐疑的目光，便又補充道：「人老了，不喜歡熱鬧的地方。你也是住在鄉村吧？」

秋吉一哈腰，說：「是。我住在離福岡縣三十多公里的一個小鎮。很美麗安寧的地方。我在那裏有個小小的農場，我養牛。是電氣化的養牛場。」

趙廣陵挺直了腰，並不在意什麼「電氣化養牛場」，他一指桌上的菜肴，「吃。」

「哈伊！」秋吉也腰板筆挺，兩個老兵不像在吃飯，彷彿在搏弈。

吃下一碗飯後，秋吉夫三感歎道：「真香啊。這讓我想起松山的飯團龍陵的米。」

趙廣陵把碗一頓，目光直逼秋吉夫三，「不要來我這裏懷舊！吃飯就吃飯。」

秋吉夫三有些難堪，他摘下眼鏡擦拭了一下，緩緩說：「趙先生，我們都是年近七十的人了。戰後這些年，我想大家都不容易啊。請問，趙先生在戰後從事過什麼工作呢？問這樣的問題，實在抱歉。只是因爲我一直都沒有忘記你當年的教誨。要用學到的才華，建設自己的國家。」

現在輪到趙廣陵尷尬了，他沉吟片刻才說：「我做過很多工作……現在退休了。」

秋吉夫三就是一個專捅傷口的老手，「我聽說國民政府在內戰中失敗後，你們這些當年的遠征軍，在新政權裏過得也不怎麼好。」

「我很幸運，國民黨把我從人變成了鬼，共產黨把我從鬼變成了人。」趙廣陵不知怎麼就順口說了出來。然後他後悔了。

「人怎麼成了鬼？鬼又如何變成人？對不起，我不明白，趙先生曾經當過什麼『鬼』？是你們稱呼我們爲『日本鬼子』的那個『鬼』嗎？」

「不，那時你們是真鬼，壞鬼，惡鬼。而我是……」

「你是什麼鬼？」秋吉夫三就像抓住了人的辮子，窮追不捨。

「鬼雄之鬼。」趙廣陵冷冷地說。「『生當作人傑，死亦爲鬼雄』，這句詩你沒有讀過吧。」

秋吉夫三不再爭辯了，他知道自己辯不過。他從懷中掏出厚厚一個信封來，雙手捧到趙廣陵的面前。「趙先生，這裏面是三千圓兌換券和一張可在昆明的外匯商店提出一台大彩電的發票。秋吉永遠不會忘記趙先生在昆明戰俘所對我的教誨和幫助。這是秋吉的一點感激之情，不成敬意，請趙先生收下。」

「收回去。」趙廣陵毫不領情，身板依然筆挺。

「趙先生……」

「再不收回去你要挨揍了。」趙廣陵真的攥緊了拳頭。

「趙先生多慮了。」秋吉夫三訕訕地笑笑，收回了雙手。趙廣陵起身站起來，說不吃我就收碗筷了，然後他兀自端起自己的碗進廚房了。

這次和趙廣陵見面，秋吉夫三錯判了趙廣陵的貧困，認爲剛剛開放不久的中國都會把日本人當富裕的貴賓，日本的各式大小家用電器都是中國人趨之若鶩的東西，一個普通的日本人，彷彿就是這些日本電器的化身。那時的秋吉夫三是自信的、驕傲的，像一個重返舊日戰場的將軍，完全忘記了自己當年下士官加戰俘的身分。

在趙廣陵家的那個晚上，他露骨地提出要趙廣陵幫忙尋找當年戰死的日軍骨骸。他說，你是戰鬥到松山戰役結束前一天的人，你一定知道我的戰友們的骨骸都埋在什麼地方。你又是本地人，還在那裏待了七、八年——我已經知道，你在那裏蹲過監牢。因此這個世界上沒有比你更熟悉松山的人了。我們「滇西戰役戰友聯誼會」根據回憶繪製了一幅「松山陣亡戰友骨骸埋葬圖」，請趙先生幫我仔細核對一下，哪些地方是正確的，哪些地方是錯誤的。我們一定要把這個問題查實清楚，我們希望把戰友們的骨骸奉請回我們的神社。我們已經等了幾十年了。這是我們老兵最後的心願。拜託了，拜託了。我們都是倖存者，而趙先生你是倖存者中的倖存者。請你一定要多多關照，請你一定看在我們都是戰爭倖存者的份上，理解一個老兵對舊日戰場的眷念，對戰死戰友的感情，對戰死者靈魂的尊重。他們的靈魂還在松山像孤魂野鬼般飄蕩，得不到親人戰友的祭奠安慰，該有多麼不安啊！請多多關照吧。我們不會忘記趙先生的恩情，就像我不會忘記你當年在戰場上的不殺之恩。

趙先生剛才拒絕了我的饋贈，我想這是中國人有無功不受祿之美德。這樣說吧，找到一副完整的骨骸，一台東芝大彩電；找到一根骨頭，一台洗衣機，一截手指骨，一台尼康自動相機。你需要現金也可以。我們「滇西戰役戰友聯誼會」將會支付你尋找工作中的所有報酬。趙先生，中國現在已經進入經濟社會了，我們知道你們做一切事情都是有價格的。我也看得出來趙先生現在養老都是個問題。我們這些老兵，戰場上沒有被打死，豈能窮死、餓死？我們會高出你們想像地支付你的報酬。趙先生，請幫忙，請關照。

秋吉夫三那晚滔滔不絕懇求了一個多小時，甚至淚濕衣襟。但他得到的答覆是：

「滾出去！」

儘管秋吉夫三在趙廣陵面前痛哭流涕，出盡洋相。但對趙廣陵來說，這是一次刺刀戳到胸膛口的刺激，也是一次救贖的開始。如果那些日軍老兵不回到當年的滇緬戰場來，趙廣陵的晚年或許就只有一件事情——等死。但重歸舊日戰場的對手衣著光鮮，心事重重，口稱反戰，蟹匡蟬緌，還用過去的老眼光來看現在的中國人。趙廣陵不管別人如何看如何想，他就是不服那口氣。他只是沒想到自己活到鬍子頭髮都白盡了，還要被自己的老對手來教化，憐憫他的貧窮，質疑他的落魄，警醒他的救贖。真是讓他老臉難擱。

其實，一個善良的人常常是被他的敵人點醒的。

27 松山之逢

松山下面有一座小鎮，叫大埡口。老滇緬公路穿鎮而過，路兩旁便有了些店鋪。日本人佔據松山時，大埡口街上駐過一個大隊的鬼子，還有一處慰安所。遠征軍攻克松山後，當地老百姓嫌那處房子髒，便一把火將其燒了。戰後幾十年，都沒有人再在那個地方起房子，一些斷壁殘垣上彷彿還依附著日本人的孤魂野鬼和氾濫淫欲。當地人說陰雨綿綿的晚上還能聽到狼一樣的歡叫和女人的呻吟。趙廣陵在松山農場當勞動服務公司副經理時，經上級同意，在這處荒地上蓋起了一座小商店，利用地利之便，賣些農場生產的土特產品，糧食、菜油、水果、蔬菜啥的，一度生意還相當不錯。後來滇緬公路改道，來往的汽車不從這裏經過了，商店就冷清了下來。到了九十年代後，商店關門，房子空閒下來。

見到秋吉夫三後，趙廣陵就跟農場商量，請求租下這房子。當年那個帶他去昆明找家的後生洪衛民現在是場長了，沒多說什麼就把房子批給了他，一年象徵性地收五百元錢的房租。洪衛民還說，趙師傅，這房子本來就是你蓋的，你租理所當然。不過呢，都說那地方鬧鬼，生意也做不起來。你住那裏就不害怕？趙廣陵說，鬼早被我打跑了，我還怕他們？

其實趙廣陵就是來「飼養」鬼的，他不怕撞見鬼。在松山農場勞改時，無論是在蹲禁閉室還是在山林裏勞動，趙廣陵都會和一些當年戰場上的陰魂迎面相撞。松山戰場上爲什麼會有那麼多的孤魂野鬼，可能只有趙廣陵這樣的老兵才能聽到他們的哭訴。戰爭結束幾十年了，山上下來泥石流、野狗拖拽、人們春天翻地、上山採藥，隨便挖幾鋤頭，都還可能翻出一根根白骨或一顆顆頭顱，也不知是哪方的戰死者。

農民們先是把這些骨骸歸到一堆再度深埋，人民公社後不知是哪個發現將屍骨燒成灰後，特別能肥地。於是燒屍骨的篝火年年都在松山燃起。這片土地熱血澆灌過一次，骨灰再來作底肥。莊稼長勢喜人啊長勢動人。當年被炮彈炸光了的山坡上，飛落的松子破殼而出，一年出苗，三年成樹，十多年後就佇列整齊、陣容威武，站成一個個英俊挺拔的士兵模樣，讓人看得忍不住掩面哭泣。英魂在松林間穿梭跳躍，吶喊化作松濤夜夜怒吼。他們飄盪在山間，徘徊在樹林，跌倒在岩坎上，翻滾在塹壕中。有時趙廣陵看見中日雙方的士兵還在互相搏殺，殺喊震天；有時他們又一同擠在某棵大樹或岩洞裏，避風、躲雨，凍得瑟瑟發抖，爭吃同一個烤洋芋。趙廣陵那時會悄悄在一些路口放一點吃的，第二天他再去看時，碗裏的東西被吃得乾乾淨淨，就像狗舔盡的碗。他揉揉自己的眼睛，既像自言自語又似跟什麼人說話：吃吧，吃吧，飽飽的吃。你們不是餓死鬼哦。

在這個鬼雄糾纏不清的地方，直到二十世紀八〇年代，上山打柴、放羊、挖草藥的人們還能隨處撿到戰爭時期的遺物。鏽跡斑斑被洞穿或打裂了的鋼盔，折斷的刺刀，榴彈炮彈殼，軍用水壺、飯鍋，鋁製飯盒，美製鐵鍬，未爆炸的手榴彈，打著「U．S」英文字母的彈藥箱，汽油桶，以及各種子彈殼、子彈頭等。松山的孩子們打鳥的彈弓，都是用揀來的子彈頭。大煉鋼鐵時代，當地政府曾經動員老百姓上山找這些東西，然後投進火爐煉成鐵水，還曾經兩次觸發了不知何種型號的炸彈，炸死炸傷了幾個人。

其實，在趙廣陵獲得大赦成爲松山農場的職工後，就開始收集殘留在老百姓手中的戰爭遺物，常常把大半個月的工資都花在這上面了。好在那時本地人也對這些玩意兒不感興趣，他們認爲這些都是死人用過的東西，上面都附有死者的陰魂，誰沾上了誰晦氣。他們最多用日軍的鋼盔來做糞瓢，或者當狗碗、雞食碗，那時趙廣陵花個三五塊錢就買下來了。到他退休時，這些東西堆了差不多一間屋子。農場的人們輕易不敢去那裏。那是趙廣陵當木工時的工具房，他退休後，就少有人去了，於是就跟農場借來暫時擺放。農場的人們輕易不敢去那裏。他們說晚上會聽到工具房裏傳來的哭聲，還有鬼打架的聲音。一個農場工友甚至半開玩笑地對趙廣陵說，趙老倌，難怪你一輩子不走運，誰叫你成天收集這麼些死人用過的東西，大鬼小鬼都纏著你的命哩。

但有的人，如果沒有鬼魂的相伴，人生就不會踏實。趙廣陵就是這樣的人。他回到故鄉生活了十多年，認識他的人他無顏相見，他不認識的人又無言以對。你少小離家，孤老終返；你鄉音猶在，白髮蒼蒼；陌生的故鄉冷漠的鄉鄰，你是故鄉的過客，還是故鄉的歸人？像這個國家那樣，故鄉在這些年正在發生翻天覆地的變化，變化稀釋了記憶，變化也擠壓了老年人懷舊的空間，讓他們在故鄉迷路；變化還改變了故鄉的溫度，讓它和曾經生活過的他鄉一樣，不親不熱，不遠不近，你就成了故鄉的陌生人和過客，故鄉也成爲在哪裏都是一樣吃飯睡覺過日子的地方。因此，趙廣陵決定重新搬回松山去住時，對侄兒侄孫們說，那裏我還有好多在陰間的伴兒，這兒連鬼影子都不見一個。

實際上只有那個老鬼子秋吉夫三明白趙廣陵住在松山的真正目的。這是被他點醒的使命感，也是針對他來的。日本老兵旅行團一九九五年這一趟再回松山和龍陵時，中國政府已經徹底開放了這一片地區，任何外國人都可以在滇西自由旅行。那些互相競爭的旅行社，以招攬日本遊客爲最大營業目的，用大轎子車將他們一車一車地拉到滇西各地，有次竟然來了一個六百多人的大團，老老少少，紅男綠女，在松山上翻上爬下，如同攀越自家後面的山林。在本地人看來就是一次日本人在時隔五十年後的大反攻，恨得他們牙齒癢癢的。

白髮蒼蒼的日本老者手拿過去的軍用地圖，向自己的後輩們逐一講述各個陣地的名字，這些陣地都由守衛在那裏的軍官的名字命名；哪個軍官戰死在哪條塹壕，是怎麼死的，死前他又說了些什麼；哪裏是伙房，哪裏是醫院，哪裏是炮陣地、機槍陣地，哪裏是洗澡的地方，放馬的地方。甚至一個喜愛收集蝴蝶標本的中尉軍官喜歡在哪條山澗捕捉蝴蝶，是什麼品種的蝴蝶，還有一個喜歡寫詩的大尉在哪一天望見怒江大峽谷裏升起的雲霧，作了一首什麼樣的詩歌，他們都講得清清楚楚，生動有趣。他們還在那些殘缺的塹壕、陷塌的散兵坑、茂密的灌木叢中翻找舊日戰場的遺跡，找到一塊彈片、一顆彈殼都會興奮得大呼小叫，就像發現了黃金。彷彿這裏不是讓他們曾經全軍覆沒的戰場，而是引以為傲的大和民族教育基地。

秋吉夫三不會跟隨這種龐大的旅行團，他有自己的使命。他這次只帶了芳子小姐一同上松山，還是在她的一再要求之下。在他和趙廣陵的鬥智鬥勇中，他不願芳子小姐看到自己的再次失敗。

這一次來到中國，秋吉夫三聰明多了，他再不會去觸碰中國人「弱者的自尊」，況且現在中國看上去正在強大起來了，不再是那種不知山外有山的國度。他認為他對中國的瞭解已經足夠多，就像他帶著芳子小姐來到松山，在大垭口沒有見到趙廣陵，他便自信地對芳子小姐說：

「讓我們去關山陣地吧，重慶軍當時叫子高地。那是松山的主峰，趙先生是個知道佔據主動的人。」

松山其實是由大小數十個山頭組成的巍峨山系，當年遠征軍為了給各部隊明確攻擊任務，將其分為「子丑寅卯辰巳午未」和「甲乙丙丁戊己庚辛壬癸」以及若干用阿拉伯數字編號的小高地，而自負的日軍守備隊則按陣地上堅守指揮官的名字來命名，他們倒是真正做到了人在陣地在，人亡陣地亡。松山最高峰子高地的工事最爲堅固，遠征軍久攻不下，傷亡慘重，最後被遠征軍士兵從半山坡挖坑道下去，用專程從加拿大空運來的三千公斤TNT炸藥一舉炸毀的。子高地一破，松山日軍守備隊的氣數便將近了，但殘存日軍還是在其他高地上負隅頑抗了十八天才被徹底肅清。秋吉夫三是在「辰」高地上被趙廣陵和廖志弘聯手俘獲的，自他被俘後，松山戰役還打了一個多月。因此他對後面的戰況也不甚瞭解，他需要趙廣陵的幫助。

直到今天，子高地上還有兩個足有半個籃球場大小的漏斗狀大坑。坑內長滿了荒草和飄落的松毛。「當時被重慶軍炸死在裏面的日軍士兵有四十二名，那個擅長寫詩的辻義夫大尉就戰死在這裏。」秋吉夫三對芳子小姐說，「真是可惜啊，要是辻義夫大尉能活到戰後，日本會多一個詩人呢。」

「那可不一定。把煙滅掉！」

兩個正想爲陣亡的日軍點煙做祭奠的日本人，忽然聽到身後傳來一聲斷喝，他們先是看到一隻碩大的黑色老山羊，扛著兩隻剛硬的角向他們頂來，然後才看見趙廣陵從松樹林中鑽了出來，他頦下的白色鬍鬚和老山羊黑色的鬍鬚讓芳子小姐印象深刻。

山羊逼迫他們不得不掐滅了煙頭，退到大坑邊。趙廣陵「啰、啰」兩聲，老山羊才停止了攻擊。這讓兩個日本人很稀奇，中國的山羊難道也知道兩個民族過往的仇恨麼？

「趙先生，你好。」秋吉用英語問候道。

「風乾物燥天，你們還想在松山放一把火嗎？」趙廣陵並不客氣。

「對不起，實在抱歉。我們忘記了你們中國的規矩。」芳子小姐雙手合十真誠地說。

「你們什麼時候在中國遵守過規矩？」

「趙先生，請不要生氣了，我們是來專程拜訪你的。」秋吉夫三謙卑地笑著說。

「拜訪我跑到這山上來？來拜鬼的吧？跟我走。」

趙廣陵說完兀自轉身下山，兩個日本人面面相覷，但那隻老山羊用兇狠的眼光盯著他們，如果再不走，牠篤定是要衝上來的。

沒有想到的是，他們在趙廣陵的家裏看到了一個堪稱世界唯一的私人博物館。這是主人的臥室旁邊一間約二十平米的屋子，而且還可以看出館主的匠心獨運。在屋子的東面，十二頂遠征軍鋼盔、軍帽成三角戰鬥隊形，面對西面排成兩排的七頂日軍鋼盔，它們都用高一米七左右的木棒支撐著，彷彿是兩軍對壘。有的鋼盔上還有彈洞彈痕，還有硝煙的痕跡，更有不屈的靈魂在縈繞。在鋼盔陣的後面，陳列的是兩軍在戰場上用過的遺物，從殘破的炮架，到一顆三八槍的彈頭，秋吉甚至還看到一個慰安婦用過的化妝盒，還有兩塊慰安所裏的慰安婦名牌，木片做的名牌雖然已經散發出陳年的腐味，但上面的名字還清晰可辨，一個叫「花子」，一個叫「美枝子」。當年他或許用日軍軍票買到過這兩塊牌子所代表的女人，買到過忘卻恐懼的片刻歡樂，可他已經想不起這兩個慰安婦了。

戰爭在這個中國老兵家裏，永遠沒有結束。而心裏的仇恨呢？秋吉夫三不知道。但他看得熱淚盈眶，不由自主地就跪下了。秋吉很聰明地選擇了面對兩軍陣前的中央下跪，這就讓趙廣陵一時辨不清他給哪方下跪。趙廣陵這些年不是缺乏憐憫和寬容，而是他不能容忍昔日的手下敗將趾高氣揚。他們來到這片土地上，如果跪下了，才是應有的態度。

秋吉夫三感歎道：「趙先生，真是讓人驚訝啊，你竟然收藏有這麼多戰爭遺物！」

「這還只是一部分，三分之一都不到。」

「這些寶貝即便在我們『滇西戰役戰友聯誼會』裏，也見不到的。」

「你們怎麼會陳列自己的罪證？」趙廣陵反問道。

秋吉夫三尷尬地笑笑，說：「趙先生，我們都老了，都不是一杯烈酒了，爲什麼不能在一起平和地喝一杯茶呢？」

「我這裏只有酒。」趙廣陵抱出一個土陶罐來，放到桌子上，擺出兩個杯子，挑釁地問：「這次你表現好，可以請你喝酒了。你敢喝嗎？」

「啊，李白說，『古來聖賢皆寂寞，唯有飲者留其名』，我們是自古老兵都寂寞，只有濁酒訴衷腸了。」秋吉雙手合十，向趙廣陵深深鞠一恭，「非常榮幸，趙先生，我今晚要和你痛快地喝一杯！」

「我也想喝。」芳子小姐也鞠一躬，「請關照，趙先生。」

趙廣陵準備酒菜時，他的在農場工作的侄孫趙厚明趕過來了。對趙厚明這樣的年輕人來說，家裏來了「日本貴賓」，自然是倍感榮耀的事，可以在農場和他的那幫小青工們吹上三天三夜。這小子快三十了，還沒有說上媳婦，急得常怪他二爺只能幫他找個農場工的工作。當初二爺你要是去了台灣，我不是可以到台灣爲你養老了？你在外面這一輩子都混些什麼嘛。還責怪我不多讀書。這是他經常在他二爺面前的抱怨。趙廣陵對這個不成器的侄孫常常是說也不是，打也不能。誰叫你自己沒有後。

酒喝上後，趙厚明插不上長輩們的話，因爲他們在用他聽不懂的語言交談，敘說他們的共同經歷，他只有一杯又一杯地敬酒。秋吉夫三送給他一台索尼傻瓜相機，讓他激動得恨不得下跪，趙廣陵用刀子一樣的眼光也阻止不了他殷勤伸出的手。但秋吉馬上又翻出一包藥來，對趙廣陵說，聽說你胃不好，這是日本最好的胃藥，請收下吧。如果有效，我會經常給趙先生寄來。誰能拒絕別人對一個病人的關心呢？

也虧得趙厚明能喝，幾下就把秋吉夫三喝高了。對上了年紀的人來說，酒就是一條逆水之舟，載著他們駛向歷史的縱深處。秋吉夫三雙手按在膝蓋上，不斷地鞠躬，不斷地摘下眼鏡拭眼淚。他說：

「趙先生，當年我被你們俘虜時，我認爲自己必死無疑。」

芳子小姐驚訝地問：「你是在戰場被俘的？怎麼從來沒有聽你說起過？」在日本人看來，在戰場上被俘和日本投降後集體進戰俘營，性質是不一樣的。

「哈依。就是被他俘獲的。」秋吉夫三指著趙廣陵說。「這是他的光榮，我的恥辱。芳子小姐，看到我們現在坐在一起喝酒，是否感到世事多麼無常啊！當官的總是告訴我們，重慶軍如何殺死所有日軍俘虜。因此日本軍人的詞典裏是沒有俘虜一詞的。在整個戰爭期間，日本國內的報導從不說俘虜的事，都以『玉碎』來激勵士兵。戰敗後面對一船又一船、人山人海地從中國回國的俘虜，上層再無法掩飾了，民眾才慢慢知道真相，原來帝國的士兵也會當俘虜。話又說回來，中國人真是仁慈啊，戰後不久馬上就遣返了我們。不像那些在俄國當戰俘的關東軍，他們的命運可就比我們中國派遣軍慘多了。戰時軍部的那些混蛋，愚蠢又專制，不但瞎指揮戰爭，還愚弄國民，從不顧惜士兵的生命，似乎每『玉碎』一場戰鬥，他們吹噓的神話就更真實一點。陸軍大臣東條英機頒發的『戰陣訓』是這樣說的：生不能忍受當囚犯的恥辱，死不能留下玷污名聲的罪過。這貽害了日本多少無辜士兵的生命啊。」

芳子小姐對戰後日本的社會現狀大體還有些瞭解，因此她說：「秋吉前輩，那段時間你一定受了很多苦吧？」

「作爲老兵，戰後我們其實都一樣。」秋吉夫三指指趙廣陵。「他是政治的原因，而我們日本國是不寬容戰俘。我們這些戰俘回到國內，至少五六年時間裏都抬不起頭來做人。更荒唐的是，我回國後，兩年時間裏都上不了戶籍，因爲家裏在昭和十九（一九四四）年就接到了我的陣亡通知書。昭和二十一年我回到家，我們的里長向我吐口水，罵我像豬一樣地活著回來幹什麼。還說我不配做一個日本人。這些待在國內的蠢貨怎麼知道戰場上的具體情況？戰後的內閣不是還要日本國民『一億人總懺悔』嗎？彷彿軍部就沒有戰爭錯誤一樣，上層制定的戰略有了根本性的失誤，下層的日本國民就會瘋狂地好戰。狂人指揮的戰爭必定造就一群愚蠢的人們，好像日本打輸了戰爭，都是我們這些前線軍人不努力，連『玉碎』都不敢。甚至我們師團的參謀長板田少將，在龍陵戰敗時用手槍自殺，都還被人指責爲什麼不切腹，沒有帝國軍人的勇氣。

「戰敗已經夠讓人羞愧了，我還當過俘虜，生存就更難了，像個活在陽間的鬼一樣地苟活在鄉鄰們鄙視的眼光裏。他們說，嗨，看看秋吉家那小子，當年出征時，我們給他縫『千人針』，

（注：是侵華日軍的一種迷信品，在一塊布上由一千個女人每人各縫一針，贈給出征的人，以保平安。這種迷信品的底子是幾塊漂白過的木棉布，寬二三十釐米，長度則視個人腰圍而定，做法是用穿了紅線的針將重疊的幾塊布縫住，使紅色打結點在白布上留下痕跡，通常的圖案是縱十點、橫一百列，狀如圍棋盤線的東西。）指望他在前方奮勇殺敵，多少姑娘爲他流淚，可你看看他現在這個窩囊相。我只好從福岡跑到大阪去當搬運工，隱名埋姓，不敢輕易給人說自己的戰爭經歷。

「據我所知，好多日軍俘虜那些年都是這樣過來的。包括我們松山守備隊逃回去的戰友，好多年大家都不聯繫，無顏相見啊！我們那時流行的話不是這樣說的嘛：最好的日本人是戰死的日本人。趙先生，我得感謝你的教誨，你說和平後要爲自己的國家努力工作。不然的話，我可能早就自殺了。有一天，我在大海邊終於悟出一個道理：生命並不只爲戰爭而存在，而戰爭對普通人來說，只有一個結果——摧殘生命，毀滅生活。爲戰爭而活著的人，不是瘋子就是傻瓜。但是啊，一個普通國民的不幸在於，你受的什麼教育，長大後就有可能做什麼樣的人。趙先生，你知道我們小時候課本上的歌謠是怎麼唱的嗎？『小官，小官，你騎上馬要去哪裏？我要隨天皇陛下去征伐，征伐朝鮮，征伐中國。征呀征，伐呀伐，小官，小官，去吧，快快去吧，騎上你的駿馬，征伐到平壤，征伐到南京。』趙先生，你兒時的課本，都教你們什麼呢？」

趙廣陵抿了一口酒，說：「我還記得小學課本第一課，《職業》，『貓捕鼠，犬守門，人無職業，不如貓犬。』第六課《整潔》：『屠羲時曰：凡盥面，必以巾遮護衣領，卷束兩袖，勿令沾濕；櫛髮必使光整，勿令散亂。』」

芳子小姐感歎道：「多好的課文，不愧是知書識禮的文明古國。」

「我們就是吃了太知書識禮的虧。」趙廣陵冷冷地說，「不過我們也有這樣的課文《禦侮》：『鳩乘鵲出，占居巢中，鵲歸不得入，招其群至，共逐鳩去。』」

三人都不說話了。良久秋吉夫三才說：

「喲西，我也不明白，我上大學時參加日本共產黨，反對軍國主義，還蹲過監獄。但到了日本軍隊後，戰爭這部冷酷的機器就把我的獨立判斷、人文思想壓榨乾了。是戰友們的鮮血、死亡讓我喪失了理智的吧？都說戰爭是一部吞噬人性的機器，當這部機器運轉起來時，所有的零件都會跟著轉動起來啊！而且還越轉越瘋狂，你要想停止它或者逃離它，都不可能了。戰爭的發動者們總有至高無上的理由來鼓動你，鞭策你，一句『爲國家民族而戰』的口號，就讓你失去了所有的獨立判斷。在那個年代，反戰幾乎是不可想像的，因爲你是一個善良的人，有責任感的人，你要服從自己的國家，服從自己心裏的善和責任。可是你怎麼知道這種善在戰爭這部機器的運轉中，會成爲一個巨大的惡？你肯定還認爲它很正義、很光榮哩。趙先生，你們總說我們是軍國主義分子，其實在戰場上哪來那麼多主義，話往大處說是爲自己的國家民族，往中處說是爲軍人的榮譽，往小處說，就是爲了讓自己能活下去。而在戰場上要活下去，就得去殺死對方。炮火連天中，人人都是殺人犯。我們這些普通的士兵，肩上扛著殺人的槍，已經夠沉重的了，哪還扛得動那麼多主義。」

趙廣陵有了惻隱之心。怎麼兩國的士兵命運都差不多？但他又有些拿捏不準秋吉夫三所說的和所做的究竟有多大差距。他喝醉了還是自己醉了？不過今天秋吉的態度還是讓他看到了某種交流的可能。

「秋吉，我很高興你如此反思那場戰爭，這才像東京帝國大學出來的麼。」趙廣陵又給他倒了一杯酒，「有件事情我一直想拜託你。」

「趙先生，請講。不要說一件，一百件我都願意效勞。」

「秋吉，二戰結束都五十年了，我們作爲倖存者，總應該反思點什麼，讓後人不再重蹈我們的悲劇。過去我的條件……不成熟，在這方面沒有做什麼工作。你們的回訪提醒了我。」趙廣陵斟詞酌句地說，自己先喝下一口酒。「你寫自己的聯隊戰史，我不反對，這是你的權力和責任；我也想寫我們第八軍攻克松山的戰史。自從你上次來龍陵後，我已經做了兩年多的準備了。但我們這邊很多史料不全，也許有些還不便於公開。我很羨慕你，可以到台灣去查相關的史料……」

「啊，是這個啊，趙先生，我可以毫無保留地給你複印對你有用的資料。台灣有兩本書非常有價值，《第八軍松山圍攻戰史》和《滇西作戰實錄》，我回去就給你寄來。」秋吉現在就像無私提供火力支援的老戰友。他還對芳子小姐說：「如果同一個戰場，由敵對兩方陣營的倖存士兵從不同的角度來寫，那會怎麼樣呢？」

「會成爲最真實的戰爭人類學典範。」芳子小姐也激動地說。

「我會全力支持你。拜託你一定要寫出來，趙先生。」秋吉夫三深深鞠一恭，好像這本書是爲日本國寫的。

「謝謝。我先把酒喝了。」趙廣陵仰頭喝下一大杯。

秋吉和芳子小姐有些詫異地望著趙廣陵，既然要感謝我們，爲什麼不敬我們的酒？但他們也爲剛才的思想碰撞感到高興，自己也端起酒杯喝了。此刻，敵意彷彿已經消融在酒中。

「其實還有一件事情更需要和你探討。」趙廣陵又斟滿酒杯，「能否告訴我，當年你們是如何在松山作戰的？我不是要問你們的火力配置、陣地佈防這些戰術上的問題，我是想知道，爲什麼我們重兵圍著松山打了三個月，其實只圍了三面，松山背後的猛梅河我們根本就沒有派部隊隔江防守，猛梅河涉水可過，但只要有一個連的部隊守在猛梅河對岸，松山攻破後，森本那樣的敗兵是根本逃不出去的。遠征軍的長官司令部那時並不想在松山打一場惡戰，他們只想把你們趕跑了事。孫子兵法中有一條『圍師必闕』，我知道你們也是熟讀《孫子兵法》的人，你們爲什麼不早早撤出戰鬥？松山背後的龍陵也被圍了，遠征軍破城指日可待，戰鬥已經進展到堅守松山毫無戰略意義了，難道你們就是爲了掙一個『玉碎』的虛名？」

面對趙廣陵的追問，秋吉夫三有兩套答案。他像許多日軍老兵一樣，既痛恨這場戰爭對他們的欺騙和傷害，又爲參加了戰爭而自豪。他選擇了對方願意聽的那套。

「趙先生，松山之戰對我們這些日軍倖存者來說，多年來都只有一個詞來概括——悲慘。我們一直在死守，是因爲堅信上峰一定會派部隊來救援，因爲聯隊旗還在，就一定會有救援。他們確實也派了一支大部隊，但在龍陵方向就被遠征軍打回去了。當時每天跟後方聯絡的電報都在告訴士兵們，救援部隊就要來了。可一直等到接到命令『奉燒軍旗』，士兵們才知道上當受騙了。

「那時候軍官的指揮也不靈了，士兵們完全是憑著仇恨和個人的勇氣在戰鬥。有個叫有川的年輕少尉，面對鋪滿戰壕的屍體和十幾個鬼一樣的傷殘士兵，悲壯地說：與其坐等重慶軍衝上來殺死我們，不如衝出去拚個你死我活。他一揮指揮刀，高喊道：天皇陛下的勇士們，跟我來！但沒有一個人回應。他不知道，在他剛來到這段陣地前，兩個饑餓難耐的傷兵還在說，就讓重慶軍衝上來好了，當了俘虜至少我們還能吃飽一頓飯再死。可憐的有川少尉很難堪，他只能又揮著刀喊：天皇陛下萬歲，萬歲！戰壕還是死一般寂靜。狗被打斷了脊樑，小鳥被剪斷了翅膀，眼睛的哀傷、哀痛，就是『玉碎』前的士兵這個樣子吧？有川少尉最後只有自己勇敢地從塹壕裏站了起來，但他剛一露頭，就被重慶軍平射的高射機槍打掉了半邊腦袋，腦漿濺得塹壕裏到處都是。

「戰時的報紙總是喜歡吹噓說，各個戰場『玉碎』的士兵戰死前都在高喊『天皇陛下萬歲』。但就我所知，只有有川少尉喊過。唉，畢竟有川少尉剛從陸軍士官學校畢業。許多人臨死時，只會呼天搶地地叫喚呀。叫救護兵，叫爸爸媽媽，叫自己妻子和孩子的名字。戰鬥初期，日軍對傷患的救護是非常到位的，但到後來，重傷患都沒有人管了。他們只會哀求身邊的戰友，給我一槍吧，拜託啦……

「日本軍人是沒有獨立思想的，但又是最守紀律的。就像一群士兵在一個大雪天來到一座寺廟前，即便沒有軍官，士兵們寧願凍死也不會攜帶槍械進入寺廟；但要是有一個人率先進去了，他們會把佛龕也拆下來燒火取暖。可要是這寺廟要垮了，沒有命令說要逃，或者說沒有哪個珍惜生命的人先邁出第一步，大家都寧願等死也不要逃跑的恥辱。日本軍人毀滅別人的尊嚴很冷酷，但絕不會輕易喪失自己的尊嚴。

「據我後來在調查中瞭解到，森本他們撤出戰鬥，還是有人僞託軍官的命令，喊了聲：『還活著的人趕快回到師團指揮部去報告松山守備隊的情況。』於是還能動彈的士兵扔下槍就跑了，也不管受傷的戰友了。現在我們都還沒有搞清楚是誰先喊出的這句話，他救了很多人的命，但他卻羞於承認。實際上松山守備隊長金光少佐之前已經派了一個中尉逃出去報告情況了。可見，日本軍人也不是你們認爲的那樣不怕死。戰場上的士兵嘛，雖說生死都在毫釐之間，但誰會不珍惜生命？九死一生逃回去的人，也好不到哪裏去。陸軍部已經發表了松山守備隊全軍『玉碎』的『感狀』，報紙上大肆宣傳，日本國民都在爲松山守備隊『玉碎』的軍人們超薦亡靈。師團指揮部的指揮官們爲了面子，不惜把活下來的士兵再派去最危險的戰場，他們最好再度戰死，當官的才能保住面子。森本算是命大的，他在戰後遣送回日本的船上，夥同幾個士兵把一個軍官扔下了大海。」

「哼，原來你們也不是鐵板一塊。」

「趙先生，軍隊不是大學校園。我被派到松山後，去找我的長官報到。那個叫秋田的少尉在哪裏呢？就在你現在這個地方，那時的房子不是這個樣子。這是個喜歡女人的傢伙，他正醉醺醺地抱著一個女人啊。這是軍隊給我上的第一課。軍官和士兵爲爭慰安所的女人爭風吃醋，那些剛派來的朝鮮女人，年輕又漂亮，還乾淨，但多被軍官們包了，士兵們只能找從日本來的又老又醜的妓女。軍官們還說，讓這些姐姐們培養你們爲帝國而戰的勇氣吧。

「到了戰爭打起來時，一個伍長就當面給了秋田少尉一槍。當時伍長去報告說敵人又攻上來了，秋田少尉正在地堡裏吃飯，旁邊還有一個挺身隊的女人給他盛湯，秋田少尉頭也不抬地說，給我把他們打下去就是了。而他身邊的那個女人正是伍長深愛著的。我就不說他的名字了吧。我後來瞭解到，在戰爭末期，守庫房的倉庫長原田義雄上士，也是被爭奪食物的士兵打死的。因爲士兵們認爲他身後的罐頭只是爲軍官們留的。軍心亂到這種地步，我就感到松山守不住了。當時松山守備隊還有一個類似『山口組』的士兵組織，由一個礦工出身的兵長領頭，加入這個組織的人都帶著串佛珠，在軍中比軍銜還管用。他們可以隨意拿好吃的，拿好藥，毆打其他士兵甚至軍醫官，慰安所的女人就更由他們控制了，想要誰就要誰。這些人都是日軍中的敗類，兵痞，是一群沒有道德底線的人。對中國老百姓幹的壞事，也多是他們幹的，有時連軍官也阻止不了。」

「這不能開脫你們的整個罪行。」趙廣陵說。

「趙先生，我們是信神的國度，心爲神明之舍。每個士兵心中都有自己的神明。神主宰了人的氣，而氣有正氣和邪氣，氣正，則是正神；氣邪，則是魔神。在和平的環境裏，日本人大多謙和有禮、勤奮工作，正神指引了人們的健康生活態度。而在戰爭環境下，邪氣上升，魔神釋放出來了。我相信每一支投入了戰爭的軍隊中，都有不少被魔神控制了的壞士兵。還有更多的人心中的魔神是被戰友的死亡、鮮血激發出來的，於是他們濫殺無辜，欺凌弱者，喪失人倫，幹盡了魔鬼才會幹的事。日軍士兵是這樣，你們的軍隊中未嘗沒有這樣的人。這就像你加入了一支足球隊，你的隊友中有努力踢球的，也有亂踢一通不講規則的，這是你的責任嗎？」

「那麼，你現在還認爲自己是受騙上當者之一，就沒有任何責任？」趙廣陵問。

「我們是士兵，既然戰爭是錯誤的，受騙就在所難免。不過被國家所騙，就像被你深愛著的女人騙了一樣，你如果抱怨什麼，就說明你的愛有問題。」秋吉夫三頓了頓，反將一軍：「你呢，趙先生？」

「和你們的戰爭我是自願參加的，爲了保衛我的國家。後來參加和共產黨軍隊打的內戰，才有受騙的感覺。」

「但當你和共產黨的軍隊作戰時，難道就沒有責任感和榮譽感？難道不想盡最大的努力打敗對方，讓自己肩上的金星一加再加？」

這還真把趙廣陵問倒了，他選擇了沉默。

「其實你只要回答我說，我們是軍人就是了。趙先生，軍人爲國家而戰，但國家被政客、軍閥操弄，軍人就是悲劇的主角了。這就是爲什麼我們反對那場戰爭，但還是爲參加了戰爭而感到自豪。這就像你有一場錯誤的愛情，並且爲此付出了一生的代價，但你仍然對這愛情戀戀不忘。你得承認，人一生中所有的經歷，都是有價值的。」

「胡說，殺人放火，喪盡天良，也有價值嗎？」趙廣陵厲聲反問。

「如果是以國家的名義做的這些呢？」

「那它就是一個邪惡的國家。」

「可是你作爲一國之民，又深深愛著這個國家呢？」秋吉夫三忽然動了感情，抓起酒杯將大半杯酒一乾而盡。「趙先生，請不要再跟我爭論戰爭的對錯與得失了。看看你的現在吧，你我在戰後的命運其實是一樣的。」

「不，你和我不一樣。」趙廣陵肯定地說，他看到秋吉夫三疑惑的眼光，又補充說：「因爲我的國家，從不邪惡。」

這一頓酒喝到半夜，兩個日本人都喝倒了，芳子小姐醉得痛哭流涕，說她從來沒有如此瞭解過自己的父輩，他們真是既可憐又可悲。她不知道該更愛他們，還是更恨他們。秋吉夫三在醉意中找來紙筆，賦詩一首，獻給趙廣陵：

壯士百戰幾人還，櫻花七日終究衰；
松山潛龍就屠日，怒江驚濤拍岸來。
楚王自刎神武在，小杜論兵屈詩才。
江東弟子身已老，烏江亭上笑成敗。

趙廣陵暗暗有些吃驚，這傢伙漢詩寫得還像那麼回事。秋吉夫三看趙廣陵凝神讀詩的樣子，就像一個得了高分的學生，難免有些自得了。便說：「我聽說趙先生早年專攻『邊塞詩』，中唐時期的『邊塞詩人』高適、岑參、王昌齡，詩句雄渾自然，激昂慷慨。『殺氣三時作陣雲，寒聲一夜傳刁斗。相看白刃血紛紛，死節從來豈顧勳』。男兒就該讀這樣的詩啊。而我到了晚年，卻愈發喜歡晚唐的杜牧、李商隱的詩歌了。他們的詩句彷彿懸崖峭壁橫空伸出的一支梅花，俊俏驚風，銷魂泣鬼；又像深夜裏的一支傷春幽曲，惆悵淒美，情深意綿。『此情可待成追憶，只是當時已惘然』啊。趙先生，你說我理解得對麼？」

趙廣陵有些許的感慨，不是認爲秋吉夫三唐詩讀得有心得，而是唐詩這樣優秀的人類文明遺產，同樣不能教化一個信奉武士道的國民。他只是說：

「你的詩後半段用典不對，你不能那樣誤讀杜牧『江東弟子多才俊，捲土重來未可知』之原意。難道你想以『江東弟子』自詡？我倒是希望你再讀一讀王安石的『百戰疲勞壯士哀，中原一敗勢難回。江東子弟今雖在，肯爲君王卷土來』。」

秋吉夫三還真把自己當成了靈感迸發的詩人，搖頭晃腦地高聲吟誦，還非要趙廣陵幫忙「斧正」。這種打油詩水準還敢在一個早年專攻「邊塞詩」的老西南聯大生面前班門弄斧，沒有被兩斧頭砍了扔進柴灶，就算是趙廣陵給他面子。趙廣陵只是說，最後面一句不對，犯了常識性錯誤。我和你們可沒有什麼「舊情」。但秋吉夫三堅持不改，說你們中國話不是說不打不相識麼。沒有那場戰爭，我們怎麼會有今天的交情？

芳子小姐先走了，秋吉夫三在松山和龍陵多待了一周，終於實現了和趙廣陵同住一室的夙願。趙廣陵發現這個老鬼子生活比他有規律，早晨四點即起，外出晨練一個小時，回來竟然還能用冰涼刺骨的山泉洗個冷水澡，然後盤腿坐在床上嘰嘰咕咕地念誦一段經文。老年人瞌睡少，常常太陽剛從怒江峽谷東邊的山脈爬上來時，他們已經站在松山的某座山頭上了。

有一天電話局的兩個工人來到趙廣陵家裝電話，讓他莫名其妙。但工人們說錢有人付了，單子也已經下了。你老人家讓我們裝就是了麼。這是大埡口村的第一部程式控制私人電話，連縣城的人申請裝一部電話都要排半年多的隊，拿出將近一年的收入。趙廣陵回頭看秋吉夫三，這個老鬼子笑著說，廣陵君，你有了電話，以後我們就可以隨時越洋通話了嘛。我回去後還要給你寄一台傳真機來，你需要的資料，我在那邊按一個鍵，「嘩啦啦」地就給你傳過來了。通訊、聯絡、搜索，打仗時是致勝的法寶，現在也是。他現在不稱「趙先生」了，自認爲叫「廣陵君」更能拉近和趙廣陵的距離。

那些天他們在松山上翻上爬下，各自講解雙方的攻防過程，就像兩個戰術老教官。有時他們會一個攙一個的手，相互幫襯著爬上一道坎；有時會站在一段殘缺的塹壕前，爭得臉紅脖子粗；有時他們又會各自蹲在一個山頭的兩邊，久久不說話。戰友們的吶喊還迴響在耳邊，不屈的英魂縈繞在他們左右。秋吉夫三羨慕趙廣陵每天都能與他戰死的戰友們朝夕相處。在遠征軍一路進攻的路線上，幾乎每個鏖戰過的地方都擺有陶瓷酒杯、酒碗、飯碗以及紅紙包裹的糕點。

「廣陵君，我有個建議。」秋吉夫三有天站在松山前面一處相對平緩的坡地上，面對主峰子高地喃喃說，「看這裏的風景多美啊，我們共同在這裏建座碑吧。」

「什麼碑？」趙廣陵警覺地問。

「爲雙方戰死者慰靈的碑。既祭奠中國士兵，也祭奠日本士兵。」

「你做夢！」趙廣陵喝了一聲，口氣嚴厲起來，「要建也只該建一座你們謝罪的碑，你敢不敢建？」

秋吉夫三點了一支煙，悠悠地說：「廣陵君，戰死者的靈魂都應該受到朝拜和尊重，這是我們信奉神道的國家的優秀傳統。你們不相信神，只信仰社會主義，那是你們的選擇。可神道本源自於你們中國的儒教、道教和佛教的學說，我們繼承、保存、發展，形成我們大和民族可以自傲於世的宗教信仰。比你們的儒教更進取，道教更精深，佛教更廣博。你們曾經是老師，我們是學生，但老師的後代把祖先的東西忘得差不多了，學生卻傳承了下來。現在爲什麼不放下架子向我們學習呢？難道你們就只學日本的經濟技術，只要日本的無償援助，無息貸款，而日本對世界文明的貢獻，在精神信仰上的優異，卻看都不看一眼，甚至容忍一下都不行呢？」

「你們當年打的『大東亞聖戰』，也是對世界文明的貢獻嗎？你問問埋葬在這裏的中日兩國的士兵。」

「廣陵君，這就是我們兩個國家的差異。他們已經是戰死者了，不再肩負歷史的責任。讓他們的靈魂進入神的殿堂吧，爲什麼總要糾纏過去？」

「不是要糾纏過去，而是釘上了歷史恥辱柱的人，必須作爲歷史的反面教材，昭示後人。如果他們成了讓人膜拜的英雄，戰爭還會再來。你說我們有差異，就是你們還沒有學會以史爲鑒。」

秋吉聳聳肩，「我不明白你們對當了俘虜的日軍士兵那麼仁慈，對我們的戰死者卻毫不憐憫。」

趙廣陵冷冷地問：「你們當初在這片土地上，有過憐憫嗎？」

秋吉愣住了，無言以對。

趙廣陵又問：「你可有聽說德國人在歐洲、非洲那些受他們侵略過的國家建慰靈碑、挖回他們戰死士兵的骨骸？我倒是看新聞說，他們的總理在波蘭爲二戰期間的死難者下跪謝罪。」

秋吉夫三忽然抓緊自己灰白的頭髮，使勁拽了拽，彷彿要把某種奇怪的念頭一把拽出來。「啊！我真希望我們能夠相互交換自己的記憶。我們有那樣非凡的共同經歷，戰爭過去那麼多年了，但我們作爲倖存者，還不能諒解、寬恕、溝通。難道我們不是同一個星球上的人類嗎？」

「我如果有你那樣的記憶，早就面對這片土地跪下了；而你要是有我的記憶，我怕你擔負不起。你們是不是得到的寬恕太多了，忘記了應該承擔的責任？我也真不理解你們日本人，就像不理解一個惡人到鄰居家殺人放火，事後連認罪、道歉都不願意。難道你們就只臣服扔你們原子彈的人卻輕蔑不要你們戰爭賠款的人？秋吉，世上有這樣的道理沒有？」

兩個老兵的對話常常就像兩個國家的外交部長在談判桌上唇槍舌劍。趙廣陵在氣勢上占盡上風，唯有一件往事被提出來時，讓他在秋吉夫三面前陡升羞愧。

他們談到了廖志弘。

就在當年俘虜秋吉夫三的辰高地上，兩個老兵再度複製了當初的血腥歲月。秋吉夫三說，在廖上尉押送他去保山的遠征軍司令部時，他曾經尋思要不要自殺。他們看管得很嚴，找了四個農夫把他綁在擔架上，抬著他走。一路上中國人爭相圍觀，就像看馬戲團的猴子，時不時有臭雞蛋、爛水果砸來，如果不是押送他的中國士兵隨時保護，他可能走不出怒江峽谷就會被憤怒的中國人撕來吃了。那時他就像大海中孤獨的溺水者。大海就是這個龐大的國家，眾多的人民，它掀起滔天巨浪時，不要說一個士兵、一支軍隊，就是他的島國，也會被吞噬。

一個黃昏，秋吉夫三趁那些抬他的農夫在泥濘的山道上滑了一跤時，想趁機咬斷自己的舌頭，廖上尉撲上來把手指伸進他的嘴裏，差點沒被他咬斷。有個士兵掄起槍托想狠狠揍他一頓，但廖上尉制止了他，還把秋吉夫三從擔架上放下來，鬆了綁，帶他到一塊地裏，示意他說，可以小便一下。秋吉夫三淚流滿面，不是因爲感動，而是在心裏把所有親人的名字都喊了一遍，他認爲他們要槍斃他了。因爲他在松山駐紮時，就曾經這樣槍殺過一個戰俘。當官的命令他說，讓這個支那兵徹底去放鬆吧。秋吉夫三還記得他一槍打在那個戰俘背上時，子彈洞穿肉體時的悶響，以及急速奔跑的中國兵回過頭來望著他時，目光裏的驚恐。那時他們常常跟被俘的中國士兵開這種生死玩笑。

「多年後，我終於才明白，不是你們缺乏幽默感，而是你們更有道義。人都有一顆心啊。」秋吉夫三又感慨地說：「你們不殺我，讓我第一次爲日本軍隊感到羞恥。廖上尉呢，現在還活著嗎？」

「早戰死了。」趙廣陵悽楚地答道。

「在哪裏戰死的？」

「晼町附近。」

「噢，真是可惜啊！我記得有個晚上，我們討論了波特萊爾，因爲我看到他的行軍囊裏有一本英文版的《惡之花》。而這本詩集我在大學時也有。你看看，要是沒有戰爭，我們或許可以在某個國際學術會議上相遇的。」

趙廣陵沒有回應，瞇著眼睛望著遠方。

「廣陵君，晼町離這裏不到一天的車程，我們可以去祭掃他嗎？」

趙廣陵忽然反常地暴怒起來，大喊道：「這不關你的事！」

秋吉夫三是個何等聰明的人，他一針見血地說：「你沒有找到他的骨骸，對吧？」

「我說了不關你的事。」趙廣陵的口氣明顯虛弱下去了。

秋吉這次來中國，就像是專門來刺激趙廣陵的。他一再受挫，現在終於找到對手的弱點了。原來中國人並不把自己戰友的遺骸當回事！就像他在松山這樣大的戰場卻沒有看到任何一處戰爭的紀念物一樣。這個國家正在復興，但是他們卻在丟掉許多珍貴的東西。如果在這一點上能教化他們，自己的事情是否會好辦一些呢？

「廣陵君，我們日本人相信，人死了就進入神的殿堂了。魂氣還天，體魄入土。人之靈魂來自天神的賜予，因此他在世時才會那樣勇敢、勤奮、精進。他死後靈魂回天覆命，成爲神祇中的一員，而他的形骸留在人間供人膜拜祭祀，以示敬仰之情，緬懷之思，激勵自身之源。這樣才能達到『天人合一』、人神相通的境界啊。這就是神道的作用。廣陵君，我知道你們中國的儒家學說講認祖歸宗、魂歸故里，說的是精神的歸宿；而入土爲安，又指的是形骸的安放。二者合一，才能神、形俱安。如果你的戰友連骨骸都沒有找到，任由他們葬在不知道的地方，爬蟲走獸踐踏齧齒他們，風霜雨雪覆蓋侵蝕他們，流水帶他們去更遙遠陌生的地方，他們在神殿裏會不安的。我們和他們曾經是生死戰友，我們在戰場上互相都有拜託。死，應該是有拜託的死，正如活，也應該是有拜託的活才有意義一樣。對吧趙先生？死者的生命之花凋謝了，淒美壯麗，活著的人豈能辜負？廣陵君，我相信你和廖志弘君當年是有拜託的，請一定去完成它。拜託了！」

趙廣陵當時羞憤得恨不得踢這個喋喋不休的老鬼子一腳。你來「拜託」我？有沒有搞錯對象？你們那些神道論，還不是師從我們中國的朱子學說。「天人合一」你們也配來談論？牽強附會的胡謅而已。如果歷史罪人也被當成神來膜拜，你們就還只是魑魅魍魎的種。這個老鬼子的狡猾在於，他勸說別人，其實是在誇耀自己，圖謀不軌。趙廣陵當然明白。但人家說到「魂歸故里」，有拜託的生死，就像一把老槍穿越了五十多年的時空，準確地擊中了趙廣陵愧疚的靈魂，讓他在秋吉夫三面前，再不能阿Q了。

從那天以後，趙廣陵做出了一個重要的決定。

秋吉夫三離開松山的那個下午，有點像一九四四年九月六日松山即將被攻克的那個黃昏。天高地迥，群山巍峨，松濤吟唱，白髮飄零。如血的太陽在怒江峽谷上空緩緩沉落。青山在，人已老，兩個老兵竟然都有些依依不捨了。秋吉大動感情地說：

「廣陵君，人生再沒有一個五十年了，你我還能否活五年，都不一定。要好好活著，做完我們該做的事。廣陵君，再次拜託了！」

他想上前擁抱趙廣陵，但趙廣陵說：「你要再次向我保證，不會再打挖骨骸的主意。」

秋吉夫三一語雙關地說：「廣陵君，我們都是有拜託的倖存者，不能帶著遺憾去見自己的戰友。」

趙廣陵愣了一下，說：「有些拜託，是要講道義的。你等一下。」他轉身回到屋裏，秋吉正在納悶，趙廣陵又出來了，手裏展開一塊陳舊泛黃的白棉布。

「秋吉，看看這是什麼，還認得嗎？」

秋吉夫三「噗通」一聲跪下了。這是他的「千人針」啊！上面還清晰可見紅絲線繡的「秋吉夫三君武運長久」的字樣。

五十一年前的那個松山之夜，秋吉夫三因爲下午搶運一個受重傷的日軍士兵，把纏在腰上的「千人針」搞得血污不堪，他就解下來洗了晾在地堡裏。但到晚上他被抽到敢死隊，夜襲遠征軍陣地，結果就被趙廣陵和廖志弘聯手俘虜了。多年來秋吉夫三懊悔不已，那晚要是「千人針」在自己腰上，就不會當俘虜了。可他就是沒有想過，如果他不被俘虜，會不會在松山上連骨頭都找不到。

秋吉夫三嚎啕大哭，老淚縱橫。叨叨絮絮地說，當年他出征時，他的母親和兩個姐姐如何走街串巷，拜託鄉鄰的大姐大媽在上面繡上一針。由於他是從監獄裏放出來直接被徵兵的，鄰居們都看不起秋吉家，說他們是不熱愛大和民族、不效忠天皇的蠢貨、敗類。還是一個叫雙葉的美麗女高中生，將秋吉家的「千人針」拿到福岡的女子高中，才最後繡成這幅「千人針」。上面的字就是雙葉小姐親手繡的。在松山服役時，他一直還和雙葉小姐保持著通信，他們已經相愛了。可是等他回到日本，雙葉卻嫁了人，因爲她也得到通知說秋吉夫三已經戰死。

趙廣陵在參與編寫那本《保山地區文史資料．抗戰專輯》時，曾在松山、龍陵、騰沖的舊戰場上做過廣泛的田野調查。在松山腳下一戶農家的火塘邊，有個農民說，我家還有件日本鬼子的東西，你看看是什麼。他拿出他爺爺用來當指腳布的一塊絹面繡，說他爺爺上山打柴時把腳摔斷了，便認定是這塊日本人的破布引起的。但農村人家，什麼東西都捨不得丟。趙廣陵便拎了瓶一塊二的老白乾，從那農民手裏將它換來了。趙廣陵從軍生涯中就只抓了秋吉夫三一個俘虜，因此對這個名字印象深刻。神奇的是還讓他碰上了這條「千人針」，冥冥之中真是有神安排。趙廣陵還記得他在重慶受訓時，著名的國學大師馬一浮先生曾經寫過一首嘲諷日軍「千人針」的長詩，曾在陪都名動一時，爭相傳誦。他至今還記得其中幾句——

眾裏抽針奉巾悦，不敢人前輕掩袂。
一悦千人下一針，施與征夫作蘭佩。
大神並賜護身符，應有勳名答彼妹。
比戶紅顏能愛國，軍前壯士喜捐軀。
拔刀自詡男兒勇，海陸空軍皆貴寵。
白足長憐鹿女癡，文身只是蝦夷種。
徐福乘舟去不回，至今人愛說蓬萊。
豈知富士山頭雪，終化昆明池底灰。
……

從秋吉的「千人針」，趙廣陵聯想到父親給自己的「死」字旗，兩軍對壘的士兵，背後親人

「拜託」的目光其實都是一樣的。

趙廣陵感慨地說：「你真算幸運，找回了自己親人的東西。我父親贈我的『死』字旗早就燒毀在松山了。拿著，把你當年的『拜託』帶回去吧。」。

秋吉夫三已經沒有心思詢問趙廣陵「死」字旗是什麼了，他雙手捧過「千人針」，嚅嚅地問：「真的可以讓我帶走嗎，廣陵君？」

「是你的，你就帶走；不是你的，就什麼也別想。」

秋吉夫三淚水漣漣地深深鞠躬，鏡片後面的目光，既有感激，也有不服輸。

28 有拜託的生與死

所謂「再美好也經不住遺忘，再悲傷也敵不過時間」，但對老同學、老戰友廖志弘，趙廣陵卻從不敢忘。他如果有秋吉夫三那樣的生活環境，廖志弘的英魂，早就魂歸故里了。

一九六一年，趙廣陵結束了第一次囚徒生活，第二年便向農場方面請假回家探親。但那是一次失敗的還鄉之旅，他只走到怒江邊就被擋回去了。因爲過了怒江就算是邊境地區，是政治形勢敏感區。那些年時常有人偷越國境，他這種刑滿釋放人員，縱然老家在龍陵，還是不允許進入這個區域。那天他站在松山對面一座叫老魯田的大山上，只能遠遠眺望松山，想像松山後面的故鄉。老魯田當年是遠征軍的榴彈炮陣地，用的是美軍援助的一五五毫米的榴彈重炮。趙廣陵還記得他的部隊攻打松山時，呼叫炮火支援的那個美軍詹姆斯中尉，在對講機裏有些油腔滑調地大聲呼喚「Girl，girl，目標三〇五六、三〇五七，覆蓋射擊！」每天從老魯田傾瀉松山上的炮彈，不會少於兩三千發。連趙廣陵都覺得，老魯田上的遠征軍炮陣地，就像一個揮金如土的「Uptown girl（富家少女）」，國軍打仗從來沒有這麼闊氣過。

正是在老魯田大山上的遙望中，趙廣陵在雲層裏聽到了廖志弘「王師北定中原日，家祭無忘告乃翁」的臨終拜託。他們在松山戰場是有過約定的人，就像用刀在骨頭上刻了一句承諾。但讓人汗顏並後悔終生的是，從抗戰勝利到內戰，再到十幾年隱名埋姓、身陷囹圄的生活，趙廣陵自己都在刀鋒上行走，戰友的生死囑託，竟然慢慢地在腦海裏淡化了。那次他本來打算趁回老家探親的機會，去一趟畹町的芒撒山，看看廖志弘戰死的地方。悄悄爲他點幾支煙，獻上一碗酒和米飯。那時他還不敢想到遷墳歸宗的事，誰敢公然爲一個國民黨軍官「招魂」？

大赦後在松山農場工作，趙廣陵時常也會想起廖志弘，而且隨著年齡越大，這種思念就越多，越深。但連他自己都羞愧不已的是，文革結束了，政治環境寬鬆太平了，他卻竟然沒有想到去做這件讓戰友魂歸故里，讓自己內心平靜的大事！是幾十年的政治風雨洗白了他當年的諾言，還是時間沖刷乾淨了一個人血與火的記憶？從被迫性的「遺忘」到自然性的「遺忘」，白髮悄然淹沒了一個人的生死承諾。

一九八七年第一次見到秋吉夫三，他就像一個每天蹲在安靜的院子一角烤太陽喝茶的退休老叟，忽然被人扔到冰水裏再拎起來一樣，把所有的慵懶、妥協、認命、服老、等死一把澆醒了。這些老鬼子竟然敢來尋找他們士兵的骨骸，我們在幹什麼？這種驚醒、震撼、刺激，在趙廣陵心目中，不亞於再一次聽到「九．一八」事變。

秋吉夫三走後，趙廣陵整個兒變了，不再打麻將，不再和一幫退休老倌抱怨物價上漲而微薄的退休金永遠不漲，不再面對陽光下日漸彎曲的身影顧影自憐。懷舊潮汐一般地湧來，拍打著一個孤老頭日益飄零的白髮；責任感大山般隆起，日日夜夜雄踞在蒼老的胸膛。昨日的歷史還沒有老去，就像一群在遠處招手的英姿勃發的年輕人，向一個耄耋老者頻頻傳來他們激情豪邁的聲音。這聲音在相隔久遠的時空中稀疏、弱小，時斷時續，讓人真僞難辨。編輯和撰寫那本「抗戰專輯」時，他已經有了些積累，但那是爲政府做的事情，現在他要寫自己的書。

他開始跑圖書館、縣誌辦、市志辦，甚至還背個書包去了一趟省城。他沒有去見舒淑文，也沒有去看望老戰友周榮。周榮也離休了，住在城西郊的幹休所，這些年他們偶爾有通信，趙廣陵在昆明只跑省圖書館。在那裏他同樣很失望，沒有找到多少自己需要的東西。他經歷的那段血與火的歷史，就像一條大江一頭折進了群山之中，江山猶在，人卻不見其首尾了。

用了兩年的時間，他寫成了《第八軍松山蕩寇志》。秋吉夫三不是要寫他們一一三聯隊的戰史嗎？世界上哪能只有戰敗軍隊的戰史，卻沒有人記述勝利者當年的光榮。洋洋灑灑近三十萬字的書稿，他自己都覺得還有許多不足，資料有限，筆力笨拙，敘述生澀，辭不達意，激情衰退，靈感枯竭。當年風華正茂、才華橫溢時都幹什麼去了啊！你不是曾經也算是一個文化人麼，現在怎麼連一句話都寫不俐落了？這是他那期間的老大徒傷悲。這些傷悲在孤燈下，在夕陽中，在筆尖下，在酒醒後，在松山的松濤嗚咽裏，在獨自面對戰友英魂的傾訴中，隨處可見，如枯萎的花瓣般飄落。繆斯啊繆斯，你還是我的女神麼，你只鍾情於年輕人麼？難道你不憐惜一個老人書寫歷史的丹青之心？

就像所有面對世人的冷漠，卻要固執地交出自己人生歷史的蒼涼老人家一樣，趙廣陵還是誠惶誠恐地將書稿寄給了省裏的一家出版社。一個月、三個月、半年、一年過去了。這個就像交出自己女兒的老人沒有得到出版社方面的一點消息。他實在等不起了，買了張長途汽車票，坐了兩天的汽車跑到昆明。

在出版社的編輯部裏，一個戴眼鏡的小後生好不容易從辦公室角落裏成堆的書稿中找出了他的稿子。趙廣陵一眼就看出，他們只撕開了牛皮紙的外封，當初他用來紮稿子的麻繩都沒有解開呢。老人氣得胸膛大海波浪般起伏，問你們就沒有拆開看一看？小後生瞄了一眼有一層灰的書稿，說寫什麼的。趙廣陵回答說寫當年第八軍在松山打日本鬼子的歷史。小後生自作聰明地開始給趙廣陵上課。老人家，打日本鬼子的是八路軍，從來不興叫第八軍，正式的叫法是第十八集團軍，簡稱八路軍。你這書稿，歷史上的稱謂都不對。趙廣陵終於爆發了，一拍桌子喝道，你無知！我寫的是中國遠征軍第八軍。你還是一個中國人嗎？

隔壁一個中年編輯聽到爭吵跑過來，讓趙廣陵息怒，他看了看目錄，翻了翻稿子，批評了小後生幾句，然後對趙廣陵說，老同志，我大概知道你寫的什麼了。但是這種描寫國民黨軍隊抗戰的書稿，現在還屬於敏感題材。要報批，要經過審查，即便通過了，還要看市場的情況。您這種寫法，我感覺有點老套了。光看書名，還以為是明清小說呢。眼下這個社會誰要讀啊？現在各種文學思潮、風格流派五花八門，百花齊放。意識流，現代派，荒誕派，嚎叫派，野獸派，黑色幽默，灰色風格，還有魔幻現實主義，新寫實主義，後現代主義，後後現代主義，手法越新越怪，市場才認可。老同志，現在是市場經濟了，書出版後不賺錢，我們也要餓肚子的。

趙廣陵起身抱走了自己的稿子，臨出門時他說，要不是當年那些抗日將士捨命打鬼子，你們就不是餓肚子的事情了，當了亡國奴都還不明白哩。還跟我談什麼現代派，哼！

書稿受挫還不是最大的打擊。趙廣陵曾經去了一趟中緬邊境的畹町，想尋找廖志弘當年的戰場和他戰死的芒撒山。但他又被擋回來了，阻止他尋找步履的竟然是一條無法逾越的國境線。當地人告訴他，六〇年代中緬勘界，芒撒山劃歸緬甸了。趙廣陵當時大叫一聲，浴血奮戰才打下來的國土，一寸山河一寸血，怎麼說劃給別人就劃了呢！又不是碗裏劃一塊肉。陪同他的朋友說，趙老倌你可別亂說亂講，和平勘界嘛，你劃給我一塊，我還給你一塊。這是國家的事，不是我們這些小老百姓管得了的。

那次在畹町，趙廣陵獨自坐在瑞麗江邊憂心如焚，欲哭無淚。江對面就是芒撒山，邊境線的這一段中緬雙方隔江為界。他從前的勤務兵小三子曾經詳盡告訴過他廖志弘埋葬的具體地點：在芒撒山山頂下方有三棵巨大的大青樹，他把廖志弘的埋葬地點選在面對中國方向最大的一棵樹下——趙廣陵認為這是小三子一生中做得正確的幾件事情之一。那樹從五米左右高處，分叉成兩支粗壯的樹幹。當時找了一塊石板想立一個碑的，但還沒來得及刻字，傘兵突擊隊就接到繼續追擊敵人的命令，小三子就拜託給負責打掃戰場的後續部隊。也許是某個粗枝大葉的軍官，就根據廖志弘軍裝上「趙岑」名字的身分牌，將他登記進陣亡軍官的名錄了。如果那塊碑還在的話，說不定上面還是刻著「趙岑」的名字哩。

趙廣陵悔不當初啊，就像蹉跎了歲月、辜負了時光的白髮歸人。我從什麼時候起活成了一個只顧保命、而忘記承諾的人？抗戰勝利後那次回家探親，為什麼不來畹町？從內戰前線逃回昆明，幾年時間裏在昆明搞話劇，追名逐利，狼奔鼠竄，又為何不來？那時趙廣陵還在以廖志弘之名給他的父母寫信，每一次提筆覆信，他都想向廖志弘的雙親道明真相，但一再展讀廖志弘家書中的那些殷勤叮囑、眷眷期盼，他又如何下得了筆？這個世界上有些謊言不過是為了阻擋老父老母奔流的眼淚。

九〇年代中緬邊境的貿易相當繁榮，畹町這個那時全國唯一的鎮級市，是西南邊疆改革開放的明星口岸，來自全國各地的商人和遊客雲集於此，或經商，或旅遊。各種舶來品、走私貨在省城和內陸城市買不到的、見不到的，在這裏都一應俱全。從女人的化妝品到日本汽車，從泰國人妖到緬甸妓女，從三五香煙到海洛因——你只要有足夠的膽量，花幾十塊錢就能買到一小包。真是個烏七八糟的地方啊！趙廣陵感歎到。在他的記憶裏，畹町口岸是一個總能讓人升起民族自豪感的地方。一九四二年中國遠征軍第一次入緬作戰，就是從畹町出的境，一九四五年元月將日本鬼子打出國門，也是在畹町贏得的勝利。更爲重要的是，他的好戰友廖志弘就戰死在這裏。可是，現在誰知道他？

他去找過當地政府，說明了自己的打算，希望得到他們的幫助。但政府工作人員告訴他，沒有遇到過他這樣的人，也沒辦過他要辦的事情。你到緬甸那邊旅遊可以，參加個旅遊團就過去了；你要去經商投資也可以，拿出錢來人家更是求之不得。但你要去動土遷墳，這個事情就大了，我們幫不了你的。當年戰死在緬甸的國民黨軍隊的人多了，據說好十多萬呢。誰有本事把他們遷得回來？你怕是要去找外交部才行。

一個邊地老人怎麼知道外交部的大門朝那邊開？真是把皮球一腳踢到月亮上去了。人上了年紀，有一條不喜歡的狗總是越長越大、如影相隨，那就是無助。從難以跨過一條小水溝，到面對紛繁的社會無所適從。到一九九五年秋吉夫三再次來到松山，自以爲是地教化他不履行生死戰友的「拜託」，縱然他有一千種理由來反駁，也欲說還休了。畢竟你沒有做到。

那些年他能做到的，就是利用自己還是縣政協委員和黃埔同學會龍陵分會會長的身分，上書當地政府，對出入本地的日本人嚴格管理，絕不容許他們在舊戰場上有任何祭祀活動，更不能容許他們盜挖侵華日軍骨骸，並形成地方法規。他還用了一年多的時間完成了一件無愧於祖宗的事情，重修《趙氏族譜》。

從前白塔趙氏家族的族譜被日本人毀廢殆盡，但一個在緬甸定居做生意的趙氏後人竟然還保留了一本。在趙廣陵的主持下，族譜修訂、增補等工作幾乎都是他一手完成的。但族人在選族長時，人們卻推薦了一個在政府當過局長的老人，雖然他沒有多少文化，論輩分還應該叫趙廣陵叔。可族人說，趙廣陵黨員都不是，當族長的話，很多事情不好辦。從趙廣陵父親那一輩起，上溯三輩都是趙氏家族的族長。但趙廣陵也覺得自己沒有資格與同族人爭什麼，一無權二無錢，還連趙姓後代都沒有一個，不孝有三無後爲大，豈能在族人面前理直氣壯？不過在趙廣陵的倡議下，龍陵白塔趙氏成立了一個教育基金會，由他任會長，在族人中募集到一筆資金，規定凡考上高中、大學以上的趙氏後人，都可得到基金會的贊助。趙廣陵不無賭氣地對族人講：人家毀了我們的祠堂、燒了我們的族譜，再來我白塔山下建學校。孰可忍乎？我趙氏家族，耕讀傳家數百年，田野所產，山林所生，詩書盈室，學子輩出，生生不息，豈可少學資？

這其實是一個老人能夠堅守的最後一道防線。

秋吉夫三走後，趙廣陵決定冒一次險。在一個春暖花開的日子，瑞麗江水碧綠如玉，趙廣陵終於跨過了國境線，向芒撒山「發起總攻」。

嚴格意義上講這是一次偷渡。他沒有護照，沒有辦理任何過境簽證。半個月前經人介紹，趙廣陵在畹町認識了一個老兵，河南人，姓付，也是當年宋希濂麾下十一集團軍的，還是個少校醫官，當年打完仗就留在此地，雖然是自謀職業懸壺濟世，但也受了些磨難。

他們在付老倌的藥鋪見了面。付老倌比趙廣陵還年長，九十多歲的人了，還微微顫顫站起身，彎曲著手掌竟然給趙廣陵敬了個軍禮。說這麼多年來，老叟藏身邊地，隱名埋姓，終於見到我們部隊的人了。你是中校，我是少校，給長官敬禮是我們的軍規。趙廣陵趕忙還禮，說你那時都是校官了，我還只是個尉官呢。你才是我的老長官。兩個老兵自然是一席長談，拂鬚拭淚，把酒話英雄，嗟歎說戰場。付老倌說，你要過去遷戰友的墳，太簡單的事情。中緬邊境本是一條和平的邊境線，這些年邊貿發展迅猛，兩地的百姓互通有無，常常挑著擔子就過去了。更有那些年輕人，跑到那邊看一些在國內看不到的港台錄影，從武打片到黃片。不要找官方了，走民間的路子吧，我讓我兒子把你帶過去就是了。芒撒山附近的九谷城、南坎都還有我們遠征軍的戰友，他們當年打完仗就沒有回來，幾十年都在那邊討生活。活得倒安寧，但沒有自己的國家了啊。我寫封信讓我兒子帶著，需要時就找他們幫忙。

付老倌的兒子付小民五十來歲，是個做玉石生意的小老闆。他說他家老爺子不讓他們幾兄弟在政府部門工作，哪怕他的弟弟大學讀畢業了，本來進了政府當幹部，但老爺子非要他退職，還說除非他不再姓付了。真是個頑固的國民黨反動派，中國沒幾個了。趙廣陵心有戚戚地看看他說，你們現在過得也挺好的嘛，你老爹兒孫滿堂，你們也不愁吃喝。付小民說，好什麼啊，朝不保夕的，現在當幹部才好。

芒撒山是座熱帶雨林長得密密實實的大山，林木遮天蔽日，需要用砍刀開路方可前進。趙廣陵來之前用手繪了一幅地形草圖，標明了南北，廖志弘葬身的大體位置，以防在密林中迷失方向。但萬萬沒有想到的是，還沒有抵達山頂，四個緬兵手持M16步槍擋住了他們的去路。從他們身上搜走了砍刀、鋤頭、地圖、望遠鏡、指北針、手電筒等，還有兩個準備裝屍骨的布口袋。

他們被押到九谷城的員警所。付小民會幾句傣語，一番問話後他對趙廣陵說：「趙大爹，這下麻煩大了。他們說我們是來販毒的，甚至還說我們是特務哩。」

兩個偷渡的中國人被單獨關押，輪番審訊。趙廣陵沒有想到自己都快八十了，還要蹲監獄。特務他幹過，但還沒有被人因這個罪名被捕過。販毒，有誰見過七八十歲的老人家還來跑單幫販毒？他反問那個審問他的緬甸警官。

關押了半個多月，付小民終於聯繫上了他父親在九谷城的老戰友，一個穿花襯衣的老華僑來警局看他們，他一頭白髮，皮膚黝黑，跟當地人幾乎沒有什麼兩樣。他向趙廣陵自我介紹說，我姓王，單字念。安徽人，過去是七一師的少尉通訊官，我因爲負傷在九谷的野戰醫院養傷，傷養好了部隊調去打內戰，我實在不想再打仗了，就在九谷留了下來。

王念說：「老長官，你們的案子大了。一般說中國人在這邊犯了點事，花個一兩百萬緬幣就解決了。但現在他們指控你們販毒和從事間諜活動，警察局長告訴我說報到上面去了。可能要判你們重罪。老長官啊，你做這麼大個事情，怎麼不先給我們這邊打個招呼。這邊看著平和，其實亂得很。道理講不通的。」

趙廣陵氣咻咻地說：「當年戰死在這裏的中國遠征軍，還不是爲了把他們從日軍佔領下解放出來，挖回英雄們的骨骸，理所當然嘛。怎麼跟他們說都解釋不清。」

王念說：「老長官，你沒有在緬甸作過戰，當年他們可是不認同我們遠征軍的。他們認爲日本人才是解放者哩。我們在緬甸這些年，從來不敢說自己當過遠征軍，連兒女面前都不說。」

趙廣陵想起他在受審時，那個警官鄙夷的目光，想起秋吉夫三說戰死的日軍士兵在緬甸隨處可見的慰靈碑。中國遠征軍的光榮，誰來承認呢？他悲憤地慨歎一聲：「他媽的，難道我們比當年的法西斯軍隊還不如？」

王念說：「老長官，我看這個事情只有趕快通報給國內。你有認識的大官朋友嗎，讓他們出面來擔保，或許可行，至少爭取把你們引渡回去。緬甸人還是怕我們中國的，不然你就得在緬甸蹲監獄了。」

趙廣陵苦笑道：「蹲了大半輩子的監獄，沒想到還要蹲國外的監獄。真是把監獄當家了。」

話雖這樣說，趙廣陵當然不願在緬甸蹲監獄。他想起了老戰友周榮，儘管他離休了，但這是他能夠聯繫上的唯一大官。他寫了封信，請王念想辦法帶到國內去。王念臨走時拉住趙廣陵的手，動情地說：「老長官，過去我不認識你，也不認識你要帶回家的戰友。但我們是中國遠征軍……你做的事，功德無量。緬甸有多少遠征軍的遺骸啊，凡是我們遠征軍戰鬥過的地方，有埋在地下的，也有活在人世的。我們就是戰場上的蒲公英啊。硝煙飄到哪裏，就把我們帶到哪裏。過去有些地方還有陵園，現在都毀了，沒有人管了，都成了忠魂野鬼，誰來帶他們回家啊！我會親自去一趟昆明。我給緬甸的警官錢了，他們會給你換一個好一點的地方。等我的消息吧，老長官。」

兩個多月後，趙廣陵和付小民被引渡回國。周榮身後跟著一幫人在畹町口岸接他們。他故作正經地對趙廣陵說：「你這個老滇票，就是不相信組織。」

29 親情與愛情

回國後他們的問題很快就查清楚了。周榮的影響力讓趙廣陵大開眼界，本地政府首腦、公安局長、邊境管理局局長、邊防武警支隊長，在周榮給趙廣陵壓驚的晚宴上，都來給周榮敬酒，一口一個「老領導」、「老八路」，搞得周榮不斷指著趙廣陵說，打日本鬼子，我沒有他厲害。你們給這個老英雄多敬敬酒。

那個晚上趙廣陵喝多了，畢竟在監獄裏待了一段時間，身子骨虛，第二天就病倒了。周榮不容他多說什麼，買了機票兩人一起回昆明。周榮說，老夥計，我的老伴兒也不在了，家裏空空的，現在我們兩個半死老倌不相互攙扶，哪個來管我們哦。

在昆明，周榮讓趙廣陵住最好的醫院，做全身檢查，單人病房，進口藥物，一個醫生、兩個護士全程服務。住得趙廣陵心驚肉跳，讓他想起當年在美軍醫院才享受到的那種待遇。但此一時彼一時也，怎能相比？他見到周榮就抱怨，這要多少錢，我的醫保報銷不了的。周榮笑笑說：「我還負擔不起你的醫療費？共產黨發給我那麼高的退休金，也有你一份。老夥計，你得做一個手術了。不大，小手術，我會給你找最好的專家。」

趙廣陵一怔，問：「什麼手術？」

周榮想了想，才說：「醫生說你長癌了，在膀胱裏。切了就好了，以後莫喝酒了。」

趙廣陵沉默了，頭扭向一邊。死神終於追過來了，就像一個多次擦身而過的老熟人。陽光從窗戶斜射過來，打在病床上，不讓人感到溫暖，反而倍顯淒涼；窗外的樹葉婆娑搖曳，像拭淚的手。周榮拉起趙廣陵的手，一時不知該說些什麼好。

趙廣陵在緬甸的監獄裏開始發現自己在尿血。開初他以爲是勞累和環境改變所致。他對自己的身體一向是自信的，死人堆裏爬出來的人，閻王都害怕。這把老骨頭已經磨礪成了松山上的一棵老松樹，風刀霜劍，火燎雪壓，只會越來越堅韌、勁道、皮實。怎麼一住進醫院就有癌了呢？

「我得回去。我的事情還沒有完成。」趙廣陵幽幽地說。

「莫給我扯把子啦。你的事情也是我的事情。」周榮知道趙廣陵心裏惦記的是什麼。「廖志弘也是我的老同學、老戰友。」

「我有承諾的，耽誤了，耽誤了……再不抓緊，就來不及了。今後九泉之下，我有何臉面與他相見？」趙廣陵哽咽起來。

「你別急，這事還得從兩國政府之間的層面來協商。你都不准日本人來松山挖一鍬土，人家還不是一樣。我會抓緊跟那邊聯繫的。你呢，先做手術，養好了身體我們再去。這些年怪我，離休後對你關照少了。唉，你這個強頭強腦的老滇票。今後我要把你管起來了。我是你大哥，對吧？」

趙廣陵忽然像個無助的老小孩，抓緊周榮的手說：「要是像人家說的，劃開肚子看看是晚期了，就縫回去。那還不如不花這筆錢。」

周榮拍拍趙廣陵的肩膀，「槍林彈雨的戰場上都闖過來的人，還怕這一關？還在乎這點錢？老夥計，放心好了，有我在嘛。要相信我，嗯？」

面對趙廣陵這些年做的事情，周榮深感愧疚。離休前他已經官至副省級，離休後他只是全心全意地頤養天年，全國各地到處周遊會老戰友——當然不是趙廣陵那個陣營的，還回老家住了幾年。他生活在處處受人尊敬的晚年祥和生活中，衣錦還鄉，榮歸故里，人生圓滿，沒有遺憾。

衰老不過是恭候在前方的一個老朋友，他安詳而體面地走向他，就像一個領導走向等待提拔的下級，他在衰老面前也是尊貴的。他要是在衰老面前使使性子，說老子還不老。衰老也會說，是的，領導身體還好著哩。領導是八十歲的年齡，四十歲的心臟。

離休生活讓周榮這樣級別的幹部深感愜意，出遊，唱歌，練書法，打太極拳，定期身體檢查，參加老幹部集體活動，沒有什麼可操心的，也沒有什麼可擔心的。但當他在畹町橋頭見到趙廣陵被押過來的那一刻，看到趙廣陵那樣消瘦，那樣落魄，像條老野狗，目光裏卻有一種老而彌堅的東西，恨恨的，硬硬的，一下洞穿了他離休後的慵懶閒適生活，讓他既心酸又慚愧。原來有的人還在爲過去的光榮與輝煌而活著，原來生命中的承諾正是活下去最重要的價值。就像秋吉夫三點醒了趙廣陵，趙廣陵喚起了周榮的責任感。

膀胱切除手術很快就做了，這個渾身戰傷的老兵又多了個讓他感到羞愧的傷口——腹部一直要掛一個接大便的塑膠袋。醫生說你沒有膀胱了，我們給你把尿道改道了，小便由肛門排出，而大便由腹部切開這個口排出。生活是麻煩點，但你的命保下來了。趙廣陵見到來探視的周榮，第一句話便開罵，你這個老龜兒子，給我找的什麼醫生啊！身體髮膚，受之父母，更不要說裏面的器官。讓他們亂切一氣不說，還東改西改的。我還像個什麼人？還不如一刀切死我。

周榮笑呵呵地說：「死哪有那麼容易，還有人惦記著你哩。」然後他回頭向病房外面喊：「都進來吧，又不是大姑娘下花轎。」

兩個老太太略帶羞澀地踅進來，手足無措的樣子，真像再一次下花轎的女人了。

只能是舒淑文和舒淑雅姐妹。

都老了，老得如此徹底，老得不敢相識相見，不敢相依相伴。世事變遷如斯，故人就像舞台上或大或小的角色，換一幕就都朝如青絲暮成雪了。命運為什麼要如此戲謔，非要等到一個在病床上，兩個來到病床前，才讓他們別時亦難、相見更難呢？

舒淑雅還是那麼儀態萬方，氣質高雅，滿頭銀髮蓬鬆，但絲毫不亂，像一朵盛開的蒲公英，彷彿每一根髮絲都是某個高級髮型師巧妙佈局的細節，都是鏡中人自惜羽毛的精細呵護與不老柔情。她手捧一大把乳白色的百合，那百合的顏色就如她的膚色，還透著凝脂般的華貴。她唇上的口紅讓趙廣陵一瞬間想起那個芳子小姐，還想起多年前舒菲菲站在舞台上的昆明腔國語，甚至還想起唐朝的明月下，楊貴妃的回眸一笑——不是「六宮粉黛無顏色」，而是長恨的歲月裏，如此的笑靨曇花難現。舒淑雅老了，但舒菲菲還如她手中的百合花一般，永遠都在趙廣陵心中盛開。

即便五十年過去了，在姐姐面前，舒淑文永遠都是配角，永遠都是被改造好了的素面朝天的勞動人民，不施粉黛，不描蛾眉，清風朗月，沉靜如水。但卻有「才下眉頭，又上心頭」的那種無法消除的哀怨。她不捧花，卻捧一個保溫盒壺，裏面是煲好的雞湯。她比她姐姐的眼淚下來得更快，更多，更悲戚。趙廣陵雖然目光被舒淑雅的驚豔吸引，但在短暫的震懾之後，他的目光望向舒淑文，一如一個走失多年的孩子望著母親。

片刻的尷尬後，趙廣陵像個戰敗的士兵，難為情地笑了，「這麼大的太陽，還勞煩你們來看我，我沒什麼大礙。已經好了，好了……」

這三個人的見面竟然如此平淡，彷彿他們從未曾生離死別過。亂世佳人花期已謝，鐵血男兒深陷病床。旁觀者周榮就像一個現場導演，把演員調度到一個重逢的場景中，讓他們去臨場發揮，演繹後面的情節。他壞壞地笑了一下，說：「你們一家人擺擺龍門陣。我要先走了。」

趙廣陵有些膽怯地說：「別走，龍門陣大家一起擺。」

周榮撓撓自己的腦袋，「這顆白腦殼，也不能當燈泡吧。」然後向趙廣陵睞了睞眼，轉身就走了。

「你是個龜兒子。」趙廣陵衝他的背影喊。

「都生病了，還那麼火氣旺。」舒淑文有些嗔怪道。就像多年前在自家飯桌或臥室裏的那種無處不在的數落。畢竟還是做過十幾年的夫妻啊。

舒淑雅正襟危坐地坐在病床前，她戴了副茶色眼鏡，讓趙廣陵看不清她眼裏真實的情感，也正如她多年以來讓趙廣陵探究不到底的內心世界。她終於淺淺一笑，清風悅耳地說：

「趙導演，你演了一部人生大戲啊，周先生和我妹妹都給我講了。這些年，真苦了你了。」

五十年沒有人叫過他「趙導演」了。這個塵封的稱謂就是鑄成了一坨鐵，也被舒淑雅轉眼就在一個溫情的熔爐裏回了一次爐，馬上就讓它光彩重生，喚醒了一個人的自信和驕傲。他微微一笑，說：

「沒什麼，生命要有苦難，人生才會戲劇化。不是說人生如戲嘛，要演就演最精彩的。」

出院後趙廣陵就被舒淑文姐妹接回家裏養病去了，周榮本來想爭，趙廣陵也情願去跟老戰友擠在一起，周榮有一個獨立的小院，除了保姆，兒女們很少回來。但那兩個老太婆不容分說，就把他形同「綁架」般接了出去。

舒淑雅在昆明買了一套寬敞的複式房子，趙廣陵和舒家的保姆許妹住樓下兩間，舒淑文和姐姐住樓上。這是一個奇特的組合，是一家親，又非一家庭。三個白髮老人歲數加起來超過兩百歲，餐桌前湊不出一幅完整的牙齒。連保姆許妹都說，你們這是一個小型的養老院呢。不過女人護理病人，自然比男人精細得多，有兩姊妹的精心伺候，趙廣陵恢復得很快。

本來趙廣陵早就鬧著要回去的，但兩姊妹左勸右勸，就是讓他邁不開回松山的腿。人一旦生了病，骨頭也就軟了，心勁兒也泄了，不知是被醫院的藥腐蝕的，還是經不住舒淑文姐妹溫存的勸解。加之周榮隔三差五地跑舒家，也反對趙廣陵孤身一人回松山。現在四個老人剛好湊得齊一桌麻將。人生本該相依相伴的歲月，本該攜手建功的雄心，竟然就像手掌裏抓不住的魚兒般滑溜出去了，游向了時間的深海，再也捉不回來了，只剩下這幾個空留許多遺憾的白髮老人，「閒話說玄宗」。這不是一種殘酷，只是一種無奈。

還有一種無奈是一份已經被割斷的親情。有一天四個老人正在打牌，一個派頭不小的領導敲開了家門，身後跟著拎包的秘書。已官至副廳級的葉保國威風八面地站在他幾十年不見的生父前。高了，胖了，富態了，官相十足了。

他沒有叫一聲「爸爸」，只是說，我來看看你。連路人的問候都比這句官腔不改的話更溫暖。他還禮節性地伸出一隻手來，像接見下屬一樣地想和他的父親握手。趙廣陵恨恨地看了兒子一眼，毫不領情地轉身就走。舒淑文忙說，都到客廳坐，許妹，趕快來泡茶啊。

在客廳落座後父子仍是無言相向。這次會面是舒淑文特意安排的，現在她就像一個翻譯，在父子間傳遞雙方想說或不想說的話。你父親的手術很成功，現在恢復得很好。保國現在工作很忙，成天在外面不是開會就是出差，一年中我都見不到他幾次。你父親想回老家那邊，但我們想還是在昆明養病更好更方便一些，我和你大姨反正沒事，也可照料照料。保國的兒子快考大學了，成績還說得過去，保國說要送他出去留學呢。老趙，跟你兒子說兩句吧。保國，好好寬寬你父親的心，讓他安心在這裏養病。

強老頭趙廣陵始終把頭扭向窗外；而當了大領導的兒子沒有想到在大姨家裏還能見到比自己更大的領導周榮。周榮當副省級幹部時，他還只是在大會場聽報告的一個處級哩，想近身套個近乎都怕秘書擋駕，人家的門朝那邊開也不知道。因此他見到周榮的激動遠超過見到自己的親爹。他向老領導問安，關心老領導的身體和生活，說哪天親自來帶老領導到哪個水庫釣魚，去哪座山上賞花，哪裏的溫泉ＳＰＡ又開發得特別好，可以一邊賞雪，一邊泡溫泉，就像在日本一樣。老領導只要想去，我打個電話，分分鐘，讓他們把總統套房給老領導留下來。

周榮實在聽不下去了，沒好氣地說，先帶你爹去。葉保國順口說，他嘛，級別不夠的。周榮火了，拿出了老領導的威風。喝道，級別不夠你就自己掏腰包。我告訴你，不管你當多大的官，百事孝爲先！葉保國愣了一下，忙說，是是是，我這不是專程來看他嘛。然後他向秘書一使眼色，秘書連忙從公事包裏拿出一封錢來，遞給葉保國，葉保國並不接那錢，只向趙廣陵那邊偏了一下頭，精明的秘書忙恭謙地說，趙大爹，這是我們領導的一點心意。請您老人家收下，安心養病。我們領導會隨時抽時間來看您老的。

趙廣陵聲音不高不低、但威嚴十足地說：「滾出去。老子沒你這個兒子。」

葉保國走了後，舒淑文一把老淚一把辛酸地開始數落強老頭趙廣陵。你兒子來認你，你得給人家一個台階嘛。人家現在當了大領導，出息大了，開會作報告上千人聽，難道你還要人家像小時候那樣跪著說話？你也不看看你兒子頭上也有白頭髮了嗎？你知不知道，那些年你三天兩頭地管制、勞改，我躲在屋子裏偷偷抹眼淚，孩子們卻高興得不得了。爲什麼？只要他在家，話不准大聲說，門永遠必須關上，窗簾也得拉上，家裏就像一個黑漆漆的牢房。他要出門前，就像外面有特務，站在窗子前撩開窗簾一角左看右看，還把孩子使出去看有沒有人。老大豆芽出去看了一次不夠，等幾分鐘又把老二豆角使出去。院子裏一有陌生人說話，他就緊張得不行，豎起耳朵躲在窗子後聽，從來不敢像一個家庭主人那樣，坦坦蕩蕩地和人交往，爽爽快快地當一個父親。說好要帶家人去公園玩，孩子們頭天晚上就開始激動，可是到星期天早上，外面陽光燦爛，鳥兒叫得歡，他卻在屋子裏轉來轉去，左打聽右打聽，就是不跨出門。就像要帶孩子們去幹壞事。哪個孩子喜歡自己的父親鬼鬼祟祟的，像電影裏躲在陰暗角落裏的特務？他只要一不在家，我們家就大門洞開，窗戶敞亮，孩子們在院子裏活蹦亂跳，打進打出。連鄰居都說，你們家老貓一出去，一群小耗子都從窩裏跑出來了。

周榮勸舒淑文不要說了，那時趙廣陵情況特殊。那些苦日子都過去啦，我們繼續打牌吧。

舒淑文這天就像積蓄已久的壓抑情緒潰堤了，非要繼續數落。苦日子過去了，心頭還堵著哩。男兒大丈夫的，在外面失敗了，我們不怪你，但你在家裏不能失敗啊，當爹不能失敗啊。人家的孩子從小在父親身上爬上爬下的，他呢？一週從農場回來一次，飯碗還沒端起來，就要孩子們站隊點名，還報數，然後逐個報告一週做了什麼，沒有完成的就打手板心。有一天豆角從外面回來，一顆紐扣沒有扣好，他把娃娃抓過來屁股上就是一巴掌，豆角那時還在上幼稚園啊。完全是個舊軍閥嘛。人家說父慈子孝，你叫孩子們咋個親你愛你？你就沒有想想，自己的歷史問題給孩子們帶來了多大的傷害？從上小學開始，他們每學期開學時必須填的表格中，在父親的「政治面貌」一欄中，先是要填「人民管制份子」，後來就必須填「服刑勞改人員」了。有一年豆芽強著不填，結果班主任把我叫去，指著空白欄說，他父親是什麼人，就填什麼身分。你怎麼能教孩子撒謊呢？其實我們的孩子哪裏敢撒謊呀，他們天天要求進步，做夢都想加入少先隊，紅衛兵……

舒淑雅也陪著抹眼淚，說妹妹求求你就別說啦，心頭怪堵的。孩子小不懂事，也怪不得他們。

我的孩子懂事可早了，窮人的孩子早當家嘛。舒淑文不管不顧地繼續說。豆芽八九歲時就開始擔水挑煤、拾柴煮飯。那時我天天搞運動，煉鋼鐵，身體又不好，挑不了水，豆芽和豆角兩兄弟一個九歲，一個七歲，每次用扁擔去抬半桶水回來。在水井邊還要受人家的欺負，「反革命家的狗崽子，排後面去」！有一天一個混小子說「兩個小和尙抬水給一個尼姑吃啊」。趙豆芽掄起扁擔就朝他打過去。他那麼瘦小的身子，怎麼打得過比他大的娃娃？他和豆角滿頭是血地回到家，手上提著打斷的扁擔和只剩幾塊木片的水桶。那天我是豁出去了的，在街坊們面前跳著腳地罵街，要打我兒子的人站出來評理。最後是一個居民小組長說，算啦別吵了。你們這種家庭的人，還有臉在人前說理。想反攻倒算嗎？我倒不是想反攻誰，我就是想評一個理啊！我就是想那種時候有一個男人站在我的身後，保護我的孩子們啊！

「嘩啦！」趙廣陵推翻了麻將桌上的牌，起身進自己的屋子裏去了。

這事過了幾天後，舒淑文說她外孫生病住院了，她要去女兒家照應幾天，還帶走了保姆許妹。這有點像某種刻意的迴避，讓一對鰥寡孤獨的老頭老太相互去面對漫長的時光。舒淑雅什麼家務事都不會做，趙廣陵還得撐著病歪歪的身子爲她做飯。舒淑雅說我們叫外賣吧，或者到外面去吃。趙廣陵說，有鍋有灶的不弄，哪還像個家？

「你想有個家嗎？」舒淑雅忽然問。

趙廣陵一愣，說：「我有家。在松山。」他的心跳忽然加快了，他看到舒淑雅有些迷濛的眼光，浸泡著蒼老的愛憐，從眼角漁網一般的皺紋中流淌出來，讓人心碎。他轉身進了廚房。

那個晚上他們吃得很簡單，一個番茄炒雞蛋，蒸了一小盤火腿，一碗魚湯，兩個鹹菜。但舒淑雅卻拿出一瓶紅酒來，滿滿倒上一大杯，趙廣陵不喝，靜靜地望著餐桌對面的女人，聽她在酒精的作用下一瀉千里的傾訴。女人如果主動要喝酒，一般是一個故事的開始。

三十歲以前，我還認爲我的家應該在中國。舒淑雅說。剛到曼谷時，人生地不熟的，父親的生意也很難，那時天天都在後悔，爲什麼要跑出來？如果從國內傳來的消息好一點，也許我們早就回來了。到了國外才知道，這個世界上沒爹沒娘的孩子是夠可憐的，但沒有了自己的國家，就不僅僅是可憐了，是可悲。父親的頭髮很早就白了，詩也不寫了。帶出去的十二根金條，第一次做生意就給人騙去了八根，急得他幾乎要上吊。我只好去華僑學校教書，第一天站在講台上時，想起的是舞台下的觀眾，海潮一般的掌聲，後台堆放不下的鮮花，看都不願多看一眼的請柬，而現在面對的是一群呆呵呵的小娃娃！那堂課我是含著眼淚講下來的啊！校長還把我訓誡了一通。說我在課堂上內心沒有激情，臉上沒有表情。天啊！激情。天啊，表情！我那時才想起你的話：沒有自己的國家，何以演話劇。後來是一個姓劉的先生帶著父親做海產品生意，生活才慢慢安定下來。但人家的幫助是有代價的，劉先生的妻子也在國內沒有出去，就跟父親商量說，能否讓我嫁給他。我怎麼能嫁一個跟自己父親一般大的人！父親就跟劉先生分手了，自己重新打拚。那些年，真是難啊……

「我記得有一年你父親找人帶回過一封信，還說要把舒淑文接出去。」

「還不是因爲國內傳來的消息太恐怖。那時華人圈子裏都是些國民黨政府裏跑出來的政府官員、戰敗軍官、破產商人，他們鑽在一起哪裏會有共產黨的好話。後來，得知你和我妹妹結婚了，父親還對我說，這個趙迅看來註定是我們舒家的人。閨女，你就另攀高枝吧。」

「我不明白，你在那邊，怎麼就沒有找到一個合適的人？憑你的條件……」

「都是一群喪家之犬，成天只會抱怨哀歎。當初在國內，養尊處優慣了，現在成了別人國家裏的二等公民，還端著架子下不來。每一個人都像活在雲端裏，飄飄晃晃的，一陣風來，就不知會被吹到哪裏去了。那些年我天天想我們的迎春劇藝社，做夢都是在舞台上。夢裏不知身是客，哭醒後，方才知道，流水落花春去了。」

舒淑文在時，他們不會談得這樣深。即便大家都已淡泊了幾十年來的等待和思念，消弭了天各一方的遺恨和酸楚，但有第三方在時，大家都陪著小心，不提情感方面的事情。這個第三方很奇特，有可能是舒淑文，也有可能是舒淑雅。舒淑文多次向她姐姐告罪，說她一不該奪了姐姐的愛，二不該和趙廣陵離婚。天主所結合的，人不可以拆散。我們結合時天主被趕出去了，人家當然就可以拆散我們。可是啊，當年不為孩子著想又能怎樣，他還不是一樣長大，哪怕成為一個普通工人，也比現在這個連親爹也不認的兒子強。趙廣陵一生被判這樣罪那樣罪，但都平反了；而她的罪是不可寬恕的，在天主面前也得不到寬恕了。

那個晚上舒淑雅喝得花容失色，哭哭笑笑，「為老不尊」，完全不像一個七十多歲的老太婆。趙廣陵只能不斷給她遞紙巾，奪下她的酒杯，勸她早點去休息。舒淑雅還在醉意闌珊中，說我們去吧台那邊喝。你不知道，我現在天天都要靠喝下一大杯白蘭地，才可入睡。那些相思的夜晚啊……

這套寬大的複式樓裏專門闢了一小間房子來做藏酒間，還做了個精巧的吧台。藏酒間有一整排酒櫃，收存了各種款式、年份的洋酒、葡萄酒、白酒。趙廣陵剛住進來時，不明白一個女人怎麼還如此好酒。現在他好像有些明白了——所有的生離死別，隱忍等待，月圓月缺，都為今晚這個時刻而準備；所有的相思綿綿，背井離鄉，孤燈難眠，都需要一杯苦酒去溶解。

上蒼如果是憐憫的，它總會找一個最恰當的氛圍，讓兩個傷痕累累的人，互舔羽毛、一訴衷腸。

舒淑雅偏偏倒倒地兀自往藏酒室走，趙廣陵心有戚戚，他想去攙扶她，但又沒有那份勇氣。但舒淑雅回眸一聲輕柔的呼喚，讓他怦然心動。她說：

「趙導演，你還想得起年輕時，我們演出完後去燒烤攤喝酒的事嗎？」

在藏酒室柔和的燈光下，舒淑雅面色緋紅，宛轉蛾眉，連皺紋都在酒精刺激下抻平了。趙廣陵眼前彷彿不是一個七十多歲的老婦人，而是年輕時代的舒菲菲年老的扮相。典雅、孤傲，像池中殘荷，淒美中散發出冷豔的光芒。

趙廣陵心底裏陡升一股暮年的柔情，決絕的豪氣。「天意憐幽草，人間重晚晴」。你還猶豫什麼，不就是一觴酒麼？今宵醉生，明朝死去，豈不快意？趙廣陵從酒櫃裏找了兩瓶酒，一瓶白的一瓶紅的，擺在吧台上。

「我們老家有句話說：酒越陳越厚，情越老越深。既然很多的夜晚，都是我們各自和一個月亮對飲，我們其實都上了月亮的當啊。它既不飲酒，也不解鄉愁。杜甫有句詩就像是為我們的今晚寫的，『酒債尋常行處有，人生七十古來稀』。來吧，就當這是幾十年前我們相互欠下的酒債吧。」

他往舒淑雅的酒杯裏倒了小半杯紅酒，再自己倒上一大杯白酒。燈光下兩隻酒杯裏的酒紅的似琥珀，白的如瓊漿。酒杯輕輕一碰，把兩人心中的懷舊戀情都撞翻了。誰孤獨難耐時不想喝酒，誰相思綿綿時不想找醉？又有誰，在回首蒼涼往事時，不想和一兩個知己，推杯換盞，把酒話當年？懷舊本來就是一杯甘冽的美酒，美酒加懷舊，已經熄滅多年的激情，也會燃燒起來。但這是一種寂靜的燃燒，在地層深處的燃燒，燒不到皮膚，灼痛的是心。舒淑雅的眼淚再次傾瀉而下。

趙廣陵仰頭一口飲盡，豪邁地喊了一聲：「男兒少壯有雄心，老時只剩一觴酒。好酒！」

舒淑雅淚雨婆娑地望著豪飲的趙廣陵，「趙導演啊趙導演，是你讓我明白了什麼是紙醉金迷中的高貴，什麼是亂世中生活下去的勇氣。我只是在多年以後才明白這些的呀。那時我們太年輕，沉溺在原罪中。我的原罪就是我太驕傲了。當年我以爲既然你是愛我的，就應該跟我走。我以爲我走後，不出三個月，你就會追著出來。唉，我和我妹妹都是想用一根繩子去拴一個男人的女人，她拴住了，又放手了；我一輩子下來，才發現自己手裏是根紙繩。」

「不是一根紙繩，是命運之繩。」趙廣陵不知什麼時候手上有了支煙，手術後他本來煙酒都戒了的。「你們逃離昆明那天，我來追過你們，但是沒追上。」

「你說什麼？」舒淑雅差點沒有站起來。

「我一生中的秘密太多，但這是一個連你的妹妹我都沒有交代過的秘密。」他平靜地說，深深地吸了口煙，又重重地吐出來。

一九四九年十二月九日，雲南省政府主席盧漢將軍忽然在昆明宣佈起義投奔共產黨，並扣押了駐守在雲南的中央軍第八軍軍長李彌、二十六軍軍長余程萬，以及一些國民黨中央在雲南的要員。第二天人們看到那些在藍天白雲下潑辣辣招展的紅色旗幟，就像春天裏千樹萬樹姹紫嫣紅，才知道變天了，解放了。但駐守在滇南一帶的李彌和余程萬的部隊，見自己的長官被扣，便拚死往昆明反撲，昆明頓時陷入戰火之中。盧漢的部隊抵擋不住了，只得同意放走李彌和余程萬，以緩兵之計等待正火速趕來的解放軍的救援。

昆明城那時混亂一片，到處戒嚴，人們狼奔豕突、奪路逃亡。飛機場、火車站、汽車站，以及橋樑路口，都有憲兵和軍警把守，你至少得有五六張以上的關防簽章才過得了這些關卡。舒淑雅的父親是爲法國人做事的，事情就簡單得多，拿著法國領事館簽發的批文，全家人一路暢通無阻地就到了火車站。

每過一道關卡，舒淑雅都在混亂的人群中舉目張望。她希望戲劇化的一幕出現——趙迅撥開擁擠的人群，打倒阻攔的士兵，如一個戰神一般衝到她的面前。如果真是這樣，她會撲到他的懷裏，緊緊地抱住他，一生一世也不放手。

但是，直到開往滇南的火車一聲悲鳴，舒淑雅也沒有在人頭攢湧的月台上看到那個她熟悉的身影。火車駛出戰火紛飛的家園，緩慢地爬行在紅土高原上，將眷念的目光越拉越長，越走越沉重，彷彿載不動這亂世情緣。一直到皺紋爬上曾經青春靚麗的面容，白髮如霜降般撒滿曾經驕傲的頭顱，舒淑雅也不會忘記昆明火車站那混亂中痛到骨頭裏的失望。

「你不知道，其實我已經過了很多關卡了。警察局的，稽查處的，城防司令部的，偵緝隊的，戰時特別通勤處的，甚至憲兵團的。」趙廣陵說到此時也有些激動起來了，彷彿剛剛衝過一道關卡。

「憲兵把守的地方是到火車站的最後一道關卡，那你爲什麼不在月台上？」舒淑雅抓緊了自己的酒杯腳，彷彿隨時要向趙廣陵的頭上砸過去。

趙廣陵那時離月台也就約三百米，但那是他一生也無法逾越的距離。這就是他的命。他已經聽得見火車催促人們趕快上車前的鳴叫，聽得見蒸汽機車蓄勢待發時的咆哮。他手上的特別通行證來自於省黨通局特派員錢基瑞。我們不會忘記這個中統特務，文化劊子手，但我們也不會忘記他也畢業於西南聯大。在大廈將傾時，他知道自己作爲這棟大廈的維護者在劫難逃，但他的最後一點良知還讓他面對自己學兄的懇求時，人性回歸，悲憫重現。趙廣陵還記得他對自己最後的話是：迅兄，逃亡是下一次勝利的開始。共產黨曾經就是這樣，現在輪到國民黨了。

可對趙廣陵來說，這是人生失敗的開始。他在火車站的候車樓前忽然被一輛維斯利敞篷吉普車橫在前面擋住了去路。尖銳的急剎車聲如一把鋒利的刀子，一刀斬斷了趙廣陵急迫地想追隨舒菲菲而去、不要話劇而要愛情的一腔情懷。一個中校軍官從駕駛副座上跳下來，高聲叫道：

「廖志弘營長，往哪裏走啊？」

「廖志弘」這個名字在從內戰前線回來以後，就再沒有人這樣叫了（儘管他那個時候叫趙迅）。他驚得渾身一個激靈，更讓他差不多要癱倒的，是吉普車後排座上那個神情冷峻的陸軍中將。他不無溫情地問：

「兄弟，別來無恙？」

重新被叫做「廖志弘營長」的趙廣陵就像被使了定身法一樣，再也邁不動腳步。他不知道怎麼就上了第八軍軍長李彌的座車。李彌一手摟著他的肩，一手握住他的手，說我找了你好久。你這條雲南漢子，現在過怎麼樣？趙廣陵忙說，軍長，我不是廖志弘，我是趙迅。我是趙廣陵。李彌哈哈大笑，我才不管你叫什麼呢？我只認得你臉上爲我留下的傷疤，只認得我們是生死兄弟。跟我走吧，好兄弟。有我吃的，就有你的吃的。我的四八三團還差一個上校團長，你去幹吧。

戰爭打到隨便在大街上抓一個人來就可以當團長了，這仗還能打嗎？儘管趙廣陵說了，我不想打內戰；他也說了，我要去找我的愛人，她就在火車上等著我。趙廣陵還說了，我這些年不指揮部隊了，我當導演，只會指導那些演員演戲。但李彌一句說就給他擋回去了。「還有比戰爭更精彩的人生大戲？」

這趟駛離昆明的火車爲李彌專門加掛了一節包廂，李彌斜靠在沙發上，對趙廣陵說，廖營長，不要看他們現在鬧的這樣凶。起義，哈，老子要起義的話，在徐蚌戰場就起義了，還要他們來要脅我？老弟，等第三次世界大戰打起來，我們還會殺回來的。當年我在江西，被他們追殺得丟盔卸甲，身邊的衛士都戰死了，我還不是活到了今天。軍人嘛，不要在乎這一成一敗。我告訴過你的，對一個軍人來說，他的戰爭永遠不會結束。除非他戰死疆場。

包廂裏有法國紅酒、硬殼麵包、咖啡、乳酪、火腿腸、巧克力。大地在車廂外後退，遍地都是舒菲菲遺恨的目光和揮灑的眼淚，它們跌碎在紅土地上，飄零在田間地頭，懸掛在痛苦地擺動的樹梢。趙廣陵看得到，感受得到，甚至聽得到前面某節車廂裏那傷心欲絕的啜泣。在李彌軍長切一塊火腿時，趙廣陵說我要去一趟廁所。

廁所在車廂的連接處，兩個憲兵把守在那裏。趙廣陵進了廁所，鎖好門。然後推開窗戶，翻身爬到了外面。他本想爬上車頂，一節車廂一節車廂地找他的舒菲菲。但在他就要翻上車頂時，火車鬼使神差地一個剎車，趙廣陵就從車身上飛出去了。

「到我醒來時，天都黑了。哪裏還有火車，還有我的愛？我錯過了那一班火車，就錯過了我一生愛啊……」

「唉呀……喂！」舒淑雅輕輕歎了口氣，彷彿被一隻飛來的蜜蜂在心房上螫了一口，痛得肝膽俱裂，花容失色，但還不能放聲慘叫。劇痛之後，唯有面對不可更改的命運，黯然神傷了。

「別傷心，所有的苦難，都是有價值的。」一時間在此刻凝固了，趙廣陵捧住了舒淑雅的手，就像捧住一隻躍動的松鼠，捧住好不容易找回來的幸福。兩人都長久沒有話，兩雙有了老年斑的手就那麼輕輕地握捏，柔柔地摩挲。似乎沒有這一生中難得一次的肌膚相親，他們便會分不清這是在夢裏還是夢外；分不清這是白居易筆下的「七月七日長生殿，夜半無人私語時」，還是兩個普通的中國人，用自己的一生寫就的一篇「長恨歌」。

第二天早上舒淑文打電話來，電話才響了一聲，舒淑雅就像做賊似的，攬衣推枕地抓起床頭的話機。兩姊妹在電話裏只說了幾句，舒淑文彷彿什麼都明白了，她幽幽地說，我還要在女兒這邊多住一些時日，你好好照顧趙哥吧。然後就把電話掛了。

周榮過來找牌局時，發現總是三缺一了。舒淑文那邊總推說忙，走不開。什麼事情能逃得脫這個老公安的眼睛呢？有一天兩個老頭兒出去釣魚，放下魚竿後他對趙廣陵說：我看你們好得很哦，老花眼裏都是秋波，看來老感情有助於殺死癌細胞。

趙廣陵難為情地說，你胡扯。周榮繼續他的玩笑，老年人也要談情說愛嘛。趙廣陵羞得老臉都沒處擱了，只好辯解道，我其實心裏更偏向舒淑文的。但人家的女兒臉色難看，連我兒子也好像不情願。更氣人的是，我回來後他媽讓他把姓改回來，說是為寬寬我的心。你猜人家怎麼說？我這姓和名字是進了檔案的，我是組織的人了，哪能說改就改？又不是你們的過去，換一個名字好欺騙組織。這個小雜種。唉，我這一輩子對不起舒淑文，就讓人家晚年活得安定點吧。她也是一身的病，將來不指望一雙兒女，難道還指望得上我？罷了，就當老子這一脈人在趙氏家譜裏絕後，反正已經無臉一生了！

周榮說，你還是跟舒淑雅結伴過清爽點。反正大家都無牽無掛的。趙廣陵歎口氣，跟舒淑雅吧，倒是有一筆情債。那也是債啊，就跟我的那些歷史舊債一樣。不過呢，這種債永遠還不清。周榮笑呵呵地說，那趕快結婚嘛，我好討杯喜酒喝。趙廣陵白他一眼，我還沒有老得發昏。我這半條命的人，怎能害了人家？再說了，你還了這個的，又欠下那個的。周榮也歎口氣，我們這種糟老頭子，結不結婚也無所謂了，老來有伴就好。你可是老來得桃花運啊，擋都擋不住。趙廣陵白了他一眼，說：

「你以爲這是一種幸運，還是一種殘酷？」

當然，爲廖志弘遷墳歸宗的事，趙廣陵仍是念念不忘。但周榮總是說，打報告上去了，要等待批覆；在省政協大會上呼籲了，有關部門正在研討。這不是廖志弘一個人的問題，緬甸那邊還有好多遠征軍老兵的遺骸呢，這涉及到國家與國家之間的交涉，還牽涉到海峽兩岸是否要攜手來做的問題，統戰部、外事辦、僑辦、台辦，這些部門都要一個個地跑，哪那麼容易。這些事情我會做的，你先安心養病。

這一養，一年多過去了。生活終於在晚年呈現出夕陽落山前的安詳從容，輝煌絢爛，就像一杯古茶樹的茶葉泡出的茶，一開初總是很苦澀的，還帶著歷史的陳年霉味，但越喝就越有股淡淡的甘甜味了。

附件七：秋吉夫三致趙廣陵

廣陵君台鑒：

在下秋吉萬分遺憾地得知閣下身體有恙，一直在昆明養病。這次中國之行，未能與廣陵君再敘舊情，共勘舊日戰場，實在令人惋惜有加，思念不斷。切望閣下貴體早日康復，頤養天年。

此番前來松山，行動已多有不便。拜閣下所賜，病榻上仍上書當地政府，以無傷貴國民族情感之名，極力阻擾我等挖掘陣亡者遺骸之工作，以至於當地政府出台相關章法若干，禁止日本國民在松山之任何參訪祭奠活動。

廣陵君，我等戰爭倖存者，對中國人民已盡最大之誠意，對修復戰爭給兩國人民造成的傷害，亦盡最大之努力。為何爾等仍不對日本國民之宗教情感、對戰爭陣亡者之在天之靈，哪怕只寬容一二？秋吉夫三及其日軍倖存老兵、戰爭遺族，對此深表遺恨。戰爭過去五十年矣，日中之國事，何以加身於你我之恩怨？閣下等總是指責日本不道歉，不認罪，難道閣下就不反思自己缺乏憐憫與寬厚？也不反思日本自中國開放後無以計數之經濟技術援助？

縱然如此，秋吉對閣下人品之高潔，學問之深廣，行事之純正，深為服膺。秋吉也對閣下正在撰寫之戰史極為關注，並衷心祝願能早日成書，拜讀到閣下之大作，以悅我等眼目，還戰爭最真實之面目也。此番也帶有相關資料一包，包括上次所言台灣方面出版之書籍，一併供閣下參閱。傳真機一台，也贈與閣下。資料等已留在賢侄孫趙厚明先生處，閣下回松山時可取之。

賢侄孫趙厚明先生是日中友好之希望所在。吾輩仇怨太深，一時難以化解，唯有託付於時間去消融。然日本在中國從不缺乏朋友，過去如此，現在亦然。賢侄孫對我等老兵珍視歷史之心情甚為理解支持，帶我參觀閣下收藏之未展出戰場遺物。秋吉極為榮幸地在閣下藏品中看到我一一三聯隊軍旗殘片。此殘片雖不足兩平方尺，但作為前一一三聯隊之倖存者，作為視聯隊旗為軍魂之每一名本聯隊士兵，無論是戰死者還是倖存者，均會頂禮膜拜之，五體投地之，淚流滿面之。

秋吉不知廣陵君何以奪得此聯隊旗殘片，日本公開戰史均記載一一三聯隊隊旗在全軍「玉碎」前為真鍋邦人大尉奉命燒毀。也許閣下知道，整個二戰期間，日軍聯隊軍旗共四百四十四面，均由日本天皇陛下親手授予。無論是美國軍隊還是中國軍隊、英國軍隊，均無有奪得日軍聯隊旗之榮耀。所有軍旗，均因日本戰敗而悉數焚毀。世界上沒有哪個國家之軍隊，能如日軍視軍旗為最高榮譽，人在旗在，人亡旗毀，似櫻花入泥，菊香遁空。

據在下所知，目前在全日本的戰爭紀念館中，僅有東京靖國神社「遊就館」裏珍藏有一小抔奉燒軍旗之餘燼，一枝軍旗旗杆和一個旗冠，以及好不容易珍藏下來的幾小塊軍旗之覆面，它們都屬於騎兵第二六聯隊，已為日本之國寶矣。

廣陵君是最幸運之中國軍人，也是秋吉要特別感謝之朋友。如不是閣下仔細收存，歷史將在這裏出現一個巨大缺陷。經與趙厚明先生認真協商，秋吉以不菲之資購得此珍貴聯隊旗殘片。此物雖為閣下戰利品，但秋吉得知，廣陵君百年之後，所藏戰爭文物將作為閣下之遺產轉贈趙厚明先生，在下不揣冒昧，擔心趙厚明之命，難以承受如此寶貴的財富。暴殄天物，亦未為一定。再則，廣陵君上次送還秋吉「千人針」之大義，在下及家人沒齒難忘，感恩不盡。君言：「是你的，你就帶走。」信哉斯言。在下竊以為，「千人針」如此，聯隊旗殘片亦然。這是日本軍隊之歷史，我等較之於閣下，更有責任和義務保存收藏。切望廣陵君諒解在下先斬後奏之罪，更望閣下理解我等老兵魂魄之所依所持。

廣陵君，國之立，在於兵之立；兵之立，在其魂之立，無關乎成敗一二。兵魂永存，其武運長久矣！你我均曾為日中兩國軍人，我之軍旗你可奪得，我也可奪回。此乃軍人之宿命對決也！

在下本該復上昆明，探親病榻上的老朋友。但因行程安排原因，不得不從芒市直飛上海。他日春和景明、怒江水清之時，再來拜訪廣陵君，聆聽閣下之教誨。

祈願病體康復，壽比南山！

秋吉夫三敬上

平成十年（一九九八）七月十三日具

一九四四年九月三日，趙廣陵的連隊和兄弟部隊一起攻擊到日軍松山守備隊最高指揮官的塹壕前。之前抓到的兩個瀕死的日軍俘虜承認他們是一一三聯隊軍旗護衛隊的士兵。這極大地激勵了遠征軍官兵的士氣，因爲他們知道，軍旗護衛隊是日軍聯隊中最精銳的單位，多則一個中隊，少則一個小隊，都由戰術素養最好的軍官和士兵組成。日軍還有一個規矩，軍旗在，聯隊番號就在；經常會有這樣的情況，一旦軍旗有危險，他們的指揮官會毫不顧惜士兵的生命，拚光整支部隊也要把軍旗奪回來。而在戰場上，日軍聯隊軍旗肯定和最高指揮官在一起。一面軍旗，是戰場上日本軍人拚死抵抗的信念與支撐，實際上也負載著軍國主義的不死陰魂。

遠征軍前線指揮官下了命令：攻克這個堡壘，誰奪得日軍軍旗，擊斃或活捉日軍最高指揮官，獎勵法幣一萬，官升三級。

那時遠征軍官兵們已經不在乎什麼重賞和升官了，都殺紅了眼，都在搏命了，也都要拚死把對方的榮譽和生命踩在腳下。營長、團長都提了「湯姆遜」衝鋒槍衝在前面，有個操作火焰噴射器的噴火兵也不管什麼風向了，操起噴火槍就打，結果逆風，一個火團反撲過來，將他自己燒成了個火球。一個營長率先跳進了鬼子一人多深的塹壕，打光了槍裏的子彈，竟然被一個力大無比的鬼子用刺刀挑起頂了出來。戰場上到處都是翻滾在一起的兩軍士兵，僵持不下時便會傳來一聲悶響，也不知是哪方的士兵拉響了身上的手榴彈。還有的士兵知道自己拚刺刀拚不過鬼子，乾脆就全身掛滿了手榴彈，衝入敵陣後便拉開引線與鬼子同歸於盡。

戰後遠征軍才查清，松山日軍守備隊的軍旗護衛隊不過是一個小隊，五六十人左右。經過近三個月的戰鬥，最多剩下不過二三十人，但那場戰鬥卻是松山攻擊戰中最爲慘烈的。趙廣陵帶著兩個兵衝進一個「冂」型的地下坑道，趙廣陵從左，讓那兩個兵從右，在拐角處他就聞著了煙火味，那裏還掛著一個破破爛爛的布簾。趙廣陵先衝裏面掃射一通，撩開布簾就用日語大喊「繳槍！投降！遠征軍不殺俘虜」。一個半蹲在一團火堆前的鬼子軍官根本不爲所動，反而把手伸進火裏，不斷將沒有燒盡的軍旗往火裏添。趙廣陵反應過來了，一梭子子彈打過去，從那頭攻過來的兩個士兵也是一頓狂射。鬼子軍官倒下了，壓在了火上。趙廣陵衝過去踢開屍體，只揀得兩片巴掌大小的一一三聯隊軍旗殘片。

當時他並沒有當多大回事，只是將這兩塊碎布片作爲個人的戰利品收存了。戰鬥那麼殘酷，哪還有心思去邀功。李彌後來到美軍醫院給他頒發四等雲麾勳章時，還責怪他爲什麼不早報告奪得日軍軍旗殘片的事情，不然豈止給他升一級少校。趙廣陵的回答是：不是一面完整的軍旗，就不算一樁完美的榮耀。

一九四五年春天回家探親時，趙廣陵才把這兩塊日軍軍旗殘片展示給親人們看，就像一個外出求學歸來的學子給家人看自己的成績單。因此他才在鄉鄰中享有「裏『死』旗滅倭寇奪降旗」之美譽。他歸隊時跟他哥哥趙忠仁說，你給我把這兩塊破布丟在我家豬圈裏。但他沒有想到的是，在他退休後回家修房子時，竟然在自家房樑上發現它們和那幅「忠孝師表」裏藏在一起。也許這是兄長做的又一件錯事──他自己當了漢奸，還讓他的孫子再當一次「漢奸」。

30 忠魂歸國

日本人又「奪」回了他們的軍旗——儘管只是殘片，儘管其手段令人不齒。日軍老兵秋吉夫三就像當年在松山戰場上面目猙獰地撲向趙廣陵，再次給他致命一擊，讓他在病床上氣吐了血，一週茶飯不思。

趙廣陵吐血不止，被舒家姐妹送到醫院急救，周榮聞訊後急匆匆趕來。趙廣陵恨恨地說：「我們在這邊歌舞昇平，頤養天年，人家可沒有閑著，招魂來了。偷走我的東西不說，還來養漢奸。」

周榮讀完秋吉夫三的信，也恨得牙癢癢的，「畢竟是搶掠慣了的民族，一點廉恥也不要了。」

趙廣陵歎一口氣：「我就是那個憨厚的農夫啊，用自己的體溫去救一條蛇。」

「這個世上最狠毒的角色，就是那些不服輸的人。」周榮皺緊了眉頭，「我們還是不瞭解日本人，而人家可把我們看得清清楚楚。軍國主義陰魂不死，再一交手，我們還要吃虧。」

「人家叫陣來了。老周，我得回去。我家那個小漢奸，不知還會幹出多少辱沒門庭、出賣祖宗的事情哩。老子要回去打斷他的腿。」

一邊的舒淑雅說：「別動肝火啦。都不想想自己多大年齡的人了。」她現在跟趙廣陵說話，越來越像她妹妹的口氣了。

舒淑文卻說：「要走，我們跟你一起走。你在松山待了那麼多年，當年我想去看你，人家都不讓。現在趁還走得動，我要去看看你的家鄉，你勞改的農場，你打過仗的戰場。」

周榮看著他們，覺得他們還像不服老的少男少女。他嘿嘿一笑，「你們這些老爺爺老婆婆，以爲是去踏春嗎？上次去西郊公園，是哪個喊血壓升上去了？又是哪個叫喚心臟受不了呢？」

趙廣陵也說：「這是我們男人的事，你們女人家別攙和。」他想了想又說，「老周，我不等你們跑這樣那樣的啥批文了，我等不起啦。趁我還沒有老糊塗，還記得住要做的事，我要回去爲廖志弘遷墳。我這老病之身，回到病床就像人家年輕人奔向婚床一樣，說倒就倒了。秋吉夫三有一句話真是頂到我們的心窩子了：『宿命對決』。哼，人家太知道一個老兵的戰爭永遠不會結束。這個狗娘養的老鬼子，我可不能再輸給他了。」

「你這個樣子，怎麼回去？」

趙廣陵說：「有人幫我嘛。有良知的中國人，還是大多數。」

這些年一些社會上的志願者開始關注抗戰老兵的生存狀況和那段被人們遺忘的歷史。他們來自全國各地，從事不同的行業。但他們都有一顆強烈的民族自尊心，都有重新認識歷史的強烈欲望。他們在媒體上報導抗戰老兵的情況，在網路上設立援助抗戰老兵的專門網站，發起募捐，傳遞關愛。時代已經發展到無法以個人好惡來遮蔽你不喜歡的東西，時代也已進步到將公正與良知，獨立判斷和質疑金科玉律視爲一個民族正在成熟的標誌。許多人通過他們的行動才開始慢慢瞭解這段歷史。特別是滇緬戰場，過去的歷史教科書多沒有提及。

現在開放的力度越來越大，政府也多次在官方場合和媒體上承認國民黨軍隊正面戰場上的歷史功績，對此方面的史料鉤沉也越來越多，越來越客觀公正。因此民間的力量得到某種偏向弱者的強勁反彈。良知未眠、富有責任感和道義感的中國人忽然發現那些當年的抗戰老兵們都是八十歲左右的老人家了，他們在無情的歷史中倍受磨難，在社會的喧囂中漸行漸遠，被冷漠遺忘，悽楚孤單的背影比我們的國寶熊貓還珍貴。一些愛心人士拿出錢來，爲老兵們治病，解決生活困難；一些文化人到處追尋老兵們的蹤跡，踏訪他們的戰場，宣揚他們被埋沒的功績。凡是去過松山憑弔過當年抗日戰場的人們，誰不知道趙廣陵啊。不是他的戰功如何偉大，而是參加過松山戰役的老兵倖存者已經不多了。

有個叫曹文斌的年輕人，三十多歲，是個常年在滇緬邊境從事貿易的商人。趙廣陵做完手術還躺在病床上時，他專程從滇西跑到昆明來看望，說是來還債的。趙廣陵還有些納悶，說我不認識你啊，你怎麼會欠我什麼。曹文斌說，老大爹，你這樣的抗戰老兵，我們都欠你。

曹文斌還是一個關愛抗戰老兵網站的發起人之一，他在網站上發表了自己幾年來踏訪滇西戰場的心得，還把它列印出來，拿給趙廣陵看，其中有一段話讓趙廣陵對這個素不相識的年輕老闆刮目相看了。曹文斌寫道：

松山戰役結束後，遠征軍用剛從美國運來的推土機推出一個一個的大坑，然後再將屍體一堆一堆地推下去。雖然立了一個碑，但文革時還被砸毀了。在對待戰死者的態度上，我們還真不及日本軍隊，他們即便戰事再緊迫，也要將戰死者的骨灰帶走，至少是一部分遺骨。棄屍不顧對日本軍人來說，是跟戰敗逃跑一樣的羞恥。他們在形骸上尊重陣亡者，在精神上又將他們上升到神的高度，還為他們建造神社，供世代敬仰。你說它是軍國主義思想也好，說是文明國家尊重生命也罷，它的士兵在戰場就少有後顧之憂了，就有強烈的榮譽感了。軍人的榮譽，不僅在生前，還應在死後，軍人的榮譽上升到比生命還重要的地步，軍人才會成為一個真正的軍人。如果我們今天對那些曾經為國家民族浴血奮戰的抗戰老兵缺乏應有的尊重，忘記補償他們應該得到卻因種種原因而沒有得到的榮譽，那麼，一旦戰事再起，誰來為我們的國家民族而戰？一個國家要強大，只能是兵對國忠，國對兵義；兵不懼死，國不敢忘。這才是國之重器，國之魂魄。

趙廣陵問曹文斌，你當過兵嗎？曹文斌回答說，沒有。我只想走進真實的歷史。我只想證明自己的人生，除了賺錢，還有其他價值。趙廣陵說，我們其實每一場戰役結束後都會爲陣亡將士立碑的，不論是在滇西還是在緬甸，多是以師爲單位。只是後來……

有曹文斌這樣的中國人，歷史就不會被遺忘、被遮罩。他把趙廣陵的經歷發佈在網上，一天之內，趙廣陵的病床前來了十幾撥前來探望的愛心人士，讓陪在一邊的周榮都眼熱了。

曹文斌對趙廣陵爲戰友遷墳的夙願相當熱心，他說政府那邊有障礙，咱們就走民間的路子。但趙廣陵已經吃過一次苦頭了，就說怕不行吧，人家不讓我們挖一鍬土的。曹文斌笑笑說，老大爹，我瞭解現在的緬甸，我還是那邊受歡迎的投資商呢。有錢就好說。十萬塊夠不夠？

那期間儘管趙廣陵和曹文斌已經成了莫逆之交，但他一直沒有答應曹文斌。他一輩子也沒有掙到過十萬塊，怎麼好花人家的錢呢？何況如此莊重崇高的事情，得靠錢來鋪路，這讓趙廣陵接受不了。日本人前些年想來挖松山的日軍骨骸，不是也靠錢開路嗎？怎麼我們也落到這種地步了？按他的理解，廖志弘這樣的抗日英雄，應該是國葬。

但人類的悲哀在於，再純潔高尚的事情，還是離不開金錢的幫助。趙廣陵給曹文斌打了個電話，說自己等不起了，我們去爲廖志弘遷墳吧，拜託你幫我這個忙。差你的錢，今生還不了，來世牛馬相報。曹文斌在電話那邊呵呵笑道，大爹，我今生不做成這件事情，就沒有來世了。是你在幫我啊！

周榮聽了趙廣陵的安排，很遺憾地說：「我這種身分，雖說離休了，但組織上有規定的，不能隨便出去。」他拿出五萬塊錢，遞給趙廣陵。說我不能出力，出點錢吧。

趙廣陵怎麼也不要。周榮急了，「你以爲是給你的錢嗎？這是給廖志弘的。我會在畹町國門口迎候廖志弘的，然後我們一起送他回老家，爲他風風光光辦一場喪事。」

趙廣陵只好將錢收了，愴然道：「當年我們三個一起離開聯大投考軍校，又一起從軍校走向戰場，說好同去同回的。現在只剩下我們兩個了。要不了兩年，就該你送我回老家了。」

周榮笑著說：「你這個老滇票，命苦是苦點，但硬著哩。」他又哀歎一聲：「昨晚我想起一個事要說給你的，但怎麼就忘記了呢。媽的，這該死的記性，真是老年癡呆了。」

趙廣陵同病相憐，「我們都一樣。鑰匙、茶杯、電視遙控器、藥啥的，這些身邊的東西就像在跟我們捉迷藏，剛才明明還在手上，轉眼就想不起放哪兒了。我現在終於明白了，衰老不是我們的敵人，貧窮孤獨也不是，死亡更不是，遺忘才是我們最大的敵人。過去我們是裝作遺忘，現在不想遺忘了，它卻強大得像當年的日本鬼子。我們得跟它打又一次『抗戰』了。」

直到趙廣陵他們在去滇西的路上了，周榮才打電話來說，他想起那天忘記的事情來了。他死後，悼詞肯定是由組織來蓋棺定論，但他碑上的墓誌銘，得由趙廣陵這個老滇票來寫，這樣他才會含笑九泉，並批覆「已閱，同意」。趙廣陵當時在車上，給他喝了回去：你個老龜兒子，胡思亂想些什麼！

拒絕遺忘的「戰鬥」終於開始了。所幸的是這次去爲廖志弘遷墳，趙廣陵不再是一個人在戰鬥。曹文斌在網路上發了個帖子，呼啦啦的便有幾十個人報名，幾家媒體一起跟隨。經過精心挑選，最後還是開了五輛越野車浩蕩出行。這些小後生們把趙廣陵當老英雄，在他面前爺爺長大爹短的，讓他常常感到自己並沒有「絕後」，死後不缺人把自己送上山。

路過松山時，趙廣陵停留了兩天，倒不是考慮到隨行的那些志願者們要參觀舊戰場，而是他自己的麻煩事來了。他收藏的那些戰場遺物，已經被趙厚明變賣了差不多一半，崽賣爺田心不疼，氣得趙廣陵捶胸頓足。這些年不少人開始關注這片舊戰場，他們中有真正珍惜這段歷史的人，也不乏文物投機商。一頂日軍鋼盔，一千元；美軍鋼盔，一千五百元；遠征軍盤式鋼盔，五百元；一把三八槍刺刀，兩千元；炮彈殼，八百元；殘缺不全的彈藥箱，也可賣到兩百元。趙厚明擅自將那兩塊日軍聯隊旗殘片從秋吉夫三那裏換了一輛本田摩托，是那時舊戰場文物中賣價最高的。這小子從此嘗到了甜頭，凡有人來找這些玩意兒，他都把他們帶到他二爺在農場裏的那間木工房。隨便挑吧，他說，都是有價的，都是我家二爺用命換來的。日本人現在開多高的價我都不賣了，要愛國啊各位老闆。你們還好意思跟我討價還價嗎？我二爺他們打日本人那麼辛苦，還害得我們一家都當了那麼多年的反革命，就只給我留下這點東西補償了。

趙廣陵回到松山的家，第一件事情就是手書了一幅字，上寫「蝦夷蜉蝣，魑魅魍魎」，用秋吉夫三送給他的那台傳真機將之傳了過去，然後拔下線頭，砸了傳真機，扔到垃圾堆。

一個晚上，他把曹文斌和趙厚明找來，當著大家的面立下字據。剩存的所有戰爭遺物，全部轉贈給曹文斌建抗戰博物館所用，即日起由曹文斌逐一登記封存。趙厚明以後即便再動著哪怕一顆子彈殼，當視為偷竊，曹文斌可以報案。趙厚明急了，說，二爺，你不要我給你養老送終了？你死後哪個來管你？還不是只有我給你招魂引路、披麻戴孝。

趙廣陵喝道，老子以後自己挖坑自己埋。所謂「送終」，不過是活著的人出於愛戴和良知，或出於文化習俗之傳承，或純粹是做給人看的。那些風光隆重的場面，那些披麻戴孝排成隊的孝子賢孫，喪主怎麼看得到？趙廣陵早就想開了，縱然到快咽氣那幾天，自己挖坑的力氣沒有了，像李曠田老師那樣跳怒江的勇氣還有的吧。乾乾淨淨地去，要什麼兒孫操心？

而爲廖志弘延遲了近半個世紀的「送終」歸魂則不一樣。趙厚明永遠不會明白，二爺如此興師動眾，還要跑到境外爲一個非親非故的人遷墳。他以爲這些老傢伙們都怕身後之事不風光呢。

別看曹文斌是個商人，但操辦這件事情就像一個運籌帷幄的將軍。他一方面疏通了緬甸方面的關係，一方面又跟廖志弘的老家取得了聯繫。找到一個失去音訊五十多年的老兵的家人該有多難啊，趙廣陵退休後多次給湖北荊州那邊的地方民政局、公安局等部門寫過信，但都如泥牛入海。一個幾十年前就離家遠行的故人，現在人海茫茫中的尋找真如大海撈針。曹文斌對趙廣陵說，沒有關係，到處都是我們的人。此話一點也不誇張，通過網路，全國各地都有關愛抗戰老兵的志願者，他們就像於無聲處挺立起來的一排排脊樑，馱負起被疏忽了的責任、道義、良知和公正。湖北的志願者很快給曹文斌發來了郵件，詳盡說明了廖志弘老家的情況，連如何去荊州的飛機、火車、輪船、汽車的班次情況，路該怎麼走，都說明得清清楚楚。那邊還特別說明，已經聯繫了當地政府，英雄骨骸回鄉時，政府和來自民間的志願者們將在村口迎接。

「瞧瞧，故鄉沒有忘記自己的兒子。」曹文斌對趙廣陵說。

趙廣陵想，憑自己這老病之身，還真辦不成這件牽涉面廣、頭緒眾多的大事。他感慨地說：「有了你們這些熱心人，忠魂回家，不再難了。我們中國，有希望……」他說不下去了。

一個雲幕低垂的上午，一行人堂堂正正地開車過了邊境口岸，緬甸方面竟然派來了四個持槍的士兵乘一輛吉普車開道，還有個官員隨行。趙廣陵就像個重要人物，被人們前呼後擁地簇擁著，細心的曹文斌還請人紮了一副臨時的轎子，說必要時就抬著趙廣陵上山，但趙廣陵堅持要自己走。兩家國內的電視台，三四家媒體的記者，以及五六個志願者，浩浩蕩蕩向芒撒山發起最後的「總攻」。在過口岸時，流落在緬甸的老兵王念還帶來了另一個老兵高英才，他說他知道當年芒撒山上的戰鬥，他的部隊打佯攻。主攻的是一支中美混編的傘兵，那些人火力好，能打。趙廣陵激動地抓高英才的手，急迫地問：

「你見到過廖志弘上尉嗎？中等個子，皮膚白白的，總跟美國人在一起，他是翻譯官。」

高英才說：「老長官，戰場上那麼亂，哪個分得清哪個哦。我只曉得仗打完，戰死的人都埋在芒撒山上了。有好多。現在緬甸人還叫那個地方『中國人墳』哩。」

歷史就是這樣一步一步地越走越近，它的真實常常在人的想像力以外。它可以被扭曲，被遮蔽，被掩埋，甚至被删除，但只要有一條小徑通向黑暗中的歷史，只要大千世界裏有一個人拒絕遺忘，歷史就是被碾壓爲齏粉，它的本來面目依然能夠還原，它光彩奪目的那一面依然會在朗朗乾坤中熠熠閃光。

就像廖志弘我死而國生的英靈，「孰知不向邊庭苦，縱死猶聞俠骨香」。

幾乎沒有費多大的功夫，趙廣陵就確定了廖志弘的葬身之地。這已經是多年來定格在他腦海裏的一幅畫了，三棵一字排開的大青樹下，有碑，有墳，有死死望向故鄉的凝固了的目光。

在一棵三人都合抱不了的大青樹下，人們在葳蕤的灌木叢中果然找到了幾堆陳年亂石，還有幾塊殘缺斑駁的石碑，有的半掩埋在地下，有的傾斜在厚土中，有的爬滿了青苔和綠色植物，更爲神奇的是，有一塊碑竟然被一棵直徑約兩米的叫不出名字的樹身緊緊包裹，彎曲蔓延的樹幹還留出了一部分碑面。人們小心鏟去上面厚厚的苔蘚植物，終於依稀辨認出上面的字了——

口南口口人口年二十口歲

陸軍第八軍口口口師口口七團口口口上尉口長趙岑口墓

民國三十四口口口口立

趙廣陵大叫一聲：「這是我的碑啊！」眾人都詫異地看著他，趙廣陵老淚縱橫——自被燒傷五十多年後，他終於又可以流淚了。只不過那眼淚不是清澈的，而是白色的黏糊狀的東西，像年久日深的米酒。他衝著殘碑偏偏倒倒地跪下了，唏噓不已地喊：

「廖志弘，我看你來了……」

曹文斌跟著跪在趙廣陵身邊，眼淚也不禁簌簌而下，他問：「大爹，趙岑是誰？」

「趙岑就是我。我和廖志弘當年在戰場上，互相穿錯了軍裝……我戰死了征衣，他戰死了人……」

幾個志願者上前去掄起鋤頭就開挖，趙廣陵忽然大喊一聲：「等一等，你們……輕點，好嗎？」

曹文斌也喊：「慢慢來，不要慌。一鋤一鋤地掏。輕些，輕些，再輕些，千萬不要傷著屍骨了。」

志願者們剛要動鋤，趙廣陵又發話了。「曹先生，點三支香吧？」

曹文斌一拍腦門，「這麼重要的事情怎麼都忘記了！」其實，香、酒、米飯等祭祀的東西早就帶好了的，只是大家找到了廖志弘的墳，都像要急著打開一本好書一樣，無暇他顧了。

香插好，擺上祭祀的酒飯，除了扛攝影機的，人們都跪在碑前。曹文斌攙扶著趙廣陵磕頭。做完了所有的祭拜程序，趙廣陵依然默默低垂著頭，彷彿進入歷史的縱深處回不來了。他不發聲，眾人也不好行動。遠方的天空有隱約的雷聲傳來，像一個人錢塘潮般湧動的心，也像無以計數戰死異國他鄉的忠魂野鬼匆匆趕來的腳步，他們嗚咽成雷，傾訴化雨——把我們也帶回家吧。

「廖志弘，我來帶你回家。請不要怪罪於我來晚了，請招來你身邊的那些戰友們的靈魂，隨我們一起回去罷。」他說得很平靜、低沉委婉，悲而不哀，痛而不傷，就像跟身邊的人交心傾談。然後他從上衣口袋裏拿出抄寫的《楚辭．招魂》，說：

「廖志弘，我給你帶『楚音』來了，聽到就出來啊——

魂兮歸來！東方不可以托些。

長人千仞，唯魂是索些。

十日代出，流金鑠石些。

彼皆習之，魂往必釋些。

歸來歸來！不可以托些。

魂兮歸來！南方不可以止些。

雕題黑齒，得人肉以祀，以其骨為醢些。

蝮蛇蓁蓁，封狐千里些。

雄虺九首，往來儵忽，吞人以益其心些。

歸來歸來！不可以久淫些。

……

剛才晴朗的天空，此刻陰風乍起，雨絲來歸；似飄拂的魂魄，又似飛揚的眼淚。虔誠的鋤頭一鋤一鋤的探尋翻找，悲憐的目光一遍又一遍挖掘撫摸，每一坨泥土，每一塊土坷，都像梳頭一樣梳理過了，細數過了，坑也挖下去近三米深，竟然沒有發現一寸骨骸！

只是，在廖志弘的墓穴裏，人們挖出了一支已和泥土渾然一色的鋼筆和一個鏽跡斑斑的銅皮帶扣。

「這是廖志弘的『戰壕筆』啊！」趙廣陵捧著那支鋼筆，雙手哆嗦，就像捧住一個人還在躍動的心。「一個詩人即便上了戰場，筆，就是他的另一支槍。」常娟清脆悅耳的聲音彷彿就在趙廣陵的身後響起。

什麼叫「戰壕筆」？沒有經歷過那段歷史的後生們爭相傳看這戰爭年代的遺物。啊，「Parker」的英文商標都還可依稀辨認出來哩。熟知二戰史的曹文斌說，當年麥克阿瑟將軍在東京灣的密蘇里號戰艦上，就是用派克鋼筆在日本的投降書上簽的字，這可是一個見證過歷史的大品牌。大爹，你們那個時候就用派克筆了？

「這是一個軍旅詩人的……愛。」趙廣陵唏噓道。廖志弘，你寫給常娟的那些情詩呢？那些此恨綿綿無絕期的思念呢？難道都融化在這大地上了嗎？

找到了遺物，離再發現遺骸似乎只是一紙之隔了。但是，儘管人們已經丟開了鋤頭鐵鍬，用雙手一層土一層土地刨，像打開一部歷史書一般，一塊土坷一塊土坷地翻閱，墓穴依然空對日月啊！連續挖開了附近的幾座疑似墓坑，也是一無所獲。

所有的人心頭都堵得發慌，淚水也堵在眼眶裏，卻久久下不來。難道這墳被人挖過了？顯然不可能。剛才上山時兩個帶路的緬甸百姓說，這片山頭總是鬧鬼，大白天的會有人在吶喊廝殺，陰風怒號的晚上會有淒涼的哭聲，不要說人不敢來，連牛羊都不來這片地方吃草。

如泣的雨絲已經變成了大滴的眼淚，雷聲湧動，大地起伏，風把趙廣陵吟誦的《招魂》上達到天庭、下傳到黃泉——

魂兮歸來！西方之害，流沙千里些。
旋入雷淵，爢散而不可止些。
幸而得脫，其外曠宇些。
赤蟻若象，玄蜂若壺些。
五穀不生，藂菅是食些。
其土爛人，求水無所得些。
彷徉無所倚，廣大無所極些。
歸來歸來！恐自遺賊些。

魂兮歸來！北方不可以止些。

增冰峨峨，飛雪千里些。

歸來歸來！不可以久些。

…………

「大爹……」曹文斌無助地望著趙廣陵。趙廣陵緩緩站起來，仰頭望天，喃喃說；

「挖不到了，來晚了。什麼也挖不到了，螞蟻把什麼都吃光了。」

人們才恍然大悟，剛才的確挖到一大窩螞蟻，這熱帶地區的螞蟻，雖不是「赤蟻若象」，但也足有螞蚱那麼大小，一群一群的，無孔不入，無所不齧。所有的人既悲哀，又遺恨。

趙廣陵重新趴到墓坑邊，用手掌一把又一把地翻刨那些新挖出來的土，其他人也都跪下來，學著他的樣子刨翻那些新土。他們在心裏祈禱，哪怕只給我們找到一塊趾骨，一咎頭髮，也不枉費此行啊。

「看看這些血紅色的土。這就是他！」

趙廣陵捧起了一抔黑紅色的泥土，白色老淚「啪嗒、啪嗒」地滴落下來，落在血土上。果然，這捧土跟挖出來的黃色泥土有別，凝重深暗的紅色，沉甸甸的份量，凝結成一小團一小團的土坷垃，像一顆顆紅色的心。

什麼也不用說了，誰身後不是一抔土。塵歸於塵，土歸於土，骨血融化成土，依然莊嚴偉岸。人們默默地將這些凝結了忠魂的血土揀了兩小口袋。此刻，一道霞光破雲而出，就像照亮了一個人回家的路。

回畹町口岸時，人們發現了些異樣，國門口增添了崗哨，邊防武警持槍紮武裝帶、戴雪白的手套，軍容整潔，皮靴錚亮，威風凜凜地分列兩排，自動步槍上的刺刀閃耀著凜冽威嚴的寒光。趙廣陵問手捧血土口袋的曹文斌：「他們不知道我們出去幹啥嗎？」

曹文斌遠遠望著國門口的陣勢，也有點心虛了，說：「我們辦過出境手續的。走吧，大不了我進去蹲幾天。」

他們多慮了。當廖志弘的血土被捧進國門那一刻，帶班的一個武警中尉威武莊嚴地大喊一聲：「持槍！敬禮——」

身材挺拔的士兵用最隆重的禮儀，迎接國家英雄的英魂歸來。

在儀仗隊的隊尾，一個武警上校面對趙廣陵，「啪」地再敬一個軍禮，神色凝重地說：「趙叔叔，我是周天池，我專程來接你和廖叔叔的英魂。周榮是我的父親。」

趙廣陵沒見過周榮的幾個孩子，但曉得他有個兒子在當兵。他又想起周榮說過也要來畹町接廖志弘的，就問：「你父親呢？」

周天池粗大的喉結動了一下，「家父……家父前天心肌梗塞，忽然去世。趙叔叔，請到隊部去詳說吧。」

附件八：墓誌銘

周公，諱榮，原姓劉氏，諱蒼壁。四川巫山人，先祖發軔山西洪洞，明末避亂遷居川東。世代布衣，蓬戶甕牖，篳路藍縷，以啟山林。至周公一輩，始得教化。民國二十五年，公高中名校南開，習化學科。「七．七事變」後，併入國立西南聯合大學。二十八年，轉投黃埔軍校，復投延安抗日軍政大學，自此走上抗日救亡、戎馬倥偬之路。公畢生赤心奉國，不差累黍，秉笏披袍，為政清廉。仰不愧於天，俯不怍於人也。

公少敏學，精於勤，質敦厚，性剛直，聰慧過人，早有大志。曾與其母曰：「方志載某，與其母行山中，遇虎。某以身飼虎救母，孝也。余謂不然，強鄰入侵，毀我社稷，好男兒以身報國，驅逐倭寇，乃大孝也！」公早年以讀書救國為己任，言中興國家必先中興科技。秉燭苦讀，臥薪嚐膽；日機濫炸，不移其志。公學業精進，踔厲風發，吾國化學泰斗曾昭掄先生高足是也。時倭人喪盡天倫，對我抗日軍民濫施化學毒劑，國人多有不察，不知防護。公慨然曰：「蕞爾島民，豈能欺我中華無人識其禽獸之詭計耶？」乃慨然放棄留美深造之機遇，投筆從戎，入黃埔軍校，習防化防毒。是時，全民抗戰，同仇敵愾。然軍閥割據，貧富不均，黨同伐異，主義紛爭。公自幼慕望公正，痛恨剝削。聯大時已習讀馬列，至軍校，愈發聚集志同道合者，潛心研讀，上下求索。縱古今、比中外，尋覓救國良方；棄三民主義，隨新民主主義。一生披肝瀝膽，忠誠信仰，未曾相背負也。

公受巴山厚土所養，長江之水所育，清風峻節，任俠好義，有巴國死士遺風。民國三十一年春，公與余選為駕艇攻擊倭寇軍艦之敢死隊員。余謂公：「懼死否？」公曰：「二十六年，倭機炸我南開，圖書館、實驗室悉數毀之。倭人駕機復返，低飛環繞校園數次，機腹幾抵樹梢，狄夷赤目獸鬚皆可見，極盡挑釁羞辱之能事。時房屋坍塌，師生逃散。吾不忍，乃憤而挺立於曠野，豎中指於倭機，厲聲曰：今日爾曹毀我校園，尚不能殺我，來日吾定斬汝首級！自此不知懼死也。」是役，公冒死操控快艇炸沉倭寇重型軍艦一艘，斃敵無算，功莫大焉。

公終生奉官持笏，位高權重，幾經沉浮。有生殺予奪之權時，兢業持守，珍惜責任，敬重生命；貶為引車賣漿者流之際，不棄原則，樂天知命，返歸自然。是則公得以全身而退，致仕告老，有民眾扼腕歎息曰：「從今不見周郎矣！」為官贏得身後名，善莫大焉。

公本才學過人之士，科技干城之儲。昔日同輩後學，今均為國家科技發展棟樑。余在聯大時於理學院實驗室，親見楊振寧君就某化學分子式就教於公。公講解演繹，推論判定，楊君諾諾，欣欣然有所獲焉。楊君振寧，諾貝爾獎獲得者也，公之學弟也。倘公如楊君持學不輟，再遊學海外，博覽群書，治學有名師巨匠授業，研究有同儕菁英切磋，以公之理學稟賦，若今之為國家科技之奉獻，東海之水可測之乎？然公當年不擲筆橫戈，熱血報國，斷非公之人品氣節矣。子曰：「求仁而得仁，又何怨？」觀公之一生，於國有功，於家有養，人生圓滿，無所憾焉。

銘曰：

生於憂患，勤勉終生。
坦蕩為人，不阿不屈。
家國情懷，沒齒不忘。
披甲上陣，生死置後。
袍澤兄弟，俠骨柔情。
行有大義，立有操守。
畢生追求，冰心在壺。
業勒金石，光耀後人。
吾兄先行，後者來追。
囑予為銘，既幸亦哀。

學弟趙廣陵敬撰

31 青春作伴好還鄉

廖志弘，今天是你回家的日子。是你笑的日子，我們哭的日子！

廖志弘，五十五年了，你終於回家啦！請不要怪我。回家的路不好走，一路上要越過高山峽谷，要涉過怒江金沙江，要繞過流沙陷阱，要穿過巴峽巫峽，要斬殺妖魔鬼怪，要戰勝人的阻礙和非人的災難。

廖志弘，你離家時十七歲，翩翩少年，躊躇滿志，頭頂朝陽，懷揣夢想；你回鄉時二十五歲，一抔血土，忠魂凝結，熱血燃燒，守土護國。你這二十五歲的浪子，用了五十五年來等待。來吧，莫再遲疑徘徊，來吧，莫再近鄉情怯。「白日放歌須縱酒，青春作伴好還鄉。」我們的酒呢？我們童年的小夥伴呢？還有我們兒時的歌謠呢？大娃子傻，二娃子壯，三娃子進城上學堂，四娃子扛槍打東洋，五娃子在家供爹娘。

廖志弘，今天是你哭的日子，我們笑的日子。你的子嗣披麻戴孝，跪滿一地；你的髮妻手上牽著的已是你的玄孫，儘管她只和你生活了十天，但這才是你命中的女人，是你們廖家值得驕傲的女人。廖氏家門有幸，香火旺焉。不要怪我沒有兌現當年的承諾，不要怪我這麼些年來沒有向他們說明真相。你要知道，一個常年在村口守望兒子歸來的母親，是如何不忍傷害；一個剛剛產下遺腹子的妻子，又怎堪初爲人母即新寡？

廖志弘，今天是你高興的日子，我們悲傷的日子。不用給你唱招魂的詞曲，我知道你認得回鄉的路。看看你美麗如畫的家鄉吧，沃野千里，河汊縱橫，湖泊廣布，碧波萬頃。大地上生機盎然，田疇新綠，桃林點妝，農人忙碌，翠鳥鳴唱。還沒有走進這個叫小三浦的村莊，你的熱血已經燃燒得染紅了故鄉的天空，你的血土就已經熱得催人淚下，裝血土的青花瓷壇燙得人不能抱，手不能捧。你畢竟還是個年輕小夥子啊，你畢竟還是新婚久別啊！我們知道你想一路小跑著回家，我們知道你已經看見你的妻子拄著拐杖守候在村口——多年前是你的母親，以同樣的身姿，作同樣的守望。去吧，你年邁的老妻在等你，你成群的兒孫在呼喚你，用你年輕的身子擁抱撫慰他們吧，給他們遲了五十多年的溫暖和愛吧。廖志弘，你聽到你妻子的呼喚了嗎？她抱著你，捧著那抔血土，說，原來你躲在這裏！

廖志弘，不要再躲藏了，我們找你找得好苦！今天是你家祭的日子，是我們哀思不絕的日子。「青山是處可埋骨，白髮向人羞折腰。」異國的青山沒有祖宗的陵寢，沒有故鄉的炊煙，沒有父親灑下的汗水，沒有母親溫暖的呼喚。弘兒啊，回家吃飯囉；弘兒啊，院子裏的蘋果紅了，像隔壁張家姑娘的臉。弘兒弘兒，你回來。

你的兒子說，雖說我父親只剩下一把土了，但我們還是要給他裝棺入殮，招魂引路，出殯行葬。柏木棺材已經準備好，墓地也找風水先生看好，做法事的和尚道人，唱經的陰陽班子，都有準備。你聽見他們唱《祭靈》、《弔孝》、《皈依》了嗎？你聽見他們唱《哭長城》、《終南山》、《雁落沙灘》了嗎？這久違了的鄉音你還記得嗎？嗩吶、二胡、祭吶、長號、鼓、鑼、鉸、鈸，吹奏敲打得如泣如訴啊如訴如泣，他們想讓你聽見，想把你喚回；他們想向你傾訴，想牽著你的手。曲牌唱了一曲又一曲，高香換了一柱又一柱。廖志弘，你寂寞了五十多年的靈魂，你孤單了五十多年的身影，回來吧，回來吧，回到故鄉的大地，回到親人們的中間，回來繼續當你的詩人吧。一壟田地，幾間瓦房，房前桑麻，屋後桃李，老妻相伴，兒孫繞膝。這片土地已經用熱血澆灌了一遍又一遍了，這片土地生長的鄉愁已經成熟了一茬又一茬了；在太陽和月亮日夜撫摸擁抱、父親和母親年年揮灑汗水和淚水的土地上，生長了五穀、樹木、瓜果、村舍、詩意和浪漫。這是你的家鄉，是三閭大夫吟唱過的大地，是唐詩宋詞的國度，是陶淵明種豆南山的地方。我現在才算明白，爲什麼你能夠成爲一個偉大的詩人。我嫉妒你啊！流落異國他鄉這麼多年了，你可還有新作？

廖志弘，今天是你寫詩的日子，是我含淚吟誦的日子。你往昔的詩箋已經化爲泥土，和你的骨血凝結相伴。大地收存了這些詩稿，舊日戰場上的花兒才開放得更有詩意。就像我們的學長穆旦在《森林之魅》中寫的那樣——

過去的是你們對死的抗爭
你們死去為了要活的人們的生存
那白熱的紛爭還沒有停止
你們卻在森林的週期內，不再聽聞。
靜靜的，在那被遺忘的山坡上
還下著密雨，還吹著細風
沒有人知道歷史曾在這裏走過
留下英靈化入樹幹而滋生。

請再爲我們寫一首抵抗遺忘的長詩吧，請告訴我們九泉之下，那些抗日健兒們是否爲我們的國家民族感到欣慰？再請告訴我，你的前妻、我們聯大的校花可美麗依舊？常娟送你的筆還在，你對常娟的愛還在。我把那支「戰壕筆」放在你的血土上了，請以血爲墨，繼續爲我們吟唱自由、尊嚴、驕傲和愛情。

廖志弘，今天是你爲國捐軀五五周年的紀念日，是英雄的血土認祖歸宗、榮歸故里的日子，是你和親人團聚的日子，是我欣慰的日子。五十多年生死兩茫茫，你還滿頭青絲，英姿勃發，我是壯心與身退，老病有孤舟。當年在松山戰場上，你向我作死別，行軍禮，自此壯士一去不復還。現在我要還你一個軍禮了，我要還你一生的欠債了。儘管你在墳裏，我在墳外；儘管我的胳膊已經抬不到位，我的手指已經不能利索併攏，我的腰板也挺不出你二十五歲的身姿。但是啊，廖上尉，敬禮！

還有一個軍人也在向你敬禮。他叫周天池，是劉蒼璧的兒子。他來代他父親爲你送行，也代表他這一代軍人。你還記得那個化學系的高材生吧？你在那邊要去找他，這個老龜兒子，是個重情義的人。你們兩個先溫好酒慢慢喝著，我隨後就來了。我們「聯大三劍客」，軍校畢業後就沒有聚過啊。

廖志弘，今天是你哭的日子，是我哭的日子；今天也是你笑的日子，我笑的日子。我們一起長歌當哭、一起仰天大笑吧；我們一起舉杯慶賀、一起吟唱一首青春的詩歌吧。你的人生有多麼了不起，你的人生就像一首邊塞詩那樣剛健遒勁、壯烈浪漫。故鄉有兩千多人迎接他們的英雄還鄉，那麼多認識和不認識的人自願來爲你招魂引路，扶棺送行；他們爲你獻上光榮的勳章，爲你樹碑立傳。我不知道該怎麼替你感謝他們。國家沒有忘記我們這些老兵，歷史就永遠不會被遺忘。

廖志弘，今天是你含笑九泉的日子，是我撫碑痛哭的日子。我把你的詩歌刻在你的墓碑上，當作你的墓誌銘。一個詩人，一生燦爛在自己的詩句裏，也爲國戰死在詩句的華麗中，還有比這更合格、更偉大的詩人嗎？

沒有足夠的兵器，且拿我們的鮮血去；
沒有熱情的安慰，且拿我們的熱血去；
熱血，是我們唯一的剩餘。
自由的大地是該用血來灌溉的，
你，我，誰都不曾忘記。

全文完

後記　拒絕遺忘

寫下這個標題時，其實我心裏很沒有底。因爲我不知道「遺忘」這個怪物是否就偷偷地躲在我的腦海深處怪笑，隨時用它強大的力量，讓我的腦子一片空白。隨著年齡的增長，我們常常自嘲：記性不好了。想不起當時是怎麼一回事了。從忘記一首古詩、忘記一個人，到忘記剛才還在手邊的東西——鑰匙、打火機、某本書。似乎頭上的白髮越多，遺忘生長得就越快。它就像一條慢慢長大的狗，總是與你如影隨形。

個人的遺忘終究是一己私事，一個族群、一段歷史的遺忘，則茲事體大矣。

二〇一一年的秋天，我應邀去騰沖參加中國抗日遠征軍「忠魂歸國」的公益活動，十九具葬身緬甸的遠征軍士兵的遺骸，在官方的支持和社會各界熱心人士的幫助下，幸運地被挖掘出來，隆重迎接歸國。

稱其爲「幸運」，是因爲二戰時期爲國捐軀在緬甸的中國遠征軍人數至少在十萬以上。六十多年過去了，這些爲民族存亡而戰死在異國他鄉的抗日健兒，幾近被遺忘，被漠視，被冷落。終於在廿一世紀到來之後，這段塵封的歷史才逐步被一些有良知的中國人慢慢打開，就像在一間塵埃密佈的老屋，有人翻出一部厚厚的書，輕輕拂去上面的灰塵，小心翻開一頁頁發黃易脆的紙片，一段段曾經被刻意隱匿的歷史，一個個英氣勃發的人物，慢慢向我們走來。

主辦方邀請了一批還活著的抗戰老兵，和我們一起迎接他們的戰友的忠魂。當這些衣著樸素、微微顫顫的老兵在騰沖國殤墓園站成一個方陣時，當他們蒼老的目光迎回自己戰友的骨骸時，當飄零他鄉的英魂終於魂歸故國、入土安葬時，我見證到了某種感天動地的震撼——眼淚從天而降，悲慟自心而起。

剛才還晴空萬里的世界，轉眼淚飛化作傾盆雨，密集的雨絲伴著人們眼中的熱淚灑落大地。這雨中的葬禮似乎在喚醒人們不要忘記在六十六年前那大雨如注的戰場，不要忘記那風雨如晦的世界裏一個民族救亡圖存的吶喊，不要忘記那些穿著草鞋就走向抗日戰場的普通士兵……墓園裏蒼天掩面，松濤低鳴，大地哭泣，墓碑無言；人世間為雲為雨，枯槁以滋，皓首白頭，往事依稀。

那是我第一次走近那些像國寶熊貓一樣珍貴的抗戰老兵，他們被遺忘已經太久太久，像不孝人家裏被冷落在屋子一角的老父親，訥言、落寞、悽楚、孤單、清貧，只生活在自己的回憶中，眼前的繁華世界與他們無關。

如果說一個人的人生經歷就是一部書的話，那麼，一個老兵呢？

二〇一〇年我完成了自己耗時十年的「藏地三部曲」之後，一直在尋找新的創作方向。並不是非要超越或突破什麼，只是為了證明自己還活著。對一個以寫作為生的人來說，沒有東西可寫，就像沒有仗可打的士兵一樣空虛。現在好了，一群打過仗的老兵，站在時光的盡頭，頻頻向我招手。

說到那些經歷過戰火的老兵，我們總會想起那句名言：「老兵永遠不死，只會慢慢凋零。」這是一個怎樣「凋零」的過程，可能沒有哪個作家可以完整地呈現。我大約採訪了多個老兵的人生檔案，涉及雲南、四川、貴州三個省的抗戰老兵。當我走向那些可敬的老兵們時，我發現他們最小的已經八十八歲（**騰沖老兵盧彩文**），最高壽的一百一十五歲（**龍陵老兵付心德**）。面對他們，我只有「相見恨晚」的遺憾，大部分老兵都在九十歲以上，一些人已經耳背眼花，口齒不清；一些人早已行動不便，意識模糊。當然也有思路清晰、腰板硬朗、眼神有力、軍人儀表依稀可辨的老兵，他們的目光，尚能洞穿歷史的塵埃，看到往昔戰場上戰友的身姿，他們心中的戰場，彷彿硝煙還沒有散盡，彈痕累累的勝利旗幟還在飄拂。不過，令人扼腕痛惜的是，在僅僅一年的採訪中，我就目睹了兩個老兵的「凋零」。

昆明老兵李昌樞和龍陵老兵付心德，在我採訪他們都不到半年的時間內，相繼仙逝。李昌樞老人送我的一箱他家鄉的酒還沒有喝完，還有這個老人家精心栽培的文竹，因爲家徒四壁的他實在不知道該如何回報社會各界對他的關愛，就養了一盆又一盆的文竹，分給去看望他的志願者。似乎是，過去總是他受社會改造、受社會監督、向社會交代，雖然他爲國家民族做了那麼多，但這一點點來自人間真情的關愛，於他來說還不適應，還有些誠惶誠恐。

他分給我的那盆文竹，我一直養在書房裏，在我寫這部書時，我會時常想起這個參加過台兒莊血戰、四次長沙保衛戰等諸多大戰役的老兵，儘管後來蹲了二十多年的監獄，但依然儒雅溫和、風輕雲淡，在清貧孤寂的生活中頗有「行到水窮處，坐看雲起時」的豁達開朗，就像這盆素雅碧綠的文竹，平凡普通，小處見大節，靜處湧綠波。可是當你聽到這個九十六歲的老人還能清晰準確地複述當年在戰場上勵志殺敵的口號——「朝後死，遺臭萬年！朝前死，爲國爭光！當兵的上了戰場，早就把生死置之度外。發東西下來，就大吃大喝。錢不夠，就問家裏要。」這時你會感到一個鐵血男兒身上的熱血，並不因爲年齡的衰老而衰減半分。

即便是百歲老兵付心德，我去看望他時他已經意識模糊，喪失了話語能力，只能成天躺在床上，下午陽光好時才由他快六十歲的小兒子背出來曬曬太陽，像一個蒼老的老嬰孩，掙扎在混沌不清的世界，在絢爛的陽光下沉默無言，兀自默數死神的腳步。這個從淞滬會戰一直打到滇西戰役的河南籍少校醫務官，堪稱一部抗戰歷史的「活字典」，當時被人們稱爲中國最高壽的抗戰老兵。他見證的歷史，我們絕對難以想像，他經歷的戰火，足以讓那些胡編抗戰「狗血劇」的人汗顏。但是，那天的採訪有一種令人感慨萬千的失敗。老人一言不發，只活在自己的世界裏。所有的歷史資訊都來自老人的兒子轉述——所幸父輩的光榮與苦難，會像血脈一樣的傳承下去。但最爲神奇的是，在我們交談的過程中，已經喪失了語言能力幾年、形同植物人的付心德老人忽然用悲憫的目光望著我，含混不清地說：「我打過日本人！」

就這一句話，感天動地，洞穿歷史。

在我採訪的大多數抗戰老兵中，他們的命運和李昌樞、傅心德老人大體相似，他們打贏了抗戰，是戰勝了日本侵略者的驕傲勝利者；但他們在自己的第二次「抗戰」——人生命運之戰前卻幾乎都失敗了。先是幾十年黑白顛倒的政治運動，然後是不可抗拒的衰老、貧困、孤獨、病痛、乃至死亡，一步一步吞噬他們曾經勇敢血性的心。

在這一場與命運的「抗戰」中，他們註定是悲情的失敗者，但他們作爲曾經的抗戰老兵，沒有倒下，沒有喪失做人的尊嚴。他們活下來了，就是人生中不小的勝利，即便是慘勝也罷。他們是命特別硬的一群，槍林彈雨中摸爬滾打數年，天天與死神打照面，然後政治運動、勞動改造幾十年，等世道清平，人間回歸正義和理性，他們卻老了。白髮覆滿了他們曾經不屈的頭顱，世道摧毀了他們當年的理想和雄心。儘管老兵們終於迎來爲自己正名的那一天，久違的勳章重新佩戴在他們佝僂的胸膛，鮮花、掌聲、榮譽、關愛紛至遝來，但不知這是一種幸運，還是一種殘酷？他們光榮的人生經歷，過去不敢說，到他們能說的時候，又遺忘得差不多了，甚至不能說了——就像付心德老人那樣。從被迫性遺忘到自然性遺忘，前者是被政治打敗的遺忘，後者是被時間戰勝的遺忘，這個過程多麼令人觸目驚心。他們只是還沒有忘記自己是一個老兵，沒有忘記自己的軍禮，儘管在他們行禮答謝社會的關愛時，已經不能挺直腰板，併攏手指，但他們作爲一個老軍人的骨頭，愈老彌堅。他們顫抖著抬起右手行軍禮，似乎是在向我們表明：老兵永遠不死。

全世界參加過反法西斯戰爭的老兵，只有這一群，最不一樣。

曾經參加過中國遠征軍第一次出征緬甸，敗走過野人山、後來又終生滯留在緬甸曼德勒的老兵張富鱗有一句讓人刻骨銘心的話：「我們不害怕死亡，害怕的是遺忘。」

因此，我在作品借主人翁的口說：「衰老不是我們的敵人，貧窮孤獨也不是，死亡更不是，遺忘才是我們最大的敵人。過去我們是裝作遺忘，現在不想遺忘了，它卻強大得像當年的日本鬼子。我們得跟它打又一次『抗戰』了。」

我希望自己能加入這群老兵的第二次「抗戰」，雖然他們的陣容會越來越小，人數會越來越少。但我知道有許多富有良知感、責任感、同情心、大愛心的中國人正加入這場和老兵們一起抵抗遺忘的戰爭。他們中有人文學者、歷史學家、社會志願者、商人、媒體記者、作家、詩人、公務員、機關幹部、藝術家、教師、企業家、自由職業者。他們對老兵的關愛，對那段被隱秘歷史的挖掘和梳理，常常讓我這樣的寫作者感動莫名、受益匪淺。他們大愛無疆的行動時時刻刻爲那些飽經滄桑的老兵們彰顯著社會正義、公道、溫暖和中國人的良心。人們沒有忘記這些爲國家民族浴血奮戰的老兵，這段歷史就不會被遺忘。我也在這本書裏寫道：「歷史就是這樣一步一步地越走越近，它的真實常常在人的想像力以外。它可以被扭曲，被遮蔽，被掩埋，甚至被刪除，但只要有一條小徑通向黑暗中的歷史，只要大千世界裏有一個人拒絕遺忘，歷史就是被碾壓爲齏粉，它的本來面目依然能夠還原，它光彩奪目的那一面依然會在朗朗乾坤中熠熠閃光。」

我在這部作品中試圖用一個人的命運來還原某段歷史。都說歷史是人民創造的，當這個「人民」具體到某一個個體時，正視這段歷史不僅需要勇氣，還需要對真相的梳理甄別。對我們每個人來說，記憶是個多麼易碎的東西，丟失、紊亂、錯覺、誤記、模糊、刻意迴避、直至再也想不起絲毫，這些困境我們都時常要面對，更何況那些耄耋老兵。

但值得慶幸的是，有些連上一步台階都需要人攙扶的抗戰老兵，當回憶起橫戈躍馬的崢嶸歲月，回憶起戰場上的部隊番號、作戰位置、槍械型號、戰死戰友名字、乃至戰場上的一朵野杜鵑、一場大雨、一發炮彈落下來時的真實心理，卻敘述得清清楚楚，生動活現。也許血與火的歲月，在國家民族生死存亡之際，血脈噴張奮勇殺敵的光榮，在人一生的經歷中殊爲珍貴。即便它們曾被政治運動所扭曲，被漫長時光所稀釋，它們仍然如散落的珍珠般在老兵們的記憶中仔細收藏。真應該感謝這些珍貴的記憶碎片，它們串起了歷史，還原了戰場，更真實了一個個平凡普通的抗日健兒。正是他們拒絕遺忘，才留給我們如此寶貴的歷史財富。

我在書中還塑造了一個日軍老兵的形象，這不僅僅是爲了抗拒那些氾濫於世的所謂「抗戰狗血劇」，而是試圖向讀者解讀參加過侵華戰爭的一個普通日軍老兵，與我們的老兵有什麼不一樣，以及他們今天對那場戰爭的態度。他們曾經是戰場上殊死搏殺的對手，多年以後，當他們以老兵的名義再度相逢，又該是怎樣一種景象？在上世紀八、九十年代，日本電器比當年的日本侵略軍走得更遠。那時中日關係還算是蜜月時期，不少日軍老兵衣著光鮮地重返滇西戰場。禮儀之邦的國人，曾給予他們應有的尊重。但我可以肯定的是，剛剛打開國門不久的中國，一些人看這些日軍老兵時，更多想到的是東芝彩電、松下洗衣機、冰箱、索尼相機等，哪怕一個膠捲，一台磚頭卡式收錄機，都會讓國人嘖嘖連聲，全然忘記了他們曾經侵華的歷史身分。

當年回來的那些日軍老兵，甚至用一個小小的電子打火機、一支原子筆，就可以博得一個中國人的好感。日本這個國家與我們有那樣多的歷史血債，現在又在全球化浪潮、市場經濟、物欲世界裏如此糾纏不清。即便到了廿一世紀的今天，中國已經初步實現了小康社會，國家正在逐步強大起來，但中日關係因爲釣魚島、因爲靖國神社、因爲歷史教科書等紛爭不斷，日本極右勢已經明目張膽地爲侵略歷史翻案，打算重蹈軍國主義的道路。中日再戰一場的言論已經不是新聞。但另一方面，我們身邊那些高喊「抗日」的現代人，在去了一趟日本後，大都被日本社會的文明、現代、民主、法制、秩序、誠信、整潔以及種種社會生活細節震撼了，無言了。我相信許多人與我有同樣的感受，一個難題擺在我們面前：我們究竟該如何認識戰前和戰後的日本？

爲此我專門去了一趟日本，在大阪入海關時，我同樣被震撼，不是因爲即將踏進日本這個國家，而是我的在等待入關的同胞，在海關大廳占了百分之九十以上，日本海關甚至專門配備了懂中文的引導員。而我的同胞們鬧鬧嚷嚷、滿不在乎，皮夾裏的現金和各種銀行卡給了他們自信或者自負。他們或許前一天還在癡迷於各種抗戰「狗血劇」，但此刻他們就像來自另一個國家的人。他們是旅行團，也是購物團。

我並不是反對國人到日本去旅行或購物，我也絕非一個狹隘偏激的民族主義者，我只是爲國人的健忘、輕浮、驕奢感到不解和心痛。而日本人卻從沒有遺忘。無論是在圖書館、書店，還是東京臭名昭著的靖國神社，你都可以看出他們對戰爭的反思與我們所期望的大相徑庭。在大阪的書店裏，關於二戰的書籍也不少，隨便翻閱幾本，你就會發現他們對這場戰爭還在津津樂道，每一場失敗的戰役都是光榮的、悲壯的，戰死的士兵們如櫻花飄落般淒美。如果說他們有所反省，只是反思自己爲什麼沒有打贏，日本國民爲此付出了多大的犧牲，以及二戰後新建立起來的國際秩序，日本是該服從還是拒絕。不是「一小撮軍國主義分子」發動了戰爭，而是爲了國家利益，爲了大和民族的生存。這是全民投入的戰爭，是一個民族和世界的豪賭。

在大阪府立中之島圖書館，我看到一篇日軍老兵的回憶文章，其大意是日本在二戰的敗北不過是打輸了一場戰爭而已，日本並不因此就永遠是一個失敗的國家，其中有句話直接用中文就可辨認出來，「宿命對決」。我彷彿看到了這個日本老兵眼睛裏那絕不認罪、永不服輸的冷硬目光。

在這個信奉神教的國家，神社遍地，有如我們的寺廟，它們或在風景秀麗的山崗，或躋身於都市的高樓林立中。如果拋開我們所憎惡的東京靖國神社，你會在其他神社裏看到這個民族如何敬畏自然、崇尚家庭倫理、祈求五穀豐登的那種東方式的平淡溫和，這種虔誠和我們一模一樣。但在東京靖國神社的「遊就館」裏，你就不明白日本爲什麼要那麼固執地抗拒歷史道義、歪曲歷史真相，無論是東條英機還是一個神風敢死隊員，或者一個陣亡的普通士兵，在那裏面都被當國家英雄供奉，他們的遺物、書信、照片等，都被賦予了悲壯英勇的色彩。我甚至還看到了當年在滇西戰場上被擊斃的日軍最高指揮官的名字和照片，騰沖戰場的藏重康美大佐和松山戰場上的金光惠次郎少佐，他們都被當作「玉碎戰」的英雄單獨陳列。我對這兩個敵酋再熟悉不過，在我所看到的史料裏，多少血腥罪行都與他們有關。但日本人永遠看不到，也視而不見。

在東京靖國神社還有一尊塑像讓我驚訝不已，是當年東京大審判時國際法庭一個大法官的，他叫帕魯，印度人。正是他在國際法庭上對絞死日本戰爭罪犯帶頭投了反對票。因此日本人把他當「國際友人」或者「正義的化身」，專門爲他在靖國神社裏塑像。我終於明白了，在大日本帝國、大和民族、軍國主義這些宏大詞語下，我的數千萬同胞的血，不要說感化他們，就是讓他們有一絲悔意，也比駱駝穿過針眼還難。東史郎是我們熟知的敢於懺悔的日軍老兵，但當年參加侵華戰爭的幾百萬日本軍人，就只有一個東史郎。這說明了什麼呢？

我在東京期間，安倍內閣通過了解禁集體自衛權的法令。國內輿論洶湧，而這邊卻雲淡風輕，大街上沒有抗議，也沒有遊行。要麼日本人認為這是政治家們的遊戲，要麼就是這一切都很正常，因為日本對二戰後的國際秩序選擇了「拒絕」，到了敢於說「不」的時候了。

我那些日子在地鐵裏、在大街上，在商場，看到行色匆忙的日本人，謙和有禮的日本人，實在不明白這個民族為什麼沒有歷史痛感。不但輕率地忘記帶給別人的痛，也忘記了自己的痛。直到有一天我在東京靖國神社外面看到一群剛參觀完神社的穿小學生制服的孩子，他們蹦蹦跳跳，天真爛漫，就像我們兒時戴著紅領巾去某個歷史博物館、革命紀念館接受教育歸來。我方明白：一段歷史，永遠有兩種以上的詮釋。只看你從哪個角度、從屬於什麼政治目的、用什麼方式來灌輸給下一代。日本人其實是有選擇性地遺忘——忘記帶給別國的災難，卻牢記自己的不幸。

目前，對抗戰歷史的重新挖掘、發現、梳理、研究以及藝術表現方興未艾。作為一個寫作者，我首先秉承尊重史事的態度去學習，其次，就我目前所認識到的這場中國人民的偉大抗戰，不僅有武力的抗爭，還有文化的堅守。當年日本軍隊在戰場上並不把中國軍隊當實力相當的對手，但他們面對博大精深的中華文化，卻既心虛又暴戾。他們是翻手把老師打倒的學生，但又知道自己並沒有老師深厚的學識和涵養。日本軍人太知道軍事征服中國易，文化征服中國難。他們在戰爭一開初就轟炸南開大學，洗劫北大、清華的圖書館、實驗室，後來又轟炸遷到昆明的西南聯大。沒有哪個國家的軍隊會專門對學府重地如此野蠻地痛下辣手，這種對文明、文化的摧殘正是他們試圖改變一個國家的民族凝聚力和文化核心的野蠻戰爭邏輯。

「亡國亡種」是那個年代中國人的噩夢，也是每個不願當亡國奴的中國人心中的警鐘。戰爭被打敗了還可以再來，「種」被改變了，那才是我們萬劫不復的災難。所幸的是我們的民族毀家紓難、抵禦外侮的堅韌不屈和眾志成城的傳統美德，遠不是日本帝國的戰略指揮家們所能料到的。他們在中華文化面前，永遠是學不到位的學生。因此，我在作品中特意表達了我對西南聯大的那批大師們的敬意，聞一多、朱自清、陳寅恪、潘光旦、曾昭掄、張奚若等。儘管我對這些大師們著墨不多，但正是他們身上體現出來的中華傳統文化的品質和光芒，感召了一批批投筆從戎的聯大學子，他們是我筆下的主人翁，是我由衷欽佩的熱血報國、集家國情懷於一身的青年知識份子。

現在還生活在昆明近郊安寧市的老兵吳魯，就是我書中主人翁的人物原型。這個大學二年級就棄學從軍、投考黃埔軍校的青年學子，一生坎坷傳奇，受盡磨難，卻像一泓清水般平靜、通透。每當我去拜訪這個九十七歲高齡的老兵，既可以聽到戰場上的故事，從軍生涯的艱辛，還能與老人探討魯迅、沈從文的作品，講一講大學裏的先生們。我想從老兵吳魯身上，我們會明白爲什麼長達十四年的抗戰堅持下來，勝利終究屬於中華民族。

有一個美國華人得知我在寫這部書時，在我的微博上留言：「國之重器非金非玉，是兵對國忠，是國對兵義，是兵不懼死，是國不敢忘。」真應該感謝這位不知名的網友，他萃取了一個我死而國生的士兵與他的國家的關係。面對那些日漸「凋零」的老兵，國不敢忘，國不能忘。

吾血吾土

作　　者：范穩
發 行 人：陳曉林
出 版 所：風雲時代出版股份有限公司
地　　址：105台北市民生東路五段178號7樓之3
風雲書網：http://www.eastbooks.com.tw
官方部落格：http://eastbooks.pixnet.net/blog
信　　箱：h7560949@ms15.hinet.net
郵撥帳號：12043291
服務專線：(02)27560949
傳眞專線：(02)27653799
執行主編：劉宇青
美術編輯：風雲時代編輯小組

法律顧問：永然法律事務所　李永然律師
　　　　　北辰著作權事務所　蕭雄淋律師
版權授權：范穩
初版日期：2015年11月

ISBN：978-986-352-248-5

總 經 銷：成信文化事業股份有限公司
地　　址：新北市新店區中正路四維巷2弄2號4樓
電　　話：(02)2219-2080

行政院新聞局局版台業字第3595號
營利事業統一編號22759935

定 價：440元

國家圖書館出版品預行編目資料

吾血吾土 / 范穩著. — 臺北市 ： 風雲時代,
2015.10
　面 ；　公分
ISBN 978-986-352-248-5(平裝)

857.7　　　104018302